V. C. ANDREWS®

Zerbrechliche Träume

Buch

Als der Vater der jungen Dawn endlich einen Arbeitsplatz findet, scheint die Welt der Familie Longchamp wieder in Ordnung zu sein. Er wird Hausmeister an einem Eliteinternat und seine Kinder, Dawn und Jimmy, dürfen dort zur Schule gehen. Aber in der Welt der Reichen und Schönen werden die Hausmeisterkinder nicht akzeptiert. Doch damit nicht genug: Schwere Schicksalsschläge erwarten die Geschwister. Ihre Mutter stirbt, und der Vater wird verhaftet, denn Dawn soll als kleines Kind entführt worden sein. Nun wird sie zu ihrer richtigen Familie zurückgebracht, doch dort stößt sie nur auf Ablehnung. Dawn aber will endlich das Geheimnis ihrer Vergangenheit lüften …

Autorin

Mit ihrem ersten Roman »Blumen der Nacht« wurde V. C. Andrews® weltweit zur Bestsellerautorin. Es folgten zahlreiche weitere spektakuläre Erfolge, unter anderem »Wie Blüten im Wind«, »Dornen des Glücks« oder »Schatten der Vergangenheit«. Nach ihrem Tod brachte ihre Familie zusammen mit einem sorgfältig ausgewählten Autor eine neue V. C. Andrews®-Serie auf den Markt, die mit dem Titel »Zerbrechliche Träume« begann und international begeistert aufgenommen wurde. Inzwischen gibt es bereits sieben packende mehrbändige Familiengeschichten, eine achte Familiensaga ist in Vorbereitung. V. C. Andrews®-Romane werden in zahlreiche Sprachen übersetzt und faszinieren Millionen von Lesern in aller Welt.

Von V. C. Andrews® außerdem bei Goldmann lieferbar

Das Netz im Dunkel. Roman (06764) · Dunkle Wasser. Roman (08655) · Schwarzer Engel. Roman (08964) · Gebrochene Schwingen. Roman (09301) · Nacht über Eden. Roman (09833) · Stunde der Nacht. Roman (43691) · Gärten der Nacht. Roman (09163) · Wie Blüten im Wind. Roman (06618) · Dornen des Glücks. Roman (06619) · Schatten der Vergangenheit. Roman (08841) · Ruby. Roman (44291)

V.C.
ANDREWS®

ZERBRECHLICHE TRÄUME

Roman

Aus dem Amerikanischen
von Uschi Gnade

PORTOBELLO

Die Originalausgabe erschien unter dem Titel »Dawn«
bei Pocket Books, New York

Umwelthinweis:
Alle bedruckten Materialien dieses Taschenbuches
sind chlorfrei und umweltschonend.

Portobello Taschenbücher erscheinen im Goldmann Verlag,
einem Unternehmen der Verlagsgruppe Random House GmbH

Einmalige Sonderausgabe Februar 2006

Umschlaggestaltung: Design Team München
Umschlagfoto: mauritius-images/Nonstock
Druck: GGP Media GmbH, Pößneck
KC · Herstellung: WE
Printed in Germany
ISBN-10: 3-442-55454-3
ISBN-13: 978-3-442-55454-6
www.portobello-verlag.de

10 9 8 7 6 5 4 3 2 1

Inhaltsverzeichnis

1 *Schon wieder ein neues Zuhause 7*
2 *Fern 24*
3 *Ewig eine Fremde 38*
4 *Ein Kuß 59*
5 *Meines Bruders Hüter 79*
6 *Das Schulkonzert 98*
7 *Funkle, funkle, kleiner Stern 114*
8 *Daddy ... ein Kidnapper? 134*
9 *Mein neues Leben 155*
10 *Ein neuer Bruder, eine verlorene Liebe 181*
11 *Verrat 209*
12 *Erhörte Gebete 233*
13 *Ein Stück Vergangenheit 254*
14 *Schändungen 275*
15 *Enthüllte Geheimnisse 299*
16 *Gespräche unter vier Augen 323*
Epilog 347

Dawn

Mama erzählte mir einmal, sie und Daddy hätten mich Dawn genannt, weil ich bei Tagesanbruch geboren worden bin. Das war die erste von tausend Lügen, die Mama und Daddy mir und meinem Bruder Jimmy erzählt haben. Natürlich konnten wir nicht wissen, daß es Lügen waren, lange nicht, bis zu dem Tag, an dem sie kamen, um uns fortzubringen.

1 *Schon wieder ein neues Zuhause*

Das Geräusch von Kommodenschubladen, die geöffnet und geschlossen wurden, weckte mich. Ich hörte Mama und Daddy in ihrem Zimmer flüstern, und mein Herz begann schneller zu schlagen. Ich preßte mir die Hände gegen die Brust, holte tief Atem und drehte mich um, um Jimmy zu wecken, doch er setzte sich in diesem Moment auf unserer Schlafcouch auf. In dem silbrigen Mondschein, der durch das gardinenlose Fenster fiel, sah das Gesicht meines sechzehnjährigen Bruders aus, als sei es in Granit gemeißelt. Er saß ganz still da und lauschte. Ich lauschte mit ihm, lauschte dem verhaßten Pfeifen des Windes, der durch die Ritzen und Spalten dieses kleinen Häuschens drang, das Daddy in Granville für uns gefunden hatte, einem kleinen heruntergekommenen Städtchen außerhalb von Washington D. C. Wir waren kaum vier Monate hier gewesen.

»Was ist los, Jimmy? Was geht hier vor?« fragte ich und zitterte teils wegen der Kälte, aber auch, weil ich tief in meinem Innern die Antwort bereits kannte.

Jimmy ließ sich auf sein Kissen zurückfallen und verschränkte die Hände hinter dem Kopf. Verdrossen blickte er zu der dunklen Decke hinauf. Das Tempo, mit dem sich Mama und Daddy bewegten, wurde hektischer.

»Wir wollten uns hier einen Welpen zulegen«, murmelte Jimmy. »Und im nächsten Frühjahr wollten Mama und ich einen Garten anlegen und unser eigenes Gemüse anbauen.«

Ich konnte seine Enttäuschung und seinen Zorn spüren wie die Wärme, die ein alter Eisenofen ausstrahlt.

»Was ist passiert?« fragte ich kläglich, denn auch ich hatte große Hoffnungen.

»Daddy ist später als gewöhnlich nach Hause gekommen«, sagte er, und sein Tonfall prophezeite Verhängnisvolles. »Er ist ins Haus gestürzt und hatte diesen wilden Blick. Du weißt schon, diese glänzenden, weitaufgerissenen Augen, die er manchmal hat. Er ist reingekommen, und kurz darauf haben sie angefangen zu packen. Wir könnten ebensogut gleich aufstehen und uns anziehen«, sagte Jimmy. Er schlug die Decke zurück, um sich aufzusetzen. »Sie kommen sowieso jeden Moment und sagen uns, daß wir uns fertig machen sollen.«

Ich stöhnte. Nicht schon wieder, und nicht schon wieder mitten in der Nacht.

Jimmy beugte sich vor, um die Lampe neben unserem ausziehbaren Sofa anzuschalten, und er zog sich als erstes die Socken an, damit er nicht auf dem kalten Fußboden stehen mußte. Er war derart niedergeschlagen, daß er sich noch nicht einmal daran störte, sich vor meinen Augen anzuziehen. Ich ließ mich zurücksinken und sah zu, wie er seine Hose auseinanderfaltete, damit er hineinschlüpfen konnte. Er bewegte sich mit einer stummen Resignation, die alles um mich herum noch viel mehr wie einen Traum erscheinen ließ. Wie sehr wünschte ich, es wäre ein Traum gewesen.

Ich war vierzehn Jahre alt, und solange ich zurückdenken konnte, hatten wir ständig eingepackt und wieder ausgepackt, waren von einem Ort an einen anderen gezogen. Es schien immer so, als müßten wir gerade dann wieder aufbrechen, wenn mein Bruder Jimmy und ich uns endlich in einer neuen Schule eingewöhnt und ein paar Freundschaften geschlossen hatten und wenn ich meine Lehrer allmählich ein wenig kennenlernte. Vielleicht waren wir wirklich nicht besser dran als heimatlose Zigeuner, wie Jimmy immer sagte, umherziehendes Volk, ärmer als die Allerärmsten, denn selbst die ärmsten Familien hatten irgendwo einen Ort, den sie ihr Zuhause nennen konnten, einen Ort, an den sie zurückkehren konnten, wenn alles schiefging, einen Ort, an dem sie Großmamas und Großpapas oder Onkel und Tanten hatten, die sie in die Arme schlossen und sie trösteten und ihnen Mut zusprachen, bis es ihnen wieder besserging. Wir hätten uns sogar mit Cousins und Cousinen begnügt. Oder zumindest ich.

Ich zog die Decke zurück, und mein Nachthemd rutschte herunter und legte meinen Busen weitgehend frei. Ich warf einen Blick auf Jimmy und ertappte ihn dabei, daß er mich im Mondschein betrachtete. Eilig wandte er seine Augen ab. Die Verlegenheit ließ mein Herz heftig klopfen, und ich preßte meine Handfläche gegen das Oberteil meines Nachthemds. Nie hatte ich einer meiner Freundinnen in der Schule erzählt, daß Jimmy und ich ein gemeinsames Zimmer hatten, und noch viel weniger, daß wir dieses klapprige ausziehbare Sofa miteinander teilten. Ich schämte mich zu sehr, und ich wußte, wie sie darauf reagiert hätten. Das hätte Jimmy und mich nur in noch größere Verlegenheit gebracht.

Ich stellte die Füße auf den eiskalten, nackten Holzboden. Mit klappernden Zähnen schlang ich mir die Arme um die Schultern und eilte durch das kleine Zimmer, um eine Bluse, einen Pullover und eine Jeans zusammenzusuchen. Dann ging ich ins Bad, um mich anzuziehen.

Als ich fertig war, hatte Jimmy seinen Koffer bereits geschlossen. Es schien, als müßten wir jedesmal etwas anderes zurücklassen. In Daddys altem Wagen war ohnehin nur begrenzt Platz. Ich faltete mein Nachthemd zusammen und packte es ordentlich in meinen eigenen Koffer. Die Schnallen ließen sich so schwer schließen wie immer, und Jimmy mußte mir helfen.

Die Tür zum Schlafzimmer von Mama und Daddy ging auf, und sie kamen heraus. Auch sie hielten die Koffer in der Hand. Wir standen mit unseren eigenen Koffern in den Händen da und sahen sie an.

»Warum müssen wir schon wieder mitten in der Nacht aufbrechen?« wollte ich wissen und sah Daddy an. Ich fragte mich, ob er wieder so wütend über unseren Aufbruch sein würde wie schon so oft.

»Um die Zeit kommt man am besten voran«, murmelte Daddy. Er sah mich finster an, und in seinen Augen stand der klare Befehl, ich sollte nicht zu viele Fragen stellen. Jimmy hatte recht – Daddy hatte wieder diesen wilden Blick, einen Blick, der so unnatürlich war, daß mir Schauer über den Rücken liefen. Ich haßte es, wenn Daddy so schaute. Er war ein gutaussehender Mann mit einem kantigen Gesicht, glattem braunem Haar und mit Augen wie dunkle Kohlen. Wenn der Tag kommen würde, an dem ich mich verliebte und mich zu einer Heirat entschloß, hoffte ich nur, mein Mann würde genauso gut aussehen wie Daddy. Und doch war es mir verhaßt, wenn Daddy unzufrieden war – wenn er diesen wilden Blick hatte, der sein gutgeschnittenes Gesicht entstellte. Dann war er häßlich – und es war mir unerträglich, ihn anzusehen.

»Jimmy, bring die Koffer nach unten. Dawn, du hilfst deiner Mutter die Sachen zusammenzupacken, die sie aus der Küche mitnehmen will.«

Ich warf einen Seitenblick auf Jimmy. Er war nur zwei Jahre älter als ich, aber von unserem Aussehen her schien der Altersunterschied größer zu sein. Er war groß und schlank und muskulös wie Daddy. Ich war klein und hatte das, was Mama »die Gestalt und das Gesicht einer Porzellanpuppe« nannte. Und ich war Mama wirklich auch nicht ähnlich, denn sie war so groß wie Daddy. Sie hatte mir erzählt, in meinem Alter sei sie schlaksig und linkisch gewesen, und sie hätte eher wie ein Junge ausgesehen, bis sie mit dreizehn plötzlich voller wurde.

Wir hatten nicht viele Familienfotos. Genaugenommen war alles, was ich besaß, ein einziges Bild von Mama, auf dem sie fünfzehn war. Ich konnte stundenlang dasitzen und in ihr junges Gesicht schauen und nach einer Ähnlichkeit mit mir selbst suchen. Auf dem Bild lächelte sie und stand unter einer Trauerweide. Sie trug einen geraden, knöchellangen Rock und eine weite Bluse mit Rüschenärmeln und einem Rüschenkragen. Ihr langes, dunkles Haar sah zart und duftig aus. Selbst auf dieser alten Schwarzweißfotografie strahlten ihre Augen vor Hoffnung und Liebe. Daddy sagte, er hätte die Aufnahme mit einer kleinen Boxkamera gemacht, die er einem Freund für einen Vierteldollar abgekauft hatte. Er war nicht sicher, ob sie überhaupt funktionierte, doch wenigstens kam dieses Bild dabei heraus. Falls wir je irgendwelche anderen Fotos besessen hatten, waren sie bei einem unserer vielen Umzüge entweder verlorengegangen oder zurückgeblieben.

Ich fand jedenfalls, daß Mama sogar auf dieser einfachen alten Fotografie, deren Schwarzweiß stark vergilbt war und deren Ränder ausfransten, so hübsch aussah, daß man leicht verstehen konnte, wieso Daddy sein Herz so schnell an sie verloren hatte, obwohl sie damals erst fünfzehn war. Auf dem Bild war sie barfuß, und ich fand, sie sah frischer, unschuldiger und reizender aus als alles andere, was die Natur zu bieten hatte.

Mama und Jimmy hatten dasselbe schimmernde schwarze Haar und die dunklen Augen. Sie hatten beide einen dunklen Teint mit wunderbaren weißen Zähnen, die wie Elfenbein aussahen, wenn sie lächelten. Daddy hatte dunkelbraunes Haar, doch meines war blond. Ich hatte Sommersprossen oben auf den Wangen. Niemand sonst in meiner Familie hatte Sommersprossen.

»Was ist mit dem Rechen und der Schaufel, die wir für den Garten gekauft haben?« fragte Jimmy und achtete sorgsam darauf, nicht den kleinsten Hoffnungsschimmer in seine Augen treten zu lassen.

»Dafür haben wir keinen Platz«, fauchte Daddy.

Der arme Jimmy, dachte ich. Mama sagte, er sei so zusammengekrümmt zur Welt gekommen wie eine geballte Faust, und seine Augen hätten ausgesehen, als seien sie zugenäht. Sie sagte, sie hätte Jimmy auf einem Bauernhof in Maryland geboren. Sie waren gerade erst dort eingetroffen und hätten an die Tür geklopft, um sich Arbeit zu suchen, als die Wehen einsetzten.

Sie erzählten mir, ich sei ebenfalls unterwegs geboren worden. Sie hatten gehofft, ich würde in einem Krankenhaus geboren werden, aber sie waren gezwungen gewesen, eine Stadt zu verlassen und sich auf den Weg in eine andere zu machen, in der Daddy bereits eine neue Stellung zugesagt bekommen hatte. Sie fuhren an einem späten Nachmittag los und waren den ganzen Tag und die ganze Nacht unterwegs.

»Wir waren weit weg von allem, mitten im Nichts, und urplötzlich wolltest du das Licht der Welt erblicken«, erzählte mir Mama. »Dein Daddy ist mit dem Wagen an den Straßenrand gefahren und hat gesagt: ›Dann ist es wohl wieder einmal soweit, Sally Jean.‹ Ich bin auf die Ladefläche des kleinen Lastwagens gekrochen, und als die Sonne aufgegangen ist, bist du zur Welt gekommen. Ich kann mich noch daran erinnern, wie die Vögel gesungen haben. Ich habe gerade einen Vogel angeschaut, als du zur Welt gekommen bist, Dawn. Deshalb kannst du auch so schön singen«, erzählte Mama. »Deine Großmama hat immer gesagt, das, was eine Frau direkt vor, während oder gleich nach der Geburt eines Kindes ansieht, wird zu einem typischen Charaktermerkmal des Kindes. Das Schlimmste sei es, eine Maus oder eine Ratte im Haus zu haben, wenn eine Frau schwanger ist.«

»Was passiert dann, Mama?« fragte ich voller Erstaunen.

»Das Kind wäre heimlichtuerisch und feige.«

Ich lehnte mich überrascht zurück, als sie mir all das erzählte. Mama hatte soviel Klugheit mitbekommen. Daher fragte ich mich wieder und immer wieder nach unserer Familie, einer Familie, die wir nie gesehen hatten. Ich wollte noch viel mehr wissen, aber es war schwierig, Mama und Daddy dazu zu bringen, über ihr früheres Leben zu sprechen. Ich vermute, es lag daran, daß es größtenteils schmerzlich und hart gewesen war.

Wir wußten, daß sie beide auf kleinen Bauernhöfen in Georgia aufgewachsen waren, wo ihre Familien sich mühevoll mit dem durchschlugen, was ein kleines Fleckchen Land abwarf. Sie stammten beide aus großen Familien, die in baufälligen Bauernhöfen gelebt hatten. In keinem der beiden Haushalte war genug Platz für ein frisch verheiratetes, sehr junges Paar mit einer schwangeren Frau, und daher machten sie sich auf die Wanderschaft, und die Geschichte ihrer Reisen begann, Reisen, die immer noch nicht zu Ende waren. Wir waren wieder einmal unterwegs.

Mama und ich füllten einen Karton mit den Küchengerätschaften, die sie mitnehmen wollte, und dann gaben wir ihn Daddy, damit er ihn im Wagen verstaute. Als sie fertig war, legte sie mir den Arm um die Schultern, und wir warfen beide einen letzten Blick auf die bescheidene kleine Küche.

Jimmy stand in der Tür und sah uns an. Seine Augen verwandelten sich von Teichen der Traurigkeit in kohlrabenschwarze Strudel der Wut, als Daddy ins Haus kam, um uns zur Eile anzutreiben. Jimmy gab ihm die Schuld an unserem Zigeunerleben. Manchmal fragte ich mich, ob er nicht vielleicht doch recht hatte. Daddy wirkte oft anders als andere Männer – ungeduldiger und nervöser. Ich hätte nie ein Wort gesagt, aber mir war es verhaßt, wenn er auf dem Heimweg von der Arbeit noch in einer Bar vorbeischaute. Dann kam er gewöhnlich mißmutig nach Hause, stellte sich ans Fenster und starrte hinaus, als erwarte er etwas Furchtbares. Keiner von uns konnte mit ihm reden, wenn er in einer solchen Stimmung war. Und jetzt war es wieder einmal soweit.

»Ihr solltet euch lieber in Bewegung setzen«, sagte er beim Hinausgehen, und seine Augen wurden noch kälter, als sie einen Moment lang auf mir ruhten.

Ich war bestürzt. Warum hatte Daddy mich mit einem derart kalten Blick angesehen? Es war fast so, als würde er mir die Schuld daran geben, daß wir aufbrechen mußten.

Sobald mir der Gedanke durch den Kopf ging, vertrieb ich ihn auch schon wieder. Ich war wirklich zu albern! Daddy würde mir niemals die Schuld an etwas zuschieben. Er liebte mich. Er war lediglich wütend, weil Mama und ich so langsam waren und trödelten, statt aus dem Haus zu eilen. Als hätte sie meine Gedanken gelesen, machte Mama plötzlich den Mund auf.

»Ja, sicher«, sagte sie schnell. Mama und ich gingen auf die Tür zu, denn wir hatten alle aus bösen Erfahrungen gelernt, daß Daddy unberechenbar war, wenn seine Stimme so gepreßt vor Wut klang. Keiner von uns wollte seinen Zorn erwecken. Wir drehten uns noch ein einziges Mal um und schlossen die Tür hinter uns, wie wir schon Dutzende von Türen hinter uns geschlossen hatten.

Wenige Sterne standen am Himmel. Ich mochte die sternlosen Nächte nicht. Das waren die Nächte, in denen die Schatten mir viel dunkler und länger vorkamen. Heute war eine dieser Nächte – kalt, dunkel, sämtliche Fenster in den Häusern um uns herum waren schwarz. Der Wind wehte ein Blatt Papier über die Straße, und in der Ferne heulte ein Hund. Dann hörte ich eine Sirene. Irgendwo im Dunkel der Nacht hatte jemand Sorgen, dachte ich, ein armer Mensch, der ins Krankenhaus gebracht wurde, oder vielleicht jagte die Polizei auch einen Verbrecher.

»Dann mal los«, ordnete Daddy an und gab Gas, als jagten sie uns.

Jimmy und ich zwängten uns zwischen unsere Kartons und Koffer auf den Rücksitz.

»Und wohin fahren wir diesmal?« fragte Jimmy, ohne sein Mißvergnügen zu verhehlen.

»Nach Richmond«, sagte Mama.

»Nach Richmond!« sagten wir beide. Es schien, als seien wir schon in ganz Virginia gewesen, nur noch nicht in Richmond.

»Ja. Euer Daddy hat dort eine Stellung in einer Autowerkstatt gefunden, und ich bin sicher, daß ich in einem der Hotels vorübergehend als Zimmermädchen Arbeit finde.«

»Richmond«, murmelte Jimmy tonlos. Große Städte machten uns beiden angst.

Als wir aus Granville hinausfuhren und sich die Dunkelheit auf uns senkte, kehrte die Schläfrigkeit zurück. Jimmy und ich schlossen die Augen und schliefen, wie schon so oft vorher, Schulter an Schulter ein.

Daddy hatte diesen Umzug bereits eine Weile vorgeplant, denn er hatte bereits eine Unterkunft für uns gefunden. Daddy traf häufig Vorbereitungen, ohne uns etwas zu sagen, und wir erfuhren erst im letzten Moment davon.

Da die Mieten in der Stadt wesentlich höher waren, konnten wir uns nur eine Wohnung mit einem Schlafzimmer leisten, und daher mußten Jimmy und ich weiterhin ein Zimmer miteinander teilen. Und dann diese Schlafcouch! Sie war kaum breit genug für uns beide. Ich wußte, daß Jimmy manchmal vor mir erwachte, sich aber nicht bewegte, weil mein Arm auf ihm lag und er mich nicht wecken und in Verlegenheit bringen wollte. Und dann konnte es vorkommen, daß er mich versehentlich an Stellen berührte, an denen er mich nicht hätte berühren dürfen. Dann strömte das Blut in sein Gesicht, und er sprang aus dem Bett, als hätte es Feuer gefangen. Er verlor nie ein Wort darüber, daß er mich berührt hatte, und ich kam auch nicht darauf zu sprechen.

So war es im allgemeinen. Jimmy und ich taten einfach so, als käme es nicht zu den Dingen, die anderen Jungen und Mädchen in unserem Alter peinlich gewesen wären, sofern sie gezwungen gewesen wären, derart eng zusammenzuleben. Aber ich konnte nichts daran ändern, daß ich immer wieder dasaß und mir sehnsüchtig wünschte, ich hätte dieselbe wunderbare Privatsphäre, die meine Freundinnen genossen, vor allem dann, wenn sie beschrieben, wie sie einfach die Tür hinter sich zumachen konnten. Dann plauderten sie ungestört am eigenen Telefon oder schrieben Liebesbriefe, ohne daß auch nur ein Familienangehöriger das Geringste davon erfuhr. Ich hatte sogar Angst, ein Tagebuch zu führen, weil mir jeder über die Schulter schauen konnte.

Diese Wohnung unterschied sich kaum von den meisten unserer bisherigen Wohnungen – kleine Räume, Tapeten, die sich von den Wänden schälten, und abblätternde Farbe. Auch die Fenster, die nicht richtig schlossen. Jimmy haßte unsere Wohnung so sehr, daß er sagte, er würde lieber auf der Straße schlafen.

Als wir glaubten, schlimmer könnte es nicht mehr kommen, wurde alles doch noch schlimmer.

Monate nachdem wir nach Richmond gezogen waren, kam Mama eines Nachmittags viel früher als üblich von der Arbeit zurück. Ich hatte gehofft, sie würde uns etwas Frisches zum Abendessen mitbringen. Die Woche neigte sich dem Ende zu, Daddys Zahltag, und das meiste Geld von der vorherigen Woche war ausgegeben. Im Lauf der Woche war es uns gelungen, ein oder zwei gute Mahlzeiten zu kochen, aber jetzt aßen wir nur noch Reste. Mein Magen knurrte genauso laut wie Jimmys, aber ehe einer von uns klagen konnte, ging die Tür auf, und wir drehten uns beide erstaunt nach Mama um, die hereinkam. Sie blieb stehen, schüttelte den Kopf und fing an zu weinen. Dann eilte sie durch das Zimmer zu ihrer Schlafzimmertür.

»Mama! Was ist passiert?« rief ich hinter ihr her, doch ihre einzige Antwort bestand darin, die Tür hinter sich zuzuschlagen. Jimmy sah mich an, und ich sah ihn an, und wir fürchteten uns beide. Ich ging an ihre Tür und klopfte leise an. »Mama?« Jimmy stellte sich neben mich und wartete. »Mama, dürfen wir reinkommen?« Ich öffnete die Tür und schaute ins Zimmer.

Sie lag flach auf dem Bauch auf dem Bett, und ihre Schultern zuckten. Wir traten zögernd ein, Jimmy dicht an meiner Seite. Ich setzte mich auf die Bettkante und legte meine Hand auf ihre Schulter.

»Mama?«

Endlich hörte sie auf zu schluchzen um und sah uns beide an.

»Hast du deine Stellung verloren, Mama?« fragte Jimmy.

»Nein, das ist es nicht, Jimmy.« Sie setzte sich auf und preßte sich die kleinen Fäuste auf die Augen, um die Tränen aufzuhalten. »Aber lange werde ich diese Stellung auch nicht mehr haben.«

»Was ist es denn dann, Mama? Sag es uns«, bettelte ich.

Sie putzte sich die Nase, strich sich das Haar zurück und nahm unsere Hände in ihre.

»Ihr werdet ein neues Brüderchen oder ein neues Schwesterchen bekommen«, erklärte sie.

Mein Herzschlag setzte aus. Jimmy riß die Augen auf, und der Mund blieb ihm offen.

»Es ist meine Schuld. Ich habe die Anzeichen viel zu lange einfach mißachtet. Ich hätte nie geglaubt, daß ich schwanger bin, weil ich nach Dawn keine Kinder mehr bekommen habe. Heute bin ich dann schließlich zu einem Arzt gegangen und habe festgestellt, daß ich schon gut vier Monate schwanger bin. Plötzlich bekomme ich ein Kind, und arbeiten kann ich jetzt auch nicht mehr«, sagte sie und fing wieder an zu weinen.

»O Mama, weine nicht.« Der Gedanke, noch einen Mund mehr füttern zu müssen, legte sich wie ein dunkler Schatten auf mein Herz. Wie konnten wir das schaffen? Wir hatten so schon nicht genug.

Ich schaute Jimmy an und bat ihn mit meinen Blicken, etwas Tröstliches zu sagen, aber er sah bestürzt und wütend aus. Er stand einfach nur da und starrte vor sich hin.

»Weiß Daddy es schon, Mama?« fragte er.

»Nein«, sagte sie. Sie holte tief Atem. »Ich bin zu alt und zu müde, um noch ein Baby zu bekommen«, flüsterte sie und schüttelte den Kopf.

»Du bist wütend auf mich, stimmt's, Jimmy?« fragte Mama ihn. Er war so mürrisch, daß ich ihn am liebsten getreten hätte. Schließlich schüttelte er den Kopf.

»Nein, Mama. Ich bin nicht wütend auf dich. Es ist nicht *deine* Schuld.« Sein Blick wandte sich mir zu, und ich wußte, daß er Daddy die Schuld daran gab.

»Dann nimm mich in die Arme. Das brauche ich jetzt.«

Jimmy schaute zur Seite und beugte sich dann zu Mama vor. Er drückte sie schnell an sich und murmelte, er müsse jetzt gehen. Dann lief er aus dem Zimmer.

»Du bleibst jetzt einfach liegen und ruhst dich aus, Mama«, sagte ich. »Ich habe das Abendessen ohnehin schon fast fertig.«

»Das Abendessen. Was haben wir denn zu essen? Ich wollte versuchen, heute nachmittag noch etwas mitzubringen, wollte fragen, ob wir beim Kaufmann noch einmal anschreiben können, aber mit dieser Schwangerschaft und allem, was dazugehört, habe ich das Essen vollständig vergessen.«

»Wir kommen schon über die Runden, Mama«, sagte ich. »Daddy bekommt heute sein Geld, und morgen können wir dann wieder etwas Besseres essen.«

»Es tut mir leid, Dawn«, sagte sie, und ihr Gesicht verzog sich, als würde sie gleich wieder weinen. Sie schüttelte den Kopf. »Jimmy ist so wütend. Ich kann es in seinen Augen sehen. Er hat seine aufbrausende Art von Ormand geerbt.«

»Er ist nur überrascht, Mama. Ich sehe jetzt nach dem Abendessen«, wiederholte ich. Ich ging raus, schloß leise die Tür hinter mir und bemerkte, daß meine Finger auf dem Türgriff zitterten.

Ein Baby, ein kleines Brüderchen oder ein Schwesterchen! Wo sollte ein Baby schlafen? Wie konnte sich Mama um ein Baby kümmern? Wenn sie nicht mehr arbeiten konnte, würden wir noch weniger Geld haben. Planten Erwachsene diese Dinge denn gar nicht? Wie konnte sie zulassen, daß so etwas geschah?

Ich ging aus dem Haus, um Jimmy zu suchen, und als ich ihn fand, warf er einen Gummiball an die hintere Hausmauer. Es war Mitte April, und daher war die Luft nicht mehr so kühl, auch nicht am frühen Abend. Ich konnte bereits die ersten Sterne entdecken, die langsam am Himmel auftauchten. Die Neonlichter über dem Eingang von Frankie's Grillbar an der Ecke waren eingeschaltet. Manchmal schaute Daddy an einem heißen Tag auf dem Heimweg dort vorbei, um ein kühles Bier zu trinken. Wenn die Tür geöffnet und geschlossen wurde, waren das Gelächter und die Musik aus der Jukebox zu hören und verhallten dann schnell auf der Straße – eine Straße, auf der immer Bonbonpapiere und andere Abfälle herumlagen, die der Wind aus den überquellenden Mülltonnen wehte. Ich konnte zwei läufige Katzen hören, die einander in einer engen Gasse bedrohten. Ein Mann schrie einem anderen Beschimpfungen entgegen, der sich eine Kreuzung weiter südlich aus einem Fenster im zweiten Stock beugte. Der Mann am Fenster lachte nur.

Ich wandte mich zu Jimmy um. Er war wieder einmal so angespannt wie eine geballte Faust, und er ließ seine gesamte Wut immer wieder an dem Ball aus.

»Jimmy?«

Er antwortete mir nicht.

»Jimmy, du willst doch nicht, daß es Mama noch schlechter geht als ohnehin schon, oder?« fragte ich ihn leise. Er fing den Ball in der Luft und schaute mich an.

»Was hat es für einen Sinn, sich etwas vorzumachen, Dawn? Wenn wir eine Sache im Moment bestimmt nicht gebrauchen können, dann ist es noch ein Kind im Haus. Sieh dir doch nur an, was es heute zum Abendessen gibt!«

Ich schluckte schwer. Seine Worte waren wie kalter Regen, der auf ein warmes Lagerfeuer fällt.

»Wir haben nicht mal abgelegte Kleidungsstücke für ein kleines Baby«, fuhr er fort. »Wir werden Babykleidung und Windeln und ein Kinderbett kaufen müssen. Und Babys brauchen alle möglichen Cremes und Puder und so etwas, oder nicht?«

»Ja, schon, aber...«

»Und warum hat sich Daddy das nicht überlegt? Der zieht mit seinen Freunden durch die Gegend, die in der Autowerkstatt rumhängen, und er läßt es sich gutgehen und tut, als sei er der Größte, und jetzt sitzen wir da«, sagte er und wies auf das Haus.

Warum hatte Daddy nicht daran gedacht, fragte ich mich. Ich hatte schon von Mädchen gehört, die Männern zuviel erlaubten und schwanger wurden, aber das lag doch daran, daß sie noch so jung waren und es nicht besser wußten.

»Es ist wohl einfach passiert, nehme ich an«, sagte ich.

»Das passiert nicht einfach so, Dawn. Eine Frau wacht nicht eines Morgens auf und stellt fest, daß sie schwanger ist.«

»Planen Eltern denn nicht, wann sie Kinder wollen?«

Er sah mich an und schüttelte den Kopf.

»Daddy ist wahrscheinlich eines Nachts betrunken nach Hause gekommen und...«

»Und was?«

»Ach, Dawn... dann haben sie das Baby gemacht, das ist alles.«

»Und sie wußten nicht, daß sie es gemacht haben?«

»Na ja, sie machen nicht jedesmal ein Baby, wenn sie...« Er schüttelte den Kopf. »Du solltest Mama danach fragen. Ich kenne mich mit all den Einzelheiten auch nicht aus«, sagte er schnell, aber ich wußte, daß er mir mehr hätte erklären können.

»Wenn Daddy heimkommt, ist der Teufel los, Dawn«, sagte er und schüttelte den Kopf, als wir wieder ins Haus gingen. Seine Stimme war kaum mehr als ein Flüstern, und mir lief ein Schauer über den Rücken. Mein Herz klopfte in banger Erwartung.

Wenn die Schwierigkeiten über uns zusammenschlugen, beschloß Daddy meistens, wir müßten packen und verschwinden, aber vor dem, was jetzt passiert war, konnten wir nicht davonlaufen. Da immer ich das Abendessen kochte, wußte ich besser als jeder andere, daß wir nichts für ein Baby erübrigen konnten. Nicht einen Cent, nicht einen Brotkrümel.

Als Daddy an jenem Abend von der Arbeit kam, wirkte er viel erschöpfter als sonst, und seine Hände und Arme waren voll mit Wagenschmiere.

»Ich mußte ein Getriebe aus einem Wagen ausbauen und es am selben Tag wieder einbauen«, erklärte er, weil er glaubte, sein Aussehen sei der Grund dafür, daß Jimmy und ich ihn so seltsam anstarrten. »Stimmt etwas nicht mit euch?«

»Ormand«, rief Mama. Daddy eilte ins Schlafzimmer. Ich widmete mich sofort dem Abendessen, doch mein Herz schlug so heftig, daß ich kaum atmen konnte. Jimmy trat an das Fenster, das auf die Nordseite der Straße ging, und dort stand er so still wie eine Statue. Wir hörten Mama wieder weinen. Nach einer Weile wurde es ruhig, und dann kam Daddy aus dem Zimmer. Jimmy drehte sich erwartungsvoll um.

»Tja, also, ich schätze, ihr beide wißt es schon.« Er schüttelte den Kopf und warf einen Blick auf die Tür, die er hinter sich geschlossen hatte.

»Wie sollen wir das schaffen?« fragte Jimmy.

»Ich weiß es nicht«, sagte Daddy, und seine Augen wurden dunkler. Auf seinem Gesicht breitete sich langsam dieser irre Ausdruck aus, die Lippen verzogen sich an den Mundwinkeln, und das Weiß seiner Zähne war zu sehen. Er fuhr sich mit den Fingern durch das Haar und holte tief Luft.

Jimmy ließ sich auf einen Küchenstuhl fallen. »Andere Leute planen ihre Kinder«, murrte er.

Daddys Gesicht verzerrte sich. Ich konnte einfach nicht glauben, daß Jimmy das gesagt hatte. Er wußte, wie aufbrausend Daddy war, doch mir fiel wieder ein, was Mama gesagt hatte: Jimmy war genauso aufbrausend wie er. Manchmal waren sie wie zwei Stiere, zwischen denen ein rotes Tuch flatterte.

»Sei bloß nicht frech«, sagte Daddy und stürzte zur Tür.

»Wohin gehst du, Daddy?« rief ich.

»Ich muß nachdenken«, sagte er. »Eßt ohne mich.«

Jimmy und ich lauschten auf Daddys Schritte im Hausflur. Das Aufstampfen seiner Füße verriet deutlich seinen Zorn und seinen inneren Aufruhr.

»Wir sollen ohne ihn essen, sagt er«, stichelte Jimmy. »Grütze und wurmstichige Erbsen.«

»Er geht zu Frankie's«, prophezeite ich. Jimmy nickte, lehnte sich zurück und starrte verdrossen auf seinen Teller.

»Wo ist Ormand?« fragte Mama, die aus ihrem Schlafzimmer kam.

»Er ist aus dem Haus gegangen, um nachzudenken, Mama«, sagte Jimmy. »Wahrscheinlich versucht er nur, sich etwas einfallen zu lassen, und dazu muß er allein sein«, fügte er hinzu, weil er hoffte, ihr damit zu helfen.

»Ich mag es nicht, wenn er so aus dem Haus läuft«, klagte Mama. »Das hat noch nie zu etwas Gutem geführt. Du solltest ihn suchen gehen, Jimmy.«

»Ihn suchen gehen? Der Meinung bin ich nicht, Mama. Er kann es nicht leiden, wenn ich das tue. Laß uns einfach essen und warten, bis er zurückkommt.« Mama war nicht glücklich darüber, aber sie setzte sich, und ich trug die Grütze und die wurmstichigen Erbsen auf. Ich hatte ein wenig Salz und ein bißchen ausgelassenes Fett von einer Speckschwarte darüber gegeben, das ich vorsichtshalber aufgehoben hatte.

»Es tut mir leid, daß ich nicht versucht habe, uns etwas anderes zu besorgen«, entschuldigte sich Mama wieder. »Aber du hast das wirklich prima gemacht, Dawn, mein Schätzchen. Es schmeckt gut. Findest du nicht auch, Jimmy?«

Er sah von seinem Teller auf. Ich merkte, daß er nicht zugehört hatte. Jimmy konnte sich stundenlang in seine eigenen Gedanken vertiefen, vor allem dann, wenn er unglücklich war.

»Wie? Ach so. Ja, es schmeckt wirklich gut.«

Nach dem Abendessen blieb Mama noch eine Weile sitzen und hörte Radio und blätterte in den alten Zeitschriften, die sie aus dem Motel mitgebracht hatte, in dem sie arbeitete. Die Stunden vergingen. Wenn wir hörten, wie eine Tür zugeschlagen wurde oder wie Schritte durchs Treppenhaus kamen, rechneten wir damit, Daddy käme jetzt zur Tür herein, doch es wurde später und später, und er kam nicht zurück.

Jedesmal, wenn ich Mama ansah, bemerkte ich, daß sich die Traurigkeit auf ihr Gesicht gelegt hatte, die immer schwerer wurde und sich nicht abschütteln ließ. Schließlich stand sie auf und erklärte, sie müsse jetzt ins Bett gehen. Sie holte tief Atem, preßte sich die Hände auf die Brust und ging auf ihr Schlafzimmer zu.

»Ich bin auch müde«, sagte Jimmy. Er stand auf und ging ins Bad, um sich zu waschen und schlafen zu gehen. Ich wollte die Schlafcouch schon ausziehen, doch dann ließ ich es bleiben, denn ich dachte an Mama, die in ihrem Bett lag, sich Sorgen machte und sich ängstigte. Im nächsten Moment stand mein Entschluß fest – ich öffnete leise die Tür und ging aus dem Haus, um Daddy zu suchen.

Vor der Tür von Frankie's Grillbar zögerte ich. Ich war noch nie in einer Bar gewesen. Meine Hand zitterte, als ich sie nach dem Griff ausstreckte, doch ehe ich daran ziehen konnte, wurde die Tür aufgerissen, und eine hellhäutige Frau mit zuviel Lippenstift und Rouge im Gesicht kam heraus. In ihrem Mundwinkel baumelte eine Zigarette. Als sie mich bemerkte, blieb sie stehen und lächelte. Ich sah, daß ihr weiter hinten im Mund etliche Zähne fehlten.

»Was hast du denn hier zu suchen, Schätzchen? Das ist kein Ort für ein junges Mädchen.«

»Ich suche Ormand Longchamp«, erwiderte ich.

»Nie von ihm gehört«, sagte sie. »Bleib nicht zu lange drin, Schätzchen. Das ist kein Ort für Kinder«, fügte sie noch hinzu, ehe sie mich stehenließ. Der Geruch nach Zigaretten und Bier hüllte sie ein. Ich sah ihr noch einen Moment lang nach, ehe ich Frankie's Bar betrat.

Ich hatte ab und zu einen Blick hineingeworfen, wenn jemand die Tür aufmachte, und ich wußte, daß rechts ein langer Tresen mit Spiegeln und Regalen stand, auf denen sich die Schnapsflaschen aneinanderreihten. Ich sah die Ventilatoren an der Decke und die Sägespäne auf dem schmutzigen braunen Holzfußboden. Die Tische, die links standen, hatte ich noch nie gesehen.

Ein paar Männer am Ende des Tresens drehten sich zu mir um, als ich eintrat. Einer lächelte, der andere starrte mich an. Der Barkeeper, ein kleiner, stämmiger Mann mit einer Glatze, lehnte an der Wand. Er hatte die Arme vor der Brust verschränkt.

»Was willst du hier?« fragte er und kam auf mich zu.

»Ich suche Ormand Longchamp«, sagte ich. »Ich dachte, er könnte vielleicht hier sein.«

»Der ist zum Militär gegangen«, spöttelte jemand.

»Halt den Mund«, fauchte der Barkeeper. Dann wandte er sich wieder an mich. »Er ist da drüben«, sagte er und wies mit einer Kopfbewegung auf die Tische an der linken Wand. Ich schaute hin und erkannte Daddy, der an einem Tisch zusammengesackt war, aber ich hatte Angst, noch weiter in die Bar hineinzugehen. »Du kannst ihn wecken und nach Hause bringen«, riet mir der Barkeeper.

Einige der Männer am Tresen drehten sich um, um mich zu beobachten, als sei das der größte Spaß des ganzen Abends.

»Laßt sie in Ruhe«, befahl der Barkeeper.

Ich lief zwischen den Tischen hindurch, bis ich vor Daddy stand. Er hatte den Kopf auf die Arme gelegt. Vor ihm standen fünf leere Bierflaschen auf dem Tisch und eine, die fast leer war. Neben der Flasche stand ein Glas mit einem kleinen Rest Bier darin.

»Daddy«, sagte ich leise. Er rührte sich nicht. Ich drehte mich wieder zum Tresen um und sah, daß auch die Männer, die mich beobachtet hatten, inzwischen das Interesse verloren hatten. »Daddy«, wiederholte ich ein wenig lauter. Er bewegte sich, hob aber nicht den Kopf. Ich zog vorsichtig an seinem Ärmel. »Daddy.« Er murrte vor sich hin und hob dann langsam den Kopf.

»Was ist?«

»Daddy, komm jetzt bitte mit nach Hause«, sagte ich. Er rieb sich die Augen und sah mich an.

»Was... was hast du denn hier zu suchen, Dawn?« fragte er schnell.

»Mama ist vor einer Weile ins Bett gegangen, aber ich weiß, daß sie wach daliegt und auf dich wartet, Daddy.«

»Du solltest dich an einem solchen Ort nicht blicken lassen«, fuhr er mich an, daß ich zusammenzuckte.

»Ich wollte ja nicht herkommen, Daddy, aber...«

»Schon gut, schon gut«, sagte er. »Es sieht so aus, als würde ich im Moment nichts, aber auch gar nichts richtig machen«, fügte er kopfschüttelnd hinzu.

»Komm mit mir nach Hause, Daddy. Es wird alles wieder gut.«

»Ja, ja«, murmelte er. Er starrte einen Moment lang auf das Bier und stieß dann seinen Stuhl zurück. »Laß uns zusehen, daß wir von hier verschwinden. Du hast hier nichts zu suchen«, wiederholte er. Er wollte aufstehen, setzte sich aber gleich wieder.

Er warf noch einen Blick auf die Bierflaschen, steckte dann die Hand in die Tasche und holte seine Brieftasche heraus. Er zählte schnell das Geld und schüttelte den Kopf.

»Ich weiß nicht mehr, wieviel ich ausgegeben habe«, sagte er mehr zu sich selbst als zu mir, doch bei seinen Worten lief mir ein kalter Schauer über den Rücken.

»Wieviel hast du ausgegeben, Daddy?«

»Zuviel«, stöhnte er. »Ich fürchte, wir werden diese Woche auch nicht allzuviel zu essen haben.« Er stieß sich von dem Tisch ab und stand auf. »Komm«, sagte er. Daddy schwankte, als wir zur Tür gingen.

»Schlaf gut!« rief ihm einer der Männer am Tresen nach. Daddy ging nicht darauf ein. Er machte die Tür auf, und wir traten ins Freie. Ich war noch nie so froh gewesen, wieder in der frischen Luft zu sein. Bei der schlechten Luft in der Bar hatte sich mir der Magen umgedreht. Wie konnte Daddy ein solches Lokal auch nur betreten, fragte ich mich. Und sogar freiwillig seine Zeit dort verbringen? Auch Daddy tat die frische Luft gut, und wir holten tief Atem.

»Ich will nicht, daß du ein solches Lokal betrittst«, sagte er, als wir weitergingen. Plötzlich blieb er stehen, sah mich an und schüttelte den Kopf. »Du bist klüger, und du bist besser als der Rest von uns, Dawn. Du hast etwas Besseres verdient.«

»Ich bin nicht besser als irgend jemand sonst, Daddy«, protestierte ich, aber er hatte gesagt, was er zu sagen hatte, und wir setzten den Weg zu unserer Wohnung fort. Als wir die Tür öffneten, lag Jimmy bereits auf der Schlafcouch. Er hatte die Decke so hoch gezogen, daß sie sein Gesicht fast verbarg. Er drehte sich nicht zu uns um. Daddy begab sich direkt ins Schlafzimmer, und ich kroch unter die Decke zu Jimmy, der sich jetzt bewegte.

»Du bist zu Frankie's gegangen und hast ihn geholt?« fragte er flüsternd.

»Ja.«

»Wenn ich hingegangen wäre, wäre er wütend geworden«, sagte er.

»Nein, bestimmt nicht, Jimmy, er...«

Ich unterbrach mich, weil wir hörten, wie Mama stöhnte. Dann hörten wir etwas, was so klang, als lachte Daddy. Im nächsten Moment waren eindeutig die Sprungfedern zu hören. Jimmy und ich wußten, was das hieß. In unseren beengten räumlichen Verhältnissen hatten wir uns an die Geräusche gewöhnt, die man hört, wenn zwei Menschen miteinander schlafen. Als wir noch kleiner waren, wußten wir natürlich nicht, was das war, aber als wir es erfuhren, taten wir so, als hätten wir nie etwas gehört.

Jimmy zog sich die Decke wieder über die Ohren, aber ich war verwirrt und zugleich ein wenig fasziniert.

»Jimmy«, flüsterte ich.

»Schlaf jetzt, Dawn«, bat er mich.

»Aber, Jimmy, wie können sie...«

»Schlaf einfach ein, sei so gut.«

»Ich meine, Mama ist schwanger. Können sie trotzdem...?« Jimmy reagierte nicht darauf. »Ist das denn nicht gefährlich?«

Jimmy drehte sich abrupt zu mir um.

»Wirst du jetzt endlich aufhören, mir solche Fragen zu stellen?«

»Aber ich dachte, du wüßtest es vielleicht. Jungen wissen normalerweise mehr als Mädchen«, sagte ich.

»Also, ich weiß jedenfalls nichts«, erwiderte er. »Okay? Und jetzt sei still.« Er wandte mir wieder den Rücken zu.

Im Schlafzimmer von Mama und Daddy wurde es ruhiger, aber ich stellte mir immer noch all diese Fragen. Ich wünschte, ich hätte eine ältere Schwester gehabt, der meine Fragen nicht peinlich gewesen wären. Mama nach diesen Dingen zu fragen, wäre mir wirklich zu peinlich gewesen, denn ich wollte nicht, daß sie glaubte, Jimmy und ich würden sie belauschen.

Mein Bein streifte Jimmys, und er zog es weg, als hätte er sich an mir verbrannt. Dann rutschte er an seine Bettkante, bis er fast rausfiel. Ich rutschte auch so weit wie möglich auf meine Seite. Dann machte ich die Augen zu und versuchte, an etwas anderes zu denken.

Während ich langsam einschlief, dachte ich an diese Frau, die in dem Moment aus der Bar gekommen war, als ich die Tür aufmachen wollte. Sie hatte auf mich heruntergelächelt, ihre Lippen waren aufgedunsen und verzerrt, ihre Zähne gelb gewesen, und der Zigarettenrauch hatte sich zu ihren blutunterlaufenen Augen hinaufgekräuselt.

Ich war so froh, daß es mir gelungen war, Daddy nach Hause zu holen.

2 *Fern*

Eines Nachmittags in der ersten Woche ihres neunten Monats hörten wir Mama schreien, als ich gerade das Abendessen vorbereitete und Jimmy sich am Küchentisch mit irgendwelchen Hausarbeiten abmühte. Wir rannten ins Schlafzimmer und sahen, daß sie sich den Bauch hielt.

»Was ist los, Mama?« fragte ich mit klopfendem Herzen. »Mama!« Mama nahm meine Hand.

»Ruf einen Krankenwagen an«, sagte sie mit zusammengebissenen Zähnen. Wir hatten kein Telefon in der Wohnung und mußten die öffentliche Telefonzelle an der Straßenkreuzung benutzen. Jimmy rannte aus dem Haus.

»Darf das so sein, Mama?« fragte ich sie. Sie schüttelte lediglich den Kopf und stöhnte wieder. Ihre Fingernägel gruben sich so fest in meine Haut, daß ich fast geblutet hätte. Sie biß sich auf die Unterlippe. Wieder und wieder überfielen sie die Schmerzen. Ihr Gesicht war bleich geworden und hatte ein fahles Gelb angenommen.

»Das Krankenhaus schickt einen Krankenwagen«, erklärte Jimmy, nachdem er wieder zurückgekommen war.

»Hast du deinen Daddy angerufen?« fragte Mama Jimmy mit gepreßter Stimme. Die Schmerzen wollten nicht nachlassen.

»Nein«, erwiderte er. »Ich tue es jetzt gleich, Mama.«

»Sag ihm, er soll direkt ins Krankenhaus kommen«, ordnete sie an.

Es schien endlos und ewig zu dauern, bis der Krankenwagen kam. Sie legten Mama auf eine Tragbahre und trugen sie aus dem Haus. Ich versuchte, ihr noch einmal die Hand zu drücken, ehe sie die Tür schlossen, doch der Pfleger schob mich zurück. Jimmy stand neben mir und hatte die Hände in die Hüften gestemmt, und seine Schultern hoben und senkten sich, da er tief und aufgeregt Atem holte.

Der Himmel war gespenstisch finster, und ein kalter, heftiger Regen setzte ein. Sogar Blitze zuckten durch die unförmigen grauschwarzen Wolken. Diese Untergangsstimmung ließ mir einen Schauer über den

Rücken laufen, und ich zuckte zusammen und schlang mir die Arme um die Schultern, als die Krankenpfleger in den Wagen stiegen und abfuhren.

»Komm schon«, sagte Jimmy. »Wir nehmen den Bus auf der Hauptstraße.«

Er packte mich an der Hand, und wir rannten los. Als wir vor dem Krankenhaus aus dem Bus stiegen, gingen wir direkt zur Notaufnahme und fanden Daddy dort, der gerade mit einem großen Arzt mit dunkelbraunem Haar und kalten, strengen, grünen Augen sprach. Als wir die beiden erreicht hatten, hörten wir den Arzt sagen: »Das Baby liegt falsch, und wir müssen Ihre Frau operieren. Wir können nicht mehr lange damit warten. Kommen Sie mit mir, um ein paar Papiere zu unterschreiben, und dann fangen wir sofort an, Sir.«

Jimmy und ich starrten Daddy nach, als er mit dem Arzt fortging, und dann setzten wir uns auf eine Bank im Korridor.

»Es ist zu dumm«, murrte Jimmy plötzlich, »einfach zu dumm, jetzt ein Baby zu bekommen.«

»Sag so etwas nicht, Jimmy«, schimpfte ich ihn. Bei seinen Worten brachen meine eigenen Ängste über mich herein.

»Also, ich will jedenfalls kein Baby haben, das Mamas Leben in Gefahr bringt, und ich will auch kein Baby haben, das uns das Leben noch viel schwerer macht«, fauchte er, aber er sagte nichts mehr, als Daddy zurückkam. Ich weiß nicht, wie lange wir dort gesessen und gewartet hatten, bis der Arzt endlich wieder auftauchte, aber Jimmy war mit dem Kopf auf meiner Schulter eingeschlafen. Sobald wir den Arzt kommen sahen, setzten wir uns aufrecht hin. Jimmys Lider flatterten und öffneten sich, als er das Gesicht des Arztes genauso aufgeregt wie ich anstarrte.

»Meine Glückwünsche, Mr. Longchamp«, sagte der Arzt. »Sie haben ein Mädchen bekommen, und es wiegt siebeneinhalb Pfund.« Er streckte die Hand aus, und Daddy schüttelte sie.

»Da soll mich doch gleich der Teufel holen. Und was ist mit meiner Frau?«

»Sie liegt jetzt auf der Station. Es war sehr schwer für sie, Mr. Longchamp. Das Blutbild war nicht ganz so, wie wir es uns gewünscht hätten, und daher wird sie einige Zeit brauchen, um wieder zu Kräften zu kommen.«

»Ich danke Ihnen, Doktor, ich danke Ihnen«, sagte Daddy, der ihm immer noch die Hand schüttelte. Die Lippen des Arztes verzogen sich zu einem Lächeln, das nicht bis in seine Augen reichte.

Nachdem wir die Entbindungsstation aufgesucht hatten, schauten wir alle drei in das winzige rosige Gesicht hinunter, das von einer weißen Decke umhüllt war. Das Baby Longchamp hatte die Finger zusammengerollt. Sie sahen nicht größer aus als die Finger meiner ersten Puppe. Die Kleine hatte einen schwarzen Haarschopf, der so üppig war und so dunkel schimmerte wie Jimmys und Mamas Haar, und nirgends war eine Sommersprosse zu entdecken. Das war eine Enttäuschung.

Es dauerte länger, als wir erwartet hatten, bis Mama wieder auf die Füße kam, nachdem wir sie nach Hause geholt hatten. Durch ihren geschwächten Zustand holte sie sich eine schlimme Erkältung und eine böse Bronchitis, und daher konnte sie das Baby nicht stillen, wie sie es vorgehabt hatte, und wir hatten einen weiteren Posten bei unseren Ausgaben.

Trotz der Einschränkungen, die Ferns Geburt für uns bedeutete, war ich unwillkürlich fasziniert von meiner kleinen Schwester. Ich beobachtete, wie sie ihre eigenen Hände entdeckte und die eigenen Finger betrachtete. Ihre dunklen Augen, Mamas Augen, strahlten jedesmal, wenn sie eine neue Entdeckung machte. Schon bald konnte sie meinen Finger mit ihrer winzigen Faust umklammern und sich daran festhalten. Immer wenn sie das tat, spürte ich, wie sie sich damit abmühte, sich hochzuziehen. Sie ächzte wie eine alte Dame, und das brachte mich zum Lachen.

Ihr schwarzes Haar wurde immer länger. Ich kämmte ihr die Strähnen über den Hinterkopf und seitlich am Gesicht hinunter und maß die Haarlänge, bis ihr das Haar oben auf die Ohren und in den Nacken reichte. Es dauerte nicht lange, bis sie sich kräftig streckte, die Beine durchdrückte und sie gerade hielt. Auch ihre Stimme wurde lauter und schriller, und das hieß, daß jeder wußte, wenn sie gefüttert werden wollte.

Da Mama noch nicht allzu kräftig war, mußte ich mitten in der Nacht aufstehen, um Fern zu füttern. Jimmy beschwerte sich häufig, zog sich die Decke über den Kopf und stöhnte, vor allem dann, wenn ich das Licht anschaltete. Er drohte damit, in der Badewanne zu schlafen.

Daddy war morgens im allgemeinen ziemlich mürrisch, weil er nicht genug Schlaf bekam, und als sich die schlaflosen Nächte fortsetzten, nahm sein Gesicht ein graues, ungesundes Aussehen an. Am frühen

Morgen saß er immer zusammengesunken auf seinem Stuhl und schüttelte den Kopf wie ein Mann, der einfach nicht glauben kann, wie viele Stürme er schon überstanden hat. Wenn er so dasaß, hatte ich Angst, ihn anzusprechen. Im allgemeinen war alles, was er sagte, bedrückend und unheilverkündend. Meistens hieß das, daß er mit dem Gedanken spielte, wieder aufzubrechen. Was mich bis in den tiefsten Winkel meines Herzens ängstigte, war die Vorstellung, eines Tages könnte er einfach ohne uns weiterziehen. Wenn ich mich auch manchmal vor ihm fürchtete, liebte ich meinen Vater doch sehr und sehnte mich danach, daß sein seltenes Lächeln einmal mir galt.

»Wenn sich das Los zum Schlechten wendet«, sagte er immer wieder, »dann bleibt einem nichts anderes übrig, als etwas zu ändern. Ein Ast, der sich nicht biegt, bricht.«

»Es sieht so aus, als würde Mama immer dünner und nicht kräftiger werden, Daddy«, flüsterte ich, als ich ihm an einem frühen Morgen eine Tasse Kaffee hinstellte. »Und sie will nicht zum Arzt gehen.«

»Ich weiß.« Er schüttelte den Kopf.

Ich holte tief Atem und machte den Vorschlag, von dem ich wußte, daß er ihn nicht hören wollte. »Vielleicht sollten wir die Perlenkette verkaufen, Daddy.«

Unsere Familie besaß einen einzigen Wertgegenstand, das einzige, was noch nie angerührt worden war, um uns über harte Zeiten zu helfen. Eine Perlenkette, die derart strahlend schimmerte, daß es mir den Atem verschlagen hatte, als ich sie ein einziges Mal in der Hand halten durfte. Mama und Daddy sahen sie als ein Heiligtum an. Jimmy fragte sich, wie auch ich es tat, warum wir uns so zäh daran klammerten. »Das Geld, das sie uns bringen würde, gäbe Mama die Chance, wieder richtig gesund zu werden«, beendete ich matt meinen Satz.

Daddy schüttelte den Kopf. »Deine Mama würde lieber sterben, als diese Perlenkette zu verkaufen. Es ist das einzige, was wir haben, was uns und euch noch mit unserer Familie verbindet.«

Wie verwirrend das alles für mich war! Weder Mama noch Daddy wollten auf die Bauernhöfe ihrer Familien in Georgia zurückkehren, um unsere Verwandten zu besuchen, und doch wurde die Perlenkette, da sie Mamas einzige Erinnerung an ihre Familie war, wie ein Heiligtum geehrt. Sie war ganz unten in einer Kommodenschublade versteckt. Ich konnte mich nicht erinnern, auch nur ein einziges Mal gesehen zu haben, daß Mama sie trug.

Nachdem Daddy aus dem Haus gegangen war, wollte ich mich wieder schlafen legen, doch dann überlegte ich es mir anders, weil ich dachte, ich würde nur noch müder davon werden. Also zog ich mich an. Ich glaubte, Jimmy schliefe fest. Er und ich benutzten gemeinsam die alte Kommode, die Daddy auf einem Flohmarkt erstanden hatte. Sie stand auf seiner Seite der Schlafcouch. Ich lief auf Zehenspitzen hinüber und zog mein Nachthemd aus. Dann öffnete ich behutsam meine Schublade und suchte in dem gedämpften Licht des Feuers, dessen Schein durch die geöffnete Herdtür fiel, nach meiner Unterwäsche. Ich stand nackt da und versuchte zu entscheiden, was warm genug wäre, denn es sah wieder einmal nach einem bitterkalten Tag aus. Dabei drehte ich mich ein wenig um und sah aus dem Augenwinkel, daß Jimmy mich anstarrte.

Ich wußte, daß ich mich sofort hätte bedecken sollen, aber er bemerkte nicht, daß ich mich etwas weiter zu ihm umgedreht hatte, und unwillkürlich faszinierte mich, wie er mich anstarrte. Sein Blick glitt an meinem Körper entlang, und er sog jede Einzelheit in sich hinein. Als sein Blick höher glitt, sah er, daß ich ihn beobachtete. Er drehte sich eilig auf den Rücken und schaute starr die Decke an. Ich zog mir schnell das Nachthemd über, holte aus der Schublade, was ich anziehen wollte, und eilte ins Bad, um mich anzuziehen. Wir redeten nicht darüber, aber ich konnte nicht vergessen, wie er mich angesehen hatte.

Im Januar bekam Mama, die immer noch dünn und geschwächt war, eine Stellung in Mrs. Andersons Haus und putzte jeden Freitag dort. Den Andersons gehörte ein kleines Lebensmittelgeschäft zwei Straßen weiter. Gelegentlich schenkte Mrs. Anderson Mama ein leckeres Hähnchen oder einen kleinen Truthahn. Eines Freitag nachmittags überraschte Daddy Jimmy und mich damit, daß er wesentlich früher als üblich von der Arbeit kam.

»Der alte Stratton verkauft die Autowerkstatt«, kündigte er an. »Gleich ein paar Kreuzungen weiter werden jetzt diese modernen Reparaturwerkstätten gebaut, und die Geschäfte sind fürchterlich zurückgegangen. Die Leute, die die Werkstatt kaufen, wollen sie nicht weiterführen. Sie wollen das Grundstück für ein Wohnhaus haben.«

Dann wären wir wieder mal soweit, dachte ich – Daddy verliert eine Stellung, und wir müssen weiterziehen. Als ich einer meiner Freundinnen, Patty Butler, von unseren zahllosen Umzügen erzählt hatte, hatte sie gesagt, sie stelle es sich lustig vor, von einer Schule in die andere zu kommen.

»Nein, das ist gar nicht lustig«, entgegnete ich ihr. »Du kommst dir immer vor, als hättest du Tomatenketchup im Gesicht oder ein großes Muttermal auf der Nasenspitze, wenn du zum ersten Mal ein neues Klassenzimmer betrittst. Alle Kinder drehen sich um und starren dich an. Sie gaffen, und ihnen entgeht nicht die kleinste Bewegung, und genauso lauschen sie auf deine Stimme. Ich hatte einmal eine Lehrerin, die so wütend war, weil ich sie beim Unterricht gestört habe, daß sie mich vorn vor die Klasse gestellt hat, bis sie mit ihrem Vortrag am Ende war, und die ganze Zeit über haben mich die Schüler angegafft. Ich wußte überhaupt nicht mehr, wohin ich schauen sollte. Es war so peinlich«, sagte ich, aber ich wußte, daß Patty nicht verstehen konnte, wie schwer es wirklich war, so oft in eine neue Schule zu kommen und immer wieder vor neuen Gesichtern zu stehen. Sie hatte ihr ganzes Leben in Richmond verbracht. Ich konnte mir nicht die geringste Vorstellung davon machen, wie das wohl sein mußte: solange man zurückdenken kann, immer im selben Haus zu leben und sein eigenes Zimmer zu haben. Verwandte in der Nähe zu haben, die einem helfen und einen liebhaben, die Nachbarn schon immer und ewig zu kennen und sich so gut mit ihnen zu verstehen, als gehörten sie zur Familie. Ich schlang mir die Arme um die Schultern und wünschte mir von ganzem Herzen, eines Tages auch so zu leben. Aber ich wußte, daß es dazu nie kommen konnte. Ich würde immer eine Fremde sein.

Jetzt sahen Jimmy und ich einander an und wandten uns dann zu Daddy um, denn wir rechneten damit, daß er uns auffordern würde zu packen. Doch statt griesgrämig zu wirken, lächelte er plötzlich.

»Wo ist eure Mama?« fragte er.

»Sie ist noch nicht von der Arbeit zurückgekommen, Daddy«, sagte ich.

»Heute wird sie zum letzten Mal im Haus anderer Leute arbeiten müssen«, sagte er. Er sah sich in der Wohnung um und nickte. »Das letzte Mal«, wiederholte er. Ich sah Jimmy schnell an, der genauso erstaunt zu sein schien wie ich.

»Wieso das?«

»Was geschieht hier?« erkundigte sich Jimmy.

»Ich habe heute eine neue und viel, viel bessere Stellung bekommen«, sagte Daddy.

»Wir werden hierbleiben, Daddy?« fragte ich.

»Ja, und das ist noch nicht das Beste. Ihr beide werdet in eine der besten Schulen im Süden gehen, und es wird uns nicht das Geringste kosten«, kündigte er an.

»Kosten?« sagte Jimmy, der verwirrt das Gesicht verzog. »Warum sollte es uns etwas kosten, zur Schule zu gehen, Daddy? Es hat uns doch bisher nie etwas gekostet, oder?«

»Nein, mein Sohn, aber das liegt daran, daß ihr beide, du und deine Schwester, bisher in staatliche Schulen gegangen seid, aber jetzt werdet ihr eine Privatschule besuchen.«

»Eine Privatschule!« japste ich. Ich war nicht sicher, aber ich glaubte, das bedeutete, daß dort sehr reiche Kinder hingingen, deren Familien bekannte Namen hatten, und deren Väter große Grundstücke mit Villen und Heerscharen von Dienstboten besaßen, und deren Mütter gesellschaftlich aktiv waren und sich auf Wohltätigkeitsveranstaltungen fotografieren ließen. Mein Herz fing an, heftig zu pochen. Ich war ganz aufgeregt, aber gleichzeitig erschreckte mich diese Vorstellung auch sehr. Als ich Jimmy ansah, stellte ich fest, daß seine Augen tief, dunkel und verschleiert waren.

»Wir? Wir sollen eine vornehme Privatschule in Richmond besuchen?« fragte er.

»Genauso ist es, mein Sohn. Ihr werdet dort umsonst unterrichtet.«

»Und wie kommt das, Daddy?« fragte ich.

»Ich werde dort Wartungsmonteur, und meine Stellung bringt es automatisch mit sich, daß meine Kinder die Schule kostenlos besuchen können«, sagte er stolz.

»Wie heißt diese Schule?« fragte ich, und mein Herz schlug noch schneller.

»Emerson Peabody«, erwiderte er.

»Emerson Peabody?« Jimmy verzog die Lippen, als hätte er in einen sauren Apfel gebissen. »Was ist denn das für ein Name für eine Schule? Ich denke gar nicht daran, in eine Schule zu gehen, die Emerson Peabody heißt«, sagte Jimmy kopfschüttelnd und wich zum Sofa zurück. »Wenn ich etwas ganz bestimmt nicht gebrauchen kann, dann ist das eine Horde von reichen, verzogenen Kindern um mich herum«, fügte er hinzu. Er ließ sich wieder auf das Sofa fallen und verschränkte die Arme vor der Brust.

»Jetzt halt mal die Luft an, Jimmy, mein Junge. Hier bestimme immer noch ich, wo du zur Schule gehst. Das hier ist eine großartige Gelegenheit, und noch dazu bekommst du etwas sehr Teures umsonst.«

»Das ist mir egal«, sagte Jimmy trotzig, und seine Augen sprühten Funken.

»Ach? Das werden wir ja sehen.« Daddys Augen sprühten jetzt ebenfalls Funken, und ich konnte sehen, daß er sich nur mühsam beherrschte. »Ob es euch paßt oder nicht, aber ihr werdet beide die beste Schulbildung bekommen, die man hier nur bekommen kann, und alles umsonst«, wiederholte Daddy.

In dem Moment hörten wir, wie die Wohnungstür geöffnet wurde und Mama durch den Flur kam. Ich konnte an ihren langsamen, schwerfälligen Schritten hören, daß sie erschöpft war. Kaltes Grauen legte sich auf mein Herz, als ich hörte, wie sie stehenblieb und einen ihrer Hustenanfälle bekam. Ich rannte zur Tür und sah sie, wie sie an der Wand lehnte.

»*Mama!*« schrie ich.

»Es ist schon in Ordnung. Es ist schon wieder alles in Ordnung«, sagte Mama und hob die Hand, damit ich nicht näher kam. »Ich war nur einen Moment lang außer Atem«, erklärte sie.

»Bist du sicher, daß dir nichts fehlt, Sally Jean?« fragte Daddy sie, und sein Gesicht drückte allergrößte Sorge aus.

»Mir fehlt nichts. Mir fehlt wirklich nichts. Es war nicht viel zu tun. Mrs. Anderson hatte nur ein paar ihrer älteren Freundinnen im Haus, das war alles. Sie haben keine nennenswerte Arbeit gemacht«, sagte sie. Dann bemerkte sie, wie wir alle dastanden und sie ansahen. »Warum steht ihr eigentlich alle hier rum und schaut so komisch?«

»Ich habe Neuigkeiten, Sally Jean«, sagte Daddy und lächelte. Mamas Augen begannen zu strahlen.

»Was für Neuigkeiten?«

»Eine neue Stellung«, sagte er und erzählte ihr alles. Sie setzte sich auf einen Küchenstuhl, um wieder Luft zu bekommen, aber diesmal war sie vor Aufregung atemlos.

»O Kinder«, rief sie aus, »sind das nicht wunderbare Neuigkeiten? Das ist das schönste Geschenk, was wir uns wünschen können.«

»Ja, Mama«, sagte ich, aber Jimmy schlug die Augen nieder.

»Warum schaut Jimmy so mißmutig?« fragte Mama.

»Er will nicht in diese Schule gehen«, sagte ich.

»Da passen wir nicht hin, Mama!« rief Jimmy. Plötzlich war ich so wütend auf Jimmy, daß ich ihn boxen oder ihn anschreien wollte. Mama war so glücklich gewesen, daß sie einen Moment lang wieder wie früher ausgesehen hatte, und jetzt mußte er sie wieder traurig machen. Ich nehme an, er merkte es selbst, denn er holte tief Atem und seufzte. »Aber ich nehme an, es spielt keine Rolle, in welche Schule ich gehe.«

»Mach dich nicht schlechter, als du bist, Jimmy. Du wirst es diesen reichen Kindern zeigen.«

An jenem Abend machte mir das Einschlafen Schwierigkeiten. Ich starrte in das Dunkel, bis sich meine Augen darauf eingestellt hatten und ich undeutlich Jimmys Gesicht erkennen konnte, den sonst so stolzen, harten Mund und die Augen, die jetzt sanft zu sein schienen, da die Nacht sie verbarg.

»Mach dir keine Sorgen wegen der reichen Kinder, Jimmy«, sagte ich, denn ich wußte, daß er wach neben mir lag. »Bloß weil sie reich sind, heißt das noch nicht, daß sie etwas Besseres sind als wir.«

»Das habe ich auch nie behauptet«, sagte er. »Aber ich kenne Kinder aus reichen Familien. Sie glauben, daß sie deshalb etwas Besseres sind.«

»Glaubst du nicht, daß es wenigstens ein paar Kinder geben wird, mit denen wir uns anfreunden können?« fragte ich, denn seine Sorgen brachten auch meine Ängste erneut an die Oberfläche.

»Gewiß. Sämtliche Schüler der Emerson Peabody warten nur darauf, sich mit den Kindern der Longchamps anzufreunden.«

Ich wußte, daß Jimmy größte Bedenken hatte – normalerweise hätte er nämlich versucht, mir meine bösen Ahnungen zu nehmen.

Tief in meinem Innern hoffte ich, daß Daddy sich nicht zuviel für uns vorgenommen hatte.

Bereits eine Woche später mußten Jimmy und ich in unserer neuen Schule antreten. Am Abend vorher hatte ich das hübscheste Kleid ausgesucht, das ich besaß: ein türkisfarbenes Baumwollkleid mit dreiviertellangen Ärmeln. Es war etwas zerknittert, und daher bügelte ich es und versuchte, einen Fleck am Kragen zu entfernen, der mir bisher nie aufgefallen war.

»Warum gibst du dir solche Mühe damit, was du anziehst?« fragte Jimmy. »Ich werde ganz einfach rumlaufen wie immer – in meiner alten Hose und dem weißen Polohemd.«

»O Jimmy!« flehte ich ihn an. »Zieh doch bitte wenigstens morgen einmal deine gute Hose und das Frackhemd an.«

»Ich putze mich für niemanden heraus.«

»Es hat doch nichts mit Herausputzen zu tun, wenn man sich am ersten Tag in einer neuen Schule hübsch anzieht, Jimmy. Kannst du es nicht dieses eine Mal tun? Für Daddy? Und für mich?« fügte ich hinzu.

»Das ist vergeudete Mühe«, sagte er, doch ich wußte, daß er es für mich tun würde.

Wie üblich war ich so nervös, weil ich in eine neue Schule kommen und neue Freunde kennenlernen würde, daß ich ewig brauchte, um einzuschlafen, und mich noch härter damit tat als üblich, früh wach zu werden. Jimmy haßte es, früh aufzustehen, und jetzt mußte er noch eher aufstehen und sich fertigmachen, weil die Schule in einem anderen Stadtteil lag und wir mit Daddy hingehen mußten. Es war noch dunkel, als ich aus dem Bett aufstand. Jimmy stöhnte natürlich nur und hielt sich das Kissen vors Gesicht, als ich ihm an die Schulter tippte, ich schaltete das Licht an.

»Komm schon, Jimmy. Mach es nicht noch schwerer, als es sein muß«, drängte ich ihn. Ich war im Bad bereits fertig und hatte den Kaffee gekocht, als Daddy aus seinem Schlafzimmer kam. Er machte sich als nächster fertig, und dann setzten wir beide Jimmy solange zu, bis er aufstand, und allerdings wie ein Schlafwandler wirkte, als er sich ins Bad begab.

Als wir uns auf den Schulweg machten, wirkte die Stadt sehr friedlich. Die Sonne war gerade erst aufgegangen, und einige Strahlen spiegelten sich in den Schaufenstern der Geschäfte wider. Bald waren wir in einem wesentlich feineren Stadtteil von Richmond. Die Häuser waren größer und die Straßen sauberer. Daddy bog noch ein paarmal ab, und plötzlich schien die Stadt vollends zu verschwinden. Wir fuhren auf einer Landstraße, an der Felder und Bauernhöfe lagen. Und dann tauchte so verzaubert, wie man es sich nur denken kann, Emerson Peabody vor uns auf.

Das Haus sah nicht wie eine Schule aus, denn es war nicht aus kaltem Backstein oder Zement gebaut, den man in einem häßlichen Orangerot oder Gelb gestrichen hatte. Statt dessen handelte es sich um ein großes weißes Gebäude, das mich mehr an eines der Museen in Washington D. C. erinnerte. Es war von einem riesigen Grundstück umgeben, die Auffahrt war von Hecken gesäumt, und überall standen Bäume. Weiter rechts sah ich auch einen kleinen Teich. Doch das Gebäude selbst war beeindruckender als alles andere.

Der Haupteingang ähnelte der Zufahrt zu einem eleganten Landsitz. Dann folgten lange, breite Stufen, die zu den Säulen und der Eingangstür hinaufführten, und darüber waren die Worte EMERSON PEABODY eingraviert. Direkt davor stand die Statue eines finster dreinblickenden Mannes, von dem sich herausstellte, daß es Emerson Peabody persönlich war. Es gab zwar einen Parkplatz vor dem Haus, doch Daddy mußte zur Rückseite herumfahren, denn dort parkten die Angestellten.

Als wir um die Ecke bogen, sahen wir die Sportplätze: einen Fußballplatz, einen Baseballplatz, Tennisplätze und einen überdimensionalen Swimmingpool. Jimmy stieß einen Pfiff durch die Zähne aus.

»Ist das eine Schule oder ein Hotel?« fragte er.

Daddy fuhr auf seinen Parkplatz und schaltete den Motor aus. Dann wandte er sich mit feierlichem Gesicht an uns.

»Die Schule wird von einer Dame geleitet«, sagte er. »Sie heißt Mrs. Turnbell, und sie begrüßt jeden neuen Schüler, der hierherkommt, persönlich und unterhält sich mit ihm. Da sie auch bereits sehr früh kommt, erwartet sie euch beide schon in ihrem Büro.«

»Wie ist sie, Daddy?« fragte ich.

»Sie hat Augen, die so grün wie Gurken sind und auf einem kleben, wenn sie mit einem redet. Sie ist nicht größer als einsfünfundfünfzig, würde ich sagen, aber sie ist zäh, so zäh wie rohes Bärenfleisch. Sie ist eine dieser blaublütigen Damen, deren Stammbaum bis zum Unabhängigkeitskrieg zurückführt. Ich soll euch zu ihr raufbringen, ehe ich an die Arbeit gehe.«

Wir folgten Daddy durch einen Hintereingang, der über eine kurze Treppe zum Hauptkorridor der Schule führte. Die Eingangsräume waren makellos sauber, und nirgends war etwas an die Wände geschmiert. Die Sonne, die durch ein Eckfenster hereindrang, ließ die Böden blinken.

»Alles blitzblank, nicht wahr?« fragte Daddy. »Dafür bin ich verantwortlich«, fügte er stolz hinzu.

Als wir weitergingen, schauten wir in die Klassenzimmer. Sie waren wesentlich kleiner als alle anderen, die wir bisher gesehen hatten, doch die Pulte wirkten groß und neu. In einem der Räume sah ich eine junge Frau mit dunkelbraunem Haar, die an der Tafel etwas für ihre Schüler vorbereitete, die bald eintreffen würden. Als wir vorbeikamen, blickte sie in unsere Richtung und lächelte.

Daddy blieb vor einer Tür stehen, auf der SCHULLEITUNG stand. Nervös strich er sich mit den Handflächen das Haar aus dem Gesicht und öffnete die Tür. Wir traten in ein gemütliches Vorzimmer, in dem gegenüber von der Tür ein kleiner Schalter war. Dort standen ein kleines schmales Ledersofa und ein kleiner Holztisch mit Zeitschriften, die ordentlich gestapelt dalagen. Ich fand, es sah eher wie das Wartezimmer eines Arztes aus und nicht wie das einer Schulleiterin. Eine große, dünne Frau mit unwahrscheinlich dicken Brillengläsern erschien hinter dem Schalter. Ihr stumpfes hellbraunes Haar war direkt über den Ohren abgeschnitten.

»Mr. Longchamp, Mrs. Turnbell erwartet Sie schon«, sagte sie.

Ohne jedes Anzeichen von Freundlichkeit im Gesicht öffnete die große Frau eine Klappe und trat zur Seite, um uns zur zweiten Tür zu führen, hinter der Mrs. Turnbells Büro liegen mußte. Sie klopfte leise an und öffnete die Tür dann gerade weit genug, um einen Blick hineinwerfen zu können.

»Die Kinder von Mr. Longchamp sind hier, Mrs. Turnbell«, sagte sie. Wir hörten eine dünne, schrille Stimme antworten: »Führen Sie sie herein.«

Die große Frau trat zurück, und wir gingen direkt hinter Daddy hinein. Mrs. Turnbell, die ein dunkelblaues Kostüm mit einer weißen Bluse trug, stand hinter ihrem Schreibtisch auf. Sie hatte silbernes Haar, das im Nacken zu einem straffen Knoten gebunden war, und es war so fest geknotet, daß ihre Augenwinkel auseinandergezogen wurden. Die Augen waren stechend grün, genau wie Daddy es gesagt hatte. Sie war nicht geschminkt und trug noch nicht einmal einen Hauch von Lippenstift. Ihr Teint war noch heller als meiner, und die Haut war so dünn, daß ich die winzigen blauen Adern sehen konnte, die sich über ihre Schläfen zogen.

»Das hier sind meine Kinder, Mrs. Turnbell«, erklärte Daddy.

»Davon bin ich ausgegangen, Mr. Longchamp. Sie kommen spät. Sie wissen, daß die anderen Kinder in Kürze eintreffen werden.«

»Tja, wir sind gekommen, so früh es ging, Ma'am. Ich...«

»Schon gut. Nehmt doch bitte Platz«, sagte sie zu uns und wies auf die Stühle vor ihrem Schreibtisch. Daddy trat zurück und verschränkte die Arme vor der Brust. Als ich ihn wieder ansah, bemerkte ich den kalten scharfen Blick in seinen Augen. Er hielt seine Wut mühsam zurück.

»Soll ich bleiben?« fragte er.

»Selbstverständlich, Mr. Longchamp. Mir ist es lieb, wenn die Eltern anwesend sind, während ich den Schülern die Grundsätze der Emerson-Peabody-Schule erkläre, damit alle informiert sind. Ich hatte gehofft, eure Mutter könnte auch kommen«, sagte sie zu uns.

Jimmy sah sie finster an. Ich konnte seine physische Anspannung spüren.

»Unsere Mama ist im Moment nicht ganz auf der Höhe, Ma'am«, antwortete ich. »Und außerdem haben wir eine kleine Schwester, um die sie sich kümmern muß.«

»Ja. Wie dem auch sei«, sagte Mrs. Turnbell und setzte sich ebenfalls. »Ich verlasse mich darauf, daß ihr eurer Mutter alles ausrichtet, was ich euch zu sagen habe. Nun«, fuhr sie fort und sah sich Papiere an, die vor ihr auf dem Schreibtisch lagen, auf dem alles seinen festen Platz hatte. »Du heißt also Dawn?«

»Ja, Ma'am.«

»Dawn«, wiederholte sie kopfschüttelnd und sah zu Daddy auf. »Ist das der volle Taufname des Kindes?«

»Ja, Ma'am.«

»Nun gut, und du bist James?«

»Jimmy«, verbesserte Jimmy sie.

»Wir benutzen hier keine Spitznamen, James.« Sie verschränkte die Finger ineinander, beugte sich zu uns vor und sah Jimmy durchdringend an. »Derartige Dinge sind vielleicht in den anderen Schulbetrieben geduldet worden, die ihr besucht habt, in den staatlichen Schulen«, sagte sie, und aus ihrem Mund klang es wie ein Schimpfwort. »Aber das hier ist eine ganz besondere Schule. Unsere Schüler kommen aus den vornehmsten Familien im ganzen Süden. Es sind Söhne und Töchter von Menschen, die Rang und Namen haben. Hier werden Namen respektiert; Namen sind wichtig, nicht unwichtiger als irgend etwas anderes.

Ich will jetzt gleich zur Sache kommen. Ich weiß, daß ihr Kinder nicht so aufgewachsen seid wie meine übrigen Schüler und Schülerinnen, und ihr seid auch nicht in den Genuß der Vorrechte der anderen gekommen. Daher kann ich mir vorstellen, daß es etwas länger dauern wird, bis ihr beide euch hier eingefügt habt. Ich erwarte jedoch, daß ihr euch innerhalb kürzester Zeit anpaßt und euch so benehmt, wie man es von Emerson-Peabody-Schülern erwarten darf.

Ihr werdet eure Lehrer und Lehrerinnen ausnahmslos mit Sir und Ma'am anreden. Ihr werdet ordentlich gekleidet zum Unterricht erscheinen und reinlich sein. Widersetzt euch niemals einer Anordnung. Ich habe eine Kopie unserer Vorschriften hier liegen, und ich erwarte von euch beiden, daß ihr sie lest und sämtliche Vorschriften auswendig lernt.«

Sie wandte sich an Jimmy.

»Wir dulden keine unflätige Ausdrucksweise, keine Raufereien und keine Form von Respektlosigkeit. Wir erwarten von unseren Schülern, daß sie sich auch untereinander mit Respekt behandeln. Wir mißbilligen Unpünktlichkeit und Bummelei, und wir nehmen keine Form von Vandalismus hin, wenn es um unser schönes Schulgebäude geht.

Ihr werdet schon sehr bald sehen, daß Emerson Peabody etwas ganz Besonderes ist, und ihr werdet einsehen, wie glücklich ihr euch schätzen könnt, hier zu sein. Damit käme ich auf meinen letzten Punkt zu sprechen: Ihr beide seid hier in gewissem Sinne Gäste. Die übrigen Schüler zahlen eine beträchtliche Summe für ihren Schulbesuch. Das Kuratorium hat es euch beiden ermöglicht, unsere Schule aufgrund der Anstellung eures Vaters zu besuchen. Daher seid ihr in noch höherem Maß als alle anderen verpflichtet, euch gut zu benehmen und unserer Schule Ehre zu machen. Habe ich mich unmißverständlich ausgedrückt?«

»Ja, Ma'am«, antwortete ich schnell. Jimmy funkelte sie trotzig an. Ich hielt den Atem an und hoffte nur, er würde nichts Böses sagen.

»James?«

»Ich habe verstanden«, sagte er finster.

»Sehr gut«, meinte sie und lehnte sich zurück. »Mr. Longchamp, Sie dürfen sich jetzt wieder an die Arbeit machen. Ihr beide werdet euch zu Miss Jackson im Vorzimmer begeben, die euch eure Stundenpläne vorlegen und jedem von euch einen Schrank zuweisen wird.« Sie stand abrupt auf, und Jimmy und ich erhoben uns auch. Sie starrte uns noch einen Moment lang an und nickte dann. Daddy verließ als erster das Büro.

»James«, rief sie uns nach, als wir gerade die Tür erreicht hatten. »Es wäre nett, wenn du dir die Schuhe putzen würdest. Denk daran, daß wir oft nach unserem Äußeren beurteilt werden.« Jimmy antwortete darauf nicht. Er verließ vor mir das Büro.

»Ich werde versuchen, ihn dazu zu bringen, Ma'am«, sagte ich. Sie nickte, und ich schloß die Tür hinter mir.

»Ich muß jetzt an die Arbeit gehen«, murmelte Daddy und verschwand dann eilig aus dem Vorzimmer.

»So«, sagte Jimmy. »Willkommen in der Emerson-Peabody-Schule. Glaubst du immer noch, es würde das reinste Zuckerlecken?«

Ich schluckte schwer; mein Herz klopfte heftig.

»Ich wette, so geht sie mit jedem neuen Schüler um, Jimmy.«

»Jimmy? Hast du ihr denn nicht zugehört? Mein Name ist James«, sagte er in einem affektierten Tonfall. Dann schüttelte er den Kopf. »Jetzt geht es uns an den Kragen.«

3 *Ewig eine Fremde*

Der erste Tag in einer neuen Schule war nie einfach, doch Mrs. Turnbell hatte es uns noch schwerer gemacht. Ich konnte das Zittern einfach nicht unterdrücken, als Jimmy und ich mit unseren Stundenplänen das Büro der Schulleitung verließen. In manchen Schulen teilte uns der Rektor einen älteren Schüler und eine ältere Schülerin zu, damit sie uns halfen, uns zurechtzufinden, doch hier in der Emerson-Peabody-Schule blieben wir uns selbst überlassen. Man warf uns ins kalte Wasser, und es lag an uns, ob wir schwammen oder untergingen.

Wir gingen gerade den Korridor entlang, als sich Türen öffneten und Schüler das Haus betraten. Sie lachten und redeten miteinander und benahmen sich wie alle anderen Schüler, die wir bisher gesehen hatten... aber wie sie gekleidet waren!

Die Mädchen trugen wunderschöne Wintermäntel, die sehr teuer wirkten und aus der feinsten Wolle gewebt waren, die ich je gesehen hatte. Manche der Mäntel hatten sogar Pelzbesätze auf dem Kragen. Die Jungen trugen alle marineblaue Jacken und Krawatten und khakifarbene Hosen, und die Mädchen trugen hübsche Kleider oder Röcke und Blusen. Alles, was sie anhatten, sah wie neu aus. Sie waren ausnahmslos so gekleidet, als sei es auch ihr erster Schultag, aber so war es ja gar nicht. Sie hatten die übliche Alltagskleidung an, mit der sie zur Schule kamen!

Jimmy und ich blieben wie erstarrt stehen und schauten sie an, und als die Schüler uns bemerkten, schauten sie uns auch an. Manche wirkten ganz besonders neugierig, und einige sahen uns an und lachten dann. Sie bewegten sich in kleinen Grüppchen durch das Haus, die alle miteinander befreundet zu sein schienen. Die meisten waren von blitzblanken, butterblumengelben Bussen zur Schule gebracht worden, aber immer wenn die Eingangstüren aufgingen, konnten wir sehen, daß einige der älteren Schüler in ihren eigenen schicken Wagen zur Schule gekommen waren.

Niemand kam auf uns zu, um sich vorzustellen. Wenn sie sich uns näherten, gingen sie um uns herum, die kleinen Grüppchen teilten sich vor uns, als hätten wir eine ansteckende Krankheit. Ich versuchte, das eine oder andere Mädchen anzulächeln, aber keine von ihnen erwiderte mein Lächeln. Jimmy sah sich nur finster um. Bald steckten wir mitten in einem Strudel aus Gelächter und Lärm.

Ich warf einen Blick in die Unterlagen, die uns die Unterrichtsstunden angaben, und stellte fest, daß wir uns in Bewegung setzen mußten, wenn wir nicht schon am ersten Tag zu spät kommen wollten. Als wir unsere Schränke gerade geöffnet hatten und unsere Mäntel aufhängten, läutete auch tatsächlich die Glocke, um anzuzeigen, daß sich alle in ihren Klassenzimmern einzufinden hatten.

»Viel Glück, Jimmy«, sagte ich, als ich ihn am Ende des Korridors stehen ließ.

»Das kann ich gebrauchen«, erwiderte er und schlenderte weiter.

Der Schulbeginn verlief nicht anders als in allen anderen Schulen auch. Mein Klassenlehrer, Mr. Wengrow, war ein kleiner, untersetzter Mann mit lockigem Haar, der einen Zeigestab wie eine Peitsche in der Hand hielt und jedesmal damit auf seinen Schreibtisch klopfte, sobald eine Stimme lauter als ein Flüstern wurde oder sobald er etwas zu sagen hatte. Sämtliche Schüler blickten aufmerksam zu ihm auf und hatten die Hände auf ihren Pulten gefaltet. Als ich eintrat, drehten sich alle Köpfe zu mir um. Ich kam mir vor, als sei ich ein Magnet und ihre Köpfe und Körper seien aus Eisen. Mr. Wengrow nahm meinen Stundenplan. Er las ihn durch, kniff die Lippen zusammen und trug meinen Namen in sein Klassenbuch ein. Dann klopfte er mit seinem Zeigestock auf den Tisch.

»Jungen und Mädchen, ich möchte euch eine neue Schülerin vorstellen. Sie heißt Dawn Longchamp. Dawn, ich bin Mr. Wengrow. Willkommen in der 10 Y und willkommen in der Emerson Peabody. Du kannst dich auf den vorletzten Platz in der zweiten Reihe setzen. Michael Standard, du wirst dich hüten, deine Füße von hinten auf ihren Stuhl zu stellen«, warnte er.

Die Schüler sahen Michael an, einen kleinen Jungen mit dunkelbraunem Haar und einem verschmitzten Grinsen. Als er sich auf seinem Stuhl gerade aufrichtete, wurde gekichert. Ich dankte Mr. Wengrow und lief zu meinem Platz, um mich zu setzen. Immer noch waren alle Blicke auf mich gerichtet. Ein Mädchen mir gegenüber, das eine Brille mit einem blauen Gestell und dicken Gläsern trug, lächelte mich zur Begrüßung freundlich an. Sie hatte leuchtend rotes Haar, das zu einem Pferdeschwanz zusammengebunden war, der ihr glanzlos auf den Rücken fiel. Ich sah, daß sie lange, dünne, blasse Arme und dünne, weiße Beine hatte, die mit rötlichbraunen Sommersprossen übersät waren. Ich dachte an Mamas Erzählungen, wie schlaksig und ungeschickt sie in meinem Alter gewesen war.

Ich hörte, wie die Lautsprecheranlage eingeschaltet wurde. Mr. Wengrow nahm eine aufrechte Haltung ein und sah sich streng im Raum um, weil er sich vergewissern wollte, ob alle aufmerksam zuhörten. Dann ertönte Mrs. Turnbells Stimme und befahl allen aufzustehen, um den Treueschwur zu leisten, und dann ließ sie eine Reihe von Ankündigungen folgen, die den Tagesablauf betrafen. Als sie fertig war und die Lautsprecheranlage mit einem Klicken abgeschaltet wurde, durften wir uns wieder hinsetzen, doch als wir gerade wieder Platz genommen hatten, läutete auch schon die Klingel, die uns zur ersten Unterrichtsstunde rief.

»Hallo«, sagte das Mädchen mit dem roten Pferdeschwanz »Ich bin Louise Williams.« Als sie neben mir stand, merkte ich erst, wie groß sie war. Sie hatte eine lange, spitze Nase und dünne Lippen, doch in ihren furchtsamen Augen stand mehr Freundlichkeit, als ich bisher in dieser Schule erlebt hatte. »Was hast du als erstes?« fragte sie.

»Sport«, sagte ich.

»Bei Mrs. Allen?«

Ich sah auf meinen Stundenplan.

»Ja.«

»Gut. Dann bist du im selben Kurs wie ich. Laß mich mal deinen Stundenplan sehen«, fügte sie hinzu und riß ihn mir fast aus der Hand. »Ach, du bist fast überall in denselben Kursen wie ich. Du mußt mir alles über dich erzählen, wer deine Eltern sind und wo du wohnst. Was für ein hübsches Kleid. Es muß dein Lieblingskleid sein, weil es schon so sehr abgetragen ist. Wo bist du vorher zur Schule gegangen? Kennst du hier schon jemanden?« Sie warf mir eine Frage nach der anderen an den Kopf, ehe wir auch nur die Tür erreicht hatten. Ich schüttelte nur den Kopf und lächelte.

»Komm schon«, sagte Louise und schob mich weiter.

Als wir zu unserer ersten Unterrichtsstunde durch den Korridor liefen, konnte ich mir schon denken, daß Louise nicht allzu beliebt war, denn die anderen Mädchen beachteten sie überhaupt nicht. Es war immer schwer, in einer neuen Schule das Eis zu brechen, aber im allgemeinen fand man Sprünge. Hier schien die Eisschicht um mich herum mit Ausnahme von Louise, die mich mit einem Wortschwall überschüttete, sehr dick zu sein.

Als wir die Turnhalle erreicht hatten, wußte ich bereits, daß sie in den Naturwissenschaften sehr gut war, aber in Englisch und Geschichte nur mäßig. Ihr Daddy war Anwalt, und sie hatte zwei Brüder und eine Schwester, die noch in der Grundschule waren.

»Mrs. Allens Büro ist dort drüben«, sagte Louise und deutete auf eine Tür. »Sie wird dir einen Schrank zuweisen und dir einen Gymnastikanzug und ein Duschhandtuch geben.« Mit diesen Worten ließ sie mich stehen und eilte davon, um sich umzuziehen.

Mrs. Allen war eine große Frau von etwa vierzig Jahren. »Alle Mädchen müssen nach dem Sportunterricht duschen«, beharrte sie, als sie mir ein Handtuch reichte. Ich nickte. »Komm schon«, sagte sie. Sie sah sich streng um, als wir zu den Umkleideräumen gingen. Das laute Schwätzen legte sich, als wir eintraten, und alle Mädchen sahen sich nach uns um. Es war ein gemischter Kurs von Mädchen aus drei verschiedenen Klassen. Louise hatte sich bereits umgezogen.

»Mädchen, ich möchte euch allen eine neue Schülerin vorstellen, Dawn Longchamp. Sehen wir doch mal«, sagte Mrs. Allen, »ja, dein Schrank ist der dort drüben neben dem von Clara Sue Cutler«, sagte sie und zeigte quer durch den Raum.

Ich sah das blonde Mädchen an, das mit seinem pausbäckigen Gesicht und dem pummeligen Körper mitten in einem kleinen Grüppchen stand. Bisher hatte sich noch keine von ihnen umgezogen. Mrs. Allen kniff die Augen zusammen, als sie mich durch den Umkleideraum führte.

»Warum braucht ihr so lange, Mädchen?« fragte sie und schnupperte dann. »Ich rieche Rauch. Habt ihr Mädchen geraucht?« erkundigte sie sich und stemmte die Hände in die Hüften. Alle sahen einander ängstlich an. Da sah ich Rauch aus einem Schrank quellen.

»Das ist keine Zigarette, Mrs. Allen«, sagte ich. »Sehen Sie.«

Mrs. Allen blinzelte und ging eilig auf den Schrank zu.

»Clara Sue, öffne sofort diesen Schrank«, ordnete sie an.

Das pausbäckige Mädchen schlenderte gemächlich zu dem Schrank und drehte an dem Zahlenschloß. Als sie es geöffnet hatte, sagte Mrs. Allen, sie solle zur Seite gehen. Auf einem Regal brannte eine angezündete Zigarette.

»Ich weiß nicht, wie die da reingekommen ist«, sagte Clara Sue mit weitaufgerissenen Augen, die offensichtlich Erstaunen heucheln sollten.

»Ach, so ist das also? Du weißt es nicht?«

»Ich rauche diese Zigarette nicht. Sie können nicht behaupten, daß ich rauche«, protestierte Clara Sue hochmütig.

Mrs. Allen nahm die brennende Zigarette aus dem Spind und hielt sie zwischen dem Zeigefinger und dem Daumen, als sei sie ein Krankheitserreger.

»Gott bewahre, Mädchen«, sagte sie. »Eine Zigarette, die sich selbst raucht.«

Ein Kichern war zu hören. Clara Sue schien sich jetzt äußerst unbehaglich zu fühlen.

»Gut, dann zieht euch jetzt alle um, und zwar schnell. Miss Cutler, darüber werden wir beide uns nachher noch unterhalten«, sagte sie. Dann machte sie auf dem Absatz kehrt und verließ den Umkleideraum. In dem Moment, in dem sie gegangen war, stürzte sich Clara Sue auf mich. Ihr Gesicht war rot angelaufen und vor Wut verzerrt.

»Du blöde Kuh!« schrie sie. »Warum hast du es ihr gesagt?«

»Ich dachte, dort brennt etwas«, erklärte ich.

»Ach, was! Wer bist du denn, Alice im Wunderland? Jetzt bekomme ich deinetwegen Ärger.«

»Es tut mir leid, ich...«

Ich sah mich um. Sämtliche Mädchen schauten mich böse an. »Das wollte ich nicht. Ehrlich nicht. Ich dachte, ich würde dir damit helfen.«

»Helfen?« Sie schüttelte den Kopf. »Du hast mir zu Schwierigkeiten verholfen, und das war auch schon alles.«

Alle nickten, das Grüppchen löste sich auf und die Mädchen zogen sich um. Ich warf einen Blick auf Louise, doch selbst sie wandte sich ab. Hinterher verhielten sich die Mädchen in der Turnhalle mir gegenüber sehr ablehnend. Bei jeder sich bietenden Gelegenheit starrte Clara Sue mich haßerfüllt an. Ich versuchte noch einmal, es ihr zu erklären, aber sie wollte nichts davon hören.

Als Mrs. Allen pfiff und der Unterricht beendet war, gingen wir duschen, und ich versuchte, Louises Aufmerksamkeit auf mich zu ziehen.

»Du hast sie in Schwierigkeiten gebracht.« Mehr hatte sie nicht dazu zu sagen.

Jetzt war ich gerade erst eine Stunde in einer neuen Schule und hatte mir bereits Feinde gemacht, obwohl ich doch nichts anderes wollte, als neue Freundschaften zu schließen. Sobald ich Clara Sue sah, entschuldigte ich mich noch einmal und gab mir Mühe, meine Stimme besonders aufrichtig klingen zu lassen.

»Es ist schon gut«, sagte Clara Sue plötzlich. »Ich hätte dir nicht die Schuld daran geben sollen. Ich war nur einfach wütend. Es war meine eigene Schuld.«

»Ehrlich, ich hätte sie nicht auf den Rauch hingewiesen, wenn ich geglaubt hätte, daß du rauchst. Ich verpetze niemanden.«

»Ich glaube dir. Mädchen«, sagte sie zu denen, die in der Nähe standen, »wir sollten Dawn nicht die Schuld daran geben. So heißt du doch, stimmt's, Dawn?«

»Hm!«

»Hast du Geschwister?«

»Einen Bruder«, sagte ich schnell.

»Wie heißt er denn, vielleicht Afternoon?« fragte ein großes schönes Mädchen mit dunklem Haar. Alle lachten.

»Wir sollten uns jetzt in Bewegung setzen, oder wir kommen zu spät zur nächsten Stunde«, erklärte Clara Sue. Man konnte leicht erkennen, daß viele Mädchen zu ihr als ihrer Anführerin aufblickten. Ich konnte einfach nicht glauben, daß ich das Pech gehabt hatte, ihr gleich am Anfang Ärger zu machen. Ausgerechnet ihr, dachte ich und stieß einen Seufzer der Erleichterung aus, denn ich war wirklich dankbar, daß sie mir verziehen hatte. Eilig zog ich meinen Gymnastikanzug aus und folgte den anderen unter die Dusche. Es waren schöne Duschen, saubere Kabinen mit Blumenmustern auf den Duschvorhängen, und das Wasser war sogar warm.

»Ihr da drinnen, ihr solltet euch jetzt sputen«, hörte ich Mrs. Allen rufen.

Ich trat aus der Dusche und trocknete mich so schnell wie möglich ab. Dann schlang ich mir das Handtuch um den Körper und eilte zu meinem Schrank. Er stand weit offen. Hatte ich vergessen, ihn abzuschließen? Die Antwort ließ nicht lange auf sich warten. Bis auf meine Schuhe waren alle meine Kleidungsstücke verschwunden.

»Wo sind meine Kleider?« rief ich. Ich drehte mich um. Die Mädchen sahen mich an und lächelten. Clara Sue stand vor dem Waschbecken und bürstete sich das Haar. »Bitte. Das ist nicht komisch. Es sind meine besten Kleider.«

Das brachte alle zum Lachen. Ich sah Louise an, doch sie wandte sich eilig ab, schlug ihren Spind zu und eilte aus dem Umkleideraum. Kurz darauf verschwanden alle außer mir.

»Bitte!« rief ich. »Wer weiß, wo meine Kleider sind?«

»Die werden gerade gewaschen«, rief jemand über die Schulter zurück.

»Gewaschen? Was soll das heißen? Gewaschen?«

Ich drehte mich um und war immer noch in das Handtuch eingehüllt. Ich war allein im Umkleideraum. Die Klingel läutete. Was sollte ich bloß tun?

Ich fing an, überall zu suchen, unter den Bänken und in jeder Ecke, aber ich fand nichts, bis ich ins Bad ging und in den Duschkabinen nachsah.

»Oh, nein!« rief ich aus. Sie hatten meine Kleider in die Toilette geworfen. Dort steckten mein hübsches Kleid, mein BH und mein Schlüpfer. Sogar meine Söckchen, und zu allem Überfluß schwamm nasses Toilettenpapier um all meine Sachen herum. Und das Wasser war verfärbt. Jemand hatte auch noch darauf gepinkelt!

Ich lehnte mich an die Wand und schluchzte. Was sollte ich bloß tun?

»Wer ist da noch?« hörte ich Mrs. Allen fragen.

»Ich bin es«, schluchzte ich. Sie trat ein.

»Aber was hast du denn...«

Ich zeigte auf die Toilette, und sie trat neben mich.

»Oh, nein... wer war das?«

»Ich weiß es nicht, Mrs. Allen.«

»Es fällt mir nicht schwer, es zu erraten«, sagte sie ärgerlich.

»Was soll ich jetzt tun?«

Sie dachte einen Moment lang nach und schüttelte den Kopf.

»Hole die Sachen heraus, und wir stecken sie zusammen mit den Handtüchern in die Waschmaschine und den Trockner. Bis dahin wirst du deinen Gymnastikanzug tragen müssen.«

»Im Unterricht?«

»Dir wird nichts anderes übrigbleiben, Dawn. Es tut mir leid.«

»Aber... alle werden mich auslachen.«

»Wie du willst. Bis alles gewaschen und getrocknet ist, wirst du einige Unterrichtsstunden versäumen. Ich werde zu Mrs. Turnbell gehen und ihr erklären, was passiert ist.«

Ich nickte und ließ niedergeschlagen den Kopf hängen, als ich zurück zu meinem Schrank ging, um meinen Gymnastikanzug anzuziehen.

Im Laufe des Vormittags stellte ich fest, daß die meisten meiner Lehrer freundlich und mitfühlend waren, sowie sie gehört hatten, was passiert war, aber die Schüler fanden es sehr komisch, und wohin ich auch sah, sie grinsten und lachten mich aus. Es war immer schwer gewesen, mit neuen Mitschülerinnen auszukommen, wenn ich in eine neue Schule kam, aber hier war ich zum Gespött geworden, ehe ich auch nur eine Chance gehabt hatte, jemanden kennenzulernen, und ehe die anderen eine Chance gehabt hatten, mich kennenzulernen.

Als Jimmy mich im Korridor sah und ich ihm erzählte, was passiert war, war er außer sich vor Wut.

»Was habe ich dir gesagt?« sagte er so laut, daß die meisten Schüler, die im Gang herumstanden, es hören konnten. »Ich wüßte nur gern, wer es war. Die bekäme ich gern mal in die Finger.«

»Es ist schon gut, Jimmy«, sagte ich und versuchte, ihn zu beruhigen. »Es wird schon wieder gut werden. Nach der nächsten Schulstunde müßten meine Kleider gewaschen und getrocknet sein.« Ich sagte kein Wort davon, daß mein Kleid zerknittert sein würde und erst noch gebügelt werden mußte, denn ich wollte nicht, daß er noch wütender wurde, als er es ohnehin schon war.

Die Klingel läutete zur nächsten Schulstunde.

Jimmy sah die Schüler, die uns anstarrten, so böse an, daß die meisten die Köpfe abwandten und eilig in ihre Klassenzimmer liefen.

»Es wird alles wieder gut, Jimmy«, beharrte ich noch einmal, ehe ich mich auf den Weg zu meinem Mathematikkurs machte.

»Ich wüßte zu gern, wer das war!« rief er hinter mir her. »Damit ich ihr den Hals umdrehen kann.« Er sagte es so laut, daß alle, die noch im Gang standen, ihn hören konnten.

Sobald ich das Klassenzimmer betreten hatte, rief mich der Lehrer zu sich nach vorn.

»Ich nehme an, du bist Dawn Longchamp«, sagte er.

»Ja, Sir.« Ich blickte in die Klasse, und natürlich sahen mich alle Schülerinnen an und grinsten.

»Wir werden uns später miteinander bekannt machen. Mrs. Turnbell will dich sprechen«, sagte er.

»Die kleine Longchamp ist hier«, kündigte Mrs. Turnbells Sekretärin mich an, als ich das Vorzimmer betrat. Ich hörte, wie Mrs. Turnbell sagte: »Schicken Sie sie rein.« Die Sekretärin trat zur Seite, und ich ging hinein.

Mrs. Turnbells Blick war eisig, als sie mich aufforderte, ihr zu erklären, was passiert war.

Mein Magen zog sich zusammen, und meine Stimme zitterte, als ich ihr erzählte, wie ich aus der Dusche gekommen war und meine Kleider in der Toilette vorgefunden hatte.

»Warum sollte jemand so etwas bei einer neuen Schülerin machen?« fragte sie. Ich antwortete darauf nichts. Ich wollte mir nicht noch mehr Ärger mit den anderen Mädchen einhandeln, und ich wußte, daß genau das passieren würde, wenn ich auch nur ein Wort über den Rauch verlauten ließ.

Doch sie wußte es längst!

»Du brauchst es mir nicht zu erklären. Mrs. Allen hat mir erzählt, wie du Clara Sue wegen des Rauchens verpetzt hast.«

»Ich habe sie nicht verpetzt. Ich sah Rauch aus dem Schrank kommen und...«

»Jetzt hör mir mal zu«, befahl Mrs. Turnbell und beugte sich über ihren Schreibtisch vor. Ihr Gesicht rötete sich leicht und wurde dann knallrot. »Die anderen Schülerinnen dieser Schule sind aus gutem Hause und haben von klein an gelernt, wie man mit anderen auskommt. Aber das heißt noch nicht, daß ich zulasse, daß ihr hier eindringt, du und dein Bruder, und alles auf den Kopf stellt. Hast du verstanden?«

»Ja, Ma'am«, sagte ich heiser, und meine Stimme wurde von Tränen erstickt. Mrs. Turnbell musterte mich kalt und schüttelte den Kopf.

»Im Gymnastikanzug den Unterricht zu besuchen«, murmelte sie vor sich hin. »Du wirst dich von hier aus sofort in die Wäscherei begeben und dort warten, bis deine Kleider gewaschen und getrocknet sind.«

»Ja, Ma'am.«

»Geh schon. Zieh dich an und erscheine so bald wie möglich wieder zum Unterricht«, ordnete sie an und schickte mich mit einer unfreundlichen Handbewegung fort.

Ich eilte hinaus und wischte mir die Tränen aus dem Gesicht, während ich über den Gang zur Wäscherei lief. Als ich mein Kleid wieder anzog, war es derart verknittert, daß es aussah, als hätte ich mich darauf gesetzt. Aber ich konnte nichts daran ändern.

Ich eilte nach oben, um rechtzeitig zum Englischunterricht zu kommen. Als ich das Klassenzimmer betrat, wirkten etliche Schülerinnen enttäuscht, als sie mich wieder in normalen Straßenkleidern sahen. Nur Louise schien erleichtert zu sein. Als unsere Blicke sich trafen, lächelte sie und schaute dann schnell wieder weg. Zumindest für den Moment waren meine Qualen beendet.

Nach der Englischstunde holte mich Louise an der Tür ein.

»Es tut mir leid, daß sie das mit dir getan haben!« sagte sie. »Ich wollte nur, daß du weißt, daß ich nichts damit zu tun hatte.«

»Danke.«

»Ich hätte dich gleich vor Clara Sue warnen sollen. Aus irgendwelchen Gründen tun die meisten Mädchen alles, was sie sagt.«

»Wenn sie das getan hat, dann war das eine ganz große Gemeinheit. Ich habe ihr doch gesagt, wie leid es mir tut.«

»Clara Sue setzt immer ihren Kopf durch«, sagte Louise. »Vielleicht ärgert sie dich jetzt nicht mehr. Komm schon, wir gehen jetzt zusammen mittagessen.«

»Danke«, sagte ich. Ein paar andere Schülerinnen begrüßten mich und lächelten, aber über weite Strecken war Louise mein rettendes Floß in unbekannten Gewässern.

Die Mensa war eleganter als jede andere, die ich vorher gesehen hatte. Hier waren die Tische und die Stühle hübsch, und man saß bequem. Die Wände waren hellblau gestrichen, und der gekachelte Boden war in einem abgetönten Weiß gehalten. Die Schüler holten sich ihre Tabletts und ihr Besteck gleich neben der Essensausgabe und gingen dann an der Kassiererin vorbei.

Ich sah Clara Sue mit ein paar anderen Mädchen aus dem Sportunterricht dasitzen. Sie lachten alle, als sie mich sahen.

»Wir setzen uns da drüben hin«, sagte Louise und deutete auf einen freien Tisch, der weit weg von ihnen war.

»Nur einen Moment noch«, sagte ich und ging auf Clara Sues Tisch zu. Die Mädchen drehten sich überrascht um.

»Hallo, Dawn«, sagte Clara Sue, und auf ihrem hämischen Gesicht lag der Ausdruck einer Katze, die den Kanarienvogel gefressen hat. »Hättest du dein Kleid nicht vielleicht bügeln sollen?«

Alle lachten.

»Ich weiß nicht, warum du das getan hast«, gab ich mit fester Stimme zurück und musterte sie alle kühl. »Aber es war eine abscheuliche Gemeinheit und erst recht gegenüber jemandem, der noch neu in der Schule ist.«

»Wer hat dir gesagt, daß ich es war?« fragte sie.

»Niemand hat es mir gesagt. Ich weiß es einfach.«

Die Mädchen starrten mich an. Clara Sues große blaue Augen zogen sich zu Schlitzen zusammen und öffneten sich dann scheinbar freundlich um so weiter.

»Gut, Dawn«, sagte sie mit einer Stimme, als würde ich begnadigt. »Ich schätze, hiermit haben wir dich in Emerson Peabody aufgenommen. Dir ist verziehen«, sagte sie mit majestätischer Herablassung. »Du kannst dich sogar zu uns setzen, wenn du willst. Du auch, Louise«, setzte sie hinzu.

»Danke«, sagte ich. Ich war entschlossen, die Dinge einzurenken und keinen Unfrieden in Mrs. Turnbells hochgeschätzter kleiner Schule zu stiften. Louise und ich setzten uns auf die beiden freien Plätze.

»Das ist Linda Ann Brandise«, sagte Clara Sue und deutete auf das größere Mädchen mit zartem, dunkelbraunem Haar und wunderschönen, mandelförmigen Augen. »Und das sind Margaret Ann Stanton, Diane Elaine Wilson und Melissa Lee Norton.«

Ich nickte ihnen allen zu und fragte mich, ob ich das einzige Mädchen in der ganzen Schule war, das keinen zweiten Vornamen hatte.

»Seid ihr gerade erst hierhergezogen?« fragte Clara Sue. »Ich weiß schon, daß du keine Internatsschülerin bist.«

»Internatsschülerin?«

»Die Schülerinnen, die hier wohnen und in den Schlafsälen schlafen«, erklärte Louise.

»Ach so. Nein, ich wohne in Richmond. Schläfst du hier, Louise?«

»Nein, aber Linda und Clara Sue. Ich hole mir jetzt das Mittagessen«, erklärte Louise und stand auf. »Kommst du mit, Dawn?«

»Ich brauche nur eine Milch«, sagte ich und stellte meine Essenstüte auf den Tisch.

»Was ist das?« fragte Louise.

»Mein Mittagessen. Ich habe ein Brot mit Erdnußbutter und eines mit Gelee.« Ich machte mein Portemonnaie auf und nahm das Geld für die Milch heraus.

»Du hast dir dein Mittagessen selbst mitgebracht?« fragte Clara Sue. »Aber warum denn das?«

»Es kostet weniger.«

Louise starrte mich an, und ihre wäßrigen hellblauen Augen blinzelten, als sie versuchte, mich zu verstehen.

»Es kostet weniger? Warum willst du denn sparen? Haben deine Eltern dir das Taschengeld gekürzt?« erkundigte sich Linda.

»Ich bekomme kein Taschengeld. Mama gibt mir Geld für die Milch, aber ansonsten...«

»Geld für die Milch?« Linda lachte und sah Clara Sue an. »Was tut dein Vater eigentlich?«

»Er arbeitet hier. Er ist für das Wartungspersonal zuständig.«

»Das Wartungspersonal?« keuchte Linda. »Soll das heißen... er ist Hausmeister?« Sie riß die Augen weit auf, als ich nickte.

»Hm! Weil er hier arbeitet, gehen mein Bruder Jimmy und ich hier zur Schule.«

Die Mädchen drehten sich zueinander um und lachten plötzlich.

»Ein Hausmeister«, sagte Clara Sue, als könne sie es nicht glauben. Sie lachten wieder. »Ich glaube, wir überlassen Louise und Dawn diesen Tisch«, schnurrte sie. Clara Sue nahm ihr Tablett und stand auf. Linda und die anderen machten es ihr nach und gingen.

»Ich wußte nicht, daß dein Vater hier Hausmeister ist«, sagte Louise.

»Ich hatte noch keine Gelegenheit, es dir zu erzählen. Er ist Aufseher, weil er sehr gut alle möglichen Maschinen und Motoren reparieren und warten kann«, sagte ich stolz.

»Wie schön.« Sie sah sich um und nahm dann ihre Bücher vom Tisch. »Ach! Eben fällt mir ein, daß ich mit Mary Jo Alcott reden muß. Wir haben eine gemeinsame naturwissenschaftliche Hausarbeit übernommen. Wir sehen uns dann später«, sagte sie und lief durch den Raum auf einen anderen Tisch zu. Die Mädchen dort schienen sie nicht allzu freundlich zu begrüßen, doch sie setzte sich trotzdem zu ihnen. Sie deutete auf mich, und alle am Tisch lachten.

Alle gingen mir aus dem Weg, weil sie fanden, ich stünde weit unter ihnen, und das nur, weil Daddy der Hausmeister war. Jimmy hatte recht, dachte ich. Reiche Kinder waren verzogen und abscheulich. Ich funkelte die Mädchen trotzig an, obwohl Tränen wie Feuer unter meinen Lidern brannten. Ich stand auf und stellte mich mit stolzer Haltung in der Reihe an, um die Milch zu besorgen.

Ich hielt nach Jimmy Ausschau und hoffte, er hätte mehr Glück gehabt als ich und inzwischen wenigstens einen neuen Freund gefunden, doch ich entdeckte ihn nirgends. Ich kehrte an meinen Tisch zurück und fing an, mein Essen auszupacken, als ich jemanden sagen hörte: »Sind hier noch Plätze frei?«

Als ich aufblickte, sah ich einen der bestaussehenden Jungen vor mir stehen, den ich je gesehen hatte. Sein Haar war dicht und flachsblond wie meines. Es war gelockt, genau richtig. Seine Augen waren himmelblau und blitzten fröhlich. Seine Nase war gerade und weder zu lang noch zu schmal, noch zu breit. Er war nur ein wenig größer als Jimmy, aber er hatte breite Schultern und stand aufrecht und selbstbewußt da. Als ich ihn genauer ansah, stellte ich fest, daß er ebenso wie ich auf den Wangen ein paar Sommersprossen hatte.

»Hier ist alles frei«, sagte ich.

»Wirklich? Ich kann mir gar nicht vorstellen, warum«, sagte er und setzte sich mir gegenüber hin. Er hielt mir die Hand hin. »Ich heiße Philip Cutler«, sagte er.

»Cutler?« Eilig zog ich meine Hand zurück.

»Was ist los?« Seine blauen Augen funkelten verschmitzt. »Sag bloß nicht, eines dieser hinterhältigen Mädchen hat dich schon vor mir gewarnt?«

»Nein...« Ich drehte mich um und schaute zu dem Tisch mit den Mädchen, die sich um Clara Sue scharten. Sie sahen alle in unsere Richtung.

»Ich... deine Schwester...«

»Ach, die. Was hat sie getan?« Sein Blick verfinsterte sich. Ich konnte Clara Sue ansehen, wie sehr sie sich ärgerte.

»Sie... schiebt mir die Schuld zu, daß es heute morgen im Sportunterricht Ärger gegeben hat. Ich... hast du mich denn nicht in meinem Gymnastikanzug durch die Schule laufen sehen?«

»Ach, das warst du? Dann bist du also das berühmte neue Mädchen – Dawn. Ich habe schon von dir gehört, aber ich war heute morgen so beschäftigt, daß ich dich noch nicht zu sehen bekommen habe.«

Er lächelte mich an, so daß ich mich fragte, ob er log. Hatte Clara Sue ihn auf mich angesetzt?

»Dann bist du wahrscheinlich der einzige in der ganzen Schule, der mich noch nicht gesehen hat«, sagte ich. »Ich bin sogar ins Büro der Schulleiterin gerufen und von ihr beschimpft worden, obwohl es nicht meine Schuld war.«

»Das überrascht mich gar nicht. Mrs. Turnbell hält sich für eine Gefängniswärterin und nicht für eine Schulleiterin. Deshalb nennen wir sie auch Mrs. Turnkey.«

»Turnkey?« Ich mußte lächeln. Das paßte.

»Und an allem war meine Schwester, diese Göre, schuld, was?« Er schüttelte den Kopf. »Das paßt allerdings gut zu ihr.«

»Ich habe versucht, mich mit ihr anzufreunden, mich zu entschuldigen, aber ...« Ich blickte die Mädchen böse an. »Sie hatten alle etwas gegen mich, als sie herausgefunden haben, was mein Vater tut.«

»Was tut er denn – raubt er Banken aus?«

»Für die wäre das ja doch dasselbe«, gab ich zurück. »Vor allem für deine Schwester.«

»Vergiß sie einfach«, riet mir Philip. »Mach dir nichts aus dem, was meine Schwester sagt. Sie ist eine verzogene Göre. Was ihr auch passiert, sie hat es verdient. Woher kommst du?«

»Ach, von überall. Vor Richmond war es Granville, Virginia.«

»Granville? Da war ich noch nie. Ist es schön dort?«

»Nein«, sagte ich. Er lachte, und seine Zähne waren weiß und makellos. Er sah mein Essenspaket und meine Brote an. »Ein Essenspaket?«

»Ja«, sagte ich und erwartete, daß auch er mich verspotten würde. Doch er versetzte mich in Erstaunen.

»Was hast du da?«

»Erdnußbutter und Gelee.«

»Sieht aus, als sei die Erdnußbutter viel dicker geschmiert, als man sie hier bekommt. Vielleicht kann ich dich dazu bringen, mir auch Schulbrote mitzubringen«, sagte er. Einen Moment lang wirkte er ernst, doch dann lachte er über mein verblüfftes Gesicht. »Meine Schwester ist die größte Klatschtante hier. Sie liebt es, in anderer Leute Angelegenheiten rumzuschnüffeln und dann Gerüchte in Umlauf zu setzen.«

Ich betrachtete ihn einen Moment lang. Sagte er diese Dinge nur, um mein Vertrauen zu gewinnen, oder meinte er es wirklich ernst? Ich konnte mir nicht vorstellen, daß Jimmy derart schlecht über mich sprechen würde.

»In welche Klasse gehst du?« fragte ich, weil ich das Thema wechseln wollte.

»In die elfte. Ich habe dieses Jahr den Führerschein gemacht und habe einen eigenen Wagen. Hättest du Lust, nach der Schule mit mir spazierenzufahren?« fragte er schnell.

»Spazierenzufahren?«

»Klar. Ich zeige dir die Sehenswürdigkeiten«, fügte er hinzu und zwinkerte mir zu.

»Danke«, sagte ich. »Aber ich kann nicht.«

»Warum nicht? Ich bin ein guter Fahrer«, beharrte er.

»Ich ... ich muß meinen Vater nach der Schule treffen.«

»Tja, dann vielleicht morgen. He«, sagte er, als ich zögerte und nach einem weiteren Vorwand suchte. »Ich bin absolut harmlos, ganz gleich, was du über mich gehört hast.«

»Ich habe doch gar nicht...« Ich hielt verwirrt inne und spürte, wie meine Wangen glühten.

Er lachte.

»Du nimmst alles gleich so ernst. Deine Eltern haben dir den richtigen Namen gegeben. Du bist wirklich so frisch wie ein neuer Tag«, sagte er. Ich errötete noch tiefer und schaute auf meine Brote hinunter.

»Schläfst du hier, oder wohnt ihr in der Nähe?« fragte er.

»Ich wohne in der Ashland Street.«

»Ashland? Kenne ich nicht. Ich bin allerdings auch nicht aus Richmond. Ich komme von Virginia Beach.«

»Oh, davon habe ich auch schon gehört, aber ich war nie da. Ich habe gehört, dort soll es sehr schön sein«, sagte ich und biß in mein Brot.

»Ja, das stimmt. Meine Familie hat dort ein Hotel, das Cutler's Cove Hotel in Cutler's Cove, wenige Meilen südlich von Virginia Beach«, sagte er und lehnte sich stolz zurück.

»Ein ganzer Ort ist nach deiner Familie benannt?« fragte ich. Kein Wunder, daß Clara Sue sich derart wichtig vorkam, dachte ich.

»Ja. Uns gibt es, seit die Indianer von dort weggegangen sind. Oder zumindest behauptet meine Großmutter das.«

»Deine Großmutter lebt bei euch?« fragte ich neidisch.

»Sie und mein Großvater haben früher das Hotel geführt. Er ist gestorben, aber sie führt es immer noch, zusammen mit meinen Eltern. Und was tut dein Vater, Dawn?«

»Er arbeitet hier«, sagte ich und dachte, das war's dann wohl.

»Hier? Ist er Lehrer? Und du läßt mich all diese Dinge über Mrs. Turnkey sagen, und dann...«

»Nein, nein. Er ist ein Wartungsmonteur«, sagte ich schnell.

»Ach so.« Philip lächelte und seufzte erleichtert auf. »Das freut mich«, sagte er.

»Wirklich?« Ich klang überrascht.

»Ja. Die beiden Mädchen, die ich hier kenne, deren Väter Lehrer sind, sind die größten Snobs von allen – Rebecca Clare Longstreet und Stephanie Kay Sumpter. Du solltest ihnen um jeden Preis aus dem Weg gehen«, riet er mir.

In dem Moment sah ich Jimmy in die Mensa kommen. Er war allein.

Er blieb an der Tür stehen und schaute sich um. Als er mich entdeckt hatte, warf er einen überraschten Blick auf Philip. Dann kam er schnell auf meinen Tisch zu. Er knallte seine Tasche auf die Tischplatte und ließ sich auf einen Stuhl plumpsen.

»Hallo«, sagte Philip. »Wie läuft es?«

»Miserabel«, sagte Jimmy. »Ich bin gerade ausgeschimpft worden, weil ich meine Füße auf die Querleiste des Stuhls vor mir gestellt habe. Ich dachte schon, sie behält mich dort, bis die Essenszeit vorbei ist.«

»Damit muß man hier aufpassen. Wenn Mrs. Turnbell vorbeikommt und einen Schüler bei so etwas ertappt, dann schimpft sie erst den Lehrer aus, und der wird dann auch noch wütend«, erklärte Philip.

»Das ist Philip Cutler«, sagte ich. »Philip, mein Bruder Jimmy.«

»Hallo«, sagte Philip und hielt ihm die Hand hin. Jimmy sah sie einen Moment lang argwöhnisch an und drückte sie dann kurz.

»Glauben die denn, daß hier alles vergoldet ist?« fragte Jimmy, der wieder auf sein Problem zu sprechen kam.

»Hast du schon neue Freunde gefunden, Jimmy?« fragte ich voller Hoffnung.

Er schüttelte den Kopf.

»Ich muß mir jetzt meine Milch holen.« Er stand eilig auf und stellte sich an. Die Jungen vor ihm wirkten nervös, als er sich näherte.

»Ich schätze, Jimmy freut sich nicht besonders darüber, daß er hier ist«, sagte Philip und schaute ihm nach.

»Nein, überhaupt nicht. Vielleicht hat er recht«, fügte ich hinzu.

Philip lächelte.

»Du hast die klarsten, schönsten Augen, die ich je gesehen habe. Die einzigen, die sich fast damit messen können, sind die meiner Mutter.«

Ich spürte, wie ich vom Hals bis zu den Füßen errötete. Ich war restlos bezaubert von seinen schmeichelhaften Worten und seinem bewundernden Blick. Einen Moment lang konnte ich nichts antworten. Ich mußte meine Augen abwenden und biß in mein Sandwich. Ich kaute schnell und schluckte, und dann wandte ich mich ihm wieder zu.

Ein paar Jungen, die vorbeikamen, grüßten ihn und schauten mich dann neugierig an. Schließlich setzten sich zwei seiner Freunde zu ihm.

»Willst du uns denn nicht deiner berühmten neuen Freundin vorstellen, Philip?« fragte ein großer, schlanker Junge mit rotblondem Haar und braunen Augen. Er hatte ein verschmitztes Lächeln im Gesicht.

»Nicht, wenn es sich vermeiden läßt«, antwortete Philip.

»Ach, komm schon. Philip behält am liebsten alles für sich«, sagte der große Junge zu mir. »Ein sehr egoistischer Kerl.«

»Ich heiße Dawn«, sagte ich schnell.

»Dawn? Du meinst Dawn wie ›mir dämmert was‹?« Er und sein Begleiter lachten laut.

»Ich bin Brandon«, sagte der große Junge schließlich. »Und dieser Idiot hier neben mir ist Marshall.« Der kleinere Junge an seiner Seite nickte nur. Seine Augen lagen eng nebeneinander, und er hatte das dunkelbraune Haar sehr kurz geschnitten. Auf seinem Gesicht lag eher ein hämisches Grinsen als ein Lächeln. Ich erinnerte mich, daß Mama einmal zu mir gesagt hatte, man solle niemals einem Menschen trauen, dessen Augen zu dicht zusammen lagen. Sie sagte, deren Mamas müßten direkt vor der Geburt von einer Schlange erschreckt worden sein.

Jimmy kam zurück, und Philip stellte ihn den anderen Jungen vor, aber er saß wortlos da und aß sein Sandwich. Philip war der einzige, der mit ihm redete, aber Jimmy legte offensichtlich auch darauf keinen Wert. Als ich sah, wie er Marshall von Zeit zu Zeit musterte, merkte ich, daß er ihn auch nicht besonders gut leiden konnte.

Die Klingel ertönte und zeigte das Ende der Pause an.

»Gehst du jetzt zum Sport?« fragte Brandon Philip. »Oder hast du etwas anderes vor?« fügte er hinzu und sah mich lächelnd an. Ich wußte, was er meinte, aber ich versuchte, so zu tun, als hätte ich ihn nicht verstanden.

»Wir treffen uns dort«, sagte Philip.

»Komm nicht zu spät«, stichelte Marshall, und er preßte die Worte aus seinem Mundwinkel hervor. Die beiden Jungen gingen lachend fort.

»Wohin gehst du jetzt, Dawn?« fragte Philip.

»Zum Musikunterricht.«

»Gut. Ich begleite dich. Für mich liegt das auf dem Weg«, sagte er. Wir standen vom Tisch auf. Als ich einen Seitenblick auf die Mädchen warf, sah ich, wie Clara Sue und ihre Freundinnen uns anstarrten und miteinander tuschelten. Sie schienen wütend zu sein. Warum nur, fragte ich mich. Warum mußten sie nur so sein?

»Wo hast du den nächsten Kurs, Jimmy?« fragte ich.

»Ich muß in die andere Richtung«, antwortete er und eilte davon, ehe ich auch nur noch ein Wort sagen konnte. Er bahnte sich einen Weg durch die Schülergruppen, die in die Gänge hinauseilten, und gleich darauf war er verschwunden.

»Bist du dein Leben lang in diese Schule gegangen?« fragte ich. Philip nickte. Auf dem Weg bemerkte ich, daß viele Mädchen und Jungen ihm zunickten und ihn begrüßten. Philip war offensichtlich sehr beliebt.

»Meine Schwester und ich haben sogar schon den Kindergarten hier besucht, der dazugehört.« Er beugte sich zu mir vor. »Meine Eltern und meine Großmutter machen der Schule beträchtliche Spenden«, fügte er hinzu, aber es klang nicht arrogant. Es war nichts weiter als eine Feststellung.

»Oh.« Alle um mich herum schienen so elegant und so wohlhabend zu sein. Jimmy hatte recht gehabt. Wir waren wie Fische auf dem Trockenen. Mein Daddy arbeitete nur hier, und was sollte ich morgen anziehen? Was sollte Jimmy anziehen? Wenn wir jetzt schon derart aus dem Rahmen fielen, was sollte dann morgen erst werden?

»Wir sollten uns jetzt beide lieber in Bewegung setzen, ehe wir Mrs. Turnkey vorgeworfen werden«, sagte er und lächelte. »Überleg dir, ob du morgen mit mir spazierenfährst, ja?«

Ich nickte. Als ich mich umdrehte, sah ich Clara Sue und ihre Freundinnen, die langsam hinter uns herkamen. Clara Sue schien sehr unglücklich über die Aufmerksamkeit zu sein, die ihr Bruder mir widmete. Vielleicht meinte er es wirklich ernst. Er sah so gut aus, und mir war danach zumute, etwas zu tun, um sie zu ärgern.

»Ich werde es mir überlegen«, sagte ich so laut, daß die Mädchen es hören konnten.

»Prima.« Er drückte mir sanft den Arm und ging, drehte sich dann noch einmal um und lächelte mir zu. Ich sorgte dafür, daß Clara Sue sehen konnte, wie ich sein Lächeln erwiderte, und dann betrat ich den Musiksaal genau in dem Moment, in dem es zum Unterrichtsbeginn läutete.

Mein Musiklehrer, Mr. Moore, war ein Mann mit einer rosigen Gesichtsfarbe und Grübchen in den Wangen und so stark gelocktem Haar wie Harpo Marx. Er war unter all meinen Lehrern der reizendste, soweit ich sie bisher kennengelernt hatte, und wenn er lächelte, dann lagen in seinem Lächeln Wärme und Aufrichtigkeit. Ich beobachtete, wie schüchterne Schüler ihre Verlegenheit überwanden, wenn er ihnen gut zuredete, und wie sie freiwillig aufstanden, um ein kurzes Solo zu singen. Er lief mit seiner Stimmgabel durch das Klassenzimmer, brachte uns die Tonleiter bei, erklärte Noten und machte den Musikunterricht zu einem so interessanten Fach, wie ich es nie für möglich gehalten hätte. Als er an mir vorbeikam, blieb er stehen und zog die Nase hoch wie ein Eichhörnchen. Seine haselnußbraunen Augen strahlten.

»Und jetzt wollen wir uns eine neue Stimme anhören«, sagte er. »Dawn, kannst du die Tonleiter singen? Ich gebe dir den ersten Ton an und helfe dir«, sagte er und führte seine Mundharmonika an die Lippen, aber ich fing zu singen an, ehe er auch nur einmal hineinblasen konnte. Er riß die Augen auf und zog die buschigen rotbraunen Augenbrauen hoch. »Na so etwas, eine Entdeckung. Das ist die beste und sicherste Wiedergabe einer Tonleiter, die ich seit Jahren gehört habe«, sagte er. »War das nicht einfach perfekt, Kinder?« fragte er die Klasse. Als ich mich umsah, schaute ich in neiderfüllte Gesichter. Louise war besonders neidisch auf das Kompliment, das Mr. Moore mir gemacht hatte. Ihr Gesicht wurde kalkweiß. »Ich denke, wir könnten endlich die Solostimme für unser nächstes Konzert gefunden haben«, überlegte Mr. Moore laut vor sich hin und rieb sich das runde Kinn mit der rechten Hand, während er mich ansah und nickte. »Warst du schon einmal im Chor, Dawn?«

»Ja, Sir.«

»Und spielst du irgendein Instrument?« erkundigte er sich.

»Ich habe mir das Gitarrespielen selbst beigebracht.«

»Du hast es dir selbst beigebracht?« Er sah sich im Klassenzimmer um. »Also, das nenne ich wirkliches Interesse. Nun, dann werden wir uns anhören, wie weit du es allein gebracht hast. Wenn du wirklich gut bist, kannst du mich arbeitslos machen.«

»Ich spiele nicht besonders gut, Sir.«

Er lachte, und dabei wackelten seine runden Backen.

»Wenn etwas wirklich erfrischend ist«, meinte er, an den Rest der Klasse gewandt, »dann ist es die Bescheidenheit. Habt ihr euch je gefragt, was das ist, Kinder?« Er lachte über seinen eigenen Witz und fuhr mit dem Unterricht fort. Als die Stunde ausgeläutet wurde, bat er mich, noch einen Augenblick zu bleiben.

»Bring deine Gitarre morgen mit, Dawn. Ich möchte dich spielen hören«, sagte er, und sein Gesicht war ernst und entschlossen.

»Ich habe keine allzu gute Gitarre, Sir. Sie ist gebraucht gekauft und...«

»Na, na. Mach dir bloß nichts daraus, wenn die anderen Schüler dich aufziehen. Ich habe ohnehin den Verdacht, daß die Gitarre viel besser ist, als du glaubst. Und außerdem kann ich dir eine sehr gute Gitarre zur Verfügung stellen, wenn es an der Zeit ist.«

»Ich danke Ihnen, Sir«, sagte ich. Er lehnte sich auf seinem Stuhl zurück und sah mich einen Moment lang nachdenklich an.

»Ich weiß, daß von den Schülern erwartet wird, sie sollen ihre Lehrer mit Sir und Ma'am anreden«, sagte er. »Aber wenn wir allein miteinander arbeiten, wäre es dir dann möglich, mich Mr. Moore zu nennen?«

Ich lächelte.

»Ich werde mich bemühen.«

»Gut. Es freut mich, daß du hier bist, Dawn. Willkommen in der Emerson Peabody. Aber jetzt solltest du dich beeilen, damit du rechtzeitig zum Unterricht kommst.«

»Danke, Mr. Moore«, sagte ich, und er lächelte.

Ich machte mich auf den Weg zur nächsten Stunde, blieb aber stehen, als ich sah, daß Louise auf mich gewartet hatte.

»Hallo«, sagte ich, denn ich glaubte, daß sie sich wieder mit mir vertragen wollte. Aber darum ging es ihr weniger.

»Ich habe gesehen, daß Philip Cutler beim Mittagessen bei dir gesessen hat«, sagte sie, und es gelang ihr nicht, den Neid in ihrer Stimme zu unterdrücken. »Du solltest lieber aufpassen. Er hat einen schlechten Ruf, was Mädchen angeht«, sagte sie, doch ihre Stimme klang immer noch neiderfüllt.

»Einen schlechten Ruf? Er scheint doch sehr nett zu sein. Ganz anders als seine Schwester«, sagte ich betont. »Was wird denn Schlechtes über ihn geredet?«

»Es geht darum, was er tun will, sogar schon beim ersten Mal, wenn er mit einem Mädchen ausgeht«, erwiderte sie.

»Was will er denn?« fragte ich. Sie wich einen Schritt zurück.

»Was glaubst du wohl?« Sie schaute sich um, um sicherzugehen, daß außer mir sie niemand hören konnte. »Er will gleich alles.«

»Warst du einmal mit ihm aus?«

»Nein«, sagte sie mit weitaufgerissenen Augen. »Niemals.«

Ich zuckte die Achseln.

»Ich finde, daß man die Entscheidung, was man von anderen Leuten hält oder nicht, niemand anders überlassen sollte. Man sollte sich selbst eine Meinung bilden. Und außerdem ist es Philip gegenüber ungerecht«, fügte ich hinzu, denn seine betörend blauen Augen waren mir noch deutlich in Erinnerung.

Louise schüttelte den Kopf. »Sag bloß nicht, ich hätte dich nicht gewarnt«, riet sie mir.

»Wenigstens hat er mich nicht allein zu Mittag essen lassen.«

Dieser Satz traf ins Schwarze.

»Es tut mir leid, daß ich aufgestanden und gegangen bin... können wir morgen zusammen mittagessen?« fragte sie.

»Wahrscheinlich«, sagte ich, sorgte aber dafür, daß es nicht zu entschieden klang. Ich spürte immer noch die Kratzer, die sie und ihre verschlagenen Freundinnen mit ihren Krallen in meinem Herzen zurückgelassen hatten. Aber sie war bereits zufrieden genug, um mir noch eine nützliche Warnung zukommen zu lassen.

»Wenn du glaubst, Clara Sue könnte dich nicht leiden, dann warte nur, bis sie hört, was Mr. Moore gesagt hat.«

»Wie meinst du das?«

»Sie glaubt, sie wird beim nächsten Konzert das Solo singen. Letztes Jahr hat sie es getan«, sagte Louise, und damit stach sie ein Loch in den Luftballon meines Glücks, der in sich zusammenschnurrte.

4 *Ein Kuß*

Am Ende des Schultags traf ich Jimmy in der Eingangshalle. Er war sehr unglücklich, weil seine Mathematiklehrerin gesagt hatte, sie glaubte, er habe so viel nachzuholen, daß er die Klasse unter Umständen noch einmal wiederholen müsse.

»Ich habe dich davor gewarnt, immer wieder in der Schule zu fehlen, Jimmy«, schimpfte ich ihn aus.

»Wen stört das schon?« erwiderte er, aber ich konnte ihm anmerken, daß er außer sich war.

Während wir miteinander redeten, eilten alle anderen Schüler aus dem Haus, um die Busse zu erwischen oder in ihre eigenen Wagen zu steigen. Diejenigen, die im Internat lebten, schlenderten langsam hinaus.

»Alle diese reichen Kinder haben Unmengen von Geld«, murmelte Jimmy, als er einige von ihnen auf ihre eigenen Wagen zugehen sah. »Komm schon«, sagte er und lief auf die Treppe zu. »Sehen wir mal nach, wie lange wir auf Daddy warten müssen.«

Ich folgte Jimmy in den Keller, denn dort war Daddys Büro. Ein Arbeitsraum lag direkt neben Daddys Büro, das nicht gerade sehr groß war, doch er hatte einen hübschen Schreibtisch aus Holz und zwei Stühle darin stehen. An den Wänden waren Regale angebracht, und eine große Hängelampe mit einem dunkelblauen Metallschirm pendelte direkt über dem Schreibtisch.

Jimmy setzte sich hinter Daddys Schreibtisch. Ich zog den anderen Stuhl heran und schlug meine Schulbücher auf, um mit einem Teil meiner Hausaufgaben anzufangen. Erinnerungen an den vergangenen Schultag schwirrten wirr durch meinen Kopf, und als ich aufblickte, sah ich, daß Jimmy mich anstarrte.

»Bist du noch dahintergekommen, wer dir diesen Streich gespielt hat?« fragte er.

»Nein, Jimmy«, log ich. »Vergessen wir es einfach. Es war alles nur ein Mißverständnis.« Ich wollte nicht, daß er sich meinetwegen in Schwierigkeiten brachte.

»Ein Mißverständnis?« Er schüttelte den Kopf. »Hier laufen nur Snobs rum. Die Mädchen sind eingebildet, und die Jungen sind Waschlappen. Sie reden über nichts anderes als ihre Autos, ihre Kleider und ihre Schallplattensammlung. Wie kommt es, daß dieser Philip in der Mensa an deinem Tisch gesessen hat?« fragte er.

»Philip? Er ist auf mich zugekommen und hat gefragt, ob noch Plätze frei sind«, antwortete ich und stellte es so hin, als sei nichts weiter dabei, obwohl ich es ganz wunderbar gefunden hatte. »Als er festgestellt hat, daß alle Plätze frei sind, hat er sich hingesetzt.«

»Komisch, daß er sich so schnell mit dir angefreundet hat.« Jimmys Augen wurden klein, und sein Verstand machte Überstunden.

»Er ist eben nett.« Ich war selbst unsicher gewesen, ob ich Clara Sues Bruder trauen konnte, aber aus irgendwelchen Gründen mußte ich Philip Jimmy gegenüber verteidigen. Philip war bisher der einzige freundliche Mensch in der ganzen Schule. Ich dachte an seine vollen Lippen, wie sie sich zu einem schiefen Lächeln verzogen hatten, und an seine blauen Augen, die meinen Blick wie hypnotisch festgehalten hatten, als er mich gefragt hatte, ob ich eine Spazierfahrt in seinem Wagen mit ihm unternehmen würde. Schon allein bei der Erinnerung lief mir ein Schauer über den Rücken.

»Wenn ich es mir jetzt noch einmal überlege, muß ich sagen, daß ich ihm nicht traue«, schloß Jimmy plötzlich. Er nickte, um sich seine Theorie zu bestätigen. »All das könnte ein übler Streich sein, wenn ich bedenke, was dir heute morgen passiert ist. Vielleicht hat jemand eine Wette mit ihm abgeschlossen, daß er dich nicht dazu bringen kann, ihn gleich zu mögen oder so etwas. Was ist, wenn er etwas tut, was dich in Verlegenheit bringt?«

»Das kann einfach nicht wahr sein, Jimmy. Er ist viel zu nett, um so etwas zu tun!« rief ich ein wenig zu verzweifelt aus.

»Wenn ich recht habe, wird es dir noch sehr leid tun. Aber wenn er dir etwas tut«, fügte er hinzu, »bekommt er es mit mir zu tun.«

Ich lächelte in mich hinein und dachte mir, wie schön es doch war, einen Bruder zu haben, der mich beschützte.

In dem Moment tauchte Daddy in der Tür auf. Daddy war nicht so müde und schmutzig, wie er es am Ende eines Arbeitstages bei seinen anderen Stellungen gewesen war. Seine Hände waren so sauber, wie sie es am frühen Morgen gewesen waren, und seine Kleidung wies keine Schmutzflecken auf.

Ich wartete und hielt den Atem an, denn ich rechnete damit, daß er inzwischen etwas über den Vorfall im Sportunterricht gehört hatte, doch falls er etwas darüber wußte, sagte er kein Wort. Und er schien auch nicht zu bemerken, wie sehr mein Kleid zerknittert war.

»Und?« sagte er. »Wie war euer Tag, Kinder?«

Ich schaute Jimmy an. Wir hatten beschlossen, Daddy nicht zu erzählen, was mir zugestoßen war, doch plötzlich sehnte ich mich inbrünstig danach, mein Gesicht an seine Brust pressen und einen Wasserfall von Tränen weinen zu können, während ich die Geborgenheit in seinen Armen spürte. Wenn mir auch bei der Erinnerung an Philip und an den Musikunterricht wärmer ums Herz wurde, so war der größte Teil des Tages doch abscheulich verlaufen. Ich wußte jedoch, daß ich es ihm nicht erzählen durfte -- Daddy war von Natur aus aufbrausend und unberechenbar in seinem Zorn. Was wäre, wenn er etwas sagen würde und gefeuert werden würde? Oder noch schlimmer – was wäre, wenn Mrs. Turnbell ihn davon überzeugte, alles sei meine Schuld gewesen?

»Hier ist alles genau so, wie ich es erwartet habe. Es wimmelt nur so von reichen Kindern und Lehrern, die auf einen herunterschauen«, sagte Jimmy.

»Niemand schaut auf mich herunter«, erwiderte Daddy mürrisch.

Jimmy wandte den Blick ab und sah mich dann so an, als wollte er sagen, Daddy würde es ohnehin nicht merken, wenn sie es täten.

»Ja, schon gut. Wann können wir von hier verschwinden?« fragte Jimmy unfreundlich.

»Wir fahren sofort los. Ich will nur noch ein paar Zahlen in mein Rechnungsbuch eintragen«, sagte er und zog ein schwarzweißes Notizbuch aus seiner Schreibtischschublade.

»Dir gefällt diese Arbeit, stimmt's, Daddy?« fragte ich, als wir gingen. Ich sah Jimmy fest an, damit er akzeptierte, wieviel all das für unsere Familie bedeutete.

»Na klar, Kleines. Und jetzt wollen wir uns auf den Heimweg zu eurer Mama machen und sehen, wie es ihr heute ergangen ist.«

Als wir unsere Wohnung betraten, war es sehr still. Anfangs dachte ich, Mama und die kleine Fern seien aus dem Haus gegangen, doch als wir in ihr Schlafzimmer schauten, lagen sie beide im Bett. Sie hatten sich aneinandergekuschelt und schliefen fest.

»Wenn das kein schöner Anblick ist«, flüsterte Daddy. »Lassen wir sie einfach schlafen«, sagte er. »Jimmy, was hältst du davon, wenn wir beide jetzt losziehen und zum Nachtisch Eis besorgen? Ich habe Lust, ein wenig zu feiern.«

Sobald Daddy und Jimmy gegangen waren, zog ich mein Kleid aus, damit Mama nicht sah, wie übel es zerknittert war, und dann machte ich mich daran, das Abendessen vorzubereiten. Fern wachte zuerst auf und rief nach mir. Als ich ins Schlafzimmer ging, um sie zu holen, schlug Mama die Augen auf.

»O Dawn. Seid ihr alle zurück?« fragte sie und setzte sich mühsam auf. Ihr Gesicht wirkte gerötet, und ihre Augen waren glasig.

»Daddy und Jimmy sind fortgegangen, um Eis zu kaufen. Mama, du fühlst dich immer noch nicht gut.«

»Mir geht es gut, Schätzchen. Ich bin nur ein bißchen müde, weil ich einen anstrengenden Tag mit Fern hinter mir habe. Wie war dein Schultag?«

»Bist du zum Arzt gegangen?« fragte ich.

»Ich habe etwas noch Besseres getan. Ich bin aus dem Haus gegangen und habe die Zutaten für diesen stärkenden Saft gekauft«, sagte sie und deutete auf eine Flasche, die auf dem Nachttisch neben ihrem Bett stand.

»Was ist das, Mama?« Ich drehte die Flasche mit der dunklen Flüssigkeit in meinen Händen. Dann öffnete ich sie und roch an der Arznei. Sie stank.

»Das sind alle möglichen Kräuter und so, ein Rezept meiner Großmama. Du wirst es ja sehen. Jetzt wird es mir im Handumdrehen wieder bessergehen. Aber laß uns jetzt nicht mehr über mich reden. Erzähle mir von der Schule. Wie war es?« fragte sie, und ihre Augen schauten mich gespannt an.

»Es war in Ordnung«, sagte ich und wandte eilig den Blick ab, damit sie mich nicht bei meiner Lüge ertappen konnte. Zumindest war manches gutgegangen, dachte ich. Ich stellte die Flasche mit dem Kräutertrunk wieder hin und nahm die kleine Fern in den Arm. Dann erzählte ich Mama von Mr. Moore und auch ein wenig von den anderen Lehrern, doch ich erzählte ihr nichts von Clara Sue und den anderen Mädchen, und ich redete auch nicht über Philip.

Ehe ich meinen Bericht beendet hatte, schloß Mama die Augen und preßte sich die Hände auf die Brust. Es sah aus, als hätte sie Schwierigkeiten damit, tief Atem zu holen.

»Mama, ich gehe nicht in die Schule und bleibe zu Hause und kümmere mich um Fern, bis diese Medizin wirkt, wenn du nicht zum Arzt gehst!« rief ich aufgeregt.

»O nein, mein Schätzchen. Du kannst nicht in einer neuen Schule meinetwegen gleich fehlen. Wenn du zu Hause bleibst, rege ich mich so darüber auf, daß es mir nur noch schlechter geht.«

»Aber Mama...«

Sie lächelte und nahm meine rechte Hand, während ich Fern im linken Arm hielt. Solange ich die kleine Fern im Arm hatte, begnügte sie sich damit, friedlich am Daumen zu lutschen und Mama und mir zuzuhören, wenn wir uns unterhielten. Mama zog mich näher zu sich, bis sie die Hand ausstrecken und mir über das Haar streichen konnte.

»Du siehst heute so hübsch aus, Dawn, Schätzchen. Ich will wirklich nicht, daß du dir meinetwegen Sorgen machst und auf Dinge verzichtest. Ich komme allein zurecht. Ich war schon schlechter dran, Schätzchen, das kannst du mir glauben. Dein Daddy hat dich und Jimmy in eine vornehme Schule gebracht, und dort werdet ihr in den Genuß einer besseren Ausbildung kommen, als wir es je für einen von euch beiden erhofft hatten. Du kannst einfach nicht so weitermachen, wie es in manchen anderen Städten sein mußte«, beharrte sie.

»Aber Mama...«

Plötzlich wurden ihre Augen dunkel und eindringlich, und ihr Gesicht wurde ernster, als ich es je gesehen hatte. Sie drückte meine Hand so fest, daß sich die Knochen meiner Finger aneinander zu reiben schienen, doch die Veränderungen, die sich an ihr vollzogen hatten, erschreckten mich so sehr, daß ich meine Hand nicht zurückziehen konnte.

»Du gehörst in diese Schule, Dawn. Du hast diese Chance verdient.«

Mamas Augen überzogen sich mit einem Schleier, als schweife sie zu alten Erinnerungen. Der schmerzhafte Griff, mit dem sie meine Hand gepackt hatte, lockerte sich keinen Moment lang. »Du solltest dich mit den Reichen und den Blaublütigen zusammentun«, beharrte sie. »In der ganzen Schule gibt es kein Mädchen und keinen Jungen, der etwas Besseres ist als du, hast du gehört?« rief sie aus.

»Aber, Mama, die Mädchen in dieser Schule tragen Kleider, die ich nie in meinem Leben auch nur anprobieren werde, und sie reden über Orte, die ich nie sehen werde. Ich werde nie zu ihnen passen. Sie scheinen soviel mehr zu wissen.«

»Genau dasselbe hast du auch verdient, Dawn. Vergiß das nie.« Bei diesen Worten wurde ihr Griff noch fester, und ich stieß einen kleinen Schrei aus. Von meinem Wimmern schien sie aufzuwachen, ihre Augen wurden klarer, und sie ließ meine Hand los.

»Gut, Mama. Ich verspreche es dir, aber wenn es dir nicht bald besser geht...«

»Ich werde zu einem Nobelarzt gehen, ganz so, wie ich es dir versprochen habe. Das ist jetzt ein neues Versprechen«, erklärte sie und hob die Hand wie zum Schwur. Ich schüttelte den Kopf. Sie merkte, daß ich ihr nicht glaubte. »Ich werde es tun. Ich werde es wirklich tun«, wiederholte sie und ließ sich wieder auf das Kissen sinken. »Du solltest das Baby lieber füttern, ehe es dir deutlich zu verstehen gibt, daß du spät mit seinem Essen dran bist. Wenn die kleine Fern dazu aufgelegt ist, kann sie fürchterlich schreien.«

Ich drückte Fern an mich und nahm sie dann mit, um sie zu füttern. Daddy und Jimmy kamen zurück, und ich flüsterte Daddy zu, Mama ging es schlechter. Daddys dunkle Augenbrauen zogen sich besorgt zusammen.

»Ich gehe zu ihr und rede mit ihr«, sagte er. Jimmy schaute auch kurz ins Schlafzimmer und kam dann zurück. Er blieb stumm neben mir stehen und sah zu, wie ich Fern fütterte. Wenn Jimmy sich um Mama sorgte, wurde er so still wie eine Statue.

»Mama ist so blaß und dünn und schwach, Jimmy«, sagte ich, »aber sie will nicht, daß ich zu Hause bleibe und mich um Fern kümmere.«

»Dann bleibe ich eben zu Hause«, murmelte er durch zusammengebissene Zähne.

»Das würde sie noch wütender machen, Jimmy, und das weißt du genau.«

»Und was sollen wir tun?«

»Sehen wir mal, ob Daddy sie dazu bringt, zu einem Arzt zu gehen«, meinte ich.

Als Daddy aus dem Schlafzimmer kam, sagte er uns, Mama hätte versprochen, sie würde bestimmt zum Arzt gehen, wenn die Arznei nicht helfen würde.

»Sie hat die Sturheit ihrer Familie geerbt«, erklärte Daddy. »Einmal hat ihr Vater auf dem Dach seiner Hütte geschlafen, weil er diesen Specht erwischen wollte, der jeden Morgen auf den Dachschindeln herumgehackt hat. Es hat zwei Tage gedauert, aber er wollte einfach nicht von diesem Dach runterkommen.«

Daddys Geschichten brachten uns wieder zum Lachen, doch ab und zu sah ich Mama an und wechselte dann besorgte Blicke mit Jimmy. Mama wirkte auf mich wie eine welkende Blume. Ich sah Kleinigkeiten an ihr, die mich bedrückten und meine Sorge immer mehr wachsen ließen. Ich wußte, daß ich in Panik ausbrechen würde, wenn es so weiterging.

Am nächsten Tag überraschte mich Philip Cutler kurz vor dem ersten Läuten an meinem Schrank.

»Darf ich dich heute zu einer Spazierfahrt mitnehmen?« fragte er. Er flüsterte mir die Worte ins Ohr.

Ich hatte die ganze Nacht lang darüber nachgedacht. Es wäre das erste Mal, daß ich mit einem Jungen eine Spazierfahrt machen würde.

»Wohin könnten wir denn fahren?«

»Ich kenne eine schöne Stelle auf diesem Hügel mit Blick auf den James River. Von dort aus hat man eine meilenweite Sicht, es ist wunderschön. Ich bin noch nie mit jemandem dorthin gefahren«, fügte er hinzu, »weil ich noch niemanden kennengelernt habe, von dem ich dachte, er wüßte diesen Ausblick so sehr wie ich zu schätzen. Das heißt, bisher.«

Ich sah ihm in die sanften blauen Augen. Ich wollte gern mit ihm hinfahren, aber mein Herz klopfte so, als beginge ich einen Verrat. Er sah das Zögern in meinem Gesicht.

»Manchmal spürt man Dinge einfach«, sagte er. »Ich würde keines von diesen anderen Mädchen mitnehmen, weil sie so verwöhnt sind, daß es ihnen nicht genügen würde, die Natur anzuschauen. Sie wollen lieber in ein schickes Restaurant ausgeführt werden oder so etwas. Das heißt nicht, daß ich mit dir nicht in ein elegantes Restaurant gehen möchte«, fügte er schnell hinzu. »Es heißt nur, daß ich dachte, du wüßtest einen wunderbaren Ausblick so zu genießen wie ich.«

Ich nickte bedächtig. Was tat ich da? Ich konnte nicht einfach mit ihm wegfahren, ohne Daddy vorher um Erlaubnis zu fragen, und ich mußte nach der Schule mit ihm nach Hause fahren, um Mama mit Fern zu helfen. Und was war, wenn Jimmy recht hatte und all das eine Art gemeiner Streich war, den Philips Schwester und ihre Freundinnen angezettelt hatten?

»Ich muß früh genug zu Hause sein, um Mama mit dem Abendessen zu helfen«, sagte ich.

»Kein Problem. Es ist nur ein paar Minuten von hier. Machen wir die

Verabredung fest? Ich treffe dich gleich nach dem Läuten in der Eingangshalle.«

»Ich weiß nicht so recht.«

»Wir sollten jetzt lieber zum Unterricht gehen«, sagte er und nahm meine Bücher. »Komm schon, ich begleite dich.«

Als wir beide durch den Korridor liefen, drehten sich viele Köpfe zu uns. Seine Freunde lächelten alle und begrüßten mich. Vor der Tür zu meinem Klassenzimmer reichte er mir meine Bücher.

»Was ist?« fragte er.

»Ich weiß es nicht. Mal sehen«, sagte ich. Er lachte und schüttelte den Kopf.

»Ich habe dich doch nicht gefragt, ob du mich heiraten willst. Jedenfalls noch nicht«, fügte er hinzu. Mein Herz flatterte. Ehe ich gestern abend eingeschlafen war, war es mir nicht gelungen, mir keine Geschichten für meine Zukunft auszumalen – mein eigenes Märchen. Ich hatte mir vorgestellt, daß der gutaussehende Philip Cutler und ich ein ideales Paar würden, einander unsterbliche Liebe schworen und uns verlobten. Wir würden in seinem Hotel leben, und ich würde Mama und Daddy und Fern dorthin mitnehmen, und sogar Jimmy würde irgendwann zu uns kommen, weil Philip ihn zum Manager oder so etwas machen würde. Meine Phantasie endete damit, daß Philip Clara Sue zwang, als Zimmermädchen zu arbeiten.

»Ich werde dir den ganzen Tag lang keine Ruhe lassen«, versprach er und ging. Seine blauen Augen erschienen mir so aufrichtig. Das konnte kein Scherz sein, dachte ich. Bitte, all das darf kein gemeiner Trick sein.

Als ich mich umdrehte, um das Klassenzimmer zu betreten, sah ich den Ausdruck des Erstaunens auf den Gesichtern einiger Mädchen, die mich offensichtlich mit Philip gesehen hatten. Louises Augen waren kugelrund, und ich sah ihr an, daß sie es nicht erwarten konnte, mich auszufragen.

»Er will nach der Schule eine Spazierfahrt mit mir machen«, erzählte ich ihr schließlich. »Glaubst du, seine Schwester hat ihn dazu angestiftet?« fragte ich, um Informationen zu bekommen.

»Seine Schwester? Wohl kaum. Sie ist wütend auf ihn, weil er mit dir redet.«

»Dann fahre ich vielleicht doch mit«, murmelte ich träumerisch.

»Tu das nicht«, warnte sie mich, aber ich konnte die Aufregung in ihren Augen sehen.

Jedesmal, wenn ich von einem Unterrichtsraum in einen anderen ging, winkte mir Philip zu und fragte: »Und, was ist?« Kurz nachdem ich mich im Mathematikunterricht auf meinen Platz gesetzt hatte, steckte er den Kopf durch die Tür, sah mich an und zog fragend seine Augenbrauen hoch. Darüber mußte ich wirklich lachen. Er verschwand schnell, als die Lehrerin sich zu ihm umdrehte.

Zum einzigen unerfreulichen Zwischenfall kam es, als ich feststellte, daß Clara Sue mich vor der nächsten Unterrichtsstunde an der Tür erwartete. Linda stand neben ihr.

»Ich habe gehört, daß Mr. Moore dich für das Solo beim nächsten Konzert ins Auge gefaßt hat«, sagte sie, und ihre Augen waren klein und wachsam.

»Und?« Mein Herz pochte heftig.

»Mich hat er auch ins Auge gefaßt.«

»Wie schön für dich. Viel Glück«, sagte ich und wollte ins Klassenzimmer gehen, doch sie hielt mich an der Schulter fest und drehte mich zu sich herum.

»Glaub bloß nicht, du könntest herkommen und alles an dich reißen, du kleiner Wohltätigkeitsfall!« schrie sie.

»Ich bin kein Wohltätigkeitsfall!«

Clara Sue musterte mich von Kopf bis Fuß und schnaufte verächtlich. »Hör auf, dir Illusionen zu machen, Dawn. Du gehörst nicht hierher. Du bist eine Außenseiterin. Du bist keine von uns. Das bist du nie gewesen, und du wirst es auch nie sein. Du bist nichts weiter als eine arme Weiße, die zu dem Gesindel gehört, das auf der falschen Seite vom Bahngleis lebt. Das weiß die ganze Schule.«

»Ja«, warf Linda ein. »Du bist nichts weiter als eine von diesem armen weißen Gesindel.«

»Wage es nicht, solche Dinge zu mir zu sagen!« entgegnete ich heftig und kämpfte gegen die Tränen an, die ich bereits in meinen Augenwinkeln spürte.

»Warum denn nicht?« fragte Clara Sue. »Es ist doch wahr. Erträgst du es nicht, die Wahrheit zu hören, Dawn? Dann ist es an der Zeit, daß du es lernst. Was glaubst du denn, wen du mit deinen großen Augen und deinem geheuchelten Unschuldsblick zum Narren halten kannst?« höhnte sie. »Wenn du glaubst, daß mein Bruder sich für *dich* interessiert, mußt du übergeschnappt sein.«

»Philip mag mich. Er mag mich wirklich!« verkündete ich.

Clara Sue zog eine Augenbraue hoch. »Ja, darauf wette ich.«

Ihre Worte hatten einen Unterton... einen Unterton, der mir nicht paßte. »Wovon sprichst du überhaupt?«

»Mein Bruder *liebt* Mädchen wie dich. Mädchen wie dich macht er einmal im Monat zu Müttern.«

Linda lachte laut.

»Ach, wirklich?« Ich stellte mich dicht vor Clara Sue. »Ich werde Philip am besten erzählen, daß du das gesagt hast.« Meine Worte löschten Clara Sues Lächeln aus, und einen Moment lang schien sie in Panik zu geraten. Ohne ihr eine Chance zu Vergeltungsmaßnahmen zu geben, ließ ich die beiden stehen.

Philip setzte sich beim Mittagessen tatsächlich zu mir und Jimmy und verwandte viel Zeit darauf, Jimmy davon zu überzeugen, daß er sich dem internen Basketballteam anschließen sollte. Jimmy weigerte sich eine Weile, aber ich konnte erkennen, wie sein Widerstand bröckelte. Ich wußte, daß er gern Basketball spielte.

»Was ist?« fragte Philip, als wir auf dem Weg zum Unterricht waren. »Hast du dich schon entschieden?«

Ich zögerte, und dann erzählte ich ihm, was sich am Morgen zwischen Clara Sue und mir abgespielt hatte. Ich erzählte ihm nicht genau, was sie über ihn gesagt hatte, nur, daß sie mich vor ihm gewarnt hatte.

»Diese kleine... *Hexe*. Das ist das einzige Wort, das für sie paßt. Die soll nur warten, bis ich sie in die Finger kriege.«

»Tu es nicht, Philip. Sie wird mich nur noch mehr hassen und versuchen, mir noch mehr Schwierigkeiten zu machen.«

»Dann fahr mit mir spazieren«, sagte er schnell.

»Das klingt nach Erpressung.«

»Ja«, sagte er lächelnd, »aber es ist eine hübsche Form von Erpressung.«

Ich lachte. »Bist du sicher, daß ich früh genug nach Hause komme?«

»Absolut.« Er hob die Hand. »Bei meiner Ehre.«

»Gut«, sagte ich. »Ich frage meinen Daddy.«

»Prima. Du wirst es nicht bereuen«, versicherte mir Philip. Trotzdem machte mich die ganze Geschichte so nervös, daß ich fast vergessen hätte, Mr. Moore meine Gitarre zu zeigen. Als ich den Musiksaal betrat und mich auf meinen Platz setzte, war ich wirklich ganz benommen.

»Steckt da wirklich eine Gitarre drin, oder ist das nur der Kasten?« fragte er, als ich kein Wort sprach.

»Wie bitte? Ach so, ja, das ist eine Gitarre!« rief ich aus. Er lachte und forderte mich auf, etwas zu spielen. Danach sagte er, für jemanden, der keinen Unterricht gehabt hatte, hätte ich meine Sache sehr gut gemacht.

Der freundliche Blick in seinen Augen ließ mich meine heimliche Hoffnung aussprechen. »Mein Traum ist es, Klavierspielen zu lernen und eines Tages selbst ein eigenes Klavier zu besitzen.«

»Ich sag' dir was«, meinte er, beugte sich vor und stützte die Ellbogen auf den Schreibtisch, um das Kinn auf die Hände zu legen. »Ich brauche noch eine Flötenspielerin. Wenn du für das Schulorchester Flöte spielst, werde ich dir dreimal in der Woche nachmittags Klavierunterricht erteilen.«

»Das würden Sie wirklich tun?« Fast wäre ich von meiner Bank aufgesprungen.

»Wir fangen gleich morgen damit an. Ist das abgemacht?« fragte er und streckte mir über das Pult die Hand hin.

»Oh, ja«, sagte ich und schüttelte ihm die Hand. Er lachte und meinte, ich sollte ihn morgen direkt nach der letzten Stunde im Musiksaal treffen.

Ich konnte es kaum erwarten, in den Keller zu laufen und es Daddy zu erzählen. Als ich es Jimmy erzählte, fürchtete ich, ihn würde es ärgern, daß er an diesen Nachmittagen allein in Daddys Büro auf Daddy warten mußte. Er überraschte mich mit einer anderen Neuigkeit.

»Ich habe mich entschlossen, mich dem internen Basketballteam anzuschließen«, sagte er. »Einer der Jungen aus meinem Mathematikkurs braucht noch jemanden für sein Team. Und im Frühjahr könnte ich mich dann der Schulmannschaft anschließen, die gegen andere Schulen antritt.«

»Das ist ja wunderbar, Jimmy. Vielleicht können wir hier doch noch Freunde finden; vielleicht haben wir gestern einfach nur die falschen Leute kennengelernt.«

»Ich habe nicht gesagt, daß ich hier Freundschaften schließe«, erwiderte Jimmy schnell. »Ich dachte mir nur, ich könnte zweimal in der Woche die Zeit totschlagen.«

Daddy war nirgends zu sehen, und daher bat ich Jimmy, ihm zu sagen, ich sei mit Philip spazierengefahren, und er würde mich nach Hause bringen.

»Ich wünschte, du würdest dich nicht mit dem Kerl einlassen«, sagte Jimmy.

»Ich lasse mich nicht mit ihm ein, Jimmy. Ich fahre nur mit ihm spazieren.«

»Klar«, sagte Jimmy und ließ sich betrübt auf seinen Stuhl sinken. Ich lief nach oben, um Philip zu treffen. Er hatte einen hübschen roten Wagen mit weichen weißen Lammfellbezügen über den Sitzen. Er schloß die Tür auf, hielt sie mir auf und trat zur Seite.

»Madam«, sagte er mit einer übetriebenen Verbeugung.

Ich stieg ein, und er schlug die Tür zu. Ich fuhr mit der Hand über die weichen Bezüge und sah das Armaturenbrett und die Gangschaltung mit dem schwarzen Leder an.

»Du hast einen wunderschönen Wagen, Philip«, sagte ich zu ihm, als er sich hinter das Steuer setzte.

»Danke. Es war ein Geburtstagsgeschenk von meiner Großmutter.«

»Ein Geburtstagsgeschenk!« Wie reich seine Großmutter sein mußte, dachte ich, wenn sie ihm einen solchen Wagen schenkte. Er zuckte die Achseln, lächelte verlegen und ließ den Motor an. Dann legte er einen Gang ein, und wir fuhren los.

»Wie hast du diesen Platz gefunden, Philip?« fragte ich, als wir die Schule hinter uns gelassen hatten.

»Ach, ich bin eines Tages allein durch die Gegend gefahren und habe ihn entdeckt. Ich fahre gern spazieren und sehe mir die Landschaft an und denke nach«, sagte er. Er bog von der Hauptstraße ab und fuhr eilig eine Straße hinunter, an der nicht viele Häuser standen. Dann bog er wieder ab, und wir fuhren langsam einen Hügel hinauf. »Es ist nicht mehr weit«, erklärte er. Wir kamen an ein paar Häusern vorbei, als wir bergauf fuhren, und dann bog Philip auf einen abgelegenen Weg ab, der an einem Feld entlang zwischen eine Baumgruppe führte. Es war nicht mehr als ein Feldweg, ohne festen Straßenbelag.

»Diese Stelle hast du zufällig gefunden?«

»Hm!«

»Und du hast noch kein anderes Mädchen aus der Emerson Peabody hierher mitgenommen?«

»Nein«, sagte er, aber ich fing an, Zweifel zu bekommen.

Wir fuhren durch das kleine Wäldchen und kamen auf ein offenes Feld. Von einem Weg konnte nun nicht mehr die Rede sein, doch Philip fuhr über das Gras weiter, bis wir an den Hang des Hügels kamen und auf den James River hinausschauen konnten. Die Aussicht war so einmalig, wie er es mir versprochen hatte.

»Na, was sagst du?«

»Es ist wunderschön, Philip!« rief ich aus und sog den Ausblick in mich auf. »Du hast recht gehabt.«

»Das solltest du erst einmal bei Nacht sehen, wenn die Sterne am Himmel stehen und in der Stadt die Lichter brennen. Glaubst du, ich kann dich einmal nachts hierherlocken?« fragte er mit einem verschmitzten Lächeln.

»Ich weiß es nicht«, antwortete ich schnell, doch ich hatte diesen Wunsch. Das hätte mehr von einem echten Rendezvous gehabt, meinem ersten echten Rendezvous. Er rückte näher zu mir und hatte den Arm über die Lehne des Sitzes gelegt.

»Du bist ein sehr hübsches Mädchen, Dawn. In dem Moment, in dem ich dich das erste Mal gesehen habe, habe ich mir gesagt, das ist das hübscheste Mädchen, das ich je in der Emerson Peabody gesehen habe. Die möchte ich so schnell wie möglich kennenlernen.«

»Oh, viele Mädchen in der Schule sind hübscher als ich.« Ich versuchte nicht, Bescheidenheit zu heucheln. Ich hatte so viele Mädchen mit schöner, kostspieliger Kleidung gesehen. Wie hätte ich mich mit ihnen messen können, fragte ich mich.

»In meinen Augen sind sie nicht hübscher«, sagte er. »Ich bin froh, daß du in unsere Schule übergewechselt bist.« Seine Finger streichelten meine Schulter. »Hast du schon viele Freunde gehabt?« Ich schüttelte den Kopf. »Das glaube ich nicht«, sagte er.

»Es ist aber wahr. Wir konnten nie lange genug an einem Ort bleiben«, fügte ich hinzu. Er lachte.

»Ich versuche nicht, komisch zu sein, Philip. Es ist wahr«, wiederholte ich und riß die Augen weiter auf, um meinen Worten Nachdruck zu verleihen.

»Klar«, sagte er und ließ seine Finger zu meinem Haar gleiten. Sein Zeigefinger spielte mit einer Strähne. »Du hast eine unglaublich winzige Nase«, sagte er und beugte sich vor, um mir einen Kuß auf die Nasenspitze zu geben. Ich war so überrascht, daß ich mich entsetzt zurücklehnte.

»Ich konnte es einfach nicht lassen«, sagte er und beugte sich wieder vor, um mir einen Kuß auf die Wange zu geben. Ich senkte den Blick, als sich seine linke Hand auf mein Knie legte. Ein Prickeln zog durch meinen Oberschenkel. »Dawn«, flüsterte er mir leise ins Ohr. »Dawn. Ich liebe es einfach, deinen Namen auszusprechen. Weißt du, was ich heute morgen getan habe? Ich bin bei Sonnenaufgang aufgestanden, und das nur, um die Morgendämmerung sehen zu können.«

»Das glaube ich nicht.«

»Doch, es ist wahr«, sagte er und legte seine Lippen auf meine. Ich hatte noch nie einen Jungen auf den Mund geküßt, aber ich hatte schon davon geträumt. Letzte Nacht hatte ich mir ausgemalt, Philip zu küssen, und jetzt tat ich es! Es war ein Gefühl, als würden Dutzende von winzigen Funken über meinen ganzen Körper verteilt explodieren; mein Gesicht glühte. Sogar meine Ohren prickelten.

Da ich nicht zurückwich, stöhnte Philip und küßte mich noch einmal, diesmal heftiger. Plötzlich spürte ich, wie die Hand, die auf meinem Knie gelegen hatte, über meine Taille glitt, bis seine Finger sich um meine Brust schlossen. In dem Moment, in dem das geschah, wich ich zurück und stieß ihn gleichzeitig von mir. Ich tat es unwillkürlich. Alles, was ich über ihn gehört hatte, schoß mir blitzartig durch den Kopf, vor allem Clara Sues gräßliche Drohung.

»Ganz ruhig«, sagte er schnell. »Ich tue dir nichts.«

Mein Herz pochte heftig. Ich preßte mir die Handfläche auf die Brust und holte tief Atem.

»Ist alles in Ordnung mit dir?«

Ich nickte.

»Hast du dich denn noch nie von einem Jungen dort berühren lassen?« fragte er. Als ich den Kopf schüttelte, legte er den Kopf skeptisch in den Nacken. »Wirklich nicht?«

»Nein, ganz ehrlich nicht.«

»Dann hast du dir ja einiges entgehen lassen«, sagte er und rückte langsam wieder näher. »Du hast keinen Grund, dich zu fürchten«, schmeichelte er und legte seine Hand wieder auf meine Taille.

»Bist du denn wenigstens schon einmal so geküßt worden?« fragte er. Seine Finger glitten seitlich an mir hinauf. Ich schüttelte den Kopf. »Wirklich nicht?« Er legte seine Hand fest an meine Brust. »Sei ganz ruhig«, sagte er. »Du willst doch nicht das einzige Mädchen in deinem Alter in der ganzen Emerson Peabody sein, das noch nie geküßt und so angefaßt worden ist, oder? Ich tue es ganz langsam, okay?« sagte er und ließ seine Hand millimeterweise zur Spitze der Brust gleiten.

Ich holte tief Atem und schloß die Augen. Wieder einmal preßte er seine Lippen auf meinen Mund.

»Ganz ruhig«, sagte er. »Siehst du.« Seine Fingerspitzen legten sich um einen Knopf meiner Bluse. Ich spürte, wie sie aufging, und dann fühlte ich seine Finger auf meiner Haut, die sich wie eine dicke Spinne in und unter meinem BH bewegten. Als seine Fingerspitzen meine Brustwarze fanden, spürte ich eine Woge der Erregung in mir aufsteigen, die mir den Atem verschlug.

»Nein«, sagte ich und wich wieder zurück. Mein Herz schlug so stark, daß ich sicher war, er könnte es hören. »Ich ... wir sollten uns jetzt lieber auf den Rückweg machen«, sagte ich. »Ich muß Mama mit dem Abendessen helfen.«

»Was? Deiner Mutter mit dem Abendessen helfen? Das soll wohl ein Witz sein. Wir sind doch gerade erst hergekommen.« Er starrte mich einen Moment lang an.

»Du hast nicht etwa schon einen anderen Freund, oder doch?«

»Oh, nein!« sagte ich und sprang fast vom Sitz auf. Er lachte und fuhr mit dem Zeigefinger mein Schlüsselbein nach. Ich spürte seinen heißen Atem auf meiner Wange. »Wirst du irgendwann einmal abends mit mir herkommen?«

»Ja«, sagte ich hingebungsvoll. Er sah so gut aus, und trotz meiner Ängste hatte ich bei seinen Berührungen ein ganz flaues Gefühl im Magen gehabt.

»Okay, dann lasse ich dich heute entwischen«, sagte er und lachte. »Weißt du, du bist wirklich süß.« Er beugte sich vor und gab mir noch einen schnellen Kuß. Dann senkte er den Blick, und ich knöpfte hastig meine Bluse zu.

»Eigentlich freut es mich, daß du schüchtern bist, Dawn.«

»Wirklich?« Ich dachte, er würde mich hassen, weil ich nicht so raffiniert war wie die meisten Mädchen, die er von der Schule her kannte.

»Klar. Heutzutage sind so viele Mädchen vorlaut. Sie haben nichts Frisches und Aufrichtiges an sich. Nicht so wie du. Ich möchte derjenige sein, der dir etwas beibringt, der dich Dinge empfinden läßt, die du noch nie empfunden hast. Erlaubst du mir das? Erlaubst du es mir?« flehte er mich mit diesen sanften blauen Augen an.

»Ja«, sagte ich. Ich wollte neue Dinge lernen und neue Dinge empfinden und genauso erwachsen und raffiniert werden wie die Mädchen, die er in der Emerson Peabody kannte.

»Gut. Aber nimm bloß keine anderen Jungen hinter meinem Rücken mit hierher«, meinte er.

»Was? Das würde ich nie tun.«

Er lachte und setzte sich wieder hinter das Steuer.

»Du bist ganz entschieden anders als die anderen, Dawn. Und das ist gut so«, fügte er hinzu.

Ich sagte ihm die Richtung, wie er mich nach Hause bringen konnte, und währenddessen knöpfte ich meine Bluse wieder ganz zu.

»Unser Stadtteil ist nicht gerade hübsch«, sagte ich, um ihn vorzubereiten. »Aber wir wohnen nur dort, bis Daddy etwas Besseres gefunden hat.«

»Tja, also«, sagte er und sah sich die Häuser an, die in meinem Viertel die Straßen säumten. »Ich hoffe für dich, daß es nicht allzu lange dauern wird. Hast du denn keine Familie hier?« fragte er.

»Nein. Unsere Verwandten leben alle in Georgia, auf Bauernhöfen«, erwiderte ich. »Aber wir haben sie schon seit einer Weile nicht mehr gesehen, weil wir viel gereist sind.«

»Ich habe so einige Reisen gemacht«, sagte er, »aber im Sommer, wenn die meisten anderen Kinder nach Europa oder in andere Teile des Landes reisen, muß ich in Cutler's Cove bleiben und im Hotel mithelfen«, sagte er und lächelte kläglich. Er drehte sich zu mir um. »Sie erwarten von mir, daß ich eines Tages derjenige bin, der das Hotel übernimmt und es führt.«

»Wie schön, Philip.«

Er zuckte die Achseln.

»Es ist schon seit Generationen im Besitz unserer Familie. Es ist vor langer Zeit, als die Walfänger und die Fischer von überallher gekommen sind, als ein ganz normales Gasthaus gegründet worden. Auf dem Dachboden des Hotels haben wir Gemälde und alle möglichen Antiquitäten, Dinge, die meinem Ururgroßvater gehört haben. Unsere Familie ist so ziemlich die bedeutendste in der Stadt, Politiker aus den Zeiten der Unabhängigkeitserklärung.«

»Es muß einfach wunderbar sein, diese ganze Familientradition zu haben«, sagte ich. Er hörte den sehnsüchtigen Unterton in meiner Stimme. »Was für Leute waren deine Vorfahren?«

Was hätte ich ihm erzählen können? Konnte ich ihm die Wahrheit sagen – daß ich meine Großeltern nie gesehen hatte und daß ich keine Ahnung hatte, was für Menschen sie gewesen waren? Und wie hätte ich ihm erklären können, daß ich Cousins, Cousinen, Onkel oder Tanten nie gesehen, nie gekannt und nie etwas über sie erfahren hatte?

»Es waren... Bauern. Wir hatten früher eine große Farm mit Kühen und Hühnern und Morgen über Morgen von Land«, erzählte ich, doch als ich es sagte, schaute ich aus dem Fenster. »Ich erinnere mich noch, wie ich auf dem Heuwagen mitgefahren bin, als ich ein ganz kleines Mädchen war. Ich habe vorn bei meinem Großvater gesessen, der mich im Arm gehalten hat, während er in der anderen Hand die Zügel hielt. Jimmy lag hinten im Heu und hat zum Himmel hinaufgeschaut. Mein Großvater hat eine Pfeife geraucht, die aus dem Strunk eines Maiskolbens geschnitzt war, und er hat Mundharmonika gespielt.«

»Ach, daher hast du also deine musikalische Begabung.«

»Ja.« Ich spann die Fäden meiner Phantasie, und als ich weitererzählte, vergaß ich fast, daß meine Worte ausnahmslos Lügen waren. »Er kannte all die alten Lieder und hat sie mir vorgesungen, eines nach dem anderen, wenn wir auf seinem Wagen durch die Gegend gefahren sind, aber auch abends auf der Veranda unseres großen Bauernhofs, wenn er auf dem Schaukelstuhl gesessen und seine Pfeife geraucht hat, während meine Großmutter gehäkelt hat. Die Hühner sind frei herumgelaufen auf dem Platz vor dem Haus, und manchmal habe ich versucht, eines zu fangen, aber sie waren immer zu schnell für mich. Ich kann meinen Großvater heute noch lachen hören.«

»Ich kann mich eigentlich nicht mehr allzugut an meinen Großvater erinnern, und mit meiner Großmutter habe ich mich nie besonders gut verstanden; in Cutler's Cove spielt sich alles eher förmlich ab«, erklärte er.

»Bieg hier ab«, sagte ich schnell und bereute meine Lügen bereits.

»Du bist das erste Mädchen, das ich jemals nach Hause gefahren habe«, sagte er.

»Wirklich? Philip Cutler, ist das die Wahrheit?«

»Hand aufs Herz. Vergiß nicht, daß ich meinen Führerschein erst vor kurzem gemacht habe. Und außerdem, Dawn, dich kann ich nicht belügen. Aus irgendwelchen Gründen wäre das so, als würde ich mich selbst belügen.« Er streckte die Hand aus und streichelte so sanft meine Wange, daß ich seine Fingerspitzen kaum spüren konnte. Mir wurde das Herz schwer. Er war so rücksichtsvoll und so aufrichtig, und ich erfand Geschichten über meine imaginäre Familie, Geschichten, die ihn traurig machten, weil sein eigenes Leben so anders aussah, ein Leben, von dem ich sicher war, daß es tausendmal schöner als meines sein mußte.

»In dieser Straße ist es«, sagte ich und deutete in die Richtung. Er fuhr auf die Kreuzung zu. Ich sah ihn eine Grimasse schneiden, als er das Gerümpel auf den freien Parzellen und die ungepflegten Vorgärten sah. »Da vorn ist das Wohnhaus, in dem wir leben, das, vor dem das rote Spielzeugauto auf dem Bürgersteig steht.«

Er fuhr an den Straßenrand.

»Danke«, sagte ich.

Er beugte sich vor, um mich zu küssen, und als ich mich an ihn lehnte, legte er seine Hand wieder auf meine Brust. Ich wich nicht zurück.

»Es ist wirklich schön mit dir, Dawn. Du läßt dich doch bald wieder einmal von mir spazierenfahren, oder nicht?«

»Doch«, sagte ich, und meine Stimme war kaum mehr als ein Flüstern. Eilig hob ich meine Bücher auf und preßte sie an mich.

»He, Moment mal«, sagte er. »Gib mir deine Telefonnummer!«

»Oh, wir haben noch kein Telefon«, sagte ich. Als er mich etwas merkwürdig ansah, fügte ich hinzu: »Wir sind einfach noch nicht dazu gekommen, uns darum zu kümmern.«

Ich stieg schnell aus dem Wagen aus und lief auf die Haustür zu, denn ich war ganz sicher, daß er meine dämliche Lüge durchschaute. Ich war sicher, daß er mich nie wiedersehen wollte.

Daddy und Mama saßen am Küchentisch. Jimmy, der auf dem Sofa saß, sah mich über sein Comicheft an.

»Wo warst du?« fragte Daddy mit einer Stimme, die mich zusammenzucken ließ.

Ich sah ihn an. Seine Augen wurden nicht freundlicher, und sein Gesicht war ganz finster. Es war diese Bedrohlichkeit, die mein Herz heftig und laut schlagen ließ. »Ich bin spazierengefahren. Aber ich bin früh genug nach Hause gekommen, um das Abendessen zu kochen und mich um Fern zu kümmern«, fügte ich zu meiner eigenen Verteidigung hinzu.

»Es gefällt uns einfach nicht, daß du jetzt schon mit Jungen spazierenfährst, Dawn«, sagte Mama und versuchte, die gefährlichen Wogen von Daddys Zorn zu glätten.

»Aber warum denn nicht, Mama? Ich wette, andere Mädchen in meinem Alter, die in die Emerson Peabody gehen, fahren auch mit Jungen spazieren.«

»Das besagt überhaupt nichts«, fauchte Daddy. »Ich will nicht, daß du ein zweites Mal mit diesem Jungen durch die Gegend fährst.« Daddy blickte zu mir, und auf seinem Gesicht stand rasende Wut – meine Gedanken überschlugen sich und suchten verzweifelt einen Grund für Daddys Zorn.

»Bitte, Dawn«, sagte Mama. Diesen Worten folgte ein Hustenanfall, der ihr fast den Atem raubte.

Ich sah mich zu Jimmy um. Er hielt das Comicheft so hoch vor seine Augen, daß ich sein Gesicht nicht sehen konnte und er meines auch nicht.

»Gut, Mama.«

»Du bist ein braves Mädchen, Dawn«, sagte sie. »Und jetzt können wir uns ans Abendessen machen.« Ihre Hände zitterten, ich wußte nicht, warum – von ihrem Husten oder von der Spannung, die im Zimmer hing.

»Bist du früher nach Hause gekommen, Daddy?« fragte ich. Ich hatte gehofft, vor ihm und Jimmy zu Hause zu sein.

»Ich bin etwas früher weggegangen als sonst. Das macht nichts. Ich bin sowieso nicht so verrückt auf diese Stellung, wie ich dachte«, sagte er zu meinem Erstaunen. Hatte er etwa herausgefunden, was die Mädchen mit mir angestellt hatten? Hatte ihn das gegen die Schule aufgebracht?

»Hattest du Streit mit Mrs. Turnbell, Daddy?« fragte ich, denn ich hegte den Verdacht, sein Temperament sei wieder einmal mit ihm durchgegangen.

»Nein. Es ist nur so viel zu tun. Ich weiß es auch nicht. Wir werden es ja sehen.« Er warf mir einen Blick zu, der deutlich besagte, darüber würde jetzt nicht mehr geredet werden. Seit Daddy angefangen hatte, in der Emerson Peabody zu arbeiten, hatte er nicht mehr so geschaut und war auch nicht mehr derart wütend geworden. Plötzlich war all das wieder da, und ich fürchtete mich.

An jenem Abend, als Fern ins Bett gebracht worden war und Mama und Daddy sich schlafen gelegt hatten, drehte sich Jimmy zu mir um, nachdem er unter die Decke gekrochen war.

»Ich habe nichts dazu beigetragen, daß er sich aufregt und ärgert, weil du mit Philip weggefahren bist.« Jimmys dunkle Augen flehten mich an, ihm zu glauben. »Ich habe es ihm lediglich ausgerichtet. Das nächste, was ich weiß, ist, daß wir überstürzt nach Hause gefahren sind. Ehrlich.«

»Ich glaube dir, Jimmy. Ich vermute, sie machen sich einfach Sorgen. Wir können nicht noch mehr Probleme gebrauchen«, sagte ich.

»Natürlich habe ich nicht gerade viel dagegen, daß du nicht mehr mit Philip spazierenfahren wirst«, sagte er. »Diese reichen Kinder sind alle verwöhnt und verzogen und bekommen immer, was sie wollen«, sagte er bitter und starrte mich an. Seine dunklen Augen suchten meine Blicke und hielten sie fest.

»Es gibt auch jede Menge schlechte Menschen unter den Armen, Jimmy.«

»Wenigstens haben die eine Entschuldigung dafür, daß sie so sind, wie sie sind, Dawn«, sagte er, »sei vorsichtig.« Mit diesen Worten drehte Jimmy sich um und rückte von mir ab, soweit es ging.

Ich konnte lange nicht einschlafen. Das einzige, woran ich denken konnte, war, daß ich jetzt nicht mehr mit Philip ausgehen oder auch nur mit ihm spazierenfahren durfte. Bei dieser Vorstellung hätte ich am liebsten einen Brunnen gegraben, um meine Tränen in ihn zu schütten – einen Brunnen, der innerhalb von kürzester Zeit randvoll gewesen wäre, wenn Jimmy nicht dagelegen wäre und versucht hätte, einzuschlafen.

Warum konnte ich nicht das haben, was ich wirklich wollte? Ich hatte bisher wahrhaftig wenig genug bekommen, rebellierte mein Verstand, und ich hatte mich so sehr bemüht, meine Familie glücklich zu machen – ein Lächeln auf Daddys Gesicht zu zaubern. Wie konnten sie mir das auch noch wegnehmen?

Philip war etwas ganz Besonderes. Ich erlebte seinen Kuß noch einmal, die Art, wie er seine Lippen auf meine gelegt hatte, das tiefe Blau seiner Augen, wie mein eigenes Gesicht geglüht hatte und die Erregung durch meinen Körper geströmt war, als seine Finger meine Brust berührt hatten. Allein schon der Gedanke daran wärmte mich und sorgte dafür, daß mir wieder ganz eigenartig wurde.

Es wäre aufregend gewesen, abends mit ihm auf diesem Hügel zu parken und die Lichter der Stadt unter uns und die Sterne über uns zu sehen. Als ich die Augen schloß, malte ich mir aus, er käme im Dunkeln näher, legte seine Hände wieder auf meine Brüste und berührte meine Lippen mit den seinen. Die Vorstellung war so lebhaft, daß ich eine Woge der Wärme durch meinen Körper fließen fühlte, als hätte ich mich in ein lauwarmes Bad gelegt. Als das Gefühl meinen Hals erreichte, stöhnte ich. Ich merkte gar nicht, daß ich einen Laut von mir gegeben hatte, bis Jimmy fragte, was los sei.

»Ich habe nichts gesagt«, antwortete ich schnell.

»Ach so. Na gut. Dann gute Nacht«, wiederholte er.

»Gute Nacht«, sagte ich und drehte mich um, weil ich mich zwingen wollte, einzuschlafen und alles zu vergessen.

5 *Meines Bruders Hüter*

Philip kam am nächsten Morgen besonders früh zur Schule, um mich zu treffen, ehe die anderen Schüler kamen. Daddy ging sofort an die Arbeit und machte sich an ein Problem mit dem Strom, das sie in der Turnhalle hatten, und Jimmy und ich gingen wie üblich in sein Büro. Ein paar Minuten, nachdem wir gekommen waren, stand Philip vor der Tür.

»Guten Morgen«, sagte er und lächelte, als er das Erstaunen auf Jimmys und meinem Gesicht sah. »Ich mußte heute morgen schon früh in die Bücherei gehen, und da dachte ich mir, ich schaue mal nach, ob ihr da seid.«

»So früh ist die Bücherei noch nicht geöffnet«, erwiderte Jimmy und zerpflückte damit Philips fadenscheinige Ausrede.

»Manchmal doch«, beharrte Philip.

»Ich muß auch in die Bücherei gehen«, sagte ich. »Ich komme mit.«

Jimmy sah mich finster an, als ich aufstand.

»Wir sehen uns dann später, Jimmy«, sagte ich und ging mit Philip nach oben.

»Ich habe letzte Nacht viel über dich nachgedacht«, sagte Philip. »Gestern abend hätte ich dich am liebsten alle fünf Minuten angerufen, um zu fragen, wie es dir geht. Werdet ihr bald ein Telefon bekommen?«

»O Philip«, sagte ich und drehte mich zu ihm um. »Ich glaube es nicht. Jimmy würde mich für die Dinge hassen, die ich jetzt sage, aber ich muß einfach aufrichtig sein. Wir sind eine sehr arme Familie. Der Grund, weshalb Jimmy und ich hier in die Schule gehen, ist, daß mein Daddy diese Stellung hat. Deshalb bin ich auch so einfach angezogen, und Jimmy trägt seine schlichten Hosen und Hemden. Er wird dasselbe Hemd mindestens zweimal in der Woche tragen. Ich muß alles immer gleich waschen, damit wir es wieder anziehen können. Wir leben nicht nur vorübergehend in dieser häßlichen Gegend. So schön wie jetzt haben wir noch nie gewohnt!« weinte ich und wollte weglaufen.

Philip packte mich am Arm und hielt mich fest.

»He!« Er drehte mich zu sich um. »All das wußte ich schon.«

»Wirklich?«

»Klar. Alle wissen, wie ihr in die Emerson Peabody gekommen seid.«

»Wirklich? Ja, natürlich«, meinte ich bitter. »Ich bin sicher, daß sich alle das Maul über uns zerreißen, vor allem deine Schwester.«

»Ich gebe nichts auf das, was geredet wird, und mir ist es vollkommen egal, ob du hier bist, weil dein Vater reich ist oder weil dein Vater hier arbeitet. Mich freut ganz einfach, daß du hier bist«, sagte er. »Und was das angeht, ob man hierher gehört oder nicht – du gehörst eher hierher als die meisten dieser verzogenen Kinder. Ich weiß, daß deine Lehrer froh sind, dich hier zu haben, und Mr. Moore wandelt auf Wolken, weil er endlich eine äußerst begabte Schülerin unterrichten darf«, redete Philip auf mich ein. Er wirkte so aufrichtig. Seine Augen leuchteten vor Entschlossenheit, und sein Blick streifte mich so sanft und liebevoll, daß ich zusammenzuckte.

»Wahrscheinlich sagst du diese netten Dinge nur, um mich zu trösten«, sagte ich leise.

»Nein. Wirklich nicht.« Er lächelte. »Hand aufs Herz. Soll ich doch glatt in einen Brunnen voller Schokoladensauce fallen, wenn das nicht wahr ist.« Ich lachte. »So ist es schon besser. Sei nicht immer so ernst.« Er sah sich um, kam dann näher und preßte seinen Körper heftig an meinen. »Wann können wir beide wieder einmal miteinander spazierenfahren?«

»O Philip, ich kann gar nicht mehr mit dir spazierenfahren.« Es tat mir entsetzlich weh, diese Worte auszusprechen, aber ich konnte Mama und Daddy nicht ungehorsam sein.

»Warum denn nicht?« Seine Augen wurden klein. »Haben meine Schwester oder ihre Freundinnen dir schon wieder etwas über mich erzählt? Was es auch sein mag, es ist alles gelogen«, fügte er hinzu.

»Nein, das ist es nicht.« Ich senkte die Augen. »Ich mußte Mama und Daddy versprechen, daß ich es nicht tue.«

»Was? Wieso denn das? Hat etwa jemand deinem Vater etwas über mich erzählt?« fragte er erbost. Ich schüttelte den Kopf.

»Es geht nicht um dich, Philip. Sie finden, ich sei noch zu jung, und im Moment kann ich nichts dagegen ausrichten. Wir haben ohnehin schon zu viele Probleme.«

Er starrte mich an und lächelte plötzlich.

»Wenn das so ist«, sagte er und war nicht bereit, sich geschlagen zu geben, »dann werde ich eben warten, bis sie dir die Erlaubnis geben. Vielleicht rede ich sogar selbst mit deinem Vater.«

»O nein, Philip. Bitte, tu das nicht. Ich möchte niemanden unglücklich machen und am allerwenigsten Daddy.«

Trotz meiner Worte wünschte ich mir irgendwie, Philip würde mit Daddy reden. Es schmeichelte mir sehr, daß er mich nicht aufgeben und ein Nein nicht gelten lassen wollte. Er war mein Ritter in der blinkenden Rüstung, der mit mir in den Sonnenuntergang reiten und mir alles geben wollte, was ich mir je erträumt hatte.

»Okay«, sagte er. »Sei ganz ruhig. Wenn du nicht willst, daß ich mit ihm rede, werde ich es nicht tun.«

»Auch wenn Daddy mir heute nicht erlaubt, mit dir spazierenzufahren, sollst du wissen, daß ich wieder mit dir wegfahre, sobald sie sagen, daß es in Ordnung ist«, sprudelte ich überstürzt heraus. Ich wollte Philip nicht verlieren. Er wurde jetzt schon zu etwas ganz Besonderem in meinem Leben, und ich mochte ihn sehr gern. Als ich sah, daß seine Augen hoffnungsvoll strahlten, fühlte ich mich gleich wieder besser.

Wir hörten, wie die Türen aufgingen, und wir sahen, daß allmählich die ersten Schüler eintrafen. Philip schaute zur Bücherei.

»Ich brauche wirklich Material für meine Halbjahresarbeit. Es war nicht nur eine Ausrede«, sagte er lächelnd. Er trat zurück. »Wir sehen uns später noch.«

Er lief rückwärts, bis er gegen eine Mauer stieß. Wir lachten beide. Dann drehte er sich um und eilte in die Bücherei. Ich holte tief Atem und wandte mich zur Eingangstür um. Die übrigen Schüler eilten ins Haus, und mein Blick fiel auf Louise. Sie winkte mir zu, und daher wartete ich auf sie.

»Alle reden über dich«, sagte sie, als sie auf mich zueilte und ihr blasses, sommersprossiges Gesicht sich vor Aufregung rötete.

»Ach?«

»Sie wissen alle, daß du nach der Schule mit Philip spazierengefahren bist. Linda hat mir gerade erzählt, daß in den Schlafsälen der Internatsschülerinnen viel geredet wird.«

»Und was wird geredet?« Mein Herz raste bei der Vorstellung, daß all diese reichen Mädchen über mich redeten.

Louise sah über die Schulter auf die größer werdende Schar der eintreffenden Schüler und wies mit einer Kopfbewegung auf die Damentoilette. Ich folgte ihr in den Vorraum.

»Vielleicht sollte ich es dir lieber nicht erzählen«, überlegte Louise.

»Natürlich sollst du es mir sagen, wenn du meine Freundin sein willst, wie du immer wieder behauptest. Freundinnen verbergen nichts voreinander. Sie helfen einander.«

»Clara Sue erzählt jedem, ihr Bruder würde sich nicht für ein Mädchen wie dich interessieren, ein Mädchen aus einer derart armen Familie, wenn er nicht herausgefunden hätte, in welchem Ruf du stehst...«

»In was für einem Ruf soll ich denn stehen?«

»In dem Ruf, daß du beim ersten Mal schon alles mitmachst«, gab sie schließlich zu und biß sich auf die Unterlippe, als wollte sie sich dafür bestrafen, daß ihr die Worte aus dem Mund gekommen waren. »Sie hat den Mädchen erzählt, Philip hätte ihr erzählt, ihr beide hättet es gestern... getan. Sie hat gesagt, ihr Bruder hätte damit angegeben.«

So, wie sie mich musterte, konnte ich ihr ansehen, daß sie nicht davon überzeugt war, daß alles gelogen war.

»Das ist eine widerwärtige, abscheuliche Lüge!« rief ich aus. Louise zuckte nur die Achseln.

»Jetzt erzählen Linda und die anderen Mädchen dasselbe. Es tut mir leid, aber du wolltest es ja unbedingt wissen.«

»Ich habe in meinem ganzen Leben noch kein so furchtbares Mädchen wie Clara Sue Cutler kennengelernt«, sagte ich. Ich spürte, wie sich mein Gesicht vor Wut rötete, ich konnte nichts dagegen tun. Noch vor einem Moment war die Welt so strahlend schön gewesen. Die Vögel hatten gesungen, und weiße Wolken hatten den Himmel verziert, und der Anblick war so schön gewesen, daß man sich freute, am Leben zu sein und ihn auskosten zu dürfen, doch schon im nächsten Moment wurde das Gelächter erstickt, und das Lächeln verfinsterte sich.

»Sie wollen, daß ich dir nachspioniere«, flüsterte Louise. »Linda hat mich gerade dazu aufgefordert.«

»Nachspionieren? Was soll das heißen?«

»Ich soll ihnen alles erzählen, was du mir über die Dinge erzählst, die du mit Philip tust«, erklärte sie. »Aber ich würde ihnen nie etwas weitersagen, was du mir im Vertrauen sagst«, sagte sie. »Du weißt, daß du mir vertrauen kannst«, fügte sie hinzu, doch ich fragte mich, ob sie mir erzählt hatte, was bei den Mädchen geredet wurde, weil sie mir wirklich helfen wollte oder weil sie mir wünschte, daß ich traurig war.

Jimmy hatte recht, was die reichen Leute anging, dachte ich. Diese reichen, verzogenen Mädchen waren viel gerissener als die Mädchen, die ich in den anderen Schulen kennengelernt hatte. Sie hatten mehr Zeit für Intrigen und schienen sich vor Neid und Eifersucht zu verzehren. Hier schienen diese Eigenschaften häufiger vorzukommen, und jede wußte, was die anderen anhatten und besaßen. Natürlich waren die Mädchen überall, wo ich gewesen war, stolz auf ihre hübschen Kleider und auf ihren Schmuck, aber hier protzten sie noch mehr damit, und wenn jemand etwas Besonderes hatte, dann bemühten sich die anderen, ganz schnell etwas noch Besseres zu bekommen.

Was Kleider und Schmuck anging, stellte ich keine Bedrohung für sie dar; und doch mußte es ihnen furchtbar zusetzen, daß Philip Cutler sich etwas aus mir machte. Sie konnten ihn nicht dazu bringen, daß er sich für sie interessierte, wenn ihre Kleider auch noch so kostbar waren und ihr Schmuck noch so sehr funkelte.

»Also, was ist gestern passiert?« fragte Louise.

»Nichts«, sagte ich. »Er war sehr höflich. Er ist mit mir spazierengefahren und hat mir eine wunderbare Landschaft gezeigt, und dann hat er mich nach Hause gebracht.«

»Er hat nicht versucht... etwas zu tun?«

»Nein«, sagte ich und wandte den Blick ab. Als ich sie wieder ansah, konnte ich ihr die Enttäuschung anmerken. »Clara Sue sollte also lieber aufhören, solche Lügen in Umlauf zu setzen.«

»Sie schämt sich einfach, weil ihr Bruder dich leiden kann«, sagte Louise recht unbekümmert.

Wie gräßlich, dachte ich, daß andere fanden, man stünde so weit unter ihnen, und das nur, weil man Eltern hatte, die nicht reich waren. Es lag mir schon auf der Zunge, ihr zu sagen, sie könne Clara Sue erzählen, sie brauche sich ohnehin keine Sorgen mehr zu machen, weil meine Eltern mir verboten hatten, mit Philip spazierenzufahren, doch ehe ich den Mund aufmachen konnte, hörten wir, daß es zum Unterricht läutete.

»Oh, nein«, sagte ich, als mir klar wurde, wie spät es war. »Wir werden zu spät kommen.«

»Das macht nichts«, sagte Louise. »Ich bin bisher noch nie zu spät gekommen. Wegen einer einmaligen Verspätung wird die alte Turnkey uns schon nicht nach der Schule nachsitzen lassen.«

»Wir sollten aber doch lieber gehen«, entgegnete ich und ging auf die Tür zu. Louise blieb an der Tür stehen, als ich sie öffnete.

»Ich erzähle dir, was über dich geredet wird«, sagte sie und sah mich mit ihren wäßrigen Augen an, »wenn du es wissen willst.«

»Mir ist egal, was über mich geredet wird«, log ich. »Die sind es nicht wert, daß man sich etwas aus ihrem Gerede macht.« Ich eilte mit Louise an meiner Seite auf das Klassenzimmer zu, und ihre Schuhe klapperten auf dem Boden, als wir durch den Korridor rannten. Mein Herz, das federleicht gewesen war, war plötzlich bleischwer geworden.

»Ihr kommt zu spät, Mädchen«, sagte Mr. Wengrow in dem Moment, in dem wir zur Tür hereinkamen.

»Es tut mir leid, Sir«, sagte ich sofort. »Wir waren auf der Toilette und...«

»Und ihr habt dort geplaudert und das Klingeln überhört«, schloß er und schüttelte den Kopf. Louise eilte zu ihrem Pult, und ich glitt auf meine Bank. Mr. Wengrow machte ein paar Eintragungen und schlug dann mit seinem Zeigestab auf den Tisch, während er die täglichen Ankündigungen der Schulleiterin erwartete.

Ein weiterer Tag in der Emerson Peabody hatte gerade erst begonnen, und ich kam mir jetzt schon vor, als sei ich stundenlang auf einer Achterbahn gewesen.

Als die dritte Unterrichtsstunde bereits über die Hälfte fortgeschritten war, wurde ich aus dem Gesellschaftskundeunterricht geholt und zu Mrs. Turnbell gebracht. Als ich ihr Büro erreichte, sah ihre Sekretärin mich böse an und sagte barsch, ich solle mich setzen. Ich mußte mindestens zehn Minuten warten und fragte mich, warum man mich hatte kommen lassen, wenn ich doch nicht gleich vorgelassen wurde. Ich verpaßte wertvolle Unterrichtszeit, wenn ich hier herumsaß. Schließlich drückte Mrs. Turnbell auf ihren Summer, und ihre Sekretärin sagte mir daraufhin, ich könne jetzt eintreten.

Mrs. Turnbell saß hinter ihrem Schreibtisch, hatte den Blick gesenkt und schrieb etwas. Sie blickte gar nicht erst auf, als ich eintrat. Einen Moment lang stand ich da und wartete und preßte mir die Bücher fest an die Brust. Dann sagte sie, allerdings immer noch, ohne mich anzusehen, ich solle mich setzen. Sie schrieb noch einen Moment lang weiter, nachdem ich mich gesetzt hatte. Endlich hoben sich ihre kalten grauen Augen von den Papieren, die vor ihr lagen, und sie lehnte sich in ihrem Stuhl zurück.

»Warum bist du heute zu spät zum Unterricht gekommen?« fragte sie ohne jede Begrüßung.

»Oh. Ich habe mich auf der Toilette mit einer Freundin unterhalten, und wir waren so ins Gespräch vertieft, daß ich erst gemerkt habe, wie spät es ist, als es zum zweiten Mal geläutet hat, aber daraufhin bin ich sofort in mein Klassenzimmer gelaufen«, sagte ich.

»Ich kann einfach nicht glauben, daß ich so schnell schon wieder Probleme mit dir habe.«

»Ich mache Ihnen keine Probleme, Mrs. Turnbell. Ich...«

»Weißt du, daß dein Bruder schon zweimal zu spät zum Unterricht erschienen ist, seit ihr beide in diese Schule gekommen seid?« fauchte sie.

Ich schüttelte den Kopf.

»Und jetzt auch noch du«, fügte sie hinzu und nickte.

»Es war meine erste Verspätung. Meine allererste«, sagte ich.

»Die allererste?« Sie zog ihre dunklen, leicht buschigen Augenbrauen skeptisch hoch. »Jedenfalls ist das hier nicht der richtige Ort, um sich schlechte Angewohnheiten zuzulegen. Das hier ist ganz und gar nicht der Ort dafür«, betonte sie.

»Ja, Ma'am«, sagte ich. »Es tut mir leid.«

»Ich glaube, ich habe dir und deinem Bruder an eurem ersten Schultag unsere Hausordnung erklärt. Sagen Sie, Miss Longchamp, waren meine Ausführungen etwa unzureichend?« Sie redete weiter, ohne mir Gelegenheit zu einer Antwort zu geben. »Ich habe euch gesagt, daß ihr beide es noch schwerer haben und daß ihr noch strenger behandelt werden würdet als die anderen, weil euer Vater hier angestellt ist«, fuhr sie fort. Ihre Worte waren verletzend, und die Tränen, die in meine Augen gestiegen waren, fingen an zu brennen.

»Wenn ein Bruder und eine Schwester dieselben schlechten Angewohnheiten haben«, fuhr sie fort, »ist es nicht schwierig, daraus zu schließen, daß sie sie haben, weil sie denselben familiären Hintergrund haben.«

»Aber wir haben keine schlechten Angewohnheiten, Mrs. Turnbell. Wir...«

»Sei nicht so aufsässig! Willst du mein Urteilsvermögen etwa in Frage stellen?«

»Nein, Mrs. Turnbell«, sagte ich und biß mir auf die Unterlippe, um zu verhindern, daß ich noch mehr sagte.

»Du wirst dich heute nach der Schule sofort melden und zum Nachsitzen antreten«, erklärte sie kalt.

»Aber...«

»Was?« Sie zog die Augenbrauen hoch und sah mich ärgerlich an.

»Ich habe nach der Schule Klavierunterricht bei Mr. Moore und...«

»Dann wirst du deine Klavierstunde heute wohl versäumen, aber daran bist nur du selbst schuld«, sagte sie. »Und jetzt geh wieder in den Unterricht«, befahl sie.

»Was ist passiert?« fragte Louise, als ich sie auf dem Weg in die Mensa traf.

»Ich muß nachsitzen, weil ich zu spät gekommen bin«, stöhnte ich.

»Wirklich? Nachsitzen für eine einzige Verspätung?« Sie legte den Kopf zurück. »Ich schätze, ich komme als nächste dran, aber andererseits...«

»Was ist andererseits?«

»Clara Sue und Linda sind diese Woche zweimal zu spät zum Unterricht gekommen, und die Turnkey hat sie noch nicht einmal zu sich bestellt, um sie zu ermahnen. Gewöhnlich passiert das erst nach der dritten Verspätung.«

»Ich glaube, sie hat die zwei Verspätungen meines Bruders und meine zusammengerechnet«, sagte ich verdrossen.

Philip erwartete mich im Eingang zur Mensa. Er sah mein trauriges Gesicht, und ich erzählte ihm, was passiert war.

»Das ist sehr ungerecht«, sagte er. »Vielleicht solltest du deinen Vater bitten, einmal mit ihr zu reden?«

»Oh, nein, darum könnte ich Daddy niemals bitten. Was ist, wenn sie wütend auf ihn wird und ihn rauswirft, und all das nur meinetwegen?«

Philip zuckte die Achseln.

»Trotzdem ist es ungerecht«, sagte er. Er sah auf die Papiertüte hinunter, die ich umklammert hielt. »Und was für eine köstliche Schnitte hast du dir heute geschmiert?« fragte er.

»Ich...« Ich hatte nichts weiter in meiner Tasche als einen Apfel, den ich mir beim Gehen noch schnell genommen hatte. Fern war früher als üblich aufgewacht, und während ich mich um sie gekümmert und das Frühstück gemacht hatte, hatte ich schlichtweg vergessen, mir ein Pausenbrot zu schmieren, und dann war es Zeit gewesen, und wir mußten gehen. Es ging nicht, daß Daddy meinetwegen zu spät zur Arbeit kam, und daher hatte ich eilig eine Schnitte für Jimmy geschmiert und für mich nur schnell einen Apfel in eine Papiertüte gesteckt. »Heute habe ich nur einen Apfel dabei«, sagte ich.

»Was? Du kannst doch von einem Apfel zum Mittagessen nicht satt werden. Laß mich dir ein Mittagessen kaufen.«

»O nein, ich habe ohnehin keinen großen Appetit und...«

»Bitte. Ich habe noch nie ein Mädchen zum Mittagessen eingeladen. Alle Mädchen, die ich je kennengelernt habe, hätten eher mir das Mittagessen bezahlen können«, fügte er lachend hinzu. »Wenn ich dich schon nicht im Auto mitnehmen darf, dann laß dich wenigstens von mir zum Mittagessen einladen.«

»Also gut... von mir aus«, sagte ich. »Vielleicht dieses eine Mal.«

Wir fanden einen Tisch, der etwas abseits stand, und dann stellten wir uns an der Essensausgabe an. Die Mädchen, die bei Louise saßen, aber auch alle älteren Mädchen, musterten uns neugierig, vor allem diejenigen, die an Clara Sues Tisch saßen. Ich sah, wie sie nickte und flüsterte. Ironischerweise bestätigten sich die scheußlichen Gerüchte, die sie über mich in Umlauf setzte, weil ich jetzt mit Philip zusammen war. Ich wußte, daß sich sämtliche Blicke starr auf Philip und mich richten würden, wenn wir vor der Kassiererin standen, und dann würden alle wissen, daß er mich zum Mittagessen eingeladen hatte. Bei dem Gedanken daran, was sie dann erst sagen würden, war mir danach zumute, Clara Sue das goldblonde Haar auszureißen.

»So«, sagte Philip und wandte sich zu mir um, nachdem wir uns hingesetzt hatten und anfingen zu essen. »Dann habe ich wohl so schnell keine Gelegenheit, dich zu einer Spazierfahrt einzuladen, was?«

»Ich habe es dir doch gesagt, Philip...«

»Ja, ja. Hör mal, was hältst du davon«, sagte er. »Ich komme heute abend so gegen sieben dahin, wo ihr wohnt. Du schleichst dich aus dem Haus. Erzähle deinen Eltern, daß du mit einer Freundin lernen willst oder so etwas. Sie werden nichts merken, und...«

»Ich belüge meine Eltern nicht, Philip«, sagte ich.

»Es muß ja nicht direkt eine Lüge sein. Ich kann mit dir zusammen lernen. Was hältst du davon?«

Ich schüttelte den Kopf.

»Das kann ich nicht tun«, sagte ich. »Verlang bitte nicht von mir, daß ich lüge.«

Ehe er noch etwas sagen konnte, hörten wir plötzlich einen gewaltigen Lärm und drehten uns in Jimmys Richtung um. Ein paar Jungen waren an Jimmys Tisch gekommen und hatten etwas zu ihm gesagt, und was es auch gewesen sein mochte – er war bei ihren Worten hochgegangen wie ein Feuerwerkskörper. Im nächsten Moment war er aufgesprungen und hatte sich auf sie gestürzt, er stieß sie zur Seite und rang mit einem Jungen, der größer als er war. Sie zogen die Aufmerksamkeit aller anderen in der Mensa auf sich.

»Sie verbünden sich gegen ihn«, sagte Philip und sprang auf, um sich in das Handgemenge zu stürzen. Lehrer eilten hinzu; Personal der Mensa kam um die Theke herum. Es dauerte nur einen Moment, bis sich alles wieder beruhigt hatte, doch mir erschien es wie eine Ewigkeit. Sämtliche Jungen, die an der Schlägerei beteiligt waren, wurden gerade in dem Moment aus der Mensa geholt, in dem es wieder zum Unterricht läutete.

Fast den ganzen Nachmittag saß ich wie auf heißen Kohlen. Immer wenn es zur nächsten Stunde läutete, lief ich mit einigen anderen an Mrs. Turnbells Büro vorbei, weil wir sehen wollten, was passierte. Louise, die so gut wie ein Nachrichtendienst war, fand heraus, daß vier Jungen und dazu noch Jimmy und Philip in das Büro gebracht worden waren und im Vorzimmer warten mußten, während Mrs. Turnbell sie sich einzeln vornahm, um sie zu verhören. Daddy war auch in Mrs. Turnbells Büro bestellt worden.

Als der Schultag zu Ende ging, war der Urteilsspruch bekannt. Sämtliche Jungen außer Jimmy mußten nachsitzen, weil sie sich in der Mensa schlecht benommen hatten. Jimmy wurde zum Schuldigen an dem gesamten Vorfall erklärt. Er wurde für drei Tage vom Unterricht suspendiert und verwarnt.

Ich hatte zehn Minuten Zeit, bis ich zum Nachsitzen antreten mußte, und daher eilte ich hinunter in Daddys Büro, um ihn und Jimmy zu suchen. Sowie ich im Keller ankam, konnte ich Daddy schon schreien hören.

»Was glaubst du, wie das aussieht – wenn mein Sohn vom Unterricht suspendiert wird? Ich bin auf den Respekt der Männer angewiesen, die ich beaufsichtige. Und jetzt werden sie mich hinter meinem Rücken auslachen!«

»Es war nicht meine Schuld«, protestierte Jimmy.

»Nicht deine Schuld? Du hast dich schon immer in Schwierigkeiten gebracht. Seit wann ist das nicht deine Schuld? Man tut uns hier einen Gefallen, indem man dich und Dawn die Schule besuchen läßt...«

»Mir tut damit niemand einen Gefallen!« brauste Jimmy auf. Ehe er auch nur noch ein Wort sagen konnte, verpaßte Daddy ihm eine Ohrfeige. Jimmy wankte rückwärts und sah mich in der Tür stehen. Er warf einen Blick auf Daddy und stürzte dann an mir vorbei aus dem Raum.

»Jimmy!« rief ich und lief ihm eilig nach, weil ich ihn einholen wollte. Er blieb erst stehen, als er den Ausgang erreicht hatte. »Wohin gehst du?« fragte ich.

»Ich verschwinde, und zwar für immer«, sagte er, und sein Gesicht war dunkelrot. »Ich wußte doch gleich, daß das zu nichts führt. Ich hasse alles hier! *Ich hasse es!*« schrie er und rannte weg.

»*Jimmy!*«

Er drehte sich nicht um, und die Zeit arbeitete gegen mich. Ich konnte nicht auch noch zum Nachsitzen zu spät kommen, und nach allem, was passiert war, erst recht nicht. Ich kam mir vor, als sei ich gefesselt und geknebelt, und ich war so frustriert wie noch nie in meinem bisherigen Leben, als ich den Kopf senkte und die Treppe hinaufeilte; auf dem Weg zum Nachsitzen flossen die Tränen ungehindert über mein Gesicht.

Alles hatte schon so ausgesehen, als würde es klappen – mein Musikunterricht, die Klavierstunden, Philip, und jetzt platzte um mich herum alles wie Seifenblasen.

Sowie das Nachsitzen vorbei war, eilte ich in den Keller zu Daddy und hoffte, er hätte sich wieder beruhigt. Vorsichtig betrat ich sein Büro. Er saß mit dem Rücken zur Tür hinter seinem Schreibtisch und starrte die Wand an.

»Hallo, Daddy«, sagte ich. Er drehte sich um, und ich versuchte, seine Stimmung einzuschätzen.

»Das, was passiert ist, tut mir leid, Daddy«, sagte ich schnell, »aber es ist wirklich nicht unsere Schuld. Mrs. Turnbell hat es auf uns abgesehen. Sie hat uns von Anfang an nicht leiden können. Das mußt du ihr selbst schon am ersten Tag im Gesicht angesehen haben«, protestierte ich.

»Ach, ich weiß, daß ihr ein Zacken aus der Krone gefallen ist, als ihr mitgeteilt wurde, daß sie meine Kinder hier in der Schule aufnehmen muß, aber es ist auch nicht das erste Mal, daß Jimmy sich auf eine Rauferei einläßt, Dawn. Und zu spät zum Unterricht ist er auch schon gekommen, und einigen seiner Lehrer hat er schnippische Antworten gegeben! Es scheint, als würde er sich schlecht benehmen, ganz gleich, was man für ihn tut.«

»Für Jimmy ist es schwerer, Daddy. Er hat bis jetzt keine Gelegenheit gehabt, wirklich etwas zu lernen, und diese reichen Jungen müssen ihm etwas Furchtbares vorgeworfen haben. Bis jetzt hat er sich alles von ihnen gefallen lassen und sich zusammengerissen, weil er dir Freude machen wollte... und mir«, fügte ich hinzu. Ich hätte es nicht gewagt, ihm zu sagen, was manche dieser widerlichen Mädchen mir antaten.

»Ich weiß nicht«, sagte Daddy kopfschüttelnd. »Ich glaube, er zieht zwangsläufig Schwierigkeiten auf sich. Er schlägt ganz nach meinem Bruder Reuben, der, als ich das letzte Mal etwas von ihm gehört habe, im Gefängnis saß.«

»Im Gefängnis? Weshalb?« fragte ich und war ganz verblüfft über diese überraschende Information. Daddy hatte seinen Bruder Reuben bisher nie erwähnt.

»Wegen Diebstahls. Er ist sein Leben lang immer wieder auf die schiefe Bahn geraten.«

»Ist Reuben älter oder jünger als du, Daddy?«

»Er ist älter, ein gutes Jahr älter. Jimmy sieht ihm sogar ähnlich und ist genauso mürrisch, wie er es immer war.« Daddy schüttelte den Kopf. »Es sieht nicht gut aus«, fügte er hinzu.

»Er wird nicht so schlimm werden wie Reuben!« rief ich heftig. »Jimmy ist kein schlechter Mensch. Er möchte brav sein und gute Noten aus der Schule mit nach Hause bringen. Das weiß ich ganz genau. Er braucht nur eine echte Chance. Ich kann mit ihm reden und ihn dazu bringen, daß er es noch einmal probiert. Du wirst es ja sehen.«

»Ich weiß nicht. Ich weiß es einfach nicht«, wiederholte er und schüttelte wieder den Kopf. Dann stand er mit größter Mühe auf. »Ich hätte nicht herkommen sollen«, murmelte er vor sich hin. »Das war Pech für mich.«

Ich folgte Daddy aus dem Büro und lief hinter ihm her. Vielleicht hatte man Pech, wenn man versuchte, Dinge zu tun, denen man nicht gewachsen war. Vielleicht gehörten wir einfach in die Welt der Armen, die die Reichen verständnislos anstarrten, wenn sie vorüberkamen. Vielleicht war es uns bestimmt, immer um unser Auskommen kämpfen zu müssen. Vielleicht war das unser furchtbares Los, und wir konnten nichts daran ändern.

»Wie kommt es, daß du mir noch nie etwas von Reuben erzählt hast, Daddy?«

»Er hat sich so oft in Schwierigkeiten gebracht, daß ich ihn einfach aus meinen Gedanken verbannt habe«, erklärte Daddy.

Wir traten in den trostlosesten Tag hinaus, den ich seit langer Zeit erlebt hatte, glaubte ich. Der Himmel war grau und trüb, und eine Wolkendecke zog schnell unter einer noch dichteren Wolkendecke vorbei. Der Wind war kühler und beißender geworden.

»Es sieht aus, als käme bald ein kalter Regen runter«, sagte Daddy. Er ließ den Wagen an. »Ich kann den Frühling kaum erwarten.«

»Wann hast du das letzte Mal von deinem Bruder Reuben gehört, Daddy?« fragte ich, als wir losfuhren.

»Ach, vielleicht vor zwei Jahren oder so«, sagte er beiläufig. Vor zwei Jahren? dachte ich. Aber wie konnte das sein? Damals waren wir mit keinen Verwandten zusammengekommen.

»Haben sie ein Telefon auf dem Bauernhof?« fragte ich ungläubig. Nach allem, was ich über die Bauernhöfe in Georgia in Erfahrung gebracht hatte, dachte ich, die Leute dort seien zu arm, um sich ein Telefon leisten zu können, vor allem, wenn wir es uns schon nicht leisten konnten.

»Ein Telefon?« Er lachte. »Wohl kaum. Dort gibt es kein fließendes Wasser und keine Elektrizität. Dort gibt es eine Handpumpe und einen Abort hinter dem Haus. Ein Plumpsklo. Nachts zünden sie Öllampen an. Manche dieser Spinner glauben, das Telefon sei Teufelswerk, und sie haben noch nie in ihrem Leben das Ohr an einen Hörer gehalten und wollen es auch niemals tun.«

»Wie hast du dann vor etwa zwei Jahren etwas über deinen Bruder erfahren, Daddy?« fragte ich schnell. »Hast du einen Brief bekommen?«

»Einen Brief? Wohl kaum. Dort gibt es keinen, der mehr als seinen eigenen Namen schreiben kann, wenn überhaupt.«

»Wie hast du dann etwas über Reuben erfahren?« fragte ich noch einmal. Einen Moment lang antwortete er nicht. Ich glaubte schon nicht mehr, daß er etwas sagen würde, und daher fügte ich noch hinzu: »Du bist doch nicht irgendwann ohne uns dorthin zurückgefahren, oder etwa doch, Daddy?«

Ich konnte ihm ansehen, daß ich ins Schwarze getroffen hatte.

»Du wirst immer gescheiter, Dawn. Es ist nicht einfach, etwas geheimzuhalten, wenn du in der Nähe bist. Erzähl deiner Mama nichts davon, aber ich bin wirklich einmal ein paar Stunden dort gewesen. Ich habe in der Nähe gearbeitet, und daher konnte ich hinfahren und noch in derselben Nacht zurückkommen, und ich habe es getan, ohne jemandem etwas davon zu erzählen.«

»Wenn wir ganz in der Nähe waren, warum sind wir dann nicht alle hingefahren, Daddy?«

»Ich habe gesagt, daß *ich* in der Nähe war. Es hätte Stunden gedauert, zu euch zurückzufahren, euch zu holen, stundenlang wieder dahin zu fahren, wo ich war, und dann hätten wir noch ein paar Stunden bis zur Farm gebraucht«, erklärte er.

»Wen hast du auf der Farm getroffen, Daddy?«

»Ich habe meine Ma gesehen. Pa ist vor einer Weile gestorben. Eines Tages hat er sich bei der Feldarbeit einfach die Hände aufs Herz gepreßt und ist vornüber umgefallen.« Tränen traten in Daddys Augen, doch er zwinkerte schnell, um sie zurückzuhalten. »Ma hat so alt ausgesehen«, fügte er kopfschüttelnd hinzu. »Ich habe bereut, daß ich hingefahren bin. Es hat mir fast das Herz gebrochen, sie zu sehen, wie sie auf ihrem Schaukelstuhl gesessen hat. Pas Tod und Reubens Gefängnisstrafe und Probleme mit ein paar anderen meiner Geschwister haben nicht nur ihr Haar, sondern auch ihre Haut grau werden lassen. Sie hat mich erst überhaupt nicht erkannt, und als ich ihr gesagt habe, wer ich bin, hat sie gesagt: ›Ormand ist im Haus und schäumt die Butter für mich auf.‹ Das habe ich nämlich damals immer für sie getan«, fügte er mit einem Lächeln hinzu.

»Hast du deine Schwester Lizzy gesehen?«

»Ja, sie war da. Sie ist verheiratet und hat selbst vier Kinder, von denen zwei altersmäßig kein ganzes Jahr auseinander sind. Sie war es auch, die mir von Reuben berichtet hat. Ich war nicht lange dort, und deiner Ma habe ich nie etwas davon erzählt, weil ich nur schlechte Nachrichten gehört habe. Plauder du jetzt bloß nicht alles aus.«

»Ganz bestimmt nicht. Ich verspreche es dir. Es tut mir leid, daß ich Großvater nicht kennenlernen konnte«, sagte ich traurig.

»Ja, du hättest ihn gemocht. Wahrscheinlich hätte er seine Mundharmonika herausgeholt und dir etwas vorgespielt, und dann hättet ihr beide vielleicht zusammen etwas gesungen und musiziert«, sagte Daddy, der laut vor sich hin träumte.

»Du mußt mir schon einmal erzählt haben, daß er Mundharmonika gespielt hat, Daddy, denn das ist mir noch in Erinnerung geblieben.«

»Ja, vermutlich«, antwortete er. Er fing an, etwas zu summen, und ich nahm an, es sei ein Lied, das sein Vater oft gespielt hatte, und ich sagte kein Wort mehr, und er sagte kein Wort mehr, bis wir zu Hause ankamen, aber ich dachte über Daddy nach und fragte mich, wie viele Geheimnisse er sonst noch haben mochte.

Jimmy war noch nicht nach Hause gekommen, und daher wußte

Mama nichts von dem Ärger, den es in der Schule gegeben hatte. Daddy und ich sahen einander an, nachdem wir sie angeschaut hatten, und wir beschlossen stumm, all das für uns zu behalten.

»Wo ist Jimmy?« fragte sie.

»Er ist mit ein paar neuen Freunden unterwegs«, sagte Daddy. Mama warf nur einen Blick auf mich und erkannte sofort, daß es eine Lüge war, doch sie stellte keine weiteren Fragen.

Als Jimmy aber auch zum Abendessen nicht nach Hause kam, mußten wir Mama von der Rauferei und dem Ärger erzählen, den er sich eingehandelt hatte. Sie nickte, als wir ihr davon berichteten.

»Ich wußte es ohnehin«, sagte sie. »Keiner von euch kann glaubhaft eine Lüge vorbringen – auch keine Notlüge.« Sie seufzte. »Dieser Junge hat einfach kein Glück und wird wohl auch nie welches haben«, fügte sie wie eine düstere Prophezeiung hinzu.

»Oh, nein, Mama. Aus Jimmy wird noch etwas ganz Großartiges. Das weiß ich einfach. Er ist sehr klug. Du wirst es ja sehen«, beharrte ich.

»Ich hoffe es«, sagte sie. Sie fing wieder an zu husten. Ihr Husten hatte sich verändert. Er war tiefer geworden, und manchmal bebte ihr ganzer Körper lautlos, wenn sie hustete. Mama behauptete, das hieße, daß sie auf dem Weg der Besserung sei und bald wieder gesund sein würde, aber ich hatte kein gutes Gefühl dabei, und ich wünschte immer noch, sie wäre zu einem richtigen Arzt oder ins Krankenhaus gegangen.

Nachdem ich das Geschirr gespült und alles aufgeräumt hatte, übte ich ein Lied. Daddy und Fern waren mein Publikum. Fern lauschte immer sehr aufmerksam, wenn ich sang. Sie schlug ihre kleinen Hände immer dann zusammen, wenn Daddy klatschte. Mama hörte aus dem Schlafzimmer zu und rief mir gelegentlich lobend zu, wie schön ich singen könnte.

Es wurde dunkel, und der kalte Regen, den Daddy vorhergesagt hatte, setzte ein, und die Tropfen, die an die Fenster klatschten, klangen wie tausend Finger, die gegen die Scheiben klopften. Es donnerte und blitzte, und der Wind peitschte um das Wohnhaus und pfiff durch alle Ritzen und Spalten. Ich mußte Mama noch eine zweite Decke bringen, da ihre Zähne aufeinanderschlugen. Wir beschlossen, die kleine Fern heute nacht in ihren Kleidern schlafen zu lassen. Jimmy tat mir sehr leid, und ich machte mir solche Sorgen um ihn, weil er immer noch irgendwo dort draußen war und durch die finstere, stürmische Nacht lief – ich glaubte, es würde mir das Herz brechen. Ich wußte, daß er überhaupt kein Geld bei sich hatte, und daher war ich sicher, daß er kein Abendbrot bekommen hatte. Ich hatte ihm einen Teller mit Essen zur Seite gestellt, um es aufzuwärmen, sobald er zur Tür hereinkam.

Es wurde immer später, und er kam nicht nach Hause. Ich blieb solange ich konnte wach, starrte die Tür an und lauschte auf Jimmys Schritte im Treppenhaus, doch immer wenn ich Schritte hörte, gingen sie in ein höheres Stockwerk oder verhallten in einer anderen Wohnung. Ab und zu trat ich ans Fenster und schaute durch die angelaufenen Scheiben in die regnerische Dunkelheit hinaus.

Schließlich legte auch ich mich schlafen, aber irgendwann mitten in der Nacht erwachte ich von dem Geräusch, als die Wohnungstür sich öffnete.

»Wo warst du?« flüsterte ich. Ich konnte im Dunkeln seine Augen nicht sehen und auch sonst wenig von seinem Gesicht erkennen.

»Ich wollte ausreißen«, sagte er. »Ich bin sogar fünfzig Meilen weit gekommen.«

»James Gary Longchamp, das ist doch nicht dein Ernst?«

»Doch. Ich bin zweimal als Anhalter mitgenommen worden, und der zweite Fahrer hat mich vor einem Rasthaus abgesetzt. Mehr als ein bißchen Kleingeld hatte ich nicht dabei, und davon habe ich mir eine Tasse Kaffee gekauft. Die Kellnerin hat Mitleid mit mir gehabt und mir ein Brötchen und Butter gebracht. Dann hat sie angefangen, mir Fragen zu stellen. Sie hat einen Jungen, der etwa in meinem Alter ist, und sie arbeitet ständig, weil ihr Mann vor etwa fünf Jahren bei einem Autounfall ums Leben gekommen ist.

Ich wollte rausgehen und den nächsten Wagen anhalten, aber es hat angefangen, derart heftig zu regnen, daß ich nicht rausgehen konnte. Die Kellnerin kannte einen Lastwagenfahrer, der auf dem Rückweg nach Richmond war, und sie hat ihn gebeten, mich mitzunehmen, und deshalb bin ich wieder da. Aber ich bleibe nicht hier, und ich gehe auch nicht wieder in diese snobistische Schule, und du solltest es auch nicht tun, Dawn«, sagte er voller Entschlossenheit.

»O Jimmy, du bist zu Recht wütend. Reiche Kinder sind nicht besser als die armen Kinder, die wir kennengelernt haben, und wir sind nur deshalb ungerecht behandelt worden, weil wir nicht so reich wie die anderen sind, aber Daddy hat es nicht böse mit uns gemeint, als er uns in der Emerson Peabody untergebracht hat. Er hat doch nur versucht, uns etwas Gutes zu tun«, sagte ich. »Du mußt zugeben, daß die Schule sehr schön ist und uns viel Neues zu bieten hat, und du hast selbst zu mir gesagt, daß einige deiner Lehrer sehr nett und freundlich zu dir waren. Du hast doch schon angefangen, deine Hausaufgaben besser zu machen, und es macht dir doch Spaß, im internen Basketballteam zu spielen, stimmt's?«

»Trotzdem sind wir dort wie Fische auf dem Trockenen, und diese anderen Kinder werden uns niemals akzeptieren oder uns in Frieden lassen, Dawn. Ich würde lieber in eine ganz normale staatliche Schule gehen.«

»Hör mal, Jimmy, das kann doch nicht wirklich dein Ernst sein«, flüsterte ich. Ich nahm seine Hand, die immer noch sehr kalt war. »Du mußt da draußen halb erfroren sein, James Gary. Dein Haar ist klatschnaß. Und deine Kleider sind völlig durchnäßt. Du hättest dir eine Lungenentzündung holen können!«

»Wen stört das schon?«

»Mich«, sagte ich. »Und jetzt zieh schnell diese nassen Sachen aus«, befahl ich ihm und holte ein Handtuch. Als ich zurückkam, hatte er sich in die Decke gehüllt, und seine nassen Kleider lagen auf dem Boden. Ich setzte mich neben ihn und fing an, sein Haar trockenzureiben. Als ich fertig war, sah ich ihn im Dunkeln lächeln.

»Ein Mädchen wie du ist mir noch nie begegnet, Dawn«, sagte er. »Und das sage ich nicht nur, weil du meine Schwester bist. Ich schätze, ich bin zurückgekommen, weil ich dich nicht allein in diesem Schlamassel sitzenlassen wollte. Ich habe mir vorgestellt, daß du wieder in diese Schule gehen mußt und dann niemanden mehr hast, der dich beschützt.«

»O Jimmy, ich brauche keinen Beschützer, und außerdem wird mich Daddy doch beschützen, wenn es nötig ist, oder nicht?«

»Klar«, sagte er und zog seine Hand zurück. »Genauso, wie er uns heute beschützt hat. Ich habe mich bemüht, ihm zu erklären, daß es nicht meine Schuld war, aber er wollte mir nicht zuhören. Ihm ist nichts Besseres eingefallen, als mich anzuschreien, ich sei ein Taugenichts, der ihn im Stich läßt. Und dann schlägt er mich auch noch.«

Er ließ sich auf sein Kissen sinken.

»Er hätte dich nicht schlagen dürfen, Jimmy. Aber er hat gesagt, daß du ihn an seinen Bruder Reuben erinnerst, der jetzt im Gefängnis sitzt.«

»Reuben?«

»Ja«, sagte ich und legte mich neben ihn. »Er hat mir alles über ihn erzählt und mir erklärt, warum er sich so sorgt, wenn du dich in Schwierigkeiten bringst. Er hat gesagt, du siehst aus wie Reuben und benimmst dich manchmal auch so wie er.«

»Ich kann mich nicht erinnern, daß er je von jemandem gesprochen hat, der Reuben heißt«, sagte er.

»Ich mich auch nicht. Daddy ist zu Hause gewesen«, flüsterte ich noch leiser und erzählte ihm, was mir Daddy über seinen Besuch berichtet hatte.

»Als ich von hier fortgelaufen bin, dachte ich auch daran, mich nach Georgia durchzuschlagen«, erzählte er mit einer Stimme, die seine tiefe Verwunderung ausdrückte.

»Wirklich? O Jimmy«, seufzte ich. Ich setzte mich auf und sah ihn an. »Kannst du es nicht noch einmal probieren, nur ein einziges Mal, nur um meinetwillen? Kümmere dich überhaupt nicht um diese gräßlichen Jungen und tu einfach nur deine Arbeit.«

»Es ist schwer, sich nichts daraus zu machen, wenn sie gemein und ekelhaft werden.« Er wandte den Blick von mir ab.

»Was haben sie zu dir gesagt, Jimmy? Philip wollte es mir nicht erzählen.« Jimmy blieb stumm. »Es hatte etwas mit mir und Philip zu tun, stimmt's?« Ein langes, qualvolles Schweigen setzte ein.

»Ja«, sagte er dann endlich.

»Sie wußten, daß sie dich damit wütend machen können, Jimmy.« Und an alledem war nur Clara Sue Cutler schuld, dachte ich, mit ihrem Neid und ihrer Gehässigkeit. »Sie haben dich absichtlich provoziert, Jimmy.«

»Ich weiß, aber... ich kann nicht dafür, daß ich wütend werde, wenn jemand schlecht über dich spricht, Dawn«, gestand er und sah mich mit Augen an, die so traurig waren, daß es mir in der Seele weh tat. »Es tut mir leid, wenn du böse auf mich bist«, schloß er.

»Ich bin nicht böse auf dich. Ich mag es, wie du auf mich aufpaßt, aber ich will nicht, daß du dir deshalb Schwierigkeiten einhandelst.«

»Mir macht das nichts aus«, sagte er. »Aber das sieht dir wieder einmal ähnlich – jetzt zu glauben, es sei alles deine Schuld. Gut«, sagte er nach einer Weile und seufzte tief, »ich werde abwarten, und wenn die drei Tage vorbei sind, gehe ich wieder hin und probiere es noch einmal, aber ich glaube nicht, daß das etwas nutzt. Wir haben dort einfach nichts zu suchen. Ich jedenfalls nicht«, fügte er hinzu.

»Oh, doch, Jimmy. Du bist genauso intelligent und stark wie alle anderen.«

»Ich will damit nicht sagen, daß ich weniger gut bin als die anderen. Ich bin nur einfach keiner von ihrer Sorte. Vielleicht bist du es, Dawn. Du kommst mit jedem aus. Ich wette, du könntest sogar den Teufel Reue lehren.«

Ich lachte.

»Ich bin froh, daß du zurückgekommen bist, Jimmy. Mama hätte es das Herz gebrochen, wenn du nicht wiedergekommen wärst, und Daddy auch. Die kleine Fern hätte Tag für Tag um dich geweint.«

»Und was ist mit dir?« fragte er leise.

»Ich war schon am Weinen«, gestand ich. Er sagte nichts dazu. Nach einem Moment nahm er meine Hand und drückte sie zart. Es schien mir schon so lange her zu sein, seit er mich das letzte Mal angefaßt hatte. Ich strich ihm die Haarsträhnen aus dem Gesicht, die ihm in die Stirn gefallen waren. Mir war danach zumute, ihn auf die Wange zu küssen, doch ich wußte nicht, wie er darauf reagieren würde. Wir lagen so dicht nebeneinander, daß meine Brust an seinen Arm gepreßt war, aber im Gegensatz zu sonst zuckte er nicht zurück, als sei er mit einer Nadel gestochen worden. Plötzlich spürte ich, wie er zusammenzuckte.

»Ist es dir nicht warm genug, Jimmy?«

»Das wird schon wieder«, sagte er, doch ich schlang meinen Arm um ihn, hielt ihn fest und rieb seine nackte Schulter warm.

»Du solltest dich jetzt lieber selbst unter die Decke legen und wieder einschlafen, Dawn«, sagte er, und seine Stimme war brüchig.

»Einverstanden. Gute Nacht, Jimmy«, flüsterte ich und wagte es, ihn auf die Wange zu küssen. Er wich nicht zurück.

»Gute Nacht«, sagte er, und ich ließ mich auf den Rücken sinken. Lange Zeit starrte ich in das Dunkel und war innerlich sehr aufgewühlt. Als ich die Augen schloß, sah ich immer noch Jimmys nackte Schulter, die matt im Dunkeln schimmerte, und ich spürte seine zarte Wange noch an meinen Lippen.

6 *Das Schulkonzert*

Am nächsten Morgen fing Daddy gleich an, Jimmy anzuschreien.

»Warum bist du weggelaufen?« brüllte er.

»Du schreist immer nur«, gab Jimmy zurück. Sie funkelten einander böse an, und als Mama kam, war sie so froh, daß Jimmy wieder zu Hause war, daß Daddy ausnahmsweise einmal aufhörte zu schreien.

»Ich gehe zu all deinen Lehrern und bringe dir die Unterlagen für die Hausaufgaben mit, Jimmy«, sagte ich. »Bis dahin kannst du Mama mit Fern helfen.«

»Babysitter – das war schon immer mein Traum«, stöhnte er.

»Du bist selbst schuld«, sagte Daddy. Jimmy schmollte. Ich war froh, als es für Daddy und mich an der Zeit war aufzubrechen.

»Jimmy wird es noch einmal versuchen, Daddy«, sagte ich zu ihm, nachdem wir abgefahren waren. »Er hat es mir letzte Nacht versprochen, nachdem er nach Hause gekommen ist.«

»Gut«, murrte Daddy. Dann drehte er sich zu mir um und sah mich ganz merkwürdig an. »Es ist nett von dir, daß du dich so liebevoll um deinen Bruder kümmerst.«

»Hat man sich in deiner Familie denn nicht umeinander gekümmert, Daddy?« fragte ich.

»Nicht so, wie es bei dir und Jimmy ist«, sagte er, doch ich konnte an seinen zusammengekniffenen Augen sehen, daß er nicht darüber reden wollte.

Ich konnte mir gar nicht vorstellen, wie es gewesen wäre, wenn ich mir weniger aus Jimmy gemacht hätte. Ganz gleich, wie glücklich ich auch hätte sein können – wenn Jimmy nicht glücklich war, war ich es auch nicht. In der Emerson Peabody war uns in derart kurzer Zeit so vieles passiert, daß mir der Kopf schwirrte. Ich fand, das beste, was ich jetzt tun könnte, sei, mich ganz auf meinen Unterricht und meine Musik zu konzentrieren und alles Schlimme hintanzustellen. Jimmy bemühte sich auch sehr. Als er wieder in die Schule ging, engagierte er sich mehr im

Sport und war auch sonst recht passabel im Unterricht. Es fing schon an, so auszusehen, als kämen wir doch noch zurecht.

Manchmal, wenn ich durch die Gänge lief, sah ich jedoch Mrs. Turnbell, die dastand und mich beobachtete. Jimmy sagte, ihm käme es vor, als verfolgte sie ihn regelrecht, denn er fühlte sich ständig von ihr beobachtet. Wenn immer es möglich war, lächelte ich und grüßte sie höflich, und sie reagierte mit einem Nicken, doch es sah aus, als warte sie nur auf etwas, was sie in ihrem Glauben bestätigte, daß wir den Anforderungen nicht gewachsen waren, die eine Schule wie Emerson Peabody an ihre Schüler stellte, Schüler, die sie für etwas Besseres hielt als uns.

Philip ärgerte sich natürlich immer noch darüber, daß ich nicht mit ihm ausgehen konnte und daß ich mich auch nicht heimlich aus dem Haus schleichen wollte, um ihn zu treffen. Er setzte mir immer wieder damit zu, ich solle Daddy noch einmal fragen oder mich doch heimlich mit ihm treffen. Ich hoffte inbrünstig, es würde alles besser werden, wenn erst der Frühling kam. Leider war der Winter hartnäckig, und die Fußböden blieben kalt, der Himmel grau und die Bäume und Sträucher kahl. Aber als die Luft sich endlich erwärmte und die Bäume und die Blumen Knospen trieben, fühlte ich mich von neuerlicher Hoffnung und Freude erfüllt. Alles, was um mich herum aufblühte, gab mir Kraft und bereitete mir Vergnügen. Bei strahlender Sonne sah sogar unser ärmliches Viertel nach etwas ganz Besonderem aus. Daddy sprach nicht mehr davon, seine Stellung aufzugeben, Jimmy machte sich gut in der Schule, und ich hatte endlich mit Musik zu tun, wie ich es mir immer erträumt hatte.

Nur Mamas anhaltende Krankheit deprimierte uns, aber ich dachte, wenn erst der Frühling käme und sie an sonnigen Tagen draußen spazierengehen und die Fenster öffnen konnte, damit sie mehr frische Luft hatte, würde sich ihr Zustand gewiß bessern. Irgendwie brachte es der Frühling fertig, einem in jeder Hinsicht wieder neue Hoffnung zu machen. So war es bei mir jedenfalls immer gewesen, und jetzt betete ich mehr denn je, daß der Frühling wieder Wunder für uns bewirken würde.

Eines schönen Nachmittags, als ich meine Klavierstunde hinter mich gebracht hatte, stellte ich fest, daß Philip mich vor der Tür des Musiksaals erwartete. Ich sah ihn nicht und wäre fast mit ihm zusammengestoßen, weil ich die Bücher im Arm hielt und den Kopf gesenkt hatte. Mein Körper war noch ganz von der Musik erfüllt. Die Noten, die ich gespielt hatte, klangen noch in mir nach. Wenn ich Klavier spielte, war es, als hätten meine Finger ihre eigenen Träume. Zehn Minuten nachdem ich von dem Klavierhocker aufgestanden war, konnte ich noch spüren, wie sich die Klaviertasten unter meinen Fingern anfühlten. Meine Fingerspitzen prickelten bei der Erinnerung an die Berührung, und sie wollten ihre Bewegungen auf der Tastatur wiederholen, die Noten anklingen lassen und sie zu Melodien verweben.

»Ich wüßte zu gern, woran du gerade denkst«, hörte ich und schaute in Philips sanft lächelnde Augen. Er lehnte lässig an der Wand des Korridors und hatte die Arme vor der Brust verschränkt. Sein goldblondes Haar war zurückgebürstet und schimmerte noch naß, weil er sich nach dem Baseballspielen gerade geduscht hatte. Philip war einer der herausragenden Werfer der Schulmannschaft.

»Oh, hallo«, sagte ich und blieb vor Erstaunen abrupt stehen.

»Ich hoffe, du hast an mich gedacht«, sagte er.

Ich lachte.

»Ich habe gerade an meine Musik gedacht, an meine Klavierstunden.«

»Ich bin zwar enttäuscht, aber wie geht es voran?«

»Mr. Moore ist zufrieden mit mir«, sagte ich bescheiden. »Er hat mir gerade gesagt, daß ich beim Frühjahrskonzert das Solo singen soll.«

»Ist das wahr? Das ist ja toll!« rief Philip und richtete sich stramm auf. »Meinen Glückwunsch.«

»Danke.«

»Wir haben heute kürzer gespielt als sonst, und ich ... ich wußte, daß du noch hier sein wirst.«

Die Gänge waren so gut wie menschenleer. Ab und zu kam jemand aus einem Klassenzimmer und verließ das Haus, doch ansonsten waren wir zum ersten Mal seit wirklich langer Zeit allein miteinander.

Er kam näher, bis ich mit dem Rücken an der Wand stand, und dann stemmte er die Hände an die Wand, damit ich ihm nicht entkommen konnte.

»Ich wünschte, ich könnte dich nach Hause fahren«, sagte er.

»Das wünschte ich auch, aber ...«

»Was hältst du davon, wenn ich heute abend bei dir vorbeikomme und wir nicht spazierenfahren? Wir könnten einfach nur in meinem Auto sitzen.«

»Ich weiß es nicht, Philip.«

»Dann brauchst du doch nicht zu lügen, stimmt's?«

»Ich werde meinen Eltern sagen müssen, wohin ich gehe, und ...«

»Erzählst du ihnen alles? Immer?« Er schüttelte den Kopf. »Eltern erwarten doch direkt, daß man manchmal Geheimnisse hat. Doch, wirklich«, sagte er. »Nun, wie steht's?«

»Ich weiß nicht so recht. Ich... ich werde es mir überlegen«, stotterte ich. In seinen Augen stand tiefe Enttäuschung. »Vielleicht gelegentlich.«

»Gut.« Er sah sich um und kam näher.

»Philip, uns könnte jemand sehen«, sagte ich, als sich seine Lippen näherten.

»Nur ein kleiner Kuß, um dir zu gratulieren«, sagte er und legte seine Lippen auf meinen Mund. Dann legte er sogar noch seine Hand auf meine Brust.

»Philip«, protestierte ich. Er lachte.

»Schon gut«, sagte er und richtete sich wieder auf. »Bist du nervös, weil du das Solo singen sollst?«

»Natürlich. Es wird das erste Mal sein, daß ich ganz allein vor so vielen Leuten singe, und noch dazu so gutgestellten Leuten, die Auftritte von wirklichen Talenten gehört und gesehen haben. Louise hat mir erzählt, deine Schwester würde neidisch und wütend auf mich werden. Sie hat damit gerechnet, daß sie das Solo singen darf.«

»Sie hat es letztes Jahr gesungen. Und außerdem klingt ihr Gesang wie ein Nebelhorn.«

»Oh, nein, absolut nicht«, sagte ich und schaute mich um. »Aber ich wünschte, sie würde endlich aufhören, Gemeinheiten über mich zu verbreiten. Wenn ich eine Arbeit gut geschrieben habe, erzählt sie allen, ich hätte abgeschrieben. Seit meinem ersten Tag hier hat sie mich nicht in Ruhe gelassen. Demnächst werde ich sie mir einmal vornehmen müssen.« Philip fing an zu lachen. »Das ist überhaupt nicht komisch.«

»Ich habe nur darüber gelacht, wie eindringlich dein Blick wird und wie sehr deine Augen funkeln, wenn du wütend bist. Du kannst deine wahren Gefühle nicht verbergen.«

»Ich weiß. Daddy sagt, ich wäre ein miserabler Pokerspieler.«

»Mit dir würde ich eines Tages gern mal Strip-Poker spielen«, sagte er und lächelte anzüglich.

»Philip!«

»Was ist?«

»Du darfst nicht solche Dinge sagen«, sagte ich, doch gegen meinen Willen stellte ich es mir genau vor.

Er zuckte die Achseln.

»Manchmal rutscht mir so etwas eben raus. Vor allem, wenn ich mit dir zusammen bin.«

Ob er wohl mein Herz klopfen hören konnte? Ich sah ein paar Schüler hinter uns um die Ecke biegen.

»Ich muß jetzt schnell in Daddys Büro laufen. Er und Jimmy warten wahrscheinlich schon auf mich«, fügte ich hinzu und rannte die Treppe hinunter.

»Dawn. Warte noch.«

Ich drehte mich zu ihm um. Er kam jetzt auch die Treppe herunter.

»Glaubst du... ich meine, schließlich ist es doch ein ganz besonderer Anlaß und so... du könntest deinen Vater und deine Mutter dazu bringen, daß sie mir wenigstens erlauben, dich zu dem Konzert zu begleiten?« fragte er hoffnungsvoll.

»Ich werde sie fragen«, antwortete ich.

»Prima. Ich bin froh, daß ich auf dich gewartet habe«, fügte er hinzu und beugte sich vor, um mich zu küssen. Ich glaubte, er würde mich flüchtig auf die Wange küssen, doch statt dessen küßte er mich auf den Hals. Er war so schnell, daß ich gar keine Gelegenheit hatte, etwas dagegen zu tun. Die Schüler, die über den Korridor kamen, sahen ihn, und die Jungen fingen an zu gröhlen. Mein Herz schien meine Brust zu sprengen. Es schlug zu schnell, zu heftig und zu laut, und mein Puls raste vor Aufregung. Ich hatte Angst, Daddy und Jimmy würden die Röte in meinen Wangen sehen und wissen, daß ich geküßt worden war.

Gewiß war zwischen mir und Philip etwas ganz Besonderes, dachte ich, wenn er mich nur zu küssen, mich anzusehen oder leise mit mir zu reden brauchte, damit mein Körper in Flammen stand und prickelte und es mir ganz schwindlig wurde. Ich holte tief Atem und seufzte. Daddy und Mama mußten einfach erlauben, daß er mich zu dem Konzert begleitete, sie mußten es einfach erlauben, dachte ich. Ich hatte getan, was sie wollten, und ich hatte ihnen nicht ständig damit in den Ohren gelegen, daß ich mich verabreden und ausgehen wollte, obwohl es den Mädchen um mich herum, die in meinem Alter waren, erlaubt wurde, mit Jungen auszugehen. Das war nicht gerecht, und das mußten sie einfach einsehen.

Ich konnte ja verstehen, daß sie ein wenig Angst um mich gehabt hatten, als ich gerade erst in der Emerson Peabody angefangen hatte. Aber ich glaubte, ich sei in diesen letzten Monaten ohnehin wesentlich reifer geworden. Die Erfolge mit meiner Musik und meinen Schularbeiten hatten mir ein bislang unbekanntes Selbstvertrauen eingeflößt. Ich fühlte mich älter und stärker. Wenn ich das an mir selbst beobachten konnte, dann konnten Mama und Daddy es mir doch gewiß auch ansehen.

Ich war zuversichtlich, daß sie mir die Erlaubnis geben würden, als ich in den Keller eilte, um Daddy und Jimmy zu treffen und ihnen die Neuigkeit zu berichten, daß ich das Solo bekommen hatte. Nie hatte ich Daddy so aufgeregt und so stolz erlebt.

»Hast du das gehört, Jimmy, Junge!« rief er aus und schlug die Hände zusammen. »Deine Schwester ist ein Star.«

»Ich bin noch kein Star, Daddy. Erst mal muß ich meine Sache gut machen«, sagte ich.

»Das schaffst du schon. Was für gute Nachrichten«, freute sich Daddy. »Etwas Erfreuliches, was wir deiner Mama berichten können.«

»Daddy«, sagte ich, als er seine Sachen zusammenpackte, damit wir gehen konnten. »Glaubst du, da es doch ein ganz besonderer Anlaß ist, könnte Philip Cutler mich abholen und mich zu dem Konzert begleiten?«

Daddy blieb abrupt stehen. Sein Lächeln verflog langsam, und einen Moment lang verfinsterten sich seine Augen und wurden klein. Als ich ihn anstarrte, ohne die Hoffnung aufzugeben, kam wieder ein wenig Wärme in seinen Blick zurück.

»Tja, also, ich weiß es nicht, Schätzchen. Ich ... wir werden es sehen.«

Als wir nach Hause kamen, lag Mama wach im Bett und behielt Fern im Auge, die auf einer Decke auf dem Boden saß und mit ihren Spielsachen spielte. Die späte Nachmittagssonne lugte hinter träge dahinziehenden Wolken hervor, doch Mama hatte die Jalousien zugezogen, so daß selbst dann keine wärmenden, wohltuenden Strahlen in das Zimmer eindrangen, wenn die Sonne schien. Als ich eintrat, setzte sich Mama langsam und unter größter Mühe auf.

Offensichtlich war ihr Haar den ganzen Tag über noch nicht mit einer Bürste in Berührung gekommen. Die Strähnen hingen wirr an ihrem Gesicht herunter, und manche standen auch von ihrem Kopf ab. Sie hatte sich das Haar früher fast täglich gewaschen, damit es schimmerte wie schwarze Seide.

»Die Haare einer Frau sind ihre Kronjuwelen«, hatte sie oft zu mir gesagt. Immer wenn sie zu müde gewesen war, um sich das Haar selbst zu bürsten, hatte sie mich darum gebeten, es für sie zu tun.

Mama hatte nie viel Schminke gebraucht. Sie hatte immer einen zarten Teint mit rosaroten Lippen gehabt. Ihre Augen funkelten wie geschliffener schwarzer Onyx. Ich hätte zu gern so wie sie ausgesehen und fand es unfair von der Natur, daß sie eine Generation übersprungen hatte, während doch die meisten anderen Kinder genau wie ihre Eltern aussahen.

Ehe sie zu kränkeln begann, hatte Mama eine vorbildliche Haltung gehabt und beim Gehen die Schultern immer zurückgenommen, so stolz wie eine indische Prinzessin, mit der Daddy sie immer verglich. Sie bewegte sich anmutig und flink und zog durch den Tag wie ein ebenholzfarbener Pinselstrich auf einer blütenweißen Leinwand. Jetzt saß sie vorgebeugt und gekrümmt da, hatte den Kopf gesenkt und die Arme matt auf den Beinen liegen, und sie sah mich aus traurigen, glasigen Augen an, deren Glanz stumpf geworden war, das seidige Haar war zu unbehandelter Baumwolle geworden, ihr Teint war bleich und farblos, und ihre Lippen waren fast weiß. Ihre Backenknochen standen immer mehr vor, und ihre Schlüsselbeine sahen aus, als würden sie jeden Moment durch die dünne Haut dringen, von der sie überzogen waren.

Ehe ich etwas von Philip sagen konnte, streckte Fern die Arme nach mir aus und fing an, meinen Namen zu rufen.

»Wo sind dein Daddy und Jimmy?« fragte Mama und sah hinter mich.

»Sie besorgen noch ein paar Lebensmittel. Daddy fand, ich sollte gleich nach Hause gehen, damit ich dir mit Fern helfen kann.«

»Ich bin froh darüber«, sagte sie und mühte sich damit ab, tief Atem zu holen. »Heute hat mich das Baby erschöpft.«

»Es ist nicht nur das Baby, Mama«, schalt ich sie sanft.

»Es wird schon besser, Dawn«, erwiderte sie. »Könntest du mir ein Glas Wasser holen, Schätzchen? Meine Lippen sind ganz ausgetrocknet.«

Ich ging mit Fern in die Küche und holte Mama Wasser. Dann reichte ich ihr das Glas und sah zu, wie sie trank. Ihr Kehlkopf bewegte sich auf und ab wie der Schwimmer an einer Angelschnur.

»Seit Monaten versprichst du schon, du würdest zu einem richtigen Arzt gehen und dich nicht auf einen hausgemachten Kräutertrunk und dergleichen verlassen, wenn es dir nicht bald besser geht. Jetzt geht es dir immer noch nicht besser, und du hast dein Versprechen nicht gehalten.« Es war mir verhaßt, so streng mit ihr zu reden, aber ich fand, jetzt müßte es sein.

»Es ist nichts weiter als ein hartnäckiger Husten. Ich hatte in Georgia eine Cousine, die fast ein Jahr lang eine Erkältung hatte, ehe es besser wurde und alles von selbst vergangen ist.«

»Dann hat sie eben ein Jahr lang grundlos gelitten«, beharrte ich. »Genauso wie du jetzt leidest, Mama.«

»Schon gut, schon gut. Du bist ja noch schlimmer als Großmama Longchamp. Meine Güte, als ich mit Jimmy schwanger war, hat sie mich keinen Moment in Ruhe gelassen. Alles, was ich getan habe, war falsch. Es war eine Erleichterung, das Kind auf die Welt zu bringen und sie endlich nicht mehr im Kreuz zu haben.«

»Großmama Longchamp? Aber, Mama, ich dachte, du hättest Jimmy in einem Bauernhof unterwegs zur Welt gebracht.«

»Was? Ach so, ja. So war es auch. Ich meinte, bis ich von der Farm fortgegangen bin.«

»Aber du und Daddy, seid ihr denn nicht gleich, nachdem ihr geheiratet habt, von dort fortgegangen?«

»Nicht gleich danach. Aber schon bald. Hör auf, mir diese genauen Fragen zu stellen, Dawn. Ich kann im Moment nicht allzu klar denken«, entgegnete sie. Es sah ihr gar nicht ähnlich, mir so barsch das Wort abzuschneiden, aber ich stellte mir vor, es müsse wohl an ihrer Krankheit liegen.

Ich fand, ich sollte das Thema wechseln. Ich wollte sie nicht unglücklich machen, solange sie noch derart litt.

»Rate, was passiert ist, Mama«, sagte ich und schaukelte Fern auf meinen Armen. »Ich werde beim Konzert das Solo singen«, sagte ich stolz.

»Meiner Seele. Meiner Seele.« Sie preßte sich die Handflächen auf die Brust. Selbst dann, wenn sie nicht hustete, schien ihr das Atmen Mühe zu machen, vor allem wenn sie überrascht war oder sich zu schnell bewegte. »Wenn das nicht wunderbar ist. Ich wußte, daß du diesen reichen Leuten zeigen wirst, daß sie auch nichts Besseres sind als du. Komm her, damit ich dich richtig umarmen kann.«

Ich legte die kleine Fern auf das Bett, und Mama und ich fielen einander in die Arme. Ihre dünnen Arme preßten mich an sich, so fest sie konnten, und ich konnte ihre Rippen durch ihr dünnes Kleid spüren.

»Mama«, sagte ich, und Tränen traten in meine Augen, »du hast so sehr abgenommen, viel mehr, als mir bisher klar war.«

»Soviel ist es gar nicht, und an ein paar Stellen hätte ich ohnehin ein paar Pfund abnehmen sollen. Ich nehme schneller wieder zu, als du schauen kannst, du wirst es ja sehen. Wenn Frauen in meinem Alter zunehmen wollen, brauchen sie nur etwas Eßbares zu riechen, das genügt schon. Manchmal nimmt man schon allein vom Hinsehen da und dort ein Pfund zu«, scherzte sie. Sie küßte mich auf die Wange. »Ich gratuliere dir, Dawn, mein Schätzchen. Hast du es deinem Daddy schon erzählt?«

»Ja.«

»Ich wette, er war mächtig stolz«, sagte sie und schüttelte den Kopf.

»Mama, ich muß dich wegen des Konzerts noch etwas fragen.«

»So?«

»Schließlich ist es doch ein ganz besonderer Anlaß, verstehst du, und da wollte ich dich fragen, ob es in Ordnung geht, wenn Philip Cutler mich abholt und nach Hause bringt? Er verspricht auch, ganz vorsichtig zu fahren und...«

»Hast du deinen Daddy schon gefragt?« warf sie ein.

»Hm. Er hat gesagt, das würden wir noch sehen, aber ich glaube, wenn es dir recht ist, ist es ihm auch recht.«

Plötzlich wirkte sie besorgt und alt, als sie mich anstarrte.

»Es ist keine lange Fahrt, Mama, und ich möchte wirklich mit Philip zu dem Konzert gehen. Andere Mädchen in meinem Alter dürfen mit Jungen ausfahren und sich mit ihnen treffen, aber ich habe mich bisher nie beklagt...«

Sie nickte. »Ich kann nicht verhindern, daß du erwachsen wirst, Dawn. Das will ich auch gar nicht, aber ich möchte nicht, daß es etwas Ernstes mit dir und diesem Jungen wird... oder irgendeinem anderen Jungen. Das ist noch zu früh. Mach es nicht wie ich. Schenk deine Jugend nicht her.«

»O Mama, ich will doch nicht heiraten. Ich gehe doch nur zum Frühjahrskonzert. Gibst du mir die Erlaubnis?« flehte ich sie an.

Es war, als koste es sie ihre gesamte Kraft, es zu tun, aber sie nickte.

»O Mama, ich danke dir.« Ich drückte sie wieder an mich.

»Dawn, hoch«, rief Fern ungeduldig. Sie war eifersüchtig auf die Zärtlichkeiten, die Mama und ich miteinander austauschten. »Dawn, hoch will.«

»Ihre Hoheit ruft«, sagte Mama und ließ sich auf ihr Kissen sinken. Ich beobachtete sie und war innerlich aufgewühlt und zwischen den verschiedensten Gefühlen hin und her gerissen: glücklich, weil ich demnächst ein Rendezvous haben würde, aber gleichzeitig traurig und bedrückt von dem Anblick, wie langsam und gequält Mama redete und sich bewegte.

Mr. Moore beschloß, mir für den Rest der Woche doppelt soviel Unterricht wie sonst zu geben. Endlich rückte der Tag des Konzerts heran. Zur Mittagszeit spielte Mr. Moore Klavier, und ich sang. Zweimal überschlug sich meine Stimme. Er hörte auf zu spielen und sah zu mir auf.

»Hör zu, Dawn«, sagte er. »Ich möchte, daß du tief Atem holst und ganz ruhig wirst, ehe wir weitermachen.«

»Oh, Mr. Moore, ich kann es einfach nicht!« rief ich verzweifelt. »Ich weiß gar nicht, wieso ich geglaubt habe, ich könnte es. Aber ein Solo vor all diesen Leuten zu singen, von denen die meisten in die Oper und in New York City auf den Broadway gehen und wissen, was wirkliche Begabung ist...«

»*Du* bist eine wirkliche Begabung«, sagte Mr. Moore. »Glaubst du etwa, ich würde dich sonst auf diese Bühne stellen? Vergiß nicht, Dawn, daß ich auch auf der Bühne stehe, wenn du vor dein Publikum trittst. Du wirst mich doch nicht blamieren, oder?«

»Nein, Sir«, sagte ich und war den Tränen nahe.

»Erinnerst du dich noch, wie du mir einmal erzählt hast, du wünschtest, du könntest wie ein Vogel hoch oben auf einem Baum sitzen, der unbeirrt in den Wind singt und sich keine Sorgen darum macht, wer ihn hört und wer nicht?«

»Ja. Das wünsche ich mir immer noch.«

»Na, wenn das so ist, dann mach die Augen zu, und stell dir vor, daß du hoch oben auf diesem Ast thronst, und dann sing in den Wind. Nach einer Weile wirst du wie ein winziges Vögelchen Flügel bekommen und fliegen können. Du wirst dich emporschwingen, Dawn. Das weiß ich einfach«, sagte er. Sein Lächeln und sein koboldhaftes Grinsen waren wie weggewischt; fort war das verspielte, fröhliche Blitzen seiner Augen. Statt dessen war sein Gesicht ernst, und seine Worte und sein Blick erfüllten mich mit Zuversicht.

»Einverstanden«, sagte ich leise, und wir fingen noch einmal an. Diesmal sang ich nach Herzenslust, und als wir fertig waren, war sein Gesicht vor Zufriedenheit gerötet. Er stand auf und küßte mich auf die Wange.

»Du bist bereit«, sagte er.

Das Herz schlug mir vor Aufregung und vor Glück bis in die Kehle, als ich aus dem Musiksaal eilte.

Sobald das letzte Läuten ertönte, lief ich los, um Jimmy und Daddy zu suchen. Ich war vor Nervosität wie gelähmt und wollte sofort nach Hause fahren, um mich für das Konzert zurechtzumachen, das um acht Uhr abends beginnen sollte.

Als wir zu Hause ankamen, lag Mama im Bett, ihr Gesicht war stärker gerötet als sonst, und sie zitterte furchtbar. Fern machte sich am Küchengeschirr zu schaffen, aber ich merkte, daß Mama nichts gemerkt hatte. Wir standen alle um ihr Bett herum, und ich legte ihr die Hand auf die Stirn.

»Sie zittert, Daddy«, sagte ich, »aber sie fühlt sich fiebrig an.«

Mamas Zähne klapperten, und sie wandte mir die Augen zu und rang sich mühsam ein Lächeln ab.

»Es ist... nur... eine Erkältung«, behauptete sie.

»Nein, eben nicht, Mama. Was du auch haben magst, es wird immer schlimmer.«

»Ich werde schon wieder gesund!« keuchte sie.

»Ja, aber nur, wenn du zum Arzt gehst, Mama.«

»Dawn hat recht, Sally Jean. So kann es einfach nicht mehr weitergehen. Wir werden dich in dicke Decken wickeln und ins Krankenhaus bringen, damit sie dich dort untersuchen und dir ganz schnell Medizin geben«, sagte Daddy.

»*Nein!*« schrie Mama. Ich versuchte, sie zu beruhigen, während Daddy ihre wärmsten Kleidungsstücke holte. Dann half ich ihm dabei, sie anzukleiden. Als ich Mama ohne Kleider sah, stellte ich schockiert fest, wie dürr sie geworden war. Die Rippen waren durch die Haut zu sehen, und ihre Knochen sahen aus, als würden sie herausstehen. Außerdem hatte sie am ganzen Körper Fieberpusteln. Ich mußte mich zusammenreißen, um nicht zu weinen, sondern ihr dabei zu helfen, sich fertig zu machen. Als es an der Zeit war, sie zum Wagen zu bringen, stellten wir fest, daß sie nicht ohne Hilfe laufen konnte. Ihre Beine schmerzten zu sehr.

»Ich werde sie tragen«, sagte Daddy, der die Tränen kaum zurückhalten konnte. Ich zog Fern eilig an. Mama wollte es nicht, aber wir fuhren alle mit. Weder Jimmy noch ich wollten zu Hause bleiben und warten.

Als wir ankamen, ging ich vor und erzählte der Schwester in der Notaufnahme von Mama. Sie schickte einen Pfleger mit einem Rollstuhl zum Wagen, und wir setzten Mama hinein. Der Pfleger sah Daddy ganz seltsam an, wie jemand, der versucht, sich an einen Menschen zu erinnern, den er seit Jahren nicht mehr gesehen hat. Daddy bemerkte nichts davon, denn er hatte nur noch Augen für Mama.

Während wir warteten, ging Jimmy zum Kiosk und kam mit einem Lutscher für Fern zurück. Jetzt war sie wenigstens beschäftigt, wenn sie sich auch das ganze Gesicht grün verschmierte. Sie plapperte in ihrer Babysprache vor sich hin, in die sich ein oder zwei richtige Worte mischten, und oft sah sie andere Leute an, die im Vorraum warteten, und überschüttete sie mit einem unverständlichen Wortschwall. Manche lächelten, aber andere waren derart besorgt um ihre Angehörigen, daß sie nur ausdruckslos vor sich hin starrten.

Endlich, nach weit mehr als einer Stunde, kam ein Arzt zu uns. Er hatte rotes Haar und Sommersprossen und sah so jung aus, daß ich dachte, er könnte niemandem schlechte Nachrichten überbringen. Aber ich täuschte mich.

»Wie lange hat Ihre Frau diesen Husten jetzt schon, und seit wann fiebert sie, Mr. Longchamp?« fragte er Daddy.

»Es geht seit einer Weile auf und ab. Zwischendurch schien es ihr besserzugehen, und daher haben wir uns nicht viel dabei gedacht.«

»Sie hat die Schwindsucht, und noch dazu sehr schlimm. In ihrer Lunge hat sich das Blut so gestaut, daß es ein Wunder ist, daß sie noch atmen kann«, sagte er und bemühte sich nicht, seinen Zorn auf Daddy zu verbergen.

Aber es war nicht Daddys Schuld. Mama war stur gewesen. Am liebsten hätte ich es laut herausgeschrien. Daddy war total niedergeschlagen. Er senkte den Kopf und nickte. Als ich Jimmy ansah, stellte ich fest, daß er steif dastand, die Hände zu Fäusten geballt hatte und vor Wut und Sorge außer sich war. Ich konnte es in seinen Augen erkennen.

»Ich habe sie sofort auf die Intensivstation bringen lassen«, fuhr der Arzt fort, »damit ihr Sauerstoff zugeführt wird. Es sieht aus, als hätte sie gewaltig abgenommen«, fügte er noch hinzu und schüttelte den Kopf.

»Können wir sie sehen?« fragte ich, und Tränen liefen über mein Gesicht.

»Aber nur fünf Minuten«, erlaubte er. »Und wenn ich fünf Minuten sage, meine ich fünf Minuten.«

Wie konnte ein so junger Mann so streng sein, fragte ich mich. Trotzdem gab es mir das Gefühl, daß er ein guter Arzt sein mußte.

Schweigend gingen wir zum Aufzug, und nur die kleine Fern rief immer wieder »Lutscher, Lutscher« und streckte die Hand nach dem Rest des Lutschers aus. Der Aufzug faszinierte sie, als Jimmy auf die Zwei drückte und wir uns in Bewegung setzten. Sie sah von einer Seite zur anderen, und ich drückte sie fest an mich und küßte sie auf die zarten geröteten Wangen.

Wir folgten den Schildern zur Intensivstation. Als wir die Tür öffneten, kam die Oberschwester eilig um den Schalter herum, um uns zu begrüßen.

»Sie können kein Baby mitnehmen«, erklärte sie.

»Ich warte hier draußen, Daddy«, sagte ich. »Geht ihr beide erst zu ihr, du und Jimmy.«

»Ich komme nach ein oder zwei Minuten wieder raus«, versprach mir Jimmy. Ich sah, wie wichtig es ihm war, Mama zu sehen. Er wollte es nicht nur, sondern er mußte sie sehen. In einem eigenen Wartezimmer vor der Intensivstation standen ein kleines Sofa und ein Stuhl. Dorthin ging ich mit Fern und ließ sie auf dem Sofa herumkrabbeln, während wir warteten. Ziemlich genau zwei Minuten später tauchte Jimmy auf. Seine Augen waren gerötet.

»Geh schon«, sagte er schnell. »Sie will dich sehen.«

Ich drückte ihm Fern in den Arm und eilte in das Zimmer, in dem Mama im hintersten Bett auf der rechten Seite lag. Sie lag unter einem Sauerstoffzelt. Daddy stand rechts neben dem Bett und hielt ihre Hand. Als ich neben sie trat, lächelte Mama und streckte die andere Hand aus, um auch mir die Hand zu halten.

»Mit mir wird alles wieder gut, Schätzchen«, sagte sie. »Die Hauptsache ist jetzt, daß du heute abend ganz wunderbar singst.«

»O Mama, wie kann ich singen, wenn du hier im Krankenhaus liegst?« rief ich.

»Du mußt unbedingt singen«, sagte sie. »Du weißt doch, wie stolz wir auf dich sind, ich und dein Daddy, und mir geht es gleich viel besser, wenn ich weiß, daß mein kleines Mädchen für all die feinen Leute singt. Versprich mir, daß du es tun wirst, Dawn, und laß dich bloß nicht davon abhalten, weil ich krank geworden bin. Versprich es mir.«

»Ich verspreche es dir, Mama.«

»Gut«, sagte sie. Dann bedeutete sie mir, näher zu kommen. »Dawn«, sagte sie, und ihre Stimme war kaum hörbar. Ich stellte mich so nahe es ging neben das Zelt. Sie drückte meine Hand so fest sie konnte. »Du darfst nie schlecht über uns denken. Wir lieben dich. Denk immer daran.«

»Warum sollte ich schlecht über euch denken, Mama?«

Sie schloß die Augen.

»Mama?«

»Ich fürchte, die fünf Minuten sind um, und der Arzt hat ausdrücklich darauf bestanden, daß es nicht länger wird«, sagte die Krankenschwester der Intensivstation.

Ich warf noch einen Blick auf Mama. Sie hatte die Augen geschlossen, und ihr Gesicht wirkte noch stärker gerötet als vorher.

»Mama!« rief ich tonlos. Ich sah Daddy an. Die Tränen liefen jetzt ungehindert über sein Gesicht, und er starrte mich so eindringlich an, daß ich großes Mitgefühl mit ihm hatte.

Wir befolgten die Anweisung der Schwester und standen auf. Sobald wir die Intensivstation verlassen hatten, wandte ich mich an Daddy.

»Warum hat Mama das gesagt, Daddy? Was hat sie gemeint, als sie gesagt hat: ›Du darfst nie schlecht über uns denken‹?«

»Ich vermute, es kommt daher, daß sie fiebert«, antwortete er. »Sie phantasiert. Laß uns nach Hause fahren«, sagte er, und wir holten Jimmy und die kleine Fern.

Als wir zu Hause waren, hatten wir keine Zeit mehr, uns Sorgen um Mama zu machen, obwohl sie uns nicht aus dem Kopf ging. Wir waren viel zu sehr damit beschäftigt, uns für das Konzert fertigzumachen und zu versuchen, einen Babysitter für Fern zu finden.

So sehr ich mich auch bemühte, darüber hinwegzukommen, war mir doch der Gedanke unerträglich, mein Gesangsdebüt in Mamas Abwesenheit zu geben. Und doch hatte ich ihr versprochen, mein Bestes zu geben, und ich dachte gar nicht daran, sie zu enttäuschen.

Ich hatte keine Zeit mehr, zu duschen oder mir die Haare zu waschen. Statt dessen bürstete ich mir das Haar so lange, bis es einen matten, seidigen Glanz bekam, und dann band ich mir als einen fröhlichen Farbtupfer eine blaue Schleife ins Haar.

Wenigstens brauchte ich mir keine Gedanken darüber zu machen, was ich anziehen sollte. Zu den angenehmen Dingen am Schulorchester und am Schulchor gehörte, daß uns für unsere Auftritte einheitliche Kleidung gestellt wurde. Die Schuluniform bestand aus einem schwarzweißen Wollpullover und einem schwarzen Rock. Nachdem ich die Sachen angezogen hatte, stand ich auf und zog den Rock gerade. Dann trat ich einen Schritt zurück, schaute mich an und stellte mir vor, wie ich dort vor all den feinen Leuten stehen würde. Ich wußte, daß meine Figur fülliger geworden war, ganz die eines jungen Mädchens, und ich füllte den Schulpullover besser aus als die meisten Mädchen in meinem Alter. Zum ersten Mal fand ich meine helle Haut, mein blondes Haar und meine blauen Augen attraktiv. War es schlimm, wenn man plötzlich in sich selbst vernarrt war, fragte ich mich. Würde mir das Pech bringen? Ich fürchtete, ja, aber ich war dagegen machtlos. Das Mädchen im Spiegel lächelte zufrieden.

Dann kam Daddy herein und sagte mir, daß Mrs. Jackson, eine alte Dame, die auf derselben Etage wohnte, bereit sei, heute abend auf Fern aufzupassen. Er erzählte mir auch, daß er Mrs. Jacksons Telefonnummer im Krankenhaus für den Fall angegeben hatte, daß man uns dringend erreichen mußte. Nachdem er mir das mitgeteilt hatte, trat Daddy einen Schritt zurück und schaute mich lange bewundernd an.

»Du siehst wirklich wunderschön aus, Schätzchen«, sagte Daddy. »Richtig erwachsen.«

»Danke, Daddy.«

Er hielt etwas in der Hand.

»Ehe wir das Krankenhaus verlassen haben, hat deine Mama mich gebeten, dir das hier zu geben, damit du es heute abend trägst, weil es wirklich ein ganz besonderer Anlaß ist.«

Er hielt mir die kostbare Perlenkette hin.

»O Daddy«, sagte ich atemlos. »Das kann ich nicht tun; das darf ich nicht tun. Das ist unsere Versicherung für den schlimmsten Notfall.«

»Nein, nein. Sally Jean hat gesagt, daß du sie tragen mußt«, beharrte er und legte mir die Kette um. Ich schaute auf die Perlen, die so zart und weiß schimmerten und ein Ausdruck der Vollkommenheit waren, und dann schaute ich mich im Spiegel an.

»Sie werden dir Glück bringen«, sagte Daddy und küßte mich auf die Wange. Wir hörten, wie es an der Wohnungstür klopfte.

»Es ist Philip«, rief Jimmy aus dem anderen Zimmer. Daddy trat zurück, und sein Gesicht war plötzlich wieder ernst.

Philip hatte einen blauen Anzug und eine passende Krawatte an und sah sehr gut aus.

»Hallo«, sagte er. »Junge, du siehst ja prima aus.«

»Danke. Du aber auch, Philip«, sagte ich. »Das ist mein Vater.«

»Ach ja, ich weiß, ich habe Sie in der Schule schon gesehen, Sir«, sagte Philip. »Ab und zu habe ich Ihnen zugewinkt.«

»Ja«, sagte Daddy, und seine Augen wurden kleiner und immer kleiner.

»Wie geht es Mrs. Longchamp?« fragte Philip. »Jimmy hat mir gerade erzählt, daß Sie sie vorhin ins Krankenhaus bringen mußten.«

»Sie ist sehr krank, aber wir sind voller Hoffnung«, meinte Daddy. Er sah von ihm zu mir, und seine Miene war verschlossen.

»Aber wir sollten uns jetzt lieber auf den Weg machen«, erinnerte Philip behutsam.

»Okay«, sagte ich. Ich griff meinen Mantel, und Philip trat schnell vor, um mir hineinzuhelfen. Daddy und Jimmy starrten uns an, und Daddy wirkte äußerst besorgt. In dem Moment, in dem Philip und ich die Wohnungstür erreicht hatten, hörte ich, wie Jimmy meinen Namen rief.

»Ich bin sofort wieder da, Philip«, sagte ich. Philip stand bereits im Treppenhaus, und ich wartete auf Jimmy.

»Ich wollte dir nur Glück wünschen«, sagte er und beugte sich schnell vor, um mich auf die Wange zu küssen. »Viel Glück«, flüsterte er und eilte wieder zurück in die Wohnung. Ich blieb noch einen Moment lang stehen, legte die Finger auf meine Wange, drehte mich dann um und lief in die Nacht hinaus. Es war eine sternenklare Nacht. Ich hoffte, daß einer der Sterne nur für mich funkelte.

7 *Funkle, funkle, kleiner Stern*

Als die Emerson-Peabody-Schule zu sehen war, fing mein Herz an, so heftig zu schlagen, daß ich glaubte, ich würde ohnmächtig werden, so nervös war ich. Und als wir in die Auffahrt zur Schule einbogen und die Reihen von teuren Wagen sahen, die gerade eintrafen, zitterte ich unwillkürlich.

Die Eltern und Gäste waren an jenem Abend so angezogen, als besuchten sie eine Vorstellung im Metropolitan Opera House. Die Frauen trugen prächtige Pelze und Diamantohrringe. Unter ihren warmen, kostspieligen Pelzen trugen sie Seidenkleider in den schönsten Farben, die ich je gesehen hatte. Die Männer hatten ausnahmslos dunkle Anzüge an. Manche Leute trafen in geräumigen Limousinen ein, und Chauffeure im Livree hielten ihnen die Türen auf.

Philip fuhr uns zum Seiteneingang, den die Schüler benutzten, die das Konzert gaben. Er hielt vor der Tür an, um mich aussteigen zu lassen.

»Warte«, sagte Philip, als ich die Hand nach dem Türgriff ausstreckte. Ich drehte mich zu ihm um, und er starrte mich einen Moment lang einfach nur an. Dann beugte er sich vor, legte seine Lippen auf meine und küßte mich.

»Dawn«, flüsterte er, »jede Nacht träume ich davon, dich zu küssen und dich in meinen Armen zu halten ...«

Er wollte mich wieder küssen, doch ich hörte, daß die anderen Schüler eintrafen. Der Parkplatz, auf dem wir standen, war von hohen, hellen Lampen erleuchtet.

»Philip, sie können uns sehen«, sagte ich und wich zurück, obwohl mich seine Nähe ganz benommen machte.

»Den meisten Mädchen hier würde das nichts ausmachen«, sagte er und zwinkerte mir zu. »Du bist so schamhaft.«

»Ich kann nichts dagegen tun.«

»Es ist schon gut. Es gibt immer noch ein nächstes Mal«, sagte er. »Viel Glück«, wünschte er mir dann.

»Danke«, erwiderte ich. Es war kaum mehr als ein Flüstern.

»Warte!« rief er. Dann sprang er aus dem Wagen und lief um ihn herum, um mir die Tür aufzuhalten.

»Einen Star sollte man auch wie einen Star behandeln«, sagte er und hielt mir seine Hand hin.

»O Philip, ich bin weit davon entfernt, ein Star zu sein. Das wird eine Bauchlandung und sonst gar nichts!« entgegnete ich aufgeregt und schaute auf die Gruppe von Schülern, die uns anstarrten.

»Unsinn, Miss Longchamp. Wenn der Abend zu Ende geht, werden wir uns kaum noch vor den Autogrammjägern retten können. Viel Glück. Ich werde dasitzen und den Beifall für dich anfeuern.« Er hielt immer noch meine Hand.

»Danke, Philip.« Ich holte tief Atem und schaute auf die Tür. »Los geht's«, sagte ich. Philip ließ meine Hand nicht los.

»Wir sehen uns dann gleich nach dem Konzert«, sagte er. »Wir besorgen uns etwas Eßbares, und dann... fahren wir zu meinem Lieblingsplatz und sehen uns die Sterne an. Okay?«

Er sah mir flehentlich in die Augen und hielt meine Hand fest umklammert.

»Ja«, flüsterte ich und kam mir vor, als hätte ich allein schon durch meine Einwilligung, mit ihm zu kommen, restlos vor ihm kapituliert.

Er lächelte und ließ mich los. Dann machte er sich auf den Weg in den Zuschauerraum. Ich sah ihm noch einen Moment lang nach, und mein Herz klopfte immer noch heftig. Alle drei Männer in meinem Leben hatten mich geküßt und mir Mut gemacht. Ihre guten Wünsche und ihre Zuneigung gaben mir Kraft, während ich auf den Eingang zuging. Plötzlich kam ich mir ein wenig wie Schneewittchen vor, das von dem Prinzen wachgeküßt worden war.

Ich betrat gemeinsam mit ein paar anderen Mitgliedern des Chors die Schule. Wir liefen gemeinsam über den Korridor.

»Hallo, Dawn«, sagte Linda und kam auf mich zu. »Sind das echte Perlen?« fragte sie, sobald ich meinen Mantel ausgezogen hatte. Bei dem Wort *Perlen* scharten sich andere Mädchen um uns, darunter auch Clara Sue.

»Ja, sie sind echt. Sie gehören meiner Mutter, und sie sind ein Familienerbstück«, betonte ich und schaute selbst auch auf die Perlen hinunter. Ich hatte entsetzliche Angst davor, die Kette könnte reißen und ich würde die Perlen verlieren.

»Heutzutage ist es wirklich schwer, echte Perlen von künstlichen zu unterscheiden«, sagte Clara Sue. »Zumindest hat mir meine Mutter das gesagt.«

»Die sind aber echt«, beharrte ich.

»Sie passen zwar überhaupt nicht zu dem, was du anhast«, meinte Linda hämisch, »aber wenn sie eine Art persönlicher Glücksbringer sind, macht das wohl nichts aus.«

»Warum gehen wir nicht in die Damentoilette und machen uns frisch? Wir haben noch ein paar Minuten Zeit«, schlug Clara Sue vor. Wie üblich stimmten die anderen sofort zu, wenn Clara Sue einen Vorschlag machte.

»Was ist?« sagte Linda zu mir, als sie sich auf den Weg machten, »bist du dir zu gut, um mitzukommen?«

»Ich glaube kaum, daß ich hier die Hochnäsige bin, Linda.«

»Also, was ist?«

»Wir haben noch jede Menge Zeit«, sagte Melissa Lee.

Alle starrten mich an.

»Ja, von mir aus«, sagte ich und wunderte mich wirklich darüber, daß sie mich mitnehmen wollten. »Ich denke, ich sollte mir das Haar noch einmal bürsten.«

Die Mädchen drängten sich im Vorraum vor den Spiegeln und brachten im letzten Moment ihre Frisuren noch einmal in Ordnung oder frischten ihren Lippenstift auf. Alle redeten aufgeregt durcheinander. Die Luft war wie elektrisch geladen. Ich trat vor einen Spiegel, um mein Aussehen noch einmal zu überprüfen, und dann merkte ich plötzlich, daß sich Clara Sues Freundinnen ausnahmslos um mich geschart hatten.

»Dein Haar gefällt mir heute abend unglaublich gut«, sagte Linda zu mir.

»Ja, einen solchen Glanz habe ich noch nie auf deinem Haar gesehen«, sagte Clara Sue. Die anderen nickten und hatten ein dämliches Lächeln auf den Gesichtern.

Warum waren sie bloß alle so nett zu mir, fragte ich mich. Machten sie Clara Sue immer alles nach und liefen wie eine Schafherde hinter ihrem Leittier her? Lag es daran, daß Philip mich zur Freundin haben wollte? Vielleicht hatte er Clara Sue ein für allemal gesagt, sie sollte nett zu mir sein.

»Riecht ihr etwas, Mädchen?« fragte Clara Sue plötzlich. Alle fingen an zu schnuppern. »Hier braucht jemand einen Spritzer Parfüm.«

»Was soll das heißen, Clara Sue?« fragte ich und erkannte, daß diese ganze Freundlichkeit nur geheuchelt war.

»Nichts. Wir machen uns lediglich unsere Gedanken über dich. Stimmt's, Mädchen?«

»Ja«, erwiderten sie im Chor, und auf dieses Stichwort hin zogen alle Stinkbomben zum Sprühen hinter dem Rücken hervor und zielten auf mich. Eine Wolke gräßlichen Fäulnisgestanks hüllte mich ein. Ich schrie und schlug mir schnell die Hände vor das Gesicht. Die Mädchen lachten und besprühten meine Schuluniform. Sie waren hysterisch, und manche lachten so sehr, daß sie sich den Bauch halten mußten. Nur Louise wirkte bedrückt. Sie wich zurück, als könnte ich wie eine Bombe explodieren.

»Was ist los?« fragte Clara Sue. »Magst du kein teures Parfüm, oder bist du so sehr an billiges Zeug gewöhnt, daß du diesen Geruch nicht erträgst?«

Das brachte alle noch mehr zum Lachen.

»Was ist das?« schrie ich. »Wie bekomme ich das wieder runter?« Jedesmal, wenn ich etwas sagte, brachte das die abscheulichen Mädchen noch mehr zum Lachen. Ich stürzte zum Waschbecken und feuchtete ein Papierhandtuch an. Dann fing ich an, meinen Pullover hektisch damit abzuwischen.

»Wer ist die arme Dumme, die heute abend neben ihr sitzen muß?« fragte Linda das gräßliche Publikum. Jemand stieß einen Schrei aus.

»Das ist ungerecht! Warum soll ausgerechnet ich darunter leiden?«

Erneut brach Gelächter aus.

»Es wird spät«, erklärte Clara Sue. »Wir treffen dich dann auf der Bühne, Dawn«, rief sie mir zu, bevor sie sich auf den Weg machten und mich vor dem Waschbecken meinem entsetzlichen Los überließen. Ich putzte so heftig an meinem Pullover herum und rieb meinen Rock so fest ab, daß das Papierhandtuch in Stücke riß, doch Wasser allein war wirkungslos.

Ich wurde immer aufgeregter. Behutsam zog ich meine Perlenkette aus, und dann zog ich mir den Pullover über den Kopf und schüttelte ihn aus. Ich wußte nicht, was ich tun sollte. Schließlich setzte ich mich auf den Fußboden und weinte. Woher sollte ich jetzt noch eine andere Schuluniform bekommen? Wie konnte ich auf die Bühne gehen, wenn ich so roch? Ich würde hier sitzen bleiben und dann nach Hause fahren müssen.

Ich weinte, bis keine Tränen mehr kamen und mein Kopf und meine Kehle schmerzten. Ich fühlte mich, als sei die Niederlage wie eine dicke Decke über mich geworfen worden. Sie wog viel zuviel, als daß ich sie einfach von mir hätte werfen können. Ich schluchzte so heftig, daß meine Schultern bebten. Armer Daddy. Armer Jimmy. Wahrscheinlich saßen sie bereits auf ihren Plätzen im Publikum und warteten gespannt auf mich. Die arme Mama, die in ihrem Krankenhausbett lag und gebannt auf die Uhr schaute, weil sie glaubte, ich würde gleich auf diese Bühne treten.

Als jemand eintrat, blickte ich auf und sah, daß es Louise war. Sie warf einen flüchtigen Blick auf mich und senkte dann die Lider.

»Es tut mir so leid«, sagte sie. »Sie haben mich gezwungen mitzumachen. Sie haben gesagt, wenn ich es nicht tue, erfinden sie Geschichten über mich, genauso, wie sie es bei dir auch getan haben.«

Ich nickte.

»Ich hätte mit etwas Derartigem rechnen müssen, aber ich war so aufgeregt, daß ich die Heuchlerin nicht durchschaut habe«, sagte ich und stand auf.

»Würdest du mir einen Gefallen tun? Würdest du noch einmal ins Musikzimmer gehen und mir meinen Mantel holen? Das da kann ich nicht mehr anziehen«, sagte ich und deutete auf meinen Pullover. »Er stinkt zu sehr.«

»Was hast du vor?«

»Was kann ich schon tun? Ich gehe nach Hause.«

»Oh, nein, das kannst du nicht tun. Das kannst du einfach nicht tun«, sagte sie und war selbst den Tränen nahe.

»Bitte, hol mir meinen Mantel, Louise.«

Sie nickte und ging mit gesenktem Kopf. Die arme Louise, dachte ich. Sie wollte anders sein – sie wollte nett sein –, aber die Mädchen ließen es nicht zu, und sie war nicht stark genug, um sich gegen sie zu stellen.

Oh, warum waren Mädchen wie Clara Sue bloß so grausam? Sie hatten doch alles – schicke Kleider, die sie sich wünschten. Sie konnten zum Friseur gehen, und sie konnten sich die Nägel maniküren lassen. Sogar die Fußnägel konnten sie sich pflegen und lackieren lassen! Ihre Eltern nahmen sie auf wunderbare Reisen mit, und sie lebten in großen Häusern mit riesigen Zimmern, die sie für sich allein hatten, und in diesen Zimmern lagen dicke, weiche Teppiche auf dem Boden, und es standen breite, weiche Betten darin. Sie legten sich niemals in kalten Zimmern schlafen, und sie bekamen alles zu essen, was sie sich nur wünschen konnten. Wenn sie je krank wurden, wußten sie, daß ihnen die besten Ärzte zur Verfügung standen und daß man sie pflegen würde. Alle Welt respektierte ihre Eltern und ihren Namen. Sie hätten nicht mit Eifersucht und Neid erfüllt sein müssen. Warum verabscheuten sie mich so sehr – mich, die im Vergleich zu ihnen so wenig besaß. Als ich in diesem Vorraum vor dem Waschbecken stand, verhärtete sich mein Herz gegen diese Mädchen, es wurde so klein und so scharfkantig wie ihre Herzen.

Wenige Momente später kam Louise zurück, doch sie hatte meinen Mantel nicht mitgebracht; sie hatte eine andere Schuluniform über dem Arm hängen.

»Woher hast du sie?« fragte ich und lächelte durch meine Tränen.

»Von Mr. Moore. Ich habe ihn im Gang gefunden und ihm erzählt, was passiert ist. Er ist auf der Stelle in die Abstellkammer gegangen und hat diese Uniform geholt. Sie riecht ein wenig nach Mottenkugeln, aber...«

»Ach, das ist auf jeden Fall besser als diese hier!« rief ich erfreut. Ich warf den unbrauchbaren Pullover hin und schlüpfte so schnell wie möglich aus meinem Rock. Dann zog ich mir den neuen Pullover eilig über und legte Mamas Perlenkette an. Der Pullover war etwas enger und spannte sich über meinem Busen und auf meinen Rippen, aber wie Mama immer sagte: »Bettler können es sich nicht leisten, wählerisch zu sein.«

»Stinkt mein Haar? Ich glaube nicht, daß sie es allzusehr angesprüht haben.« Ich senkte den Kopf, damit sie es überprüfen konnte.

»Das ist schon in Ordnung.«

»Ich danke dir, Louise.« Ich umarmte sie. Wir hörten, wie die Instrumente gestimmt wurden. »Wir müssen uns beeilen«, sagte ich und machte mich auf den Weg.

»Warte«, rief Louise mir nach. Sie hob meinen stinkenden Pullover und Rock mit dem Daumen und dem Zeigefinger ihrer rechten Hand auf und hielt beides weit von sich. »Ich habe eine Idee.«

»Was für eine Idee?«

»Komm mit«, sagte sie. Wir verließen den Waschraum. Alle anderen waren bereits in den Garderoben hinter der Bühne und warteten. Louise eilte noch einmal zum Musikzimmer. Ich folgte ihr neugierig. »Behalte den Gang im Auge«, sagte sie.

Sie ging auf Clara Sues wunderschönen weichen blauen Kaschmirpullover zu, preßte meinen stinkenden Pullover dagegen und wickelte Clara Sues Mantel darum.

»Louise!« Ich mußte unwillkürlich lächeln. Louise war gewöhnlich nicht so tapfer, aber Clara Sue hatte es wirklich verdient.

»Mir macht das nichts aus. Und außerdem wird sie mir die Schuld nicht geben; sie wird dich für schuldig halten«, sagte Louise derart gelassen, daß ich lachen mußte

Wir eilten in die Garderoben und zu unseren Instrumenten. Die Mädchen, die im Waschraum gewesen waren, als ich reingelegt worden war, schauten mir bei meinem Eintreten neugierig entgegen. Sie merkten bald, daß ich einen anderen Pullover und einen anderen Rock anhatte. Trotzdem taten Linda und Clara Sue so, als würde ich immer noch furchtbar stinken.

Mr. Moore kündigte an, es sei an der Zeit für uns, unsere Plätze auf der Bühne einzunehmen. Wir traten alle hinter die geschlossenen Vorhänge. Ich konnte das Murmeln der Gäste hören, während sie sich auf ihre Plätze setzten.

»Sind alle soweit?« fragte Mr. Moore. Er blieb hinter mir stehen und drückte sanft meinen Arm. »Alles in Ordnung mit dir?«

»Ja«, antwortete ich.

»Du wirst deine Sache gut machen«, sagte er und ging dann zu seinem Platz. Der Vorhang öffnete sich, und das Publikum reagierte mit lautem Beifall. Das Rampenlicht erschwerte es, ins Publikum zu schauen und einzelne Gesichter zu unterscheiden, doch nach einer Weile gewöhnten sich meine Augen an das Licht, und ich konnte Jimmy und Daddy sehen, die zu mir aufblickten.

Der Chor sang drei Lieder, und dann nickte Mr. Moore mir zu. Ich trat vor und stellte mich an den Bühnenrand, und Mr. Moore setzte sich ans Klavier. Eine tiefe Stille entstand im Zuhörerraum, und ich spürte die warmen Lichter auf meinem Gesicht.

Ich konnte mich überhaupt nicht daran erinnern, den ersten Ton angestimmt zu haben. Alles ging ganz von allein. Plötzlich hatte ich den Kopf zurückgeworfen und sang in die Welt hinaus, sang in den Wind und hoffte, er würde meine Stimme den weiten Weg zu Mama tragen, die ihre Augen schließen und mich hören würde, wenn sie auch noch so weit entfernt war.

»Somewhere, over the rainbow, way up high...«

Als ich den letzten Ton sang, schloß ich die Augen. Einen Moment lang hörte ich nichts, nur ein tiefes Schweigen, und dann ertönte tosender Applaus. Donnernd wie eine Woge, die den Strand überspült, rollte er aus dem Publikum heran und steigerte sich immer mehr, bis er sich in einem Crescendo überschlug, das mich einfach überwältigte. Ich sah Mr. Moore an. Er strahlte über das ganze Gesicht und hatte mir seine Hand hingehalten.

Ich machte einen Knicks und trat zurück. Als ich ins Publikum sah, entdeckte ich Daddy schnell wieder und beobachtete ihn. Er klatschte so heftig, daß sein ganzer Körper bebte. Jimmy klatschte auch und sah lächelnd zu mir auf. Jemand drückte meinen Arm, dann noch jemand, und bald beglückwünschte mich der ganze Chor.

Jetzt sang der Chor geschlossen noch ein Lied, und dann spielte das Orchester drei Stücke. Der Abend endete damit, daß das Orchester »The Star-Spangled Banner« und dann die Schulhymne der Emerson-Peabody-Schule spielte. In dem Moment, in dem der letzte Ton verklungen war, brachen das Orchester und der Chor in Jubelrufe aus, und jeder gratulierte jedem, doch auf mich kamen die Jungen und Mädchen einzeln zu. Manche der Mädchen, die vorhin im Waschraum gewesen waren, umarmten mich ebenfalls, und alle sahen mich bekümmert und schuldbewußt an. Ich ließ mich von ihnen umarmen und hatte in diesem Moment keinen Platz für Haß und Wut in meinem Herzen.

»Ich finde nicht, daß das etwas Besonderes war«, sagte Clara Sue, die von hinten an mich herantrat. »Ich bin sicher, daß ich es wesentlich besser gekonnt hätte, aber Mr. Moore hat sich deiner erbarmt und dir das Solo gegeben.«

»Du bist eine widerwärtige Person, Clara Sue Cutler«, antwortete ich. »Eines Tages wirst du ganz auf dich allein gestellt sein.«

Als wir alle auf den Gang traten, wurden wir von unseren Eltern und Freunden willkommen geheißen. Daddy und Jimmy standen abseits und lächelten beide stolz.

»Du hast deine Sache gut gemacht, Dawn. Aber das dachte ich mir ja gleich.« Daddy drückte mich an sich und hielt mich fest. »Deine Mama wird fürchterlich stolz auf dich sein.«

»Das freut mich, Daddy.«

»Du warst prima«, sagte Jimmy. »Besser als sonst unter der Dusche«, scherzte er. Er küßte mich noch einmal auf die Wange. Ich sah hinter ihn und bemerkte Philip, der sich abseits hielt und auf seine Chance wartete. Als Jimmy zurücktrat, kam Philip auf mich zu.

»Ich wußte doch, daß du noch ein Star werden wirst«, sagte er. Er sah Daddy an, dem das Lächeln sofort wieder verging. »Sie haben eine sehr talentierte Tochter, Sir.«

»Danke«, sagte Daddy. »Aber ich denke, wir sollten uns jetzt besser auf den Heimweg machen und Mrs. Jackson ablösen.«

»O Daddy«, sagte ich, nachdem Philip meine Hand genommen hatte. »Philip lädt mich noch zu einer Pizza ein. Kannst du nicht auf Fern aufpassen, bis ich komme? Es wird nicht lange dauern.«

Daddy wirkte bedrückt. Einen Moment lang glaubte ich schon, er würde nein sagen. Mein Herz schlug aufgeregt, und ich sah eine Katastrophe heraufziehen. Philip sah aus, als hielte er den Atem an. Daddy schaute ihn einen Moment lang an, wandte dann seinen Blick wieder mir zu und lächelte schließlich.

»Also gut«, brummte er. »Jimmy, gehst du mit den beiden?«

Jimmy trat zurück, als hätte er einen Hieb in den Magen bekommen.

»Nein«, sagte er schnell. »Ich fahre mit dir nach Hause.«

»Ach.« Daddy schien enttäuscht zu sein. »Nun gut. Sei vorsichtig und komme nicht zu spät nach Hause. Ich muß gerade noch einmal nachsehen, ob beim Aufräumen und Reinigen alles klappt, Jimmy. Und dann können wir fahren.«

»Ich gehe mit, Daddy«, sagte er. Er sah erst mich und dann Philip an. »Bis später«, fügte er eilig hinzu und folgte Daddy dann den Korridor entlang.

»Komm schon«, sagte Philip und zog mich hinter sich her. »Sehen wir zu, daß wir vor der ganzen Menschenmenge aus dem Haus kommen.«

»Ich muß noch meinen Mantel holen«, sagte ich, und er kam mit ins Musikzimmer. Als wir dort eintrafen, fanden wir ein kleines Grüppchen von Mädchen vor, die sich um Clara Sue geschart hatten. Ich hatte ganz vergessen, was Louise mit ihrem Mantel angestellt hatte. Sie sah haßerfüllt zu mir her.

»Das finde ich überhaupt nicht komisch«, sagte sie. »Das war ein sehr teurer Mantel, wahrscheinlich kostbarer als deine gesamte Garderobe.«

»Wovon redet sie?« fragte Philip.

»Über einen blöden Zwischenfall vor dem Konzert«, sagte ich. Ich wollte nichts weiter, als all diese Mädchen und ihre grenzenlose Dummheit hinter mir lassen. Plötzlich erschienen sie mir so unreif. Ich griff nach meinem Mantel, und wir gingen. Nachdem wir in seinen Wagen gestiegen und losgefahren waren, bestand Philip darauf, ich solle ihm alles über den Zwischenfall im Waschraum erzählen. Während ich ihm davon berichtete, wurde er zunehmend wütender.

»Sie ist restlos verzogen, und sie gibt sich nur mit verzogenen Mädchen ab«, sagte er. »Mit neidischen, verzogenen Mädchen. Meine Schwester ist die Schlimmste von allen. Wenn ich sie in die Finger bekomme...« Er nickte und lachte dann plötzlich. »Es freut mich, daß du es ihr zurückgezahlt hast.«

»Das war ich gar nicht«, sagte ich und erzählte ihm von Louise.

»Sehr gut«, erwiderte er. Dann sah er mich an und lächelte. »Aber diesen Abend wollen wir uns durch nichts verderben lassen, deinen Abend – deine Premiere, sollte ich vielleicht sagen. Dawn, du warst so gut. Du hast die schönste Stimme, die ich je gehört habe!« Ich wußte nicht, wie ich auf ein derart überschwengliches Lob reagieren sollte. Es war alles einfach überwältigend. Ich spürte die Wärme in meinem Herzen und lehnte mich zurück. Es war so wunderbar... der Beifall, Daddys Freude und Jimmys Stolz und jetzt auch noch Philips Zuneigung. Ich konnte nicht glauben, wie glücklich ich dran war. Wenn mein Glück doch bloß noch auf Mama übergehen könnte, dachte ich, und ihr dabei helfen würde, schneller wieder gesund zu werden. Dann hätten wir alles gehabt, was wir uns nur wünschen konnten.

Eine Anzahl von Schülern aus der Emerson Peabody kam in das Restaurant, um Pizza zu essen. Philip und ich saßen in einer Nische weit hinten, doch jeder, der das Restaurant betrat, konnte uns sehen. Die meisten Schüler, die das Konzert gehört hatten, kamen auf uns zu, um mir zu sagen, wie gut ihnen mein Gesang gefallen hatte. Sie überschütteten mich mit so vielen Komplimenten, daß ich mir langsam wirklich wie ein Star vorkam. Philip saß mir gegenüber und lächelte, und seine blauen Augen blinkten vor Stolz. Natürlich ließ es sich keines der Mädchen, die an unseren Tisch kamen, entgehen, ihn auch zu begrüßen und mit den Wimpern zu klappern. Plötzlich sah Philip mich mit einem sehnsüchtigen Blick an.

»Warum nehmen wir die Pizza nicht mit?« sagte er. »Wir könnten sie unter den Sternen essen.«

»Einverstanden«, sagte ich mit klopfendem Herzen.

Philip gab unserer Kellnerin Bescheid, die uns die Pizza verpackt an den Tisch brachte. Ich spürte die Blicke der anderen Schüler auf uns, als wir aufstanden und das Restaurant verließen.

Nachdem wir losgefahren waren, beschloß Philip, wir sollten auf dem Weg schon ein Stück Pizza essen. Der Geruch brachte uns schlicht um den Verstand. Ich hielt sein Stück in der Hand und fütterte ihn behutsam, während er fuhr. Wir lachten über die Fäden, die der Käse zog, wenn er abzubeißen versuchte. Schließlich fuhren wir über seinen Geheimweg und parkten in der Dunkelheit, während die Sterne über uns am Himmel strahlten.

»O Philip, du hast mir wirklich nicht zuviel versprochen. Ich komme mir vor, als stünde ich auf dem Dach der Welt!« rief ich aus.

»Da bist du, und da gehörst du auch hin«, sagte er. Er beugte sich vor, und wir küßten uns. Es war ein sehr ausgiebiger Kuß. Ehe er endete, spürte ich, wie sich seine Zungenspitze gegen meine preßte. Erst war ich schockiert und wich zurück, doch er hielt mich fest, und ich ließ zu, daß er weitermachte.

»Hast du denn noch nie einen Zungenkuß bekommen?« fragte er.

»Nein.«

Er lachte.

»Ich muß dir wirklich noch viel beibringen. Hat es dir gefallen?«

»Ja«, flüsterte ich, als sei es eine Sünde, dies zuzugeben.

»Gut. Ich will nichts überstürzen«, sagte er, »oder dich erschrecken wie beim letzten Mal, als wir hier oben waren.«

»Es ist schon gut. Mein Herz schlägt nur so schnell«, gestand ich, denn ich hatte Angst, ich könnte ohnmächtig werden.

»Darf ich es fühlen?« sagte er und legte seine Finger langsam auf meine Brust. Doch dann glitt seine Hand plötzlich unter meinen Pullover und legte sich auf meinen BH. Ich konnte nichts dagegen tun, daß ich mich sofort verkrampfte.

»Ganz ruhig«, flüsterte er mir ins Ohr. »Sei ganz locker. Es wird dir gefallen, das verspreche ich dir.«

»Ich kann nichts dafür, daß ich nervös bin, Philip. Außer mit dir habe ich so etwas noch nie mit einem anderen Jungen getan.«

»Ich verstehe«, sagte er. »Sei ganz ruhig«, flüsterte er mit besänftigender Stimme. »Mach einfach die Augen zu und lehne dich zurück. So ist es richtig«, sagte er, als ich die Augen schloß. Er ließ seine Finger unter das elastische Material meines BHs gleiten und zog ihn vorsichtig von meinem Busen. Ich spürte Hitze in mir aufsteigen, ehe er seine Lippen wieder auf meinen Mund preßte.

Ich stöhnte und lehnte mich zurück. Widersprüchliche Stimmen schrien in mir. Eine, die ganz nach meiner Mutter klang, verlangte von mir, sofort aufzuhören und ihn von mir zu stoßen. Aus irgendwelchen Gründen blitzten Jimmys Augen vor mir auf. Ich erinnerte mich wieder daran, wie traurig Daddy Philip angesehen hatte, als ich ihn gebeten hatte, noch eine Pizza mit ihm essen zu dürfen.

Philip wollte meinen Pullover hochziehen.

»Philip, ich glaube nicht...«

»Ganz ruhig«, wiederholte er und senkte den Kopf, um seinen Mund auf meine Brust zu legen. Als seine Lippen mich berührten, fühlte ich mich, als würde ich vor Aufregung platzen. Ich spürte, wie seine Zungenspitze meine Brust zu erkunden begann.

»Du schmeckst köstlich«, sagte er, »so frisch und zart.«

Seine andere Hand fing an, sich einen Weg unter meinen Rock zu bahnen. Passierte all das nicht viel zu schnell, dachte ich. Ließen sich die anderen Mädchen in meinem Alter von Jungen so unter die Kleider fassen? Oder war ich das schlimme Mädchen, über das Klatsch und Lügen in Umlauf gesetzt wurden?

Ich sah Clara Sues verhaßtes Gesicht vor mir, als sie gesagt hatte: »Mädchen wie dich macht mein Bruder einmal im Monat zu Müttern.«

Philips Finger waren jetzt an meinem Schlüpfer. Ich zog meine Beine vor ihm zurück und wollte ihm ausweichen.

»Dawn... du weißt ja nicht, wie lange ich davon schon träume. Das ist meine Nacht... deine Nacht. Sei ganz locker. Ich werde es dir zeigen... es dir beibringen.« Er legte seine Lippen auf meine Brustwarze, und ich spürte, wie ich zurücksank und nachgiebig wurde wie jemand, der das Bewußtsein verliert. Seine andere Hand steckte jetzt in meinem Schlüpfer. Wie widersetzten sich Mädchen? Wie gebieten sie Dingen Einhalt, wenn das Empfinden so heftig ist? Ich wollte dem, was passierte, ein Ende setzen, aber ich fühlte mich völlig hilflos. Ich trieb dahin, schwebte, verlor mich in seinen Küssen und seinen Berührungen und in der Glut, die von dem, was er tat, in meinen Brüsten und Schenkeln aufstieg.

»Ich möchte dir noch soviel beibringen«, flüsterte er, doch genau in dem Moment fielen die Scheinwerfer eines anderen Wagens hell auf uns, und ich stieß einen Schrei aus.

Philip riß sich augenblicklich von mir los, und ich richtete mich auf, um meine Kleidung schnell in Ordnung zu bringen. Als wir uns umdrehten, sahen wir, daß der zweite Wagen sehr dicht an unseren herangefahren war.

»Wer ist das?« fragte ich und war außerstande, meine Furcht zu verbergen. Ich zog hastig meinen Pullover herunter.

»Ach, das ist nur einer von den Jungen aus dem Baseballteam«, sagte Philip. »Verdammter Mist.« Wir konnten das Radio im Wagen seines Freundes hören, und wir hörten das Lachen von Mädchen. Jemand war auf unseren kostbaren, ganz privaten Platz gekommen, war hier eingedrungen und hatte die Stimmung zerstört. »Wahrscheinlich kommen sie gleich zu uns rüber und machen sich über uns lustig«, sagte Philip wütend.

»Ich dachte, diesen Ort kennst nur du allein, Philip«, sagte ich. »Ich dachte, du hättest ihn rein zufällig gefunden.«

»Ja, ja«, murrte er. »Ich habe den Fehler gemacht, eines Tages einem der Jungen davon zu erzählen, und dann hat er den anderen davon erzählt.«

»Es wird ohnehin schon spät, Philip, und da Mama auch noch krank ist... sollte ich jetzt lieber nach Hause gehen.«

»Vielleicht können wir noch woanders hinfahren«, sagte er, ohne zu verbergen, wie enttäuscht und frustriert er war. »Ich kenne noch andere hübsche Plätze.«

»Wir kommen ein anderes Mal wieder her«, versprach ich ihm und drückte seinen Arm. »Bitte. Bring mich jetzt nach Hause.«

»Verdammter Mist«, wiederholte er. Er ließ den Wagen an und stieß zurück, ehe seine Freunde uns belästigen konnten. Sie drückten auf die Hupe, doch wir beachteten sie nicht weiter. Philip fuhr mich schnell nach Hause und sah mich auf dem Weg kaum an.

»Ich hätte gleich mit dir auf den Hügel fahren sollen, statt erst noch eine Pizza zu holen«, sagte er ziemlich mürrisch.

Wir bogen in unsere Straße ein, doch als wir auf das Haus zufuhren, glaubte ich, Daddy und Jimmy zu sehen, die über den Bürgersteig zu unserem Wagen eilten. Als wir näher kamen, war ich ganz sicher und richtete mich aufgeregt auf.

»Das ist Daddy! Und Jimmy! Wohin fahren sie so spät noch?« rief ich. Philip beschleunigte und hielt in dem Moment neben Daddys Wagen an, in dem Daddy sich hinter das Steuer setzte.

»Was ist los, Daddy? Wohin fährst du jetzt noch?«

»Es ist wegen Mama«, sagte er. »Das Krankenhaus hat eben bei Mrs. Jackson angerufen. Mama geht es nicht gut.«

»Oh, nein!« Ich spürte, wie sich meine Kehle zuzog und die Tränen in meine Augen traten. Ich stieg schnell aus Philips Wagen aus und setzte mich in Daddys Wagen.

»Ich hoffe, alles wird wieder gut«, rief Philip uns nach. Daddy nickte nur und fuhr los.

Als wir das Krankenhaus erreicht hatten, stürzten wir zum Eingang, und ein Sicherheitsbeamter kam auf uns zu und hielt uns auf. Ich erkannte in ihm denselben Mann, der in der Notaufnahme gewesen war, als wir Mama ins Krankenhaus gebracht hatten.

»Wohin wollen Sie alle?« fragte er.

»Das Krankenhaus hat gerade wegen meiner Frau angerufen, Sally Jean Longchamp. Man hat uns benachrichtigt, wir sollten sofort herkommen.«

»Einen Moment noch«, sagte der Sicherheitsbeamte und hob die Hand. Er ging zur Anmeldung und redete mit dem Pförtner. »Es ist in Ordnung«, sagte er, als er zurückkam. »Sie können raufgehen. Der Arzt erwartet Sie schon.« Er folgte uns zum Aufzug, beobachtete uns beim Einsteigen und starrte Daddy immer noch unbeirrt an.

Als wir die Tür zur Intensivstation erreicht hatten, blieb Daddy stehen. Der rothaarige Arzt, der so jung aussah und Mama in der Notaufnahme untersucht hatte, stand da und flüsterte mit einer Krankenschwester. Beide drehten sich zu uns um, als wir auf sie zukamen. Ich spürte, wie der Kloß in meiner Kehle dicker wurde, und ich biß mir fest auf die Unterlippe. Unter den Augen des jungen Arztes lagen tiefe, dunkle Schatten. Plötzlich wirkten sie eher wie die Augen eines alten Mannes, eines erfahrenen Arztes, der schon viele, sehr kranke Patienten gesehen hatte. Er kam auf Daddy zu und schüttelte dabei den Kopf.

»Wa... was?« stotterte Daddy.

»Es tut mir leid«, sagte der junge Arzt. Die Krankenschwester, mit der er gesprochen hatte, war jetzt neben ihn getreten.

»Mama!« Meine Stimme überschlug sich. Die Tränen brannten in meinen Augen.

»Ihr Herz hat einfach ausgesetzt. Wir haben getan, was wir konnten, aber dieser Lungenstau war schon zu weit fortgeschritten... der Druck... es war einfach alles zuviel für sie«, fügte er hinzu. »Es tut mir leid, Mr. Longchamp.«

»Meine Frau ist... tot?« fragte Daddy und schüttelte den Kopf, um alles, was der junge Arzt noch sagen würde, abzuwehren. »Sie ist doch nicht...«

»Ich fürchte, Mrs. Longchamp ist vor etwas mehr als zehn Minuten gestorben, Sir«, erwiderte er.

»Nein!« schrie Jimmy. »Sie sind ein Lügner, ein dreckiger Lügner!«

»Jimmy«, sagte Daddy. Er versuchte, ihn in seine Arme zu ziehen, doch Jimmy riß sich los. »Sie ist nicht tot. Sie kann nicht tot sein. Ihr werdet es ja sehen. Ihr werdet es ja selbst sehen.« Er rannte auf die Tür zur Intensivstation zu.

»Warte, mein Junge«, sagte der junge Arzt. »Du kannst doch nicht einfach...«

Jimmy riß die Tür auf, aber er brauchte gar nicht erst einzutreten, um zu sehen, daß das Bett, in dem Mama gelegen hatte, leer war und daß das Bettzeug abgezogen worden war. Er stand da und starrte ungläubig das leere Bett an.

»Wo ist sie?« fragte Daddy leise. Ich schlang meine Arme um seine Taille und hielt ihn ganz fest. Er hatte seinen Arm um meine Schultern gelegt.

»Wir haben sie dorthin gebracht«, sagte der Arzt und wies auf eine Tür weiter hinten im Gang.

Daddy drehte sich langsam um. Jimmy trat neben ihn, und er streckte die Arme nach ihm aus. Diesmal wich Jimmy nicht zurück. Er schmiegte sich eng an Daddy, und zu dritt bewegten wir uns langsam über den Gang. Die Krankenschwester wies uns den Weg und blieb vor der Tür stehen.

Ich spürte meine eigenen Bewegungen nicht. Ich spürte meinen eigenen Atem nicht. Es war, als seien wir alle in einen Alptraum geschlittert und würden jetzt von ihm davongetragen. Wir sind gar nicht hier, hoffte ich. Wir werden diesen Raum jetzt gar nicht betreten. Es ist ein entsetzlicher Traum. Ich liege zu Hause im Bett. Daddy und Jimmy liegen zu Hause im Bett.

Die Krankenschwester öffnete die Tür, und in dem schwach erleuchteten Raum sah ich Mama auf dem Rücken liegen. Das schwarze Haar rahmte ihr Gesicht ein, die Arme lagen seitlich neben ihr, die Handflächen nach oben, und die Finger hatten sich nach innen gebogen.

»Jetzt hat sie ihren Frieden gefunden«, murmelte Daddy. »Die arme Sally Jean«, sagte er und trat neben die Bahre.

Alles brach aus mir heraus. Ich weinte heftiger, als ich je in meinem ganzen Leben geweint hatte. Mein Körper bebte, und meine Brust schmerzte. Daddy nahm Mamas Hand in seine, hielt sie fest und schaute einfach nur auf sie herunter. Ihr Gesicht sah so friedlich aus. Kein Husten mehr, kein mühsames Ringen. Als ich sie mir genauer ansah, glaubte ich, eine Andeutung von einem Lächeln auf ihren Lippen zu sehen. Daddy sah es auch und wandte sich an mich.

»Sie muß dich singen gehört haben, Dawn. Direkt bevor sie gestorben ist, muß sie es gehört haben.«

Ich sah Jimmy an. Er weinte jetzt, aber er stand bewegungslos da und hatte seine Augen starr auf Mama gerichtet. Die Tränen liefen ungehindert über seine Wangen und tropften von seinem Kinn. Nach einer Weile wischte er sich mit dem Handrücken die Tränen aus dem Gesicht und wandte sich ab. Er ging auf die Tür zu.

»Jimmy!« rief ich. »Wohin gehst du?«

Er antwortete nicht. Er ging einfach weiter.

»Laß ihn gehen«, sagte Daddy. »Er ist meiner Familie zu ähnlich. Wenn er wirklich großen Kummer hat, muß er allein sein.« Er sah Mama wieder an. »Auf Wiedersehen, Sally Jean. Es tut mir leid, daß ich dir kein besserer Ehemann gewesen bin; es tut mir leid, daß die Träume, die wir am Anfang hatten, nie Gestalt angenommen haben. Vielleicht kannst du jetzt einige unserer Träume verwirklichen.« Er beugte sich vor und küßte Mama ein letztes Mal. Dann drehte er sich um, legte seine Hand auf meine Schulter und ging mit mir hinaus. Ich war nicht sicher, ob er sich auf mich stützte, weil er Halt brauchte, oder ob ich mich an ihn lehnte.

Als wir das Krankenhaus verließen, suchten wir Jimmy, aber er war nirgends zu sehen.

»Er ist nicht hier, Dawn«, sagte Daddy. »Wir können ebensogut nach Hause fahren.«

Der arme Jimmy, dachte ich. Wo konnte er bloß stecken? Es war nicht richtig, wenn er jetzt allein war. Das würde ihm nicht guttun. Ganz gleich, wie stark die Longchamps auch sein mochten, wenn harte Zeiten kamen, dann brauchte doch jeder Trost und Liebe. Ich war ganz sicher, daß er dasselbe tiefe Leid empfand wie ich und daß ihm zumute war, als sei ihm das Herz aus dem Leib gerissen worden, als sei er innerlich ausgehöhlt worden und so matt und schwach, daß ein Windstoß ihn umblasen konnte. Wahrscheinlich war ihm jetzt alles egal, und es änderte nichts für ihn, was ihm zustieß oder wohin er ging.

Trotz seiner harten Schale hatte Jimmy immer entsetzlich darunter gelitten, wenn Mama unglücklich oder krank war. Ich wußte, daß er oft nur davongelaufen war, damit er sie nicht in ihrem Unglück oder in ihrer Erschöpfung sehen mußte. Vielleicht kannte er die Einsamkeit und Abgeschiedenheit inzwischen schon zu gut und hatte sich an einen dunklen Ort zurückgezogen, um dort zu weinen. Die Sache war die, daß ich ihn so sehr brauchte, wie ich hoffte, von ihm gebraucht zu werden.

Nachdem wir das Krankenhaus verlassen hatten, fiel mir auf, daß die Sterne verschwunden waren. Wolken waren aufgezogen und hatten die Helligkeit und das Strahlen verscheucht. Die Welt war düster, trostlos, finster und unfreundlich.

Daddy schlang seine Arme um mich, und wir gingen zum Wagen. Ich lehnte meinen Kopf an seine Schulter und blieb auf dem gesamten Heimweg mit geschlossenen Augen so liegen. Wir sprachen kein Wort miteinander, bis wir in unsere Straße einbogen.

»Da ist Jimmy«, sagte Daddy, als wir vor dem Wohnhaus vorfuhren. Ich richtete mich hastig auf. Jimmy saß auf den Stufen. Er bemerkte uns, aber er stand nicht auf. Ich stieg langsam aus dem Wagen aus und ging auf ihn zu.

»Wie bist du nach Hause gekommen, Jimmy?« fragte ich.

»Ich bin den ganzen Weg gerannt«, sagte er und blickte zu mir auf. Die kleine Lampe im Eingang warf genügend Licht auf ihn, und ich konnte die Röte seines Gesichts sehen. Seine Brust hob und senkte sich immer noch heftig. Ich konnte mir genau vorstellen, wie es für ihn gewesen war, all diese Meilen im Trab hinter sich zu bringen, während seine Schuhe auf das Pflaster stampften, um den Kummer zu vertreiben, der sich in seinem Herzen eingenistet hatte.

»Wir haben alle nötigen Vorkehrungen getroffen, mein Sohn«, sagte Daddy. »Du kannst jetzt genausogut mit uns ins Haus kommen. Es gibt nichts mehr, was wir noch tun könnten.«

»Bitte, komm mit rein, Jimmy«, flehte ich ihn an. Daddy ging zur Tür. Jimmy blickte zu mir auf, ehe er aufstand und wir zusammen das Haus betraten.

Zum Glück schlief Fern tief und fest. Mrs. Jackson war äußerst mitfühlend und erbot sich, ganz früh am Morgen zu kommen, um uns mit Fern zu helfen, aber ich sagte ihr, ich würde es schon allein schaffen. Es war nicht nur mein Wunsch, sondern geradezu eine Notwendigkeit für mich, alle Hände voll zu tun zu haben.

Nachdem sie gegangen war, standen wir drei stumm im Zimmer, fast so, als wüßte keiner von uns, was wir als nächstes anfangen sollten. Daddy ging auf die Tür zu seinem Schlafzimmer zu und brach dann in ein lautes Schluchzen aus. Wir hielten einander eng umschlungen und weinten, bis wir alle so erschöpft waren, daß wir nicht mehr stehen konnten. Nie zuvor hatten wir drei den Schlaf derart willkommen geheißen.

Natürlich konnten wir uns kein großartiges Begräbnis leisten. Mama wurde auf einem Friedhof direkt außerhalb von Richmond beerdigt.

Ein paar Leute, mit denen Daddy in der Schule zu tun hatte, kamen zum Begräbnis, ebenso Mrs. Jackson. Mr. Moore kam auch und sagte mir, das Beste, was ich zum Gedenken an meine Mutter tun könnte, sei, jetzt mit meiner Musik weiterzumachen. Philip brachte Louise mit.

Ich hatte keine Ahnung, was wir jetzt tun sollten. Die Schule gab Daddy eine Woche bezahlten Urlaub. Daddy sah sich seine Bilanzen an und sagte, wenn wir da und dort den Riemen etwas straffer schnürten, könnten wir es uns leisten, Mrs. Jackson etwas dafür zu geben, daß sie auf Fern aufpaßte, während Jimmy und ich in der Schule waren, damit wir wenigstens das Schuljahr dort abschließen konnten, doch Jimmy weigerte sich hartnäckiger denn je, wieder in die Emerson Peabody zurückzukehren. Es fehlten uns nicht mehr viele Tage, bis das Schuljahr zu Ende war. Ich bat Jimmy, es sich noch einmal zu überlegen und wenigstens bis zum Schluß durchzuhalten, und ich glaube, er hätte sich erweichen lassen und es getan, wenn wir nicht wenige Tage später von einem lauten Klopfen an der Tür geweckt worden wären. Dieses Klopfen hallte in einer Art und Weise durch unsere Wohnung, die mir einen Schauer über den Rücken laufen und mein Herz heftig schlagen ließ.

Es war ein Klopfen, das unser aller Leben unwiderruflich und für alle Zeiten ändern sollte, ein Klopfen, das ich noch in tausend späteren Träumen hören würde, ein Klopfen, von dem ich jedesmal erwachen würde, ganz egal, wie tief ich schlief oder wie behaglich ich mich fühlte.

Ich war gerade beim Aufstehen und hatte meinen Bademantel angezogen, um in die Küche zu gehen und das Frühstück zu machen. Die kleine Fern rührte sich schon in ihrem Kinderbettchen. Sie war zwar noch zu jung, um die Tragödie zu verstehen, die über uns hereingebrochen war, doch sie spürte etwas, sie hörte es in unseren Stimmen, sah es unseren Bewegungen an und konnte es in unseren Gesichtern lesen. Sie weinte nicht mehr so oft und wollte auch nicht mehr so gerne spielen, doch immer, wenn sie Mama suchte und sie nicht fand, wandte sie sich an mich und sah mich mit traurigen, fragenden Augen an. Mir wurde dann immer elend ums Herz, aber ich bemühte mich, nicht zu weinen. Sie hatte schon genügend Tränen gesehen.

Das Klopfen an der Tür erschreckte sie, und sie zog sich in ihrem Kinderbettchen auf die Beine und fing an zu weinen. Ich hob sie hoch und nahm sie in meine Arme.

»Na, na, Fern«, gurrte ich beschwichtigend. »Es ist doch alles gut.« Ich konnte Mama hören, wie sie diese Worte immer wieder zu ihr gesagt hatte. Ich drückte Fern fest an mich und ging zur Tür, und im selben Moment öffnete Daddy seine Schlafzimmertür, und Jimmy setzte sich auf der Schlafcouch auf.

Wir sahen alle erst einander und dann die Tür an.

»Wer könnte so früh kommen?« murmelte Daddy und fuhr sich mit den Fingern durch sein zerzaustes Haar. Er rieb sich mit den Handflächen das Gesicht, um etwas wacher zu werden, und dann ging er durch das Wohnzimmer auf die Wohnungstür zu. Ich trat zurück, stellte mich neben Jimmy und wartete. Fern hörte auf zu weinen und wandte den Kopf ebenfalls zur Tür um.

Daddy machte die Tür auf, und wir sahen drei Männer – zwei Polizisten und einen Mann, in dem ich den Sicherheitsbeamten aus dem Krankenhaus wiedererkannte.

»Ormand Longchamp?« fragte der größere der beiden Polizisten.

»Ja?«

»Wir haben einen Haftbefehl für Sie.«

Daddy fragte nicht, weshalb. Er trat zurück und seufzte, als sei etwas, was er schon immer erwartet hatte, endlich eingetroffen. Er senkte den Kopf.

»Ich habe ihn bereits erkannt, als ich ihn das erste Mal im Krankenhaus gesehen habe«, sagte der Sicherheitsbeamte. »Und als ich gehört habe, daß die Belohnung immer noch auf ihn ausgesetzt ist...«

»Wen erkannt? Daddy, was soll das heißen?« rief ich, und meine Stimme war von Panik erfüllt.

»Wir verhaften diesen Mann, weil er unter Anklage der Kindesentführung steht«, erklärte der größere Polizist.

»Der Kindesentführung?« Ich sah Jimmy an.

»So ein Blödsinn«, sagte Jimmy.

»Kindesentführung? Mein Daddy hat niemanden entführt!« rief ich außer mir. Ich drehte mich zu Daddy um. Er hatte immer noch nichts zu seiner eigenen Verteidigung vorgebracht. Sein Schweigen ängstigte mich. »Wen soll er denn entführt haben?« fragte ich.

Der Sicherheitsbeamte sprach als erster. Er war stolz auf seine Leistung.

»Wen, meinst du wohl... dich natürlich, Schätzchen«, sagte er.

8 *Daddy... ein Kidnapper?*

Fröstelnd vor Angst saß ich allein in einem kleinen, fensterlosen Raum im Polizeirevier. Ich konnte einfach nicht aufhören zu zittern. Auch meine Zähne schlugen aufeinander. Ich schlang mir die Arme um die Schultern und blickte mich im Raum um. Die Wände waren in einem verblichenen Beigeton gehalten, und unten an der Tür waren häßliche abgestoßene Stellen und Kratzer. Es sah aus, als hätte jemand dagegen getreten. Die Beleuchtung des Zimmers kam von einer einzigen Glühbirne, die nackt in einer silbergrauen Fassung am Ende eines Kabels von der Decke hing. Die Glühbirne warf einen unangenehmen weißen Schein auf den kleinen, rechteckigen, hellen Metalltisch und die Stühle.

Die Polizei hatte uns in zwei Wagen hergebracht, ein Wagen für Daddy und einer für Jimmy, Fern und mich, aber sowie wir angekommen waren, hatten sie uns voneinander getrennt. Jimmy und ich waren sicher, daß all das nur ein furchtbarer Irrtum war, den man bald erkennen würde, und dann würden sie uns wieder nach Hause bringen, aber es war das erste Mal, daß ich in einem Polizeirevier saß, und ich fürchtete mich sehr.

Endlich ging die Tür auf und eine kleingewachsene, rundliche Polizistin trat ein. Sie trug eine Uniformjacke mit einem dunkelblauen Rock, einer weißen Bluse und einer dunkelblauen Krawatte. Ihr rötlichbraunes Haar war kurz geschnitten, und sie hatte buschige Augenbrauen. Ihre Augenlider waren faltig, das ließ sie schläfrig wirken. Sie trug einen Notizblock unter dem Arm und ging um den Tisch herum auf die andere Seite. Sie setzte sich, legte den Block auf den Tisch und blickte zu mir her, ohne zu lächeln.

»Ich bin Officer Carter«, sagte sie.

»Wo ist meine kleine Schwester, und wo ist mein Bruder?« fragte ich. Mir war ganz egal, wer sie war. »Und meinen Daddy will ich auch sehen«, fügte ich noch hinzu. »Warum hat man uns voneinander getrennt?«

»Dein Daddy, wie du ihn nennst, sitzt in einem anderen Zimmer und wird verhört und wegen Kindesentführung angeklagt«, antwortete sie mit scharfer Stimme. Sie beugte sich vor und stützte beide Arme auf den Tisch. »Ich werde unsere Untersuchungen abschließen, Dawn. Ich habe dir noch ein paar Fragen zu stellen.«

»Ich will keine Fragen beantworten. Ich will meine Schwester und meinen Bruder sehen«, wiederholte ich. Ich konnte sie nicht leiden, und ich hatte nicht die Absicht, so zu tun, als würde ich sie mögen.

»Trotzdem wirst du uns helfen müssen«, erklärte sie. Sie richtete sich auf ihrem Stuhl auf und drückte die Schultern zurück.

»Das ist alles ein Irrtum! Mein Daddy hat mich nicht entführt. Ich bin schon immer und ewig mit meiner Mama und meinem Daddy zusammen gewesen. Sie haben mir sogar erzählt, wie ich geboren worden bin und wie ich als kleines Baby war«, rief ich aufgeregt. Wie konnte sie bloß so dumm sein? Wie konnten all diese Menschen einem so furchtbaren Irrtum erlegen sein und dies einfach nicht erkennen?

»Die haben dich gekidnappt, als du noch ein kleines Baby warst«, erwiderte sie und sah auf ihren Block. »Vor genau fünfzehn Jahren, einem Monat und zwei Tagen.«

»Vor fünfzehn Jahren?« Ich begann zu lächeln. »Ich bin noch gar nicht fünfzehn. Ich habe erst am zehnten Juli Geburtstag, sehen Sie, und das heißt...«

»Du bist im Mai geboren. Um ihr Verbrechen zu decken, haben sie unter anderem auch deinen Geburtstag geändert«, erklärte sie so beiläufig, daß mir das Blut gerann. Ich holte tief Atem und schüttelte den Kopf. Ich sollte fünfzehn sein? Nein, das konnte nicht sein, nichts von alledem konnte wahr sein.

»Aber ich bin doch auf der Landstraße geboren worden«, sagte ich, und heiße Tränen brannten in meinen Augen. »Mama hat mir die ganze Geschichte hundertmal erzählt. Sie haben erst später mit meiner Geburt gerechnet, und daher bin ich auf der Ladefläche eines Kleinlasters zur Welt gekommen. Vögel haben gezwitschert und...«

»Du bist in einem Krankenhaus in Virginia Beach geboren worden.« Sie sah wieder auf ihren Notizblock. »Du hast sechs Pfund und sechshundertsechzig Gramm gewogen.«

Ich schüttelte den Kopf.

»Ich brauche noch eine kleine Bestätigung«, sagte sie. »Würdest du bitte deine Bluse aufknöpfen und sie ein wenig herunterziehen?«

»Was?«

»Niemand wird hereinkommen. Alle wissen, warum ich hier bin. Bitte«, wiederholte sie. »Wenn du uns nicht bei unseren Ermittlungen hilfst«, fügte sie hinzu, als ich mich nicht bewegte, »machst du für alle Beteiligten alles nur noch schwerer, auch für Jimmy und das Baby. Sie müssen nämlich hierbleiben, bis diese Untersuchung abgeschlossen ist.«

Ich senkte den Kopf. Die Tränen ließen sich jetzt nicht mehr zurückhalten und liefen über meine Wangen.

»Knöpf deine Bluse auf und zieh sie runter«, forderte sie mich erneut auf.

»Warum?« Ich blickte auf und rieb mir die Tränen mit meinen Fäusten aus dem Gesicht.

»Du hast doch direkt unter der linken Schulter ein kleines Muttermal, oder nicht?«

Ich starrte sie an, und ein kalter Schauer packte mich und ließ mich erstarren.

»Ja«, sagte ich mit einer Stimme, die kaum hörbar war.

»Bitte. Ich muß mich vergewissern.« Sie stand auf und kam um den Tisch herum.

Meine Finger waren so kalt und steif und viel zu ungeschickt, um die Knöpfe meiner Bluse zu öffnen. Ich fummelte ewig daran herum.

»Kann ich dir helfen?« erbot sie sich.

»Nein!« sagte ich mit scharfer Stimme, und schließlich gelang es mir, meine Bluse zu öffnen. Dann zog ich sie mir langsam über die Schultern herunter und schloß die Augen. Ich schluchzte und schluchzte. Als sie ihren Finger auf mein Muttermal legte, zuckte ich zusammen.

»Danke«, sagte sie. »Du kannst deine Bluse jetzt wieder zuknöpfen.« Sie ging zu ihrem Platz zurück. »Die Fußabdrücke müssen wir auch noch vergleichen... aber nur um einer letzten Bestätigung willen, denn Ormand Longchamp hat ohnehin schon ein Geständnis abgelegt.«

»*Nein!*« schrie ich. Ich begrub das Gesicht in den Händen. »Ich glaube es nicht, nichts von alledem. *Ich kann es einfach nicht glauben!*«

»Ich weiß, daß es ein Schock für dich ist, aber du wirst es glauben müssen«, sagte sie mit fester Stimme.

»Wie konnte das passieren?« fragte ich. »Wie... warum?«

»Wie?« Sie zuckte die Achseln und schaute wieder auf ihren Block. »Vor fünfzehn Jahren haben Ormand Longchamp und seine Frau in der Nähe von Virginia Beach in einem Ferienort in einem Hotel gearbeitet.

Sally Jean war Zimmermädchen, und Ormand hat allerlei Kleinigkeiten erledigt. Kurz nachdem du vom Krankenhaus nach Hause gebracht worden bist, haben Ormand und...« sagte sie und sah wieder auf ihren Block, ehe sie weitersprach, »...Sally Jean Longchamp dich entführt und eine beträchtliche Menge Schmuck gestohlen.«

»So etwas hätten sie nie getan!« stöhnte ich unter Tränen.

Sie zuckte wieder die Achseln. Ihr bleiches Gesicht war teilnahmslos, und ihre stumpfen Augen waren gefühllos, als hätte sie immer wieder erlebt, wie diese Dinge passierten, und sei einfach längst daran gewöhnt.

»Nein... nein... nein...« Ich bin in einen gräßlichen Alptraum geraten, redete ich mir ein. Bald ist er vorbei, und dann wache ich zu Hause in unserer Wohnung in meinem Bett auf. Mama ist nicht tot, und wir werden alle wieder zusammen sein. Ich werde hören, wie Fern sich in ihrem Bettchen herumwirft, und ich werde aufstehen und nachsehen, ob es ihr auch warm genug ist und ob sie es behaglich hat. Vielleicht werfe ich dann auch noch einen Blick auf Jimmy und sehe im Dunkeln den Umriß seines Kopfes, wenn er auf unserer Schlafcouch schläft. Ich werde jetzt einfach ganz langsam bis zehn zählen, sagte ich mir, und wenn ich dann die Augen aufschlage... eins... zwei...

»Dawn.«

»Drei... vier... fünf...«

»Dawn, mach die Augen auf und sieh mich an.«

»Sechs... sieben...«

»Ich soll dich jetzt auf deine Rückkehr zu deiner richtigen Familie vorbereiten. Wir werden in Kürze das Revier verlassen und...«

»Acht... neun...«

»...in einen Polizeiwagen steigen.«

»Zehn!«

Ich schlug die Augen auf, und das grelle, unfreundliche Licht der Glühbirne zerschlug all meine Hoffnungen, all meine Träume, all meine Gebete. Die Realität brach mit Getöse über mich herein.

»*Nein!* Daddy!« schrie ich. Ich sprang auf.

»Setz dich, Dawn.«

»Ich will zu Daddy! Ich will Daddy sehen!«

»Setz dich auf der Stelle wieder hin.«

»*Daddy!*« schrie ich wieder. Sie hielt mich mit beiden Armen fest und zwang mich, mich wieder auf den Stuhl zu setzen.

»Wenn du damit nicht augenblicklich aufhörst, lasse ich dich in eine

Zwangsjacke stecken und dich so dort abgeben, hast du gehört?« drohte sie.

Die Tür ging auf, und zwei Polizeibeamte traten ein.

»Brauchen Sie Hilfe?« fragte einer. Ich blickte zu ihnen auf, und meine Augen waren vor Entsetzen, vor Wut und vor Verzweiflung weit aufgerissen. Der jüngere Beamte sah mich mitfühlend an. Er hatte blondes Haar und blaue Augen und erinnerte mich an Philip.

»He«, sagte er. »Ganz ruhig, Schätzchen.«

»Ich habe die Situation unter Kontrolle«, erwiderte Officer Carter. Sie lockerte ihren Griff nicht, aber ich ließ meine Arme matt heruntersinken.

»Ja, sieht ganz so aus, als hätten Sie Ihre Sache großartig gemacht«, sagte der jüngere Polizist.

Sie ließ mich los und richtete sich auf.

»Wollen Sie es lieber übernehmen, Dickens?« fragte sie den jungen Polizisten.

Ich hielt den Atem an und unterdrückte mein Schluchzen, und meine Schultern bebten, als ich nach Luft rang. Der junge Polizist schaute mit seinen sanften blauen Augen zu mir her.

»Für ein Kind in ihrem Alter ist das ein harter Schlag. Sie dürfte etwa gleichaltrig mit meiner kleinen Schwester sein«, überlegte er.

»Um Himmels willen«, sagte Officer Carter. »Ein verhinderter Sozialarbeiter.«

»Wir stehen draußen bereit, wenn Sie soweit sind«, sagte der Streifenpolizist Dickens, und sie verließen den Raum.

»Ich habe dir doch gesagt«, schimpfte Officer Carter, »daß du die Schwierigkeiten nur noch in die Länge ziehst, wenn du uns nicht bei unseren Ermittlungen hilfst, vor allem für deinen Stiefbruder und deine Stiefschwester. Wirst du dich jetzt benehmen, oder muß ich dich ein paar Stunden hier sitzen lassen, damit du es dir in Ruhe überlegen kannst?«

»Ich will nach Hause«, stöhnte ich.

»Du wirst doch nach Hause gebracht, in dein richtiges Zuhause und zu deinen richtigen Eltern.«

Ich schüttelte den Kopf.

»Jetzt muß ich noch die Fußabdrücke überprüfen«, sagte sie. »Zieh deine Schuhe und deine Socken aus.«

Ich lehnte mich auf dem Stuhl zurück und schloß die Augen.

»Verdammter Mist«, hörte ich sie sagen, und im nächsten Moment spürte ich, wie sie mir die Schuhe auszog. Ich wehrte mich nicht, aber ich öffnete auch die Augen nicht mehr. Ich war wild entschlossen, sie nicht mehr zu öffnen, bis alles vorbei war.

Nach einer Weile, als sie fertig war, kamen die beiden Polizisten, die draußen gewartet hatten, wieder herein und blieben stehen, bis Officer Carter ihren Bericht abgeschlossen hatte. Sie sah von ihrem Notizblock auf.

»Der Captain will, daß wir losfahren«, verkündete Dickens, der Streifenpolizist.

»Großartig«, sagte Officer Carter. »Willst du noch auf die Toilette gehen, Dawn? So schnell kommst du nicht mehr dazu.«

»Wohin fahren wir?« fragte ich, und meine Stimme schien nicht zu mir zu gehören, sondern frei durch die Luft zu schweben. Ich war benommen und hatte jedes Gefühl für Raum und Zeit verloren. Sogar meinen Namen hatte ich vergessen.

»Du wirst jetzt nach Hause gebracht, zu deiner richtigen Familie«, erwiderte sie.

»Komm, Kleines«, sagte Dickens. Er nahm mich sanft am Arm und half mir auf die Füße. »Lauf schon. Geh auf die Toilette und wasch dir das Gesicht. Du hast vom Weinen ganz komische kleine Streifen auf den Backen, und ich weiß, daß du dich gleich besser fühlen wirst, wenn du sie abgewaschen hast.«

Ich sah sein freundliches Lächeln und seine gütigen Augen. Wo war Daddy? Wo war Jimmy? Ich wollte Fern in meinen Armen halten und ihre weichen Pausbäckchen küssen, bis sie sich röteten. Ich würde nie mehr über ihr Wimmern und ihr Schreien klagen. Ich sehnte mich sogar tatsächlich danach, sie weinen zu hören. Ich wollte hören, wie sie rief: »Dawn, hoch. Dawn, hoch will.« Und ich wollte sehen, wie sie die Arme nach mir ausstreckte.

»Da geht's lang, Kleines«, sagte der Streifenpolizist. Er führte mich zum Bad. Ich wusch mir das Gesicht. Das kalte Wasser auf meinen Wangen gab mir einen Teil meiner Energien und meines Verstandes zurück. Nachdem ich auf der Toilette gewesen war, kam ich raus und sah die Polizisten erwartungsvoll an.

Plötzlich ging eine andere Tür auf der gegenüberliegenden Seite des Korridors auf, und ich sah Daddy, der auf einem Stuhl saß und den Kopf auf die Brust hängen ließ.

»Daddy!« schrie ich und rannte auf die geöffnete Tür zu. Daddy hob den Kopf und starrte mich mit ausdruckslosen Augen an. Es war, als sei er hypnotisiert und könnte mich nicht sehen. »Daddy, sag ihnen, daß es nicht wahr ist. Sag ihnen, daß all das ein furchtbarer Irrtum ist.« Er wollte schon etwas zu mir sagen, doch dann schüttelte er den Kopf und senkte statt dessen die Lider.

»Daddy!« schrie ich noch einmal, als ich Hände auf meinen Schultern spürte. *»Bitte, laß nicht zu, daß sie uns alle fortbringen!«*

Warum tat er denn nichts? Warum war nichts mehr von seiner Kraft und seiner aufbrausenden Art übrig? Wie konnte er das zulassen, was hier geschah?

»Komm mit, Dawn«, hörte ich jemanden hinter mir sagen. Die Tür zu dem Raum, in dem Daddy saß, schloß sich langsam. Er blickte zu mir her.

»Es tut mir leid, Schätzchen«, flüsterte er. »Es tut mir ja so leid.«

Dann war die Tür geschlossen.

»Es tut dir leid?« Ich riß mich von den Händen los, die auf meinen Schultern lagen, und hämmerte gegen die Tür. *»Es tut dir leid? Daddy? Du hast doch nicht etwa getan, was sie von dir behaupten, das hast du doch bestimmt nicht getan!«*

Diesmal legten sich die Hände fester auf meine Schultern. Dickens zog mich zurück.

»Laß uns gehen, Dawn. Du mußt jetzt mit mir gehen.«

Ich drehte mich zu ihm um und sah ihm ins Gesicht, während die Tränen wieder über meine Wangen liefen.

»Warum hat er mir denn nicht geholfen? Warum ist er einfach dort sitzen geblieben?« fragte ich.

»Weil er schuldig ist, Schätzchen. Es tut mir leid für dich. Du mußt jetzt gehen. Komm mit.«

Ich warf noch einen letzten Blick auf die geschlossene Tür. Ich kam mir vor, als hätte ich dort, wo mein Herz gewesen war, ein Loch in der Brust. Meine Kehle schmerzte, und meine Knie waren weich. Dickens trug mich praktisch zur Eingangstür des Polizeireviers, und dort wartete Officer Carter mit meinem kleinen Koffer.

»Ich habe alles in diesen Koffer gepackt, was dir gehören könnte«, erklärte sie. »Allzuviel schien es ja nicht zu sein.«

Ich starrte den Koffer an. Mein kleines Köfferchen! Wie sorgsam ich es immer wieder gepackt hatte, damit auch alles hineinpaßte, was mir gehörte, wenn wir eine unserer häufigen Reisen von einer Welt in eine andere antraten. Plötzlich ergriff mich Panik. Ich kniete mich hin und öffnete den Koffer, um in dem kleinen Seitenfach herumzutasten. Als meine Finger das Foto von Mama berührten, atmete ich erleichtert auf. Ich hielt das Foto in den Händen und preßte es mir an die Brust. Dann erst stand ich auf. Sie trieben mich schon wieder zur Eile an.

»Warten Sie«, sagte ich und blieb stehen. »Wo ist Jimmy?«

»Er ist bereits in ein Heim für schwer erziehbare Jugendliche gebracht worden und bleibt dort, bis sich ein Platz für ihn findet«, sagte Officer Carter.

»Ein Platz? Was für ein Platz?« fragte ich entsetzt.

»In einer Pflegefamilie, die ihn vielleicht adoptiert«, antwortete sie.

»Und Fern?« Ich hielt den Atem an.

»Dasselbe«, sagte sie. »Und jetzt laß uns gehen. Wir haben eine lange Fahrt vor uns.«

Jimmy und die kleine Fern mußten sich furchtbar ängstigen, denn sie konnten nicht wissen, was ihnen bevorstand. War all das meine Schuld – war es nur meinetwegen dazu gekommen? Fern hatte nach Mama gerufen, und jetzt würde sie nach mir rufen.

»Aber wann werde ich sie wiedersehen? Wie werde ich die beiden wiedersehen?« Ich sah Dickens an. Er schüttelte den Kopf. »Jimmy... Fern... ich muß sie sehen... bitte.«

»Es ist zu spät, Dawn. Sie sind schon fort«, sagte Dickens behutsam. Ich schüttelte den Kopf. Officer Carter zog mich zu dem Polizeiwagen, der bereitstand und wartete. Dickens nahm ihr meinen Koffer ab und stellte ihn in den Kofferraum. Dann setzte er sich hinter das Steuer, und der andere Polizist hielt mir und Officer Carter die hintere Tür auf. Er sagte kein Wort.

Officer Carter schubste mich auf den Rücksitz. Zwischen dem Rücksitz und dem Vordersitz war ein Gitter angebracht, und die Türen hatten keine Griffe. Es war, als sei ich ein Sträfling, der von einem Gefängnis in ein anderes überführt wurde. Officer Carter saß rechts von mir, der zweite Streifenpolizist saß links neben mir.

Die Geschwindigkeit, mit der sich die Dinge ereignet hatten, sorgte dafür, daß ich immer noch wie benommen war. Ich fing erst dann wieder an zu weinen, als der Streifenwagen losfuhr und mir klarwurde, daß Daddy, Jimmy und Fern wirklich fort waren und daß ich allein war und zu einer neuen Familie gebracht wurde, in der ich ein neues Leben beginnen sollte. Panik überfiel mich, als ich mir darüber klarwurde, was hier geschah. Wann würde ich Daddy, Jimmy und die kleine Fern je wiedersehen?

»Das ist einfach nicht gerecht«, murrte ich vor mich hin. »Es ist nicht gerecht.« Officer Carter hörte mich.

»Stell dir vor, wie deinen richtigen Eltern zumute gewesen sein muß, als sie dein Verschwinden bemerkt haben – als sie festgestellt haben, daß ihre Angestellten dich mitgenommen haben und davongelaufen sind. Glaubst du, das war gerecht?«

Ich starrte sie an und schüttelte den Kopf. »Es ist alles ein Irrtum«, murmelte ich.

Wie hätten mein Daddy und meine Mama jemandem etwas so Schreckliches antun können? Daddy ... er sollte mich einer anderen Familie geraubt haben? Er sollte sich nichts aus dem Kummer der Mutter und dem Leid des Vaters gemacht haben?

Und Mama mit all ihren Geschichten und Erinnerungen an die Zeiten, als wir aufgewachsen waren ... Mama, die so hart gearbeitet hatte, damit wir über die Runden kamen ... Mama, die immer schwächer und magerer geworden war, seit sie krank war, die aber nichts für sich selbst getan, sondern sich nur darum gesorgt hatte, daß Jimmy und ich und Fern Kleider zum Anziehen und genug zum Essen hatten. Mama kannte Sorgen und Tragödien aus ihrem eigenen Leben. Wie hätte sie einer anderen Mutter weh tun können?

»Es liegt kein Irrtum vor, Dawn«, meinte Officer Carter trocken. Dann wiederholte sie: »Dawn.« Sie schüttelte den Kopf. »Ich frage mich, was sie damit anfangen werden.«

»Was? Wieso? Womit?« Mein Herz fing wieder an, heftig zu schlagen, und das Pochen hallte in meinem ganzen Körper wider.

»Mit deinem Namen. Es ist nicht dein richtiger Name. Sie haben dich entführt, nachdem du bereits zu Hause gewesen bist, und zu diesem Zeitpunkt hattest du bereits einen Namen.«

»Wie heiße ich?« fragte ich. Ich kam mir vor wie jemand, der gerade aus einer Amnesie erwacht.

Officer Carter schlug ihr Notizbuch auf und blätterte ein paar Seiten um.

»Eugenia«, erwiderte sie nach einem Moment. »Vielleicht bist du als Dawn doch besser dran«, fügte sie trocken hinzu und wollte ihr Notizbuch wieder zuschlagen.

»Eugenia? Eugenia was?«

»Ach, wie dumm von mir, dir nicht gleich deinen vollen Namen zu nennen.« Sie schlug ihr Notizbuch wieder auf. »Eugenia Grace Cutler«, erklärte sie.

Mein Herzschlag setzte aus.

»Cutler? Sie haben doch nicht etwa Cutler gesagt?«

»Doch, genau das habe ich gesagt. Du bist die Tochter von Randolph Boyse Cutler und Laura Sue Cutler. Eigentlich bist du wirklich gut dran, Schätzchen. Deinen Eltern gehört eine berühmte Ferienanlage, das Cutler's Cove Hotel.«

»Oh, nein!« rief ich aus. Das konnte nicht sein! Es konnte einfach nicht sein!

»Reg dich nicht gleich so auf. Du könntest weit schlechter dran sein.«

»Sie verstehen das nicht«, sagte ich und dachte an Philip. »Ich kann keine Cutler sein. Das kann einfach nicht sein!«

»Oh, doch, das kannst du nicht nur sein, sondern du bist es auch. Es gibt mehr als genug, was das bestätigt.«

Ich brachte kein Wort mehr heraus. Ich lehnte mich zurück und fühlte mich, als hätte ich einen Schlag in die Magengrube bekommen. Philip war mein Bruder. Diese Ähnlichkeiten zwischen uns, die mir so wunderbar erschienen waren und von denen ich geglaubt hatte, das Schicksal hätte sie uns gegeben, um uns als Freund und Freundin zueinander zu führen, waren statt dessen die Gemeinsamkeiten zwischen Bruder und Schwester.

Und Clara Sue... die gräßliche Clara Sue... war meine Schwester! Das Schicksal zwang mich, Jimmy und Fern gegen Philip und Clara Sue einzutauschen.

So vieles, was mir früher immer rätselhaft gewesen war, paßte jetzt plötzlich zusammen. Kein Wunder, daß Mama und Daddy nie zu ihren Familien hatten zurückkehren wollen. Sie wußten, daß sie als Verbrecher gejagt wurden, und sie mußten damit rechnen, daß die Polizei dort am ehesten nach ihnen suchte. Und jetzt verstand ich auch, warum Mama im Krankenhaus von ihrem Bett aus nach mir gerufen hatte, nachdem ich ihr erzählt hatte, daß Philip mich zu dem Konzert begleitete. Ich konnte verstehen, warum sie gesagt hatte: »Du darfst nie schlecht über uns denken. Wir lieben dich. Denk immer daran.«

Alles war wahr. Ich mußte den Tatsachen ins Gesicht sehen, obwohl ich all das nicht verstehen konnte. Ob ich es je verstehen würde?

Ich lehnte mich zurück und schloß erneut die Augen. Ich war ja so müde. Das Weinen, meine Qualen, der Schmerz darüber, Jimmy und Fern und Daddy zurücklassen zu müssen, Mamas Tod und jetzt auch noch diese Neuigkeiten – all das lastete schwer auf mir. Ich fühlte mich ausgelaugt, müde und nur noch als die leere Hülle meiner selbst. Mein Körper hatte sich in Rauch aufgelöst, und ich wurde von einem Lufthauch gepackt, der mich trug, wohin er wollte.

Jimmys und Ferns Gesicht lösten sich aus meiner Erinnerung, lösten sich wie Blätter, die von den Ästen eines Baumes geweht werden. Ich konnte sie kaum noch sehen.

Der Streifenwagen fuhr schnell weiter und brachte uns zu meiner neuen Familie und zu meinem neuen Leben.

Die Fahrt schien endlos zu dauern. Als wir Virginia Beach erreichten, war der wolkige Nachthimmel ein wenig aufgeklart. Sterne lugten zwischen den Wolken hervor, aber ihr Funkeln konnte mich nicht trösten. Plötzlich erschienen sie mir eher wie gefrorene Tränen, winzige Eistropfen, die an einem schwarzen und trostlosen Himmel ganz langsam schmolzen.

Auf der Fahrt hatten die Polizeibeamten die meiste Zeit miteinander geredet und nur selten etwas zu mir gesagt. Sie hatten mich kaum angesehen. Noch nie hatte ich mich so allein und verloren gefühlt. Ich döste immer wieder ein; der Schlaf war mir willkommen, weil er mich für kurze Zeit dem entkommen ließ, was sich hier abspielte. Jedesmal, wenn ich wach wurde, hatte ich einen Moment lang eine gewisse Hoffnung, all das sei nur ein Traum gewesen. Doch die Geräusche der Autoreifen, die dunkle Nacht, die an dem Fenster vorüberzog, und das leise Gespräch der Polizeibeamten machte mir jedesmal wieder die entsetzliche Realität bewußt.

Ich konnte nichts dagegen tun, daß ich neugierig auf die neue Welt war, in die man mich buchstäblich gewaltsam gezerrt hatte, aber wir fuhren so schnell, daß Gebäude und Menschen vorbeischwirrten, ehe ich verstehen konnte, was ich gesehen hatte. Einige Zeit später waren wir auf einer Schnellstraße und fuhren aus den belebteren Gegenden hinaus. Ich wußte, daß das Meer gleich dort draußen irgendwo im Dunkeln lag, und daher betrachtete ich die Landschaft, bis das Land einem gewaltigen spiegelnden Dunkelblau wich. In der Ferne konnte ich die winzigen Lichter von Fischerbooten und sogar Vergnügungsdampfer sehen. Kurz nachdem ein Straßenschild den Küstenstreifen angekündigt hatte, zu dem Virginia Beach gehörte, fuhren wir auch schon durch den Badeort mit seinen Neonlichtern, seinen Restaurants, Motels und Hotels.

Bald fiel mein Blick auf ein großes Straßenschild, das Cutler's Cove anzeigte. Es war keine größere Ortschaft, nur eine lange Straße, an der alle möglichen kleinen Geschäfte und Restaurants standen. Ich konnte nicht viel davon sehen, da wir sehr schnell fuhren, aber das, was ich sah, wirkte malerisch und anheimelnd.

»Nach unserer Beschreibung muß es gleich hier sein«, überlegte Dikkens.

Ich dachte an Philip, der noch in der Schule war, und ich fragte mich, ob man ihm schon etwas mitgeteilt hatte. Vielleicht hatten seine Eltern ihn angerufen. Wie hatte er diese Neuigkeit aufgenommen? Sicher war er ebenso verwirrt von diesen unerwarteten Enthüllungen.

»Für einen Neuanfang sieht das doch wirklich gut aus«, sagte der Polizist neben mir und sprach damit zum ersten Mal an, was wir hier eigentlich taten und warum wir in dem Wagen saßen und zum Cutler's Cove Hotel gefahren waren.

»Das finde ich auch«, meinte Officer Carter.

»Wir sind da«, kündigte Dickens an, und ich beugte mich vor.

An dieser Stelle machte die Küste einen Bogen und bildete eine kleine Bucht, und ich sah einen wunderbaren weißen Sandstrand, der funkelte, als sei er frisch gesiebt worden. Sogar die Wellen, die anrollten, kamen so behutsam, als fürchte das Meer, hier einen Schaden anzurichten. Als wir am Eingang zum Strand vorbeifuhren, entdeckte ich ein Schild, auf dem stand: BENUTZUNG NUR FÜR GÄSTE DES CUTLER'S COVE HOTEL. Dann bog der Streifenwagen in eine lange Auffahrt ein, und ich sah das Hotel vor uns liegen. Es stand auf einem kleinen Hang, und über das Gelände zog sich ein gepflegter Rasen.

Es war eine riesige dreistöckige Villa, die im Wedgewood-Blau gehalten war und schneeweiße Fensterläden hatte. Um das ganze Haus herum zog sich ein Balkon. In den meisten Zimmern brannte Licht, und über der Veranda und der Wendeltreppe aus gebleichtem Holz hingen japanische Laternen. Das Fundament war aus geschliffenem Stein gebaut. Im Schein der Bodenlampen funkelte es, als sei es aus Perlen gemacht. Gäste schlenderten über das wunderbare Grundstück mit den beiden kleinen Lauben; es gab Bänke aus Holz und Stein, Brunnen, von denen manche wie große Fische geformt waren, andere wie schlichte Schalen, in deren

Mitte Wasserspeier standen, und Gärten mit den schönsten Blumen in fast allen Regenbogenfarben. Die Gehwege wurden von niedrigen Hekken gesäumt, zwischen denen sorgsam arrangierte Rampenlichter verteilt waren.

»Das ist schon besser als das, was du gewohnt warst, was?« fragte Officer Carter. Ich schaute sie nur wütend an. Wie konnte sie bloß derart gefühllos sein? Ich antwortete nichts darauf, sondern wandte mich ab und blickte aus dem Fenster, als der Streifenwagen sich die gewundene Auffahrt hinaufschlängelte.

»Fahren Sie weiter«, sagte Officer Carter. »Ums Haus herum zum Hintereingang. So lauten unsere Anweisungen.«

Zum Hintereingang, dachte ich. Wo waren meine neuen Eltern, meine richtigen Eltern? Warum waren sie nicht nach Richmond gekommen, um mich zu sich zu holen, statt mich von Polizisten herbringen zu lassen, als hätte ich etwas verbrochen? Waren sie denn nicht gespannt darauf, mich wiederzusehen? Vielleicht waren sie genauso nervös wie ich. Ich fragte mich, ob Philip ihnen etwas über mich erzählt hatte. Oder gar Clara Sue? Sie hätte sie bestimmt dazu gebracht, mich zu hassen.

Der Streifenwagen hielt an, mein Herz hörte nicht auf, wie wahnsinnig zu schlagen. Es hämmerte in meiner Brust, als säße dort in mir ein winzig kleiner Trommler, der mit seinen Trommelstöcken gegen meine Rippen schlug. Ich konnte kaum noch atmen und war hilflos dem Zittern ausgeliefert. O Mama, dachte ich, wenn du nicht krank geworden und ins Krankenhaus gekommen wärst, wäre ich jetzt nicht hier. Warum war das Schicksal bloß so grausam? Was hier passiert, kann einfach nicht wahr sein; es kann einfach nicht sein, daß ihr ein kleines Baby gekidnappt habt, Daddy und du. Es muß eine andere Erklärung dafür geben, eine, die meine richtigen Eltern vielleicht kennen, und möglicherweise sind sie sogar bereit, mir alles zu erzählen. Bitte, laß es so sein, betete ich.

Sowie wir angehalten hatten, stieg Dickens eilig aus und öffnete uns die Tür.

»Wenn sie mir das hier unterschrieben haben«, sagte Officer Carter und deutete auf die Papiere, die sie in der Hand hielt, »komme ich wieder.«

Unterschriften, dachte ich und sah auf das Dokument. Ich wurde gehandelt, als sei ich eine Ware, die man abliefert, und ich war ja auch tatsächlich zum Lieferanteneingang gebracht worden.

Ich stand da und starrte den Hintereingang des Hotels an. Ich sah nichts weiter als eine kleine Tür mit einer zweiten Tür dahinter, einem Fliegengitter. Vier hölzerne Stufen führten hinauf. Officer Carter ging auf die Tür zu, aber ich folgte ihr nicht. Ich stand da und hielt meinen Koffer in der Hand.

»Komm mit«, befahl sie. Als sie sah, daß ich zögerte, stemmte sie die Arme in die Hüften. »Das ist dein Zuhause, deine richtige Familie. Komm jetzt«, herrschte sie mich an und wollte mich an der Hand packen.

»Viel Glück, Dawn«, rief Dickens mir nach.

Officer Carter zerrte mich zur Tür. Plötzlich wurde sie geöffnet, und ein großer Mann, der nahezu kahlköpfig war und so bleiche Haut hatte, daß man ihn für einen Totengräber hätte halten können, stand da und schaute uns entgegen. Er trug eine dunkelblaue Freizeitjacke, eine passende Krawatte, ein weißes Hemd und eine legere Hose. Er mußte über einsachtzig groß sein. Als wir näher kamen, sah ich, daß er buschige Augenbrauen, einen großen, schmallippigen Mund und eine Nase hatte, die sich mit einem Adlerschnabel messen konnte. Sollte das etwa mein richtiger Vater sein? Er sah mir kein bißchen ähnlich.

»Folgen Sie mir bitte«, sagte er und trat zurück. »Mrs. Cutler erwartet Sie in ihrem Büro. Mein Name ist Collins. Ich bin der Oberkellner«, fügte er hinzu. Er sah mich aus neugierigen dunkelbraunen Augen an, aber er lächelte nicht. Mit seinem langen Arm und einem etwas dunkleren Finger wies er uns den Weg und bewegte sich so anmutig und leise, daß es mir wie eine Zeitlupenbewegung erschien.

Officer Carter nickte und schritt über den kleinen, schmalen Korridor, der uns offensichtlich hinter der Küche vorbei zu den Speisekammern führte. Manche Türen standen offen, und ich sah Kartons mit Konservendosen und Kisten mit allen möglichen Lebensmitteln. Collins wies nach links, als wir am Ende des Korridors angelangt waren.

Warum wurde ich klammheimlich auf diesem Schleichweg ins Haus gebracht, fragte ich mich. Wir bogen um die Ecke und liefen über einen anderen langen Gang.

»Ich hoffe, wir kommen an, ehe ich den Polizeidienst niederlegen muß, weil ich in Pension gehe«, keifte Officer Carter.

»Wir sind gleich da«, erwiderte Collins.

Schließlich blieb er vor einer Tür stehen und klopfte leise an.

»Herein«, hörte ich eine weibliche Stimme sagen. Collins öffnete die Tür und schaute durch den Spalt.

»Sie sind da«, kündigte er an.

»Führen Sie sie herein«, sagte die Frau. War das meine Mutter?

Collins trat zur Seite, damit wir eintreten konnten. Officer Carter trat vor mir ein, und ich folgte ihr langsam. Wir standen in einem Büro. Ich sah mich um. Ich roch einen angenehmen Fliederduft, entdeckte aber nirgends Blumen. Der Raum wirkte streng und schlicht. Der Hartholzboden war wahrscheinlich noch der ursprüngliche. Ein ovaler, dichter, dunkelblauer Teppich lag vor dem kleinen aquamarinblauen Chintzsofa, das im rechten Winkel zu dem großen Schreibtisch aus dunklem Eichenholz stand, auf dem alles sorgsam geordnet lag. Im Moment war der Raum nur ins Licht einer kleinen Lampe getaucht, die auf dem Schreibtisch stand. Sie warf einen gespenstischen gelblichen Schimmer auf das Gesicht der älteren Frau, die uns musterte.

Obwohl sie saß, konnte ich sehen, daß sie eine große, stattlich wirkende Frau mit stahlgrauem Haar war, das kurz geschnitten war und leicht gewellt über ihre Ohren und bis an den Ansatz ihres Nackens fiel. Tropfenförmige Diamantohrringe baumelten an ihren Ohrläppchen. Sie trug eine passende Halskette mit tropfenförmigen Diamanten, die in Gold eingefaßt waren. Sie war zwar dünn und wog wahrscheinlich nicht mehr als rund einen Zentner, aber sie wirkte so streng und selbstsicher, daß sie wesentlich stämmiger zu sein schien. Die Schultern waren in der hellblauen Baumwolljacke, die sie über ihrer weißen Bluse mit dem Rüschenkragen trug, zurückgezogen.

»Ich bin Officer Carter, und das ist Dawn«, sagte Officer Carter etwas unsicher.

»Was hat jetzt zu geschehen?« fragte die ältere Frau, von der ich glaubte, sie müsse meine richtige Großmutter sein.

»Ich brauche hier noch eine Unterschrift.«

»Zeigen Sie her«, sagte meine Großmutter und setzte ihre Brille mit dem Perlmuttgestell auf. Sie las das Dokument schnell durch und unterzeichnete es dann.

»Danke«, sagte Officer Carter. »So.« Sie sah mich an. »Dann mache ich mich jetzt auf den Weg. Viel Glück«, murmelte sie und verließ das Büro.

Ohne ein Wort zu mir zu sagen, stand meine Großmutter auf und kam um ihren Schreibtisch herum. Ich sah, daß sie einen knöchellangen blauen Rock und eierschalfarbene Lederschuhe trug, die für einen Menschen gedacht waren, der viel herumlief. Sie sahen eher wie Herrenschuhe aus. Die einzige Unvollkommenheit in ihrer äußeren Erscheinung, falls man es als eine solche bezeichnen konnte, war eine kleine Falte in ihrem Nylonstrumpf auf dem rechten Fuß.

Sie schaltete eine Stehlampe in der Ecke an, damit es heller wurde, und dann blieb sie lange stehen und schaute mich mit ihren eiskalten grauen Augen an. Ich suchte ihr Gesicht nach einer Ähnlichkeit mit mir ab und fand, der Mund meiner Großmutter sei schmaler und größer als meiner und ihre Augen wiesen keine Spur von Blau auf.

Ihr Teint war fast so glatt und vollkommen wie eine Marmorstatue. Nur oben auf der rechten Wange hatte sie einen winzigen braunen Altersfleck. Sie hatte einen Hauch rosaroten Lippenstift und eine Spur Rouge auf den Wangen aufgetragen. Ihre Frisur war makellos, nicht eine Haarsträhne war verrutscht.

Da es jetzt im Raum heller war, schaute ich mich noch einmal um und stellte fest, daß die Wände mit edlem Holz getäfelt waren. Hinter dem Schreibtisch und rechts daneben waren kleine Bücherregale aufgestellt. An der Rückwand hing jedoch ein riesiges Porträt, von dem ich glaubte, daß es meinen richtigen Großvater darstellte.

»Du hast das Gesicht deiner Mutter«, erklärte sie. Majestätisch und steif trat sie hinter ihren beeindruckend großen Schreibtisch. »Kindlich«, fügte sie hinzu, und es kam mir vor, als hätte sie das abfällig gesagt. Ihr Mundwinkel zog sich eine winzige Spur hinauf, als sie ihren Satz beendete. »Setz dich«, befahl sie. Nachdem ich mich gesetzt hatte, verschränkte sie die Arme vor ihrem kleinen Busen und lehnte sich auf ihrem Stuhl zurück, doch ihre Haltung war immer noch so aufrecht, daß ich ihren Rücken für eine kalte Metallplatte hielt.

»Soweit ich gehört habe, sind deine Eltern in all den Jahren als Landstreicher durch die Gegend gezogen, und dein Vater hat nie irgendwo eine anständige Anstellung gefunden«, äußerte sie barsch. Es überraschte mich, daß sie sie als meine Eltern bezeichnete und von Daddy als meinem Vater gsprochen hatte.

»Unwürdiges Gesindel«, fuhr sie fort. »Das wußte ich schon von dem Tag an, an dem ich ihn zum ersten Mal gesehen habe, aber mein Mann hatte eine Schwäche für verlorene Seelen und hat ihn und seine primitive, zerlumpte Frau eingestellt«, sagte sie angewidert.

»Mama war keine primitive, zerlumpte Frau!« rief ich empört.

Sie erwiderte nichts darauf. Sie starrte mich wieder an und tauchte in die Tiefen meiner Augen ein, als wolle sie mein Innerstes in sich aufsaugen. Langsam empörte es mich, wie sie mich anstarrte und mich musterte, als suchte sie etwas ganz Bestimmtes in meinem Gesicht, während sie mich mit äußerst interessierten Blicken nahezu durchbohrte.

»Du hast nicht gerade die besten Manieren«, erwiderte sie schließlich. Sie hatte die Angewohnheit zu nicken, nachdem sie etwas gesagt hatte, was ihr unwiderruflich wahr erschien. »Hat man dich denn nie gelehrt, älteren Menschen Respekt entgegenzubringen?«

»Ich respektiere Menschen, die mich auch respektieren«, sagte ich.

»Respekt muß man sich verdienen. Und ich muß sagen, daß du ihn dir bisher nicht verdient hast. Ich sehe schon, daß man dich umerziehen und deine Entwicklung in eine andere Richtung lenken muß; mit einem Wort: man muß dich anständig erziehen«, verkündete sie mit solcher Arroganz und solchem Nachdruck, daß mir der Kopf schwirrte. Wenn sie auch noch so zart gebaut war, hatte sie doch den strengsten Blick, den ich je an einer Frau gesehen hatte, sogar noch härter und finsterer als Mrs. Turnbells beängstigende grüne Augen. Diese Augen waren bohrend, kalt und so scharf, daß sie einem Verletzungen zufügen und Blut fließen lassen konnten.

»Haben dir die Longchamps nie etwas über dieses Hotel oder diese Familie erzählt?« fragte sie.

»Nein, nichts«, erwiderte ich. Die Tränen brannten in meinen Augen, aber ich wollte ihr nicht zeigen, wie elend mir zumute war oder wie furchtbar sie mir zusetzte. »Vielleicht ist das alles nur ein Irrtum«, fügte ich hinzu, obwohl ich nur noch wenig Hoffnung hegte, seit ich Daddy im Polizeirevier gesehen hatte. Ich hatte das Gefühl, wenn es sich irgendwie doch um einen Irrtum handeln könnte, dann wäre gerade sie in der Lage gewesen, ihn zu korrigieren. Sie wirkte, als stünde es in ihrer Macht, die Zeit zurückzudrehen.

»Nein, es liegt kein Irrtum vor«, sagte sie, und es klang, als sei sie fast ebenso traurig darüber wie ich. »Man hat mir berichtet, du seist trotz des Lebens, das du geführt hast, eine gute Schülerin. Ist das wahr?«

»Ja.«

Sie beugte sich vor und legte die Hände auf den Schreibtisch. Sie hatten lange schmale Finger. Eine goldene Armbanduhr mit einem großen Zifferblatt hing lose an ihrem schmalen Handgelenk. Auch die Uhr wirkte eher wie etwas, was ein Mann tragen würde.

»Da das Schuljahr so gut wie vorbei ist, werden wir uns die Mühe sparen, dich wieder in die Emerson-Peabody-Schule zu schicken. All das war ohnehin schon peinlich genug für uns, und ich glaube, weder für Philip noch für Clara Sue wäre es gut, wenn du unter den gegebenen Umständen wieder dorthin zurückgehst. Wir können uns mit der Entscheidung, in welche Schule wir dich schicken werden, Zeit lassen. Die Saison hat begonnen, und hier gibt es viel zu tun«, sagte sie. Ich warf einen Blick auf die Tür und fragte mich, wo wohl mein richtiger Vater und meine richtige Mutter waren und warum sie all diese Entscheidungen ihr überließen.

Ich hatte immer davon geträumt, meine Großeltern kennenzulernen, aber meine richtige Großmutter paßte in keine meiner Phantasien. Sie war keine Großmutter von der Sorte, die Plätzchen buk und mich tröstete, wenn das Leben schwer war. Das hier war nicht die gütige, liebenswürdige Großmutter meiner Träume, die Großmutter, von der ich mir ausgemalt hatte, sie würde mir Dinge beibringen, die mit dem Leben und der Liebe zu tun hatten, und sie würde mich ebensosehr wie ihre eigene Tochter verwöhnen und mich sogar noch mehr lieben.

»Du wirst alles über das Hotelfach lernen müssen, von Grund auf«, predigte mir meine Großmutter. »Hier ist es niemandem gestattet, faul herumzulungern. Harte Arbeit formt einen guten Charakter, und ich bin sicher, daß du harte Arbeit gebrauchen kannst. Ich habe bereits mit meinem Manager über dich geredet, und wir haben eines unserer Zimmermädchen entlassen, um den Posten für dich freizumachen.«

»Ein Zimmermädchen?« Genau das war Mama doch hier gewesen, dachte ich. Warum wollte meine Großmutter, daß ich dasselbe tat wie sie?

»Du bist keine lange verloren geglaubte Prinzessin, verstehst du«, sagte sie barsch. »Du wirst dich wieder in diese Familie einfügen, obwohl du nur eine kurze Zeit ein Teil dieser Familie gewesen bist, und damit du dich ordentlich einfügst, wirst du alles über unser Geschäft und unsere Lebensweise lernen müssen. Wir alle arbeiten hier, und du wirst keine Ausnahme bilden. Ich nehme an, du bist ein faules Ding«, fuhr sie fort, »wenn man bedenkt...«

»Ich bin nicht faul. Ich kann genauso hart arbeiten wie Sie oder jede andere«, widersprach ich.

»Das werden wir ja sehen«, sagte sie. Sie nickte kurz und starrte mich wieder eindringlich an. »Ich habe bereits mit Mrs. Boston besprochen, wie wir dich unterbringen. Sie ist für die Zimmer zuständig. Sie wird jeden Moment kommen, um dir dein Zimmer zu zeigen. Ich erwarte von dir, daß du es sauber und ordentlich hältst. Wir haben zwar eine Angestellte, die sich um unsere Zimmer kümmert, aber das heißt noch lange nicht, daß wir schlampig und unordentlich sein können.«

»Ich bin nie schlampig gewesen, und ich habe Mama immer dabei geholfen, unsere Wohnungen zu putzen und aufzuräumen«, sagte ich.

»Mama? Ach so ... ja ... dann mach das zur Regel, und laß es nicht die Ausnahme sein.« Sie unterbrach sich, und ich glaubte, sie schien beinah zu lächeln, denn ihre Mundwinkel zogen sich hoch.

»Wo sind mein Vater und meine Mutter?« fragte ich.

»Deine Mutter«, sagte sie und ließ das Wort geradezu anrüchig klingen, »hat wieder einmal einen ihrer emotionalen Zusammenbrüche ... was natürlich äußerst praktisch ist«, sagte Großmutter Cutler. »Dein Vater wird in Kürze zu dir kommen. Er hat sehr viel zu tun, wirklich sehr viel.« Sie seufzte tief und schüttelte den Kopf. »Diese Situation ist für keinen von uns sehr einfach. Und dann ist auch noch alles zu einem äußerst ungünstigen Zeitpunkt passiert«, sagte sie und gab mir das Gefühl, es sei meine Schuld, daß Daddy erkannt worden war und die Polizei mich gefunden hatte. »Gerade jetzt fängt die neue Saison so richtig an. Erwarte nicht, daß jemand Zeit hat, um dich zu verwöhnen. Tu deine Arbeit, halte dein Zimmer sauber, höre zu und lerne etwas. Hast du noch irgendwelche Fragen?« fragte sie, doch ehe ich etwas darauf sagen konnte, wurde an die Tür geklopft.

»Herein«, rief sie, und eine freundlich aussehende Schwarze öffnete die Tür. Sie hatte ihr Haar ordentlich aufgesteckt und zu einem Knoten zusammengebunden. Sie trug die weiße Baumwollivree eines Zimmermädchens mit weißen Strümpfen und schwarzen Schuhen. Sie war klein, kaum so groß wie ich.

»Oh, Mrs. Boston. Das ist ...« Meine Großmutter unterbrach sich und sah mich an, als sei ich eben erst eingetreten. »Ja«, sagte sie und lauschte einer Stimme, die nur sie hören konnte, »was ist mit deinem Namen? Es ist ein alberner Name. Wir werden dich natürlich bei deinem richtigen Namen nennen müssen ... Eugenia. Jedenfalls bist du nach einer meiner Schwestern benannt worden, die an Pocken gestorben ist, als sie ungefähr in deinem Alter war.«

»Mein Name ist nicht albern, und ich will ihn nicht ändern!« sagte ich bestimmt. Ihr Blick glitt schnell von mir zu Mrs. Boston und dann wieder zu mir.

»Angehörige der Familie Cutler haben keine Spitznamen«, erwiderte sie streng. »Sie haben Namen, die zeigen, daß sie etwas Besonderes sind, Namen, die ihnen Respekt verschaffen.«

»Ich dachte, Respekt sei etwas, was man sich verdienen muß«, stieß ich hervor. Sie zuckte zurück, als hätte ich ihr ins Gesicht geschlagen.

»Solange du hier lebst, wirst du Eugenia genannt werden«, erklärte sie ärgerlich. Ihre Stimme war kalt und gefühllos, als hätte ich keine Ohren, um zu hören.

»Zeigen Sie *Eugenia*«, betonte meine Großmutter, »ihr Zimmer, Mrs. Boston. Ach ja, und noch etwas«, sagte sie und sah mich noch einmal schnell an, und dabei lag ein angewiderter Ausdruck auf ihrem Gesicht, »führen Sie sie über die Hintertreppe.«

»Ja, Ma'am.« Mrs. Boston sah mich an.

»Mein Name paßt gut zu mir«, sagte ich, und jetzt konnte ich die Tränen beim besten Willen nicht mehr zurückhalten, denn mir fiel wieder ein, wie oft Daddy mir von meiner Geburt erzählt hatte, »weil ich bei Tagesanbruch geboren bin.« Das konnte doch gewiß nicht auch noch eine Lüge sein, nicht die Geschichte über die Vögel, die Musik und meinen Gesang.

Meine Großmutter lächelte so kalt, daß mir ein Schauer über den Rücken lief.

»Du bist mitten in der Nacht geboren worden.«

»Nein«, protestierte ich, »das ist nicht wahr.«

»Glaube mir«, sagte sie. »Ich weiß, was in deinem Leben wahr ist und was nicht wahr ist.« Sie beugte sich vor, und ihre Augen wirkten katzenartig. »Dein ganzes Leben lang hast du in einer Welt aus Lügen und Erfindungen gelebt. Ich habe dir bereits gesagt«, fuhr sie fort, »daß wir keine Zeit haben, dich zu verhätscheln und uns zu verstellen. Wir sind mitten in der Saison. Und jetzt reiß dich zusammen. Familienangehörige zeigen ihre Gefühle oder Probleme nicht vor den Gästen. Was die Gäste angeht, ist hier immer alles ganz wunderbar. Ich will nicht, daß du durch das Foyer läufst und hysterisch heulst, Eugenia.

Ich muß jetzt wieder ins Restaurant gehen«, sagte meine Großmutter und stand auf. Sie kam um ihren Schreibtisch herum und blieb vor Mrs. Boston stehen. »Wenn Sie ihr das Zimmer gezeigt haben, bringen Sie sie in die Küche und besorgen ihr etwas zu essen. Sie kann mit dem Küchenpersonal essen«, sagte sie. »Und dann bringen Sie sie zu Mr. Stanley, damit er ihr eine Livree bereitlegt. Ich möchte, daß sie morgen mit ihrer Arbeit als Zimmermädchen beginnt.«

Sie wandte sich noch einmal zu mir um, schob die Schultern zurück und hob den Kopf hoch. Obwohl ich noch so sehr das Verlangen hatte, konnte ich doch meinen Blick nicht abwenden. Ihre Augen zogen mich an und hielten mich mit ihrem starren Blick fest.

»Du hast um Punkt sieben Uhr morgens aufzustehen, Eugenia, und dann gehst du in die Küche, um dort zu frühstücken. Anschließend meldest du dich direkt bei Mr. Stanley, unserem Manager, er wird dir deine Pflichten zuweisen. Ist das alles klar?« fragte sie. Ich sagte nichts darauf. Sie wandte sich an Mrs. Boston. »Sorgen Sie dafür, daß sie sich alles merkt«, sagte sie und verließ ihr Büro.

Die Tür schnappte zwar sehr leise zu, doch in meinen Ohren klang es wie ein Schuß.

Willkommen in deiner richtigen Familie und in deinem richtigen Zuhause, Dawn, sagte ich zu mir selbst.

9 *Mein neues Leben*

»Nimm deinen Koffer und folge mir, Eugenia«, befahl mir Mrs. Boston in einem Tonfall, der dem meiner Großmutter ähnelte.

»Ich heiße Dawn«, erklärte ich mit fester Stimme.

»Wenn Mrs. Cutler wünscht, daß du Eugenia genannt wirst, dann wird man dich hier so nennen. Cutler's Cove ist ihr Königreich, und sie ist die Königin. Erwarte nicht, daß sich hier irgend jemand ihren Wünschen widersetzt, noch nicht einmal dein Daddy«, fügte Mrs. Boston hinzu, und dann riß sie ihre Augen weit auf und beugte sich vor, um mir zuzuflüstern: »Und schon gar nicht deine Mutter.«

Ich wandte mich ab und wischte mir eilig die Tränen aus den Augen. Was für Menschen waren meine richtigen Eltern bloß? Wie konnten sie sich derart vor meiner Großmutter fürchten? Warum starben sie nicht vor Neugier und konnten es kaum erwarten, mich zu sehen?

Mrs. Boston führte mich durch die Hintertür und dann durch einen schlecht beleuchteten Korridor, der hinter der Küche vorbeiführte.

»Wohin gehen wir jetzt?« fragte ich. Ich hatte es satt, wie ein räudiger Hund hinter jemandem hergezerrt zu werden.

»Die Familie lebt im alten Teil des Hotels«, erklärte Mrs. Boston, während wir weiterliefen.

Als wir am Ende des Korridors stehenblieben, konnte ich von dort aus das Hotelfoyer sehen. Es wurde von vier riesigen Kronleuchtern erhellt, war mit einem hellblauen Teppich ausgelegt und hatte perlweiß tapezierte Wände mit einem blauen Muster. Hinter dem Empfangsschalter standen zwei Frauen mittleren Alters und begrüßten die Gäste. Alle waren ziemlich gut gekleidet; die Männer trugen Anzüge, die Frauen hübsche Kleider, und sie waren mit Schmuck behängt. Sowie sie das Foyer betreten hatten, fanden sie sich zu kleinen Grüppchen zusammen, die miteinander plauderten.

Mein Blick fiel auf meine Großmutter, die neben dem Eingang zum Restaurant stand. Sie sah einmal kurz in unsere Richtung, und ihre Augen waren eisig, doch sobald Gäste auf sie zukamen, strahlte sie über das ganze Gesicht, und ihre Züge wurden freundlicher. Eine Frau hielt ihre Hand fest, während sie miteinander sprachen. Sie küßten einander, und dann folgte meine Großmutter den Gästen ins Restaurant und warf noch einen letzten Blick auf uns, ehe sie selbst im Restaurant verschwand.

»Wir müssen uns in Bewegung setzen... und zwar schnell«, sagte Mrs. Boston eindringlich, denn der scharfe, kalte Blick meiner Großmutter hatte sie nervös gemacht. Wir gingen über einen langen Korridor und erreichten schließlich den Bereich des Hauses, der eindeutig der älteste Teil des Hotels war.

Wir kamen an einem Aufenthaltsraum mit einem eingemauerten Kamin vorbei, in dem antike Möbel standen, die freundlich und gemütlich wirkten – weichgepolsterte Stühle mit handgeschnitzten Gestellen, ein Schaukelstuhl aus dunklem Kiefernholz, eine üppig gepolsterte Couch mit Beistelltischen aus Fichte und ein dicker eierschalfarbener Teppich. Ich sah die vielen Gemälde, die an den Wänden hingen, und auf dem Kaminsims standen Fotos und Nippes herum. Ich glaubte, ein Bild von Philip zu erkennen, auf dem er neben einer Frau stand, die unsere Mutter sein mußte, aber ich konnte mir nicht lange genug Zeit lassen, um sie genauer anzuschauen. Mrs. Boston eilte bereits weiter.

»Die meisten Schlafzimmer sind im zweiten Stock, aber es gibt ein kleines Schlafzimmer unten hinter der kleinen Küche. Mrs. Cutler hat mir gesagt, daß ich es für dich herrichten soll«, sagte sie.

»Was war das früher, ein Dienstbotenschlafzimmer?« fragte ich. Mrs. Boston antwortete darauf nicht. »Sobald ich mir Respekt verdient habe, darf ich dann wohl oben schlafen?« murrte ich. Ich weiß nicht, ob Mrs. Boston meine Worte gehört hatte oder nicht. Wenn ja, dann gab sie es nicht zu erkennen.

Wir gingen durch die kleine Küche und kamen dann durch einen kleinen Flur zu meinem Schlafzimmer. Die Tür stand offen. Mrs. Boston schaltete das Licht an, als wir eintraten.

Es war ein sehr kleines Zimmer mit einem schmalen Bett, das an der linken Wand stand. Das Bett hatte ein schlichtes hellbraunes Kopfende. Am Fußende lag ein leicht verschmutzter, ovaler, beigefarbener Teppich. Ein Nachttisch mit einer einzigen Schublade und eine Lampe darauf stand neben dem Bett. An der rechten Wand standen eine Kommode und ein Kleiderschrank, und direkt vor uns lag das einzige Fenster dieses Raumes. Im Moment konnte ich nicht sagen, welchen Ausblick man aus dem Fenster hatte, da es dunkel war und auf dieser Seite des Hotelgeländes keine Lampen brannten. Vor dem Fenster waren keine Gardinen, nur eine hellgelbe Jalousie.

»Willst du deine Sachen jetzt einräumen, oder möchtest du lieber in die Küche gehen und etwas essen?« fragte Mrs. Boston. Ich stellte meinen kleinen Koffer auf das Bett und sah mich traurig um.

Wir waren oft in Wohnungen eingezogen, die so klein waren, daß Jimmy und ich gemeinsam nicht mehr Platz hatten, als ich jetzt allein, aber da ich mit einer lieben Familie dort war, mit Menschen, die mich mochten und die ich mochte, hatte die Größe meines Zimmers irgendwie keine nennenswerte Rolle gespielt. Wir waren irgendwie zurechtgekommen, und außerdem mußte ich mit einer fröhlichen Miene herumlaufen, um Jimmy aufzuheitern und Daddy glücklich zu machen. Aber hier gab es niemanden, den ich bei Laune halten mußte, niemanden, um den ich mich kümmern mußte, außer um mich selbst.

»Ich habe keinen Hunger«, sagte ich. Mein Herz kam mir vor wie ein bleiernes Gewicht, und mein Magen war verkrampft und verknotet.

»Nun... Mrs. Cutler wollte, daß du etwas ißt«, sagte sie und schien besorgt zu sein. »Ich komme später noch einmal zurück und zeige dir dann die Küche«, entschied sie und nickte. »Aber vergiß nicht, daß ich dich zu Mr. Stanley bringen muß, damit er dir eine Livree besorgt. Mrs. Cutler will es so haben.«

»Wie könnte ich das vergessen?« sagte ich. Sie starrte mich einen Moment lang an und preßte die Lippen fest aufeinander. Warum war sie bloß so böse auf mich, fragte ich mich. Dann verstand ich – meine Großmutter hatte gesagt, sie hätte jemanden entlassen, um einen Posten für mich freizumachen.

»Wer ist gefeuert worden, damit ich diese Stellung bekomme?« fragte ich schnell. Der Ausdruck, der auf Mrs. Bostons Gesicht trat, bestätigte meinen Argwohn.

»Agatha Johnson, die fünf Jahre hier gearbeitet hat.«

»Das tut mir leid«, sagte ich. »Ich wollte ganz bestimmt nicht, daß sie rausgeworfen wird.«

»Trotzdem ist das arme Mädchen jetzt fort und steht auf der Straße und muß sich etwas Neues suchen. Und noch dazu hat sie einen kleinen Jungen, den sie großziehen muß«, sagte sie voller Abscheu.

»Warum mußte sie sie denn entlassen? Hätte sie denn nicht bleiben können, obwohl ich jetzt auch da bin?« fragte ich. Meine Großmutter hatte mich in eine furchtbare Lage gebracht und es so eingerichtet, daß das Personal mich ebensosehr wie sie dafür ablehnen würde, daß man mich entdeckt und hierher zurückgebracht hatte.

»Mrs. Cutler hat die Zügel straff in der Hand«, sagte Mrs. Boston. »Kein Überfluß, keine Verschwendung. Wer nicht genug leistet, geht. Sie hat gerade so viele Zimmermädchen, wie sie braucht, gerade so viele Kellner und Pagen, gerade so viele Küchenhilfen und Bedienstete. Und nicht einen einzigen mehr. Deshalb hält sich dieses Hotel auch immer und ewig, während andere Hotels im Laufe der Jahre geschlossen haben.«

»Das tut mir leid«, wiederholte ich.

»Hm«, meinte sie, immer noch ohne großes Mitgefühl. »Ich komme in einer Weile wieder«, fügte sie hinzu und ging.

Ich setzte mich auf das Bett. Die Matratze war alt und hatte jede Festigkeit, die sie vielleicht einmal gehabt hatte, verloren, und die Sprungfedern ächzten gequält. Sogar mein geringes Gewicht war zuviel für sie. Ich holte tief Atem und machte meinen Koffer auf. Der Anblick meiner armseligen Habe ließ eine Flut von Erinnerungen und Gefühlen über mich hereinbrechen. Die Tränen fingen an zu fließen. Ich saß da und ließ sie über meine Wangen laufen und von meinem Kinn tropfen. Dann sah ich etwas Weißes, was aus der Innentasche meines Koffers herausschaute. Ich griff hinein und zog Mamas wunderbare Perlenkette heraus. Sie hatte zu Hause in meiner Kommodenschublade gelegen – wegen der Verwirrung, die nach dem Konzert ausgebrochen war, als Mama gestorben war, hatte ich sie Daddy nicht zurückgegeben, damit er sie verstaute. Die Polizistin, die meine Sachen eingepackt hatte, mußte geglaubt haben, daß es meine Kette war. Ich preßte sie an mich und weinte hemmungslos, als die Erinnerungen erneut über mich hereinbrachen. Wie sehr ich mich doch danach sehnte, Mama würde mich jetzt im Arm halten und mir über das Haar streichen. Oder Jimmys Gesicht zu sehen, das so stolz und zornig war, zu beobachten, wie die kleine Fern bei meinem Anblick strahlte und ihre Ärmchen nach mir ausstreckte, damit ich sie in die Arme nahm und sie an mich drückte.

Daddy, wie konntest du das bloß tun? Wie konntest du das bloß tun, schrie ich innerlich.

Plötzlich wurde an meine Tür geklopft. Ich versteckte die Perlen schnell in der Schublade, wischte mir das Gesicht mit dem Handrücken ab und drehte mich um.

»Wer ist da?«

Die Tür ging langsam auf, und ein gutaussehender Mann, der eine hellbraune Freizeitjacke und eine passende Hose trug, schaute herein. Sein hellbraunes Haar war an den Seiten ordentlich zurückgebürstet, vorn war es leicht gewellt. Seine Schläfen waren silbergrau. Die starke Sonnenbräune betonte das Blau seiner Augen. Ich fand, er sähe so charmant und so elegant wie ein Filmstar aus.

»Hallo«, sagte er und musterte mich. Ich antwortete nicht. »Ich bin dein Vater«, sagte er. »Randolph Boyse Cutler.« Er hielt mir die Hand zur Begrüßung hin. Ich konnte mir nicht vorstellen, daß irgend jemand seinem Daddy vorgestellt wurde und ihm wie einem Fremden die Hand drücken sollte. Von Vätern konnte man erwarten, daß sie ihre Töchter an sich drückten, und nicht, daß sie ihnen die Hand gaben.

Ich blickte zu ihm auf. Er war groß, mindestens einsachtundachtzig, wenn nicht einsneunzig, aber er war schlank. Er hatte Philips liebenswürdiges Lächeln und seinen zarten Mund. Da mir alle einredeten, der Mann, der vor mir stand, sei mein richtiger Vater, suchte ich an ihm nach Ähnlichkeiten mit mir. Hatte ich seine Augen geerbt, sein Lächeln?

»Willkommen in Cutler's Cove«, sagte er und drückte zart meine Hand. »Wie war die Fahrt?«

»Die Fahrt?« Er benahm sich, als sei ich in Ferien gewesen oder so. Ich wollte gerade antworten, es sei entsetzlich gewesen, als er weiterredete.

»Philip hat mir schon viel von dir erzählt«, sagte er.

»Philip?« Mir traten bereits die Tränen in die Augen, als ich seinen Namen aussprach. Das warf mich in die Welt zurück, der man mich entrissen hatte, in eine Welt, die vor Mamas Tod begonnen hatte, freundlich und wunderbar zu werden, eine Welt voller Sterne und Hoffnung und Küsse, die Verheißungen der Liebe in sich trugen.

»Er hat mir von deiner wunderbaren Stimme berichtet. Ich kann es kaum erwarten, dich singen zu hören«, sagte er.

Ich konnte mir nicht vorstellen, daß ich jemals wieder singen würde, denn mein Gesang kam aus dem Herzen, und mein Herz war in so viele Stücke geschlagen worden, daß es nie mehr die Kraft haben würde, und gewiß würde es niemals von Musik erfüllt sein.

»Es freut mich zu sehen, daß du ein so hübsches Mädchen bist. Auch in der Hinsicht hat mich Philip vorgewarnt. Deine Mutter wird sich sehr darüber freuen«, sagte er und sah auf seine Armbanduhr, als müsse er zum Bahnhof.

»Natürlich ist all das für sie ein gefühlsmäßiger Schock gewesen, und daher werde ich dich erst morgen irgendwann zu ihr führen. Sie steht unter dem Einfluß von Medikamenten und ist in ärztlicher Behandlung, und der Arzt rät uns, nichts zu überstürzen. Du kannst dir ja vorstellen, was es für sie bedeutet hat, als sie plötzlich erfahren mußte, daß das Baby, das ihr vor fünfzehn Jahren entrissen wurde, wiedergefunden worden ist, aber ich bin sicher, daß sie genausosehr darauf gespannt ist, dich endlich zu sehen, wie ich es war«, fügte er hinzu.

»Wo ist sie jetzt?« fragte ich und dachte, sie könnte vielleicht im Krankenhaus liegen. Selbst wenn ich noch so ungern hier war, ich konnte doch nichts dagegen tun, daß ich neugierig auf sie war und wissen wollte, wie sie aussah.

»Sie liegt in ihrem Zimmer und ruht sich aus.«

Sie war in ihrem Zimmer, dachte ich. Warum war sie nicht gespannt darauf, mich zu sehen? Wie konnte sie das Wiedersehen vor sich herschieben?

»Morgen oder übermorgen, wenn ich mir eine Weile freinehmen kann, würde ich gern die Zeit mit dir verbringen und mir von dir erzählen lassen, wie du dein bisheriges Leben verbracht hast, einverstanden?«

Ich schaute nach unten, damit er nicht sehen konnte, daß sich meine Augen mit Tränen gefüllt hatten.

»Ich kann mir vorstellen, daß es ein furchtbarer Schock für dich gewesen sein muß, aber mit der Zeit werden wir all das wieder an dir gutmachen«, sagte er.

Es wieder an mir gutmachen? Wie hätte irgend jemand das fertigbringen sollen?

»Ich möchte herausfinden, was aus meiner kleinen Schwester und aus meinem Bruder geworden ist«, hörte ich mich sagen, ehe mir auch nur klar war, daß ich diese Worte aussprach. Er kniff die Lippen zusammen und schüttelte den Kopf.

»Das liegt nicht in unseren Händen. Sie sind in Wirklichkeit gar nicht deine Geschwister, und daher haben wir kein Recht, irgendwelche Auskünfte über sie zu verlangen. Ich fürchte, du wirst sie vergessen müssen.«

»Ich werde sie niemals vergessen! Niemals!« rief ich aus. »Und ich will nicht hier sein. Ich will nicht, ich will nicht...« Ich fing an zu schluchzen. Ich konnte einfach nichts dagegen tun. Die Tränen rannen mir über das Gesicht, und meine Schultern zuckten.

»Na, na. Es wird schon alles wieder gut werden«, sagte er und legte zögernd die Hand auf meine Schulter, zog sie dann aber wieder zurück, als hätte er etwas Verbotenes getan.

Dieser Mann, mein richtiger Vater, war einfühlsam und sah gut aus, aber er war trotzdem ein Fremder. Zwischen uns ragte eine Mauer auf, eine dicke Mauer, die nicht nur die Zeit und die Entfernung errichtet hatten, sondern auch zwei völlig verschiedene Lebensweisen. Ich kam mir vor wie eine Besucherin in einem fremden Land, die niemanden hat, dem sie vertrauen kann, niemanden, der ihr hilft, die fremdartigen neuen Sitten und Bräuche zu verstehen.

Ich holte tief Atem und suchte in meiner Handtasche nach einem Papiertaschentuch.

»Hier«, sagte er und war offensichtlich froh, etwas tun zu können. Er reichte mir sein Seidentaschentuch. Ich wischte mir eilig die Augen ab.

»Mutter hat mir von eurem ersten Zusammentreffen erzählt und gesagt, daß sie vorhat, sich deiner ganz besonders anzunehmen. Wenn man bedenkt, was sie hier alles zu tun hat, solltest du dich geschmeichelt fühlen«, fügte er hinzu. »Wenn Mutter sich eines Menschen persönlich annimmt, dann bringt derjenige es gewöhnlich zu etwas.«

Er unterbrach sich, vielleicht weil er von mir hören wollte, wie dankbar ich sei, aber das war ich nicht, und ich war nicht bereit zu lügen.

»Meine Mutter war die erste, die etwas von dir erfahren hat, denn sie ist hier in der Gegend im allgemeinen die erste, die etwas erfährt«, fuhr er fort. Vielleicht ist er genauso nervös wie ich, dachte ich, und muß deshalb ununterbrochen reden. Er schüttelte den Kopf, und sein Lächeln wurde breiter. »Sie hätte nie geglaubt, daß sie das Geld, das sie als Belohnung ausgesetzt hat, je zahlen müßte, und wie alle anderen hier hat sie jede Hoffnung schon vor vielen Jahren aufgegeben.«

Er sah wieder auf seine Armbanduhr. »So, jetzt muß ich mich wieder auf den Weg ins Restaurant machen. Mutter und ich unterhalten uns beim Abendessen mit den Gästen. Die meisten unserer Gäste sind Stammgäste, die Jahr für Jahr wiederkommen. Mutter kennt sie alle bei ihren Namen. Sie hat ein unglaubliches Gedächtnis für Gesichter und Namen. Da kann ich nicht mithalten.«

Immer, wenn er von seiner Mutter sprach, strahlte er über das ganze Gesicht. War das dieselbe ältere Frau, die mich mit Augen aus Eis und mit Worten aus Feuer begrüßt hatte?

Es wurde an die Tür geklopft, und Mrs. Boston erschien.

»Oh«, sagte sie, »ich wußte nicht, daß Sie hier sind, Mr. Cutler.«

»Es ist schon gut, Mrs. Boston. Ich wollte ohnehin gerade gehen.«

»Ich bin gekommen, weil ich nachsehen wollte, ob Eugenia schon etwas essen möchte.«

»Eugenia? Ach, richtig. Einen Moment lang hatte ich deinen richtigen Namen ganz vergessen«, sagte er und lächelte.

»Ich hasse diesen Namen!« rief ich. »Ich will meinen Namen nicht ändern.«

»Natürlich willst du das nicht«, sagte er. Ich atmete bereits erleichtert auf, doch er fügte hinzu: »Im Moment willst du es nicht. Aber ich bin sicher, daß Mutter dich nach einer Weile überzeugen kann. Auf die eine oder andere Weise bringt sie die Leute im allgemeinen dazu, einzusehen, was das beste für sie ist.«

»Ich werde meinen Namen nicht ändern«, beharrte ich.

»Wir werden es ja sehen«, erwiderte er, aber er war offensichtlich nicht überzeugt. Er sah sich im Zimmer um. »Brauchst du noch irgend etwas?«

Ob ich etwas brauche, dachte ich. Ja. Ich brauche meine alte Familie wieder. Ich brauche Menschen, die mich wirklich liebhaben und sich wirklich etwas aus mir machen und mich nicht anschauen, als sei ich eine ungewaschene und verseuchte Person, an der sie sich anstecken könnten und die ihre kostbare Welt beschmutzen könnte. Was ich brauche, ist, dort zu schlafen, wo meine Familie schläft, und wenn die Frau im Stockwerk über mir meine richtige Mutter ist, dann ist das, was ich brauche, daß sie mich wie eine richtige Tochter behandelt und nicht Ärzte und Medizin benötigt, ehe sie mir gegenübertreten kann.

Was ich brauche, ist, wieder dahin zurückzukehren, wo ich herkomme, wenn es auch noch so schlimm zu sein schien. Ich muß Jimmys Stimme hören und ihn im Dunkeln rufen können und meine Ängste und meine Hoffnungen mit ihm teilen können. Ich brauche es, daß meine kleine Schwester nach mir ruft, und ich brauche einen Daddy, der mich mit einer Umarmung und einem Kuß begrüßt – nicht einen, der in der Tür steht und mir sagt, ich müsse meinen Namen ändern.

Aber es hatte keinen Sinn, meinem richtigen Vater irgend etwas von meinen Überlegungen mitzuteilen. Ich glaubte nicht, daß er mich verstanden hätte.

»Nein«, sagte ich.

»Nun gut, dann solltest du jetzt mit Mrs. Boston gehen und etwas essen. Nehmen Sie sie gleich mit, Mrs. Boston«, sagte er und verließ mein Zimmer. Er drehte sich noch einmal zu mir um. »Wir reden bald wieder miteinander«, sagte er und ging.

»Ich habe keinen Hunger«, wiederholte ich, sowie er gegangen war.

»Du mußt doch etwas essen, Kind«, sagte sie. »Und du mußt es jetzt tun. Hier müssen wir uns an einen festen Zeitplan halten. Mrs. Cutler führt hier ein straffes Regiment.«

Ich merkte, daß sie mich nicht in Ruhe lassen würde, und so stand ich auf und folgte ihr zur Küche. Als wir an der Treppe vorbeikamen, sah ich nach oben. Irgendwo dort oben war meine richtige Mutter, und sie lag in ihrem Zimmer und war noch nicht in der Lage, mir gegenüberzutreten. Schon der Gedanke flößte mir ein Gefühl ein, als sei ich ein Ungeheuer mit Fängen und Klauen. Wie würde sie sein, wenn wir endlich zusammenkamen? Würde sie mich liebevoller und einfühlsamer als meine Großmutter behandeln? Würde sie darauf bestehen, daß ich oben einquartiert wurde, damit ich in ihrer Nähe war?

»Komm mit«, sagte Mrs. Boston, als sie sah, daß ich stehengeblieben war.

»Mrs. Boston«, sagte ich und schaute immer noch die Treppe hinauf, »wenn Sie meine Großmutter Mrs. Cutler nennen, wie nennen Sie dann meine Mutter? Bringt das nicht alle durcheinander?«

»Das bringt niemanden durcheinander.«

»Warum nicht?«

Sie warf einen Blick nach oben, um sicherzugehen, daß niemand in der Nähe war und uns hören konnte. Dann beugte sie sich zu mir vor und flüsterte:

»Deine Mutter wird von allen die kleine Mrs. Cutler genannt«, sagte sie. »Und jetzt laß uns gehen. Wir haben noch eine Menge zu tun.«

Die Küche kam mir vor wie ein Tollhaus. Die Kellner und Kellnerinnen, die die Gäste im Restaurant bedienten, standen vor einem langen Tisch an, um dort die Tabletts mit dem bestellten Essen entgegenzunehmen.

Das Essen war köstlich, aber Mrs. Boston stand hinter mir und wartete ungeduldig darauf, daß ich fertig wurde. Sobald ich vom Tisch aufgestanden war, machten wir uns auf den Weg zu Mr. Stanley.

Er war ein hagerer Mann von etwa fünfzig Jahren mit dünnem braunen Haar und einem schmalen Gesicht mit kleinen Augen und einem breiten Mund. Er hatte etwas von einem Vogel an sich, vor allem wegen seinen schnellen, ruckhaften Bewegungen. Er trat mit verschränkten Armen zurück und musterte mich, nachdem Mrs. Boston uns einander vorgestellt hatte.

»Hm«, meinte er und nickte heftig mit dem Kopf. »Sie könnte in Agathas alte Livree passen.«

Agathas alte Livree wollte ich noch weniger haben als ihren Posten, aber Mr. Stanley war tüchtig, dachte rationell und hatte nicht den Wunsch, sich zu unterhalten. Er suchte die Livree aus, holte ein Paar weiße Schuhe in meiner Größe und ein Paar weiße Socken und teilte alles an mich aus, als sei ich eben zum Militär gekommen. Ich mußte den Erhalt der Kleidungsstücke sogar quittieren.

»Wenn hier jemand etwas kaputtmacht, zahlt er dafür«, sagte er. »Wenn hier jemand etwas verliert, zahlt er auch dafür. Aus diesem Hotel verschwinden Dinge nicht so leicht wie aus anderen Hotels. Soviel steht fest«, erklärte er stolz. »Wenn du morgen früh antrittst, wirst du mit Sissy in den Ostflügel gehen.«

»Du weißt, wie du wieder zu deinem Zimmer findest?« fragte Mrs. Boston, als wir gingen. Ich nickte. »Gut, dann sehen wir uns morgen früh«, sagte sie. Ich sah ihr nach und wandte mich dann um.

Nachdem ich den alten Flügel erreicht hatte, blieb ich vor dem Wohnzimmer stehen und trat dann ein, um mir die Familienfotos auf dem Kaminsims anzuschauen. Da war Clara Sue als kleines Mädchen, und da war auch Philip. Die beiden standen gemeinsam vor einer der kleinen Lauben. Ich fand das Foto von Philip und unserer Mutter, auf das ich vorher nur einen flüchtigen Blick hatte werfen können, aber als ich die Hand danach ausstreckte, um es mir aus der Nähe zu betrachten, tauchte meine Großmutter in der Tür auf. Ich zuckte zusammen, als sie mich ansprach.

»Wenn ich du wäre, Eugenia, würde ich versuchen, heute nacht viel Schlaf zu bekommen«, sagte sie, und ihr Blick glitt von mir zu den Fotografien. »Du mußt dich an den Tagesrhythmus anpassen.«

Ich stellte das Bild schnell wieder zurück.

»Ich habe doch schon gesagt«, sagte ich trotzig, »daß ich Dawn heiße.« Ich wartete keine Antwort ab, sondern lief schnell zu meinem kleinen Zimmer und schloß die Tür hinter mir. Ich blieb stehen und lauschte, weil ich wissen wollte, ob sie mir gefolgt war, aber ich hörte keine Schritte. Dann stieß ich den Atem aus, den ich angehalten hatte, und wandte mich meinem kleinen Koffer zu.

Ich holte das Foto heraus, auf dem Mama als junges Mädchen abgebildet war, und stellte es auf den kleinen Tisch. Als ich sie ansah, erinnerte ich mich wieder an die letzten Worte, die sie an mich gerichtet hatte.

»Du darfst nie schlecht über uns denken. Wir lieben dich. Denk immer daran.«

»O Mama«, schluchzte ich. »Sieh nur, was passiert ist! Warum habt ihr das bloß getan, Daddy und du?«

Ich streckte die Hand in die Schublade, in der ich die Perlen versteckt hatte, und zog sie heraus. Sobald ich sie in der Hand hielt, fühlte ich mich Mama näher, aber ich konnte sie nicht tragen. Es ging einfach nicht. Nicht hier. Nicht an diesem gräßlichen Ort, der mein neues Zuhause war. Die Perlen waren dazu gedacht gewesen, daß man sie bei erfreulichen Anlässen trug, und meine derzeitige Lage war alles andere als erfreulich. Ich schaute noch ein letztes Mal die Perlen an und versteckte sie dann wieder. Niemand in Cutler's Cove würde je etwas von ihrer Existenz erfahren. Die Perlen waren meine letzte Verbindung zu meiner Familie. Sie waren das einzige, was mir einen gewissen Trost gab, und sie würden mein Geheimnis bleiben. Wenn ich mich je einsam fühlte oder unbedingt an glücklichere Zeiten denken mußte, würde ich sie aus der Schublade holen und in der Hand halten. Vielleicht würde ich sie sogar eines Tages wieder tragen.

Schließlich war ich so erschöpft von diesem Tag, der einer der schlimmsten in meinem ganzen Leben gewesen war, daß ich nur noch meine restlichen Dinge verstaute und mich dann auszog, um ins Bett zu gehen. Ich kroch unter die Decke, die sauber roch, aber rauh war. Das Kissen war zu weich. Ich haßte dieses Zimmer mehr als jede der scheußlichen Wohnungen, in denen wir gelebt hatten.

Ich starrte zu der rissigen weißen Decke hinauf. Die Sprünge zogen sich als Zickzackmuster durch den Verputz und sahen aus wie Fäden, die dort oben festgeklebt waren. Dann drehte ich mich um und schaltete das Licht aus. Da der Nachthimmel jetzt bewölkt war und vor meinem Fenster kein Licht brannte, war es pechschwarz in meinem Zimmer. Sogar als meine Augen sich daran gewöhnt hatten, konnte ich die Kommode und das Fenster kaum erkennen.

Es war schon immer schwer gewesen, sich an eine neue Unterkunft zu gewöhnen, wenn wir herumgereist und von einer Stadt zur anderen gezogen waren. Die erste Nacht war immer gespenstisch, aber früher hatte ich Jimmy gehabt und er mich, und wir hatten einander trösten können.

Jetzt aber, da ich allein war, lauschte ich unwillkürlich auf die leisesten Geräusche in dem alten Trakt des Hotels und schauerte jedesmal zusammen. Ich mußte mich an diese Geräusche erst gewöhnen.

Plötzlich hörte ich jemanden weinen. Die Laute waren erstickt, aber ich hörte deutlich, daß eine Frau weinte. Ich lauschte gebannt und vernahm dann auch die Stimme meiner Großmutter, konnte aber kein Wort verstehen. Das Weinen endete so plötzlich, wie es begonnen hatte.

Dann wurden die Stille und die Dunkelheit bedrohlich. Ich strengte mich an, um die Geräusche aus dem Hotel zu hören, und das nur, um mir Trost zu holen von den Stimmen anderer Menschen. Ich konnte sie hören, aber sie schienen so fern zu sein wie Stimmen aus einem Radio, das weit, weit weg war, und sie konnten mir kein Gefühl von Sicherheit oder Geborgenheit vermitteln. Nach einer Weile siegte meine Erschöpfung über meine Angst, und ich schlief ein.

Ich war da angekommen, wo ich wirklich zu Hause war, und doch hatte ich absolut nicht das Gefühl, hierherzugehören. Wie lange, fragte ich mich, würde ich in meinem eigenen Zuhause und für meine eigene Familie eine Fremde sein?

Ich riß die Augen auf, als ich jemanden an der Tür hörte. Einen Moment lang vergaß ich, wo ich war und was passiert war. Ich rechnete damit, daß Fern nach mir rufen würde, und dann würde ich sie ungeduldig in ihrem Kinderbettchen auf und ab hopsen sehen. Doch statt dessen stand meine Großmutter vor mir, als ich mich aufsetzte. Ihr Haar war tadellos zurückgebürstet, und sie trug einen dunkelgrauen Baumwollrock mit einer farblich passenden Bluse und Jacke. Perlenohrringe baumelten an ihren Ohrläppchen, und sie trug dieselben Ringe und dieselbe Armbanduhr wie beim letzten Mal. Sie verzog mißbilligend das Gesicht.

»Was ist los?« fragte ich. Ihr Gesichtsausdruck und die Art, wie sie in mein Zimmer gestürzt war, ließen mir das Herz heftig schlagen.

»Ich hatte den Verdacht, du könntest noch im Bett liegen. Habe ich nicht deutlich klargestellt, um welche Zeit du aufzustehen und dich anzuziehen hast?« fragte sie mit scharfer Stimme.

»Ich war sehr müde, aber ich konnte nicht gleich einschlafen, weil ich jemanden weinen gehört habe«, sagte ich zu ihr. Sie zog die Schultern hoch und sah mich aus zusammengekniffenen Augen an.

»Unsinn. Niemand hat geweint. Wahrscheinlich hast du schon geschlafen und es war alles nur ein Traum.«

»Es war kein Traum. Ich habe jemanden weinen gehört«, beharrte ich.

»Mußt du mir denn immer widersprechen?« fauchte sie. »Ein junges Mädchen in deinem Alter sollte gelernt haben, wann man etwas sagt und wann man ruhig bleibt.«

Ich biß mir auf die Unterlippe. Am liebsten hätte ich sie angefaucht. Ich hätte gern von ihr verlangt, sie solle aufhören, mich so zu behandeln, aber das Schicksal hatte mich durch ein Astloch gezogen, und jetzt war ich wie überdehnt und langgestreckt. Es war, als hätte ich meine Stimme verloren und als würde alles für immer in mir eingesperrt bleiben, sogar die Tränen. Sie warf einen unfreundlichen Blick auf ihre Armbanduhr.

»Es ist sieben«, sagte sie. »Du mußt dich auf der Stelle anziehen und in die Küche gehen, wenn du noch etwas zum Frühstück haben willst. Wenn die Angestellten frühstücken wollen, dann müssen sie ihr Frühstück vor den Gästen einnehmen. Achte darauf, daß du von jetzt an morgens pünktlich aufstehst«, befahl sie. »In deinem Alter sollte man sich in seiner Pflichterfüllung nicht mehr auf andere verlassen müssen.«

»Ich stehe immer früh auf, und ich erfülle immer meine Pflichten«, entgegnete ich ihr. Meine Wut explodierte endlich wie ein Ballon, der zu heftig aufgeblasen worden ist. Sie starrte mich einen Moment lang an. Ich blieb im Bett liegen und preßte mir die Decke auf die Brust, um dem Pochen meines Herzens Einhalt zu gebieten.

Sie musterte mich einen Moment lang, und dann fiel ihr Blick auf den kleinen Nachttisch. Plötzlich lief ihr Gesicht leuchtend rot an.

»Wer ist das auf dem Foto?« fragte sie und trat vor.

»Das ist Mama«, sagte ich.

»Du hast das Bild von Sally Jean Longchamp in mein Hotel mitgebracht und es aufgestellt, damit es jeder sehen kann?«

Mit einer blitzschnellen Bewegung streckte sie die Hand nach meinem kostbaren Foto aus.

»*Wie konntest du das hierher mitbringen?*«

»*Nein!*« rief ich aus, doch schon im nächsten Augenblick riß sie das Bild in der Mitte durch. »Das war mein Foto, mein einziges Foto!« schrie ich unter Tränen. Sie richtete sich zu ihrer vollen Größe auf.

»Diese Menschen waren Kidnapper, Kindesräuber, Diebe. Ich habe es dir doch gesagt«, zischte sie durch zusammengebissene Zähne und preßte die Lippen zusammen, bis sie so dünn wie ein Bleistiftstrich waren. »Ich will nichts mit ihnen zu tun haben. Lösch sie aus deiner Erinnerung aus.«

Sie warf Mamas Bild in den kleinen Papierkorb. »Sei in zehn Minuten in der Küche. Die Familie muß dem Personal ein Vorbild sein«, fügte sie hinzu, verließ mein Zimmer und schloß die Tür hinter sich.

Tränen liefen über meine Wangen.

Warum behandelte meine Großmutter mich so abscheulich? Warum konnte sie nicht sehen, welche Qualen ich litt, weil man mich aus der Familie herausgerissen hatte, die ich für meine richtige Familie gehalten hatte? Warum ließ man mir nicht ein wenig Zeit, um mich an ein neues Zuhause und an ein neues Leben zu gewöhnen? Ihr fiel nichts Besseres ein, als mich so zu behandeln, als sei ich jemand, der zu einem unbändigen und nutzlosen Geschöpf herangewachsen war. Das versetzte mich in Wut. Ich haßte diesen Ort, es war mir verhaßt, hier zu sein.

Ich stand auf und zog mir schnell eine Jeans und eine Bluse an. Mein einziger Gedanke war der, wie ich diesen gräßlichen Ort hinter mir lassen konnte, und so schlich ich aus meinem Zimmer und verließ das Hotel durch eine Seitentür. Das Frühstück war mir völlig egal, und genausowenig interessierte es mich, daß ich zu meiner neuen Arbeit zu spät kommen würde. Das einzige, woran ich denken konnte, waren die haßerfüllten Augen meiner Großmutter.

Ich lief mit gesenktem Kopf weiter, und mir war ganz egal, wohin mein Weg mich führte. Nach einer Weile schaute ich auf und stellte fest, daß ich vor einem hohen Steinbogen stand. Die Worte, die in den Stein gemeißelt waren, lauteten: CUTLER'S COVE FRIEDHOF. Wie passend, dachte ich. Ich fühlte mich so, daß ich lieber tot gewesen wäre.

Ich lugte durch das finstere Portal auf die Steine, die wie Knochen in der Morgensonne schimmerten, und ich fühlte mich von ihnen angezogen wie ein Mensch, der unter Hypnose steht. Ich entdeckte einen Weg, der nach rechts führte, und ging langsam weiter. Es war ein sehr gepflegter Friedhof, das Gras war frisch geschnitten, das Unkraut gejätet, und die Blumen waren frisch und prächtig. Es dauerte nicht lange, bis ich auf die Cutlers stieß und die Grabsteine meiner Vorfahren betrachtete: die Gräber von den Menschen, die mein Urgroßvater und meine Urgroßmutter gewesen waren, Tanten und Onkel, Cousins und Cousinen. Auf dem Grab meines Großvaters befand sich ein großes Monument, und direkt dahinter, ein wenig nach rechts versetzt, stand ein kleiner Stein.

Ich wurde neugierig, lief auf den kleinen Stein zu, und dann blieb ich erstarrt stehen, als ich lesen konnte, was daraufstand. Ich blinzelte ungläubig. Hatte ich die Inschrift richtig gelesen, oder spielte die Morgensonne meinen Augen einen Streich? Wie konnte das sein? Weshalb sollte es so sein? Es leuchtete mir einfach nicht ein. Es leuchtete mir überhaupt nicht ein!

Langsam kniete ich vor dem winzigen Grabmal nieder und fuhr die eingemeißelten Buchstaben mit den Fingerspitzen nach, während ich die wenigen Worte las:

EUGENIA GRACE CUTLER

SÄUGLING

VON UNS GEGANGEN, ABER NICHT VERGESSEN

Mein Magen zog sich zusammen, als ich die Worte anstarrte, die mit meiner eigenen Geburt und meinem Verschwinden zusammenhingen. Das war *mein* Grab.

Plötzlich fühlte sich der Boden unter meinen Knien an, als stünde er in Flammen. Mit zitternden Beinen stand ich schnell auf und riß meine Augen von diesem Beweis meiner Nichtexistenz los. In meiner Vorstellung bestand kein Zweifel daran, wer dieses Grab hatte anlegen lassen: Großmutter Cutler. Sie wäre gewiß glücklicher gewesen, wenn mein kleiner Körper wirklich darin gelegen hätte. Aber warum? Warum war sie derart versessen darauf, mich unter der Erde und in Vergessenheit zu wissen?

Irgendwie mußte ich dieser hassenswerten alten Frau die Stirn bieten und ihr zeigen, daß ich kein minderwertiges Geschöpf war, das man anspuckte und quälte. Ich war nicht tot. Ich war am Leben, und nichts, was sie tat, würde meine Existenz in Abrede stellen können.

Als ich zum Hotel zurückkehrte und in mein Zimmer ging, griff ich als erstes in den Papierkorb und holte die zerrissene Fotografie von Mama heraus. Ihr wunderbares Lächeln war in der Mitte durchgerissen. Es war, als hätte meine Großmutter mir das Herz entzweigerissen. Ich versteckte die beiden Teile des Bildes in der Schublade unter meiner Unterwäsche. Ich würde versuchen, das Foto wieder zusammenzukleben, aber es würde nie mehr so wie vorher sein.

Ich zog meine Livree an und begab mich auf dem direkten Weg in die Küche. Als ich dort ankam, hatten sich bereits Scharen von Kellnern, anderen Zimmermädchen, Küchenhilfen, aber auch die Pagen und Empfangsdamen versammelt. Sämtliche Unterhaltungen verstummten, und alle Gesichter drehten sich zu mir um. Ich kam mir genauso vor, wie ich mir immer vorgekommen war, wenn ich ein neues Klassenzimmer betreten hatte. Ich konnte mir vorstellen, daß die meisten inzwischen wußten, wer ich war.

Mrs. Boston rief mich zu sich, und ich schloß mich ihr und den anderen Zimmermädchen an. Ich konnte ihnen ansehen, daß sie mich nicht leiden konnten, weil ich einer von ihnen die Stellung weggenommen hatte, jemandem, der diese Arbeit wirklich gebraucht hatte. Trotzdem stellte sie mich allen einzeln vor und machte mich auf Sissy aufmerksam. Ich setzte mich neben sie.

Sie war ein schwarzes Mädchen, das fünf Jahre älter war als ich, wenn sie auch nicht einen Tag älter aussah. Ich war zwei oder drei Zentimeter größer als sie. Sie hatte das Haar kurz geschnitten, so gleichmäßig, als hätte ihr jemand einen Topf auf den Kopf gestülpt und einfach außen herum abgeschnitten.

»Alle reden nur über dich«, sagte sie. »Die Leute wußten immer von dem vermißten Cutler-Baby, aber alle dachten, du seist tot. Mrs. Cutler hat sogar auf dem Familienfriedhof einen Grabstein für dich aufstellen lassen«, fügte sie hinzu.

»Ich weiß«, sagte ich. »Ich habe ihn schon gesehen.«

»Ach, wirklich?«

»Warum haben sie das getan?«

»Ich habe gehört, Mrs. Cutler hätte den Grabstein Jahre später in Auftrag gegeben, nachdem sie zu dem Schluß gekommen war, daß man dich nicht mehr lebendig auffinden würde. Ich war natürlich noch zu klein, um zum Gedächtnisgottesdienst zu gehen, aber meine Großmutter hat mir erzählt, es sei ohnehin außer den Familienangehörigen niemand dagewesen. Mrs. Cutler hat jedem erzählt, der Tag, an dem du entführt worden bist, sei für sie wie dein Todestag.«

»Niemand hat mir auch nur ein Wort davon erzählt«, sagte ich. »Ich bin rein zufällig darauf gestoßen, als ich durch den Friedhof geschlendert bin und die Familiengräber betrachtet habe.«

»Ich vermute, sie werden den Grabstein jetzt entfernen«, sagte Sissy.

»Nicht, wenn es nach meiner Großmutter geht«, murmelte ich.

»Was soll das heißen?«

»Nichts«, sagte ich. Der Anblick des kleinen Steines, auf dem dieser Name stand, ließ mich jetzt noch zittern. Wenn es auch nicht der Name war, den ich akzeptieren konnte, so war doch ich damit gemeint. Das lief auf dasselbe hinaus. Ich war froh, mich an die Arbeit machen zu können, damit ich auf andere Gedanken kam.

Nach dem Frühstück begaben wir uns mit den anderen Zimmermädchen in Mr. Stanleys Büro. Er gab uns Anweisungen und teilte uns mit, welche Zimmer für neue Gäste zurechtgemacht und welche geputzt werden mußten, weil die Gäste abreisten. Sissy und ich wurden für den Gebäudeteil eingeteilt, der der Ostflügel genannt wurde. Wir hatten fünfzehn Zimmer. Wir machten sie abwechselnd sauber, jeweils zwei nebeneinander. Kurz vor dem Mittagessen kam mein Vater, um mich zu holen.

»Deine Mutter ist jetzt bereit, dich zu sehen, Eugenia«, sagte er.

»Ich habe doch schon gesagt, daß ich ... Dawn heiße«, gab ich zurück. Jetzt, nachdem ich den Grabstein gesehen hatte, war mir der andere Name noch abscheulicher geworden.

»Findest du nicht, daß Eugenia einen würdigeren Klang hat, Kleines?« fragte er, als wir uns auf den Weg gemacht hatten. »Du bist nach einer der Schwestern meiner Mutter benannt worden. Sie war noch ein junges Mädchen, als sie gestorben ist.«

»Ich weiß, aber ich bin nicht mit diesem Namen aufgewachsen, und ich kann ihn nicht leiden.«

»Vielleicht wirst du ihn mit der Zeit doch noch mögen. Wenn du versuchst, dich daran zu gewöhnen«, schlug er vor.

»Nein, ganz bestimmt nicht«, beharrte ich, aber er schien meine Worte nicht zu hören oder ihnen keine Beachtung zu schenken.

Wir bogen in den alten Gebäudeteil ein und gingen auf die Treppe zu, und mein Puls schlug bei jedem Schritt schneller.

Im oberen Stockwerk wirkten die Tapeten neu, und sie waren mit blauen Tupfen gesprenkelt, und in den Gängen lag ein weicher beigefarbener Teppich. Ein großes Fenster am hinteren Ende ließ den Korridor luftig und hell wirken.

»Das hier ist Philips Zimmer«, erklärte mein Vater, als wir an einer Tür vorbeikamen, die nach rechts führte, »und die Tür nebenan gehört zu Clara Sues Zimmer. Unsere Suite ist gleich hier links. Und die Suite deiner Großmutter ist gleich um die Ecke.«

Wir blieben vor den geschlossenen Türen stehen, die zum Schlafzimmer meiner Eltern führten, und mein Vater holte tief Atem, schloß die Augen und öffnete sie wieder, als drücke eine Last auf seine Brust.

»Ich muß dir etwas erklären«, begann er. »Deine Mutter ist eine äußerst empfindliche Frau. Die Ärzte sagen, daß sie schwache Nerven hat, und daher versuchen wir, jede Anspannung und jede Belastung von ihr fernzuhalten. Sie stammt aus einer guten alten Familie aus dem Süden, Aristokraten, und sie ist ihr Leben lang sehr behütet aufgewachsen. Aber gerade deshalb liebe ich sie. Sie ist wie... ein Kunstwerk, aus edelstem Porzellan, zerbrechlich, wunderschön und erlesen«, sagte er. »Sie ist jemand, der beschützt, verwöhnt und geliebt werden muß. Jedenfalls kannst du dir sicher vorstellen, was all das bei ihr ausgelöst hat. Sie fürchtet sich ein wenig vor dir«, fügte er hinzu.

»Sie fürchtet sich vor mir? Aber warum denn?« fragte ich.

»Nun... es war so schon eine große Belastung für sie, unsere zwei Kinder aufzuziehen. Und dann plötzlich einem längst verloren geglaubten dritten Kind gegenüberzustehen, das ein vollkommen anderes Leben gelebt hat... es macht ihr angst. Alles, worum ich dich bitte, ist, Geduld mit ihr zu haben. So«, sagte er und holte noch einmal tief Atem, ehe er nach dem Türknopf griff, »dann laß uns hineingehen.«

Es war, als seien wir in eine andere Welt eingetreten. Zuerst betraten wir ein Wohnzimmer mit einem samtigen burgunderfarbenen Teppich. Sämtliche Einrichtungsgegenstände waren, wenn sie auch blitzblank und sauber und neu aussahen, eindeutig antik. Später sollte ich dann erfahren, wie wertvoll diese Einrichtung war. Es waren alles Originalstücke, die aus der Zeit um die Jahrhundertwende stammten.

Links befand sich ein eingemauerter Kamin mit einem langen, breiten Sims. Darauf stand in der Mitte in einem silbernen Rahmen ein Bild von einer jungen Frau, die einen Sonnenschirm in der Hand hielt und an einem Strand stand. Sie trug ein knöchellanges, pastellfarbenes Kleid. An beiden Enden des Simses standen schlanke Vasen, in denen jeweils eine einzelne Rose steckte.

Über dem Kaminsims hing ein Gemälde, das wohl das ursprüngliche Cutler's Cove Hotel darstellte. Menschen standen auf dem Rasen zusammen und saßen auf dem Balkon, der um das Haus herumführte. Ein Mann und eine Frau standen zusammen vor der Haustür. Ich fragte mich, ob das vielleicht meine Großeltern sein sollten. Der Himmel über dem Hotel war mit kleinen Wölkchen gesprenkelt.

Gleich links neben mir befand sich ein Klavier. Es lagen Noten darauf, die allerdings so wirkten, als seien sie nur aus Gründen der Dekoration dort hingelegt worden. Das ganze Wohnzimmer wirkte tatsächlich unbenutzt und unberührt, wie ein Raum in einem Museum.

»Hier entlang«, sagte mein Vater und wies auf die Flügeltüren vor uns. Er nahm beide Griffe in die Hand und öffnete die Türen gleichzeitig mit einer einzigen, anmutigen Bewegung. Ich trat in das Schlafzimmer und hätte vor Erstaunen fast nach Luft geschnappt. Es war so groß, daß ich glaubte, es sei größer als die meisten Wohnungen, in denen ich je gelebt hatte. Der dicke meerblaue Teppich zog sich scheinbar endlos dahin, bis er am anderen Ende des Raumes ein gewaltiges Himmelbett erreichte. Beidseits des Bettes waren große Fenster, vor denen weiße Spitzengardinen hingen. Die Wände waren mit dunkelblauem Samt bespannt. An der rechten Wand stand ein länglicher Frisiertisch aus schneeweißem Marmor, durch den sich kirschrote Adern zogen. Davor standen zwei hochlehnige Polsterstühle. Vasen voller Narzissen waren über den Tisch verteilt. Hinter der Frisierkommode nahm ein Spiegel, der vom Boden bis zur Decke reichte, die ganze Wand ein und ließ das Schlafzimmer noch größer und geräumiger wirken.

In der linken Wand führte eine Tür in ein Ankleidezimmer, das größer war als jeder Raum, in dem ich je geschlafen hatte. Davon ging noch eine zweite Kleiderkammer ab. Das Badezimmer lag rechts davon. Ich konnte nur einen flüchtigen Blick hineinwerfen, aber es gelang mir, die goldenen Armaturen an den Waschbecken und der riesigen Badewanne zu sehen.

Meine Mutter verlor sich fast in dem riesigen Bett. Sie saß aufrecht und hatte sich an zwei überdimensionale Kissen gelehnt. Sie trug einen seidenen Morgenmantel in einem leuchtenden Rosa und ein Nachthemd aus Baumwollspitze. Als wir näher kamen, sah sie von ihrer Zeitschrift auf und legte eine Praline wieder in die Schachtel zurück, die neben dem Bett stand. Obwohl sie noch im Bett lag, trug sie Perlenohrringe und hatte die Lippen und Augen geschminkt. Sie sah aus, als würde sie jeden Moment aus dem Bett aufstehen, in ein elegantes Kleid schlüpfen und tanzen gehen.

»Laura Sue, wir sind da«, sagte mein Vater in gedämpftem Ton. Er blieb stehen, drehte sich zu mir um und bedeutete mir, ich solle nähertreten. »Ist sie nicht ein hübsches Mädchen?« fügte er hinzu, als ich neben ihn trat.

Ich sah die Frau an, von der man mir gesagt hatte, sie sei meine richtige Mutter. Ja, es waren Ähnlichkeiten zu erkennen, dachte ich. Wir waren beide blond, und auch mein Haar wies den leuchtenden gelblichen Ton der Morgensonne auf. Ich hatte ihre blauen Augen und ihre blasse, zarte Haut. Sie hatte einen anmutigen Hals und schmale Schultern, und das Haar fiel ihr auf diese Schultern und sah aus, als sei es tausendfach gebürstet worden – so weich und voller Glanz.

Sie musterte mich, bewegte ihre Augen blitzschnell von meinen Füßen bis zu meinem Kopf, und dann keuchte sie, als versuchte sie, Atem zu holen. Sie legte die Hand auf das herzförmige Medaillon zwischen ihren Brüsten und betastete es nervös. Sie trug einen riesigen Diamantring mit einem Stein, der so groß war, daß er an ihrem schmalen, kurzen Finger unpassend und klobig wirkte.

Auch ich holte tief Atem. Der Duft der Narzissen erfüllte den Raum, denn auch auf den Beistelltischchen, die herumstanden, befanden sich Vasen mit Narzissensträußen.

»Warum trägt sie die Livree eines Zimmermädchens?« fragte meine Mutter meinen Vater.

»Ach, du kennst Mutter doch. Sie wollte, daß sie sich auf der Stelle mit dem Hotelbetrieb vertraut macht«, erwiderte er. Sie schnitt eine Grimasse und schüttelte den Kopf.

»Eugenia«, sagte sie schließlich flüsternd und wandte sich an mich. »Bist du es wirklich?« Ich schüttelte den Kopf, und sie schien verwirrt zu sein. Fragend schaute sie meinen Vater an. Ein besorgtes Stirnrunzeln zog seine Augenbrauen zusammen.

»Ich muß es dir erklären, Laura Sue. Eugenia hat immer nur den Namen Dawn gekannt, und es ist ihr nicht ganz wohl dabei, wenn man sie anders nennt«, erklärte er. Ein verwirrter Ausdruck glitt über ihr Gesicht und zog ihre Stirn in Falten. Sie zuckte mit den Wimpern und zog einen Schmollmund. »Ach? Aber Großmutter Cutler hat dir doch deinen Namen gegeben«, sagte sie zu mir, als hieße das, er sei in Stein gemeißelt und könne niemals mehr geändert oder in Frage gestellt werden.

»Das ist mir egal«, sagte ich. Plötzlich machte sie einen ängstlichen Eindruck, und als sie meinen Vater wieder ansah, war ihr Blick hilfesuchend.

»Sie haben sie Dawn genannt? Einfach nur Dawn?«

»Wie dem auch sei, Laura Sue«, sagte mein Vater, »Dawn und ich haben uns geeinigt, daß sie es einmal mit Eugenia versuchen wird.«

»Ich habe nicht gesagt, daß ich damit einverstanden bin«, warf ich eilig hin.

»Oh, wird das alles schwierig werden«, seufzte meine Mutter und schüttelte den Kopf. Sie hielt die Hand an den Hals, und ihre Augen wurden dunkler. Als ich ihre Reaktionen beobachtete, fühlte ich etwas Beängstigendes in meinem Herzen. Mama war todkrank gewesen, aber so schwach und hilflos wie meine richtige Mutter hatte sie nie gewirkt.

»Wenn jemand sie mit Eugenia anspricht, wird ihr nicht klar sein, daß sie gemeint ist. Aber du kannst dich jetzt nicht mehr Dawn nennen«, sagte sie zu mir. »Was sollen die Leute denn denken?« stöhnte sie.

»Aber es ist mein Name!« antwortete ich. Sie sah mich an, als würde sie selbst gleich weinen.

»Ich weiß, wie wir es machen«, sagte sie plötzlich und klatschte in die Hände. »Jedesmal, wenn wir dich jemandem vorstellen, der bedeutend ist, werden wir dich als Eugenia Grace Cutler vorstellen. Unter uns, im Familienkreis, werden wir dich Dawn nennen, wenn du willst. Klingt das nicht vernünftig, Randolph? Wird Mutter nicht auch der Meinung sein?«

»Das werden wir sehen«, erwiderte er, aber er wirkte nicht gerade glücklich. Das Gesicht meiner Mutter verzog sich gequält, beruhigte sich und lächelte. »Ich werde mit ihr reden.«

»Warum könnt ihr nicht einfach erklären, daß ihr es so haben wollt?« fragte ich meine Mutter. Im Moment war ich weniger wütend, eher wirklich neugierig. Sie schüttelte den Kopf und preßte sich die Hand auf die Brust.

»Ich... ertrage keine Auseinandersetzungen«, sagte sie. »Muß es denn zu Auseinandersetzungen kommen, Randolph?«

»Mach dir darüber keine Gedanken, Laura Sue. Ich bin sicher, daß Dawn und ich und Mutter eine Lösung finden werden.«

»Gut.« Sie holte tief Atem. »Gut«, wiederholte sie. »Das wäre also geregelt.«

Was war geregelt? Ich warf einen Seitenblick auf meinen Vater. Er lächelte mich an, als wolle er damit sagen, ich solle es auf sich beruhen lassen. Meine Mutter lächelte jetzt auch wieder und sah aus wie ein kleines Mädchen, dem man ein wunderbares neues Kleid oder einen Tag im Zoo versprochen hat.

»Komm näher, Dawn«, sagte sie. »Laß mich dich ganz genau ansehen. Komm her, setz dich ans Bett.« Sie wies auf einen Stuhl, den ich mir heranziehen sollte. Ich tat es und setzte mich. »Du bist ein hübsches Mädchen«, sagte sie, »mit wunderschönem Haar und wunderschönen Augen.« Sie streckte die Hand aus, um mir über das Haar zu streichen. »Bist du froh, hier zu sein, zu Hause zu sein?«

»Nein«, sagte ich schnell, vielleicht zu schnell, denn sie blinzelte und zuckte zurück, als hätte ich sie geschlagen. »Ich bin es nicht gewohnt, hier zu sein«, erklärte ich, »und ich vermisse die einzigen Menschen, die ich je als meine Familie gekannt habe.«

»Natürlich«, sagte sie. »Du armes, armes Ding. Wie furchtbar muß all das für dich sein.« Sie lächelte, ein sehr reizvolles Lächeln, fand ich, und als ich zu meinem Vater aufblickte, sah ich, wie sehr er sie anbetete. »Ich habe dich nur ein paar Stunden lang gekannt, dich nur ein Weilchen im Arm gehalten. Das Kindermädchen, Mrs. Dalton, hat dich besser gekannt als ich«, wimmerte sie kläglich. Sie wandte ihre traurigen Augen meinem Vater zu, und er nickte betrübt.

»Immer, wenn ich dich sehen kann, mußt du so viel Zeit wie möglich mit mir verbringen und mir alles über dich erzählen, wo du gewesen bist und was du getan hast. Haben sie dich gut behandelt?« fragte sie und verzog das Gesicht, als sei sie darauf gefaßt, das Schlimmste zu hören: Geschichten, wie sie mich in Kleiderschränke gesperrt hatten, mich hungern ließen oder mich geschlagen hatten.

»Ja«, sagte ich mit fester Stimme.

»Aber sie waren doch so arm!« rief sie aus.

»Es spielt keine Role, ob man arm ist. Sie haben mich geliebt, und ich habe sie geliebt«, erklärte ich. Ich konnte nichts dagegen tun. Ich vermißte Jimmy und die kleine Fern so sehr, daß ich innerlich zitterte.

»Ach, du meine Güte«, sagte meine Mutter und wandte sich zu meinem Vater. »Es wird wirklich so schwierig, wie ich es mir vorgestellt habe.«

»Es wird Zeit brauchen«, sagte er. »Steigere dich nicht in eine Panik hinein, Laura Sue. Alle werden mithelfen, insbesondere Mutter.«

»Ja, ja, ich weiß.« Sie wandte sich wieder an mich. »Ich werde jedenfalls für dich tun, was ich kann, Dawn, aber ich fürchte, ich bin noch nicht wieder bei Kräften. Ich hoffe, du verstehst das.«

»Natürlich versteht sie es«, sagte mein Vater.

»Nach einer Weile, wenn du gelernt hast, wie man gesellschaftlich auftritt, werden wir eine kleine Party geben, um deine Heimkehr zu feiern. Meinst du nicht, daß das Spaß macht?« fragte sie lächelnd.

»Mein gesellschaftliches Auftreten ist in Ordnung«, erwiderte ich, und das Lächeln schwand von ihrem Gesicht.

»Aber nein, natürlich weißt du nicht, wie du aufzutreten hast, meine Liebe. Ich habe Ewigkeiten gebraucht, um die richtigen Anstandsformen zu erlernen, und ich bin in einem schönen Heim aufgewachsen und war von schönen Dingen umgeben. Leute von Rang gingen ständig ein und aus. Ich bin sicher, daß du nicht weißt, wie man einen Menschen entsprechend begrüßt oder wie man einen Knicks macht und die Augen nach unten schlägt, wenn einem jemand ein Kompliment macht. Du weißt nicht, wie man bei einer offiziellen Abendgesellschaft zu Tisch sitzt, welches Besteck man benutzt, wie man seine Suppe richtig ißt, sein Brot schmiert, nach Dingen greift. Du wirst jetzt sehr viel zu lernen haben. Ich werde mich bemühen, dir so viel wie möglich beizubringen, aber du mußt Geduld mit mir haben, einverstanden?«

Ich wandte den Blick ab. Warum waren ihr diese Dinge jetzt so wichtig? Was war damit, daß wir einander wirklich kennenlernen würden? Was war mit einer Mutter-Tochter-Beziehung? Warum interessierte sie sich nicht mehr dafür, was ich wollte und brauchte?

»Und wir können auch über Frauenangelegenheiten miteinander reden«, sagte sie. Ich blickte interessiert wieder auf.

»Frauenangelegenheiten?«

»Natürlich. So kannst du schließlich auf die Dauer nicht herumlaufen.«

»Sie arbeitet diesen Sommer im Hotel, Laura Sue«, erinnerte sie mein Vater.

»Na und? Deshalb kann sie doch trotzdem so aussehen, wie eine Tochter von mir aussehen sollte.«

»Was soll mit meinem Aussehen sein? Stimmt etwas nicht?«

»Ach, du meine Güte, Liebling, dein Haar müßte geschnitten und frisiert werden. Ich werde dafür sorgen, daß meine Kosmetikerin nach dir sieht. Und erst deine Nägel«, sagte sie und verzog das Gesicht. »Sie müssen ordentlich manikürt werden.«

»Ich kann nicht Betten machen und Zimmer putzen und mir dabei Sorgen um meine Nägel machen«, erklärte ich.

»Muß sie denn als Zimmermädchen arbeiten?« fragte meine Mutter meinen Vater.

»Mutter hält es am Anfang für das beste.«

Sie nickte mit einem Ausdruck tiefer Resignation, als sei alles, was meine Großmutter für gut befand, wie Gottes Wort. Dann seufzte sie, betrachtete mich noch einmal und schüttelte den Kopf.

»Zieh dir in Zukunft bitte etwas Hübscheres an, wenn du zu mir kommst«, sagte sie zu mir. »Jede Livree deprimiert mich. Und dusch dich immer, und wasch dir das Haar, ehe wir uns sehen. Andernfalls bringst du Staub und Schmutz zu mir.«

Ich vermute, ich muß ein aufgeschlagenes Buch gewesen sein, denn sie konnte den Schmerz in meinem Herzen mühelos erkennen.

»O Dawn, mein Liebling, du mußt mir verzeihen, wenn meine Worte rücksichtslos klingen. Ich habe nicht vergessen, wie schwer das alles für dich ist. Aber denk doch auch an all die wunderbaren neuen Sachen, die du bekommen wirst. Und daran, was du alles tun kannst. Du wirst eine Cutler in Cutler's Cove sein, und das ist eine Ehre und ein Privileg. Eines Tages wird es eine Schar von anständigen Männern geben, die um deine Hand anhalten, und dann wird dir alles, was dir bisher zugestoßen ist, wie ein böser Traum erscheinen.«

Sie unterbrach sich einen Moment lang. »Mir kommt es doch auch wie ein böser Traum vor«, fügte sie dann hinzu und holte wieder tief Atem, als müsse sie nach Luft ringen.

»Meine Güte, wird es heute heiß«, preßte sie im selben Atemzug hervor. »Könntest du bitte den Ventilator einschalten, Randolph?«

»Selbstverständlich, meine Liebe.«

Sie ließ sich auf die Kissen sinken und fächelte sich mit ihrer Zeitschrift Luft zu.

»Es ist alles zuviel für mich, Randolph, du wirst mir dabei helfen müssen!« rief sie aus, und ihre Stimme war dünn und hoch und klang, als stünde sie kurz vor einem Ausbruch von Hysterie. »Es ist schon schwer genug für mich, mich um Clara Sue und Philip zu kümmern.«

»Natürlich werde ich dir helfen, Laura Sue. Dawn wird dir keine Probleme machen.«

»Gut«, sagte sie.

Wie konnte sie bloß glauben, ich würde ihr Probleme machen, fragte ich mich. Ich war doch kein Baby, um das man sich ständig kümmern und auf das man jeden Moment aufpassen mußte.

»Wissen schon alle von ihr, Randolph?« fragte sie und starrte zur Decke. Wenn sie so über mich sprach, war es, als sei ich nicht im selben Raum mit ihr.

»Es spricht sich in Cutler's Cove herum, falls es das ist, was du meinst.«

»Um Himmels willen. Wie soll ich aus dem Haus gehen? Wohin ich auch komme, werden mir die Leute Fragen stellen. Der Gedanke daran ist mir einfach unerträglich, Randolph«, stöhnte sie.

»Ich werde die Fragen beantworten, Laura Sue. Mach dir deshalb keine Sorgen.«

»Mein Herz schlägt so schnell, Randolph. Gerade eben hat es damit angefangen, und ich spüre den Puls in meiner Kehle«, sagte sie und legte sich die Finger an den Hals. »Ich bekomme keine Luft mehr.«

»Sei jetzt ganz ruhig, Laura Sue«, riet ihr mein Vater. Ich sah ihn erwartungsvoll an. Was geschah jetzt? Er nickte und wies mit einer Kopfbewegung zur Tür.

»Ich gehe jetzt besser«, sagte ich. »Ich muß mich wieder an die Arbeit machen.«

»Oh... ach so, ja, meine Süße«, sagte sie und wandte sich wieder an mich. »Ich muß mich jetzt ohnehin ein Weilchen ausruhen. Später reden wir dann miteinander. Randolph, sag Dr. Madeo bitte, daß er wieder kommen soll.«

»Also, hör mal, Laura Sue, es ist keine Stunde her, seit er hier war, und...«

»Bitte. Ich glaube, ich brauche ihn, damit er mir etwas anderes verschreibt. Das Medikament hilft nicht.«

»Gut«, meinte er seufzend. Er folgte mir aus dem Zimmer. Ich drehte mich noch einmal um und sah sie mit geschlossenen Augen auf dem Rücken liegen. Sie hatte die Hände immer noch auf ihre Brust gepreßt.

»Sie wird schon wieder gesund«, versicherte mir mein Vater, als wir das Zimmer verlassen hatten. »Das ist nur einer ihrer Anfälle. In ein oder zwei Tagen wird sie wieder munter durch die Gegend laufen. Sie wird eines ihrer wunderschönen Kleider anziehen und neben Mutter in der Tür zum Restaurant stehen und die Gäste begrüßen. Du wirst es ja sehen«, sagte er und tätschelte meine Schulter.

Mein Vater nahm an, ich sei nur so traurig und bedrückt, weil ich mir Sorgen um meine Mutter machte, aber sie war immer noch eine Fremde für mich. Es stimmte, wir sahen einander ein wenig ähnlich, aber ich spürte keine Wärme zwischen uns und konnte mir auch nicht vorstellen, sie Mutter zu nennen. Sie hatte noch nicht einmal versucht, mir einen Kuß zu geben. Statt dessen hatte sie mir das Gefühl gegeben, schmutzig und unwissend zu sein, ein Wildfang, den man von der Straße geholt hatte, jemand, den man wie einen streunenden Hund grundlegend ändern und umerziehen mußte.

Ich wandte den Blick ab. Kein Geld, keine Macht und kein gesellschaftlicher Rang und nicht all die Ehre, die damit einherging, daß man eine Cutler war, konnten mir auch nur einen der Momente ersetzen, in denen ich mich als eine Longchamp geliebt gefühlt hatte. Aber das wollte niemand einsehen oder gar verstehen, am allerwenigsten meine richtigen Eltern.

O Mama! O Daddy! stöhnte ich innerlich. Warum habt ihr das bloß getan? Ich wäre besser dran gewesen, wenn ich die Wahrheit nicht gekannt hätte. Es wäre besser für uns alle gewesen, wenn der Gedächtnisstein für ein geraubtes Baby unberührt geblieben wäre und ewig dort auf einem stillen Friedhof gestanden hätte, nur noch eine Lüge mehr.

Aber für mich war die Welt voller Lügen, und eine zusätzlich schien jetzt auch keine Rolle mehr zu spielen.

10 *Ein neuer Bruder, eine verlorene Liebe*

In den nächsten Tagen bekam ich meinen Vater kaum zu Gesicht. Jedesmal, wenn ich ihn sah, wirkte er hektisch und eilte hin und her, während meine Großmutter gelassen wie eine Königin durch das Hotel schlenderte. Immer, wenn mein Vater mich sah, versprach er mir, mehr Zeit mit mir zu verbringen. Ich kam mir vor wie ein Kieselstein in seinem Schuh. Er blieb stehen, um mich rauszuschütteln, und dann eilte er weiter und vergaß von einem Mal zum nächsten, daß er mich bereits gesehen und dasselbe gesagt hatte.

Meine Mutter kam tagelang nicht aus ihrem Zimmer. Eines Tages tauchte sie dann in der Tür zum Restaurant auf und begrüßte die Gäste beim Eintreten. Sie trug ein wunderschönes türkisfarbenes Gewand und hatte sich das Haar so gebürstet, daß es gelockt auf ihre Schultern fiel. Sie trug eine Diamanthalskette, die sehr blinkte, und ich fand, sie war eine der schönsten Frauen, die ich je gesehen hatte. Sie sah aus, als sei sie noch keinen einzigen Tag in ihrem Leben krank gewesen. Ihr Teint hätte nicht rosiger sein können, ihre Augen nicht strahlender, ihr Haar nicht gesünder und kräftiger.

Ich stand unbemerkt in einer Ecke des Foyers und beobachtete, wie sie und meine Großmutter die Leute begrüßten. Beide lächelten freundlich, tätschelten Hände und ließen sich von anderen Frauen und Männern auf die Wangen küssen. Es schien, als seien alle, die im Hotel wohnten, alte Freunde. Sowohl meine Mutter als auch meine Großmutter wirkten lebhaft und gutgelaunt, und die Gästeschar, die an ihnen vorüberzog, schien beiden neue Energien zu geben.

Als alle Gäste eingetreten waren, warf meine Großmutter meiner Mutter einen seltsam bösen Blick zu und betrat dann selbst das Restaurant. Meine Mutter bemerkte erst nicht, daß ich sie beobachtete. Sie sah aus, als würde sie gleich in Tränen ausbrechen. Mein Vater kam, um sie zu holen. Kurz bevor sie sich umdrehte, um ihn in das Restaurant zu begleiten, schaute sie in meine Richtung.

Ich fand ihren Gesichtsausdruck äußerst merkwürdig, und fast fürchtete ich mich sogar ein wenig. Sie sah mich an, als hätte sie mich nicht erkannt. Ihre Augen drückten Neugier aus, und sie legte den Kopf leicht zur Seite. Dann flüsterte sie meinem Vater etwas zu. Er drehte sich um, sah mich und winkte. Meine Mutter ging ins Restaurant, doch mein Vater kam durch das Foyer auf mich zu.

»Hallo«, sagte er. »Wie geht es dir? Bekommst du genug zu essen?«

Ich nickte. Dieselbe Frage hatte er mir in den letzten zwei Tagen schon dreimal gestellt.

»Morgen wirst du übrigens mehr zu tun haben, und du wirst mehr Spaß haben. Philip und Clara Sue kommen nach Hause. Die Schule ist aus.«

»Morgen?« Ich hatte das Datum vergessen. Die Zeit hatte ihre Bedeutung für mich verloren.

»Hm. Ich sollte jetzt lieber ins Restaurant gehen. Das Essen wird jeden Moment serviert. Sobald ich einen Augenblick Zeit habe, werden wir miteinander reden«, fügte er hinzu und ließ mich stehen.

Morgen kam Philip, dachte ich. Ich fürchtete mich davor, ihn zu sehen. Wie würde ihm bei allem zumute sein? Würde es ihm peinlich sein? Vielleicht würde er mir gar nicht ins Gesicht sehen können. Wie oft hatte er sich ins Gedächtnis gerufen, daß er mich geküßt, mich berührt hatte? War ihm das jetzt unangenehm? Nichts von alledem war seine Schuld, und ebensowenig war es meine. Wir hatten einander nicht getäuscht, wir waren getäuscht worden.

Und dann war da noch Clara Sue, über die ich mir Gedanken machen mußte. Ich würde niemals der Tatsache ins Auge sehen können, daß sie meine Schwester war, überlegte ich, und wenn man bedachte, wie sehr sie mich haßte... morgen... allein schon bei dem Gedanken brach mir der Schweiß aus, und ich zitterte.

Nach dem Mittagessen machte ich mich zu einem Erkundungsgang durch das Hotel auf. Wenn Sissy und ich mit der Arbeit fertig waren, standen mir die Nachmittage im allgemeinen zu meiner freien Verfügung. Das einzige Problem bestand darin, daß ich gewöhnlich nichts zu tun hatte. Ich war allein und hatte niemanden, mit dem ich reden konnte. Sissy hatte immer noch etwas anderes zu tun, und da die Sommersaison noch nicht richtig begonnen hatte, war auch unter den Gästen niemand in meinem Alter. Irgendwie freute ich mich auf das Eintreffen von Philip und Clara Sue. Zugegeben, anfangs würden wir alle verlegen sein, aber wir würden uns eben umstellen müssen. Das mußten wir tun. Schließlich waren wir eine Familie.

Familie. Es war das erste Mal, daß mir dieses Wort im Hinblick auf die neuen Menschen in meinem Leben durch den Kopf ging. Wir waren eine Familie. Philip, Clara Sue, Großmutter Cutler, meine richtige Mutter und mein richtiger Vater und ich, wir waren eine Familie. Daran würde sich nie etwas ändern lassen. Wir gehörten zusammen, und niemand würde sie mir je nehmen können.

Der Gedanke, daß die Cutlers meine wahre Familie waren, war für mich zwar irgendwie tröstlich und gab mir ein Gefühl von Geborgenheit, das ich nie für möglich gehalten hätte, aber gleichzeitig fühlte ich mich schuldbewußt. Sofort sah ich Daddy und Mama, Jimmy und Fern vor mir. Sie waren auch meine Familie, ganz gleich, was behauptet wurde. Ich würde sie immer lieben, aber das hieß nicht, daß ich es nicht lernen konnte, meine wahre Familie auch zu lieben, oder?

Da ich nicht länger über meine beiden Familien nachgrübeln wollte, zumindest im Moment nicht, konzentrierte ich mich ganz auf meinen Erkundungsgang. Ich lief von einem Zimmer ins andere, von einer Etage in die andere und schenkte meiner Umgebung wirklich meine volle Aufmerksamkeit. Der Luxus und die prächtige Ausstattung von Cutler's Cove waren betörend. Es gab edle, hochflorige Teppiche, orientalische Brücken, kostbare Wandbehänge, weiche Ledersofas und Sessel, Lampen mit glitzernden Lampenschirmen aus Tiffany-Glas, polierte Bücherregale mit Unmengen von Büchern.

Es gab Gemälde und Skulpturen, zarte Porzellanfigürchen und Vasen mit üppigen Sträußen duftender Blumen. Die Schönheit all dessen machte mich sprachlos, doch das Erstaunlichste von allem war, daß ich hierhergehörte. Das hier war meine neue Welt. Ich war in den Reichtum der Familie Cutler hineingeboren worden, und jetzt war er mir zurückgegeben worden. Es würde eine Weile dauern, bis ich mich daran gewöhnt hatte.

Jeder Raum, den ich betrat, stellte alle anderen in den Schatten, die ich vorher gesehen hatte, und bald verlor ich den Überblick und wußte nicht mehr, wo ich war. Bei meinem Versuch, die Orientierung wiederzufinden, damit ich ins Hotelfoyer zurückkehren konnte, bog ich um eine Ecke. Doch statt einer Treppe fand ich nur eine Tür in der Wand vor. Hier schlossen sich keine weiteren Zimmer an. Fasziniert von meiner Entdeckung öffnete ich die Tür. Sie quietschte in den Angeln, und ein moderiger Geruch strömte mir aus der Dunkelheit entgegen. Ich streckte eine Hand aus und suchte nach einem Lichtschalter. Als ich einen gefunden hatte, schaltete ich ihn an. Als alles in helles Licht getaucht war, wurde ich ruhiger und faßte Mut. Ich lief weiter durch einen anscheinend unbenutzten Korridor.

Ich erreichte das Ende des Ganges und stand wieder vor einer Tür. Ich biß mir auf die Lippen, als ich sie öffnete und eintrat. Ich war von vollgepackten Kisten, Truhen und Bergen von Möbelstücken umgeben, die mit Tüchern zugehängt waren. Ich befand mich in einer Art Rumpelkammer. Plötzlich war ich ganz aufgeregt. Wenn ich etwas über die Vergangenheit meiner Familie in Erfahrung bringen wollte – über meine eigene Vergangenheit –, dann war das hier der perfekte Ort dafür. Nichts eignete sich besser, als sich anzusehen, was von den Vorfahren zurückgelassen worden war.

Eifrig kniete ich mich vor eine Truhe, ohne mich an dem Staub auf dem Boden zu stören, denn mich trieb der Gedanke an das, was ich entdecken würde. Ich konnte es kaum erwarten.

Ich öffnete eine Kiste nach der anderen, während der Nachmittag wie im Flug verging. Ich fand Fotos von Großmutter Cutler, als sie noch eine junge Frau war, und sie sah so streng aus wie heute. Ich fand Fotos von meinem Vater, von seiner Kindheit bis in die Zeit, als er meine Mutter geheiratet hatte. Ich fand auch Fotos von meiner Mutter, aber aus irgendwelchen Gründen wirkte sie nicht glücklich. In ihren Augen stand ein trauriger Ausdruck, der in die Ferne gerichtet zu sein schien. Ich drehte die Fotos von ihr um und sah mir die Daten auf den Rückseiten an. Die Fotos waren aufgenommen worden, nachdem ich entführt worden war. Kein Wunder, daß sie so aussah.

Ich fand Fotos von Clara Sue und Philip und Fotos von dem Hotel in den verschiedenen Stadien seines Wachstums, als Cutler's Cove zusehends größer wurde.

Ein Blick auf meine Armbanduhr sagte mir, daß es sechs Uhr war. In einer halben Stunde gab es Abendessen, und ich war schmutzig und zerzaust! Ich sammelte die Alben auf, in denen die Fotos gesteckt hatten, und wollte sie gerade wieder in die Truhe legen, die ich geöffnet hatte. Als ich sie einpacken wollte, fiel mir auf, daß ich ein Album unten auf dem Boden der Truhe übersehen hatte. Ich wußte zwar, daß ich zu spät kommen würde, aber ich konnte nicht widerstehen, doch noch einen Blick hineinzuwerfen. Ich legte die anderen Alben zur Seite und bückte mich nach dem, das mir entgangen war. Als ich den Inhalt näher ansah, verschlug es mir die Sprache.

Es waren Zeitungsausschnitte... Zeitungsausschnitte von meiner Entführung!

Ich vergaß völlig, daß ich rechtzeitig zum Abendessen erscheinen mußte, und sah mir die Ausschnitte an. Alle Berichte waren identisch und enthielten nicht mehr als das, was ohnehin schon bekannt war. Die Artikel waren mit Bildern versehen. Fotos von Daddy und Mama, aber auch von meinen richtigen Eltern. Ich sah in ihre jungen Gesichter und suchte Antworten, denn ich bemühte mich zu verstehen, wie ihnen allen zumute gewesen war.

Über mich selbst zu lesen... über meine Entführung... war sehr seltsam. Irgendwie wollte ich immer noch nicht glauben, daß Mama und Daddy etwas derart Entsetzliches getan hatten. Und doch hielt ich den Beweis in meinen Händen, schwarz auf weiß. Ich konnte nicht länger leugnen, was geschehen war.

»Hier steckst du also! Was hast du hier zu suchen?« wurde ich plötzlich in einem eiskalten Ton gefragt.

Diese Stimme war unverwechselbar. Vor Schreck ließ ich mich auf den Boden sinken, und die Zeitungsausschnitte fielen mir aus den Händen. Ich drehte mich um, und mein Blut stockte, als ich in Großmutter Cutlers wutentstelltes Gesicht aufblickte.

»Ich habe dir eine Frage gestellt«, zischte sie. »Was hast du hier zu suchen?«

»Ich habe mich nur umgesehen«, brachte ich mühsam hervor.

»Dich umgesehen? Dich nur *umgesehen*? Du meinst nicht vielleicht eher, daß du *geschnüffelt* hast? Wie kannst du es wagen, in Dingen herumzuwühlen, die dir nicht gehören!« Sie schnaubte entrüstet. »Eigentlich sollte es mich nicht wundern. Schließlich bist du von einer Diebin und einem Entführer aufgezogen worden.«

»Sag nicht solche Dinge über Mama und Daddy«, entgegnete ich und war augenblicklich bereit, sie zu verteidigen.

Großmutter Cutler schenkte mir keine Beachtung. »Sieh dir nur diese Unordnung an!«

Unordnung? Was für eine Unordnung? Die Truhen standen nur offen... ihr Inhalt war wieder so ordentlich verpackt, wie ich ihn vorgefunden hatte. Das einzige, was noch getan werden mußte, war, die Deckel wieder zu schließen.

Mir war danach zumute, ihr zu widersprechen, aber ein Blick in ihr Gesicht reichte aus, damit ich es mir anders überlegte. Ihr Gesicht lief rot an; sie konnte sich kaum noch beherrschen. »Es tut mir leid«, sagte ich und spielte nervös mit den Perlen, die ich heute morgen angelegt hatte. Als ich am Morgen aufgewacht war, hatte ich Mama plötzlich mehr denn je vermißt. Sowie ich die Perlen angelegt hatte, war mir wohler gewesen. Ich wußte, daß ich das Versprechen gebrochen hatte, das ich mir selbst gegeben hatte, aber dagegen hatte ich einfach nichts machen können. Und außerdem hatte ich die Perlen versteckt unter meiner Bluse getragen. Mama hätte sich gefreut, daß ich sie trug.

Plötzlich traten Großmutter Cutler fast die Augen aus dem Kopf. »*Wo hast du die her?*«

Schockiert blickte ich zu ihr auf und zuckte zusammen, als sie näher kam. »Was denn?« Ich wußte nicht, wovon sie sprach.

»Diese Perlen«, zischte sie.

Verblüfft sah ich die Perlen an. »Die Perlen? Die hatte ich schon immer. Sie haben meiner Familie gehört.«

»Du Lügnerin! Du hast sie gestohlen, stimmt's? Du hast diese Perlen in einer der Truhen gefunden.«

»Nein, ganz bestimmt nicht!« antwortete ich hitzig. Wie konnte sie es wagen, mich des Diebstahls zu bezichtigen! »Diese Perlen haben meiner Mama gehört. Mein Daddy hat sie mir gegeben, damit ich sie am Abend des Konzerts trage.« Ich sah Großmutter Cutler trotzig an, obwohl ich innerlich zitterte. Von ihr würde ich mir keine Angst einjagen lassen. »Dieser Perlen gehören mir.«

»Das glaube ich dir nicht. Du hast sie noch nie getragen. Wenn sie für dich so etwas *Besonderes* sind«, höhnte sie, »wie kommt es dann, daß ich sie noch nie an dir gesehen habe?«

Ich wollte gerade antworten, als Großmutter Cutler sich auf mich stürzte. Blitzschnell griff sie nach den Perlen und riß sie mir vom Hals. Mamas wunderschöne Perlen, die alle einzeln geknotet waren, lösten sich nicht von der Schnur. Doch sie hatte sie mir weggenommen. Sie hielt sie in einer Hand hoch, die sie triumphierend zur Faust ballte. »Jetzt gehören sie *mir*.«

»Nein!« protestierte ich. Ich sprang auf die Füße und umklammerte ihre Faust. »Gib sie mir zurück!« Ich durfte Mamas Perlen einfach nicht hergeben. Sie waren alles, was mir noch von ihr geblieben war. »Ich sage die Wahrheit. Ich schwöre es.«

Großmutter Cutler versetzte mir einen brutalen Stoß, und ich fiel auf den Boden. Mein Hinterteil schmerzte, als ich auf den staubigen Fußboden der Rumpelkammer plumpste.

»Wage es nie mehr, die Hand gegen mich zu erheben! Hast du mich verstanden?«

Ich sah sie trotzig an und weigerte mich, etwas darauf zu antworten. Mein Schweigen erboste sie nur noch mehr.

»Hast du verstanden?« wiederholte sie. Sie grub ihre Hand in mein Haar und riß brutal daran. »Wenn ich dir eine Frage stelle, erwarte ich eine Antwort.«

Tränen traten in meine Augen, aber ich dachte nicht daran, ihnen freien Lauf zu lassen. Diese Befriedigung gönnte ich Großmutter Cutler nicht. Nein, ich würde nicht weinen!

»Ja«, sagte ich und biß die Zähne zusammen. »Ich habe verstanden.«

Erstaunlicherweise schien meine Antwort sie soweit zufriedenzustellen, daß sie sich wieder einen Anschein von Normalität gab. Sie ließ mein Haar los, und ich rieb mir den schmerzenden Kopf. »Gut«, schnurrte sie. »Gut.« Sie warf einen Blick auf die offenen Truhen. »Bring hier alles wieder in den Zustand, in dem du es vorgefunden hast.« Sie hob die Zeitungsausschnitte, die mir aus der Hand gefallen waren, auf. »Und das hier wird verbrannt«, bemerkte sie und sah mich mit einem bösen Blick an, der mir inzwischen schon vertraut war.

»Du weißt, daß ich die Wahrheit sage«, sagte ich zu ihr. »Du weißt, daß diese Perlen Sally Jean Longchamp gehört haben.«

»Ich weiß nichts dergleichen. Alles, was ich weiß«, brachte sie gehässig heraus, »ist, daß ich diese Perlen seit dem Tag deines Verschwindens nicht mehr gesehen habe.«

»Was soll das heißen?« fragte ich und schnappte nach Luft.

Sie sah mich selbstgefällig an. »Was glaubst du wohl, was das heißen soll?«

»Diese Perlen haben meiner Mama gehört!« rief ich. »Doch, wirklich! Das, worauf du anspielst, glaube ich nicht. Ich glaube es einfach nicht!«

»Ich habe schon immer an die Wahrheit geglaubt, Eugenia. Sally Jean und Ormand Longchamp haben die Perlenkette gestohlen. An dieser Tatsache führt nichts vorbei, ebenso wie nichts an der Tatsache vorbeiführt, daß sie dich gestohlen haben.«

Was sie da sagte, konnte nicht wahr sein. Es durfte einfach nicht wahr sein! Wie konnte ich diese letzte Besudelung des Andenkens an Mama und Daddy hinnehmen? Es war einfach unerträglich, und damit konnte ich nicht fertig werden!

Nach diesen Worten ging Großmutter Cutler und nahm das letzte mit sich, was mich noch mit meiner Vergangenheit verband. Ich wartete auf die Tränen, doch sie kamen nicht. Es lag daran, daß mir etwas klargeworden war. Es spielte keine Rolle, was ich aus meinem früheren Leben hinübergerettet hatte. Ich besaß immer noch meine Erinnerungen, und meine Erinnerungen an das Leben mit Daddy und Mama, mit Jimmy und Fern waren etwas, was Großmutter Cutler mir niemals nehmen konnte.

Am folgenden Morgen stürzte ich mich auf die Arbeit und versuchte verzweifelt, nicht an das zu denken, was mir demnächst bevorstand oder was sich am Vortag abgespielt hatte. Ich trödelte auch beim Mittagessen nicht mit den anderen Zimmermädchen und dem sonstigen Personal herum. Die meisten waren immer noch erbost darüber, daß ich Agatha um ihre Stellung gebracht hatte. Wenn ich mich bemühte, etwas Freundliches zu sagen oder zu tun, kam immer einer von ihnen auf Agatha zu sprechen und fragte, ob jemand etwas von ihr gehört hätte. Ein paarmal war mir danach zumute, aufzustehen und sie anzuschreien: »Ich habe sie doch nicht gefeuert! Ich habe doch nicht darum gebeten, als Zimmermädchen arbeiten zu dürfen! Ich habe noch nicht einmal darum gebeten, hierher zurückgebracht zu werden! Ihr seid alle grausam und herzlos. Warum könnt ihr das denn nicht einsehen?«

Diese Worte lagen bereits auf meiner Zungenspitze, aber ich hatte Angst, sie hinauszuschreien, weil ich wußte, daß ich in dem Moment noch isolierter sein würde, als ich es ohnehin schon war. Dann hätte nicht einmal mehr Sissy mit mir geredet, und meine Großmutter hätte einen Grund mehr gehabt, mir das Gefühl zu geben, nichtsnutziger als ein Insekt zu sein. Nicht etwa, daß ich mich noch allzuviel unwürdiger hätte fühlen können als ohnehin schon. Sie hatten mich in einem Zimmer versteckt, das kaum mehr als eine Mauernische war, und auch noch in einem abgelegenen Teil des Hotels, als sei ich eine Peinlichkeit und eine Schande, die meine Großmutter verstecken und vergessen wollte.

Ich kam mir allmählich vor wie jemand, der völlig in der Luft hängt – bislang noch nicht wirklich als eine Cutler akzeptiert, aber auch nicht akzeptiert vom übrigen Personal. Mein einziger wahrer Gefährte war mein eigener Schatten. Die Einsamkeit hüllte mich ein wie ein Leichentuch.

Ich verbrachte die Pause nach dem Mittagessen allein in meinem Zimmer, als an meine Tür geklopft wurde und Mrs. Boston auftauchte. Ihre Arme waren mit Kleidungsstücken beladen, und sie hatte auch einen Sack mit Schuhen mitgebracht.

»Die kleine Mrs. Cutler hat mich gebeten, dir das zu bringen«, sagte sie, als sie mein Schlafzimmer betrat.

»Was ist das?«

»Ich habe das Zimmer von Miss Clara Sue gerade in Ordnung gebracht. Dieses Mädchen ist die Schlimmste von allen, wenn es ums Aufräumen und um die Ordnung geht. Man sollte meinen, eine junge Dame aus einer so guten Familie müßte ein wenig stolzer auf ihre Sachen und auf ihr Zimmer sein, aber dieses Mädchen ...« Sie schüttelte den Kopf und ließ alles ans Fußende meines Bettes fallen.

»Das hier ist alles, was Clara Sue nicht mehr trägt. Ein paar Sachen sind vielleicht ein Jahr alt, und daher könnte das Zeug gut passen, obwohl überall ein bißchen mehr an ihr dran ist.

Einen Teil der Sachen hat sie nie getragen. So verzogen ist das Mädchen. Hier, sieh doch selbst«, fügte sie hinzu und griff in den Stapel. Sie hob eine Bluse hoch. »Sieh nur, das Etikett ist noch dran.«

Die Sachen sahen allerdings brandneu aus. Ich begann, sie anzuschauen. Es war wahrhaftig nicht das erste Mal, daß ich benutzte Kleider tragen sollte. Mich störte nur die Vorstellung, daß es Clara Sues Kleider waren, Clara Sues abgelegte Sachen. Unwillkürlich erinnerte ich mich wieder an all die schrecklichen Dinge, die sie mir in der Schule angetan hatte.

Andererseits dachte meine Mutter, mit der ich seit unserer ersten Zusammenkunft nicht mehr geredet hatte, an mich. Ich nahm an, dafür sollte ich dankbar sein.

»Meine Mutter hat all das für mich ausgesucht?« fragte ich. Mrs. Boston nickte und hob die Hände.

»Sie hat die Sachen nicht direkt ausgesucht. Sie hat mich gebeten, alles auszusortieren, wovon ich weiß, daß Clara Sue es nicht mehr trägt oder es nicht haben will, um zu sehen, ob du das Zeug gebrauchen kannst.«

Ich probierte einen Turnschuh an. Clara Sue war ein Jahr jünger als ich, aber sie war wesentlich kräftiger. Die alten Schuhe paßten ganz genau. Sämtliche Blusen und Röcke würden ebenfalls passen. Es war sogar eine Tüte mit Unterwäsche dabei.

»Das ist ihr jetzt alles viel zu klein«, sagte Mrs. Boston. Ich war sicher, daß die Schlüpfer passen würden, aber der ein Jahr alte BH war immer noch zu groß für mich.

»Du kannst aussortieren, was dir paßt und was nicht. Gib mir dann Bescheid, was du nicht haben willst. Ich kenne jede Menge armer Leute, die die meisten dieser Sachen wirklich zu schätzen wüßten«, sagte sie und zog die Augenbrauen hoch. »Insbesondere Agatha Johnson.«

»Im Moment habe ich keine Zeit, mich damit zu beschäftigen«, fauchte ich. »Ich muß ins Kartenzimmer gehen. Ich soll es zwischen eins und zwei saubermachen und aufräumen, weil dann die meisten Gäste nicht da sind.« Ich legte die Kleider zur Seite. Mrs. Boston schnitt eine Grimasse und ging. Ich folgte ihr aus meinem Zimmer und machte mich an meine nachmittäglichen Pflichten.

Ich hatte gerade den letzten Tisch im Kartenzimmer poliert und die Stühle wieder ordentlich hingestellt, als ich Philip hörte. »Dawn«, rief er. Ich drehte mich um und stellte fest, daß er hinter mir in der Tür stand. Er trug ein hellblaues Hemd mit einem angeknöpften Kragen und eine khakifarbene Freizeithose. Sein Haar war ordentlich gebürstet und makellos frisiert, und er sah so gelassen aus wie immer.

Seit dem Tag meiner Ankunft in Cutler's Cove hatte ich das Interesse an meiner äußeren Erscheinung verloren. Morgens steckte ich mir einfach das Haar auf und band dann ein Kopftuch darum wie die anderen Zimmermädchen. Meine Livree war schmutzig, weil ich das Kartenzimmer gerade geputzt hatte.

Es war der erste regnerische Tag seit meiner Ankunft im Hotel. Der tiefhängende Himmel hatte mir gerade diesen Tag noch trostloser erscheinen lassen. Die Luft war kühl und klamm, und ich arbeitete schwerer und schneller, damit mir die Kälte nicht in die Knochen drang.

»Hallo, Philip«, sagte ich und drehte mich ganz zu ihm um.

»Wie geht es dir?« fragte er.

»Wohl ganz gut«, erwiderte ich, doch meine Lippen fingen an zu zittern, und meine Schultern hoben und senkten sich. Wenn ich ihn jetzt so ansah, dachte ich, meine Zeiten in der Emerson Peabody seien ein Teil eines Traums, eines Traums, der am Tag von Mamas Tod zum Alptraum geworden war.

»Ich habe mich auf die Suche nach dir gemacht, sowie ich angekommen war«, sagte Philip, ohne auch nur einen Schritt näher zu kommen. »Ich habe noch nicht einmal ausgepackt. Ich habe meine Sachen einfach fallen lassen und Mrs. Boston gefragt, wo ich dich finden kann. Sie hat mir erzählt, daß Großmutter dich im Erdgeschoß untergebracht hat und dich als Zimmermädchen arbeiten läßt«, fügte er hinzu. »Das sieht meiner Großmutter ähnlich – ich meine, *unserer* Großmutter.«

Er unterbrach sich wieder. Zwischen unseren Sätzen trat tiefe Stille ein, und die kleine Entfernung zwischen uns erschien mir meilenweit. Dramatische Ereignisse, die sich überstürzt hatten, hatten bewirkt, daß er mir wie ein Fremder vorkam. Ich hatte Schwierigkeiten damit, mir etwas einfallen zu lassen, was ich hätte sagen können, und wenn mir etwas eingefallen wäre, dann hätte ich noch lange nicht gewußt, wie ich es hätte sagen sollen.

Doch plötzlich lächelte er so, wie er mich immer angelächelt hatte. Seine Augen sprühten Funken, und ein schelmisches Grinsen trat auf sein Gesicht. Er schüttelte den Kopf.

»Ich kann einfach nicht meine Schwester in dir sehen. Ich kann es nicht, das ist zuviel verlangt«, sagte er.

»Was können wir dagegen tun, Philip? Es ist die Wahrheit.«

»Ich weiß es nicht.« Er schüttelte immer noch den Kopf. Dann trat er näher. »Und wie gefällt dir das Hotel? Es ist schon toll, stimmt's? Das Grundstück ist sehr schön. Wenn es nicht regnet wie heute«, fügte er hinzu.

»Bisher ist es mir nur gelungen, das Innere des Hotels zu erkunden. Ich hatte noch keine Gelegenheit, mich draußen genauer umzusehen«, sagte ich. »Ich habe in erster Linie gearbeitet und die übrige Zeit allein in meinem Zimmer verbracht.«

»Ach so.« Sein Lächeln wurde strahlender. »Aber jetzt bin ich ja da, und du wirst mehr zu tun haben. Ich zeige dir jeden verborgenen Winkel. Ich werde alles noch einmal mit dir erkunden, dir meine Lieblingsplätze zeigen, meine früheren Verstecke...«

Einen Moment lang trafen sich unsere Blicke. Mein Gesicht kam mir glühend heiß vor, und mein Herz überschlug sich. Was sah er, wenn er mich ansah? Hielt er mich immer noch für das netteste und hübscheste Mädchen, das ihm je begegnet war?

»An deinem freien Tag«, fuhr er schnell fort, »werden wir am Strand spazierengehen und Muscheln sammeln und...«

»Ich habe keinen freien Tag«, sagte ich.

»Was? Keinen freien Tag? Doch, natürlich. Jeder hat einen freien Tag. Ich werde auf der Stelle mit Mr. Stanley darüber reden.«

Ich zuckte die Achseln und packte mein Staubtuch und die Möbelpolitur in meinen kleinen Wagen. Er kam näher.

»Dawn«, sagte er und nahm meine Hände. Als seine Finger meine berührten, zog ich instinktiv die Hände zurück. Ich konnte nichts dagegen tun. Was einst so köstlich gewesen war, erschien mir jetzt so schmutzig wie die Bettwäsche, die ich jeden Morgen wechselte. Es kam mir falsch vor, ihm tief in die Augen zu sehen, falsch, zu hören, wie sanft er mit mir redete, falsch, daß er sich etwas aus mir machte. Ich fühlte mich bereits schuldbewußt, weil ich allein mit ihm im Kartenzimmer war und mit ihm redete.

»Es ist kein Tag vergangen, an dem ich nicht an dich gedacht und mir ausgemalt habe, was du Entsetzliches durchgemacht haben mußt. Ich wollte dich anrufen. Ich wollte sogar die Schule eher verlassen und nach Hause fahren, um dich zu sehen, aber Großmutter fand, es sei besser, wenn ich noch warte«, sagte er, und ich schaute abrupt zu ihm auf.

»Großmutter?«

»Ja.«

»Was hast du ihr über uns erzählt?« fragte ich schnell.

»Ihr erzählt?« Er zuckte die Achseln, als sei alles ganz einfach und harmlos gewesen. »Nur, daß wir beide, du und ich, uns angefreundet haben und was für ein wunderbarer Mensch du bist und wie schön du gesungen hast. Sie hat mich nach deiner Mutter und deinem Vater gefragt, und ich habe ihr von der Krankheit und dem Tod deiner Mutter erzählt und ihr gesagt, wie sehr es mich überrascht hat zu erfahren, was diese Menschen getan haben.«

»Ich weiß nicht, warum sie getan haben, was sie getan haben, und ich weiß auch nicht, warum all das passiert ist«, sagte ich und schüttelte den Kopf. Ich wandte den Blick ab, um die Tränen zu verbergen, die in meinen Augen standen.

»Großmutter ist es genauso gegangen. Es war eine entsetzliche Überraschung für sie, als das passiert ist«, sagte er. Ich drehte mich schnell zu ihm um.

»Warum... warum hast du deine Großmutter angerufen? Warum hast du nicht mit... deinem Vater oder mit deiner Mutter gesprochen?« Es fiel mir immer noch schwer, mir vorzustellen, daß sie auch meine Eltern waren.

»Ach, ich bin schon immer wegen der meisten Dinge zu Großmutter gegangen«, erwiderte er lächelnd. »Sie war immer für alles zuständig.

Zumindest, soweit ich zurückdenken kann, und... du hast Mutter ja kennengelernt«, sagte er und rollte die Augen zur Decke. »Sie hat es ohnehin schon schwer genug. Vater hätte ja doch nur Großmutter um Rat gefragt, wenn ich ihn angerufen hätte. Sie ist eine bemerkenswerte Frau, findest du nicht auch?«

»Sie ist ein Tyrann«, fauchte ich.

»Was?« Er lächelte unbeirrt.

»Sie will, daß ich meinen Namen von Dawn in Eugenia umändere, aber ich bin nicht damit einverstanden. Sie besteht darauf, daß alle im Hotel mich Eugenia nennen, und sie fürchten sich alle, sich ihr zu widersetzen.«

»Ich werde mit ihr reden. Ich bringe sie dazu, daß sie das versteht, du wirst es ja sehen.«

»Mir ist vollkommen gleich, ob sie es versteht oder nicht. Ich werde meinen Namen nicht ändern, um ihr einen Gefallen zu tun«, erklärte ich mit fester Stimme.

Er nickte, meine Entschlossenheit beeindruckte ihn. Wir starrten einander wieder an.

»Mach dir keine Sorgen«, sagte er und kam näher. »Es wird alles gut werden.«

»Es wird niemals gut werden«, stöhnte ich. »Ich versuche, ständig beschäftigt zu sein, damit ich nicht an Jimmy und Fern denke und daran, was aus ihnen geworden sein mag.« Ich blickte voller Hoffnung zu ihm auf. »Hast du etwas gehört? Weißt du irgend etwas über die beiden?«

»Nein. Es tut mir leid. Ach, ehe ich es vergesse, Grüße von Mr. Moore. Er sagt, was auch geschehen mag, du mußt mit deiner Musik weitermachen. Er hat gesagt, ich soll dir ausrichten, daß er eines Tages in die Carnegie Hall kommen möchte, um dich dort singen zu hören.«

Ich lächelte zum ersten Mal seit langer Zeit.

»In der letzten Zeit war mir nicht gerade danach zumute, zu singen oder Klavier zu spielen.«

»Das kommt schon wieder. Nach einer Weile, Dawn«, sagte Philip, und diesmal griff er nach meiner Hand und hielt sie fest. Als er weiterredete, waren seine Augen, die mein Unbehagen bemerkten, sanft. »Es ist nicht leicht, zu vergessen, wie du gewesen bist, selbst dann nicht, wenn ich dich hier sehe.«

»Ich weiß«, sagte ich und schlug die Augen nieder.

»Niemand kann mir vorwerfen und niemand kann dir vorwerfen, daß wir so füreinander empfinden. Wir müssen einfach dafür sorgen, daß es unser Geheimnis bleibt«, sagte er. Ich sah überrascht auf. Seine Augen nahmen eine dunklere Farbe und einen Ausdruck tiefer Aufrichtigkeit an. »Was mich angeht, bist du immer noch das schönste Mädchen, das mir je begegnet ist.«

Er drückte meine Hände fester und kam mir so nah, als wollte er mich auf die Lippen küssen. Was erwartete er bloß von mir? Was sollte ich tun? Und was sollte ich sagen?

Ich zog meine Hand zurück.

»Danke, Philip, aber wir müssen uns bemühen, jetzt eine andere Einstellung zueinander zu finden. Alles hat sich geändert.«

Er schien enttäuscht zu sein.

»Für mich ist das auch nicht gerade leicht, verstehst du«, sagte er mit scharfer Stimme. »Ich weiß, was du durchlitten hast, aber ich habe auch gelitten. Du kannst dir nicht vorstellen, wie es in der Schule war«, fügte er hinzu und zog die Stirn kraus. Dann warf er seinen Zorn so leicht ab, wie man eine Maske vom Gesicht zieht, und statt dessen setzte er seinen romantischen Ausdruck mit den träumerischen Augen auf.

»Aber immer, wenn es mich traurig gemacht hat, habe ich mich gezwungen, an all die wunderbaren Dinge zu denken, die wir beide hier in Cutler's Cove tun könnten, du und ich. Das, was ich vorhin gesagt habe, war ernst gemeint. Ich möchte dir das Hotel, die Gartenanlagen und das Städtchen zeigen und dich mit der Geschichte unserer Familie vertraut machen«, sagte er, und seine Stimme klang lebhaft und aufgeregt.

»Danke«, antwortete ich. »Darauf freue ich mich wirklich«, fügte ich hinzu. Er trat zurück, und dieses verführerische Lächeln stand immer noch auf seinem Gesicht, aber für mich war es, als starrten wir einander über ein tiefes Tal hinweg an und als würde die Entfernung zwischen uns größer und immer größer, bis der Philip, den ich gekannt hatte, zu einer bloßen Erinnerung geschrumpft war und wie eine Seifenblase platzte. Jetzt gab es ihn nicht mehr, und er wurde von diesem neuen Philip ersetzt, meinem älteren Bruder.

Auf Wiedersehen, dachte ich und verabschiedete mich von meiner ersten Liebe, von der ich zugleich glaubte, sie würde immer die wunderbarste und romantischste bleiben. Ich verabschiedete mich davon, mir vor lauter Verliebtheit den Boden unter den Füßen wegreißen zu lassen. Unsere leidenschaftlichen Küsse brachen in Stücke und fielen herunter, und niemand konnte es erkennen.

Vier ältere Männer traten ein und nahmen an einem Ecktisch Platz. Sie waren erschienen, um wie jeden Tag eine Partie Rommé zu spielen. Philip und ich beobachteten sie einen Moment lang und wandten uns dann wieder einander zu.

»Jetzt sollte ich mich aber doch lieber ans Auspacken machen. Mutter habe ich überhaupt noch nicht gesehen. Ich kann mir schon richtig vorstellen, was all das bei ihr ausgelöst hat – Kopfschmerzen, Nervenzusammenbrüche.« Er schüttelte den Kopf, dann lachte er. »Ich wünschte, ich wäre hier gewesen, als sie dich das erste Mal zu sehen bekommen hat. Das muß ja was gewesen sein. Später, wenn wir allein sind, kannst du es mir ganz genau erzählen«, sagte er und zog die Augenbrauen hoch.

»Ich muß heute beim Abendessen mithelfen. Hier hat man es nur mit Sklaventreibern zu tun. Sobald ich frei habe, komme ich zu dir«, sagte er, als er sich auf den Weg machte, »und dann gehen wir spazieren oder so etwas. Einverstanden?«

»Einverstanden.«

Er drehte sich um und eilte davon. Ich starrte noch einen Moment lang hinter ihm her und ging dann wieder an die Arbeit.

Danach zog ich mich wie gewöhnlich in mein Zimmer zurück, um mich auszuruhen. Der Regen hatte nachgelassen, und es nieselte jetzt nur noch, mein Zimmer war schäbig und trist, und es war dämmerig, obwohl ich die Lampe eingeschaltet hatte. Ich wartete auf Philip und lauschte gebannt auf Schritte im Korridor. Bald hörte ich jemanden kommen und sah erwartungsvoll auf, als die Tür geöffnet wurde. Es war Clara Sue. Einen Moment lang sahen wir einander nur böse an. Dann stemmte sie die Hände in die Hüften, grinste hämisch und schüttelte den Kopf.

»Ich kann es nicht glauben. Ich kann es einfach nicht glauben«, sagte sie.

»Hallo, Clara Sue.« Sie als meine Schwester akzeptieren zu müssen, war eine bittere Pille für mich, aber was blieb mir schon anderes übrig?

»Du machst dir keine Vorstellung davon, wie peinlich all das für mich und Philip in der Schule gewesen ist!« rief sie und riß die Augen weit auf.

»Ich habe schon mit Philip gesprochen. Ich weiß, welchen Klatsch er über sich ergehen lassen mußte, aber...«

»Klatsch?« Sie lachte freudlos und gehässig; dann setzte sie eine harte, entschlossene Miene auf. »Das war noch nicht alles. Er hat ganz allein in einer Ecke gesessen und wollte mit niemandem etwas zu tun haben.

Aber ich dachte gar nicht daran, mir den Spaß verderben zu lassen«, sagte sie und kam etwas weiter ins Zimmer. Sie sah die kahlen Wände und das Fenster an, dem jede freundliche Gardine fehlte. »Das hier war früher das Zimmer von Bertha, meinem schwarzen Kindermädchen. Aber damals war es wesentlich hübscher.«

»Ich hatte noch keine Gelegenheit, es zu verschönern«, sagte ich kühl. Sie trat eilig einen Schritt zurück, als sie einige ihrer abgelegten Kleider auf meinem Bett liegen sah.

»He, ist das nicht eine von meinen Blusen? Und der Rock? Gehört der nicht auch mir?«

»Mrs. Boston hat mir die Sachen gebracht, nachdem sie dein Zimmer aufgeräumt hat.«

»Mit was für Menschen hast du bloß gelebt? Igitt. Babys zu stehlen. Kein Wunder, daß du so... ungewaschen gewirkt hast und daß Jimmy so ein Spinner war.«

»Jimmy war kein Spinner«, fauchte ich. »Und ich habe nie ungewaschen gewirkt. Ich gebe zu, daß wir arm waren, aber wir waren nicht schmutzig. Ich habe damals schon gesagt, daß ich nicht viel zum Anziehen habe, aber das, was ich hatte, habe ich saubergehalten und regelmäßig gewaschen.« Sie zuckte die Achseln, als könnte ich nichts vorbringen, was ihre Äußerungen entkräftete.

»Jimmy war ein Irrer«, beharrte sie. »Das haben alle gesagt.«

»Er war schüchtern und sanftmütig und freundlich. Er war nicht verrückt. Er hat sich lediglich gefürchtet, das ist alles. Davor gefürchtet, in einer Schule voller Snobs nicht akzeptiert zu werden.« Ich konnte es nicht ertragen, so über Jimmy zu reden. Wir taten so, als sei er tot. Das machte mich noch wütender als die Dinge, die sie sagte.

»Warum verteidigst du ihn so heftig? Er war doch gar nicht dein richtiger Bruder«, gab sie zurück. Dann schlang sie sich die Arme um die Schultern und schüttelte den Kopf. »Es muß gräßlich und widerlich gewesen sein, wenn man gezwungen ist, mit Fremden zu leben.«

»Nein, das war es nicht. Mama und Daddy waren immer...«

»Sie waren nicht deine Mama und dein Daddy«, fauchte sie. »Bezeichne sie lieber als das, was sie waren – Kidnapper, Kindesräuber!«

Ich wandte den Blick ab, denn die Tränen brannten in meinen Augen. Ich wollte keinesfalls, daß sie mich weinen sah, aber was hätte ich sagen können? Sie hatte recht, und sie kostete es genüßlich aus, mir mit ihrem Spott zuzusetzen.

»Das Schlimmste von allem war das mit dir und Philip«, sagte sie und schnitt eine Grimasse. Dabei verzog sich ihr Mund, als hätte sie Rhizinusöl geschluckt. »Kein Wunder, daß er allein dagesessen und geschmollt hat. Er ist sich so unanständig und so blöd vorgekommen, weil er der Freund seiner Schwester werden wollte. Und alle haben es gewußt!« Sie schnitt wieder eine Grimasse und blies die Backen auf, obwohl ihr Gesicht ohnehin schon pausbäckiger war als meines. Wir hatten die Haarfarbe und die Augenfarbe gemeinsam, aber unsere Münder und unsere Körper unterschieden sich sehr voneinander.

»Etwas, was er nicht gewußt hat, kann man ihm nicht vorwerfen«, sagte ich leise. Wie lange würden wir noch Entschuldigungen vorbringen und uns für unser Verhalten verteidigen müssen, fragte ich mich. Wer sonst würde das Thema hier noch zur Sprache bringen?

»Na und? Widerlich war es trotzdem. Wie weit seid ihr beide denn gegangen?« fragte sie und kam wieder näher. »Du kannst es mir ruhig gleich sagen. Außerdem habe ich dich vor Philip gewarnt, also kann mich nichts, was du sagst, erstaunen. Ich bin jetzt deine Schwester, und du hast niemand anderen mehr, dem du vertrauen kannst«, fügte sie hinzu und sah mich erwartungsvoll an.

Ich starrte sie an. Würde ich ihr je vertrauen können? Meinte sie das ernst? Sie sah das Zögern in meinem Gesicht.

»Es freut mich, daß Mrs. Boston dir all meine alten Kleider gegeben hat«, sagte sie. »Mir ist es viel lieber, wenn du sie hast, als sie wegzuwerfen oder an das Personal zu verschenken. Und mir tut auch leid, was ich dir getan habe«, fügte sie ruhig hinzu, »aber ich wußte ja nicht, wer du bist, und ich fand es damals nicht richtig, daß Philip dich so gern mochte. Ich muß eine böse Vorahnung gehabt haben, so etwas wie ein O... ein O...«

»Ein Orakel?«

»Ja«, sagte sie. »Danke. Ich weiß, daß du klug bist, und das freut mich.« Sie schob die Kleider ein wenig zur Seite und setzte sich auf mein Bett. »So, und jetzt kannst du mir alles erzählen«, meinte sie, und ihr Gesicht strahlte vor Vorfreude. »Ich weiß, daß er dich an seinen Lieblingsplatz mitgenommen hat. Ihr müßt euch geküßt und immer wieder geküßt haben, stimmt's?«

»Nein, nicht so, wirklich, nein«, sagte ich und setzte mich neben sie. Vielleicht würde es noch einmal ganz wunderbar sein, eine Schwester zu haben, die fast gleichaltrig mit mir war, dachte ich. Vielleicht konnte ich ihr all die furchtbaren Dinge verzeihen, die sie mir angetan hatte, und wir könnten es lernen, einander wirklich zu mögen und nicht nur Kleider und andere Gegenstände miteinander zu teilen, sondern auch Gedanken und Träume miteinander auszutauschen. Ich hatte mir schon immer eine Schwester gewünscht. Mädchen brauchen andere Mädchen, denen sie sich anvertrauen können.

Sie sah mich mit forschenden Augen an und drang mit ihrem sanften, mitfühlenden Blick in mich.

»War Philip dein erster Freund?« fragte sie. Ich nickte. »Ich habe bis jetzt noch keinen richtigen Freund gehabt«, sagte sie.

»Oh, das wird noch werden. Du bist ein sehr hübsches Mädchen.«

»Das weiß ich selbst«, sagte sie und schüttelte den Kopf. »Es ist ja nicht so, daß ich keinen Freund haben könnte. Es hat schon eine ganze Reihe gegeben, die es werden wollten, aber ich habe keinen der Jungen genügend gemocht. Und es war auch keiner dabei, der so nett ist wie Philip oder der so gut aussieht wie er. Alle meine Freundinnen sind in ihn verknallt und waren eifersüchtig auf dich.«

»Das dachte ich mir schon«, sagte ich.

»Du weißt ja, daß Louise sich furchtbar in Jimmy verguckt hat.« Sie lachte. »Ich habe diesen Liebesbrief gefunden, den sie an ihn geschrieben hat, aber sie hat sich nie getraut, ihn abzuschicken. Da hat es nur so gewimmelt von ›Ich liebe dich‹ und ›Du bist der netteste Junge, der mir je begegnet ist und noch dazu der bestaussehende‹. Und sie hat sogar Liebeserklärungen auf französisch reingeschrieben! Ich habe ihr den Brief gestohlen und ihn allen anderen Mädchen gezeigt.«

»Das hättest du nicht tun sollen. Es muß entsetzlich für sie gewesen sein«, sagte ich. Sie blinzelte und setzte sich auf ihre Hände.

»Die ist doch sowieso ein Ungetüm. Du warst die einzige, die sich je mit ihr abgegeben hat. Und überhaupt«, sagte sie und setzte sich aufrecht hin, »habe ich den Brief dazu benutzt, sie zu Sachen zu zwingen. Zum Beispiel, daß sie dir nachspioniert oder mitmacht, als wir dich mit diesem Zeug angesprüht haben.«

»Das war ein gemeiner Streich, Clara Sue, ganz egal, was du auch gegen mich gehabt hast.«

Sie zuckte die Achseln.

»Ich habe doch schon gesagt, daß es mir leid tut. Sieh mal, du hast mir einen meiner besten Mäntel ruiniert«, gab sie zurück. »Ich mußte ihn wegwerfen.«

»Du hast ihn weggeworfen? Warum hast du ihn nicht einfach reinigen lassen?«

»Wozu denn?« Sie lächelte verschlagen. »Es ist doch viel einfacher, Daddy dazu zu bringen, daß er mir einen neuen kauft. Ich habe ihm einfach erzählt, der Mantel sei mir gestohlen worden, und er hat mir Geld für einen neuen geschickt.« Sie beugte sich eifrig vor. »Aber jetzt laß uns all das vergessen und über Philip und dich reden. Was habt ihr beide außer den Küssen sonst noch alles getan?«

»Nichts«, sagte ich.

»Du brauchst dich nicht fürchten, es mir zu erzählen«, drängte sie mich.

»Es gibt nichts zu erzählen.«

Sie schien sehr enttäuscht zu sein.

»Du hast dich doch bestimmt von ihm anfassen lassen und so, stimmt's? Ich bin ganz sicher, daß er das wollte. Letztes Jahr hat er es bei einer von meinen Freundinnen getan, hat einfach seine Hand unter ihren Pullover gesteckt, obwohl er es leugnet.«

Ich schüttelte heftig den Kopf. Ich wollte diese Dinge über Philip nicht hören, und ich konnte mir auch nicht vorstellen, daß er etwas mit einem Mädchen tat, was diese nicht selbst wollte.

»Ich kann dir nicht vorwerfen, daß es dir peinlich ist, nachdem jetzt die Wahrheit ans Licht gekommen ist«, sagte Clara Sue. Sie kniff die Augen zusammen. »Sieh mal, ich habe gesehen, wie er dich an dem Abend, an dem das Konzert stattgefunden hat, in seinem Wagen geküßt hat. Es war ein Kuß wie von einem Filmstar, ein langer Kuß, bei dem die Zungen einander berührt haben, stimmt's?« fragte sie, und ihre Stimme war fast ein Flüstern. Ich schüttelte heftig den Kopf, doch sie nickte und glaubte nur das, was sie glauben wollte.

»Sobald er hier angekommen war, hat er sich auf die Suche nach dir gemacht, oder etwa nicht? Ich habe gehört, wie er seinen Koffer schnell hingestellt hat und sofort wieder aus seinem Zimmer gestürzt ist. Hat er dich gefunden?« Ich nickte. »Und was hat er gesagt? War er wütend? Ist er sich wie ein Dummkopf vorgekommen?«

»Er ist verständlicherweise außer sich.«

»Darauf möchte ich wetten. Ich hoffe, er vergißt nicht, daß du seine Schwester bist«, fügte sie barsch hinzu. Sie sah mich einen Moment lang an. »Er hat dich doch nicht etwa wieder auf die Lippen geküßt, oder doch?«

»Natürlich nicht«, sagte ich, doch sie sah mich skeptisch an. »Uns ist beiden klar, was inzwischen passiert ist«, fügte ich hinzu.

»Hm.« Ein neuer Gedanke ließ ihre Augen aufblitzen. »Was hat mein Vater gesagt, als er dich kennengelernt hat?«

»Er hat gesagt ... er hat mich hier im Hotel willkommen geheißen«, sagte ich, »und er hat zu mir gesagt, wir würden uns lange miteinander unterhalten, aber bis jetzt ist es noch nicht dazu gekommen. Er hat sehr viel zu tun gehabt.«

»Er hat immer sehr viel zu tun. Deshalb bekomme ich ja auch alles, was ich will. Lieber schenkt er es mir, als sich mit mir auseinandersetzen zu müssen.«

Sie sah mich wieder an. »Was hältst du von Mutter?« fragte sie. »Du mußt ja eine schöne Meinung von ihr haben.« Sie lachte erwartungsvoll. »Wenn ihr ein Fingernagel abbricht oder wenn Mrs. Boston eine Haarbürste verlegt, bekommt sie einen Nervenzusammenbruch. Ich kann mir genau vorstellen, was los war, als sie von dir erfahren hat.«

»Es tut mir leid, daß sie so nervös und so oft krank ist«, sagte ich, »denn sie ist eine wunderschöne Frau.«

Clara Sue nickte und verschränkte die Arme unter dem Busen. Ihre Figur war dabei, schnell auszureifen, und ihr Babyspeck nahm jetzt schon etwas ab; ich wußte, daß die meisten Jungen es reizvoll finden würden.

»Großmutter hat gesagt, direkt nachdem du gekidnappt worden bist, ist sie krank geworden, und das einzige, was sie gerettet und sie wieder glücklich gemacht hat, war meine Geburt«, sagte sie. Sie war ganz offensichtlich stolz darauf. »Sie haben mich so schnell wie möglich bekommen, weil sie über ihren Kummer hinwegkommen wollten, nachdem sie dich verloren hatten, und jetzt bist du wieder da«, fügte sie hinzu und bemühte sich nicht, ihre Enttäuschung zu verbergen. Sie sah mich einen Moment lang an und lächelte dann wieder.

»Großmutter hat dich als Zimmermädchen eingeteilt, was?«

»Ja.«

»Ich bin jetzt eine der Empfangsdamen, verstehst du«, prahlte sie. »Ich werde fein rausgeputzt und arbeite an der Rezeption. Ich lasse mir dieses Jahr das Haar länger wachsen. Großmutter hat mir gesagt, ich soll morgen in den Schönheitssalon gehen und mir eine raffinierte Frisur schneiden lassen«, sagte sie und betrachtete sich im Spiegel. Dann warf sie einen schnellen Blick auf mich. »Die Zimmermädchen tragen ihr Haar gewöhnlich alle kurz. Großmutter will es so haben.«

»Ich schneide mein Haar nicht ab«, sagte ich mit ausdrucksloser Stimme.

»Wenn Großmutter es dir vorschreibt, wirst du es tun. Du wirst es tun müssen, denn andernfalls ist dein Haar ja doch nur täglich wieder schmutzig. Im Moment sieht es jedenfalls schmutzig aus.«

Dagegen konnte ich nichts einwenden. Ich hatte mir das Haar seit Tagen nicht gewaschen, da mir mein Aussehen gleichgültig gewesen war. Es war einfacher, sich ein Kopftuch umzubinden.

»Deshalb mache ich auch keine Schmutzarbeit«, sagte Clara Sue. »Das habe ich nie getan. Und jetzt findet Großmutter, ich sei hübsch genug für die Rezeption und alt genug, um die Verantwortung zu übernehmen, die damit verbunden ist.«

»Das ist schön für dich. Du bist wirklich glücklich dran«, sagte ich. »Aber mir würde es ohnehin keinen Spaß machen, ständig mit vielen Leuten zu tun zu haben und mich zum Lächeln zwingen zu müssen«, fügte ich hinzu. Die hämische Herablassung schwand von ihrem Gesicht.

»Nun, ich bin sicher, daß das Ganze allen ausgesprochen peinlich ist, und fürs erste versuchen sie einfach, dich vor der Öffentlichkeit zu verbergen«, sagte sie grob.

Ich zuckte die Achseln. Die Theorie war wirklich gut, aber ich wollte ihr nicht zeigen, daß sie mit dem, was sie gesagt hatte, recht haben könnte.

»Kann sein.«

»Ich kann es immer noch nicht glauben.« Sie stand auf und sah auf mich herunter. »Vielleicht werde ich es niemals glauben«, sagte sie. Sie legte den Kopf auf eine Seite und dachte einen Moment lang nach. »Vielleicht besteht doch noch eine Chance, daß es gar nicht so ist.«

»Du kannst mir glauben, Clara Sue, ich wünschte noch mehr als du, es wäre nicht so.«

Darauf war sie nicht gefaßt. Sie zog die Augenbrauen hoch.

»Was? Wieso denn das? Du warst doch bestimmt in deiner Armut nicht besser dran. Jetzt bist du eine Cutler und lebst in Cutler's Cove. Alle wissen, wer du bist. Das ist eines der elegantesten Hotels an der Küste«, brüstete sie sich mit einer Arroganz, die mir allmählich ein familiäres Merkmal zu sein schien und die sie von Großmutter Cutler geerbt haben könnte.

»Unser Leben war hart«, gab ich zu, »aber wir haben einander geliebt und füreinander gesorgt. Ich kann nichts dafür, daß ich meine kleine Schwester Fern und Jimmy vermisse.«

»Aber das war doch gar nicht deine Familie, du Dummkopf«, sagte sie und schüttelte den Kopf. »Ob es dir paßt oder nicht, aber wir sind jetzt deine Familie.« Ich wandte den Blick ab. »Eugenia«, fügte sie hinzu. Als ich mich ruckartig umdrehte, sah ich ihr selbstzufriedenes Lächeln.

»Das ist nicht mein Name.«

»Großmutter sagt, daß du so heißt, und hier wird das getan, was Großmutter sagt«, zwitscherte sie und ging auf die Tür zu. »Ich muß mich jetzt umziehen und meinen ersten Dienst an der Rezeption antreten.« Sie blieb an der Tür stehen. »Es gibt eine Reihe von Kindern in unserem Alter, die jedes Jahr im Sommer hier ins Hotel kommen. Vielleicht stelle ich dich ein oder zwei Jungen vor, da du jetzt nicht mehr auf Philip Jagd machen kannst. Zieh dir nach der Arbeit etwas Hübsches an und komme ins Foyer«, fügte sie hinzu und warf mir die Worte an den Kopf, wie jemand einem Hund einen Knochen vorgeworfen hätte. Dann ging sie und schloß die Tür hinter sich. Das Klicken, mit dem die Tür ins Schloß fiel, klang in meinen Ohren, als sei die Tür einer Gefängniszelle zugeschlagen.

Und als ich mich in meinem trostlosen, unfreundlichen Zimmer mit den nackten Wänden und den abgenutzten Möbeln umsah, fühlte ich mich so leer und so allein, daß ich glaubte, man hätte mich ebensogut in Einzelhaft stecken können. Ich faltete die Hände auf dem Schoß und ließ den Kopf hängen. Das Gespräch mit Clara Sue über meine Familie brachte mich darauf, mir Gedanken über Jimmy zu machen. Hatte man bereits eine Pflegefamilie für ihn gefunden? Mochte er seine neuen Eltern und die Umgebung, in der er leben mußte? Hatte er eine neue Schwester? Vielleicht waren es nettere Leute als die Cutlers, Menschen, die verstanden, wie furchtbar all das für ihn gewesen war. Machte er sich Sorgen um mich? Dachte er an mich? Ich wußte, daß er ganz bestimmt an mich dachte, und mir tat das Herz weh, als ich mir ausmalte, welche Qualen er mit Sicherheit litt.

Wenigstens war Fern noch klein genug, um sich schneller umzustellen, überlegte ich, obwohl ich unwillkürlich glaubte, daß sie uns auch entsetzlich vermißte. Meine Augen füllten sich mit Tränen, wenn ich daran dachte, wie sie in einem fremden, neuen Zimmer aufwachte und nach mir rief und dann weinte, wenn ein vollkommen fremder Mensch kam, um sie in den Arm zu nehmen. Wie gräßlich ihr zumute sein mußte.

Jetzt verstand ich, warum wir immer so eilig mitten in der Nacht aufgebrochen und warum wir so oft umgezogen waren. Daddy mußte panische Ängste ausgestanden oder geglaubt haben, er oder Mama seien von jemandem erkannt worden. Jetzt wußte ich, warum wir damals nie allzuweit in den Süden hatten gehen können. In all der Zeit waren wir ständig auf der Flucht gewesen und hatten es nie gewußt. Aber warum hatten sie mich mitgenommen? Ich konnte diese Unklarheiten nicht länger ertragen.

Mir kam ein Gedanke. Ich zog die oberste Schublade meines Nachttischs auf und fand Briefpapier mit dem Briefkopf des Hotels. Ich fing an, einen Brief zu schreiben, von dem ich hoffte, er würde auf irgendeinem Wege ankommen.

Lieber Daddy,

wie Du inzwischen weißt, bin ich in mein rechtmäßiges Zuhause und zu meiner richtigen Familie zurückgekehrt, den Cutlers. Ich weiß nicht, was aus Fern und aus Jimmy geworden ist, aber die Polizei hat mir gesagt, sie würden an Pflegefamilien übergeben, höchstwahrscheinlich an zwei verschiedene Familien. Jetzt sind wir also alle voneinander getrennt, alle allein.

Als die Polizei gekommen ist, um mich zu holen, und als man Dir vorgeworfen hat, Du hättest mich entführt, ist mir ganz bang ums Herz geworden, weil Du nichts zu Deiner Verteidigung vorgebracht hast, und im Polizeirevier war das einzige, was Du herausgebracht hast, es täte Dir leid. Nun, wenn es Dir leid tut, dann reicht das noch nicht aus, um über die Schmerzen und das Leid hinwegzukommen, das Du verursacht hast.

Ich verstehe nicht, warum Ihr mich von den Cutlers fortgebracht habt, Du und Mama. Es kann nicht daran liegen, daß Mama keine Kinder mehr bekommen konnte. Sie hat Fern bekommen. Was hat Euch bloß dazu gebracht, dies zu tun?

Ich weiß, daß es nicht mehr ganz so wichtig erscheint, die Gründe zu kennen, da es geschehen ist und es sich nicht mehr rückgängig machen läßt, aber ich ertrage es nicht, mit diesem Rätsel und diesem Schmerz weiterzuleben, einem Schmerz, von dem ich sicher bin, daß Jimmy ihn ebensosehr empfindet, wo auch immer er sein mag. Würdest Du bitte versuchen, mir zu erklären, warum Mama und Du getan habt, was Ihr getan habt?

Wir haben ein Recht darauf, es zu erfahren. Dir kann es nichts mehr bedeuten, Geheimnisse zu bewahren, da Du jetzt im Gefängnis eingesperrt bist und Mama nicht mehr lebt. Aber uns bedeutet es etwas! Schreib bitte zurück.

Dawn

Ich faltete den Briefbogen ordentlich zusammen und steckte ihn in einen Umschlag des Hotels. Dann ging ich aus meinem Zimmer, um den einzigen Menschen aufzusuchen, von dem ich hoffte, er könne in der Lage sein, diesen Brief an Daddy weiterzuleiten: Ich ging zu meinem richtigen Vater.

Ich klopfte an seine Bürotür und öffnete sie, als ich ihn rufen hörte. Er saß an seinem Schreibtisch und hatte einen Packen Papiere und einen Ordner vor sich liegen. Ich blieb zögernd in der Tür stehen.

»Ja?« Er blinzelte mich so an, daß ich einen Moment lang glaubte, er hätte vergessen, wer ich war.

»Ich muß mit dir reden, bitte«, sagte ich.

»Oh, ich habe im Moment aber nicht viel Zeit. Ich bin mit meiner Schreibtischarbeit ins Hintertreffen geraten, wie du sehen kannst. Großmutter Cutler gerät immer außer sich, wenn die Dinge nicht auf dem laufenden sind.«

»Es wird nicht lange dauern«, flehte ich ihn an.

»Schon gut, schon gut. Komm rein. Setz dich.« Er hob den Packen Papiere hoch und legte ihn zur Seite. »Hast du Philip und Clara Sue schon gesehen?«

»Ja«, sagte ich. Ich setzte mich an den Schreibtisch.

»Also, ich kann mir vorstellen, daß es ein großes Erlebnis für euch drei werden wird, einander als Geschwister kennenzulernen, da ihr euch bisher nur als Schulkameraden gekannt habt, was?« fragte er und schüttelte den Kopf.

»Ja, ganz gewiß.«

»Tja«, sagte er und setzte sich aufrechter hin, »es tut mir leid, daß ich im Moment nicht mehr Zeit habe, die ich mit dir verbringen kann...« Er beschrieb sein Büro mit einer Geste, als hingen seine Verpflichtungen und seine Arbeit hier an den Wänden. »Bis wir die Dinge soweit haben, daß sie richtig eingespielt sind und praktisch von selbst laufen, ist hier immer sehr viel zu tun.«

Er sah mich an. »Trotzdem habe ich vor, daß wir alle einen Abend gemeinsam verbringen«, sagte er. »Ich warte nur noch auf Laura Sues Entscheidung, welchen Abend wir uns dafür aussuchen. Dann werden deine Mutter und ich und Philip und Clara Sue in eines der besten Fischrestaurants von ganz Virginia gehen. Klingt das nicht verlockend?«

»Oh, doch«, sagte ich.

»Tja«, sagte er und lachte leise, »das klingt aber nicht gerade so, als fändest du es besonders aufregend.«

»Ich kann nichts dagegen machen. Ich weiß, daß ich mich mit der Zeit an mein neues Leben, an meine richtige Familie und alles gewöhnen muß, und daß ich alles vergessen muß, was vorher passiert ist...« Ich schlug die Augen nieder.

»Oh, nein«, sagte er. »Niemand erwartet von dir, daß du die Vergangenheit vollständig vergißt. Ich verstehe dich. Es wird seine Zeit brauchen«, sagte er. Er beugte sich vor und strich sich beim Reden über den Rubinring an seinem kleinen Finger.

»Und was kann ich für dich tun?« fragte er. Sein verständnisvoller Tonfall ermutigte mich.

»Ich kann nicht verstehen, warum sie es getan haben. Ich kann es einfach nicht verstehen.«

»Es getan haben? Ach so, du meinst die Longchamps. Nein, natürlich nicht«, erwiderte er und nickte. »Es fällt uns Erwachsenen schon schwer genug, diese Dinge zu verstehen, den jungen Menschen muß es noch viel schwerer fallen.«

»Und deshalb habe ich einen Brief geschrieben«, fügte ich eilig hinzu und zog den Umschlag hervor.

»Einen Brief?« Seine Augen wurden größer, und seine Augenbrauen zogen sich abrupt nach oben. »An wen?«

»An meinen Daddy... ich meine, an den Mann, den ich immer für meinen Daddy gehalten habe.«

»Ich verstehe.« Er lehnte sich nachdenklich zurück, und seine Augen wurden schmaler und nahmen etwas von dieser metallischen Tönung an, die ich an meiner Großmutter schon so oft gesehen hatte.

»Ich will von ihm wissen, warum er und Mama das getan haben. Ich muß es wissen«, sagte ich voller Entschlossenheit.

»Aha. Tja, Dawn.« Er grinste und senkte die Stimme zu einem Flüstern. »Sag meiner Mutter nicht, daß ich dich weiterhin so nenne«, bat er halb im Scherz und halb im Ernst, zumindest kam es mir so vor. Sein

Grinsen verschwand, und seine Augen wurden ernst. »Ich hatte gehofft, du würdest nicht versuchen, den Kontakt zu Ormand Longchamp aufrechtzuerhalten. Das wird es nur noch schwieriger für alle Beteiligten machen, sogar für ihn.«

Ich sah auf den Umschlag, den ich in den Händen hielt, und nickte. Tränen verschleierten meine Augen, und ich rieb sie mir, wie es ein kleines Kind getan hätte, denn ich fühlte mich wie ein Kind in einer verrückten Erwachsenenwelt. Mein Herz kam mir vor wie eine steinerne Faust, die sich in meiner Brust ballte.

»Ich kann einfach kein neues Leben beginnen, solange ich nicht weiß, warum sie es getan haben«, sagte ich. Ich blickte auf und sah ihn direkt an. »Ich kann es einfach nicht.«

Er musterte mich einen Moment lang schweigend.

»Ich verstehe«, sagte er dann und nickte.

»Ich hatte gehofft, du könntest herausfinden, wohin sie ihn geschickt haben, und du könntest ihm diesen Brief von mir zukommen lassen.«

Mein Vorschlag überraschte ihn. Er zog die Augenbrauen hoch und warf schnell einen Blick auf die Tür, als fürchtete er, jemand könnte am Schlüsselloch lauschen. Dann legte er den linken Daumen und Zeigefinger auf seinen Ring am kleinen Finger der rechten Hand und fing an, ihn zu drehen, während er nickte und nachdachte.

»Ich weiß es nicht«, murmelte er. »Ich weiß nicht, ob daraus Schwierigkeiten mit den Behörden erwachsen oder nicht«, sagte er.

»Mir ist es sehr wichtig.«

»Woher willst du wissen, daß er dir die Wahrheit sagen wird?« fragte er hastig. »Er hat dich belogen und dir gräßliche Geschichten erzählt. Ich will nicht derjenige sein, der dein Herz hart gegen ihn werden läßt«, fügte er hinzu, »aber was wahr ist, ist wahr.«

»Ich möchte es einfach versuchen«, flehte ich ihn an. »Wenn er meinen Brief nicht beantwortet oder es mir nicht sagen will, werde ich nie mehr im Leben darauf zurückkommen. Das verspreche ich.«

»Ich verstehe.« Plötzlich griff er nach seinem Packen Papiere und legte ihn wieder vor sich hin. Damit war er praktisch aus meinem Blickfeld verschwunden. »Nun, ich weiß es nicht«, murmelte er. »Ich weiß es nicht. Ich habe all diese Arbeiten zu erledigen... Großmutter Cutler will, daß alles glatt läuft«, wiederholte er. Er fing an, Papiere zusammenzuheften. Mir kam es vor, als sähe er sich gar nicht an, was er da eigentlich zusammenheftete.

»Wir sollten nicht einfach blindlings handeln und Dinge in Angriff nehmen, die nur zu leicht danebengehen können. Wir haben Verantwortungen, Verpflichtungen... und die Sache bräuchte Vorbereitung«, murmelte er.

»Ich weiß nicht, wen ich sonst bitten könnte, wer es sonst noch für mich tun könnte«, sagte ich mit flehentlicher Stimme.

Er unterbrach sich und sah mich an.

»Nun... von mir aus«, sagte er und nickte. »Ich werde sehen, was ich für dich tun kann.«

»Danke«, sagte ich und reichte ihm den Umschlag. Er nahm ihn in die Hand und sah ihn an. Ich hatte ihn bereits zugeklebt. Er legte ihn schnell in seine oberste Schreibtischschublade. Sobald der Umschlag verschwunden war, nahm sein Gesicht einen anderen Ausdruck an. Er wirkte nicht mehr besorgt, sondern lächelte jetzt.

»Tja, also«, sagte er. »Ich hatte vor, mit dir über deine Garderobe zu reden. Laura Sue und ich haben gestern abend darüber gesprochen. Es gibt eine ganze Reihe von Dingen, die Clara Sue nicht mehr trägt und die dir passen könnten. Mrs. Boston wird sie dir im Lauf des Tages in dein Zimmer bringen, und dann kannst du sie dir ansehen und entscheiden, was richtig für dich ist und was nicht.«

»Das hat sie schon getan«, sagte ich.

»Ah ja. Gut, sehr gut. Laura Sue will demnächst mit dir einkaufen gehen, damit du alles bekommst, was du sonst noch brauchst. Kann ich im Moment sonst noch etwas für dich tun?«

Ich schüttelte den Kopf. »Danke«, sagte ich und stand auf.

»Es ist ein Segen, das reinste Wunder, daß du zu uns zurückgekommen bist«, sagte er. Dann stand er von seinem Stuhl auf und kam um den Schreibtisch herum, um mich zur Tür zu begleiten.

»Ach ja, Philip hat mir erzählt, wie schön du Klavier spielst«, sagte er.

»Ich habe gerade erst mit dem Unterricht angefangen. So gut bin ich nicht.«

»Es wäre trotzdem nett, wenn du raufkämst und Laura Sue und mir etwas auf dem Klavier vorspielen würdest.«

Ich wollte ihm gerade darauf antworten, als er sich wieder zu seinem Schreibtisch umdrehte und sagte: »Es tut mir leid, daß ich soviel zu tun habe, aber bald werde ich mehr Zeit für dich haben.«

Was hast du bloß zu tun, fragte ich mich. Wieso heftest du deine Papiere eigentlich selbst zusammen? Warum hatte er keine Sekretärin, die ihm das abnahm? »Es wird alles gut werden. Du mußt dir nur Zeit lassen«, riet er mir und hielt mir die Tür auf.

»Danke«, sagte ich.

Und dann beugte er sich vor und küßte mich auf die Wange. Es war ein kurzer, zögernder Kuß. Dann drückte er mir auch noch die Hand und schloß so schnell die Tür zwischen uns, als fürchtete er, jemand könnte sehen, daß er mir einen Kuß gegeben und mit mir geredet hatte.

Sein sonderbares Verhalten, die unerwartete Grobheit meiner Großmutter, die seltsame Willensschwäche meiner Mutter – all das verwirrte mich und ließ mich zappelnd und aufbegehrend in meiner Verzweiflung versinken. Wie sollte ich in diesem neuen Meer aus Aufruhr und Verwirrung je schwimmen lernen?

Und wer würde jetzt das Stück Treibholz sein, an das ich mich klammern konnte, um nicht unterzugehen?

11 *Verrat*

Erst wollte ich die abgelegten Kleider von Clara Sue zwar nicht tragen, aber ich wollte wieder hübsch aussehen und mir wie ein Mädchen und nicht wie eine müde, verhärmte Hausangestellte vorkommen. Ich rechnete damit, daß Philip zu mir kommen und mich zu einem Gang durch das Hotel abholen würde, sowie er seine Arbeit im Restaurant beendet hatte; daher ging ich nach dem Abendessen wieder in mein Zimmer zurück und probierte verschiedene Kombinationen von Röcken und Blusen an und entschloß mich schließlich für eine hellblaue kurzärmelige Baumwollbluse mit Perlmuttknöpfen und einen dunkelblauen Faltenrock. In dem Beutel fand ich ein Paar hübsche, flache weiße Schuhe. Sie hatten ein paar unauffällige Flecken auf den Seiten, doch ansonsten sahen sie so gut wie neu aus.

Dann zog ich die Nadeln aus meinem Haar und bürstete es. Es mußte wirklich gewaschen und geschnitten werden; viele Spitzen waren gespalten. Ich dachte daran, daß Clara Sue zu einer Kosmetikerin ging und all die neuen Kleider bekam, die sie haben wollte, sobald sie auch nur den Mund aufmachte, und daß sie immer behandelt wurde, als sei sie etwas Besonderes. Würde Großmutter Cutler mich irgendwann akzeptieren und mich genauso behandeln? Gegen meinen Willen malte ich mir aus, selbst zu einer Kosmetikerin zu gehen und ein neues Kleid zu tragen. Auch ich hätte lieber am Empfangsschalter gearbeitet, als die Zimmer zu putzen.

Ich entschloß mich, mir ein Band unter das Haar zu binden, um es in meinem Nacken anzuheben. Mama hatte immer gesagt, ich sollte meine Ohren nicht bedecken. Selbst jetzt konnte ich sie noch hören. »Du hast wunderschöne Ohren, Kleines. Sorg dafür, daß die ganze Welt sie sieht.« Bei der Erinnerung trat ein Lächeln auf mein Gesicht. Ich war froh, daß ich seit Philips Ankunft wieder den Wunsch hatte, hübsch zu sein. Es war gut, etwas zu haben, worauf man sich freuen konnte, statt immer nur trostlos und trübsinnig vor sich hin zu leben.

Selbst nachdem ich mir etwas Hübsches angezogen und mir das Haar gebürstet hatte, fand ich immer noch, ich sähe blaß und kränklich aus. Meine Augenlider hingen schlaff herunter, und der frühere Glanz meines hellen Haares und mein strahlendes Lächeln waren durch meine Sorgen, meinen Kummer und meine Schmerzen abgestumpft. Die kostbarsten Kleider und sogar eine professionelle Kosmetikerin konnten die äußere Erscheinung eines Menschen nicht fröhlich wirken lassen, solange er in seinem Innern melancholisch war, dachte ich. Ich kniff mir in die Wangen, wie Mama es manchmal bei sich selbst getan hatte, damit sie rosiger wirkten.

Als ich mich jetzt im Spiegel ansah, fragte ich mich plötzlich, warum ich all das tat. Philip war nicht mehr mein Freund. Warum sollte es noch eine Rolle spielen, wie hübsch ich aussah? Warum war es mir immer noch so wichtig, ihm zu gefallen? Wenn überhaupt, dann spielte ich mit verbotenem Feuer. Gerade als ich diese Überlegung anstellte, hörte ich Schritte im Korridor. Ich ging an die Tür, schaute hinaus und stellte überrascht fest, daß jemand in der Livree des Personals auf mich zukam.

»Ihr Vater hat mich gebeten, Sie nach oben ins Zimmer Ihrer Eltern zu schicken, damit Sie Ihrer Mutter etwas auf dem Klavier vorspielen.« Mit diesen Worten eilte der kleingewachsene Angestellte davon. Nun, dachte ich, wenn man mir befiehlt, vor ihnen zu erscheinen und ihnen etwas vorzuspielen, dann ist das nicht die liebevolle Zuwendung, die ich mir erhofft habe, aber es ist zumindest ein Anfang. Vielleicht würden wir bis zum Sommerende zu einer Familie zusammengewachsen sein, überlegte ich, während ich durch das Hotel dorthin schlenderte, wo der Rest meiner Familie lebte.

Ich fand Philip und Clara Sue am Bett unserer Mutter vor. Sie saßen auf Stühlen, die sie nahe herangerückt hatten. Meine Mutter war gegen zwei große, dicke Kissen gelehnt. Sie hatte ihr Haar gelöst, und es fiel zart über ihre zierlichen Schultern. Unter ihrem Morgenmantel trug sie ein goldenes Nachthemd, und auch jetzt hatte sie wieder ihre Ohrringe und ihre Diamantkette an und war vollständig geschminkt. Ich sah, daß Philip ihre Hand in seiner hielt. Clara Sue saß mit verschränkten Armen und einem hämischen Lächeln im Gesicht zurückgelehnt da.

»Oh, wie hübsch du doch aussiehst, Dawn!« rief meine Mutter aus. »Clara Sues Kleider sitzen perfekt.«

»Dieser Rock ist so unmodisch, daß es schon nicht mehr komisch ist«, warf Clara Sue ein.

»Etwas, was gut sitzt und schön aussieht, kommt niemals aus der Mode«, sagte Vater zu meiner Verteidigung. Clara Sue scharrte mit den Füßen und wand sich auf ihrem Stuhl. Ich konnte sehen, daß es ihr nicht paßte, wie Vater mich anstarrte. »Sind wir nicht glücklich dran, daß wir gleich zwei hübsche Töchter haben?« bemerkte er. »Clara Sue und Dawn.«

Als ich Philip ansah, stellte ich fest, daß er mich wie gebannt anstarrte und dabei ein wenig lächelte. Clara Sue warf auch einen Blick auf ihn und sah dann schnell zu mir. Ihre Augen blitzten vor Neid.

»Ich dachte, wir sollen sie nicht Dawn nennen«, wandte Clara Sue ein. »Ich dachte, wir sollten sie Eugenia nennen. Das hat Großmutter jedenfalls gesagt.«

»Wenn wir allein sind, ist das nicht nötig«, erwiderte Mutter. »Stimmt's, Randolph?«

»Selbstverständlich«, sagte er und drückte sanft meine Hand, nachdem er mir einen Blick zugeworfen hatte, der besagte: »Bitte, mach ihr heute Freude.«

»Großmutter wird das gar nicht gefallen«, beharrte Clara Sue. Sie funkelte mich böse an. »Du bist nach ihrer toten Schwester benannt worden. Dieser Name war ein würdiges Geschenk. Du solltest dankbar sein, einen solchen Namen zu haben und nicht deinen bisherigen albernen Namen.«

»Mein Name ist nicht albern.«

»Dawn soll ein Name sein?« erwiderte Clara Sue. Sie verspottete mich mit ihrem Lachen.

»Halt den Mund«, fauchte Philip.

»Oh, bitte, Clara Sue!« rief Mutter. »Heute abend keine Auseinandersetzungen. Ich bin total erschöpft.« Sie wandte sich an mich, um es mir zu erklären. »Es ist immer wieder zuviel für mich, wenn die ersten Sommergäste kommen und wir uns an die Namen aller erinnern und ihnen das Gefühl geben müssen, sie seien hier zu Hause. Keinem von uns ist es gestattet, müde, unglücklich oder krank zu sein, wenn Großmutter Cutler auf unserer Anwesenheit besteht«, fügte sie hinzu, und eine gewisse Bitterkeit war aus ihrer Stimme herauszuhören. Sie warf einen eisigen Blick auf Vater, aber er rieb sich die Hände und lächelte, als hätte er sie nicht gehört.

»So«, sagte er. »Jetzt sind wir also endlich einmal alle zusammen. Wir haben guten Grund, dankbar zu sein. Ist es nicht wunderbar? Und wie könnten wir Dawn besser in unsere Familie aufnehmen als damit, daß wir sie bitten, uns etwas vorzuspielen«, sagte Vater.

»Etwas Beruhigendes, bitte, Dawn«, sagte Mutter flehentlich. »Ich könnte im Moment keinen Rock'n Roll ertragen«, stöhnte sie und ließ ihren Blick zu Clara Sue schweifen, die sich äußerst unwohl zu fühlen schien und keinen glücklichen Eindruck machte.

»Ich kann keinen Rock'n Roll spielen«, sagte ich. »Es gibt ein Stück, das Mr. Moore, mein Musiklehrer, mich gelehrt hat. Es war eines seiner Lieblingsstücke. Ich werde versuchen, mich daran zu erinnern.«

Ich war froh darüber, daß sie alle bei Mutter im Schlafzimmer blieben, während ich mich an das Klavier im Wohnzimmer setzte. Wenigstens brauchte ich mich von Clara Sue nicht böse anschauen zu lassen, während ich spielte, dachte ich. Doch als ich mich gesetzt hatte, kam Philip, stellte sich neben mich und sah mich so eindringlich an, daß ich spürte, wie ich zu zittern begann.

Ich schlug einige Tasten an, wie Mr. Moore es mir beigebracht hatte, und stellte fest, daß das Klavier richtig gestimmt war.

»Das ist ja ein ganz tolles Lied«, stichelte Clara Sue, weil sie hoffte, mich zum Gespött machen zu können, doch niemand lachte.

»Ganz ruhig«, sagte Philip. »Wir gehören alle zur Familie«, fügte er hinzu und legte eine Hand auf meine Schulter. Er warf einen Blick auf die Tür und drückte mir schnell einen Kuß auf den Nacken. »Um dir Glück zu wünschen«, sagte er hastig, als ich erstaunt zu ihm aufblickte.

Dann schloß ich die Augen und versuchte, genauso, wie ich es in der Emerson-Peabody-Schule getan hatte, die Welt um mich herum zu vergessen. Bereits mit der ersten Note schlüpfte ich leise in mein musikalisches Königreich, in ein Land, in dem es keine Lügen und Krankheiten gab, keinen trüben Himmel und keine abscheulichen Tage, eine Welt des Lächelns und der Liebe. Wenn dort ein Wind wehte, dann nur ganz sachte, gerade kräftig genug, um das Laub zu liebkosen. Wenn dort Wolken am Himmel zogen, dann waren sie weich und weiß und so zart wie Daunenkissen in seidenen Bezügen.

Meine Finger berührten das Elfenbein und fingen an, sich über die Tastatur zu bewegen, als hätten sie einen eigenen Willen. Ich spürte, wie die Noten aus dem Klavier in meinen Arm flossen, wie die Musik mich schützend umhüllte und die Geborgenheit eines Kokons um mich spann. Nichts konnte an mich herankommen, keine neidischen Augen und kein spöttisches Gelächter. Groll, Bitterkeit und jede Form von abfälligen Bemerkungen waren für den Moment vergessen. Ich vergaß sogar, daß Philip neben mir stand.

Als ich fertig war, war es eine Enttäuschung. Die Musik verweilte wie ein Schatten, der mich aufforderte, weiterzugehen. Meine Finger verharrten über den Tasten, und meine Augen blieben geschlossen.

Ich schlug sie auf, als ich den Beifall hörte. Vater war in die Tür getreten, um zu klatschen, und Philip applaudierte neben mir. Ich hörte das sachte Klatschen meiner Mutter und Clara Sues kurzen Beifallssturm.

»Einfach wunderbar!« rief mein Vater. »Ich werde mit Mutter sprechen. Vielleicht lassen wir dich vor den Gästen spielen.«

»O nein, das könnte ich nicht.«

»Natürlich kannst du das. Was meinst du dazu, Laura Sue?« rief er.

»Es war einfach wunderschön, Dawn!« rief sie aus. Ich stand auf. Philip strahlte, und seine Augen funkelten vor Glück. Ich ging wieder ins Schlafzimmer zu meiner Mutter, und sie überraschte mich damit, daß sie mich mit ausgebreiteten Armen erwartete. Ich ging auf sie zu und ließ mich von ihr umarmen. Sie küßte mich zart auf die Wange, und als ich zurückwich, sah ich Tränen in ihren Augen stehen, aber in der Art, wie sie mich ansah, lag etwas, was mich zittern und zögern ließ. Ich ahnte, daß sie etwas anderes in mir sah, etwas, wovon ich nicht wußte, daß es existierte. Sie sah mich an, und doch sah sie nicht wirklich mich an.

Ich fragte sie mit meinen Augen und suchte nach Verständnis in ihrem Gesicht. Jetzt, da ich ihr so nah war, sah ich, wie winzig ihre Wimpern waren und wie zart ihr Gesicht geschnitten war, miniaturhaft klein, Züge, die ich von ihr geerbt hatte. Ihre Augen waren betörend, und ich konnte meinen Blick einfach nicht von dem zarten Blau losreißen, das so geheimnisvoll funkelte und die Schönheit von Edelsteinen hatte. Unterhalb ihrer Augen entdeckte ich ein paar helle Sommersprossen, genau dort, wo auch ich Sommersprossen hatte. Ihre Haut war so durchscheinend, daß ich an den Augenwinkeln winzige blaue Äderchen sehen konnte, die sich über ihre Schläfen zogen.

Wie köstlich süß sie lächelte – und ihr Haar strömte den Duft von Jasmin aus. Und wie seidig und zart sich ihre Wange an meiner angefühlt hatte. Es war kein Wunder, daß mein Vater sie so sehr liebte, dachte ich. Trotz ihrer schlechten nervlichen Verfassung hatte sie sich ein gesundes, strahlendes Äußeres bewahrt, und sie war so bezaubernd und hübsch, wie es eine Frau nur sein konnte.

»Es war so schön«, wiederholte sie noch einmal. »Du mußt oft raufkommen und mir etwas vorspielen. Tust du das für mich?«

Ich nickte und warf dann einen Blick auf Clara Sue. Ihr Gesicht war rot und vor Neid verzerrt, ihre Augen brannten, ihr Mund war zusammengekniffen, und die Lippen waren derart fest aufeinandergepreßt, daß sie an den Mundwinkeln weiß wurden. Sie ballte die Hände auf dem Schoß zu aufgedunsenen kleinen Kugeln und sah mich wütend an.

»Ich muß zu Großmutter gehen«, sagte sie und stand auf.

»Ach, jetzt schon?« rief Mutter bekümmert aus. »Du bist doch gerade erst aus der Schule zurückgekommen, und wir haben noch gar keine Zeit gehabt, miteinander zu plaudern, wie wir es sonst tun. Es macht mir doch solchen Spaß, mir die Geschichten über deine Freundinnen in der Schule und über ihre Familien anzuhören.«

»Ich tratsche nicht über andere«, fauchte Clara Sue ganz unerwartet. Ihr Blick fiel auf mich und dann schnell wieder auf Mutter.

»Ja, aber, ich meinte doch nur...«

»Großmutter sagt, daß wir jetzt sehr viel zu tun haben, und wir haben nicht die Zeit, uns gehenzulassen und abzuschlaffen.«

»Oh, wie ich diese Ausdrücke hasse«, sagte meine Mutter und verzog das Gesicht. »Randolph?« sagte sie flehentlich.

»Ich bin sicher, Großmutter hat damit nicht gemeint, du solltest gleich wieder nach unten stürzen. Sie weiß doch, daß du hier oben bei uns bist.«

»Ich habe es ihr aber versprochen«, beharrte Clara Sue. Vater seufzte und sah Mutter mit einem Achselzucken an. Sie holte tief Atem und ließ sich wieder in die Kissen zurücksinken, als hätte sie gerade ihr Todesurteil vernommen. Warum nahm sie bloß alles so tragisch? Hatten diese Zustände eingesetzt, als ich ihr weggenommen worden war? Sie tat mir leid, und es machte mich furchtbar traurig, denn dies ließ es nur um so gräßlicher erscheinen, was Daddy und Mama getan hatten.

»Ich bin ohnehin müde«, erklärte Mutter plötzlich. »Ich glaube, ich ziehe mich für heute zurück.«

»Wie du meinst, Liebling«, sagte Vater. Philip trat vor.

»Ich könnte dich jetzt ein wenig durchs Haus führen«, sagte er zu mir. Clara Sue drehte sich abrupt zu uns um, und ihre Augen loderten vor Wut.

»Sie ist schon seit Tagen hier. Du brauchst ihr nichts mehr zu zeigen«, beschwerte sie sich.

»Sie hat ständig gearbeitet und noch keine Zeit gehabt, sich wirklich einmal im Hotel umzuschauen. Stimmt's, Dad?«

»Ja, ja, sicher. Wir hatten alle sehr viel zu tun. Und überhaupt schmiede ich Pläne für unseren Familienausflug – ein Abendessen im Seafood House in Virginia Beach nächste Woche. Das heißt, wenn sich eure Mutter dem gewachsen fühlt«, fügte er schnell hinzu.

»Ich arbeite am Dienstagabend«, warf Clara Sue ein.

»Ich werde mit dem Boß reden und sehen, ob ich es nicht fertigbringe, dich freizubekommen«, sagte Vater lächelnd, doch Clara Sue erwiderte sein Lächeln nicht.

»Großmutter haßt es, wenn wir die Schichten wechseln. Sie will, daß alles im Hotel wie am Schnürchen läuft«, beharrte Clara Sue und hatte die Hände in die Hüften gestemmt. Wenn sie nörgelte oder klagte, rümpfte sie die Nase immer so sehr, daß sich die Nasenflügel aufblähten und sie wie ein kleines Ferkel aussah.

»Wir werden es ja sehen«, sagte Vater, der sich immer noch nicht aus der Fassung bringen ließ. Ich konnte mir nicht vorstellen, warum er das hinnahm. Wenn je jemand Disziplin nötig gehabt hatte, dann doch Clara Sue, dachte ich.

»Ich muß jetzt gehen«, wiederholte Clara Sue und stürmte hinaus.

»Oh, wie ich diese Sommersaison hasse«, stöhnte Mutter. »Dann sind alle so angespannt. Ich wünschte, ich könnte einschlafen und erst im September wieder aufwachen.« In ihren Augenwinkeln funkelten tatsächlich zwei kleine Tränen.

»Aber, aber, meine Liebe«, tröstete sie Vater und trat an ihre Seite. »Laß dich diesen Sommer von nichts aus der Fassung bringen, einverstanden? Du erinnerst dich doch noch, was Doktor Madeo gesagt hat: Du mußt dir ein dickeres Fell zulegen und den Dingen, die dir lästig sind, einfach keine Beachtung schenken, und du darfst nur an angenehme Dinge denken. Da Dawn jetzt wieder bei uns ist und da sie so begabt und schön ist, haben wir schöne Themen, über die wir uns Gedanken machen können.«

»Ja«, stimmte Mutter zu und lächelte ihn durch ihre Tränen an. »Ich habe ihr Klavierspiel wirklich genossen.«

»Wir hatten im Laufe der Jahre einige begabte Musiker hier, Dawn«, sagte Vater. »Es wird ganz wunderbar sein, dich dieser Liste eines Tages hinzuzufügen.«

Ich blickte von seinem lächelnden Gesicht in das meiner Mutter und sah, daß es wieder ernst, wenn nicht gar bekümmert war, als sie mich wie gebannt anstarrte. Wieder sah ich etwas Verwirrendes in ihren Augen, aber ich ließ mir selbst nicht die Gelegenheit, darüber nachzudenken.

Am nächsten Tag herrschte im Hotel eine aufgeregte Atmosphäre. Wohin ich auch schaute, war das Personal damit beschäftigt, das gesamte Hotel mit besonderer Sorgfalt auf Hochglanz zu bringen. In der Küche bereitete Nussbaum, der Koch, ein Festmahl zu, und im Freien gingen die Gärtner ihren Aufgaben mit peinlicher Genauigkeit nach.

»Was geht hier vor?« fragte ich Sissy, als ich sie mit einer Menge edler Spitzentischdecken über dem Arm näher kommen sah.

Sissy blieb erstarrt stehen und gaffte mich an. Sie riß die Augen weit auf. »Weißt du es denn nicht?« fragte sie. »Weißt du denn nicht, was heute für ein Tag ist?«

»Nein, ich weiß es nicht«, gestand ich aufrichtig ein. »Ist heute ein besonderer Tag?«

»Allerdings!« posaunte Sissy heraus. »Heute ist Mrs. Cutlers Geburtstag. Heute abend wird es ein großes Fest geben. Der Saal wird ausgeschmückt, und es gibt einen Geburtstagskuchen und tonnenweise Gäste und Geschenke.«

Nachdem sie mir die Neuigkeiten unterbreitet hatte, lief Sissy weiter, und ich konnte allein sehen, wie ich aus meinem Dilemma herauskam. Heute war Großmutter Cutlers Geburtstag, und ich hatte keine Ahnung davon gehabt. Aber auch wenn ich es gewußt hätte, was hätte das schon geändert? Ich wußte, was sie von mir hielt – sie machte kein Hehl aus ihren Gefühlen. Warum hätte es mich interessieren sollen, daß sie heute Geburtstag hatte? Doch plötzlich fiel mir wieder ein, daß Mama immer zu mir gesagt hatte, man solle andere so behandeln, wie man selbst gern von ihnen behandelt werden würde. Wenn ich auch gern genauso gemein und rücksichtslos mit Großmutter Cutler umgesprungen wäre, wie sie es im Umgang mit mir war, dachte ich doch immer wieder an Mamas Worte. Ich seufzte. Ich nahm an, dieses eine Mal könnte ich ihr auch meine andere Wange hinhalten. Vielleicht war das die Gelegenheit, auf die ich gewartet hatte. Vielleicht konnte ich jetzt den ersten Schritt machen, um die Dinge zwischen mir und Großmutter Cutler einzurenken. Aber ich hatte kaum das Geld, um ihr ein hübsches Geschenk zu kaufen. Was sollte ich bloß tun?

Ich vermutete, ich könnte meinen Vater um etwas Geld bitten, damit ich ein Geschenk kaufen konnte, aber das wäre nicht dasselbe gewesen wie ein Geschenk, das wirklich von mir kam. Und außerdem kannte ich sie gut genug, um zu wissen, daß sie furchtbar argwöhnisch geworden wäre, wenn ich ihr etwas gekauft hätte, was ich mir eigentlich gar nicht leisten konnte. Dann fiel mir eine Lösung ein. Eine brillante Lösung! Ich würde Großmutter Cutler ein Geschenk machen, das von Herzen kam und dem man niemals ein Preisschild aufkleben konnte.

Ich würde ihr ein Lied singen. Das war ein Schritt in die Richtung, die Dinge zwischen uns einzurenken. Ja, mein Lied würde alles in Ordnung bringen!

Eifrig stürzte ich in mein Zimmer, um zu üben, und ich konnte den Beginn von Großmutter Cutlers Geburtstagsfest kaum erwarten.

An jenem Abend zog ich mich mit ganz besonderer Sorgfalt an. Erst stellte ich mich lange und genüßlich unter die Dusche und wusch mir das Haar, und dann frisierte ich es. Als mein Haar endlich trocken war, war es zart und flauschig und fiel mir in seidigen Locken über den Rücken.

Ich sah mir meine Garderobe an und entschloß mich, einen weißen Faltenrock mit einer hellroten Seidenbluse und einer Wolljacke zu tragen, die rosa und weiß gemustert war. Als ich mich im Spiegel betrachtete, fand ich, ich sähe sehr hübsch aus, und ich eilte hinunter ins Hotelfoyer. Dort würde Großmutter Cutler ihre Gäste begrüßen und ihre Geschenke in Empfang nehmen.

Das Foyer war bereits mit bunten Girlanden und Luftballons ausgeschmückt. Ein Transparent, auf dem ALLES GUTE ZUM GEBURTSTAG stand, zog sich quer durch das Foyer. Einige Gäste warteten bereits darauf, meine Großmutter zu begrüßen. Am Ende der Reihe standen Clara Sue und Philip. Jeder von beiden hielt ein hübsch eingewickeltes Päckchen in den Händen. Philips Päckchen war winzig klein, das von Clara Sue riesengroß. Einen Moment lang war es mir peinlich, mit leeren Händen zu erscheinen. Dann rief ich mir wieder ins Gedächtnis zurück, daß auch ich ein Geschenk für Großmutter Cutler hatte.

»Was tust du denn hier?« zischte Clara Sue abfällig. Sie musterte mich von Kopf bis Fuß. »Warum kommt mir deine Kleidung bloß so bekannt vor? Ach ja!« Sie lachte fröhlich. »Weil die Sachen mir gehört haben, ehe ich beschlossen habe, sie auszusortieren. Es sieht ganz so aus, als bekämst du immer nur alles aus zweiter Hand. Kleider, Familien.« Sie lachte grausam.

Philip sah Clara Sue finster an. »Das klingt, als seist du neidisch, Clara Sue. Könnte es sein, daß deine Sachen an Dawn viel besser aussehen, als sie an dir je ausgesehen haben?« sagte er zu meiner Verteidigung.

»Danke«, sagte ich zu Philip. »Und auch dir danke ich, Clara Sue.« Ich war entschlossen, mir nichts aus Clara Sues Gemeinheiten zu machen. »Ich habe noch nie so hübsche Kleider besessen.«

»Es muß schwer sein, sich an Seide zu gewöhnen, wenn man jahrelang nur Sackleinen getragen hat«, sagte Clara Sue gehässig.

Ich biß mir auf die Zunge und wandte mich an Philip. »Was hast du für Großmutter gekauft?«

»Parfüm«, brüstete er sich stolz. »Es ist ihr liebstes. Die Flasche kostet hundert Dollar.«

»Ich habe ihr eine handgetöpferte Vase gekauft«, warf Clara Sue ein und drängte sich zwischen mich und Philip. »Sie kommt aus China. Was hast du für sie besorgt?«

»Ich hatte weder die Zeit noch das Geld, ihr ein Geschenk zu kaufen«, gestand ich, »und daher werde ich ihr ein Lied singen.«

»Ein Lied?« Clara Sue sah mich fassungslos an. »Ein *Lied*? Das muß wohl ein Witz sein.«

»Nein, ich werde ihr ein Lied singen. Was soll dagegen einzuwenden sein?« Ich konnte spüren, wie ich rot wurde. Vielleicht hätte ich Großmutter Cutler *irgend etwas* kaufen sollen. Es war noch Zeit. Ich konnte in der Hotelboutique einen Blumenstrauß kaufen.

»Das kann doch nicht dein Ernst sein!« rief Clara Sue aus. »Was ist bloß los? Bist du zu geizig?«

»Ich bin nicht geizig!« sagte ich zu ihr. »Ich habe dir doch schon gesagt, warum ich kein Geschenk für sie habe. Und außerdem zählt der gute Wille.«

»Der gute Wille«, schnaubte Clara Sue. »So falsch, wie du singst. Yippie!«

»Jetzt reicht es, Clara Sue«, befahl Philip mit scharfer Stimme. »Dawn hat recht. Was zählt, ist der gute Wille.«

Ich lächelte Philip dankbar an, als wir vorrückten. »Ich danke dir für das Vertrauen, das du in mich setzt.«

Er zwinkerte mir zu. »Mach dir keine Sorgen. Wenn sie dich hört, kippt sie aus den Schuhen.«

Nach einer halben Stunde standen wir vor Großmutter Cutler. Meine Eltern standen neben ihr und hatten sich ganz außerordentlich hübsch gemacht. Mein Vater lächelte mich an, und meine Mutter warf mir einen nervösen Blick zu.

Philip ging als erster auf Großmutter Cutler zu. Sie packte sein Geschenk langsam aus und achtete sorgsam darauf, das Einwickelpapier nicht zu zerreißen. Als sie die Parfümflasche sah, tupfte sie sich einen Tropfen auf die Handgelenke und den Hals und atmete den Duft ein. Dabei lächelte sie Philip strahlend an.

»Ich danke dir, Philip. Du weißt ja, wie sehr ich diesen Duft liebe.«

Clara Sue kam als nächste, und wieder öffnete Großmutter bedächtig das Päckchen und holte eine sehr schöne Vase mit einem fernöstlichen Muster aus zartrotem Seidenpapier heraus.

»Das ist ja eine Kostbarkeit, Clara Sue«, schwärmte sie. »Einfach großartig, sie wird sich in meinem Schlafzimmer gut machen.«

Clara Sue versetzte mir einen Rippenstoß. »Sehen wir doch mal, ob du das mit deinem mickrigen kleinen Liedchen überbieten kannst«, flüsterte sie, ehe sie Großmutter Cutler auf die Wange küßte.

Jetzt war ich an der Reihe. Mir war flau im Magen, aber ich achtete nicht weiter darauf, als ich mit einem zaghaften Lächeln im Gesicht auf Großmutter Cutler zuging.

»Das ist aber eine Überraschung«, sagte sie und sah aus dem Stuhl mit den kunstvollen Schnitzereien, auf dem sie saß, auf mich. Sie streckte die Hände aus und erwartete, daß ich ihr ein Geschenk überreichen würde. »Nun, was ist?« fragte sie kühl.

Ich räusperte mich nervös. »Mein Geschenk ist nicht eingewickelt, Großmutter.«

Sie sah mich seltsam an. »Ach nein?«

»Nein.« Ich holte tief Atem. »Ich werde dir ein Lied vorsingen. Das ist mein Geschenk an dich.«

Nachdem ich tief Luft geholt hatte, setzte ich sofort zu dem Lied an, für das ich mich entschieden hatte. Es war meine Lieblingsmelodie, *Over the Rainbow*, das Lied, von dem ich den Eindruck hatte, es mit dem größten Selbstvertrauen singen zu können. Plötzlich war ich nicht mehr in Cutler's Cove, sondern über dem Regenbogen. Im Land *meiner* Träume. Ich war wieder bei Mama und Daddy, bei Jimmy und Fern. Wir waren alle zusammen, glücklich und geborgen. Nichts würde uns je auseinanderreißen.

Als ich das Lied beendet hatte, standen Tränen in meinen Augen. Die Gäste applaudierten, und ich lächelte alle an. Meine Eltern und Philip klatschten, Clara Sue jedoch nicht. Ich drehte mich zu Großmutter Cutler um. Sie klatschte auch in die Hände, aber nicht etwa, weil sie stolz auf mich war. Keineswegs! Sie tat es nur, um den Schein zu wahren, weil andere dabei waren. Ihre Augen funkelten mich eisig an; auch wenn ein Lächeln auf ihren Lippen stand, so drückte ihr Gesicht doch keinerlei Gefühl aus. Es war so starr und glatt wie ein Granitbrocken.

Die Gäste begaben sich jetzt ins Restaurant und unterhielten sich miteinander. Viele von ihnen machten mir Komplimente, als sie an mir vorbeikamen. Bald war nur noch meine Familie übrig.

»Wie hat dir mein Lied gefallen?« fragte ich Großmutter Cutler kläglich.

»Ist das alles?« fragte sie in eisigem Tonfall und stand von ihrem Stuhl auf. »Wenn ja, dann halte dich jetzt bitte im Hintergrund. Ich muß mich um meine Gäste kümmern.«

»Das ist alles«, flüsterte ich. Ich stand still da und war sprachlos. Wie hatte bloß alles derart schiefgehen können? Ich sah meine Eltern an, dann Philip und Clara Sue, aber niemand kam mir zur Hilfe. Niemand. Wieder einmal war ich ganz allein.

Großmutter wandte sich an den Rest meiner Familie. »Sollen wir uns jetzt ins Restaurant begeben?« Sie ging voraus und bedachte mich mit keinem einzigen Blick.

Da ich nicht in der Lage war, etwas zu sagen, und fürchtete, ich könnte zusammenbrechen und weinen, wandte ich mich ab und floh. Nie in meinem ganzen Leben würde ich diesen gräßlichen Abend je vergessen.

Am folgenden Tag fand Philip mich allein im Foyer vor. Ich schwelgte immer noch in meinem Selbstmitleid.

»Schau nicht so finster, vergiß den gestrigen Abend«, sagte er. »Du wirst Großmutter für dich gewinnen. Warte es nur ab. Bis dahin brauchst du jemanden, der dich aufheitert.« Er nahm mich an der Hand und zog mich hinter sich her ins Freie.

Die Wolken hatten sich aufgelöst, und die Sonne sandte ihre warmen Strahlen, die alles strahlend frisch erscheinen ließen. Das Gras roch kräftig und war leuchtend grün, ebenso das Laub der Sträucher und der Bäume.

Ich schaute alles an, als sähe ich es zum ersten Mal. Bis jetzt hatte ich die meiste Zeit im Hotel verbracht und gearbeitet oder in meinem Zimmer gesessen. Philips Aufregung öffnete mir die Augen und machte mir klar, wie schön und groß das Hotel und das Grundstück eigentlich waren.

Links befand sich ein großer blauschillernder Swimming-pool, an dessen hinterem Ende die Umkleidekabinen strahlend weiß und blau leuchteten, und an unserem Ende war ein Planschbecken für die Kinder. Eine Reihe von Gästen war ins Freie gekommen, um die Sonne zu genießen, und jetzt badeten sie und sonnten sich auf den Liegestühlen, die um den Pool herum aufgestellt waren. Hotelangestellte rückten die Polster zurecht und versorgten die Gäste mit Handtüchern und allem, was sie sonst noch brauchten. Der Bademeister saß auf seinem erhöhten Sitz und behielt die Badenden im Auge.

Nach rechts führten hübsche, kleine Spazierwege, die sich durch Gärten mit Brunnen schlängelten. In der Mitte war eine große Laube angelegt. Einige Gäste saßen an einem Tisch und spielten Karten, und andere saßen einfach entspannt auf den Bänken, unterhielten sich leise und machten sich einen schönen Nachmittag.

Wir liefen über einen der Kieswege. Ich blieb stehen, um den Duft der Tulpen einzuatmen, und Philip pflückte eine weiße Gardenie und steckte sie mir ins Haar.

»Perfekt«, sagte er, nachdem er einen Schritt zurückgetreten war, um mich zu mustern.

»O Philip, so etwas darfst du nicht tun«, sagte ich und sah mich eilig um, weil ich wissen wollte, ob es jemand bemerkt hatte. Niemand schaute direkt in unsere Richtung, aber mein Herz flatterte nervös.

»Das ist doch keine größere Sache. Schließlich gehört uns all das, oder hast du das vergessen?«

Er nahm mich wieder an der Hand, und wir liefen auf dem Weg weiter.

»Dort drüben haben wir einen Baseballplatz«, sagte Philip und wies nach rechts. Ich konnte den hohen Zaun sehen.

»Das Personal hat eine Mannschaft aufgestellt. Manchmal spielen wir gegen die Gäste, manchmal gegen das Personal anderer Hotels.«

»Mir war gar nicht klar, wie schön und wie groß das Gelände doch ist«, sagte ich. »Als ich hier angekommen bin, war es schon dunkel, und bisher habe ich mir allein noch nicht viel angesehen.«

»Alle beneiden uns darum, wieviel Land wir besitzen und was wir im Laufe der Jahre daraus gemacht haben«, sagte er stolz. »Wir können den Gästen weit mehr bieten als ein durchschnittliches Strandhotel«, fügte er hinzu, und es klang ganz nach dem wahren Sohn einer Hoteliersfamilie. Er sah das Lächeln, das auf mein Gesicht getreten war. »Das klingt wohl wie aus einer Werbebroschüre, was?«

»Es ist schon gut. Es ist schön, wenn einen das Geschäft der eigenen Familie fasziniert.«

»Es ist jetzt auch das Geschäft deiner Familie«, rief er mir ins Gedächtnis zurück. Ich sah mich wieder um. Wie lange würde es dauern, bis ich es so empfinden könnte? Ich mußte mir immer wieder sagen, daß ich hier aufgewachsen wäre und all das als selbstverständlich hingenommen hätte, wenn ich nicht nach meiner Geburt geraubt worden wäre.

Wir blieben an einem der Brunnen stehen. Philip starrte mich einen Moment lang an, und seine blauen Augen wurden dunkler und nachdenklicher, und dann strahlte er plötzlich.

»Komm mit«, sagte er und packte mich wieder an der Hand. »Ich will dir etwas ganz Verstecktes zeigen.« Er zerrte so heftig an mir, daß ich fast nach vorne fiel.

»Philip!«

»Entschuldige bitte. Ist alles in Ordnung?«

»Ja«, sagte ich lachend.

»Komm schon«, wiederholte er, und wir liefen um den alten Gebäudeteil herum, bis wir eine kleine Treppe aus Zementstufen erreichten, die zu einer abgesplitterten Holztür, von der die verblichene weiße Farbe abgeblättert war, führte. Die Tür hatte einen schwarzen Eisengriff, hing in verrosteten Angeln und war derart vernachlässigt und kaputt, daß sie auf dem Zement schabte, als wir die Stufen hinuntersprangen und sie öffnen wollten. Philip mußte sie anheben, damit er sie überhaupt öffnen konnte.

»Hier war ich nicht mehr, seit ich in die Schule gekommen bin«, erklärte er.

»Was ist das?«

»Mein Versteck«, sagte er mit einem verstohlenen Blick. »Ich bin dort untergetaucht, wenn ich unglücklich war oder einfach nur allein sein wollte.«

Ich spähte durch die Tür in einen pechschwarzen Raum. Ein kalter, feuchter Luftstrom wehte uns entgegen.

»Keine Sorge, es gibt Licht hier. Siehst du«, sagte er und trat langsam ein. Er griff wieder nach meiner Hand. Diesmal zog mir ein Prickeln durch die Finger, als sie sich mit seinen verschlangen. Ich folgte ihm.

»Die meisten Gebäude in Cutler's Cove sind nicht unterkellert, aber unseres schon, weil es hier gebaut worden ist«, erklärte er. »Vor vielen, vielen Jahren, als Cutler's Cove nichts weiter als eine kleine Pension war, hat hier der Hausmeister gewohnt.« Er blieb stehen und griff im Dunkeln nach einer Schnur, die von der einzigen Lampe herunterhing. Als er daran zog, warf die nackte Glühbirne einen bleichen Schimmer durch den Raum mit den Zementwänden und dem Zementfußboden. Darin standen ein paar Regale, ein kleiner Holztisch mit vier Stühlen, zwei alte Kommoden und ein Bett mit einem Metallgestell. Auf dem Bett lag nur eine fleckige, alte Matratze.

»Dort ist ein Fenster«, sagte Philip und deutete darauf, »aber es ist mit Brettern zugenagelt, um Tiere fernzuhalten. Sieh mal«, sagte er und wies auf die Regale. »Hier unten sind noch ein paar von meinen alten Spielsachen.« Er trat vor die Regale und zeigte mir kleine Spielzeugautos und Lastwagen und eine ziemlich verrostete Spielzeugpistole mit Zündplättchen. »Hier unten gibt es sogar ein Bad«, sagte er und deutete auf die Wand rechts hinten.

Ich sah eine schmale Tür und trat ein. Dahinter fand ich ein kleines Waschbecken, eine Toilette und eine Badewanne. Sowohl die Badewanne als auch das Waschbecken hatten häßliche braune Flecken, und überall hingen Spinnweben.

»Hier müßte mal ordentlich saubergemacht werden, aber es funktioniert noch alles«, erklärte Philip und trat neben mich. Er kniete sich hin und drehte den Hahn der Badewanne auf. Rostige bräunliche Flüssigkeit sprudelte heraus. »Natürlich ist alles seit langem nicht mehr benutzt worden«, erklärte er. Er ließ das Wasser laufen, bis es allmählich klarer wurde.

»Na«, sagte er und stand auf. »Wie gefällt dir mein Versteck?«

Ich lächelte und sah mich um. Es war auch nicht viel schlimmer als manche der Wohnungen, in denen Mama und Daddy, Jimmy und ich gelebt hatten, ehe Fern geboren worden war, dachte ich, aber es wäre mir zu peinlich gewesen, dies laut zu sagen.

»Du kannst es jederzeit benutzen, wenn du diesen ganzen Trubel satt hast«, sagte er, als er auf das Bett zuging und sich auf die Matratze plumpsen ließ. Er hüpfte darauf herum, um die Sprungfedern zu testen. »Ich werde Bettzeug und ein paar saubere Handtücher und frisches Geschirr herbringen.« Er ließ sich auf die Matratze zurücksinken, verschränkte die Arme hinter dem Kopf und sah zu den Deckenbalken hinauf. Dann richtete sich sein Blick auf mich, und er schaute mich eindringlich an. Seine vollen, sinnlichen Lippen waren ein wenig geöffnet.

»Ich mußte die ganze Zeit an dich denken, Dawn, selbst dann noch, als ich wußte, was mit uns los ist und daß ich nicht so an dich denken sollte.« Er setzte sich eilig auf. Ich konnte meine Blicke nicht von ihm losreißen. Seine Augen waren wie Magneten, gegen die ich nichts ausrichten konnte. »Ich sehe in dir gern zwei verschiedene Menschen: das Mädchen, das mich magisch in seinen Bann gezogen hat und ... meine neue Schwester. Aber ich kann diesen magischen Bann einfach nicht vergessen«, fügte er schnell hinzu.

Ich nickte und schlug die Augen nieder.

»Es tut mir leid«, sagte er und stand auf. »Bringe ich dich in Verlegenheit?«

Ich sah ihm wieder in die sanften blauen Augen und erinnerte mich unwillkürlich wieder an meinen ersten Schultag, als er sich in der Mensa zu mir an den Tisch gesetzt hatte und ich gefunden hatte, er sei der bestaussehende Junge, der mir je begegnet war.

»Wie soll ich mich je an die Vorstellung gewöhnen, daß du meine Schwester bist?« klagte er.

»Du wirst dich daran gewöhnen müssen.« Wir standen so dicht nebeneinander, daß ich zitterte. Das waren die Lippen, die sich so warm auf meine gepreßt hatten. Wenn ich die Augen schloß, konnte ich seine Finger fühlen, wie sie sanft über meine Brüste geglitten waren. Bei dieser Erinnerung spürte ich ein Prickeln. In einem Punkt hatte er recht – unsere neue Beziehung, in der wir jetzt zueinander standen, war so erstaunlich und so neu für uns, daß es wirklich noch schwer war, sich damit abzufinden.

»Dawn«, flüsterte er. »Darf ich dich einen Moment lang einfach in den Arm nehmen, dich nur kurz festhalten, einfach, um ...«

»O Philip, das dürfen wir nicht tun. Wir sollten versuchen, uns zu ...«

Er schenkte meinen Worten keine Beachtung, sondern legte die Hände auf meine Schultern und zog mich an sich. Dann umschlang er mich mit seinen Armen und hielt mich an sich gepreßt. Ich spürte seinen Atem warm auf meiner Wange. Er klammerte sich an mich, als sei ich die einzige, die ihn retten könnte. Ich spürte, daß seine Lippen mein Haar und meine Stirn streiften. Mein Herz klopfte heftig, als er mich noch fester an sich drückte und meine Brüste sich an seine Brust preßten.

»Dawn«, flüsterte er wieder. Ich spürte, wie seine Hände um meine

Schultern glitten. Elektrische Ströme zuckten wie verrückt durch meine Arme, und alle Nerven, die ein Mädchen in meinem Alter noch nicht wahrnehmen dürfte, entflammten glühend. Ich muß ihn davon abhalten, dachte ich. Was wir tun, ist böse. Innerlich schrie ich, aber plötzlich packte er meine Handgelenke und hielt sie fest. Dann küßte er mich auf den Hals, und seine Lippen wollten zu meinen Brüsten hinuntergleiten.

Er ließ meine Handgelenke los und legte seine Hände schnell auf meine Brüste. Als er das tat, trat ich zurück.

»Philip, hör auf. Das darfst du nicht tun. Wir sollten jetzt lieber wieder gehen.« Ich eilte auf die Tür zu.

»Geh nicht fort. Es tut mir leid. Ich habe mir eingeredet, ich käme im Traum nicht darauf, so etwas zu tun, wenn ich mit dir allein bin, aber ich bin nicht dagegen angekommen. Es tut mir leid«, sagte er.

Als ich ihn wieder ansah, war sein Gesichtsausdruck gequält.

»Ich werde es nicht wieder tun. Das verspreche ich dir«, sagte er. Er lächelte und kam einen Schritt auf mich zu. »Ich wollte dich nur in den Arm nehmen, um zu sehen, ob ich dich in den Arm nehmen kann, wie ein Bruder seine Schwester umarmen sollte, um sie zu trösten oder zur Begrüßung, aber nicht... um dich so zu berühren.«

Er ließ reumütig den Kopf hängen.

»Ich vermute, ich hätte nicht mit dir hierherkommen sollen.«

Er wartete, und seine Augen drückten die Hoffnung aus, ich würde ihm widersprechen und bereit sein, die Wahrheit zu vergessen.

»Laß uns gehen, Philip«, bat ich. Als seine Arme mich umschlungen und an ihn gepreßt hatten, war ich zu einem Instrument des Verlangens geworden, das auf eine romantische Erfüllung versessen war. Jetzt fürchtete ich mich auch vor dem, was in meinem eigenen Innern vorging.

Er streckte schnell die Hand aus und zog an der Lampenschnur, und das Dunkel hüllte uns ein. Dann packte er mich am Arm.

»Im Dunkeln können wir doch so tun, als seien wir nicht Bruder und Schwester. Du kannst mich nicht sehen und ich dich nicht.« Seine Hand umspannte fester meinen Arm.

»Philip!«

»Das war nur Spaß«, sagte er und lachte. Er ließ mich los, und ich wich wieder zur Tür zurück.

Ich eilte hinaus und drehte mich um, weil ich warten wollte, bis er die Tür hinter sich geschlossen hatte und mir folgte. Sobald er es getan hatte, stiegen wir die Zementstufen hinauf, doch in dem Moment fiel ein Schatten über uns, und wir sahen beide in die Augen von Großmutter Cutler.

Ihr Gesicht war vor Wut verzerrt, als sie böse auf uns herunterschaute und noch viel größer als sonst wirkte.

»Clara Sue meinte, daß ihr beide hier seid«, fauchte sie. »Ich gehe jetzt wieder in mein Büro. Eugenia, ich erwarte dich dort innerhalb der nächsten fünf Minuten. Philip, Collins braucht dich augenblicklich im Restaurant.«

Sie machte auf dem Absatz kehrt und eilte mit forschen Schritten fort.

Mir kam es vor, als würde mir das Herz in der Brust zerspringen, und mein Gesicht war so heiß und gerötet, daß ich glaubte, meine Wangen stünden in Flammen. Philip drehte sich wieder zu mir um, und auf seinem Gesicht standen Angst und Verlegenheit. Was war mit seinem zuversichtlichen, selbstbewußten Ausdruck geschehen, den ich in der Schule so oft an ihm gesehen hatte? Er wirkte hilflos und schwach. Er sah hinter Großmutter her und schaute mich dann wieder an.

»Es... es tut mir leid. Ich gehe jetzt lieber«, stammelte er.

»Philip!« rief ich, aber er sprang mit einem Satz die restlichen Stufen hinauf und eilte davon.

Ich holte tief Atem und stieg die Stufen hinauf. Eine tiefhängende, drückend graue Wolke zog vor die warme Nachmittagssonne, und mich fröstelte es.

Clara Sue lächelte selbstzufrieden hinter dem Empfangsschalter, als ich auf dem Weg zu Großmutter Cutlers Büro durch das Foyer kam. Sie war offensichtlich immer noch eifersüchtig und entrüstet, weil Vater und Mutter auf mein Klavierspiel so erfreut reagiert hatten, dachte ich, aber auch auf den Beifall der Gratulanten war sie neidisch, als ich auf Großmutter Cutlers Geburtstagsfeier gesungen hatte. Ich klopfte an Großmutters Bürotür. Sie saß mit geradem Rücken und steifen Schultern hinter ihrem Schreibtisch und hatte die Arme auf die Stuhllehnen gelegt. Sie sah aus wie eine Richterin des Obersten Gerichtshofes. Ich blieb vor ihr stehen wie eine angespannte Saite, so stark gespannt, daß ich befürchtete, ich könnte reißen und in Tränen ausbrechen.

»Setz dich«, befahl sie eisig und wies mit einer Kopfbewegung auf den Stuhl vor ihrem Schreibtisch. Ich ließ mich darauf gleiten, umklammerte mit den Handflächen meine Ellbogen und sah sie nervös an.

»Eugenia«, sagte sie und bewegte ihren Kopf nur leicht nach vorn, »ich werde dir diese Frage nur ein einziges Mal stellen. Was genau ist zwischen dir und deinem Bruder?«

»Zwischen uns?«

»Zwing mich nicht, jedes meiner Worte klar zu definieren und unsägliche Dinge auszusprechen«, fauchte sie, und dann wurde sie sofort wieder ruhiger. »Ich weiß, daß Philip, als ihr noch beide in die Emerson-Peabody-Schule gegangen seid und er deine wahre Identität noch nicht kannte, dich gern als eine seiner Freundinnen gehabt hätte, und verständlicherweise hast du dich zu ihm hingezogen gefühlt. Ist zwischen euch etwas passiert, wofür sich diese Familie schämen müßte?« fragte sie und zog streng die Augenbrauen hoch.

Es war, als hätte mein Herz aufgehört zu schlagen und darauf gewartet, daß sich in meinem Verstand nicht mehr alles im Kreis drehte. Hitze kroch an meinem Bauch herauf und über meine Brüste, um sich wie ein glühender Ring, der mich erwürgte, um meine Kehle zu legen. Ich fühlte mich fiebrig. Erst weigerte sich meine Zunge, die Worte zu bilden, doch als das Schweigen sich in die Länge zog und unerträglich drückend wurde, bezwang ich den Kloß in meiner Kehle und holte tief Luft.

»Absolut nichts«, sagte ich mit einer so tiefen Stimme, daß ich sie selbst kaum als meine eigene erkannte. »Wie kann man nur so etwas Abscheuliches fragen!«

»Es wäre noch viel abscheulicher, wenn du etwas zu beichten hättest«, gab sie zurück. Ihr scharfer, durchdringender Blick haftete konzentriert auf mir.

»Philip ist ein gesunder junger Mann«, begann sie, »und wie alle jungen Männer hat er etwas von einem Wildpferd, das gerade seine Beine entdeckt hat. Ich denke, du hast genug Lebenserfahrung, um zu verstehen, was ich meine.« Sie erwartete Zustimmung von mir, doch ich starrte sie lediglich an. Mein Herz pochte, und meine Zähne gruben sich in meine Unterlippe. »Und du bist nicht frei von reizvollen weiblichen Merkmalen von der Sorte, die die meisten Männer unwiderstehlich finden«, fügte sie abfällig hinzu. »Daher«, schloß sie, »wird die Verantwortung für ein anständiges Benehmen weitgehend bei dir liegen.«

»Wir haben nichts Böses getan«, beharrte ich, und jetzt konnte ich die Tränen nicht mehr zurückhalten, die hinter meinen Lidern brannten.

»Und genau dabei soll es auch bleiben«, erwiderte sie und nickte. »Ich verbiete dir vom heutigen Tage an, deine Zeit mit ihm allein zu verbringen, hast du gehört? Ihr werdet keinen Raum des Hotels allein betreten, und du wirst ihn auch nicht in dein Zimmer einladen, wenn nicht ein Dritter anwesend ist.«

»Das ist ungerecht. Wir werden bestraft, obwohl wir nichts Böses getan haben.«

»Das ist eine vorbeugende Maßnahme«, sagte sie und fügte dann in einem etwas angenehmeren Tonfall hinzu, »bis ihr beide in der Lage seid, euch wie ganz normale Geschwister zu benehmen. Du mußt immer daran denken, wie ungewöhnlich die Umstände gewesen sind und bis heute noch sind. Ich weiß, was das beste ist.«

»Du weißt, was das beste ist? Woher willst du wissen, was für alle anderen das beste ist? Du kannst nicht allen anderen vorschreiben, wie sie leben, wie sie sich benehmen und sogar, wann sie miteinander reden sollen«, widersprach ich, denn mein Zorn regte sich wie ein erwachender Riese. »Ich werde nicht auf dich hören.«

»Damit machst du die Dinge für dich selbst und für Philip nur noch schwieriger«, drohte sie.

Ich sah mich hektisch im Raum um und fragte mich, wo meine Mutter und mein Vater waren. Warum war nicht wenigstens mein Vater anwesend, um bei dieser Auseinandersetzung ein Wort mitzureden? Waren sie denn nichts weiter als Marionetten? Hielt meine Großmutter die Fäden in der Hand und bestimmte auch über ihr Leben?

»Und noch etwas«, sagte sie. Sie setzte sich etwas entspannter auf ihrem Stuhl hin und schlug auch einen anderen Tonfall an, als sei das Thema damit abgehandelt. »Ich habe dir genügend Zeit gelassen, um dich an deine neue Umgebung und deine neuen Verantwortungen zu gewöhnen, und dennoch beharrst du immer noch darauf, an manchen deiner alten Gewohnheiten festzuhalten.«

»Was für alte Gewohnheiten?«

Sie beugte sich vor und deckte etwas auf, was verborgen auf ihrem Schreibtisch gelegen hatte.

»Zum Beispiel klammerst du dich an diesen albernen Namen«, sagte sie. »Es ist dir bereits gelungen, mein Personal durcheinanderzubringen. Dieser Unfug muß ein Ende haben. Die meisten Mädchen wären dankbar für alles, was du jetzt hast, wenn sie die Existenz geführt hätten, zu der man dich gezwungen hat, wenn sie immer nur von der Hand in den Mund gelebt hätten. Ich möchte gewisse Anzeichen deiner Dankbarkeit erkennen. Das kannst du beispielsweise bewerkstelligen, indem du das hier auf deiner Uniform trägst; das ist ohnehin bei meinem Personal weitgehend üblich.«

»Was ist das?« Ich beugte mich vor, bis sie das Namensschild zu mir umdrehte. Es war ein kleiner Messinganstecker, auf dem in einem kühnen schwarzen Schriftzug EUGENIA stand. Meine Wangen glühten so heftig, daß ich das Gefühl hatte, meine Haut stünde in Flammen. Das einzige, woran ich noch denken konnte, war, daß sie versuchte, mich zu brandmarken, mich zu erbeuten, zu erobern, eine Trophäe, ein Besitz, um allen im Hotel zu beweisen, daß sie ihren Willen nach Belieben durchsetzen konnte.

»Das werde ich niemals tragen«, sagte ich trotzig. »Lieber lasse ich mich zu einer Pflegefamilie schicken.«

Sie schüttelte den Kopf und zog die Mundwinkel herunter, als sei ich eine armselige Kreatur.

»Du wirst diese Plakette anstecken. Du wirst nicht bei Pflegeeltern leben, obwohl ich dich weiß Gott mit Freuden fortschicken würde, wenn ich der Meinung wäre, daß dann Ruhe ist.

Ich hatte gehofft, du hättest inzwischen eingesehen, daß hier dein Leben ist und daß du nach den Vorschriften leben solltest, die man dir macht. Ich hatte gehofft, mit der Zeit würdest du dich irgendwie hier einfügen und ein Mitglied dieser vornehmen Familie werden. Ich erkenne jetzt, daß du aufgrund deiner verwahrlosten Herkunft und deiner schlechten Erziehung nicht so schnell zu uns passen wirst, wie ich es mir gewünscht hätte – vor allem, da einige Eigenschaften und Talente, die für dich sprechen könnten, mit deiner wilden und ungesitteten Art zusammenhängen.«

»Ich werde niemals meinen Namen ändern«, sagte ich bestimmt. Sie sah mich finster an und nickte.

»Von mir aus. Du wirst jetzt in dein Zimmer gehen und dort bleiben, bis du es dir anders überlegt hast und dich einverstanden erklärst, dir diese Namensplakette an die Uniform zu stecken. Bis dahin wirst du nicht zur Arbeit erscheinen, und du wirst auch nicht zum Essen in die Küche kommen. Es wird dir auch niemand etwas zu essen bringen.«

»Mein Vater und meine Mutter werden das nicht zulassen«, sagte ich. Das brachte sie zum Lächeln. »Bestimmt nicht!« rief ich. »Sie mögen mich. Sie wollen, daß wir eine Familie werden«, heulte ich auf. Die heißen Tropfen strömten über mein Gesicht.

»Natürlich werden wir zu einer Familie werden; wir sind eine Familie, eine vornehme Familie, aber um dazuzugehören, mußt du deine schandbare Vergangenheit abwerfen.

Nachdem du dein Namensschild angesteckt und dein Geburtsrecht akzeptiert hast...«

»Das werde ich nicht tun.« Ich rieb mir mit den Fäusten die Tränen aus den Augen und schüttelte den Kopf. »Ich werde es nicht tun«, flüsterte ich.

Sie schenkte mir keine Beachtung.

»Nachdem du dein Namensschild angesteckt hast«, wiederholte sie und zischte die Worte durch zusammengebissene Zähne, »wirst du deine Pflichten wiederaufnehmen.« Sie musterte mich prüfend.

»Wir werden es ja sehen«, sagte sie mit einer derart kalten Zuversicht, daß meine Knie weich wurden. »Alle im Hotel werden erfahren, daß du aufsässig bist«, fügte sie hinzu. »Niemand wird mit dir reden oder freundlich zu dir sein, bis du dich fügst. Du kannst dir selbst und allen anderen eine Menge Kummer ersparen, Eugenia.« Sie hielt mir das Namensschild hin. Ich schüttelte den Kopf.

»Mein Vater wird das nicht zulassen«, sagte ich, und fast war es ein Stoßgebet.

»Dein Vater«, sagte sie mit einer solchen Vehemenz, daß ich die Augen weit aufriß. »Das ist auch ein Problem, an das du dich verbissen klammerst. Du hast erfahren, was für entsetzliche Dinge Ormand Longchamp getan hat, und doch willst du den Kontakt zu ihm aufrechterhalten.« Ich sah sie scharf an. Sie lehnte sich zurück und öffnete eine Schreibtischschublade, um den Brief herauszuholen, den ich an Daddy geschrieben und meinem Vater gegeben hatte, damit er ihn abschickte. Mein Herz machte einen Sprung. Wie hatte mein Vater ihr diesen Brief geben können – ich hatte ihm doch gesagt, wie wichtig es mir war. Gab es denn an diesem abscheulichen Ort niemanden, dem ich vertrauen konnte?

»Ich verbiete es dir, mit diesem Mann zu kommunizieren, mit diesem Kindesräuber.« Sie schob den Brief über ihren Schreibtisch. »Nimm das da mit und geh in dein Zimmer. Wage es nicht, zum Essen zu erscheinen, und wenn du bereit bist, dich in diese Familie einzugliedern, in dieses Hotel und dieses gewaltige Erbe, dann komm wieder, und bitte mich um dein Namensschild. Ehe du das nicht getan hast, will ich nichts von dir sehen und hören. Du kannst jetzt gehen«, sagte sie und wandte sich irgendwelchen Papieren auf ihrem Schreibtisch zu.

Es dauerte eine Weile, bis meine Beine auf meinen Befehl reagierten, sie sollten mich aufstehen lassen. Wir gelähmt blieb ich auf dem Stuhl sitzen. Ihre enorme Kraft erschien mir furchteinflößend. Wie konnte ich hoffen, einen solchen Menschen siegreich zu schlagen? Wie eine Königin herrschte sie über das Hotel und die Familie, und ich, immer noch das unwürdigste Familienmitglied, war in ihr Königreich zurückgebracht worden, und hier war ich in vielerlei Hinsicht mehr als Daddy, der im Gefängnis saß, eine Gefangene.

Langsam und mit wackligen Knien stand ich auf. Ich wäre am liebsten aus ihrem Büro gerannt und aus dem Hotel gestürzt, aber wohin hätte ich laufen können? Wohin hätte ich gehen können? Wer hätte mich aufgenommen? Ich hatte nie irgendwelche Verwandten von Daddy oder Mama im Georgia kennengelernt, und soweit ich wußte, hatten sie von mir oder Jimmy oder Fern auch noch nie gehört. Wenn ich einfach ausriß, würde Großmutter die Polizei hinter mir herschicken. Oder vielleicht auch nicht; vielleicht würde sie sich sogar freuen. Dennoch würde ihr nichts anderes übrigbleiben, als die Polizei zu verständigen, und ein Mädchen wie mich hätte man an einem fremden Ort schnell gefunden und zurückgebracht.

Dann würden mich alle als die Undankbare brandmarken, als den ungezogenen Wildfang, der dressiert, angepaßt und zwangsweise zu einer jungen Dame umerzogen werden mußte. Großmutter würde wie die mißhandelte und doch so liebevolle Matriarchin der Familie dastehen. Niemand würde etwas mit mir zu tun haben wollen, solange ich ihr nicht gehorchte und mich in das verwandelte, was sie aus mir machen wollte.

Ich lief mit gesenktem Kopf aus ihrem Büro. An wen konnte ich mich bloß wenden?

Nie hatte ich Jimmy mehr vermißt als in diesem Augenblick. Ich vermißte die Art, in der er die Augen zusammenkniff, wenn er über etwas nachdachte. Ich vermißte das zuversichtliche Lächeln, das auf sein Gesicht trat, wenn er sicher war, daß das richtig war, was er sagte. Ich vermißte die Wärme in seinen dunklen Augen, wenn er mich liebevoll ansah. Ich erinnerte mich wieder daran, wie er mir versprochen hatte, immer dazusein, wenn ich ihn brauchte, und wie er mir gelobt hatte, mich immer zu beschützen. Wie sehr ich die Sicherheit vermißte, die es mir einflößte, ihn in meiner Nähe zu wissen und zu spüren, wie er über mich wachte.

Ich öffnete die Bürotür und ging hinaus, ohne mich noch einmal umzusehen. Das Hotelfoyer füllte sich gerade. Die Leute kamen von den Beschäftigungen zurück, mit denen sie sich den Nachmittag vertrieben hatten, und schlenderten jetzt ins Haus zurück. Viele Gäste liefen umher und unterhielten sich lebhaft. Ich sah einige Kinder und Teenager bei ihren Eltern stehen. Wie alle anderen Gäste waren auch sie gutgekleidete, glückliche Menschen, die einen wohlhabenden Eindruck machten. Alle waren lebhaft und fröhlich. Sie genossen ihre Ferien, die sie gemeinsam verbrachten. Einen Moment lang stand ich dort und sah sehnsüchtig und neidisch diese glücklichen Familien an. Warum hatten sie es bloß so gut? Was hatten sie getan, um in eine solche Welt hineingeboren zu werden, und was hatte ich getan, um in diese Verwirrung gestürzt und von ihr hin und her geworfen zu werden: Mütter und Väter, die keine echten Eltern waren, Geschwister, die keine echten Geschwister waren.

Und eine Großmutter, die ein Tyrann war.

Mit gesenktem Kopf eilte ich durch das Foyer und tat das einzige, was mir noch übrigblieb: Ich kehrte in mein Zimmer zurück, das jetzt zu meiner Gefängniszelle geworden war. Aber ich war entschlossen, eher zu sterben, als meinen Namen herzugeben, selbst wenn sich ja doch nur eine Lüge um ihn rankte.

Manchmal brauchen wir unsere Lügen noch mehr, als wir die Wahrheit brauchen, dachte ich.

12 *Erhörte Gebete*

Auf dem Weg in mein Zimmer blieb ich stehen, als ich die Treppe erreichte, die hinauf zur Suite meiner Eltern führte. Mir war immer noch eisig kalt, weil mein Vater mich verraten hatte, aber ich fand, meine Mutter solle zumindest wissen, was meine Großmutter mir antat. Nach kurzem Zögern huschte ich die Stufen hinauf und begegnete Mrs. Boston, die meiner Mutter gerade das Essen gebracht hatte.

»Geht es ihr nicht gut?« fragte ich, und Mrs. Boston sah mich an, als wolle sie damit sagen: »Wann ist es ihr je gutgegangen?«

Nachdem sie gegangen war, klopfte ich leise an und betrat das Schlafzimmer meiner Mutter.

»Dawn. Wie schön«, sagte sie und sah von ihrem Tablett auf. Ein kleines Tischchen war für sie aufgebaut worden, und sie lehnte wie üblich an ihren Kissen; und wie üblich war sie geschminkt, als würde sie jeden Moment die Bettdecke zurückschlagen und in ein Paar Schuhe schlüpfen, um eine Party oder eine Tanzveranstaltung zu besuchen. Sie trug ein seidenes Nachthemd, das einen silbernen Spitzenkragen hatte. Ihre Finger und Handgelenke waren mit Ringen und Armbändern überladen. Goldene Tropfenohrringe hingen an ihren Ohrläppchen.

»Bist du gekommen, um mir beim Abendessen etwas auf dem Klavier vorzuspielen?« fragte sie und lächelte zart. Sie hatte ein Engelsgesicht mit Augen, die verrieten, wie zerbrechlich sie war. Ich war in Versuchung, ihr den Gefallen zu tun – ihr etwas vorzuspielen und wieder zu gehen, ohne ihr etwas von den entsetzlichen Vorfällen zu erzählen.

»Ich wollte nach unten kommen und mich allen anderen zum Abendessen anschließen, aber als ich gerade angefangen habe, mich anzuziehen, überfielen mich plötzlich gräßliche Kopfschmerzen. Sie haben schon wieder ein wenig nachgelassen, aber ich möchte nichts tun, um sie wieder stärker werden zu lassen«, erklärte sie.

»Komm, setz dich einen Moment zu mir und unterhalte dich mit mir, während ich esse«, sagte sie und wies auf einen Stuhl.

Ich zog den Stuhl näher an das Bett. Sie lächelte weiterhin und fing an zu essen. Sie schnitt alles in winzig kleine Stückchen und knabberte dann an dem Essen wie ein kleines Vöglein. Sie rollte die Augen, als sei sie erschöpft von der Anstrengung, die das Kauen sie kostete. Dann seufzte sie tief.

»Wünschtest du nicht manchmal auch, du könntest das Essen einfach bleiben lassen und einschlafen und dann gesättigt erwachen? Mahlzeiten können ja so anstrengend sein, vor allem in einem Hotel. Die Leute legen so großen Wert auf das Essen. Für die meisten ist es das Allerwichtigste auf Erden. Ist dir das schon aufgefallen?«

»Ich werde die Mahlzeiten auslassen«, setzte ich an und griff ein Stichwort ihrer Klage auf. »Aber bestimmt nicht, weil ich nichts essen möchte.«

»Was?« Sie wollte mich gerade wieder anlächeln, doch dann sah sie, wie eindringlich meine Augen waren, und ihr Lächeln schwand. »Fehlt dir etwas? Oh, bitte erzähle mir nicht, daß dir etwas fehlt«, flehte sie mich an. Sie ließ die Gabel sinken und preßte sich die Handflächen auf die Brust.

»Ich muß es dir erzählen«, beharrte ich. »Du bist meine Mutter, und ich habe sonst einfach niemanden.«

»Bist du krank? Hast du irgendwelche abscheulichen Magenkrämpfe? Oder deine Periode?« fragte sie und nickte voller Hoffnung. Dann pickte sie wieder mit der Gabel in ihrem Essen herum und sah sich jedes Häppchen ganz genau an, ehe sie es aufspießte, um es an ihre Lippen zu führen. »Nichts ist mir lästiger und unangenehmer. Solange ich meine Periode habe, stehe ich nicht aus diesem Bett auf. Die Männer wissen gar nicht, wie glücklich sie dran sind, weil sie das nicht durchzumachen brauchen. Wenn Randolph dann ungeduldig mit mir wird, brauche ich ihm nur immer wieder zu sagen, wie froh er sein kann, und dann hält er sofort den Mund.«

»Es geht nicht um meine Tage. Ich wünschte, es wäre nur das«, erwiderte ich. Sie hörte wieder auf zu kauen und starrte mich an.

»Hast du es deinem Vater schon erzählt? Hat er den Arzt kommen lassen?«

»Ich bin nicht krank, Mutter. Jedenfalls nicht in diesem Sinne. Ich komme nur gerade von einem Gespräch mit Großmutter Cutler.«

»Oh«, sagte sie, als sei mit diesem einen Satz alles erklärt.

»Sie will, daß ich mir ein Namensschild an meine Livree stecke, auf dem der Name Eugenia aufgedruckt ist«, sagte ich. Die Sache mit Philip ließ ich aus, aber nicht nur, weil ich sie nicht verwirren wollte, sondern weil es mir selbst unerträglich war, darüber zu reden.

»Ach, du meine Güte.« Sie sah auf ihr Essen hinunter, dann legte sie ihre Gabel hin und schob das Tablett von sich. »Ich kann nichts essen, wenn solche Auseinandersetzungen stattfinden. Der Arzt sagt, es würde meiner Verdauung schaden, und davon bekäme ich schlimme Bauchschmerzen.«

»Es tut mir leid. Ich wollte dir das Abendessen nicht verderben.«

»Das ist dir aber gelungen«, erwiderte sie mit erstaunlicher Schärfe. »Sprich jetzt bitte nicht mehr über diese Dinge.«

»Aber... Großmutter Cutler hat gesagt, ich soll in meinem Zimmer bleiben, bis ich mir die Namensplakette anstecke, und sie hat mir bis dahin verboten, etwas zu essen. Das Küchenpersonal wird mir gewiß nichts geben, wenn sie den Leuten sagt, sie dürften mir nichts geben.«

»Sie hat dir verboten, etwas zu essen?« Sie schüttelte den Kopf und wandte den Blick ab.

»Kannst du nicht für mich ein Wort bei ihr einlegen?« fragte ich flehentlich.

»Du hättest dich an deinen Vater wenden sollen«, sagte sie und sah mich immer noch nicht an.

»Das geht nicht. Er wird ohnehin nichts tun, um mir zu helfen«, stöhnte ich. »Ich habe ihm einen Brief gegeben, damit er ihn an... an den Mann schickt, der sich als mein Daddy ausgegeben hat, und er hat mir versprochen, es zu tun, aber statt dessen hat er Großmutter Cutler den Brief gegeben.«

Sie nickte bedächtig und wandte sich mir wieder zu, und jetzt stand ein Lächeln von einer ganz anderen Sorte auf ihrem Gesicht. Es hatte mehr von einem verächtlichen, hämischen Grinsen.

»Das überrascht mich nicht«, sagte sie. »Er verspricht einem leicht etwas und vergißt dann das Versprechen, das er gegeben hat. Aber warum wolltest du einen Brief an Ormand Longchamp schicken, nachdem du jetzt weißt, was er getan hat?«

»Weil... weil ich von ihm wissen will, warum er es getan hat. Ich verstehe es immer noch nicht, und ich hatte überhaupt keine Gelegenheit mehr, mit ihm zu sprechen, als die Polizei mich wieder hierhergebracht hat. Aber Großmutter Cutler will nicht zulassen, daß ich den Kontakt zu ihm aufnehme«, sagte ich und hielt den Umschlag hoch.

»Warum hast du Randolph den Brief gegeben?« fragte Mutter, und ihre Augen waren plötzlich klein und argwöhnisch.

»Ich wußte nicht, wohin ich ihn schicken soll, und er hat mir versprochen, er würde herausfinden, wohin er den Brief schicken muß, und dann würde er es für mich tun.«

»Ein solches Versprechen hätte er dir nicht geben dürfen.« Sie war einen Moment lang nachdenklich, und ihre Augen verschleierten sich und schweiften in die Ferne.

»Was soll ich bloß tun?« rief ich und hoffte, sie würde ihre Rolle als meine Mutter annehmen und Einfluß darauf nehmen, was mit mir geschah. Aber statt dessen senkte sie niedergeschlagen die Augen.

»Steck dir das Namensschild an, und nimm es ab, sowie du nicht arbeitest«, erwiderte sie eilig.

»Aber warum soll sie mir vorschreiben können, was ich zu tun habe? Du bist doch meine Mutter, oder nicht?« rief ich aus.

Sie blickte auf, und ihre Augen waren noch trauriger und dunkler.

»Ja«, sagte sie leise. »Das bin ich, aber ich bin nicht mehr so kräftig wie früher.«

»Warum nicht?« fragte ich, ihre Schwäche frustrierte mich. »Wann bist du krank geworden? Nachdem ich entführt worden war?« Ich wollte mehr darüber wissen.

Sie nickte und ließ sich wieder in ihre Kissen zurücksinken.

»Ja«, sagte sie und blickte zur Decke auf. »Danach hat sich mein Leben geändert.« Sie seufzte tief.

»Das tut mir leid«, sagte ich. »Aber ich verstehe es nicht. Deshalb habe ich an den Mann geschrieben, den ich während meiner gesamten Kindheit für meinen Daddy gehalten habe. Wo bin ich gekidnappt worden? Aus dem Krankenhaus? Oder hattest du mich schon nach Hause mitgenommen?«

»Du warst hier. Es ist spät nachts passiert, als wir alle geschlafen haben. Eine der Suiten auf der anderen Seite des Flures, die wir geschlossen halten, war dein Kinderzimmer. Wir hatten es so hübsch eingerichtet.« Sie lächelte bei der Erinnerung. »Es war so hübsch hergerichtet, neue Tapeten und ein neuer Teppich und lauter neue Möbel. Während meiner Schwangerschaft hat Randolph täglich irgendein Spielzeug für Kleinkinder oder sonst etwas mitgebracht, um es an die Wände zu hängen.

Er hatte ein Kindermädchen engagiert, das ist ja klar. Sie hieß Mrs. Dalton. Sie hatte selbst zwei Kinder, aber die waren erwachsen und aus dem Haus gegangen und haben ihr eigenes Leben gelebt, und daher war es ihr möglich, hier zu wohnen.«

Mutter schüttelte den Kopf.

»Sie hat nur drei Tage lang hier gewohnt. Randolph wollte sie weiterhin behalten, nachdem du geraubt worden bist. Er hat immer noch gehofft, du würdest aufgefunden und zu uns zurückgebracht werden, doch Großmutter Cutler hat sie entlassen und ihr Nachlässigkeit vorgeworfen. Randolph hat all das das Herz gebrochen, und er fand, es sei unrecht, dieser Frau die Schuld daran zu geben, aber er konnte nichts dagegen unternehmen.«

Sie holte tief Atem, schloß die Augen, schlug sie dann wieder auf und schüttelte den Kopf.

»Er hat genau dort an dieser Tür gestanden«, sagte sie, »und er hat geheult wie ein Kind. Er hat dich so sehr geliebt.« Sie drehte sich zu mir um. »Du hast nie einen erwachsenen Mann gesehen, der sich so kindisch mit einem Baby abgegeben hat, wie er mit dir umgegangen ist. Wenn es ihm möglich gewesen wäre, vierundzwanzig Stunden am Tag mit dir zu verbringen, dann hätte er es getan.

Weißt du, du hattest schon bei deiner Geburt einen üppigen Haarschopf, der ganz golden war. Und du warst so klein, fast zu klein, um dich sofort nach Hause mitzunehmen. Randolph hat hinterher noch lange Zeit gesagt, er wünschte, du wärst zu klein gewesen. Dann hätten wir dich vielleicht nicht verloren.

Natürlich dachte er gar nicht daran, die Suche und die Hoffnung aufzugeben. Immer wieder hat es falschen Alarm gegeben, und er ist durch das ganze Land gereist. Schließlich hat Großmutter Cutler beschlossen, seiner Hoffnung ein Ende zu setzen.«

»Sie hat den Gedenkstein anfertigen lassen«, sagte ich.

»Ich hätte nicht gedacht, daß du etwas darüber weißt«, sagte Mutter, und ihre Augen waren vor Erstaunen weit aufgerissen.

»Ich habe den Stein selbst gesehen. Warum habt ihr zugelassen, du und Vater, daß Großmutter Cutler so etwas tut? Ich war doch nicht tot.«

»Großmutter Cutler hat schon immer einen starken Willen gehabt. Randolphs Vater hat immer gesagt, sie sei so zäh wie die Wurzeln eines Baums und so fest wie die Rinde.

Jedenfalls hat sie darauf bestanden, daß wir etwas unternehmen, um den Tatsachen ins Auge zu sehen und unser Leben normal weiterzuführen.«

»Aber war das denn nicht furchtbar für euch? Warum hättet ihr das tun sollen?« wiederholte ich. Ich konnte mir nicht vorstellen, daß eine Mutter einwilligte, ihr eigenes Kind symbolisch zu begraben, solange sie nicht mit Sicherheit wußte, daß das Kind auch wirklich tot war.

»Es war ein kurzes, schlichtes Zeremoniell. Nur für Familienangehörige, und es hat gewirkt«, sagte sie. »Daraufhin hat Randolph die Hoffnung aufgegeben, und dann haben wir Clara Sue bekommen.«

»Ihr habt euch von ihr zwingen lassen, die Hoffnung aufzugeben«, sagte ich. »Mich zu vergessen«, fügte ich nicht ohne einen anklagenden Unterton hinzu.

»Du bist noch zu jung, um diese Dinge zu verstehen, wirklich«, brachte sie zu ihrer Verteidigung hervor. Ich sah sie ungläubig an. Es gab einige Dinge, die nicht erforderten, daß man alt war, damit man sie verstehen und richtig einschätzen konnte. Dazu gehörte die Liebe einer Mutter zu ihrem Kind, fand ich. Mama hätte sich von niemandem zwingen lassen, die Beerdigung ihres vermißten Kindes zu erlauben.

Es war alles sehr seltsam.

»Wenn ich noch so klein war, war es dann nicht gefährlich für die beiden, mich zu kidnappen?« fragte ich

»Doch, gewiß. Deshalb hat Großmutter Cutler ja darauf beharrt, du seist wahrscheinlich tot«, erwiderte sie schnell.

»Wenn ihr ein Kindermädchen gehabt habt, das hier geschlafen hat, wie konnten sie mich dann überhaupt holen?« Ich konnte immer noch nicht glauben, daß ich über etwas Scheußliches sprach, was Daddy und Mama getan hatten.

»Ich kann mich nicht mehr an alle Einzelheiten erinnern«, sagte Mutter und rieb sich die Stirn. »Die Kopfschmerzen kommen wieder. Wahrscheinlich, weil du mich gezwungen hast, mich wieder an so viele furchtbare Ereignisse zu erinnern.«

»Das tut mir leid, Mutter«, sagte ich. »Aber ich muß es wissen.«

Sie nickte und seufzte.

»Aber laß uns jetzt nicht mehr darüber reden«, schlug sie vor und lächelte. »Jetzt bist du hier. Du bist zu uns zurückgekehrt. Diese schrecklichen Zeiten liegen hinter uns.«

»Der Grabstein steht noch da«, sagte ich und dachte wieder an das, was Sissy mir erzählt hatte.

»Ach du meine Güte, wie morbid du doch sein kannst.«

»Warum haben sie mich geraubt, Mutter?«

»Das hat dir niemand erzählt?« Sie sah mich verschlagen an und legte den Kopf zur Seite. »Großmutter Cutler hat es dir nicht erzählt?«

»Nein«, sagte ich. Mein Herzschlag setzte aus. »Ich hatte Angst, sie danach zu fragen.«

Mutter nickte verständnisvoll.

»Sally Longchamp hatte gerade ein totgeborenes Kind zur Welt gebracht. Sie haben dich ganz einfach als Ersatz für ihr Totgeborenes genommen. Ich vermute, auch das ist einer der Gründe, warum Großmutter Cutler so sehr darauf besteht, daß du deinen Namen änderst.«

»Was?« fragte ich, und meine Stimme war so schwach, daß sie kaum zu vernehmen war.

»Daran erinnern sich heute nicht mehr viele Leute. Randolph hat es nie gewußt. Ich wußte es rein zufällig, weil... weil ich es eben rein zufällig gewußt habe. Und natürlich hat es deine Großmutter gewußt. In diesem Hotel und in der ganzen näheren Umgebung tut sich nicht viel, wovon sie nichts erfährt«, fügte sie bissig hinzu.

»Was denn?« wiederholte ich.

»Das tote Baby der Longchamps war auch ein Mädchen. Und sie hatten vor, es Dawn zu nennen.«

Ich sah, daß es nicht mehr viel Zweck hatte, meine Mutter zu bitten, sie solle gegen meine Großmutter einschreiten. Mutter stand auf dem Standpunkt, man solle tun, was Großmutter Cutler verlangte, da das längerfristig der einfachere Weg war. Sie sagte mir, irgendwie brächte Großmutter Cutler es immer fertig, ihren Willen durchzusetzen. Es sei zwecklos, sich dagegen wehren zu wollen.

Natürlich war ich nicht ihrer Meinung. Die Dinge, die sie mir über Mama und Daddy und meine Entführung berichtet hatten, hatten mich erschreckt. Ganz gleich, wie furchtbar es auch für Mama gewesen sein mußte, ein totgeborenes Kind zur Welt zu bringen – es war trotzdem abscheulich von Mama und Daddy, mich meinen richtigen Eltern wegzunehmen. Was sie getan hatten, war selbstsüchtig und grausam gewesen, und als meine Mutter mir geschildert hatte, wie mein Vater in der Tür gestanden und geweint hatte, habe ich mit ihm gelitten.

Ich machte mich auf den Rückweg in mein kleines Zimmer und ließ mich auf das Bett sinken, um die Decke anzustarren. Es hatte zu regnen begonnen, und wieder zog ein sommerliches Unwetter vom Meer her auf. Das Stakkato, mit dem der Regen auf das Gebäude und an die Fenster trommelte, war wie ein militärischer Marsch, der mich in Träume gleiten ließ, in Alpträume, die mich genau dahin führten, wo ich nicht hin wollte. Ich träumte, wie Mama und Daddy sich nachts, als alle schliefen, die Treppe hinaufschlichen. Obwohl ich sie nie kennengelernt hatte, malte ich mir die Kinderschwester Dalton aus, wie sie neben dem Kinderzimmer im Tiefschlaf lag und vielleicht den Rücken zur Tür gewandt hatte. Ich träumte, wie Daddy sich auf Zehenspitzen ins Zimmer schlich und mich hastig aus dem Bettchen hob. Vielleicht hatte ich gerade angefangen zu weinen, als er mich Mama überreichte, die mich liebevoll an ihre Brust drückte, mich auf die Wangen küßte und mir wieder ein Gefühl von Geborgenheit und Sicherheit gab.

Dann schlichen sie sich mit mir, die ich eng in meine Decke gehüllt war, die Treppe hinunter und durch den Korridor vor meinem Zimmer zur Hintertür. Sobald sie draußen in der Dunkelheit waren, schafften sie es leicht zu ihrem bereitstehenden Fahrzeug, auf dessen Rücksitz der kleine Jimmy schlief und nicht wußte, daß er bald ein neues Schwesterchen haben würde.

Kurz danach saßen sie alle in dem Wagen und sind in die Nacht hinausgefahren.

Ich träumte weiter, wie das Kindermädchen Dalton das Kinderbett leer vorfand. Ich sah meine Eltern, wie sie aus ihrem Zimmer gestürzt kamen, während meine Großmutter bereits aus ihrem Zimmer rannte. Philip wurde von den Schreien wach und setzte sich verängstigt im Bett auf. Gewiß hatten sie auch ihn trösten müssen.

Im Hotel herrschte Aufruhr. Meine Großmutter rief allen Befehle zu. Lichter wurden angeschaltet, die Polizei wurde verständigt, Personal wurde losgeschickt, um das Gelände abzusuchen. Wenig später erwachte die Kleinstadt Cutler's Cove zum Leben, und alle erfuhren, was passiert war. Sirenen wurden eingeschaltet. Überall Polizeifahrzeuge. Aber es war zu spät. Mama und Daddy hatten bis dahin schon ein Stück Weg zurückgelegt, und ich, nicht mehr als ein paar Tage alt, merkte nichts.

Mir kam es vor, als würde es mir das Herz zerreißen. Der Schmerz zog immer wieder durch meinen Körper. Vielleicht sollte ich aufgeben, dachte ich. Mein Name war eine Lüge; er gehörte einem anderen kleinen Mädchen, einem, das nie die Chance gehabt hatte, die Augen aufzuschlagen und die Morgendämmerung zu sehen, einem Mädchen, das von einer Dunkelheit in eine andere gekommen war. Ich schluchzte so heftig, daß mein Körper bebte.

»Du brauchst nicht rumzuliegen und zu weinen«, sagte Clara Sue. »Tu doch einfach, was Großmutter von dir verlangt.«

Ich drehte mich hastig um. Sie hatte sich in mein Zimmer geschlichen, ohne anzuklopfen, und sie hatte die Türe so leise geöffnet, als wolle sie mir nachspionieren. Sie stand da, und ein zufriedenes, selbstgefälliges Grinsen lag auf ihrem Gesicht. Offensichtlich hatte sie vor, mich zu verspotten und zu quälen, und dabei knabberte sie an einem Stück Gebäck mit einem Schokoladenüberzug.

»Ich will, daß du anklopfst, ehe du in mein Zimmer kommst«, fauchte ich und wischte mir eilig die Tränen aus den Augen. Während ich mich aufsetzte, trocknete ich mir die Wangen mit dem Handrücken ab.

»Ich habe angeklopft«, log sie, »aber du hast so laut geheult, daß du mich nicht hören konntest. Du brauchst keinen Hunger zu leiden«, predigte sie mir und biß wieder in das süße Gebäck. Dabei schloß sie die Augen, um mir zu zeigen, wie köstlich es schmeckte.

»Das Zeug macht dich nur noch fetter«, sagte ich in einem plötzlichen Anflug von Gehässigkeit. Sie riß die Augen auf.

»Ich bin nicht fett«, beharrte sie. Ich zuckte nur die Achseln.

»Mach dir vor, was du willst, wenn es dich glücklich macht«, sagte ich beiläufig. Mein Tonfall ärgerte sie noch mehr.

»Ich mache mir nichts vor. Ich habe eine volle Figur, die Figur einer reifen Frau. Das sagen alle.«

»Aber nur, um höflich zu sein. Wie viele Leute haben schon den Mut, jemandem zu sagen, daß er fett ist, und wer bleibt davon noch übrig, wenn sie die Tochter des Hotelbesitzers ist?«

Sie blinzelte, und es fiel ihr schwer, etwas gegen diese Logik einzuwenden.

»Sieh dir nur all die Kleider an, aus denen du herausgewachsen bist, und manche davon hast du nie angehabt«, sagte ich. Sie starrte mich an, und ihre Augen, die sich vor Wut und Entrüstung zusammenzogen, ließen ihre Backen nur noch runder wirken. Dann lächelte sie.

»Du willst ja nur, daß ich dir etwas abgebe, damit du nicht hungrig schlafen mußt.«

Ich zuckte wieder die Achseln und setzte mich auf dem Bett auf, um mich an das Kissen zu lehnen. »Bestimmt nicht«, sagte ich. »Ich würde keine Süßigkeiten anstelle von ordentlicher Nahrung essen.«

»Das werden wir ja sehen. Nach einem Tag wirst du solchen Hunger haben, daß dein Magen knurrt und weh tut«, versprach sie mir.

»Ich habe schon Hunger gehabt, viel mehr Hunger, als du je gehabt hast, Clara Sue«, gab ich zurück. »Ich bin es gewohnt, tagelang nichts zu essen zu bekommen«, sagte ich und kostete genüßlich die Wirkung aus, die meine Übertreibung auf sie hatte. »Es hat Zeiten gegeben, in denen Daddy keine Arbeit finden konnte und wir alle miteinander nur noch ein paar Krumen übrig hatten. Wenn das Bauchweh anfängt, trinkt man einfach eine Menge Wasser. Davon geht es vorbei.«

»Aber... das ist etwas anderes«, beharrte sie. »Du kannst das Essen riechen, das in der Küche gekocht wird, und du bräuchtest nichts weiter zu tun, als dir das Namensschild anzustecken.«

»Das tue ich nicht, und außerdem ist mir alles andere ja doch egal«, sagte ich mit unerwarteter Aufrichtigkeit. »Mir ist es ganz gleich, ob ich in diesem Bett dahinsieche.«

»So ein Blödsinn«, sagte sie, aber sie wich zurück, als hätte ich eine ansteckende Krankheit.

»Ach, wirklich?« Ich wandte ihr meinen Blick zu und sah sie böse an. »Warum hast du Großmutter Cutler Geschichten über Philip und mich erzählt? Das hast du doch getan, oder nicht?«

»Nein. Ich habe ihr nur erzählt, was in der Schule alle gewußt haben – daß Philip eine Weile dein Freund war und daß du mit ihm ausgegangen bist.«

»Ich bin ganz sicher, daß du ihr mehr erzählt hast.«

»Nein, habe ich nicht!« beharrte sie.

»Es spielt ohnehin keine Rolle«, sagte ich und seufzte. »Laß mich bitte allein.« Ich streckte mich flach auf dem Bett aus und schloß die Augen.

»Großmutter hat mich hergeschickt, weil ich nachsehen soll, ob du es dir anders überlegt hast, ehe sie die ganze Geschichte beim Personal an die große Glocke hängt.«

»Sag ihr... sag ihr, daß ich meinen Namen nicht ändern werde und daß sie mich da begraben kann, wo sie den Grabstein bereits aufgestellt hat«, fügte ich hinzu. Clara Sue traten die Augen fast aus dem Kopf. Sie wich zur Tür zurück.

»Du bist nichts weiter als eine hartnäckige Göre. Niemand wird dir helfen. Es wird dir noch leid tun.«

»Es tut mir jetzt schon leid«, sagte ich. »Mach bitte die Tür zu, wenn du gehst.«

Sie starrte mich ungläubig an, schloß die Tür und verschwand.

Natürlich hatte sie recht. Hier würde es mir schwerer fallen, Hunger zu leiden, denn um mich herum herrschte Überfluß, und die Gerüche der köstlichen Speisen wehten durch das ganze Hotel und lockten die Gäste ins Restaurant. Dort nahmen sie die leckersten Vorspeisen und die üppigsten Nachtische zu sich. Allein schon bei dem Gedanken daran entwickelten sich meine Magensäfte. Ich fand, das beste sei es, wenn ich jetzt versuchte, einzuschlafen.

Ich war ohnehin total erschöpft. Der Sturm ließ nicht nach, und der feuchte Modergeruch ließ mich frösteln. Ich zog meine Livree aus, hüllte mich in meine Decke und wandte mich von dem regenüberströmten Fenster ab. Ich hörte das Grollen des Donners. Die ganze Welt schien zu beben, oder zitterte doch nur ich? Wenige Momente später schlief ich ein und erwachte erst, als ich die Rufe im Gang hörte, auf die viele laute Schritte folgten. Im nächsten Moment wurde meine Tür aufgerissen, und meine Großmutter stürzte in mein Zimmer. Sissy und Burt Hornbeck, der Chef des Hotelsicherheitsdienstes, folgten ihr auf den Fersen.

Ich zog die Decke enger um mich und setzte mich auf.

»Was ist?« keuchte ich.

»Los jetzt«, fauchte meine Großmutter und zog Sissy am Handgelenk näher, bis sie mit dem Gesicht zu mir neben ihr stand. Burt Hornbeck stellte sich auf die andere Seite und starrte mich an. »Ich will, daß du all das in ihrer Gegenwart und mit Burt als unserem Zeugen noch einmal sagst.« Sissy schlug die Augen nieder und blickte dann langsam zu mir auf. Ihre Augen waren aufgerissen und ängstlich. Und doch war auch ein Funke Traurigkeit und Mitleid in ihnen zu sehen.

»Was soll sie sagen?« fragte ich. »Was soll das heißen?«

Sie wandte sich an Sissy.

»Ihr habt die Zimmer abwechselnd geputzt, jeder eines, stimmt's?« fragte meine Großmutter mit der abgehackten, scharfen Stimme eines Anklägers. Sissy nickte. »Mach gefälligst den Mund auf!« befahl meine Großmutter.

»Ja, Ma'am«, antwortete Sissy zögernd.

»Du hast die ungeraden Nummern übernommen, und sie hat die geraden übernommen?«

»Hm.«

»Dann ist sie also diejenige gewesen, die das Zimmer einundfünfzig geputzt hat?« fuhr sie fort. Ich sah erst sie an, dann Burt Hornbeck. Er war ein untersetzter Mann von vierzig Jahren mit dunkelbraunem Haar und kleinen braunen Augen. Wenn ich ihm bisher begegnet war, hatte er mich immer freundlich angelächelt. Jetzt schaute er böse und wütend drein.

»Ja, Ma'am«, sagte Sissy.

»Dann haben wir also die Zimmer miteinander getauscht, und ich habe die ungeraden Nummern geputzt. Und was hat das zu bedeuten?« fragte ich.

»Steh aus dem Bett auf«, befahl sie. Ich warf einen Blick auf Burt. Ich hatte nur meinen BH und meinen Schlüpfer an. Er verstand mich sofort und richtete seinen Blick auf das Fenster, als ich aufstand, mich aber immer noch so fest wie möglich in die Decke hüllte.

»Bist du nackt?« fragte meine Großmutter, als sei es eine Sünde, in ihrem Hotel nackt zu sein.

»Nein. Ich habe meine Unterwäsche an. Was willst du?«

»Ich will Mrs. Clairmont ihre goldene Halskette zurückgeben, und zwar jetzt«, sagte sie, und ihr eiskalter Blick war auf mich gerichtet. Sie hielt die Hand mit den langen, dünnen Fingern ausgestreckt hin.

»Was für eine Halskette?« Ich sah Burt Hornbeck an, doch sein Ausdruck änderte sich nicht.

»Es hat keinen Zweck mehr, es jetzt noch zu leugnen. Es ist mir gelungen, Mrs. Clairmont, die schon ein Leben lang zu meinen Gästen zählt, dazu zu bringen, die ganze Angelegenheit stillschweigend zu übergehen, aber ich habe ihr zugesichert, daß sie ihre Kette zurückerhält. Und sie wird sie auch wiederbekommen«, beharrte sie und drückte die Schultern durch. Ihr Hals war so steif, daß er aussah, als sei er aus Marmor gemeißelt.

»Ich habe ihre Halskette nicht genommen!« rief ich empört. »Ich stehle nicht.«

»Natürlich stiehlst du nicht«, sagte sie spöttisch und nickte wie ein Vogel. »Du hast dein ganzes bisheriges Leben mit Dieben zugebracht, und du stiehlst nicht.«

»Wir haben nie gestohlen!« rief ich.

»Nie?« Sie verzog die Lippen zu einem kalten, bissigen Lächeln. Ich wandte meinen Blick von ihr ab. Mir schlotterten die Knie, obwohl ich nichts zu fürchten hatte. Ich war unschuldig. Ich schluckte erst, ehe ich meine Unschuld noch einmal bekundete und Sissy ansah. Das arme, eingeschüchterte Mädchen wandte eilig die Augen ab.

»Nimm dieses Zimmer auseinander, Burt«, befahl sie, »von oben bis unten, bis du diese Halskette gefunden hast.«

Widerstrebend ging er auf die kleine Kommode zu.

»Sie ist nicht hier. Ich habe es dir gesagt... ich schwöre es.«

»Ist dir eigentlich klar«, sagte sie langsam, und ihre Augen gruben sich jetzt wie zwei heiße Kohlen in mich, »wie peinlich das für Cutler's Cove werden kann? Nie, kein einziges Mal in der langen und traditionsreichen Geschichte dieses Hotels, ist je einem Gast etwas aus seinem Zimmer gestohlen worden. Mein Personal hat sich immer aus hart arbeitenden Menschen zusammengesetzt, die alle das Eigentum anderer Leute respektieren. Sie wissen, was es heißt, hier zu arbeiten; sie empfinden es als eine Ehre.«

»Ich habe die Kette nicht gestohlen«, stöhnte ich, und die Tränen liefen über mein Gesicht. Mr. Hornbeck hatte alles aus meinen Schubladen herausgeholt und kippte die Schubladen selbst jetzt noch um. Er schaute auch hinter den Schubladen in der Kommode nach.

»Sissy«, fauchte meine Großmutter, »zieh ihr Bett ab. Zieh das Laken und den Kissenbezug ab, und dreh die Matratze um.«

»Ja, Ma'am«, sagte sie und machte sich augenblicklich daran, die Befehle meiner Großmutter auszuführen. Sie sah zu mir auf, und ihre Augen baten mich um Verzeihung, als sie anfing, das Bettlaken abzuziehen.

»Ich verlasse dieses Zimmer erst, wenn ich diese Halskette habe«, beharrte meine Großmutter und verschränkte die Arme unter ihrem kleinen Busen.

»Dann wirst du heute nacht hier schlafen«, sagte ich. Mr. Hornbeck drehte sich zu mir um und war überrascht über meine Aufsässigkeit. Seine Augenbrauen waren fragend hochgezogen. Ich konnte erkennen, wie sich Zweifel auf seinem Gesicht ausdrückten – vielleicht war ich wirklich unschuldig. Er wandte sich zu meiner Großmutter um.

Ihre gespitzten Lippen, die jetzt pflaumenfarben waren, zogen sich hektisch zusammen und auseinander. Ich beobachtete sie und wartete auf das zynische Lächeln, das ihre pergamentene Haut zu zerreißen drohte. Ich rechnete damit, daß sie wie eine Hexe kichern würde.

»Mit diesem Trotz hältst du niemanden zum Narren«, sagte sie schließlich. »Und am allerwenigsten mich.«

»Mir ist egal, was du glaubst oder was sonst jemand glaubt – ich habe keine goldene Halskette gestohlen«, beharrte ich.

Sissy hatte das Bettzeug abgezogen. Sie zog die Matratze herunter, und Mr. Hornbeck suchte unter dem Bett. Er sah zu meiner Großmutter auf und schüttelte den Kopf.

»Sieh in den Schuhen nach«, sagte meine Großmutter zu Sissy. Sie kniete sich hin und durchsuchte jedes einzelne Paar. Meine Großmutter ordnete an, sie solle meine gesamte Kleidung durchsuchen und in den Socken und den Hosentaschen nachschauen, während Mr. Hornbeck das restliche Zimmer durchsuchte. Als beide mit leeren Händen dastanden, sah sie mich mit ihren argwöhnischen Augen prüfend an. Dann wandte sie sich an Mr. Hornbeck.

»Burt, warte einen Moment lang draußen«, sagte sie. Er nickte und verließ eilig das Zimmer. Inzwischen war ich soweit, daß ich vor Angst und Entrüstung zitterte. Meine Großmutter trat vor mich hin.

»Laß diese Decke fallen«, befahl sie.

»Was?« Ich sah Sissy an, die abseits stand und ebenso verängstigt wirkte wie ich.

»Laß sie fallen!« fauchte sie.

Ich ließ die Decke los, und sie starrte mich an, musterte meinen Körper so ausführlich, daß ich wider Willen errötete. Ihre Augen bohrten sich in meine, und ich kam mir vor, als tauchte sie in die Tiefen meiner Seele ein und versuchte, mein innerstes Wesen in sich aufzusaugen, um mich beherrschen zu können.

»Zieh deinen Büstenhalter aus«, sagte sie. Ich trat mit klopfendem Herzen zurück. »Wenn du es nicht gleich tust, werde ich die Polizei aus der Stadt herkommen lassen müssen, und dann nehmen sie dich mit aufs Revier, und dort steht dir eine noch peinlichere Durchsuchung bevor. Willst du das?«

Die Erinnerungen an das Polizeirevier, in dem man mich verhört und mir über Daddys Verbrechen berichtet hatte, waren noch sehr lebhaft. Ich schüttelte den Kopf, und meine Tränen flossen wieder, doch sie war gefühllos, mitleidlos, und ihre metallischen Augen waren kalt und entschlossen.

»Ich habe keine Halskette versteckt«, sagte ich.

»Dann tu, was ich sage«, fauchte sie mich an.

Ich sah Sissy an, und sie schlug die Augen nieder, denn sie schämte sich für mich. Langsam legte ich die Hände auf den Rücken und löste den Verschluß meines BHs. Dann ließ ich die Träger über meine Arme gleiten und verschränkte die Arme schnell vor der Brust, um meinen Busen vor ihren durchdringenden Blicken zu schützen. Zitternd stand ich da. Sie trat vor und sah in meinen BH, aber natürlich fand sie nichts.

»Zieh diesen Schlüpfer herunter«, sagte sie, denn sie war immer noch nicht zufrieden. Wie gräßlich diese Frau doch war, dachte ich. Ich mußte einfach weinen. Das Schluchzen erschütterte meinen ganzen Körper.

»Ich kann nicht den ganzen Tag dastehen und warten«, sagte sie.

Ich schloß die Augen, um diese Peinlichkeit nicht mit ansehen zu müssen, und dann zog ich mir den Schlüpfer bis auf die Knie. Sobald ich das getan hatte, verlangte sie, ich solle mich umdrehen.

»In Ordnung«, sagte sie. Ich zog den Schlüpfer hoch und zog mir den BH an. Dann schlang ich die Decke wieder um mich. Ich zitterte so sehr, als hätte man mich nackt bei einem Wintersturm im Freien stehenlassen. Meine Zähne wollten einfach nicht aufhören zu klappern, doch sie schien keine Notiz davon zu nehmen oder sich nicht davon berühren zu lassen.

»Falls du diese Halskette irgendwo in diesem Hotel versteckt hast, werde ich es früher oder später doch erfahren«, sagte sie. »Nichts, aber auch gar nichts geschieht hier, ohne daß ich es auf die eine oder andere Weise erfahre, früher oder später. Und es handelt sich um eine einzigartige Halskette mit Rubinen und kleinen Diamanten. Du brauchst dir keine Hoffnungen zu machen, du könntest sie verkaufen, ohne daß ich davon erfahre.«

»Ich habe die Halskette nicht genommen«, sagte ich. Ich hielt mein Schluchzen zurück und preßte die Augen zusammen. Dann schüttelte ich heftig den Kopf. »Ich war es nicht.«

»Wenn ich jetzt dieses Zimmer verlasse und wir feststellen, daß du die Halskette hast, werde ich dich der Polizei übergeben müssen. Hast du verstanden? Sowie ich gehe, kann ich dein Verbrechen nicht länger dekken«, warnte sie mich.

»Ich habe sie nicht gestohlen«, wiederholte ich.

Sie drehte sich abrupt um und streckte die Hand nach dem Türgriff aus.

»Du kannst dir nicht vorstellen, in welche Verlegenheit mich das jetzt bringt. Du bist trotzig und stur, und du weigerst dich, auf mich zu hören und zu tun, was ich dir vorschreibe. Und jetzt hast du dieser Liste noch einen Diebstahl hinzugefügt. Das werde ich dir nie vergessen«, drohte sie. Sie sah Sissy an. »Gehen wir«, forderte sie sie auf.

»Es tut mir leid«, murmelte Sissy eilig und lief hastig hinter ihr her. Ich brach auf meiner unbezogenen Matratze zusammen und weinte, bis meine Tränen versiegt waren. Dann machte ich mein Bett und kroch unter die Decke und war völlig benommen von den Ereignissen, die über mich hereingebrochen waren. Es schien mir alles ein Alptraum zu sein, nicht die Realität. Hatte ich all das nur geträumt?

Die emotionale Anspannung erschöpfte mich. Ich mußte, ohne es zu merken, eingeschlafen sein, in den Schlaf geflohen sein, denn als ich die Augen aufschlug, sah ich, daß es aufgehört hatte zu regnen, wenn auch in der Luft immer noch eine feuchte Kälte hing und die Welt vor dem Fenster pechschwarz war – keine Sterne, kein Mond, nur die Geräusche des Windes, der über das Hotel und das Gelände wehte und um das Gebäude pfiff.

Ich setzte mich auf, lehnte mich mit dem Rücken an das Kopfteil des Bettes und hüllte mich fester in die Decke. Dann beschloß ich, aufzustehen und mich anzuziehen. Ich mußte mit jemandem reden, und der erste Mensch, der mir einfiel, war Philip. Aber als ich zur Tür ging und sie öffnen wollte, fand ich sie verschlossen vor. Ich zog ungläubig an dem Türgriff.

»*Nein!*« rief ich aus. »*Macht diese Tür auf!*«

Ich lauschte, aber ich hörte nichts als Stille. Ich drehte und zog an dem Griff. Die Tür wollte keinen Millimeter nachgeben. Plötzlich erfüllte es mich mit Panik, in diesem kleinen Zimmer eingeschlossen zu sein. Ich war sicher, daß meine Großmutter das nur getan hatte, um mich dafür zu bestrafen, daß die Halskette nicht, wie sie erwartet hatte, in meinem Zimmer aufgefunden worden war.

»*Jemand soll diese Tür aufmachen!*«

Ich hämmerte mit meinen kleinen Fäusten gegen die Tür, bis sie rot wurden und meine Arme schmerzten. Dann lauschte ich wieder. Jemand hatte mich gehört. Ich konnte Schritte im Gang hören. Vielleicht war es Sissy, dachte ich.

»*Wer ist da?*« rief ich. »*Helft mir, bitte. Die Tür ist abgeschlossen.*«

Ich wartete. Ich hörte zwar niemanden etwas sagen, doch ich spürte, daß jemand da war. Ich konnte die Anwesenheit eines Menschen auf der anderen Seite der Tür spüren. War es meine Mutter? Oder Mrs. Boston?«

»*Wer ist da? Bitte.*«

»Dawn«, hörte ich meinen Vater schließlich sagen. Er sprach durch den Spalt zwischen der Tür und dem Türrahmen.

»Bitte, schließ die Tür auf und laß mich raus«, sagte ich.

»Ich habe ihr gesagt, du hättest die Kette nicht genommen«, sagte er.

»Nein, ich habe sie auch nicht genommen.«

»Ich habe nicht geglaubt, daß du stiehlst.«

»Ich habe es nicht getan!« rief ich. Warum machte er die Tür nicht auf? Warum redete er durch einen Türspalt mit mir? Er mußte sich an die Tür gepreßt haben, dachte ich, und die Lippen direkt an die Öffnung halten.

»Mutter wird der Sache auf den Grund gehen«, sagte er. »Das gelingt ihr immer.«

»Sie ist ein grausamer Mensch«, sagte ich. »Wenn man bedenkt, was sie mit mir getan hat, und dann sperrt sie mich auch noch in meinem Zimmer ein. Bitte, schließ die Tür auf.«

»Das darfst du nicht denken, Dawn. Manchmal wirkt sie auf andere Menschen, als sei sie hart, aber wenn sie erst einmal ihren Standpunkt klargestellt hat, sehen die Leute im allgemeinen ein, daß sie recht hatte und gerecht war, und dann sind sie froh, daß sie auf sie gehört haben.«

»Sie ist keine Göttin. Sie ist nichts weiter als eine alte Dame, die ein Hotel führt!« rief ich wütend. Ich wartete und rechnete damit, daß er die Tür aufschließen würde, doch er sagte nichts und tat nichts. »Vater, bitte, schließ die Tür auf«, flehte ich ihn an.

»Mutter will nur alles richtig machen, dich richtig erziehen und alles Falsche korrigieren, was man dir vorher beigebracht hat.«

»Man braucht mich nicht hier einzuschließen«, stöhnte ich. »Ich habe nicht wie ein Tier gelebt. Wir waren keine Diebe, und wir waren nicht schmutzig und dumm«, sagte ich.

»Natürlich wart ihr das nicht, aber es gibt noch viel Neues, was du lernen mußt. Du gehörst jetzt zu einer bedeutenden Familie, und Großmutter Cutler will nur, daß du dich anpaßt.

Ich weiß, daß es hart für dich ist, aber Mutter ist schon länger in diesem Betrieb, als ich am Leben bin, und ihre Instinkte, was Menschen und Dinge angeht, sind ganz ausgezeichnet. Sieh dir nur an, was sie hier aufgebaut hat und wie viele Menschen alljährlich wieder hierherkommen«, sagte er in einem freundlichen, vernünftigen Tonfall durch den Türspalt.

»Ich werde dieses blöde Namensschild nicht tragen«, beharrte ich, und mir brannten die Augen vor Entschlossenheit.

Er verstummte wieder, diesmal so lange, daß ich schließlich dachte, er sei fortgegangen.

»Vater?«

»Als du uns geraubt worden bist, bist du nicht nur deiner Mutter und mir weggenommen worden. Du bist auch Großmutter Cutler genommen worden«, sagte er, und seine Stimme war jetzt lauter. »Als du uns gestohlen worden bist, ist auch ihr das Herz gebrochen.«

»Das kann ich nicht glauben«, erklärte ich. »War sie denn nicht diejenige, die beschlossen hat, einen Grabstein mit meinem Namen auf dem Friedhof aufstellen zu lassen?« Ich konnte nicht glauben, daß ich durch eine Tür mit ihm redete, aber auf gewisse Weise erleichterte es mir, das zu sagen, was ich sagen wollte.

»Doch, aber das hat sie nur getan, damit ich nicht den Verstand verliere. Ich war ihr im nachhinein dankbar dafür. Ich konnte nicht arbeiten. Ich war Laura Sue und Philip keine Hilfe. Ich habe nichts mehr getan, als Polizeireviere anzurufen und quer durch das ganze Land zu jagen, wenn man auch nur die kleinste Spur gefunden hat. Du siehst also, daß es gar nicht so furchtbar war, was sie getan hat.«

Nicht so furchtbar? Symbolisch ein Kind zu begraben, das nicht tot war? Was für Menschen waren das bloß? Was für eine Familie hatte ich hier bekommen?

»Bitte, mach die Tür auf. Ich mag nicht eingeschlossen sein.«

»Ich habe eine Idee«, sagte er, statt die Tür aufzuschließen. »Menschen, die mich nicht gut kennen, nennen mich Mr. Cutler, und andere Menschen, nahe Freunde und Familienangehörige, nennen mich Randolph.«

»Ja, und?«

»Stell dir Eugenia so vor, wie ich mir Mr. Cutler vorstelle und wie sich Laura Sue Mrs. Cutler vorstellt. Was hältst du davon? Deine Freunde werden dich immer bei deinem Spitznamen nennen.«

»Es ist aber kein Spitzname. Es ist mein Name.«

»Bei deinem inoffiziellen Namen«, sagte er, »aber Eugenia könnte dein... dein Name im Hotel sein. Was hältst du davon?«

»Ich weiß es nicht.« Ich trat von der Tür zurück und hatte die Arme unter der Brust verschränkt. Wenn ich nicht einwilligte, würden sie die Tür vielleicht niemals öffnen, dachte ich.

»Erkläre dich zu diesem kleinen Kompromiß bereit, und du wirst uns allen wieder Ruhe und Frieden bringen. Wir sind mitten in der Saison, und das Hotel ist ausgebucht, und...«

»Warum hast du ihr meinen Brief an Ormand Longchamp gegeben?« fauchte ich.

»Sie hat diesen Brief immer noch?«

»Nein«, sagte ich. »Ich habe ihn. Sie hat ihn mir zurückgegeben und mir verboten, in Zukunft Kontakt zu ihm aufzunehmen. Sie verbietet einem gern etwas«, sagte ich.

»Meine Güte, das tut mir leid. Ich... ich dachte, sie würde den Brief weiterleiten. Wir haben darüber gesprochen, sie war zwar nicht gerade erfreut, aber sie hat gesagt, sie würde den Polizeichef von Cutler's Cove dazu bringen, sich um die Angelegenheit zu kümmern. Ich vermute, sie war derart außer sich, daß sie...«

»Sie hatte nie vor, den Brief weiterzuleiten«, sagte ich. »Warum konntest du es nicht selbst tun?«

»Ich denke, das hätte ich tun können. Es ist nur so, daß Mutter und der Polizeichef gute Freunde sind, und da habe ich mir gedacht... es tut mir leid«, sagte er. »Weißt du was?« meinte er dann schnell. »Wenn du dich bereit erklärst, das Namensschild anzustecken, bringe ich den Brief persönlich zum Polizeichef und kümmere mich darum, daß er weitergeleitet wird. Was hältst du davon? Ist es abgemacht? Ich werde sogar dafür sorgen, daß ich eine Empfangsbescheinigung bekomme, damit du selbst siehst, daß der Brief auch wirklich bei ihm angekommen ist.«

Einen Moment lang war ich von einer Verwirrung gepackt, die in meinem Verstand und meiner Seele tobte. Die Kindesentführung hatte Mama und Daddy mit einem abscheulichen Schandfleck behaftet. Ich konnte ihnen niemals verzeihen, was sie getan hatten, aber tief in meinem Innern klammerte ich mich immer noch an die Hoffnung, daß es irgendeine Erklärung dafür geben würde. Ich mußte Daddys Schilderung von ihm selbst hören.

Jetzt mußte ich einen Preis dafür bezahlen, den Kontakt zu ihm wiederaufzunehmen. Auf die eine oder andere Weise konnte Großmutter Cutler ihren Willen in Cutler's Cove durchsetzen, dachte ich. Aber diesmal bekam ich selbst auch etwas dafür.

»Wenn ich mich bereit erkläre, wirst du dann auch herausfinden, was aus Jimmy und Fern geworden ist?«

»Jimmy und Fern? Du meinst, die richtigen Kinder der Longchamps?«

»Ja.«

»Ich werde es versuchen. Das verspreche ich dir«, sagte er, doch mir fiel wieder ein, was Mutter über ihn und seine Versprechungen gesagt hatte und wie leicht er sie gab, um sie gleich darauf zu vergessen.

»Wirst du es wirklich versuchen?« fragte ich.

»Gewiß.«

»Einverstanden«, sagte ich. »Aber die Leute, die es wollen, können mich Dawn nennen.«

»Klar«, sagte er.

»Machst du jetzt die Tür auf?«

»Wo ist der Brief?« erwiderte er.

»Warum?«

»Schieb ihn unter der Tür durch.«

»Was? Warum schließt du die Tür nicht auf?«

»Ich habe keinen Schlüssel«, sagte er. »Ich muß ihn holen und Mutter berichten, daß wir uns geeinigt haben.«

Ich schob den Brief unter der Tür durch, und er hob ihn eilig auf. Dann hörte ich ihn fortgehen, und als er ging, fühlte ich mich, als hätte ich gerade einen Pakt mit dem Teufel geschlossen.

Ich setzte mich auf das Bett, um zu warten, doch plötzlich hörte ich, wie der Schlüssel im Schlüsselloch umgedreht wurde. Die Tür ging auf, und Philip stand vor mir.

»Wie kommt es, daß deine Tür abgeschlossen ist?«

»Das war Großmutter. Sie glaubt, ich hätte eine Kette gestohlen.«

Er schüttelte den Kopf.

»Du solltest lieber sehen, daß du gleich wieder verschwindest. Großmutter paßt es nicht, daß wir miteinander allein sind. Clara Sue hat ihr Geschichten erzählt, und...«

»Ich weiß«, sagte er, »aber diesmal läßt sich nichts daran ändern. Du mußt mit mir kommen.«

»Mit dir kommen? Wohin? Weshalb?«

»Vertraue mir einfach«, sagte er. »Beeile dich.«

»Aber...«

»Bitte, Dawn«, flehte er inständig.

»Wie kommt es, daß du den Schlüssel für mein Zimmer hast?« fragte ich.

»Den Schlüssel?« Er schüttelte den Kopf. »Ich habe ihn nicht gehabt. Er hat in der Tür gesteckt.«

»Ach? Aber...«

Wohin war mein Vater gegangen? Warum hatte er mich belogen, was den Schlüssel anging? Mußte er sich erst die Erlaubnis einholen, ehe er die Tür aufschloß, um seine eigene Tochter freizulassen?

Philip packte mich an der Hand und zog mich aus dem Zimmer. Er lief durch den Korridor zum Seiteneingang.

»Philip!«

»Sei ruhig«, befahl er. Wir eilten hinaus und um das Gebäude herum. Als ich sah, daß er mich zu der kleinen Zementtreppe führte, blieb ich abrupt stehen.

»Nein, Philip. Nein.«

»Komm schon, mach. Ehe uns jemand sieht.«

»Warum?« fragte ich störrisch, aber er zog mich weiter.

»Philip, warum gehen wir dorthin?« beharrte ich.

Statt mir eine Antwort zu geben, öffnete er die Tür und zerrte mich mit sich in die Dunkelheit. Ich wollte gerade erbost aufschreien, als er die Hand ausstreckte und an der Schnur zog, um das Licht anzuschalten.

Der schnelle Übergang vom pechschwarzen Dunkel zur strahlenden Helligkeit war schmerzhaft für meine Augen. Ich schloß sie und schlug sie kurz darauf wieder auf.

Und dann sah ich Jimmy vor mir stehen.

13 *Ein Stück Vergangenheit*

»Jimmy! Was tust du hier?« rief ich und war schockiert und begeistert zugleich. Ich war noch nie so froh gewesen, jemanden zu sehen. Er starrte mich an, und seine dunklen Augen funkelten schelmisch. Ich konnte ihm ansehen, wie glücklich auch er war, mich wiederzusehen, mir wurde warm ums Herz.

»Hallo, Dawn«, sagte er schließlich.

Wir sahen einander einen Moment lang verlegen an, und dann umarmte ich ihn. Philip beobachtete uns mit einem leichten Lächeln.

»Du bist durchnäßt bis auf die Knochen«, sagte ich, als ich zurückwich und das Wasser von meinen Händen schüttelte.

»Ich bin kurz vor Virginia Beach in den Regen geraten.«

»Wie bist du hergekommen?«

»Ich bin den ganzen Weg getrampt. Allmählich werde ich zu einem richtig guten Anhalter«, sagte er und wandte sich zu Philip um.

»Aber wie... warum?« stotterte ich. Ich war nicht in der Lage, meine Freude zu verbergen.

»Ich bin ausgerissen. Es war nicht auszuhalten. Ich bin auf dem Weg nach Georgia. Dort will ich unsere... meine Verwandten suchen und bei ihnen leben. Aber ich dachte mir, ich schaue mal hier vorbei, um dich noch ein letztes Mal zu sehen.«

»Einer der Angestellten ist ins Hotel gekommen und hat nach mir gefragt«, erklärte Philip. »Es hieß, jemand aus der Emerson Peabody wollte draußen mit mir sprechen. Ich konnte mir nicht vorstellen, wer das sein könnte... und dann stand er da.«

»Ich dachte, es ist das beste, wenn ich mir Philip schnappe, damit er dich sucht. Ich wollte nichts riskieren. Ich gehe nicht zurück«, erklärte er entschieden und zog die Schultern hoch.

»Ich habe ihm gesagt, er könnte ein paar Tage hier in dem Versteck bleiben«, erklärte Philip. »Wir werden ihm etwas zu essen, warme Kleidung und ein bißchen Geld besorgen.«

»Aber, Jimmy, werden sie nicht versuchen, dich zurückzuholen?«

»Mir ist es gleich, ob sie es versuchen, aber wahrscheinlich werden sie es ohnehin nicht tun. Es interessiert doch keinen wirklich«, sagte er, und seine Augen waren klein, entschlossen und zornig. »Ich wußte nicht, ob wir beide uns je wiedersehen würden, Dawn. Ich mußte einfach kommen«, sagte er.

Wir sahen einander glücklich in die Augen, und in seinem Blick lagen all unsere schönen gemeinsamen Zeiten, und als ich sein Lächeln sah, wurde mir innerlich warm. Plötzlich fühlte ich mich sicherer in Cutler's Cove.

»Ich gehe jetzt wieder ins Hotel und schleiche mich in die Küche, um ihm etwas Eßbares zu besorgen«, sagte Philip. »Außerdem werde ich ihm trockene Kleidung und ein Handtuch mitbringen. Wir müssen nur aufpassen, daß ihn niemand entdeckt«, betonte Philip noch einmal. Er wandte sich an Jimmy. »Meine Großmutter würde an die Decke gehen. Geh nicht raus, ohne vorher sorgsam nachzusehen, ob auch wirklich niemand in der Nähe ist, okay?«

Jimmy nickte.

»Laßt mir etwa fünfzehn Minuten Zeit, um das Essen und die Kleidung zu besorgen«, sagte er und eilte hinaus.

»Du solltest diese nassen Kleider lieber gleich ausziehen, Jimmy«, riet ich ihm. Es war, als seien wir nie voneinander getrennt gewesen, ich sorgte wie immer für ihn.

Er nickte und zog sich das Hemd aus. Seine nasse Haut schimmerte im Licht. Obwohl wir nur sehr kurz getrennt gewesen waren, so hatte er sich doch verändert – er war älter, größer, breitschultriger, und seine Arme waren kräftiger geworden. Ich nahm sein Hemd und hängte es über einen Stuhl, als er sich setzte, um seine klatschnassen Turnschuhe und Socken auszuziehen.

»Erzähl mir, was dir zugestoßen ist, nachdem du ins Polizeirevier gebracht worden bist, Jimmy. Weißt du irgend etwas über Fern?«

»Nein. Ich habe sie nie mehr gesehen, nachdem wir ins Revier gebracht worden sind. Sie haben mich in eine Art Durchgangslager gebracht, in dem auch andere Kinder und Jugendliche waren, die darauf gewartet haben, daß Pflegeeltern für sie gefunden werden. Manche waren älter, aber die meisten waren jünger als ich. Wir haben auf Pritschen geschlafen, die auch nicht viel breiter oder schöner als dieses Bett hier waren«, erzählte er, »und wir sind zu viert in einem Raum untergebracht worden. Ein kleiner Junge hat die ganze Nacht gewimmert. Die anderen haben ihn ständig angeschrien, er solle den Mund halten, aber er hat sich viel zu sehr gefürchtet. Ich bin mit den anderen in Streit geraten, weil sie einfach nicht aufhören wollten, den kleinen Jungen zu quälen.«

»Das überrascht mich gar nicht«, lächelte ich.

»Sie kamen sich wie die Größten vor, weil sie ihn geärgert haben«, sagte er zornig. »Jedenfalls hat eines zum anderen geführt, und ich wurde in den Keller des Hauses gesperrt, um dort zu schlafen. Der Keller hatte einen Lehmboden, und es gab jede Menge Ungeziefer und sogar Ratten!

Am nächsten Tag hat man mir mitgeteilt, sie hätten bereits ein Zuhause für mich gefunden. Ich glaube, sie waren wild entschlossen, mich so schnell wie möglich loszuwerden. Die anderen waren neidisch, aber das lag nur daran, daß sie nicht wußten, wohin ich komme.

Ich bin mit diesem Hühnerhofbesitzer nach Hause gefahren, einem Leo Coons. Er war ein stämmiger, mißmutiger Kerl mit einem Gesicht wie eine Bulldogge und einer Narbe auf der Stirn, die aussah, als hätte ihn jemand mit einer Axt geschlagen. Seine Frau war halb so groß wie er, und er hat sie behandelt, als sei sie auch nur eines seiner Kinder. Die beiden hatten zwei Töchter. Seine Frau war es, die mich ermutigt hat, auszureißen. Sie hieß Beryle, und ich konnte einfach nicht glauben, daß sie erst dreißig Jahre alt war. Sie hatte graues Haar und wirkte so geschunden wie ein alter Bleistift. Nichts, was sie getan hat, war Coons recht. Das Haus war ihm nie sauber genug. Das Essen hat ihm nie geschmeckt. Er hat nichts anderes getan, als immer und ewig nur zu schimpfen.

Ich hatte ein hübsches Zimmer, aber er hatte sich nur einen Pflegesohn in meinem Alter geholt, um ihn zu versklaven. Als erstes hat er mir gezeigt, wie man Eier durchleuchtet, und ich mußte vor Anbruch der Dämmerung aufstehen und gemeinsam mit seinen beiden Töchtern an die Arbeit gehen, die beide älter waren als ich, aber so hager wie Vogelscheuchen, und beide hatten große, traurige dunkle Augen, die mich an verängstigte Welpen erinnerten.

Coons hat mir eine Arbeit nach der anderen gegeben – Hühnermist schaufeln und Futter schleppen. Wir haben vor Sonnenaufgang mit der Arbeit begonnen und erst etwa eine Stunde nach Sonnenuntergang aufgehört.

Am Anfang war ich so niedergeschlagen, daß es mir ganz egal war, was aus mir werden würde, aber nach einer Weile hatte ich es derart satt, hart zu arbeiten und mir anzuhören, wie Coons ewig rumgeschrien hat, daß...

Ich nehme an, der Auslöser war der Abend, an dem er mich geschlagen hat. Er hat sich über das Abendessen beschwert, und ich habe gesagt, ich fände, es schmeckt ganz schön gut, zu gut für ihn. Er hat mich mit dem Handrücken geschlagen, so fest, daß ich vom Stuhl gefallen bin.

Ich wollte ihm ein paar Boxhiebe verpassen und nach ihm treten, aber, Dawn, dieser Kerl ist groß und kräftig, er ist ein gewaltiger Brocken. Später am Abend ist Beryle zu mir gekommen und hat mir gesagt, das Beste, was ich tun könnte, sei, fortzulaufen wie die anderen. Es scheint, als hätte er dasselbe vorher schon öfter getan – er holt sich einen Pflegesohn und läßt ihn schuften, bis er umfällt. Denen im Heim ist das egal, weil dort so viele Kinder hingebracht werden, daß sie froh um jedes sind, das jemand abholt.«

»O Jimmy... wenn Fern zu bösen Menschen gegeben worden ist...«

»Das glaube ich nicht. Mit Babys ist es anders. Viele nette Menschen wollen Babys, weil sie aus den verschiedensten Gründen keine eigenen bekommen können. Schau nicht so finster«, sagte er lächelnd. »Ich bin sicher, daß sie in guten Händen ist.«

»Darum geht es nicht, Jimmy. Was du gerade gesagt hast, hat mich an etwas ganz Entsetzliches erinnert. Man hat mir erzählt, daß das der Grund ist, warum Mama und Daddy mich geraubt haben – sie hat kurz vorher ein Baby bekommen, und das Baby war tot geboren worden.«

Er riß die Augen auf, und dann nickte er, als hätte er es schon immer gewußt.

»Dann hat Daddy sie also überredet, dich zu nehmen«, überlegte er. »Das sieht ihm ähnlich. Ich bezweifle nicht das Geringste. Und jetzt sieh dir an, in welche Situation er uns alle gebracht hat. Ich meine, mich jedenfalls. Ich nehme an, du bist nicht ganz so übel dran.«

»O Jimmy«, sagte ich und setzte mich schnell neben ihn. »Es ist entsetzlich hier.«

»Was? Mit diesem großen, schicken Hotel und allem? Wieso?«

Ich fing an, ihm meine richtige Mutter zu schildern. Jimmy lauschte mit erstaunten Augen, als ich ihm die Geschichte meiner Entführung erzählte und ihm berichtete, wie all das sie mitgenommen und sie zu einer Art Invaliden gemacht hatte, die in Luxus gebettet war.

»Aber waren sie denn nicht froh, dich zu sehen, als du hierhergebracht worden bist?« fragte er. Ich schüttelte den Kopf.

»Sowie ich hier angekommen bin, hat man mich zum Zimmermädchen gemacht und mich in ein kleines Zimmer gesteckt, das weit weg von der übrigen Familie liegt. Es wird dir nicht allzu schwerfallen, dir auszumalen, wie gemein Clara Sue zu mir gewesen ist«, sagte ich. Dann erzählte ich ihm, daß man mich des Diebstahls beschuldigt hatte, und ich berichtete ihm von der furchtbaren Durchsuchung, die ich über mich ergehen lassen mußte.

»Sie hat dich dazu gebracht, dich auszuziehen?«

»Splitternackt. Hinterher hat sie mich dann in meinem Zimmer eingeschlossen.«

Er starrte mich ungläubig an.

»Und was ist mit deinem richtigen Vater?« fragte er. »Hast du ihm erzählt, was sie mit dir getan hat?«

»Er ist so seltsam, Jimmy«, sagte ich und erzählte ihm, wie er an die Tür gekommen war und sich geweigert hatte, irgend etwas zu tun, solange ich nicht in den Kompromiß eingewilligt hatte, was meinen Namen anging. »Dann ist er fortgegangen und hat behauptet, er müßte den Schlüssel holen, aber Philip hat gesagt, der Schlüssel hätte in der Tür gesteckt, als er gekommen ist, um mich zu holen und zu dir zu bringen.«

Er schüttelte den Kopf.

»Und ich dachte schon, du lebst wie im Paradies.«

»Ich glaube nicht, daß meine Großmutter mich je in Ruhe lassen wird. Aus irgendwelchen Gründen haßt sie mich, schon mein Anblick ist ihr verhaßt«, sagte ich. »Es will mir einfach nicht in den Kopf gehen, daß Daddy das getan hat. Ich kann es nicht begreifen.« Ich schüttelte den Kopf und starrte meine Hände an, die ich im Schoß gefaltet hatte.

»Ich schon«, sagte Jimmy mit scharfer Stimme, und ich sah ihm in die Augen. Glühender Zorn stand in seinem Blick. »Du willst es nicht glauben. Du wolltest noch nie etwas Schlechtes über ihn denken, aber jetzt bleibt dir nichts anderes mehr übrig.«

Ich erzählte Jimmy von meinem Brief an Daddy.

»Ich hoffe, er beantwortet ihn und schildert mir die Geschichte aus seiner Sicht.«

»Das wird er nicht tun«, beharrte Jimmy. »Und wenn doch, dann wird alles nur gelogen sein.«

»Jimmy, du kannst ihn nicht immer und ewig so hassen. Er ist trotz allem dein richtiger Vater, wenn er auch nicht meiner ist.«

»Ich will nie mehr an ihn als meinen Vater denken. Er ist für mich gemeinsam mit meiner Mutter gestorben«, erklärte er, und in seinen Augen loderte eine solche Wut, daß mir ganz weh ums Herz wurde. Ich konnte die Tränen nicht mehr zurückhalten.

»Es ist zwecklos, deshalb zu weinen, Dawn. Wir können nichts daran ändern, daß es so ist, wie es ist. Ich gehe nach Georgia, und vielleicht werde ich bei Mamas Familie leben, falls sie mich aufnehmen. Mir macht es nichts aus, hart zu arbeiten, solange ich es für meine eigene Familie tue.«

»Ich wünschte, ich könnte mit dir gehen, Jimmy. Ich habe nach wie vor das Gefühl, das ist eher meine Familie als diese Menschen hier, und das, obwohl ich Mamas Verwandte nie gesehen habe.«

»Du kannst aber nicht mitkommen. Wenn du mit mir kämst, würde man uns mit Sicherheit suchen und erwischen.«

»Ich weiß.« Meine Tränen flossen weiter. Jetzt war Jimmy da, und ich konnte nicht mehr anders.

»Es tut mir leid, daß du nicht glücklicher bist, Dawn«, sagte er und hob langsam den Arm, um ihn mir um die Schultern zu legen. »Immer, wenn ich wachgelegen und darüber nachgedacht habe, wie furchtbar alles ist, habe ich mir ausgemalt, daß du geborgen und in Sicherheit bist und ein neues und angenehmeres Leben lebst, und dann ist es mir etwas besser gegangen. Ich fand, du hättest es verdient, und ich dachte mir, vielleicht sei es sogar gut, daß all das passiert ist. Mir hat es nichts ausgemacht, was aus mir wird, solange es hieß, daß du es jetzt besser hast und mit besseren Menschen zusammen bist.«

»O Jimmy, ich könnte niemals glücklich sein, wenn du unglücklich bist, und wenn ich nur an die arme kleine Fern denke, die in einer fremden Umgebung...«

»Sie ist noch klein genug, um alles zu vergessen und einen neuen Anfang zu machen«, sagte er, und seine Augen strahlten eine Sicherheit aus, die seinem Alter nicht gemäß war, und eine Bestimmtheit, die ihm durch harte Zeiten aufgezwungen worden war. Harte, grausame Zeiten hatten ihn aus seiner Jugend herausgerissen.

Er saß wenige Zentimeter neben mir und hatte den Arm immer noch um meine Schultern gelegt, und sein Gesicht war so nah, daß ich seinen Atem auf meiner Wange spüren konnte. Das machte mich benommen und verwirrte mich. Ich saß auf einem Karussell der Gefühle fest, von dem ich nicht mehr abspringen konnte. Jimmy, den ich für meinen Bruder gehalten hatte, war jetzt nichts anderes als ein Junge, der sich etwas aus mir machte, und Philip, ein Junge, der sich etwas aus mir gemacht hat, war jetzt mein Bruder. Ihre Küsse, ihr Lächeln und die Art, wie sie mich anfaßten und umarmten, all das hatte jetzt eine andere Bedeutung.

Noch vor sehr kurzer Zeit hätten die Empfindungen, die mich durchzuckten, wenn Jimmy mich berührte, ein merkwürdiges Gefühl und Schuldbewußtsein bei mir ausgelöst. Als jetzt ein Prickeln über meinen Rücken lief und ich köstlich erschauerte, wußte ich nicht, was ich tun und was ich sagen sollte. Er nahm mein Gesicht in seine Hände und küßte mir zärtlich die Tränen von den Wangen. Mir wurde ganz warm. Früher hätte ich dieser Wärme Widerstand entgegengesetzt und sie gezwungen, nicht bis zu meinem Herzen vorzudringen. Jetzt strömte diese Wärme ungehindert auf kürzesten Wegen über meine Haut und kuschelte sich behaglich in meiner Brust zusammen.

Sein Gesicht blieb dicht vor meinem, und seine ernsten Augen tauchten besorgt und eindringlich in meine ein. Ein Kloß bildete sich in meiner Kehle, als ich mich fragte, wo der Junge geblieben war, den ich früher so gut gekannt hatte. Wo war dieser Bruder, und wer war dieser junge Mann, der mir so lange in die Augen starrte? Größer als jeder Schmerz, jeder Kummer und jede Qual, die ich je durchgemacht hatte, war der Schmerz, den mir das Leiden verursachte, das ich in seinen gemarterten Augen sah.

Wir hörten Philips Schritte auf den Zementstufen, und Jimmy nahm seinen Arm von meinen Schultern und zog sich endgültig die Schuhe und die Socken aus.

»Hallo«, sagte Philip beim Eintreten. »Es tut mir leid, daß das Essen nicht warm ist, aber ich wollte schnell wieder aus der Küche verschwinden, ehe mich jemand ertappt und sich fragt, was ich da tue.«

»Essen ist Essen. Im Moment kann mir egal sein, ob es warm oder kalt ist«, sagte Jimmy und nahm Philip das Essensgeschirr aus der Hand. »Danke.«

»Ich habe dir Kleider von mir mitgebracht – sie werden dir passen – und dann noch dieses Handtuch und die Decke.«

»Zieh die nassen Sachen aus und trockne dich ab, ehe du etwas ißt, Jimmy«, riet ich ihm. Er ging ins Bad, zog seine Hose und seine Unterhose aus, rieb sich trocken und kam in Philips Kleidern wieder. Das Hemd war ihm etwas zu weit und die Hose ein bißchen zu lang, aber er krempelte die Ärmel und die Hosenbeine hoch. Philip und ich standen da und sahen ihm zu, als er das Essen verschlang.

»Tut mir leid, aber ich bin völlig ausgehungert«, sagte er. »Ich hatte kein Geld, um mir zwischendurch etwas zu kaufen.«

»Das ist schon in Ordnung. Hör mal, ich muß jetzt wieder ins Hotel gehen. Großmutter hat mich vorhin reinkommen sehen, und wahrscheinlich wird sie nach mir Ausschau halten, um sicherzugehen, daß ich mich unter die Gäste mische.

Morgen früh werde ich etwas Eßbares zur Seite schaffen, wenn ich das Frühstück serviere, und später, sobald ich mich freimachen kann, bringe ich dir das Essen runter, Jimmy.«

»Danke.«

»Gut«, sagte Philip. Er stand auf und sah uns an. »Dann bis morgen. Gute Nacht.«

»Ich verstehe das nicht«, sagte Jimmy, sowie Philip die Treppe hinaufgestiegen war. »Warum hat es ihm Sorgen gemacht, daß seine Großmutter ihn im Hotel gesehen hat?«

Ich berichtete ihm, was Clara Sue Großmutter Cutler erzählt hatte und welches Verbot das nach sich gezogen hatte. Jimmy legte sich auf das Bett, verschränkte die Arme hinter dem Kopf und hörte mir zu. Seine Augen wurden klein, und das Lächeln, das um seine Lippen spielte, wurde zu einem ernsten und nachdenklichen Ausdruck.

»All das hat mir natürlich auch Sorgen gemacht«, sagte er. »Ich habe mich gefragt, wie das wohl für dich sein würde. In der Schule warst du kurz davor, dich in ihn zu verlieben.«

Ich wollte ihm schon erzählen, daß es Philip schwerer fiel als mir, sich umzustellen, und daß er immer noch wünschte, ich könnte seine Freundin sein, doch dann glaubte ich, das würde Jimmy nur beunruhigen und noch mehr Probleme verursachen, falls er in Wut geriet. »Es ist nicht leicht gewesen«, sagte ich lediglich. Jimmy nickte.

»Auf der einen Seite mußt du dich anstrengen, in ihm deinen Bruder zu sehen, und auf der anderen Seite war ich dein Bruder, und jetzt mußt du dich anstrengen, um zu vergessen, daß ich es war«, sagte er.

»Ich will es nicht vergessen, Jimmy.«

Er schien traurig und enttäuscht zu sein.

»Willst du denn, daß ich es vergesse? Willst du mich denn vergessen?« Vielleicht wollte er es; vielleicht war es seine einzige Möglichkeit, um einen neuen Anfang machen zu können, dachte ich kläglich.

»Ich möchte nicht, daß es dir schmutzig vorkommt oder daß dir je jemand das Gefühl gibt, es sei so gewesen«, sagte er entschieden.

Ich nickte und setzte mich neben ihn auf das Bett. Keiner von uns beiden sagte etwas. Dieser alte Gebäudetrakt des Hotels ächzte und quietschte, wenn der Wind vom Meer her kam, um das Haus pfiff und durch jeden Spalt und jede Ritze drang, und wir konnten die Musik aus der Jukebox im Aufenthaltsraum hören, die vom Wind zu uns getragen wurde.

»Ich werde den Verwandten erzählen, daß Mama und Daddy beide tot sind. Sie brauchen nicht all die scheußlichen Einzelheiten erfahren, und ich werde versuchen, ein neues Leben zu beginnen«, sagte Jimmy, und seine Augen schweiften in die Ferne.

»Ich finde die Vorstellung gräßlich, du könntest ohne mich ein neues Leben beginnen, Jimmy.«

Er lächelte das sanfte, zarte Lächeln, an das ich mich so sehnsüchtig erinnerte.

»Laß uns einfach noch ein letztes Mal hier so zusammen liegen, wie wir früher immer zusammen gelegen haben«, sagte er. »Und du wirst mich wie immer mit deinen Worten in den Schlaf wiegen, wenn du mir von all den schönen Dingen erzählst, die wir eines Tages haben werden.« Er rückte zur Seite, um mir Platz zu machen.

Ich legte mich behutsam neben ihn, schmiegte meinen Kopf in seinen Arm und schloß die Augen. Einen Moment lang fühlte ich mich in die Vergangenheit zurückversetzt; wir lagen gemeinsam in einem unserer ausklappbaren Betten, auf der Schlafcouch einer unserer heruntergekommenen Wohnungen. Der Regen trommelte auf das baufällige Gebäude, und der Wind kratzte an den Fenstern und drohte, die Scheiben nach innen zu drücken.

Doch Jimmy und ich kuschelten uns aneinander und schöpften Trost aus der Wärme und Nähe unserer Körper. Wir machten die Augen zu, und ich fing an, farbenfrohe Phantasien zu entwerfen.

»Es werden schöne Zeiten auf uns zukommen, Jimmy. Wir haben eine Menge Sorgen hinter uns, aber nach jedem Unwetter reißen die Wolken auf, und die Sonne kommt wieder und wärmt uns und macht uns Versprechungen.

Du wirst losziehen und Mamas Verwandte finden, wie du es vorhast, und sie werden dich mit offenen Armen willkommen heißen. Du wirst deine Onkel und Tanten und Cousins und Cousinen kennenlernen.

Und vielleicht sind sie gar nicht so arm dran, wie wir immer dachten. Vielleicht haben sie einen schönen Bauernhof. Und du kannst zupacken und bist bereit, hart zu arbeiten, Jimmy, und daher wirst du ihnen eine große Hilfe sein. Ehe du dich versiehst, wird die Farm etwas ganz Besonderes sein, und die Leute aus der ganzen Gegend werden fragen: Wer ist dieser neue junge Mann, der gekommen ist, um mitzuhelfen, und der eure Farm derart auf Trab gebracht hat?

Aber du mußt mir versprechen, daß du mir schreibst und…«

Ich drehte mich zu ihm um. Er hatte die Augen geschlossen und atmete sanft. Wie müde er gewesen sein mußte. Er mußte endlos lange durch den Regen gelaufen sein, eine Meile nach der anderen, und er mußte viel durchgemacht haben, um herzukommen und mich ein allerletztes Mal zu sehen.

Ich beugte mich vor und preßte meine Lippen auf seine warme Wange.

»Gute Nacht, Jimmy«, flüsterte ich, wie ich es bereits in so vielen Nächten getan hatte. Es widerstrebte mir sehr, ihn an diesem fremden Ort allein zu lassen, aber nach allem, was er mir geschildert hatte, war er an entsetzlicheren Orten gewesen.

Ich blieb in der Tür stehen und schaute mich noch einmal um. Es kam mir eher wie ein Traum vor, Jimmy dort liegen zu sehen. Es war fast, als hätte sich ein Wunsch erfüllt. Ich schlüpfte aus dem Versteck ins Freie, kletterte die Stufen hinauf und drehte mich um, um mich zu vergewissern, daß mich niemand beobachtete. In dem Moment, in dem ich das Hotel betrat und mich durch den Korridor schlich, sah ich, wie sich die Tür meines Zimmers öffnete und Clara Sue herauskam.

»Was hast du hier zu suchen?« fragte ich und ging eilig auf sie zu.

Einen Moment lang schien sie verlegen zu sein, doch dann lächelte sie.

»Großmutter hat mich hergeschickt, damit ich deine Tür aufschließe«, sagte sie. »Wer hat es getan?«

»Ich weiß es nicht«, sagte ich hastig. Sie grinste hämisch.

»Wenn ich es herausfinde und es Großmutter erzähle, wird sie diejenige feuern.«

»Ich weiß nicht, wer es war«, wiederholte ich. »Man hätte mich ohnehin nicht einsperren dürfen.«

Sie zuckte die Achseln.

»Wenn du nicht so unverschämt wärst, bräuchte Großmutter diese Dinge ja nicht zu tun«, sagte sie und lief schnell davon. Ich fand, sie hatte es auffallend eilig. Ich sah ihr nach und ging dann in mein Zimmer.

Ich zog mich aus, zog meinen Morgenmantel an und ging ins Bad. Ich war wirklich sehr müde und freute mich schon darauf, unter die Decke zu kriechen. Doch als ich wieder in mein Zimmer kam und die Bettdecke zurückschlug, um ins Bett zu schlüpfen, entdeckte ich, was Clara Sue in meinem Zimmer zu suchen gehabt hatte. Es war, als hätte man mich gezwungen, ein Glas Eiswasser zu trinken. Ein schmerzlicher Schauer durchzuckte mein Herz.

Auf meinem Bettlaken lag eine goldene Halskette mit Rubinen und Diamanten. Clara Sue hatte sie aus Mrs. Clairmonts Zimmer gestohlen und sie hierhergebracht, damit man mir die Schuld geben würde. Was sollte ich jetzt tun? Wenn ich die Kette zurückgab, würden alle glauben, ich hätte sie wirklich gestohlen, und meine Großmutter hätte mir solche Angst eingejagt, daß ich sie doch zurückgeben wollte. Niemand würde mir glauben, daß es Clara Sue gewesen war, dachte ich.

Das Geräusch von Schritten versetzte mich in Panik. Was war, wenn sie zu Mr. Hornbeck gegangen war und ihm gesagt hatte, sie hätte mich mit der Kette gesehen, und wenn sie jetzt mit meiner Großmutter zurückkam? Ich sah mich aufgeregt nach einem Platz um, an dem ich die Kette verstecken konnte, und dann wurde mir klar, daß es genau das war, was Clara Sue von mir wollte. Sie würden mein Zimmer noch einmal durchsuchen, die Kette in ihrem Versteck finden und zu der Überzeugung gelangen, daß ich sie gestohlen hatte.

Ich erstarrte und konnte zu keiner Entscheidung gelangen. Zum Glück verhallten die Schritte. Ich stieß den Atem aus, den ich angehalten hatte, und griff nach der Kette. Sie fühlte sich heiß und bedrohlich unter meinen Fingern an. Ich verspürte den Drang, das Fenster zu öffnen und sie in die Nacht hinauszuwerfen, aber was würde geschehen, wenn jemand sie am nächsten Morgen nicht weit von meinem Fenster fand?

Sollte ich die Kette zu meinem Vater bringen? Zu meiner Mutter? Vielleicht sollte ich Philip suchen und sie ihm geben. Er würde mir mit Sicherheit glauben, wenn ich ihm erzählte, was Clara Sue getan hatte, dachte ich, aber mir jagte allein die Vorstellung Angst ein, mit der Kette durch das Hotel zu laufen. Falls Clara Sue es jetzt bereits jemandem erzählt hatte, konnte es mir passieren, daß ich aufgehalten wurde.

Irgendwie mußte die Kette wieder an Mrs. Clairmont zurückgegeben werden, dachte ich. Vielleicht war es für sie ein sehr kostbares Schmuckstück, das große Bedeutung für sie hatte, eine Halskette, an die sich ganz besondere Erinnerungen knüpften. Warum sollte sie leiden, nur weil Clara Sue so neidisch und böse war?

Ich beschloß, mich anzuziehen und doch zu riskieren, mit der Kette durch das Hotel zu laufen. Ich ließ sie in die Tasche meiner Livree gleiten und verließ eilig mein Zimmer. Es war noch nicht sehr spät. Die Gäste nutzten die Angebote des Hotels, schlenderten im Garten herum, spielten Karten, saßen im Foyer, und manche hörten sich auch im Musikzimmer ein Streichquartett an. Meine Chancen, daß Mrs. Clairmont sich nicht in ihrem Zimmer aufhielt, waren gut, dachte ich. Ich ging direkt zur Wäschekammer und holte den Hauptschlüssel für den Gebäudeflügel heraus, in dem Sissy und ich arbeiteten. Dann eilte ich zum Korridor.

Mein Herz klopfte so heftig, daß ich sicher war, ich würde auf der Stelle ohnmächtig werden, wenn ich Mrs. Clairmonts Zimmer betreten hatte. Ich stellte mir vor, wie sie mich mit der Halskette in der Hand dort auf dem Fußboden vorfinden würde. Ich wischte mir den Schweiß von der Stirn und lief schnell auf ihre Tür zu. Ich klopfte an und wartete. Wenn sie sich in ihrem Zimmer aufhielt, dachte ich, würde ich so tun, als hätte ich versehentlich an der falschen Tür angeklopft. Niemand antwortete, und daher steckte ich lautlos den Hauptschlüssel in das Schlüsselloch und drehte ihn um. Das leise Klicken war mir noch nie derart laut vorgekommen. Ich malte mir aus, daß es durch das ganze Hotel hallte und daß jetzt mit Sicherheit Menschen angerannt kämen.

Ich wartete und lauschte. Im Zimmer war kein Laut zu hören, und es war dunkel. Ich wollte nicht noch mehr riskieren, als unbedingt sein mußte, und daher beugte ich mich einfach vor und warf die Kette auf die Frisierkommode. Ich hörte, daß sie sicher gelandet war, dann schloß ich sofort die Tür wieder ab.

Als ich mich gerade abwandte und wieder durch den Korridor lief, hörte ich Stimmen. Mir graute davor, in diesem Stockwerk ertappt zu werden, und daher machte ich kehrt und lief in die entgegengesetzte Richtung, ohne mich auch nur ein einziges Mal umzusehen, wer es war. Ich stürzte davon, doch dieser Weg führte mich in das Hotelfoyer.

Mein Vater mußte dreimal »Eugenia« rufen, ehe ich begriffen hatte, daß er mich meinte. Ich blieb mitten im Foyer stehen und sah, daß er mich zu sich winkte, als ich mich umdrehte. Hatte Clara Sue ihm berichtet, daß sie mich mit der Kette gesehen hatte? Ich näherte mich ihm zögernd.

»Ich war gerade auf dem Weg zu dir«, sagte er. »Ich wollte mich vergewissern, daß Clara Sue sich mit dem Schlüssel gleich auf den Weg zu deinem Zimmer gemacht und dir die Tür aufgeschlossen hat.«

»In der Tür hat ein Schlüssel gesteckt«, entgegnete ich nachdrücklich.

»Ach ja? Den habe ich nicht gesehen. Na ja«, sagte er und lächelte schnell, »wenigstens sind diese Unerfreulichkeiten jetzt vorüber. Es wird dich freuen zu erfahren, daß deine Großmutter deinen kleinen Kompromiß gut aufgenommen hat«, fügte er lächelnd hinzu. Und dann griff er in seine Jackettasche und zog das gehaßte Namensschild heraus. Ich starrte es mürrisch an.

Als meine Großmutter es mir zum ersten Mal gezeigt hatte, hatte es nicht so groß ausgesehen. Es hätte mich nicht überrascht, wenn ich erfahren hätte, daß sie ein neues hatte anfertigen lassen, das größer war. Das wäre typisch für sie gewesen, nur um mir zu zeigen, daß sie ihren Willen immer durchsetzen konnte und daß ich nur um so mehr leiden würde, wenn ich mich ihr widersetzte.

Ich nahm die Plakette langsam aus seiner Hand. Sie fühlte sich unter meinen Fingern wie ein kleiner Eisblock an.

»Möchtest du, daß ich sie dir anstecke?« fragte er, als ich zögerte.

»Nein, danke. Das kann ich selbst.« Ich tat es schnell.

»Das wäre also das gewesen«, sagte er strahlend. »Und jetzt muß ich mich wieder an die Arbeit machen. Wir sehen uns dann morgen. Schlaf gut«, sagte er und ließ mich stehen. Ich kam mir vor, als sei ich gerade gebrandmarkt worden.

Das störte mich aber nicht so sehr, wie es mich normalerweise gestört hätte. Allein das Wissen, daß Jimmy in der Nähe war, gab mir Trost. Am Morgen, gleich wenn ich mit der Arbeit fertig war, würde ich zu ihm gehen, und wir würden miteinander reden und fast den ganzen Tag gemeinsam verbringen. Natürlich würde ich mich zwischendurch immer wieder im Hotel zeigen müssen, damit sich niemand auf die Suche nach mir machte.

Zum ersten Mal seit meiner Ankunft in Cutler's Cove schlief ich mühelos ein und sah dem vertrauten Sonnenaufgang freudig entgegen.

Am nächsten Morgen erschien Großmutter Cutler in der Küche, als das Personal gerade sein Frühstück einnahm. Sie begrüßte alle, als sie den Raum durchquerte und auf den Tisch zukam, an dem ich saß. Nachdem sie uns erreicht hatte, blieb sie stehen, um sich zu vergewissern, daß ich ihre kostbare Namensplakette trug. Als sie sie an meiner Livree stecken sah, richtete sie sich stramm auf, und ihre Augen strahlten vor Zufriedenheit.

Ich wagte es nicht, trotzig oder erbost zu reagieren. Wenn sie mich heute wieder in mein Zimmer einschloß, konnte ich Jimmy nicht sehen, oder wenn ich mich gegen ihren Wunsch hinausschlich, konnte es passieren, daß er durch mein Verschulden entdeckt wurde. Ich machte mich mit Sissy auf den Weg, und wir erledigten unsere Arbeit. Ich arbeitete so fleißig und war so schnell, daß sogar Sissy eine Bemerkung darüber machte. Als ich aus dem letzten Zimmer kam, für das ich zuständig war, stellte ich fest, daß Großmutter Cutler mich erwartete. Oh, nein, dachte ich, jetzt wird sie mir die nächste Aufgabe zuweisen, und dann kann ich nicht zu Jimmy gehen. Ich hielt den Atem an.

»Anscheinend ist Mrs. Clairmonts Halskette auf wundersame Weise wieder aufgetaucht«, sagte sie, und ihre metallischen Augen waren auf mich geheftet.

»Ich habe sie nicht genommen«, sagte ich nachdrücklich.

»Ich hoffe, daß hier nie mehr etwas wegkommt«, gab sie zurück, und ihre Schuhe klapperten auf dem Boden, als sie durch den Korridor lief.

Ich ging nicht in mein Zimmer, um meine Livree auszuziehen. Mit größter Vorsicht schlich ich mich zum Hintereingang des Hotels und eilte zu Philips Versteck.

Es war ein so strahlend schöner, warmer Sommertag, daß ich wünschte, ich könnte Jimmy aus dem dunklen Kellerraum holen und mit ihm durch die Gärten laufen. Er war mir am Vorabend so blaß und müde vorgekommen. Er hätte die wärmende Sonne gebrauchen können. Sonnenschein im Gesicht konnte mich immer aufheitern, ganz gleich, wie schwer und sorgenvoll die Zeiten waren.

Als ich die Zementstufen gerade erreicht hatte, sah ich ein paar Gäste, die ganz in der Nähe standen und miteinander redeten, und daher wartete ich, bis sie weitergeschlendert waren, ehe ich die Stufen hinabstieg. Als ich die Tür öffnete und mich in den Raum schlich, war Jimmy ausgeruht und erwartete mich schon ungeduldig. Er saß auf der Pritsche und sah mich mit einem strahlenden, glücklichen Lächeln an.

»Philip war schon mit dem Frühstück da, und er hat mir zwanzig Dollar für meine Reise nach Georgia gegeben«, erzählte er mir. Dann lehnte er sich zurück und lachte.

»Was ist?«

»Du siehst komisch aus in dieser Livree und mit dem Kopftuch. Dein Namensschild sieht aus wie ein Orden, den dir deine Großmutter angesteckt hat.«

»Es freut mich, daß es dir gefällt«, sagte ich. »Ich hasse das Ding«, fügte ich hinzu und schüttelte mein Haar, nachdem ich das Kopftuch aufgeknotet hatte. »Hast du einigermaßen gut geschlafen?«

»Ich kann mich nicht einmal mehr daran erinnern, daß du weggegangen bist, und als ich heute morgen aufgewacht bin, wußte ich im ersten Moment nicht, wo ich war. Dann bin ich wieder eingeschlafen. Warum hast du dich davongeschlichen?«

»Du bist sehr schnell eingeschlafen, und ich fand, ich sollte dich in Ruhe lassen, damit du dich ausschlafen kannst.«

»Ich bin heute morgen erst wieder aufgewacht, als Philip gekommen ist. So müde war ich. Ich war zwei Tage und Nächte unterwegs. In der vorletzten Nacht habe ich nur ein paar Stunden am Straßenrand geschlafen«, gab er zu.

»O Jimmy, dir hätte etwas zustoßen können.«

»Das war mir egal«, sagte er. »Ich war fest entschlossen, hier anzukommen. Was hat ein Zimmermädchen eigentlich zu tun? Erzähl mir von diesem Hotel. Ich habe gestern abend nicht viel davon zu sehen bekommen. Ist es schön?«

Ich beschrieb ihm meine Arbeit. Dann fing ich an, ihm etwas über die Angestellten zu erzählen, insbesondere über Mrs. Boston und Sissy, doch ihn interessierten in erster Linie meine Mutter und mein Vater.

»Was fehlt ihr eigentlich?«

»Ich weiß es nicht genau, Jimmy. Sie sieht nicht krank aus. Die meiste Zeit sieht sie wunderschön aus, selbst dann, wenn sie mit Kopfschmerzen im Bett liegt. Mein Vater behandelt sie wie ein zerbrechliches kleines Püppchen.«

»Dann führt deine Großmutter also tatsächlich das Hotel?«

»Ja. Alle fürchten sich vor ihr, und sie fürchten sich sogar davor, untereinander schlecht über sie zu reden. Mrs. Boston sagt, sie sei hart, aber gerecht. Ich glaube nicht, daß sie mich besonders gerecht behandelt hat«, sagte ich betrübt. Ich erzählte ihm von dem Gedächtnisstein. Er hörte mit weitaufgerissenen Augen zu, als ich ihm noch berichtete, was ich über mein symbolisches Begräbnis wußte.

»Aber woher weißt du, daß der Stein noch da steht?« fragte er.

»Zu dem Zeitpunkt, als ich hier eingetroffen bin, war er noch da. Inzwischen hat mir niemand das Gegenteil berichtet.«

»Das täten sie auch nicht. Sie würden den Stein einfach entfernen, da bin ich ganz sicher.«

Er lehnte sich mit den Schultern an die Wand und wirkte nachdenklich.

»Es war reichlich kühn von Daddy, ein Baby direkt unter den Augen der Kinderschwester zu stehlen«, sagte er.

»Das dachte ich mir auch schon«, sagte ich und war froh, daß es ihm auch Schwierigkeiten machte, das zu glauben.

»Natürlich kann es sein, daß er getrunken hatte...«

»Dann wäre er nicht so vorsichtig gewesen, und dann hätte ihn bestimmt jemand gehört.«

Jimmy nickte.

»Du glaubst doch auch nicht, daß er so etwas täte, oder, Jimmy? Tief in deinem Innern glaubst du es doch auch nicht.«

»Er hat gestanden. Sie haben ihn überführt, Dawn. Und er hat nicht versucht, es uns gegenüber abzustreiten.« Er schlug traurig die Augen nieder. »Ich denke, ich sollte mich jetzt auf den Weg machen.«

Mein Herz blieb fast stehen, und meine Gedanken überschlugen sich, denn ich wollte mit Jimmy fortgehen und diesem Gefängnis entkommen. Ich fühlte mich eingesperrt, in einer Falle, und ich mußte mich dem Wind überlassen, damit er mein Haar zerzausen und auf meiner Haut prickeln konnte, damit ich mich wieder frei und lebendig fühlte.

»Aber, Jimmy, du wolltest doch ein paar Tage hierbleiben und dich ausruhen.«

»Hier wird man mich nur schnappen, und dann bekommst du Ärger. Und Philip auch.«

»Nein, ganz bestimmt nicht!« rief ich aufgeregt. »Ich will nicht, daß du jetzt schon fortgehst, Jimmy. Bitte, bleib noch.« Er hob den Kopf und sah mir in die Augen. Ein Strudel wirrer Gefühle wirbelte in uns beiden.

»Manchmal«, sagte Jimmy so zart und liebevoll, wie ich ihn noch nie reden gehört hatte, »habe ich mir früher gewünscht, du wärst nicht meine Schwester.«

»Warum?« sagte ich und hielt den Atem an.

»Ich... fand dich so schön, daß ich gewünscht habe, du könntest meine Freundin sein«, gestand er. »Du hast mir immer damit zugesetzt, ich sollte mich für die eine oder andere Freundin von dir entscheiden und mit ihr gehen, aber ich wollte keine andere als dich.« Er wandte den Blick ab. »Deshalb war ich auch so eifersüchtig und so wütend, als du angefangen hast, dich für Philip zu interessieren.«

Einen Moment lang wußte ich nicht, was ich sagen sollte. Mein erster

Impuls war, mein Arme um ihn zu schlingen und sein Gesicht mit einer Million von Küssen zu bedecken. Ich wollte seine Hand auf meine Brust ziehen und mich an ihn schmiegen.

»O Jimmy«, sagte ich, und meine Augen wollten schon wieder weinen, »es ist einfach nicht gerecht. Dieses ganze Durcheinander. Es ist nicht richtig.«

»Ich weiß«, sagte er. »Aber als ich erfahren habe, daß du in Wirklichkeit gar nicht meine Schwester bist, war ich nicht nur traurig, sondern auch glücklich darüber. Natürlich hat es mich unglücklich gemacht, daß sie dich fortgebracht haben, aber was ich gehofft habe... ach, ich sollte mir keine Hoffnungen machen«, fügte er leise hinzu und wandte den Blick ab.

»Doch, Jimmy. Du darfst hoffen. Worauf hoffst du? Bitte, sag es mir.« Er schaute auf den Boden, sein Gesicht war rot geworden. »Ich werde nicht darüber lachen.«

»Ich weiß, daß du mich nicht auslachen würdest, Dawn. Du würdest mich niemals auslachen. Aber ich kann einfach nichts dagegen tun, daß ich mich schon bei dem Gedanken schäme, und aussprechen kann ich ihn noch viel weniger.«

»Sag es, Jimmy. Ich möchte, daß du es mir sagst«, erwiderte ich in einem fordernden Tonfall. Er drehte sich um und schaute mich an, sein Blick glitt über mein Gesicht, als wolle er sich meine Züge für immer und ewig einprägen.

»Ich hatte gehofft, wenn ich fortlaufe und lange genug fortbleibe, würdest du aufhören, in mir deinen Bruder zu sehen, und eines Tages könnte ich dann zurückkommen, und du könntest in mir einen... einen Freund sehen«, sagte er. All das kam in einem einzigen Atemzug heraus.

Einen Moment lang war es, als drehte sich die Welt nicht mehr in ihren Angeln, als sei jeder Laut im Universum verklungen, als verharrten die Vögel in der Luft in ihrem Flug, als seien alle Menschen in der Bewegung erstarrt. Kein Wind wehte. Das Meer wurde zu Glas. Die Wellen befanden sich kurz vor der Brechung, und die Flut blieb regungslos direkt vor der Küste. Alles wartete auf uns.

Jimmy hatte die Worte ausgesprochen, die in den vergangenen Jahren in unser beider Herzen immer wieder aufgetaucht waren, denn unsere Herzen kannten die Wahrheit bereits lange, bevor wir sie erfuhren, und sie hatten uns immer wieder Gefühle spüren lassen, die wir für unrein und verwerflich hielten.

Würde ich je das tun können, was er sich von mir erträumte: ihm ins Gesicht schauen und ihn nicht als meinen Bruder ansehen, nicht in jeder Berührung und in jedem Kuß eine Sünde sehen?

»Jetzt siehst du selbst ein, warum ich mich auf den Weg machen muß«, sagte er leise und stand auf.

»Nein, Jimmy.« Ich streckte die Hände aus und umfaßte seine Handgelenke. »Ich weiß nicht, ob ich je fertigbringe, was du dir erhoffst, aber wir werden es nicht herausfinden, wenn wir voneinander getrennt sind. Wir würden uns nur immer wieder fragen, ob es wohl möglich wäre, bis uns die Auseinandersetzung damit über den Kopf wächst und wir aufhören, uns Gedanken darüber zu machen und einander zu mögen.«

Er schüttelte den Kopf.

»Ich werde nie aufhören, dich zu mögen, Dawn«, sagte er mit einer solchen Entschiedenheit, daß meine letzten Zweifel verflogen waren. »Ganz gleich, wie weit ich von dir fort bin. Niemals.«

»Lauf nicht fort, Jimmy«, flehte ich ihn an. Ich hielt ihn am Handgelenk fest, und schließlich entspannte sich sein Körper. Er setzte sich wieder auf die Pritsche, und dort saßen wir nebeneinander, und keiner von uns sagte etwas. Ich hielt sein Handgelenk umfaßt, und er starrte vor sich hin, und seine Brust hob und senkte sich vor innerer Spannung.

»Mein Herz klopft so heftig«, flüsterte ich und lehnte meine Stirn an seine Schulter. Ich fühlte mich fiebrig.

»Meines auch«, sagte er. Ich legte meine Hand auf seine Brust und drückte die Handfläche gegen sein Herz, um das Pochen zu fühlen, und dann preßte ich seine Hand auf meine Brust, damit er auch mein Herz fühlen konnte.

In dem Moment, in dem sich seine Finger auf meinen Busen legten, kniff er die Augen so fest zusammen wie ein Mensch, der große Qualen leidet.

»Jimmy«, sagte ich leise, »ich weiß nicht, ob ich je deine Freundin sein könnte, aber ich möchte mich das nicht in alle Ewigkeit fragen.«

Langsam, millimeterweise, wandte er sein Gesicht mir zu. Unsere Lippen waren nicht weit voneinander entfernt. Ich war diejenige, die ihm entgegenkam, doch dann näherte er sich mir, und wir küßten uns zum ersten Mal auf die Lippen, wie sich ein Junge und ein Mädchen küssen konnten. All unsere Jahre als Bruder und Schwester brachen über uns herein und drohten, uns mit finsteren, trübsinnigen Schuldgefühlen zu ersticken, aber wir ließen einander nicht mehr los.

Als wir uns dann voneinander lösten, starrte er mich mit einem Gesicht an, in dem großer Ernst stand. Seine dunklen Augen forschten in meinen, um dort ein Anzeichen zu erkennen. Ich lächelte, und sein Körper entspannte sich.

»Wir sind einander noch gar nicht richtig vorgestellt worden«, sagte ich.

»Was?«

»Ich bin Dawn Cutler. Und wie heißt du?« Er schüttelte den Kopf. »Jimmy was?«

»Sehr komisch.«

»Es ist nicht komisch, Jimmy«, erwiderte ich. »Wir treffen einander auf gewisse Weise zum ersten Mal, oder etwa nicht? Wenn wir vielleicht so tun könnten, als ob...«

»Du willst dir immer etwas vormachen.« Er schüttelte wieder den Kopf.

»Versuch es, Jimmy. Versuch es nur ein einziges Mal. Für mich. Bitte.«

Er seufzte.

»Meinetwegen. Ich bin James Longchamp von den berühmten Longchamps aus dem Süden, aber du darfst mich Jimmy nennen.«

Ich kicherte. »Siehst du? So schwer war das doch gar nicht.« Ich legte mich auf die Seite und sah zu ihm auf. Sein Lächeln wurde breiter, überzog sein ganzes Gesicht und ließ seine Augen leuchten.

»Du bist schon verrückt, aber etwas ganz Besonderes«, sagte er und ließ seine Finger über meinen Arm gleiten. Er berührte meinen Hals, und ich schloß die Augen. Ich spürte, wie er sich vorbeugte, und dann fühlte ich seine Lippen auf meiner Wange, und im nächsten Moment preßten sie sich wieder auf meinen Mund.

Seine Hände glitten über meine Brüste. Ich stöhnte und streckte die Arme aus, um ihn zu mir herunterzuziehen. In all der Zeit, in der wir uns küßten und einander streichelten, beschwichtigte ich die Stimme in meinem Innern, die herausschreien wollte, daß das Jimmy war, mein Bruder Jimmy. Falls er sich ähnliche Gedanken über mich machte, unterdrückte er sie auch und erstickte sie mit der Leidenschaft und der Erregung, die sich steigerte, als unsere Körper sich berührten und unsere Hände und Arme einander festhielten.

Ich war wieder auf diesem Karussell der Gefühle, nur drehte es sich diesmal schneller denn je, und mir wurde so schwindlig, daß ich glaubte, ich würde bewußtlos werden. Ich bemerkte überhaupt nicht, daß er meine Livree aufgeknöpft hatte und daß seine Finger unter meinen BH geglitten waren, bis ich spürte, daß seine Fingerspitzen über meine Brustwarzen strichen, die hart wurden. Ich wollte, daß er aufhörte, und ich wollte, daß er weitermachte.

Ich schlug die Augen auf und sah ihm ins Gesicht. Seine Augen waren geschlossen; er wirkte traumverloren. Ein ersticktes Stöhnen entrang sich seinen Lippen – mehr als nur ein Ächzen. Als der Rock meiner Livree an meinen Oberschenkeln hinaufglitt, legte er sich zwischen meine Beine, und ich spürte, wie sein männliches Glied an mir hart wurde. Ich geriet in Panik.

»Jimmy!«

Er hörte auf und öffnete die Augen. Plötzlich füllten sie sich mit Entsetzen, als er erkannte, was er getan hatte und was er immer noch tat. Er zog sich eilig zurück und wandte sich ab. Mein Herz schlug heftig gegen meine Brust, und mein Atem ging schwer. Sobald ich wieder Luft bekam, legte ich meine Hand gegen seinen Rücken.

Doch er wich zurück, als hätten meine Finger ihn verbrannt, und wandte mir den Rücken zu.

»Es ist in Ordnung, Jimmy«, sagte ich leise. Er schüttelte den Kopf.

»Es tut mir leid.«

»Es ist alles in Ordnung. Ich bin nur erschrocken. Das hatte nichts damit zu tun, wer du bist oder was wir füreinander empfinden. Ich hätte mich gefürchtet, ganz gleich, wer es gewesen wäre.«

Er drehte sich um und sah mich skeptisch an.

»Wirklich«, sagte ich.

»Aber du kannst nicht aufhören, in mir deinen Bruder zu sehen, oder?« fragte er, und die Enttäuschung, die er fürchtete, ließ seine Augen dunkler werden, und seine Stirn legte sich in Falten.

»Ich weiß es nicht, Jimmy«, sagte ich aufrichtig. Es sah aus, als würde er gleich weinen. »Das ist nichts, was schnell geht, aber ... ich würde es gern versuchen«, fügte ich hinzu. Das gefiel ihm, und er lächelte wieder. »Bleibst du noch ein bißchen länger?«

»Tja«, sagte er, »ich habe ein paar ehrgeizige Vorhaben mit meinen Geschäftspartnern in Atlanta geplant, aber ich nehme an, ein paar Tage könnte ich noch erübrigen ...«

»Siehst du«, sagte ich, »dir fällt es doch auch nicht schwer, dir etwas vorzumachen.«

Er lachte und legte sich wieder neben mich.

»Das ist die Wirkung, die du auf mich hast, Dawn. Du hast den Trübsinn und die Untergangsstimmung schon immer von mir ferngehalten.« Er fuhr mit seinem Zeigefinger zart über meine Lippen und wurde wieder ernst. »Wenn doch bloß irgend etwas Gutes bei alledem herauskommen könnte...«

»Es wird etwas Gutes dabei herauskommen, Jimmy. Du wirst es ja sehen«, versprach ich ihm. Er nickte.

»Mir ist ganz gleich, was deine richtigen Eltern und deine Großmutter sagen, aber du mußt einfach Dawn heißen. Du bringst Sonnenschein in die finstersten Winkel.«

Wir schlossen beide die Augen und brachten zaghaft unsere Lippen wieder näher zueinander, als die Tür des Verstecks plötzlich aufgerissen wurde, und als wir uns umdrehten, sahen wir Clara Sue in der Kellertür stehen. Sie hatte die Hände in die Hüften gestemmt, und auf ihren heruntergezogenen Lippen lag ein hämisches, schadenfrohes Grinsen.

14 *Schändungen*

»Wenn das keine angenehme Überraschung ist«, säuselte Clara Sue, die in den Keller geschlendert kam. »Ich bin hergekommen, weil ich damit gerechnet habe, dich mit Philip hier vorzufinden, aber statt dessen treibst du dich hier mit deinem ...« Sie starrte mich einen Moment lang an und lächelte dann. »Wie sollen wir ihn nennen? Deinen Bruder? Deinen Freund?« Sie lachte. »Oder vielleicht beides?«

»Halt den Mund«, fauchte Jimmy, und das Blut schoß ihm ins Gesicht.

»Bitte, Clara Sue«, sagte ich flehentlich. »Jimmy mußte aus einer entsetzlichen Pflegefamilie ausreißen. Es ist ihm dort furchtbar ergangen, und jetzt ist er auf dem Weg nach Georgia, um dort bei Verwandten zu leben.«

Sie sah mich mit Augen an, die vor Haß glühten. Dann stemmte sie die Hände in die Hüften.

»Großmutter hat mich geschickt, damit ich dich suche«, sagte sie. »Ein paar Kinder haben im Coffeeshop eine Essensschlacht gemacht, und wir brauchen sämtliche Zimmermädchen, damit sie uns beim Putzen helfen.« Sie sah Jimmy wieder an, und ein verschlagenes Lächeln spielte erneut um ihre spöttisch verzogenen Lippen. »Wie lange willst du ihn hier versteckt halten? Großmutter würde sicher wütend werden, wenn sie es wüßte«, sagte sie, und ihre Worte waren eindeutig als Drohung zu verstehen.

»Ich gehe«, sagte Jimmy. »Du brauchst dir keine Sorgen zu machen.«

»Ich bin es doch nicht, die hier Grund zur Sorge hat«, sagte sie hämisch.

»Geh noch nicht, Jimmy«, sagte ich und flehte ihn mit Blicken an, doch noch zu bleiben.

»Es ist schon gut«, sagte Clara Sue plötzlich in einem wesentlich netteren und freundlicheren Tonfall. »Er kann bleiben. Ich werde niemandem etwas sagen. Das könnte sogar Spaß machen.«

»Mir macht das keinen Spaß«, sagte Jimmy. »Ich will nicht, daß andere Leute meinetwegen Schwierigkeiten bekommen.«

»Weiß Philip davon?« erkundigte sich Clara Sue barsch.

»Er hat ihn hergebracht«, sagte ich, und das höhnische Grinsen auf ihrem Gesicht wurde von einem Ausdruck der Entrüstung abgelöst. Sie stemmte die Hände sofort wieder in die Hüften.

»Mir erzählt aber auch niemand etwas«, schmollte sie. »Du kommst, und schon vergessen alle, daß ich auch noch zur Familie gehöre. Geh lieber ins Haus, ehe Großmutter noch jemanden losschickt, damit er dich sucht«, warnte sie mich, und ihre Augen wurden wieder kalt und hart.

»Jimmy, du läufst doch nicht weg, oder?« fragte ich. Er sah Clara Sue an und schüttelte dann den Kopf.

»Ich warte auf dich«, sagte er. »Vorausgesetzt, sie verspricht, nichts auszuplaudern und dir keinen Ärger zu machen.«

Ich sah Clara Sue bittend an. Ich hätte mich am liebsten auf sie gestürzt, weil sie mich mit der Halskette in solche Schwierigkeiten gebracht hatte, aber ich mußte mich beherrschen. Um Jimmy zu schützen, mußte ich mich ihr fügen.

»Ich habe doch schon gesagt, daß ich es nicht ausplaudere, oder etwa nicht?«

»Danke, Clara Sue.« Ich wandte mich wieder an Jimmy. »Ich komme wieder, sobald ich kann«, versprach ich ihm und machte mich auf den Weg. Clara Sue blieb noch einen Moment stehen und starrte Jimmy an. Er beachtete sie nicht weiter und legte sich wieder auf die Pritsche.

»Mann, wenn ich mir vorstelle, wie gern Louise Williams wüßte, daß du hier bist. Sie käme auf der Stelle her.« Sie lachte, aber Jimmy sagte kein Wort, und daher wandte sie sich ab und folgte mir.

»Bitte, hilf uns, Clara Sue«, sagte ich, als wir die Zementstufen hinaufstiegen. »Jimmy hat furchtbare Zeiten hinter sich, weil er bei einem grausamen Mann leben mußte. Er ist per Anhalter hergekommen und hat seit Tagen nichts gegessen. Er muß sich dringend ausruhen.«

Einen Moment lang sagte sie nichts, und dann lächelte sie.

»Was für ein Glück, daß die gute Mrs. Clairmont ihre Halskette wiedergefunden hat«, sagte sie.

»Ja, das kann man wohl sagen.« Wir hatten nicht das geringste füreinander übrig und konnten uns nur haßerfüllt anstarren.

»Schon gut, ich helfe dir«, sagte sie, und ihre Augen wurden schmaler. »Vorausgesetzt, du hilfst mir auch.«

»Was kann ich für dich tun?« fragte ich erstaunt. Mutter und Vater kauften ihr alles, was sie haben wollte. Sie lebte im oberen Stockwerk in einer warmen, gemütlichen Suite, sie hatte eine gute Stellung im Hotel und konnte den ganzen Tag fein angezogen und hübsch und sauber herumlaufen.

»Mir wird schon etwas einfallen. Du solltest jetzt lieber schnell in den Coffeeshop laufen, ehe Großmutter mir vorwirft, ich hätte dich nicht gefunden. Dann will sie nämlich bestimmt wissen, was mich aufgehalten hat.«

Ich lief gehorsam um das Gebäude herum und kam mir vor wie eine Marionette, deren Fäden Clara Sue in ihren verhaßten Fingern hielt.

»Warte!« rief sie. »Ich weiß etwas, was du gleich für mich tun kannst.«

Mir graute, als ich mich zu ihr umdrehte.

»Was?«

»Großmutter ärgert sich darüber, daß ich mein Zimmer nie aufräume. Sie findet, daß ich Mrs. Boston zuviel Arbeit mache und zu schlampig und zu nachlässig bin. Ich weiß nicht, warum sie soviel Rücksicht auf Mrs. Boston nimmt. Die gehört doch auch nur zum Personal und ist nichts weiter als eine Angestellte«, sagte sie und schüttelte den Kopf. »Jedenfalls wirst du gleich in mein Zimmer gehen, wenn du im Coffeeshop fertig bist, und dort Ordnung machen. Ich komme dann später und sehe mir an, ob du deine Sache gut gemacht hast.

Und laß bloß nichts verschwinden!« fügte sie lächelnd hinzu. »Keine Halsketten.« Sie machte auf dem Absatz kehrt, als sei sie mein Ausbilder, der mich herumkommandieren konnte, und dann ging sie in die entgegengesetzte Richtung weg. Ich spürte, wie mein Kopf heiß wurde. Wie konnte sie es wagen, mich zu ihrer persönlichen Zofe machen zu wollen? Am liebsten wäre ich ihr nachgelaufen und hätte sie kräftig an den Haaren gezogen, aber ich warf einen Blick zurück auf das Versteck und dachte an den armen Jimmy. Ich hätte damit nur einen großen Tumult veranstaltet und ihn vertrieben. Ich war frustriert und wütend, als ich weitereilte, um den anderen dabei zu helfen, den Coffeeshop wieder sauberzumachen.

Clara Sue hatte nicht übertrieben. Der Raum war übel zugerichtet. Ketchup und Pommes frites, Milch und Senf, Speiseeis und Limonade waren über sämtliche Wände und Tische verteilt. In einer der Schulen, die Jimmy und ich besucht hatten, hatte ich eine Essensschlacht in einer

Mensa miterlebt, aber so schlimm wie hier war es mir dort nicht vorgekommen. Natürlich war mich das Aufräumen und Putzen in der Schule nichts angegangen, aber jetzt empfand ich Mitleid mit dem Aufsichtspersonal, das damals zuständig gewesen war.

»Das waren ein paar von diesen verzogenen, reichen Kindern, die manchmal herkommen«, murrte Sissy, nachdem ich eingetroffen war und anfing, einen der Tische abzuwaschen. Überall waren Essensreste verstreut. Ich mußte über Milch- und Ketchuppfützen auf dem Fußboden steigen. »Die fanden das komisch, sogar noch danach, als alles schon vorbei war und es hier so ausgesehen hat. Sie sind durch das Hotel gelaufen und haben nur gekichert und gelacht. Mrs. Cutler hat fast einen Anfall bekommen. Sie sagt, die Familien seien auch nicht mehr das, was sie einmal gewesen waren. Die älteren Familien seien vornehmer und hätten keine derart ungezogenen Kinder. Das hat sie jedenfalls zu uns gesagt.«

Kurz darauf erschien Großmutter in der Tür und sah uns bei der Arbeit zu. Als wir fertig waren, sahen sie und Mr. Stanley sich genau im Coffeeshop um, weil sie sich vergewissern wollten, daß wir ihn auch wirklich wieder ordentlich hergerichtet hatten. Ich hatte eigentlich vorgehabt, gleich nach oben zu gehen und Clara Sues Zimmer aufzuräumen, doch Mr. Stanley sagte Sissy und mir, wir sollten in die Wäscherei gehen und beim Waschen und Trocknen der Tischdecken helfen. Das kostete uns mehr als zwei Stunden. Ich arbeitete so schnell, wie es nur irgendwie ging, denn mir war klar, daß Jimmy ganz allein in dem Versteck war und dort auf meine Rückkehr wartete. Ich fürchtete, er könnte aufbrechen, ehe ich zurückgekommen war.

Sobald wir in der Wäscherei fertig waren, machte ich mich auf den Weg zu ihm, doch Clara Sue fing mich ab, als ich durch den Korridor zum Seitenausgang lief. Sie hatte mich bereits gesucht.

»Du mußt jetzt sofort in mein Zimmer gehen«, verlangte sie nachdrücklich. »Großmutter kommt noch heute nachmittag, um nachzusehen, ob ich wirklich aufgeräumt habe.«

»Warum kannst du das eigentlich nicht selbst tun?«

»Ich muß mich um die Kinder einiger bedeutender Gäste kümmern. Und außerdem bist du im Aufräumen einfach besser als ich. Jetzt mach schon. Es sei denn, du willst nicht mehr, daß ich dir und Jimmy helfe«, sagte sie lächelnd.

»Jimmy braucht etwas zu essen!« rief ich. »Ich bin nicht bereit, ihn den ganzen Tag ohne Essen zu lassen.«

»Mach dir keine Sorgen. Ich sorge schon dafür, daß er etwas bekommt«, sagte sie.

»Du mußt aufpassen, daß dich niemand sieht, wenn du ihm heimlich etwas zu essen bringst«, warnte ich sie.

»Ich glaube, wenn es um Vorsicht geht, bin ich besser als du, Eugenia«, sagte sie und lief lachend davon.

In einer Hinsicht hatte Großmutter Cutler recht – Clara Sue war eine Schlampe. Ihre Kleider waren im ganzen Zimmer verteilt – Schlüpfer und BHs hingen über den Stühlen, Schuhe standen unter dem Bett und vor dem Schrank, Röcke und Blusen lagen auf dem Boden, und weitere Blusen hingen am Kopfende des Bettes und über der Lehne des Stuhls vor ihrer Frisierkommode. Und erst die Frisierkommode selbst! Schminktöpfe und Cremetuben waren offen. Puder und Cremes waren auf dem Tisch verschmiert, und sogar der Spiegel war voller Flecken.

Auf ihrem ungemachten Bett lagen Mode- und Filmzeitschriften herum. Ich fand einen Ohrring unter der Tagesdecke und suchte überall vergeblich nach dem zweiten. Ihr Schmuck war im ganzen Zimmer verstreut, teils auf dem Schreibtisch, teils auf der Frisierkommode und teils auf der Kommode, in der sie ihre Unterwäsche und ihre Pullover aufbewahrte.

Sämtliche Kommodenschubladen standen offen, und aus manchen hingen Schlüpfer und Strümpfe heraus. Als ich anfing, die Sachen in die Schubladen zu räumen, sah ich, daß in den Schubladen selbst absolute Unordnung herrschte – Strümpfe lagen zwischen Schlüpfern, T-Shirts bei den Strümpfen. Ich schüttelte den Kopf. Es gab hier viel zu tun. Kein Wunder, daß Großmutter Cutler wütend war.

Und erst als ich die Schranktür öffnete! Die Kleider waren nicht ordentlich aufgehängt worden, und daher hingen die Röcke und Hosen, Blusen und Jacken nur halb auf den Bügeln, und ein Teil der Kleidungsstücke war heruntergefallen und lag auf dem Schrankboden. Clara Sue achtete ihren Besitz nicht, dachte ich. Ihr fiel alles viel zu leicht in den Schoß.

Ich brauchte mehr als zwei Stunden, um ihr Zimmer aufzuräumen, aber als ich fertig war, war es ordentlich und sauber, und nichts war zu bemängeln. Ich war erschöpft, aber ich lief los und schlich mich um das Hotel herum, um zu Jimmy zu gehen.

Als ich sein Versteck betrat, war er nicht da. Die Badetür stand offen, und daher konnte ich leicht erkennen, daß er sich auch dort nicht aufhielt. Es war ihm zu langweilig geworden, auf mich zu warten, dachte ich kläglich, und er war schon davongelaufen. Ich setzte mich auf die Pritsche. Jimmy war weg; vielleicht würde ich ihn nie wiedersehen und auch nie mehr etwas von ihm hören. Ich konnte die Tränen nicht zurückhalten, und sie flossen in Strömen – all meine Enttäuschung, meine Erschöpfung und mein Unglück, die sich in mir gestaut hatten, brachen heraus. Ich heulte hysterisch, meine Schultern hoben und senkten sich, und meine Brust schmerzte. Der dunkle, naßkalte Raum schloß sich immer enger um mich. Unser Leben lang waren wir in beengten, heruntergekommenen Räumlichkeiten festgesessen. Ich konnte Jimmy nicht vorwerfen, daß er von diesem Ort geflohen war. Ich entschloß mich, nie mehr hierher zurückzukommen.

Schließlich war ich so erschöpft vom Weinen, daß ich aufstand und mir mit den Handrücken, die von all den Putzarbeiten, die ich erledigt hatte, rauh und schmutzig waren, die tränenüberströmten Wangen abwischte. Mit gesenktem Kopf ging ich auf die Tür zu, doch kurz bevor ich sie erreichte, kam Jimmy herein.

»Jimmy! Wo warst du? Ich dachte schon, du seist auf dem Weg nach Georgia, ohne dich von mir zu verabschieden!« rief ich erleichtert.

»Dawn, du hättest wissen müssen, daß ich dir das nicht antun würde.«

»Und wo warst du? Jemand hätte dich sehen können, und dann...« Ein merkwürdiger Ausdruck stand in seinen Augen. »Was ist passiert?«

»Ich wollte wirklich davonlaufen«, sagte er und senkte verlegen den Kopf. »Ich bin vor Clara Sue davongelaufen.«

»Was?« Ich folgte ihm zu der Pritsche. »Was hat sie denn getan? Was ist passiert?«

»Sie ist gekommen, um mir etwas zum Mittagessen zu bringen, und sie ist geblieben, bis ich gegessen hatte, und hat mir irgendwelchen Unsinn über Louise und die anderen Mädchen erzählt und mir alle möglichen ekligen Fragen über dich und mich gestellt und wie wir zusammen gelebt haben. Ich bin immer wütender geworden, aber ich habe mir nichts anmerken lassen, weil ich nicht wollte, daß sie dir noch mehr Schwierigkeiten macht.

Und dann...« Er wandte seinen Blick von mir ab und setzte sich.

»Was dann?« fragte ich und setzte mich neben ihn.

»Dann hat sie sich an mich rangemacht.«

»Was soll das heißen, Jimmy?« Mein Herz schlug rasend schnell.

»Sie wollte, daß ich sie... küsse und so. Schließlich habe ich zu ihr gesagt, ich müßte ein Weilchen ins Freie gehen, und dann bin ich fortgelaufen. Ich habe mich in der Nähe des Baseballplatzes versteckt, bis ich sicher war, daß sie weg ist, und dann habe ich mich zurückgeschlichen. Mach dir keine Sorgen. Niemand hat mich gesehen oder mir Beachtung geschenkt.«

»O Jimmy!«

»Es ist schon gut«, sagte er, »aber ich glaube, ich sollte besser verschwinden, ehe sie alles noch schlimmer macht.«

Ich starrte vor mich hin, und wieder wollten mir die Tränen kommen.

»He«, sagte er und streckte die Hand aus, um sie unter mein Kinn zu legen. »Ich kann mich nicht erinnern, daß du jemals so unglücklich gewesen bist.«

»Ich kann nichts dafür, Jimmy. Wenn du erst fort bist, wird mir so furchtbar zumute sein. Als ich hergekommen bin und dann glaubte, du seist schon fort...«

»Das sehe ich selbst.« Er lachte, stand auf und ging ins Bad. Dort ließ er Wasser über einen Waschlappen laufen und kam zurück, um mir die Wangen zu säubern. Ich lächelte ihn an, und er beugte sich vor, um mir einen zarten Kuß auf die Lippen zu geben. »Meinetwegen«, sagte er. »Ich bleibe noch eine Nacht und breche dann morgen im Laufe des Tages auf.«

»Ich bin ja so froh, Jimmy. Ich schleiche mich noch einmal her und esse mit dir zu Abend«, sagte ich aufgeregt, »und später komme ich dann und... bleibe die ganze Nacht bei dir. Niemand wird etwas davon erfahren«, fügte ich schnell hinzu, als sein Gesicht einen besorgten Ausdruck annahm.

Er nickte.

»Sei vorsichtig. Ich habe das Gefühl, daß ich dir zuviel Ärger mache, und du hast schon mehr als genug Schwierigkeiten durch uns Longchamps gehabt.«

»Sag das nie mehr, Jimmy. Ich weiß, daß ich hier glücklicher sein sollte, weil ich eine Cutler bin und weil meine Familie wohlhabend ist, aber ich bin es nicht, und ich werde nie aufhören, dich und Fern zu lieben. Nie. Alles andere ist mir egal. Ich werde euch immer liebhaben«, beharrte ich. Jimmy mußte lachen.

»Meinetwegen«, sagte er. »Dann behalte uns eben lieb.«

»Ich werde jetzt gehen und mich waschen und umziehen und mich im Hotel blicken lassen, damit niemand einen Verdacht schöpft«, sagte ich.

»Ich werde mit dem Personal zu Abend essen, aber ich esse nicht viel, damit ich noch Appetit habe, wenn wir beide zusammen essen.« Ich stand auf und sah auf ihn herunter. »Kommst du allein zurecht?«

»Ich? Klar! Es ist zwar etwas stickig hier, aber ich werde die Tür einen Spalt weit offenlassen. Und später, wenn es schön dunkel ist, schleiche ich mich vielleicht rüber zu dem großen Swimming-pool und springe hinein.«

»Ich springe mit dir rein«, sagte ich. Ich ging auf die Tür zu. »Ich bin so froh, daß du gekommen bist, Jimmy, so froh.«

Er sah mich mit einem breiten, strahlenden Lächeln an, das jeden Ärger und jede Erschöpfung von mir abfallen ließ, die ich über mich ergehen lassen mußte, um ihn hier behalten zu können. Dann eilte ich hinaus, und mir gab das Versprechen Auftrieb, doch noch einmal eine Nacht mit Jimmy verbringen zu können. Sobald ich den alten Gebäudeteil des Hotels betreten hatte, hörte ich meine Großmutter im Korridor mit Mrs. Boston sprechen. Sie waren gerade die Treppe heruntergekommen, nachdem sie Clara Sues Zimmer inspiziert hatten. Ich blieb vor der Tür stehen und wartete, bis ich Großmutter vorbeikommen sah. Ihr Gesicht war so unbewegt und streng, daß sie wie eine gemeißelte Büste wirkte. Wie aufrecht sie sich hielt, dachte ich, und wie perfekt ihre Haltung war, wenn sie sich bewegte. Sie strahlte ein unglaubliches Selbstvertrauen und eine solche Autorität aus, daß ich sicher war, nicht einmal eine Fliege hätte es gewagt, ihr in den Weg zu kommen.

Sobald sie vorbeigegangen war, trat ich ein und lief durch den Korridor, aber als ich an dem Aufenthaltsraum vorbeieilte, streckte Mrs. Boston den Kopf heraus und rief mich.

»Und jetzt sag mir die Wahrheit«, sagte sie, als ich näher kam. Sie richtete den Blick nach oben, zu den Suiten, die die Familie bewohnte. »Du warst diejenige, die Miss Clara Sues Zimmer aufgeräumt und saubergemacht hat, stimmt's?«

Ich zögerte. Würde sie mir jetzt noch mehr Schwierigkeiten machen?

»So gut hätte sie ihre Sache selbst nie gemacht, die nicht.« Mrs. Boston verschränkte die Arme unter ihrem Busen und sah mich argwöhnisch an. »Also, was hat sie dir dafür gegeben, damit du das tust? Oder hat sie dir etwas versprochen, sag?«

»Nichts. Ich habe ihr nur einen Gefallen getan«, sagte ich, aber ich wandte den Blick zu schnell ab. Ich war im Lügen noch nie gut gewesen, und allein der Versuch war mir verhaßt.

»Ganz gleich, was sie dir auch versprochen hat, das hättest du nicht tun sollen. Sie bringt immer jemanden dazu, ihr die Arbeit abzunehmen. Mrs. Cutler versucht, sie zu lehren, daß sie endlich etwas mehr Veranwortung für sich selbst übernimmt. Deshalb hat sie ihr befohlen, ihr Zimmer vor dem Abendessen herzurichten.«

»Sie hat mir erzählt, Großmutter Cutler sei böse, weil sie immer zuviel Arbeit macht.«

»Das ist weiß Gott auch wahr. Dieses Mädchen macht genug Dreck für zwei von meiner Sorte. Und so war es schon immer, vom Tag ihrer Geburt an«, sagte sie. Das brachte mich auf einen Gedanken.

»Mrs. Boston, Sie waren schon hier, als ich geraubt worden bin, stimmt's?« fragte ich sie.

Ihre Augen wurden kleiner, und ihre Lippen zitterten unmerklich.

»Ja.«

»Haben Sie die Frau gekannt, die damals mein Kindermädchen war... Kinderschwester Dalton?«

»Ich habe sie vorher schon gekannt und später auch noch. Sie ist noch am Leben, aber heute braucht sie selbst eine Krankenpflegerin, die sich um sie kümmert.«

»Wie kommt das?«

»Sie ist invalide und leidet an Diabetes. Sie lebt zusammen mit ihrer Tochter außerhalb von Cutler's Cove.« Sie unterbrach sich und sah mich von der Seite an. »Warum stellst du Fragen? Es hat keinen Zweck, schlechte Zeiten wieder ans Licht zu zerren.«

»Aber wie konnte mein Daddy... ich meine, Ormand Longchamp... mich direkt vor der Nase meines Kindermädchens stehlen? Erinnern Sie sich denn nicht mehr an die Einzelheiten?« drang ich weiter in sie.

»Ich erinnere mich heute an keine Einzelheiten mehr. Und mir paßt es auch nicht, in schlechten Zeiten herumzuwühlen. Es ist passiert, und heute ist es vorüber. Und jetzt muß ich mich in Bewegung setzen und mich wieder an meine Arbeit machen.« Sie wandte sich um und ging.

Da mir ihre Reaktion auf meine Fragen sonderbar erschien, blieb ich stehen und blickte ihr nach.

Wie hatte sie die Einzelheiten meiner Entführung vergessen können? Wenn sie das Kindermädchen Dalton früher gekannt hatte und sie auch heute noch kannte, dann wußte sie doch mit Sicherheit ganz genau, wie sich alles zugetragen hatte. Warum war sie so nervös geworden, als ich ihr Fragen gestellt hatte, überlegte ich.

Wenn überhaupt, dann wollte ich mich jetzt um so mehr bemühen, Antworten auf meine Fragen zu bekommen.

Ich eilte weiter, um meine schmutzige Livree auszuziehen und mich zu waschen. Ich wollte mich gern lange unter eine heiße Dusche stellen und mir das Haar waschen, damit es frisch und sauber für Jimmy roch. Ich würde unter den abgelegten Kleidern von Clara Sue etwas besonders Hübsches aussuchen und mein Haar so lange bürsten, bis es wieder den Glanz und Schimmer von früher hatte. Es konnte sein, daß das für Jahre die letzte Nacht war, die Jimmy und ich gemeinsam verbrachten, dachte ich. Worum es mir ging, war, die glücklicheren Erinnerungen wiederaufleben zu lassen und ihm dabei zu helfen, sich an die Zeiten zu erinnern, wo wir alle fröhlich und voller Hoffnung gewesen waren. Ich hatte es genauso dringend nötig, diese Erinnerungen wiederaufleben zu lassen, nicht nur er.

Sobald ich in meinem Zimmer angekommen war, zog ich meine Livree aus und warf sie in die Ecke. Ich zog meine Unterwäsche, meine Schuhe und meine Socken aus. Dann schlang ich mir ein Handtuch um den Körper und machte mich auf den Weg zu dem kleinen Bad. Es dauerte immer ein paar Minuten, bis das Wasser warm wurde, und daher drehte ich den Hahn auf und trat zurück, um abzuwarten, als urplötzlich die Badtür hinter mir aufgerissen wurde.

Ich schnappte nach Luft und hob schnell das Handtuch auf, um mich wieder hineinzuwickeln. Philip trat mit einem schüchternen Lächeln und großen strahlenden Augen ein und schloß die Tür hinter sich.

»Philip, was tust du hier? Ich will mich duschen!« rief ich empört.

»So? Dann mach doch. Mich stört das nicht.« Er verschränkte die Arme vor der Brust und lehnte sich provozierend an die Tür.

»Du wirst sofort von hier verschwinden, ehe jemand vorbeikommt und hört, daß du hier drin bist.«

»Es wird niemand vorbeikommen«, sagte er gelassen. »Großmutter hat mit den Gästen zu tun, Vater sitzt in seinem Büro, Clara Sue ist mit ihren Freundinnen zusammen, und Mutter... Mutter geht gerade in sich, ob sie heute abend gesund genug ist, um ins Restaurant zu kommen oder nicht. Wir sind vor allen sicher«, sagte er und lächelte wieder.

»Wir sind nicht sicher. Ich will dich hier nicht haben. Bitte... geh«, bat ich ihn.

Er starrte mich ununterbrochen an. Seine Blicke glitten von meinen

Füßen bis zu meinem Kopf, und er nahm meinen Anblick genießerisch auf. Ich zog mir das Handtuch noch enger um den Körper, aber es war zu klein, um mich ausreichend zu bedecken. Wenn ich es höher zog, um meine Brüste zu bedecken, rutschte es auf meinen Schenkeln zu hoch, und wenn ich es tiefer hinuntergleiten ließ, war mein Busen weitgehend entblößt.

Philip fuhr sich mit der Zunge über die Lippen, als hätte er gerade etwas Köstliches gegessen. Dann grinste er heimtückisch und kam einen Schritt auf mich zu. Ich wich zurück, bis ich an der Wand stand.

»Was tust du da? Willst du dich für Jimmy frisch machen und dich für ihn schön anziehen?«

»Ich ... ich mache mich fertig für das Abendessen. Ich habe heute viel gearbeitet, und ich bin nicht gerade sauber. Und jetzt verschwinde, bitte.«

»Mir bist du sauber genug«, sagte er. Ich zuckte zusammen, als er näher kam. Im nächsten Moment hatte er die Handflächen links und rechts von mir gegen die Wand gestemmt, damit ich ihm nicht entkommen konnte. Seine Lippen streiften meine Wange.

»Philip, du vergißt, wer wir sind und was geschehen ist.«

»Ich vergesse gar nichts und am allerwenigsten«, sagte er, und dann küßte er mich auf die Stirn, »unsere Nacht unter den Sternen, als wir von meinen idiotischen Freunden eine unangenehme Störung hinnehmen mußten. Ich wollte dir gerade etwas beibringen, Dinge, die du in deinem Alter wissen solltest. Du wirst mir dankbar dafür sein, und du willst diese Dinge doch bestimmt nicht bei irgend jemandem lernen, oder?« Er ließ seine rechte Hand auf meine Schulter sinken.

»Du hast schon einen Vorgeschmack davon bekommen, wie es ist«, sagte er leise, und sein Blick war fest auf mich gerichtet. »Wie kannst du da nicht noch mehr wollen?«

»Philip, das kannst du nicht tun. Das geht nicht. Wir können das nicht tun. Bitte...«

»Und ob wir es können, solange wir wissen, wann wir aufhören müssen, und ich verspreche dir, daß ich das weiß. Außerdem halte ich, was ich verspreche. Schließlich halte ich doch auch mein Versprechen, dir und Jimmy zu helfen, oder etwa nicht?« fragte er und zog die Augenbrauen hoch, um seinen Worten Nachdruck zu verleihen.

Oh, nein, dachte ich. Nicht auch noch Philip. Sowohl er als auch Clara Sue nutzten Jimmys mißliche Lage aus, um mich zu erpressen.

»Philip, bitte«, flehte ich ihn an. »Es kommt mir einfach nicht mehr richtig vor. Ich kann es nicht ändern. Mir tut es genauso leid wie dir, daß die Dinge so gekommen sind, das kannst du mir glauben, aber uns bleibt nichts anderes übrig, als diese Tatsachen zu akzeptieren.«

»Ich akzeptiere sie. Ich akzeptiere sie als eine ganz besondere Herausforderung«, sagte er, und seine Hand glitt tiefer an mir herunter, bis seine Finger über den oberen Rand des Handtuchs glitten. Ich preßte das Handtuch verzweifelt an mich.

»Aber das ist ungerecht«, sagte er, und plötzlich wurde sein Gesicht finster und zornig. »Du wußtest, wie sehr ich dich berühren und dich in meinen Armen halten wollte, und du hast mich dazu gebracht zu glauben, ich könnte das alles tun.«

»Aber das ist doch nicht meine Schuld.«

»Niemand ist schuld daran... oder vielleicht ist unser Vater schuld, aber wen interessiert das im Moment? Wie ich schon sagte«, fuhr er fort und steckte seinen Zeigefinger unter mein Handtuch, »brauchen wir ja nicht so weit zu gehen, wie es Männer und Frauen tun, die in normalen Beziehungen zueinander stehen. Dann hat es auch nichts weiter zu bedeuten, aber ich hatte dir versprochen, ich würde es dir zeigen...«

»Ich brauche mir nichts zeigen zu lassen.«

»Aber ich brauche es«, sagte er und riß mir das Handtuch gewaltsam aus den Händen. Ich versuchte, mich ihm zu entwinden, doch dadurch konnte er nur noch besser zupacken, und das Handtuch rutschte von meinen Brüsten. Seine Augen wurden vor Bewunderung größer.

»Philip, hör auf!« schrie ich. Er packte mich an den Ellbogen und bog mir die Arme auf den Rücken.

»Wenn dich irgend jemand hört, bekommen wir alle Schwierigkeiten«, warnte er mich. »Du und ich und vor allem Jimmy.« Er legte seine Lippen auf meine Brustwarzen und ließ sie schnell hin und her gleiten.

Ich schloß die Augen in dem Versuch zu leugnen, daß das wirklich geschah. Ich hatte einmal davon geträumt, er würde mich im Arm halten und mich lieben, aber das hier war ungehörig und grob. Mein armer, verwirrter Körper reagierte auf seine Liebkosungen – reagierte an Stellen, an denen er noch nie reagiert hatte, aber mein Verstand schrie: *Nein!* Ich kam mir vor, als versänke ich in warmem, wohltuendem Treibsand. Ein paar Sekunden lang war es ein angenehmes Gefühl, doch es verhieß nur Schwierigkeiten.

Ich wand und verrenkte mich weiterhin unter seinen Händen, die mich wie Zangen umklammerten. Seine Zungenspitze beschrieb eine Linie von einer Brust zur anderen, und dann sank er langsam vor mir in die Knie, und seine Küsse bedeckten meinen Bauch bis zu dem Handtuch, das kaum noch bis auf meine Taille reichte. Ich hielt es krampfhaft mit den Fingerspitzen fest. Er biß in das Handtuch und zog daran wie ein übergeschnappter Hund.

»Philip, bitte, laß das bleiben«, flehte ich.

Mit einem festen Ruck zog er das Handtuch von meinem Körper, und es fiel mir um die Füße. Dann sah er zu mir auf, und in seinen Augen stand ein irrsinniges Verlangen. Sein Blick reichte aus, um mein Herz noch schneller und heftiger schlagen zu lassen.

Da ich ihm nicht ausweichen konnte, weil er mich an die Wand preßte, schlug ich die Hände vors Gesicht, als er meine Arme losließ, um seine Arme um meine Schenkel zu schlingen und sie an sein Gesicht zu ziehen. Ich spürte, wie meine Beine unter mir einsackten und ich an der Wand hinunterglitt und auf den Boden fiel, doch bei alledem hielt ich mein Gesicht immer noch mit den Händen bedeckt.

»Dawn«, flüsterte er. »Es ist so schön, dich in meinen Armen zu halten. Wir brauchen an nichts anderes zu denken.«

Ich konnte nur noch weinen, als seine Hände über meinen Körper glitten und ihn erkundeten und liebkosten.

»Ist das kein gutes Gefühl? Bist du nicht glücklich?« flüsterte er. Ich zog die Hände vom Gesicht, als er mich losließ und anfing, seine Hose aufzuknöpfen. Bei diesem Anblick schoß die Angst wie ein elektrischer Stromstoß in meinen Körper. Mit aller Kraft versuchte ich, ihn von mir zu stoßen, damit ich Platz genug hatte, um mit einem Satz zur Tür zu springen und zu entkommen. Doch er packte mich an den Handgelenken und drehte sie um, bis ich auf dem Rücken auf dem Holzfußboden lag.

»Philip!« schrie ich. »Hör auf, ehe es zu spät ist.«

Mit einer einzigen schnellen Bewegung glitt er zwischen meine Beine.

»Dawn... hab nicht solche Angst. Ich kann einfach nichts dafür, daß ich mit dir zusammen sein will. Ich dachte, ich käme dagegen an, aber du bist zu hübsch. Es braucht nichts zu bedeuten«, sagte er und stieß die Worte keuchend hervor.

Ich ballte die Hände zu kleinen Fäusten und versuchte, ihm damit auf den Kopf zu trommeln, doch es war, als flatterte ein kleines Vögelchen mit seinen Flügeln an der Schnauze eines Fuchses. Er nahm es noch nicht einmal zur Kenntnis. Statt dessen machte er es sich noch behaglicher auf mir, und seine Lippen ergriffen das zarte Fleisch meiner Brüste und knabberten an meinem Busen herum.

Plötzlich spürte ich, wie sein Penis sich fest an mich preßte, bis er dieses dicke, steife männliche Geschlechtsorgan, das befriedigt werden mußte, dann gewaltsam in mich grub. Er stieß sich zwischen meine Schenkel und an einen Widerstand, der zerriß und blutete.

Ich schrie laut auf, und mir war jetzt gleich, ob wir entdeckt wurden und ob Jimmy gefunden wurde. Der Schock, ihn in mir zu spüren, verdrängte jede andere Sorge, außer der um mein eigenes geschändetes Ich. Mein durchdringender Aufschrei genügte, um ihn zum Rückzug zu veranlassen.

»Schon gut«, brachte er matt heraus. »Hör schon auf. Ich höre ja auch schon auf.« Er glitt zurück, stand auf, zog schnell seine Unterwäsche und seine Hose hoch und schloß die Gürtelschnalle. Ich drehte mich auf den Bauch, legte den Kopf auf die Arme und weinte so heftig, daß mein ganzer Körper bebte.

»War es nicht schön für dich?« fragte er sanft und kniete sich neben mich. Ich spürte seine Handfläche tief unten auf meinem Rücken. »Jetzt kannst du dir wenigstens eine Vorstellung davon machen, wie es sein wird.«

»Geh weg. Laß mich allein, Philip. Bitte!« schluchzte ich durch meine Tränen.

»Das ist nur der Schock«, sagte er. »So reagieren alle Mädchen.« Er stand auf. »Es ist alles in Ordnung«, wiederholte er, um sich selbst davon zu überzeugen.

»Dawn«, flüsterte er. »Haß mich nicht dafür, daß ich dich haben will.«

»Laß mich doch endlich in Ruhe, Philip«, verlangte ich in einem wesentlich härteren Tonfall. Es entstand eine lange Pause, und dann hörte ich, wie er die Badezimmertür öffnete und ging.

Ich drehte mich um, weil ich ganz sichergehen wollte, daß er auch wirklich fort war. Diesmal schloß ich die Tür vorsichtshalber ab. Dann sah ich an mir selbst herunter. Über den Brüsten und auf dem Bauch hatte ich rote Flecken an den Stellen, an denen er gebissen und gesaugt hatte. Ich zuckte zusammen. Er hatte mich, wenn auch noch so kurz, geschändet, und jetzt fühlte ich mich unrein und beschmutzt. Das einzige, was ich tun konnte, um nicht weiter laut zu schluchzen, war, mich unter die Dusche zu stellen und das heiße Wasser über meinen Körper fließen zu lassen, so heiß, daß es mein Fleisch fast verbrühte. Ich ertrug die

Hitze, weil ich das Gefühl hatte, sie wirkte reinigend und spülte die Erinnerung an Philips Finger und Küsse von mir. Ich schrubbte mich derart brutal, daß meine Haut neue rote Flecken bekam. Während ich duschte, vermischten sich ununterbrochen meine Tränen mit dem Wasser und schienen ebenso reichhaltig zu fließen. Was mir einst romantische Ekstase und Wunder verheißen hatte, war jetzt schmutzig und lasterhaft. Ich schrubbte und schrubbte.

Als ich schließlich von der Anstrengung erschöpft war, das von mir abzuwaschen, was mir gerade zugestoßen war, trat ich unter der Dusche heraus und trocknete mich ab. Ich ging wieder in mein Schlafzimmer und legte mich hin, weil ich so müde war, wie ich mich nicht erinnern konnte, je gewesen zu sein. Weinen konnte ich nicht mehr. Ich schloß die Augen und schlief ein, und ich erwachte erst, als ich ein leises Klopfen an meiner Tür hörte.

Er ist noch einmal zurückgekommen, dachte ich, und mein Herz überschlug sich fast. Ich entschied mich, still liegenzubleiben und abzuwarten, ob er glaubte, ich sei schon fortgegangen. Das Klopfen wurde lauter, und dann hörte ich eine Stimme: »Dawn?« fragen.

Es war mein Vater. War Philip so böse gewesen, weil ich ihn zurückgewiesen hatte, daß er zu ihm gegangen war und ihm von Jimmy erzählt hatte? Ich stand langsam auf, und meine Arme und Beine schmerzten derart, als hätte ich den ganzen Tag schwere Feldarbeit auf einem Bauernhof verrichtet. Ich zog meinen Morgenmantel an und öffnete.

»Hallo«, sagte er. Sein Lächeln erstarb. »Fühlst du dich nicht gut?«

»Ich ...« Ich hätte ihm am liebsten alles erzählt, hätte es am liebsten hinausgeschrien, um die Erinnerung damit vielleicht von mir abzuschütteln. Ich wollte hinausschreien, was mir hier schon alles zugemutet worden war, wobei diese sexuelle Schändung nur die Scheußlichkeit war, die am wenigsten lange zurücklag. Ich hätte am liebsten Vergeltung gefordert, Liebe und Sorge um mich gefordert und verlangt, daß man mich wenigstens wie ein menschliches Wesen behandelte, wenn schon nicht wie ein Mitglied der Familie. Doch ich konnte nur die Augen niederschlagen und den Kopf schütteln.

»Ich bin sehr müde«, sagte ich.

»Ach so. Ich werde dafür sorgen, daß du einen Tag frei bekommst.«

»Danke.«

»Ich habe etwas für dich«, sagte mein Vater und griff in seine Brusttasche, um einen Umschlag herauszuziehen.

»Was ist das?«

»Die Empfangsbestätigung des Gefängnisses. Ormand Longchamp hat deinen Brief bekommen«, sagte er. »Ich habe gehalten, was ich dir versprochen habe.«

Ich nahm ihm die Quittung langsam aus der Hand und sah die offizielle Unterschrift an. Daddy hatte meinen Brief bekommen und meine Worte höchstwahrscheinlich schon gelesen. Jetzt konnte ich wenigstens darauf hoffen, eine Antwort von ihm zu bekommen.

»Du darfst dich aber nicht aufregen, wenn er nicht auf den Brief antwortet«, riet mir mein Vater. »Ich bin sicher, daß er sich inzwischen schämt und daß es ihm sehr schwer fallen würde, sich mit dir auseinanderzusetzen. Höchstwahrscheinlich weiß er nicht, was er dazu sagen soll.«

Ich nickte und starrte die offizielle Empfangsbescheinigung an.

»Es fällt mir immer noch schwer, es zu verstehen«, sagte ich und unterdrückte die Tränen. Ich blickte auf und sah ihm fest in die Augen. »Wie konnte er mich rauben, wenn meine Kinderschwester neben mir schlief?«

»Oh, er ist sehr geschickt vorgegangen. Er hat gewartet, bis sie das Kinderzimmer verlassen hatte, um Mrs. Boston in ihrem Zimmer zu besuchen. Es war nicht so, als hätte sie dich vernachlässigt. Du warst eingeschlafen, und deshalb hat sie sich eine Pause gestattet. Sie war gut befreundet mit Mrs. Boston. Er muß sich in einem der Korridore verborgen gehalten haben, und von dort aus hat er die Zimmertür beobachtet und eine gute Gelegenheit abgewartet. Als sie sich ihm geboten hat, ist er ins Kinderzimmer geschlüpft, hat dich geholt und sich über die Hintertreppe wieder hinausgeschlichen.«

Ich sah fragend zu ihm auf.

»Das Kindermädchen Dalton war zu Mrs. Boston gegangen und hat sie in ihrem Zimmer besucht?« Er nickte. Aber warum hatte Mrs. Boston mir das nicht erzählt, als ich sie gefragt hatte, wie Daddy mich direkt unter Mrs. Daltons Augen hatte rauben können? Das war doch wirklich eine entscheidende Einzelheit; wie konnte sie gerade dieses Detail vergessen haben?

»Wir wußten nicht, daß du fort warst, bis Mrs. Dalton zurückgekommen ist und dein Verschwinden entdeckt hat«, fuhr mein Vater fort. »Erst dachte sie, wir hätten dich zu uns in unser Zimmer geholt. Sie war außer sich, als sie bei uns angeklopft hat.

›Was soll das heißen?‹ habe ich gefragt. ›Wir haben sie nicht zu uns geholt.‹ Wir dachten nicht, daß Großmutter Cutler dich in ihre Suite geholt haben könnte, doch Mrs. Dalton und ich sind sofort hinübergelaufen, um nachzusehen, und dann habe ich erst begriffen, was passiert war, und ich bin durch das ganze Hotel gerannt. Aber es war schon viel zu spät.

Einer der Angestellten hatte Ormand Longchamp in dem Gebäudeteil gesehen, in dem die Familie wohnt. Wir haben zwei und zwei zusammengezählt und sind zu der Erkenntnis gelangt, daß er es getan haben muß. Als wir die Polizei verständigt haben, waren er und seine Frau aus Cutler's Cove verschwunden, und natürlich hatten wir keine Ahnung, in welche Richtung sie gefahren sein könnten.

Ich bin in meinen Wagen gesprungen und durch die Gegend gefahren, weil ich gehofft habe, ich hätte vielleicht Glück und würde auf ihn stoßen, aber es war zwecklos.« Er schüttelte den Kopf.

»Falls er dir wirklich schreiben sollte, kann alles, was er dir in seinem Brief berichtet«, sagte mein Vater, und sein Gesicht wurde so wütend, wie es ihm kaum zuzutrauen war, »die schreckliche Tat nicht rechtfertigen, die er begangen hat. Das läßt sich durch nichts rechtfertigen.

Es tut mir leid, daß seine Frau gestorben ist und daß er ein so schweres Leben geführt hat, aber vielleicht sind die beiden für das entsetzliche Verbrechen bestraft worden, das sie begangen haben.«

Ich wandte mich ab, denn die Tränen hatten erneut angefangen, aus meinen Augenwinkeln und über meine Wangen zu rinnen.

»Ich weiß, daß es für dich besonders schwierig gewesen ist, Schätzchen«, sagte er, »aber du bist eine Cutler. Du wirst es überleben, und aus dir wird all das werden, was dir zu werden bestimmt war.«

Nach einer kurzen Pause fuhr er fort: »Aber jetzt muß ich mich wieder an die Arbeit machen. Du solltest versuchen, etwas zu essen«, sagte er, und mir fiel Jimmy wieder ein. Ich mußte etwas Eßbares für ihn besorgen. »Weißt du was?« sagte mein Vater. »Ich schaue in der Küche vorbei und sorge dafür, daß dir jemand eine Mahlzeit herrichtet und sie zu dir bringt. Einverstanden?«

Diese Mahlzeit konnte ich Jimmy bringen, dachte ich.

»Ja, ich danke dir.«

»Wenn es dir später immer noch nicht besser geht, dann laß es mich wissen, und ich werde den Hotelarzt zu dir schicken, damit er nach dir sieht«, sagte er und ging.

Ich schaute in den Spiegel, weil ich wissen wollte, wie schlimm ich aussah. Jimmy durfte unter keinen Umständen erfahren, was zwischen Philip und mir passiert war. Wenn er dahinterkam, würde er außer sich geraten und sich damit nur in fürchterliche Schwierigkeiten bringen. Ich mußte dafür sorgen, daß ich schön für ihn aussah, damit er nicht merkte, daß mir etwas Abscheuliches zugestoßen war. Am Hals und am Schlüsselbein hatte ich immer noch ein paar rote Flecken.

Ich ging zum Kleiderschrank und suchte einen hübschen blauen Rock und eine weiße Bluse heraus, die einen breiten Kragen hatte und unter der ich die meisten roten Flecken verstecken konnte. Dann bürstete ich mir gründlich das Haar und band es mit einem hübschen Band aus dem Gesicht zurück. Sogar eine Spur von Lippenstift trug ich auf. Ich wünschte, ich hätte etwas Rouge gehabt, damit meine blassen Wangen nicht ganz so ungesund aussehen würden.

Ich hörte, wie an meine Tür geklopft wurde, und ich öffnete, um mein Essenstablett von einer Küchenhilfe entgegenzunehmen. Ich bedankte mich, schloß die Tür und wartete, bis die Schritte verhallt waren. Dann machte ich langsam die Tür auf und spähte in den Korridor hinaus. Als ich sicher war, daß mich niemand sehen würde, eilte ich zur Tür hinaus und trug das Tablett mit der warmen Mahlzeit zu Jimmy.

»Ich bin so satt, daß ich keinen Bissen mehr runterbringe«, erklärte Jimmy und sah dann von seinem Teller auf. »Also, das Essen ist prima, das muß ich wirklich sagen, was?« Er seufzte. »Aber ich komme mir hier wie ein eingesperrtes Huhn vor, Dawn. Ich kann einfach nicht noch länger bleiben.«

»Ich weiß«, sagte ich betrübt und schlug die Augen nieder. »Jimmy ... warum kann ich nicht mit dir gehen?«

»Was?«

»O Jimmy, ich mache mir nichts aus dem Essen oder aus dem schönen Grundstück. Ich mache mir nichts daraus, welche Anerkennung meine Familie hier in der Gegend genießt oder wie wunderbar die Leute das Hotel finden. Ich würde lieber mit dir gehen und arm sein und mit Menschen zusammenleben, die ich lieben kann.

Daddys und Mamas Verwandte werden nicht erfahren, wer ich bin, wenn wir es ihnen nicht sagen. Wir werden ihnen erzählen, daß Mama gestorben ist, aber wir werden uns einen anderen Grund dafür ausdenken, daß Daddy im Gefängnis sitzt.«

»Ach, ich weiß nicht so recht, Dawn...«

»Bitte, Jimmy. Ich kann nicht hierbleiben.«

»Es wird im Laufe der Zeit alles besser für dich werden, weit besser, als du es in Georgia je haben könntest. Außerdem habe ich dir doch schon gesagt, daß sie mit Sicherheit jemanden hinter uns herschicken würden, wenn du mit mir kämst, und dann würden wir doch nur geschnappt werden.«

Ich nickte und sah in seine sanftmütigen, mitfühlenden Augen.

»Kommt dir nicht auch manchmal alles wie ein einziger langer und furchtbarer Alptraum vor, Jimmy? Hoffst du nicht ab und zu, daß du aufwachen wirst und daß alles nur ein entsetzlicher Traum gewesen sein wird? Wenn wir es uns ganz fest wünschen...«

Ich schloß die Augen.

»Ich wünschte, ich könnte alles Üble, was uns zugestoßen ist, einfach abblocken und uns an einen märchenhaften Ort zaubern, an dem uns nichts berühren kann, was böse oder schmutzig ist.«

»Das wünschte ich auch, Dawn«, flüsterte er. Ich spürte, wie er sich zu mir vorbeugte, und dann fühlte ich seinen Atem auf meinen Lippen, ehe ich seine Lippen spürte. Als wir uns küßten, entspannte sich mein Körper, und ich dachte, wie richtig es doch gewesen wäre, wenn Jimmy derjenige gewesen wäre, der mich aus der Unschuld der Kindheit in die Welt einer Frau geholt hätte. Ich hatte mich immer sicher bei ihm gefühlt, ganz gleich wohin wir auch gingen oder was wir taten, weil ich immer gespürt habe, wieviel er sich aus mir machte und wie wichtig es ihm war, daß ich mich glücklich und geborgen fühlte. Tragödien und harte Zeiten hatten uns als Bruder und Schwester eng zusammengeschweißt, und jetzt erschien es nur zu richtig, wenn es nicht gar das Los war, das uns bestimmt war, uns von einer romantischen Liebe noch enger zusammenschweißen zu lassen.

Doch Philips Gewalttat hatte den Zauber genommen. Ich fühlte mich beschmutzt, verseucht, verdorben. Jimmy spürte, wie ich mich plötzlich verkrampfte.

»Es tut mir leid«, sagte er schnell, da er glaubte, er hätte das mit seinem Kuß ausgelöst.

»Es ist in Ordnung, Jimmy«, sagte ich.

»Nein, es ist nicht in Orndung. Ich bin sicher, daß du nicht aufhören kannst, mich neben dir auf einer dieser Schlafcouchs zu sehen. Ich kann ja selbst nicht aufhören, in dir meine Schwester zu sehen. Ich möchte dich lieben, und ich liebe dich, aber es wird Zeit brauchen – andernfalls wird es uns schmutzig und schlecht vorkommen«, erklärte er.

Er versuchte, den Blick abzuwenden, aber langsam wurden seine Augen wieder zu mir hingezogen, und in ihnen stand soviel Traurigkeit. Mein Herz pochte heftig, als ich begriff, wie sehr er mich liebte und begehrte und daß ihn sein tiefes moralisches Empfinden zurückhielt. Meine Impulse, meine ungezügelte Sexualität, bäumten sich unbändig auf und verlangten, befriedigt zu werden, doch der Teil von mir, der klüger war, stimmte mit Jimmy überein und liebte ihn nur um so mehr dafür, daß er solche Zurückhaltung zeigte. Er hatte recht – wenn wir die Dinge überstürzten, würden wir unter Gewissensbissen leiden. Die Verwirrung unseres Gewissens würde uns dazu bringen, uns danach voneinander abzuwenden, und unsere Liebe würde niemals zu etwas Schönem und Gutem heranwachsen können.

»Du hast natürlich recht, Jimmy«, sagte ich, »aber ich habe dich immer so sehr geliebt, wie eine Schwester ihren Bruder nur lieben kann, und ich verspreche dir jetzt zu lernen, dich so zu lieben, wie eine Frau einen Mann lieben sollte, ganz gleich, wie lange es auch dauern wird und wie lange ich noch warten muß.«

»Meinst du das ernst, Dawn?«

»Ich meine es ernst, Jimmy.«

Er lächelte und küßte mich wieder, doch selbst dieser flüchtige, zarte Kuß auf meine Wange verursachte einen Schauer in meinem Körper.

»Ich sollte heute abend noch fortgehen«, sagte er.

»Bitte, tu das nicht, Jimmy. Ich werde auch die ganze Nacht bei dir bleiben«, sagte ich. »Und wir werden reden, bis du die Augen nicht mehr offenhalten kannst.«

»Einverstanden, aber dann sollte ich morgen ganz früh aufbrechen«, sagte er. »Die Lastwagenfahrer fahren früh los, und bei denen habe ich die größten Chancen, mitgenommen zu werden.«

»Ich besorge dir etwas zum Frühstück, wenn ich mit dem Personal esse. Das ist früh genug. Und dann haben wir noch ein wenig Zeit miteinander.

Aber du mußt mir versprechen, daß du mir schreibst und mir berichtest, wie es dir geht, wenn du in Georgia bist«, sagte ich. Allein bei der Vorstellung, er würde fortgehen und so weit weg sein, wurde ich traurig.

»Klar. Und sobald ich mich auf eigene Füße gestellt habe und genug Geld verdiene, komme ich wieder und besuche dich.«

»Versprichst du mir das?«

»Ja.«

Wir legten uns zusammen auf die Pritsche, ich in seine Arme gekuschelt, und wir sprachen über unsere Träume. Jimmy hatte bisher nie den Entschluß gefaßt, etwas werden zu wollen, doch jetzt redete er davon, zur Luftwaffe zu gehen, wenn er alt genug war, um vielleicht Pilot zu werden.

»Aber was wäre, wenn es Krieg gäbe, Jimmy? Ich fände es entsetzlich. Warum läßt du dir nicht etwas anderes einfallen? Du könntest doch Anwalt oder Arzt werden oder...«

»Jetzt hör aber auf, Dawn. Woher soll ich genug Geld nehmen, um auf ein College zu gehen?«

»Vielleicht bekomme ich eines Tages genug Geld, um dir das College zu bezahlen.«

Er verstummte, und als er sich zu mir umdrehte, waren seine dunklen Augen traurig und bedrückt.

»Du willst mich nicht als deinen Freund haben, wenn ich kein großer, bedeutender Mann werde. Ist es das, Dawn?«

»Oh, nein, Jimmy. Niemals.«

»Du wirst es dir wünschen und nichts dagegen tun können«, sagte er bitter.

»Das ist nicht wahr, Jimmy«, protestierte ich.

»Vielleicht ist es heute nicht wahr, aber wenn du erst eine Weile hier gelebt hast, wirst du es so empfinden. Das kommt vor. Diese reichen, alten Familien aus dem Süden verplanen das Leben ihrer Töchter – was aus ihnen werden soll, wen sie heiraten werden...«

»Mir wird das nicht passieren«, widersprach ich.

»Wir werden es ja sehen«, sagte er, doch er war der Überzeugung, daß er recht hatte. Er konnte manchmal ziemlich stur sein.

»James Gary Longchamp, erzähle mir nicht, was mir gefallen wird und was nicht. Ich bin, wie ich selbst sein will, und niemand – nicht eine tyrannische Großmutter oder sonst irgend jemand – wird mich zu etwas anderem umformen. Sie kann mich Eugenia nennen, bis ihr der Kopf rot anläuft.«

»Na gut«, sagte er lachend. Er küßte mich auf die Wange. »Wie du meinst. Ich glaube ohnehin nicht, daß sie gegen deine Hartnäckigkeit eine Chance hat. Ich frage mich, woher du die überhaupt hast. Ist deine Mutter so?«

»Wohl kaum. Sie winselt eher, als daß sie schreit. Aber sie bekommt ohnehin alles, was sie will. Sie braucht auf niemanden wütend zu werden.«

»Was ist mit deinem Vater?«

»Ich glaube, der bringt es gar nicht fertig, wütend zu werden. Ihn scheint nichts aus der Ruhe zu bringen. Er ist aalglatt in seiner Anpassungsfähigkeit.«

»Dann hast du dein aufbrausendes, hartnäckiges Wesen also von deiner Großmutter geerbt. Vielleicht bist du ihr viel ähnlicher, als du glaubst.«

»Ich will nicht so sein wie sie. Sie ist nicht so, wie ich mir eine Großmutter vorgestellt habe. Sie ist...«

Wir hörten Schritte auf den Zementstufen. Im nächsten Moment wurde das Versteck in helles Licht getaucht, und wir sahen zu zwei Polizisten auf. Ich griff schnell nach Jimmys Hand.

»Sehen Sie«, sagte Clara Sue, die hinter ihnen stand. »Ich habe Ihnen doch gesagt, daß ich nicht lüge.«

»Komm mit, Junge«, sagte einer der Polizisten zu Jimmy. Er stand langsam auf.

»Ich gehe nicht dorthin zurück«, sagte er trotzig. Der Polizist trat vor. Jimmy wich zur Seite aus. Als der Polizist den Arm ausstreckte, um ihn zu packen, duckte sich Jimmy und wich ihm aus.

»Jimmy!« rief ich.

Der andere Polizist näherte sich ihm schnell, umfaßte seine Taille und hob ihn vom Boden hoch. Jimmy schlug um sich, doch der zweite Polizist kam dem ersten zu Hilfe, und sie hatten ihn schnell unter Kontrolle.

»Lassen Sie ihn los!« schrie ich.

»Du kannst freiwillig mitkommen, oder wir legen dir Handschellen an, Junge«, sagte der Polizist, der ihn von hinten festhielt. »Wie ist es dir lieber?«

»Schon gut, schon gut«, sagte Jimmy. Sein Gesicht war rot vor Verlegenheit und Wut. »Gehen wir.«

Der Polizist lockerte seinen Griff, Jimmy blieb stehen und ließ niedergeschlagen den Kopf hängen.

»Setz dich in Bewegung«, befahl der andere Polizist.

Ich wandte mich an Clara Sue, die in der Tür stand.

»Wie konntest du das tun?« schrie ich. »Du gemeines, selbstsüchtiges...«

Sie trat zurück, um die Polizisten und Jimmy vorbeigehen zu lassen. In dem Moment, in dem Jimmy die Tür erreicht hatte, drehte er sich noch einmal zu mir um.

»Ich werde wiederkommen, Dawn. Das verspreche ich dir. Eines Tages komme ich zurück.«

»Los jetzt«, befahl der Polizist und gab ihm einen Stoß. Jimmy taumelte durch die Tür.

Ich rannte hinter ihnen her.

»Jimmy!« schrie ich. Ich sprang die Stufen hinauf und blieb stehen, als ich oben angekommen war.

Mein Vater stand neben meiner Großmutter, und Clara Sue stand direkt hinter den beiden.

»Geh auf der Stelle in dein Zimmer, Eugenia«, befahl meine Großmutter. »Das ist eine fürchterliche Schande.«

»Geh schon«, sagte mein Vater etwas sanfter, doch sein Gesicht war vor Enttäuschung verzerrt. »Geh in dein Zimmer.«

Ich schaute Jimmy und den Polizisten nach. Sie waren schon fast um das Gebäude herumgegangen.

»Bitte«, sagte ich. »Laß nicht zu, daß sie ihn zurückbringen. Er hat bei einem ganz gemeinen Mann gelebt und fürchterliche Zeiten durchgemacht. Bitte ...«

»Das ist nicht unser Problem«, sagte meine Großmutter.

»Wir können nichts tun«, bestätigte mein Vater. »Und man verstößt gegen das Gesetz, wenn man einem Entsprungenen Unterschlupf gewährt.«

»Er ist kein Entsprungener. Nein«, sagte ich und schüttelte den Kopf. »Bitte ...« Ich wandte mich in Jimmys Richtung, aber er war bereits um das Gebäude herumgegangen. *»Jimmy«*, rief ich. Ich wollte hinter ihm herlaufen.

»Eugenia!« rief mein Vater. »Komm sofort wieder her.«

Ich rannte weiter, doch als ich vor dem Hotel stand, hatten die Polizisten Jimmy schon auf den Rücksitz des Streifenwagens gestoßen und die Tür zugeschlagen. Ich stand da und sah zu, als sie einstiegen. Jimmy schaute aus dem Fenster.

»Ich komme wieder«, sagten mir die stummen Bewegungen seiner Lippen.

Das Blaulicht auf dem Dach wurde eingeschaltet, und der Streifenwagen fuhr los.

»Jimmy!«

Ich spürte die Hand meines Vaters auf meiner Schulter, die mich zurückhielt.

»Was für eine Schande! Eine solche Peinlichkeit«, schimpfte meine Großmutter irgendwo im Hintergrund. »Daß meine Gäste das mit angesehen haben.«

»Du solltest jetzt lieber ins Haus gehen«, riet mir mein Vater.

Mein Körper bebte vor Schluchzen, als der Polizeiwagen fortfuhr und Jimmy mitnahm.

15 Enthüllte Geheimnisse

Ich spürte, wie die Finger meines Vaters sanft meine Schulter drückten, als die Lichter des Streifenwagens auf der Straße verschwanden. Meine Großmutter trat vor mich hin. Ihre Lippen waren zusammengepreßt, und ihre Augen waren weit aufgerissen und drückten eine irrsinnige Wut aus. Unter den Laternen und den hellen Lampen der Veranda schien ihre Haut gespenstisch weiß. Sie hatte die Schultern hochgezogen und den Hals nach vorn gestreckt und sah aus wie ein Habicht, der sich auf eine Maus stürzen will. In diesem Moment kam ich mir wie ein hilfloses Geschöpf vor, das in der Falle sitzt.

»Wie konntest du so etwas nur tun?« zischte sie. Sie wandte sich abrupt an meinen Vater. »Ich habe dir doch gesagt, daß sie nicht besser als ein wildes Tier ist, das man von der Straße geholt hat. Wenn wir dem nicht augenblicklich einen Riegel vorschieben, wird sie mit Sicherheit noch dieses ganze Pack hierherholen. Sie muß in eine Privatschule geschickt werden, die sich genau auf diese Sorte Menschen spezialisiert hat.«

»Ich bin kein wildes Tier! Du bist ein wildes Tier!« schrie ich heraus.

»Eugenia«, fauchte mein Vater. Ich riß mich von ihm los.

»Ich bin nicht Eugenia! Das bin ich nicht! Ich bin Dawn, Dawn!« beharrte ich und hämmerte mir selbst mit meinen kleinen Fäusten auf die Oberschenkel.

Ich blickte hoch und sah die Gäste, die sich vor dem Eingang und auf der Terrasse versammelt hatten und zu uns her gafften. Einige der älteren Frauen schüttelte den Kopf, und die Männer nickten zustimmend. Plötzlich bahnte sich Philip einen Weg zu uns und starrte uns verwirrt an.

»Was geschieht hier?« rief er aus. Er wandte sich an Clara Sue, die ein wenig abseits von uns stand und äußerst selbstzufrieden wirkte. Sie sah ihn mit einem selbstgefälligen Lächeln an.

»Du solltest jetzt lieber ins Haus gehen«, sagte mein Vater in einem sehr nachdrücklichen Ton. »Wir reden darüber, wenn sich alle wieder ein wenig beruhigt haben.«

»Nein«, sagte ich. »Du hättest nicht zulassen dürfen, daß sie ihn mitnehmen«, fügte ich hinzu und fing an zu schluchzen. »Das hättest du niemals erlauben dürfen.«

»Eugenia«, sagte er sanft und kam auf mich zu.

»Bring sie ins Haus«, befahl meine Großmutter durch zusammengebissene Zähne. »Und zwar jetzt!« Sie wandte sich ab und sah ihre Gäste lächelnd an. »Es ist alles in Ordnung, Leute. Nichts weiter als ein kleines Mißverständnis. Jetzt besteht kein Grund mehr zur Beunruhigung.«

»Bitte, Eugenia«, sagte mein Vater und wollte mich an der Hand nehmen. »Laß uns ins Haus gehen«, flehte er.

»Nein!« Ich wich noch weiter zurück. »Ich gehe nicht ins Haus. Ich hasse es; ich hasse alles hier!« schrie ich und wandte mich ab, um die Auffahrt hinunterzulaufen.

»Also wirklich, Daddy, du behandelst Dawn immer mit Samthandschuhen«, hörte ich Clara Sue sagen. »Sie ist ein großes Mädchen. Sie hat sich alles selbst zuzuschreiben. Wie man sich bettet, so liegt man.«

Ihre Worte ließen mich noch schneller laufen. Clara Sue war eine ganz unverschämte Lügnerin. Ich fühlte mich, als wollte mir die Brust zerspringen, aber ich lief nicht langsamer. Ich erreichte die Straße und wandte mich nach rechts, lief weiter auf dem Bürgersteig und hatte dabei die meiste Zeit die Augen geschlossen und schluchzte.

Ich rannte und rannte, bis das Seitenstechen mich zwang, meine Schritte zu verlangsamen. Ich preßte mir die Hände gegen die Rippen und schnappte mühsam nach Luft. Ich hatte keine Ahnung, wohin ich gelangt war, wo ich mich befand. Die Straße hatte eine Biegung nach links gemacht und führte direkt zum Meer, und die wogende Brandung erschien mir genau richtig. Schließlich blieb ich neben ein paar großen Felsen stehen und lehnte mich dagegen, um Luft zu schnappen.

Ich sah auf das mondhelle Meer hinaus. Der Himmel war dunkel, weit und wirkte kalt, und der Mond wies eine kränkliche gelbe Färbung auf. Gelegentlich überschlugen sich die Wellen so nahe vor mir, daß mir die Gischt ins Gesicht sprühte.

Der arme Jimmy, dachte ich, den man bei Nacht und Nebel wegschaffte wie einen gemeinen Verbrecher. Würden sie ihn zwingen, zu diesem miesen Farmer zurückzugehen? Womit hatten wir das bloß verdient? Ich biß mir auf die Unterlippe, um zu verhindern, daß ich laut schluchzte. Meine Kehle und meine Brust schmerzten schon viel zu sehr vom vielen Weinen.

Plötzlich hörte ich jemanden rufen. Es war Sissy, die mich suchte.

»Dein Daddy hat mich hinter dir hergeschickt«, sagte sie.

»Er ist nicht mein Daddy«, stieß ich haßerfüllt hervor. »Er ist mein Vater, und ich gehe nicht zurück. Ich denke gar nicht daran.«

»Was hast du denn sonst vor?« fragte sie und sah sich um. »Du kannst nicht die ganze Nacht hier draußen bleiben. Du mußt zurückkommen.«

»Sie haben Jimmy fortgezerrt wie ein Tier, auf das sie Jagd gemacht haben. Das hättest du sehen müssen.«

»Ich habe es gesehen. Ich habe alles von dem Balkon aus mit angesehen. Ich bin ganz unauffällig an der seitlichen Hauswand gestanden. Wer war das?«

»Er war mein ... der Junge, den ich früher immer für meinen Bruder gehalten habe. Er ist bei einem grausamen Pflegevater ausgerissen.«

»Oh.«

»Und ich konnte nicht das Geringste tun, um ihm zu helfen«, jammerte ich kläglich. Ich wischte mir die Wangen ab. »Nichts.« Ich seufzte tief und ließ den Kopf hängen. Ich war entsetzlich frustriert und niedergeschlagen. Sissy hatte recht, ich mußte ins Hotel zurückkehren. Wo hätte ich sonst schon hingehen können?

»Ich hasse Clara Sue«, sagte ich durch zusammengebissene Zähne. »Sie hat meiner Großmutter gesagt, daß Jimmy sich in dem Keller versteckt hält, und sie hat sie dazu gebracht, die Polizei zu rufen. Sie ist ein gemeines, gehässiges ... Sie war es auch, die Mrs. Clairmonts Halskette gestohlen hat, und das nur, damit die Schuld auf mich fällt. Später habe ich gesehen, wie sie sich heimlich in mein Zimmer geschlichen und die Kette in mein Bett gelegt hat.«

»Aber ich dachte, Mrs. Clairmont hätte ihre Halskette wiedergefunden.«

»Ich habe mich in ihr Zimmer geschlichen und die Kette zurückgebracht, aber Clara Sue hat sie ihr gestohlen«, wiederholte ich. »Ich kenne niemanden, der mir das glauben würde, aber es ist die Wahrheit.«

»Ich glaube dir. Die Kleine ist wirklich furchtbar gemein«, stimmte Sissy mir zu. »Aber eines Tages wird sie noch dafür büßen. Bei der Sorte kommt es immer so, weil diese Menschen sich selbst viel zu sehr hassen. Und jetzt komm, Schätzchen«, sagte Sissy und legte den Arm um meine Schultern. »Ich bringe dich jetzt zurück. Du zitterst furchtbar.«

»Ich bin so wütend, mir ist nicht kalt.«

»Du zitterst trotzdem«, sagte Sissy und rieb meinen Arm. Wir machten uns auf den Rückweg zum Hotel. »Jimmy ist ein gutaussehender Junge.«

»Ja, er sieht gut aus, nicht wahr? Und er ist sehr, sehr nett. Im ersten Moment merken die Leute es nicht, weil er so verschlossen wirkt. Das liegt aber nur daran, daß er in Wirklichkeit sehr schüchtern ist.«

»Wenn jemand ein bißchen schüchtern ist, spricht das doch nicht gegen ihn. Wenn ich Leute nicht allzugut leiden kann, dann eher die der anderen Art.«

»Wie Clara Sue?«

»Wie Clara Sue«, stimmte sie mir zu, und wir lachten beide. Es tat so gut, zu lachen, als atme man plötzlich aus, nachdem man unglaublich lang die Luft hatte anhalten müssen. Und dann kam ich auf einen Gedanken.

»Kennst du die Frau, die direkt nach meiner Geburt mein Kindermädchen war – Mrs. Dalton?«

»Hm.«

»Sie lebt mit ihrer Tochter zusammen, das stimmt doch?« Sissy nickte. »Wohnt sie hier in der Nähe?«

»Ungefähr vier Straßen weiter in der anderen Richtung«, sagte sie und deutete hinter uns. »In einem kleinen Häuschen in der Crescent Street. Ab und zu schickt meine Omi mich mit einem Glas Eingemachten zu ihr. Sie ist nämlich eine sehr kranke Frau.«

»Das hat mir Mrs. Boston erzählt. Sissy, ich will zu ihr gehen und sie besuchen.«

»Weshalb?«

»Ich will ihr Fragen über meine Entführung stellen. Wirst du mich zu ihr bringen?«

»Jetzt?«

»So spät ist es noch nicht.«

»Für sie ist es zu spät. Sie ist sehr krank und schläft um diese Zeit bestimmt schon.«

»Wirst du mich morgen früh zu ihr begleiten, wenn wir mit unserer Arbeit fertig sind? Tust du das für mich?« fragte ich. »Bitte, Sissy«, bat ich sie.

»Einverstanden«, sagte sie, denn sie begriff, wie wichtig es mir war.

»Ich danke dir, Sissy«, sagte ich.

Als wir ins Hotel zurückkehrten, war meine Großmutter nirgends zu sehen, aber mein Vater begrüßte uns im Foyer.

»Ist alles in Ordnung mit dir?« fragte er. Ich nickte und starrte auf den Teppich. »Ich glaube, du solltest jetzt einfach in dein Zimmer gehen. Wir werden morgen, wenn alle wieder ruhiger sind und klarer denken können, eine Gelegenheit finden, über all das zu reden.«

Während ich das Foyer durchquerte, faßte ich einen Entschluß, was ich tun würde. Es war an der Zeit, sich mit Clara Sue auseinanderzusetzen. Mit dem, was sie angerichtet hatte, würde sie bei mir nicht ungestraft davonkommen.

Ich machte mir gar nicht erst die Mühe anzuklopfen, sondern platzte ohne Vorwarnung in Clara Sues Schlafzimmer und schlug die Tür hinter mir zu.

»Wie konntest du nur?« schrie ich zornig. »Wie konntest du Jimmy verraten?«

Clara Sue lag auf ihrem Bett und blätterte eine Zeitschrift durch. Neben ihr stand eine Schachtel Pralinen. Trotz meiner entrüsteten Worte blickte sie nicht auf. Statt dessen las sie weiter, griff in die Pralinenschachtel, biß jede Praline an und legte sie dann wieder zurück.

»Willst du denn gar nichts sagen?« fragte ich. Ich bekam immer noch keine Antwort, und es versetzte mich derart in Wut, weil sie so tat, als sei ich gar nicht da, daß ich mich auf sie stürzte, die Pralinenschachtel packte und quer durchs Zimmer schmiß.

Ich wartete darauf, daß Clara Sue zu mir aufblicken würde. Ich konnte es kaum erwarten, ihr den gemeinen Verrat vorzuwerfen, den sie begangen hatte. Doch sie blickte mich nicht an. Sie las weiter und ignorierte mich, als sei ich nicht vorhanden. Das steigerte meine Wut nur noch mehr. Ich riß ihr die Illustrierte aus der Hand, zerfetzte sie und warf die Papierschnipsel in die Luft.

»Ich gehe nicht, Clara Sue Cutler. Ich bleibe, wo ich bin, bis du mich ansiehst.«

Schließlich sah sie auf, und ihre blauen Augen blitzten warnend. »Hat dir denn nie jemand beigebracht, daß man anklopft? Es gehört sich so.«

Ich entschied mich, den Ausdruck in Clara Sues Augen zu mißachten. »Und hat dir nie jemand beigebracht, was Vertrauen bedeutet? Daß man Geheimnisse achtet? Jimmy und ich haben dir vertraut. Warum hast du das getan? Warum?«

»Warum denn nicht?« schnurrte sie zufrieden. Dann wurde sie zornig und sprang mit einem Ruck vom Bett. »*Warum denn nicht?* Es bereitet mir Vergnügen, dir das Leben zur Hölle zu machen, Dawn. Es macht mich glücklich.«

Ich starrte sie voller Empörung an. Ohne auch nur nachzudenken, hob ich die Hand und ohrfeigte sie kräftig. »Du bist nichts weiter als ein verzogenes, selbstsüchtiges Luder! Das werde ich dir nie verzeihen. *Niemals!*«

Clara Sue lachte mir ins Gesicht und massierte sich die Wange. »Wer legt schon Wert darauf, daß du ihm verzeihst?« höhnte sie. »Du glaubst wohl, du tätest mir damit einen Gefallen?«

»Wir sind Schwestern. Schwestern sollten eigentlich die besten Freundinnen sein. Du wolltest mich nicht zur Freundin haben, Clara Sue, und jetzt willst du mich nicht zur Schwester haben. Warum? Warum bist du bloß so versessen darauf, mir weh zu tun? Was habe ich dir getan? Warum verfolgst du mich immer wieder mit deinen Gemeinheiten?«

»*Weil ich dich hasse!*« schrie Clara Sue aus voller Kehle. »Ich hasse dich, Dawn! Ich habe dich mein Leben lang gehaßt!«

Ihre Wut schockierte mich. Daher paßte ich einen Moment lang nicht auf und wußte nicht, wie ich reagieren sollte. Aus ihren Worten sprach rasender Haß, ihr Gesicht war knallrot angelaufen, und ihre Augen traten hervor wie die Augen einer Irren. Ich hatte diesen Gesichtsausdruck schon einmal gesehen – auf Großmutter Cutlers Gesicht. Clara Sues Blick ließ mich frösteln, so hatte ich mich auch gefühlt, als Großmutter mich so angesehen hatte. Aber ich konnte es einfach nicht verstehen. Warum haßten mich die beiden bloß derart? Was hatte ich dieser Familie denn angetan, um diesen Haß wachzurufen?

»Wie kann das sein?« flüsterte ich. Irgendwo in meinem Innern wünschte ich mir, Clara Sues Gefühle verstehen zu können. »Wie kann das sein?«

»Wie kann das sein?« äffte mich Clara Sue grausam nach. »*Wie kann das sein?* Das kann ich dir genau sagen. *Und ich werde es dir sagen!* Du bist Teil meines Lebens gewesen, ohne je auch nur in meinem Leben in Erscheinung zu treten! Von dem Tag meiner Geburt an habe ich in deinem Schatten gelebt, und das war mir in jeder einzelnen Minute meines Lebens verhaßt!«

»Aber das ist doch nicht meine Schuld!« Irgendwie begann ich zu verstehen. Die Folgen meiner Entführung waren in Cutler's Cove zu einem

Bestandteil des Familienlebens geworden, in das Clara Sue hineingeboren worden war.

»Ach nein? Ich war nicht der Erstgeborene wie Philip, und ich war auch nicht die erste Tochter wie du. Man hat in mir noch nicht einmal das Baby der Familie gesehen. Oh, nein! *Ich war nichts weiter als das Baby, das geboren wurde, um dich zu ersetzen!*« Clara Sue kam mit schnellen Schritten auf mich zu. »Verlaß sofort mein Zimmer. *Verschwinde!* Mir wird schlecht von deinem Anblick. Aber ehe du gehst, Dawn, gebe ich dir noch ein Versprechen. Ein ganz besonderes Versprechen, das ich zu halten gedenke. Ich werde dich *nie* als ein Mitglied der Familie akzeptieren. Ich werde dich *nie* mit offenen Armen willkommen heißen oder dir das Leben erleichtern. *Niemals!* Statt dessen werde ich alles menschenmögliche tun, um dir das Leben zur Hölle auf Erden zu machen. Und wenn das noch nicht genügt, dann werde ich noch mehr tun. Ich werde keine Anstrengung scheuen, um dir Kummer und Leid zu bereiten. Dein Unglück wird ein Lächeln auf mein Gesicht zaubern und die Sonne noch heller für mich scheinen lassen. Ich werde deine Träume zugrunde richten, bis sie nichts weiter als entstellte Überbleibsel deiner Hoffnungen sind, die dir nur noch Alpträume bereiten. *Das alles und nicht weniger werde ich tun!*«

Ich war sprachlos. »Das kann doch nicht dein Ernst sein«, rief ich empört. Clara Sues Gründe, Jimmy an die Polizei auszuliefern, waren jetzt klar, und obwohl ich immer noch furchtbar wütend auf sie war, bemitleidete ich sie auch. Trotz allem, was sie besaß, war Clara Sues Leben jämmerlich. Ich hätte ihr gern dabei geholfen, ihr Unglück zu überwinden. Vielleicht hätte sie mich dann nicht mehr so sehr gehaßt.

Clara Sues Augen funkelten wie irrsinnig, als sie mich mit unverhohlenem Erstaunen anstarrte. »Ich kann es einfach nicht glauben! Ich kann es wirklich und wahrhaftig nicht glauben. Du gibst einfach auf, stimmt's? Das hier ist keine Filmschnulze, in der wir einander das Herz ausschütten, uns ausweinen und uns dann küssen und versöhnen. Dein hübsches kleines Köpfchen hat schon zu lange in höheren Regionen geschwebt. Jetzt reicht es, Dawn. Hast du denn kein Wort von dem gehört, was ich gesagt habe? Wir werden niemals Freundinnen werden, und wir werden schon gar nicht Schwestern werden. *Niemals!*« Clara Sue kam noch näher, und ich wich vor ihr zur Schlafzimmertür zurück. »Du mußt in jedem einzelnen Augenblick vor mir auf der Hut sein, Dawn«, warnte sie mich. »Hüte dich vor mir. Immer.«

Mit diesen letzten Worten wandte sie mir den Rücken zu. Ich tastete verstört nach dem Türgriff und hatte es eilig, meiner Schwester zu entkommen, denn tief in meinem Innern wußte ich, daß sie dieses Versprechen, das sie mir gerade gegeben hatte, halten würde.

Am folgenden Morgen hatten weder mein Vater noch meine Großmutter Zeit für mich, da es einer der Tage war, an denen besonders viele Gäste abreisten und neue Gäste eintrafen. Ich hatte ohnehin genug mit Sissy zu tun, da wir fünf Zimmer mehr als sonst putzen und herrichten mußten. Dennoch rechnete ich mit dem Auftauchen meiner Großmutter in der Küche, als das Personal sein Frühstück zu sich nahm. Ich hatte in der letzten Nacht nicht gut geschlafen und war nicht bereit, mich vor den anderen Angestellten anschreien und in Verlegenheit bringen zu lassen. Ich entschloß mich, mich ausdrücklich gegen meine Großmutter zur Wehr zu setzen, selbst dann, wenn das bedeuten würde, daß ich wieder einmal in meinem Zimmer eingeschlossen würde und nichts zu essen bekäme.

Da Clara Sue an der Rezeption die frühe Abendschicht hatte, schlief sie lang, und daher mußte ich mich nicht mit ihr auseinandersetzen, aber Philip war natürlich bereits auf und bei den Kellnern. Er mied mich, bis es an der Zeit war, sich an die Arbeit zu machen. Dann folgte er mir aus der Küche und rief mir nach.

»Bitte«, flehte er, da es so aussah, als würde ich nicht stehenbleiben. Ich drehte mich abrupt zu ihm um.

»Ich muß arbeiten, Philip«, sagte ich. »Ich muß mir meinen Unterhalt verdienen«, fügte ich erbittert hinzu. »Und Großmutter Cutler glaube ich kein Wort. Ich soll nicht von Grund auf in das Geschäft eingeführt und angelernt werden. Ich werde immer ganz unten arbeiten müssen, solange es nach ihr geht.« Ich schaute ihn an. Er sah in meinen Augen vollkommen verändert aus, so mies und so erbärmlich, seit er über mich hergefallen war. Wie konnte ich nur früher einmal fast in ihn verliebt gewesen sein!

»Dawn, du mußt mir glauben. Ich hatte nichts damit zu tun, daß meine Großmutter etwas über Jimmy herausgefunden hat. Sie weiß nicht, daß ich ihn bei seiner Ankunft dort hingebracht habe, um ihn zu verstecken«, sagte er, und seine Augen zeigten deutlich seine Angst. Darum ging es also, dachte ich.

»Du hast Angst, ich könnte es ihr sagen?« Er erwiderte nichts darauf, doch sein Gesichtsausdruck genügte mir als Antwort. »Mach dir keine Sorgen, Philip. Ich bin nicht so wie deine hochgeschätzte Schwester. Ich werde dich nicht absichtlich in Schwierigkeiten bringen, und schon gar nicht, um mich zu rächen, obwohl ich das tun sollte«, fauchte ich und machte auf dem Absatz kehrt, um Sissy nachzulaufen.

Während des Vormittags rechnete ich immer mit dem Auftauchen meines Vaters oder meiner Großmutter, sobald ich Schritte im Flur hörte. Nachdem wir unsere Arbeit beendet hatten und keiner von beiden aufgetaucht war, nahm ich Sissy zur Seite.

»Bring mich sofort zum Haus von Mrs. Daltons Schwester, Sissy. Bitte, ehe meine Großmutter noch mehr Arbeit für uns findet.«

»Ich weiß nicht, warum du diese Frau unbedingt sprechen willst. So gut kann sie sich auch nicht mehr an die Vorfälle erinnern«, sagte Sissy und wandte eilig den Blick ab.

»Warum sagst du das, Sissy?« Ich bemerkte ihre Veränderung.

»Das sagt meine Omi«, äußerte sie. Sie blickte schnell auf und schlug dann die Augen sofort wieder nieder.

»Du hast ihr gesagt, daß du mich hinbringen wirst, und es hat ihr nicht gefallen?« Sissy schüttelte den Kopf. »Du brauchst nicht mit mir hinzugehen, Sissy. Komm nur ein Stück weit mit und zeige mir das Haus. Und ich werde auch niemandem sagen, daß du es mir gezeigt hast. Das verspreche ich dir.«

Sie zögerte.

»Meine Omi sagt, Leute, die in der Vergangenheit herumgraben, finden mehr Knochen, als sie erwartet haben, und es ist besser, Vergangenes ruhen zu lassen.«

»Nicht für mich, Sissy. Ich kann es nicht. Bitte. Wenn du mir nicht hilfst, mache ich mich ohne dich auf die Suche, bis ich das Haus gefunden habe«, sagte ich und verzog entschlossen mein Gesicht, um sie zu beeindrucken.

»Schon gut«, sagte sie und seufzte. »Ich zeige dir den Weg.«

Wir verließen das Hotel durch einen Seiteneingang und liefen schnell zur Straße hinunter. Es war seltsam, wie anders mir bei Tageslicht doch alles erschien, besonders der Friedhof. Seine bedrohliche und unheilvolle Atmosphäre war verschwunden. Heute war er nichts weiter als eine angenehme, gepflegte Ruhestätte, an der man unbeschwert vorübergehen konnte.

Es war ein strahlender, fast wolkenloser Tag mit einer leichten warmen Brise, die vom Meer her kam. Das Meer wirkte ruhig, friedlich und einladend, und die Flut plätscherte über den Strand und zog sich in kleinen Wellen wieder zurück. Alles machte einen sauberen und freundlichen Eindruck.

Auf der Straße war erheblicher Verkehr, aber die Autos bewegten sich gemächlich voran. Niemand schien es eilig zu haben; alle waren wie hypnotisiert vom Glitzern der Sonne auf dem aquamarinblauen Wasser und vom Flug der Seeschwalben und der Möwen, die beschwingt durch die sommerliche Luft schwebten.

Es hätte ein wunderbarer Ort sein können, um in Ruhe aufzuwachsen, dachte ich. Ich fragte mich unwillkürlich immer wieder, wie es wohl gewesen wäre, wenn ich im Hotel und in Cutler's Cove groß geworden wäre. Wäre ich dann etwa zu einer selbstsüchtigen Clara Sue geworden? Hätte ich meine Großmutter geliebt, und wäre meine Mutter ein vollkommen anderer Mensch gewesen? Das Schicksal und die Geschehnisse, die sich meinem Einfluß entzogen, hatten die Antworten auf diese Fragen für alle Zeiten unmöglich gemacht.

»Dort ist es, direkt vor uns«, sagte Sissy und deutete auf ein hübsches, kleines weißes Häuschen mit einem winzigen Vorgarten, einem schmalen Gehweg und einer kleinen Veranda. Außen herum war ein Lattenzaun. Sissy sah mich an. »Möchtest du, daß ich hier auf dich warte?«

»Nein, Sissy. Du kannst dich ruhig wieder auf den Rückweg machen. Wenn dich jemand fragt, wo ich bin, dann sag einfach, daß du es nicht weißt.«

»Ich hoffe, es ist richtig, was du tust«, sagte sie. Dann wandte sie sich ab und lief eilig und mit gesenktem Blick zurück, als fürchtete sie, ihr könne am hellichten Tag ein Geist erscheinen.

Unwillkürlich zitterte ich auch, als ich auf die Haustür zuging und auf die Klingel drückte. Anfangs dachte ich schon, es sei niemand zu Hause. Ich läutete noch einmal und dann hörte ich jemanden rufen.

»Jetzt aber mal halblang. Ich komme schon. Ich komme ja schon.«

Endlich wurde die Tür von einer Schwarzen geöffnet, deren Haar schon grau geworden war. Sie saß in einem Rollstuhl und schaute mit großen Augen zu mir auf, die durch ihre dicken Brillengläser noch zusätzlich vergrößert wurden. Sie hatte ein weiches rundes Gesicht und trug einen hellblauen Hausmantel, ihre Füße waren nackt. Ihr rechtes Bein war vom Knöchel aufwärts mit einem Verband umwickelt, der unter ihrem Kleid verschwand.

Ihre Augen leuchteten neugierig, und ihre Stirn legte sich fragend in tiefe Falten. Sie preßte die Lippen zusammen und beugte sich vor, um mich genauer zu mustern. Dann nahm sie die Brille ab und rieb sich das rechte Auge mit ihrem Handrücken. Ich sah einen goldenen Ehering an ihrem Finger, sonst trug sie keinen Schmuck.

»Ja?« fragte sie schließlich.

»Ich suche Mrs. Dalton, die Mrs. Dalton, die Kindermädchen war.«

»Die hast du vor dir. Was willst du?« fragte sie und lehnte sich in ihrem Rollstuhl zurück. »Ich arbeite nicht mehr, wenn ich auch wünschte, ich könnte es noch.«

»Ich möchte mit Ihnen reden. Ich heiße Dawn, Dawn Lon... Dawn Cutler«, sagte ich.

»Cutler?« Sie musterte mich eindringlich. »Aus der Hoteliersfamilie?«

»Ja, Ma'am.«

Sie starrte mich weiterhin an.

»Du bist nicht Clara Sue.«

»Oh, nein, Ma'am.«

»Das hätte ich auch nicht gedacht. Du bist viel hübscher, als ich sie in Erinnerung habe«, sagte sie. »Na gut, komm rein«, fügte sie hinzu und machte mir den Weg frei.

»Es tut mir leid, daß ich dir nichts anbieten kann. Heutzutage fällt es mir schon schwer genug, für mich selbst zu sorgen«, sagte sie. »Ich lebe mit meiner Tochter und deren Mann zusammen, aber die führen ihr eigenes Leben und haben selbst genug Probleme. Die meiste Zeit bin ich allein«, murmelte sie und sah kopfschüttelnd auf den Fußboden hinunter.

Ich blieb stehen und blickte mich in der Diele um. Es war ein kleiner Raum mit einem Hartholzboden und einem blauweißen Läufer. Rechts waren eine Garderobe und ein ovaler Spiegel an der Wand angebracht, und an der Decke hing eine Lampe mit einem kugelförmigen Schirm.

»Also, wenn du reinkommen willst, dann komm schon rein«, sagte Mrs. Dalton, als sie aufblickte und bemerkte, daß ich immer noch an der Tür stand.

»Danke.«

»Geh ins Wohnzimmer dort«, sagte sie und deutete hin, nachdem ich eingetreten war. Ich ging durch die Tür nach links. Es war ein kleines Zimmer mit einem ziemlich abgenutzten dunkelbraunen Teppich. Auch die Möbel waren altmodisch. Der Sofabezug mit dem Blumenmuster wirkte an den Armlehnen fadenscheinig. Gegenüber standen ein Schaukelstuhl, ein Sessel und ein passendes kleines Zweiersofa, und alles sah entsprechend abgenutzt aus. In der Mitte des Raums stand ein quadratischer Tisch aus dunklem Ahorn. An der hinteren Wand hingen einige Gemälde – Bilder von Häusern am Meer. Links stand ein Bücherschrank mit Glastüren, der mit Nippes, aber auch ein paar Büchern gefüllt war. Über dem kleinen steinernen Kamin hing ein Keramikkreuz, doch ich fand, der schönste Gegenstand im Zimmer war eine alte Standuhr aus dunkler Fichte, die sich in der linken Ecke befand.

Ein angenehmer Fliederduft hing in dem Raum. Die vorderen Fenster gingen aufs Meer hinaus, und da die Vorhänge zurückgezogen waren, hatte man nicht nur einen herrlichen Ausblick, auch das Zimmer selbst wirkte hell und freundlich.

»Setz dich, so setz dich doch«, ordnete Mrs. Dalton an und kam mit ihrem Rollstuhl hinter mir ins Zimmer. Ich entschied mich für das Sofa. Die abgenutzten Polster sackten tief unter mir ein, und daher setzte ich mich auf die Vorderkante. Sie brachte ihren Rollstuhl mir gegenüber zum Stehen und legte die Hände in den Schoß. »So, und jetzt sag mir, was ich für dich tun kann, Schätzchen. Ich kann ja schon für mich selbst nicht mehr allzuviel tun«, fügte sie trocken hinzu.

»Ich hoffe, Sie können mir einiges über das erzählen, was mir zugestoßen ist«, sagte ich.

»Dir zugestoßen?« Sie kniff die Augen zusammen. »Wer, sagtest du doch gleich, bist du?«

»Ich habe gesagt, daß ich Dawn Cutler bin, aber meine Großmutter will unbedingt, daß ich mich bei dem Namen nenne, den man mir bei meiner Geburt ursprünglich gegeben hat – Eugenia«, fügte ich hinzu, und ich hätte ebensogut den Arm ausstrecken und sie ins Gesicht schlagen können. Sie zuckte auf dem Stuhl zurück und schlug sich die Hände gegen ihre Brust. Dann bekreuzigte sie sich hastig und schloß die Augen. Ihre Lippen zitterten, und ihr Kopf begann zu wackeln.

»Mrs. Dalton? Fehlt Ihnen etwas?« Was war bloß los mit ihr? Warum hatten meine Worte eine solche Reaktion auslösen können? Im nächsten Moment nickte sie. Dann schlug sie die Augen wieder auf und starrte mich voller Erstaunen an, ihre Lippen zitterten immer noch.

Sie schüttelte langsam den Kopf. »Du bist also das verschwundene Cutler-Baby ...«

»Sie waren doch mein Kindermädchen, oder nicht?«

»Nur ein paar Tage lang. Ich hätte wissen müssen, daß ich dich eines Tages noch einmal zu sehen bekomme... ich hätte es wissen müssen«, murmelte sie. »Ich brauche ein Glas Wasser«, entschied sie hastig. »Meine Lippen sind so ausgedörrt wie Pergament. Bitte... in der Küche.« Sie wies zur Tür.

»Ich hole es Ihnen sofort«, sagte ich und stand eilig auf. Ich lief in den Gang hinaus und in die kleine Küche. Als ich mit dem Wasser zurückkam, lehnte sie matt über der Seitenlehne ihres Rollstuhls, als hätte sie das Bewußtsein verloren.

»Mrs. Dalton?« rief ich in voller Panik. »Mrs. Dalton!«

Ganz langsam richtete sie sich wieder auf.

»Es ist schon gut«, sagte sie leise. »Ich bin schon wieder in Ordnung. Mein Herz ist noch kräftig, obwohl ich selbst nicht begreife, warum es in diesem zerstörten, nutzlosen Körper noch schlagen will.«

Ich reichte ihr das Wasser. Sie trank davon und schüttelte den Kopf. Dann sah sie mit großen, fragenden Augen zu mir auf.

»Aus dir ist ein sehr hübsches Mädchen geworden.«

»Danke.«

»Aber du hast einiges durchgemacht, nicht wahr, mein Kind?«

»Ja, Ma'am.«

»Ormand Longchamp war dir ein guter Vater, und Sally Jean war dir eine gute Mutter?«

»Oh, ja, Ma'am«, sagte ich und war froh, die Namen der beiden zu hören. »Sie erinnern sich noch gut an sie?« Ich setzte mich schnell wieder auf das Sofa, wo ich vorher gesessen hatte.

»Ich erinnere mich an die beiden«, gestand sie. Sie trank noch einen Schluck Wasser und lehnte sich zurück. »Warum bist du gekommen? Was willst du von mir?« fragte sie. »Ich bin eine kranke Frau... fortgeschrittenes Stadium von Zucker. Dieses Bein wird man mir ganz gewiß amputieren müssen, und danach... könnte ich ohnehin sterben«, fügte sie hinzu.

»Es tut mir leid, daß es Ihnen nicht gutgeht«, sagte ich. »Meine Mama... Sally Jean... ist krank geworden und hat entsetzlich gelitten.«

Ihr Gesicht wurde freundlicher.

»Sag mir jetzt, was ich für dich tun kann.«

»Ich möchte, daß Sie mir die Wahrheit erzählen, Mrs. Dalton«, sagte ich. »Sie sollen mir bis in alle Einzelheiten all das erzählen, woran Sie sich noch erinnern können, denn mein Daddy... der Mann, den ich Daddy genannt habe, Ormand Longchamp, sitzt im Gefängnis, und meine Mutter, Sally Jean, ist tot, aber ich kann in ihnen immer noch nicht die schlechten Menschen sehen, von denen mir alle einreden wollen, sie seien es gewesen. Sie waren immer gut zu mir und haben für mich gesorgt. Sie haben mich von ganzem Herzen geliebt, und ich habe sie geliebt. Ich kann nicht zulassen, daß derart schlecht über sie geredet wird. Ich bin es ihnen schuldig, die Wahrheit herauszufinden.«

Ich sah, daß Mrs. Dalton andeutungsweise nickte.

»Ich habe Sally Jean gern gehabt. Sie war eine Frau, die hart arbeiten konnte, eine gute Frau, die nie jemanden herablassend behandelt hat und immer ein freundliches Lächeln für einen übrig hatte, ganz gleich, wie schlecht es ihr auch gehen mochte. Dein Daddy war ein Mann, der auch hart arbeiten konnte und der auch nie jemanden herablassend behandelt hat. Wenn wir uns begegnet sind, ist es nie vorgekommen, daß er mich nicht begrüßt und gefragt hätte, wie es mir geht.«

»Deshalb kann ich auch einfach keine schlechten Menschen in ihnen sehen, Mrs. Dalton, ganz gleich, was man mir erzählt«, beharrte ich.

»Sie haben dich gestohlen«, sagte sie, und ihre Augen wurden glasig.

»Das weiß ich, aber warum... ich kann es einfach nicht verstehen.«

»Deine Großmutter weiß nicht, daß du hier bist, oder?« fragte sie und nickte, weil sie sich die Antwort schon denken konnte.

»Nein.«

»Und dein richtiger Vater und deine richtige Mutter wissen es auch nicht?« Ich schüttelte den Kopf. »Wie geht es deiner Mutter heute?« fragte sie und zog die Mundwinkel herunter.

»Sie schließt sich aus dem einen oder anderen Grund fast immer in ihrem Zimmer ein. Sie leidet unter nervösen Beschwerden, und ihr wird alles nach oben in ihr Zimmer gebracht, obwohl sie in meinen Augen nicht aussieht, als sei sie krank.« Ich weigerte mich, Mitleid mit meiner Mutter zu empfinden. Auf ihre Art war sie genauso selbstsüchtig wie Clara Sue. »Gelegentlich steht sie neben meiner Großmutter, wenn die beiden die Gäste vor dem Abendessen begrüßen.«

»Was deine Großmutter auch will«, murrte Mrs. Dalton, »sie bekommt es immer.«

»Warum? Wie kommt es, daß Sie soviel über die Cutlers wissen?« fragte ich.

»Ich war lange Zeit bei ihnen... ich habe immer alles mögliche für sie getan. Deinen Großvater mochte ich sehr gern. Er war ein ganz reizender, sanftmütiger Mann. Als er gestorben ist, habe ich soviel um ihn geweint wie um meinen eigenen Vater, als der gestorben ist. Dann war ich von der Entbindung an Kindermädchen bei deinem Bruder, bei dir und bei deiner Schwester.«

»Sie waren auch das Kindermädchen, das Clara Sue versorgt hat?« Sie nickte. »Dann war meine Großmutter doch ganz bestimmt nicht wütend auf Sie, weil das damals passiert ist, und dann hat sie Ihnen doch nicht die Schuld an meiner Entführung gegeben.«

»Nein, um Himmels willen. Wer hat dir denn das erzählt?«

»Meine Mutter.«

Sie nickte wieder. Dann riß sie die Augen weit auf.

»Wenn deine Großmutter nicht weiß, daß du hier bist, und wenn deine Eltern es auch nicht wissen, wer hat dich dann geschickt? Ormand?«

»Niemand hat mich hergeschickt. Warum hätte mein Daddy mich zu Ihnen schicken sollen?« fragte ich überrascht.

»Was willst du?« fragte sie noch einmal, doch dieses Mal war ihre Stimme schärfer. »Ich habe dir doch gesagt, daß ich eine kranke Frau bin. Ich kann nicht gut sitzen und schon gar nicht lange reden.«

»Ich will wissen, was wirklich vorgefallen ist, Mrs. Dalton. Ich habe mit Mrs. Boston geredet...«

»Mit Mary?« Sie lächelte. »Wie geht es Mary denn heute so?«

»Es geht ihr gut, aber als ich sie danach gefragt habe, was damals eigentlich passiert ist, hat sie mir nichts erzählt, Sie hätten sie gerade in ihrem Zimmer besucht, als ich entführt worden bin, und sie wollte auch nicht darüber reden.«

»Ich war bei ihr; sie wird es einfach inzwischen vergessen haben, und das ist alles. Mehr gibt es dazu nicht zu sagen. Du hast ganz friedlich geschlafen. Ich bin aus dem Kinderzimmer gegangen. Ormand hat dich geholt, und dann sind er und Sally Jean ausgerissen. Den Rest der Geschichte kennst du selbst.«

Ich schlug die Augen nieder, und die Tränen kündigten sich schon wieder an.

»Sie behandeln dich nicht allzugut, seit du wieder zurückgekommen bist, ist es das?« fragte Mrs. Dalton. Ich schüttelte den Kopf und wischte mir die Tränen aus dem Gesicht, die jetzt doch geflossen waren.

»Meine Großmutter haßt mich; sie ist empört darüber, daß man mich gefunden hat«, sagte ich und blickte auf. »Und sie war diejenige, die das Geld zur Belohnung für jeden Hinweis ausgesetzt hat, der zu meiner Entdeckung führt. Ich verstehe das nicht. Sie wollte, daß man mich findet, und als ich dann gefunden worden bin, war sie außer sich vor Wut, und das liegt nicht nur daran, daß inzwischen soviel Zeit vergangen ist. Es ist noch etwas anderes. Das spüre ich ganz deutlich; ich weiß es eben. Aber niemand will es mir sagen, oder niemand weiß es wirklich.

Mrs. Dalton, bitte«, flehte ich sie an. »Mein Daddy und meine Mama waren einfach keine schlechten Menschen. Sie haben das gerade selbst gesagt. Ich kann nicht verstehen, wie sie jemandem ein Baby wegnehmen konnten, selbst dann nicht, wenn meine Mama gerade eine Totgeburt hinter sich hatte. Ganz gleich, was man mir auch erzählt, ich kann es nicht lernen, die beiden zu hassen, und mir ist der Gedanke unerträglich, daß mein Daddy in einem Gefängnis eingesperrt ist.

Meine kleine Schwester Fern und meinen Bruder Jimmy hat man fortgeschickt, und sie müssen jetzt bei Fremden leben. Jimmy ist gerade einem brutalen Bauern davongelaufen und hat sich im Hotel versteckt, bis Clara Sue ihn verpetzt hat. Die Polizei hat ihn letzte Nacht abgeholt und ihn fortgebracht. Es war einfach grauenhaft.«

Ich holte tief Atem und schüttelte den Kopf.

»Es ist, als sei ein Fluch auf uns geladen worden, aber wofür? Was haben wir denn verbrochen? Wir sind keine Sünder«, fügte ich inbrünstig hinzu. Das ließ sie wieder die Augen aufreißen. Ihre Hände legten sich direkt unter ihre Kehle, und sie sah mich an, als sei ich eine Geistererscheinung. Dann nickte sie bedächtig.

»Er hat dich geschickt«, murmelte sie. »Er hat dich zu mir geschickt. Das ist meine letzte Gelegenheit, es wiedergutzumachen. Meine letzte Chance zur Buße.«

»Wer hat mich geschickt?«

»Gott, der Allmächtige«, sagte sie. »All die Zeiten, in denen ich brav zur Kirche gegangen bin, zählen überhaupt nicht. Das hat nicht ausgereicht, um mich reinzuwaschen.« Sie beugte sich vor und umfaßte meine Hand fest mit ihren beiden Händen. Ihre Augen waren groß und ausdrucksvoll. »Deshalb sitze ich in diesem Rollstuhl, Kind. Das ist meine Strafe. Ich habe es schon immer gewußt. Dieses schwere Leben ist mir zur Buße auferlegt worden.«

Ich saß vollkommen reglos da, als sie mir starr ins Gesicht blickte. Einen Moment später nickte sie und ließ meine Hand los. Sie lehnte sich zurück, holte tief Atem und sah mich an.

»Also gut«, sagte sie. »Ich werde dir alles erzählen. Es ist dir bestimmt, es zu erfahren, und mir ist es bestimmt, es dir zu erzählen. Andernfalls hätte Er dich mir nicht gesandt.«

»Deine Mutter stammt aus einer reichen und vornehmen alten Familie in Virginia Beach«, begann Mrs. Dalton. »Ich erinnere mich noch an die Hochzeit deines Vaters und deiner Mutter. Daran erinnert sich jeder. Es war eines der prunkvollsten Ereignisse, die Cutler's Cove je erlebt hat, und alles, was gesellschaftlich Rang und Namen hatte, war geladen, sogar Leute aus Boston und New York. Alle hielten die beiden für ein ideales Paar – zwei äußerst attraktive Menschen aus den allerbesten Familien. Die Leute hier sind wirklich rumgelaufen und haben Vergleiche mit Grace Kellys Hochzeit angestellt, dieser Filmstar, der einen Fürsten aus Europa geheiratet hat.

Dein Vater war hier ohnehin so etwas wie ein Fürst, und es gab eine Reihe von Freiern, die um die Hand deiner Mutter angehalten hatten. Aber bereits damals habe ich die Geschichten gehört.«

»Was für Geschichten?« fragte ich, da sie den Eindruck machte, als würde sie nicht weitersprechen.

»Geschichten darüber, deine Großmutter sei unzufrieden mit dieser Eheschließung gewesen, und es hieß, sie hätte damals schon nicht geglaubt, daß sie das Richtige für deinen Vater gewesen sei. Man kann über deine Großmutter sagen, was man will, aber sie ist eine mächtige Frau, und sie hat Adleraugen. Sie sieht Dinge, vor denen andere Menschen die Augen verschließen, aber sie tut das, was getan werden muß.

Ja, sie ist eine vornehme Dame, die nichts tun würde, was peinlich für die Familie werden könnte. Dein Großvater liebte deine Mutter. Jeder Mann hätte sie geliebt. Ich weiß nicht, ob sie noch so schön ist, wie sie es damals war, aber sie war wie eine kostbare kleine Puppe mit einem winzigen Gesicht, das aber vollendet geformt war, und wenn sie ihren Augenaufschlag eingesetzt hat ... dann sind aus Männern kleine Buben geworden. Das habe ich mit meinen eigenen Augen beobachtet«, fügte Mrs. Dalton hinzu. Sie sah mich an und zog die Augenbrauen hoch.

»Also hat deine Großmutter ihre Einwände wohl für sich behalten. Ich weiß nicht alles, was sich hinter verschlossenen Türen abgespielt hat, das muß ich dir deutlich sagen, aber ein paar der älteren Hausangestellten,

Leute, die schon lange Zeit bei den Cutlers waren, Leute wie Mary Boston, hatten eine klare Vorstellung davon, was vorgegangen ist, und sie sagten, es hätte viel Streit gegeben.

Nicht etwa, daß Mary eine von der Sorte ist, die rumläuft und klatscht, Gott bewahre, das tut sie nicht. Ich habe mich immer sehr gut mit Mary verstanden, und daher hat sie mir erzählt, was sie wußte. Ich war damals Krankenschwester und hatte im Hotel ein paarmal ausgeholfen und mich gelegentlich um einen Gast gekümmert, der krank geworden war, und dann habe ich, wie ich dir bereits erzählte, Mr. Cutler senior gepflegt, als er krank geworden ist.

Damals war es bereits kein großes Geheimnis mehr, welches Verhältnis deine Großmutter zu deiner Mutter gehabt hat. Sie fand, deine Mutter sei zu flatterhaft und zu kokett, um eine gute Ehefrau für einen Hotelier abzugeben, aber dein Vater war bis über beide Ohren in sie verliebt.

Jedenfalls haben die beiden geheiratet, und eine Zeitlang schien es, als gäbe deine Mutter doch eine gute Frau für einen Hotelier ab. Sie hat sich gut benommen, hat getan, was deine Großmutter von ihr wollte, hat gelernt, wie man nett zu den Gästen ist und sich als eine gute Gastgeberin gezeigt... Es hat ihr wirklich Spaß gemacht, sich schön anzuziehen und all ihren kostbaren Schmuck zu tragen, um als die Prinzessin von Cutler's Cove dazustehen, und damals, wie auch heute noch, war Cutler's Cove ein ganz besonderes Hotel, in dem die reichsten und vornehmsten Familien der ganzen Ostküste abgestiegen sind... sogar die aus Europa!«

»Und was ist passiert? Warum hat sich alles geändert?« fragte ich, da ich meine Ungeduld nicht mehr länger zügeln konnte. Ich wußte alles über das Hotel und den guten Ruf, den es genoß. Ich wollte, daß sie endlich auf die Dinge zu sprechen kam, die ich nicht wußte.

»Ich komme schon noch darauf, Kind. Vergiß nicht, daß ich nicht mehr so jung bin und daß meine Gedanken leicht abschweifen können. Das liegt an dieser Krankheit, diesem Fluch, sollte ich wohl besser sagen.« Sie winkte mit der Hand ab, und dann trat ein entrückter Ausdruck auf ihr Gesicht. Ich blieb gehorsam sitzen und wartete, bis sie sich wieder an mich wandte.

»Wo war ich doch stehengeblieben?«

»Sie haben mir von meiner Mutter erzählt, von der Hochzeit, davon, wie gut anfangs alles gegangen ist...«

»Ach ja. Nun, es war nicht lange nach der Geburt deines Bruders...«

»Philip.«

»Ja, Philip, und kurz darauf ist deine Mutter ein wenig vom Weg abgekommen.«

»Vom Weg abgekommen?«

»Weißt du denn nicht, was das heißt, Kind? Du weißt doch, was es bedeutet, wenn eine Katze streunen geht, oder nicht?« fragte sie und lehnte sich zu mir vor.

»Ich denke schon. Sie hat geflirtet?« vermutete ich.

Sie schüttelte den Kopf.

»Das war nicht alles. Sie hat nicht nur geflirtet. Falls dein Vater etwas davon wußte, hat er sich nichts anmerken lassen. Zumindest ist es niemandem bekannt, daß er es wußte, aber deine Großmutter hat es gewußt. In dem Hotel geschieht nichts, wovon sie nicht im selben Moment oder spätestens im nächsten etwas erfährt. Es hat immer so ausgesehen, als läge die Leitung des Hotels in den Händen deines Großvaters, aber sie ist die treibende Kraft, und das ist sie auch immer gewesen, solange ich zurückdenken kann«, fügte sie hinzu und blinzelte heftig.

»Ich weiß«, sagte ich betrübt.

»Jedenfalls, nach allem, was ich weiß, kommt da dieser Unterhaltungskünstler, Klavierspieler und Sänger, der so gut ausgesehen hat, wie es besser gar nicht geht. Alle jungen Frauen sind ganz aus dem Häuschen geraten, und er und deine Mutter...« Sie unterbrach sich und beugte sich dann wieder zu mir vor, als seien noch andere Menschen im Raum und als wollte sie nicht, daß sie uns belauschen konnten.

»Da war dieses Zimmermädchen, Blossom, die mir erzählt hat, wie sie die beiden eines Nachts hinter den Umkleidekabinen am Swimmingpool ertappt hat. Sie selbst hat sich mit einem Mann dort hingeschlichen, der Felix hieß und ein Laufbursche war. Der Kerl taugte nichts«, fügte sie hinzu und rümpfte die Nase, »aber Blossom, die hätte mit jedem Mann geschlafen, der sich auch nur die Zeit nahm, sie anzuschauen.

Jedenfalls wußte sie, daß es deine Mutter war, und sie hat Angst bekommen und Felix weggezerrt. Blossom hat außer mir niemandem, bis auf ihre zwei engsten Freundinnen, erzählt, was sie gesehen hat, und deine Mutter und ihr Liebhaber wußten nicht, daß Blossom gleichzeitig dort gewesen war, aber nicht lange darauf hat deine Großmutter alles herausgefunden. Sie hatte Augen und Ohren in dem ganzen Hotel versteckt, die ihr alles berichtet haben, falls du verstehst, was ich meine«, sagte Mrs. Dalton und nickte.

»Was hat sie unternommen?« fragte ich mit einer Stimme, die kaum hörbar war.

»Der Sänger ist entlassen worden, und kurz darauf... nun, kurz darauf war deine Mutter schwanger.«

»Mit mir?«

»Ich fürchte, ja, mein Kind. Und deine Großmutter, die hat deine Mutter in ihr Büro bestellt und sie mit Worten so übel zugerichtet, daß sie um Gnade gefleht hat. Natürlich hat deine Mutter jeden Eid darauf geleistet, daß du von ihr und Randolph bist, aber deine Großmutter war zu schlagfertig und wußte zu genau, was vor sich ging. Sie kannte die exakten Daten, die Uhrzeiten... und so hat deine Mutter schließlich ein Geständnis abgelegt und zugegeben, du seist höchstwahrscheinlich doch nicht Randolphs Kind. Und außerdem«, sagte sie und zog die Augenbrauen hoch, »glaube ich nicht, daß zwischen deiner Mutter und deinem Vater alles so glatt gelaufen ist, wie man meinen sollte, daß die Dinge zwischen einem Mann und einer Frau stehen. Verstehst du das?«

Ich schüttelte den Kopf. Ich verstand es nicht.

»Nun ja«, sagte sie, »das ist wieder eine andere Geschichte. Jedenfalls habe ich all das nur aus dem einen einzigen Grund erfahren, weil deine Großmutter deine Mutter zwingen wollte, heimlich eine Abtreibung vornehmen zu lassen. Sie wollte, daß ich sie zu jemandem bringe.«

Ich schüttelte benommen den Kopf. Randolph Cutler war nicht mein Vater. Wieder einmal war das, was ich für die Wahrheit gehalten hatte, nicht die Wahrheit. Wann würde all das enden? Wann würden diese Lügen endlich ein Ende finden?

»Wie hieß dieser Sänger?«

»Ach, daran erinnere ich mich nicht mehr. In jenen Zeiten sind unzählige Alleinunterhalter hier durch die Lande gezogen. Manche sind eine ganze Saison geblieben; manch einer war aber auch nur auf dem Weg nach New York, Boston oder Washington für eine Woche hier. Und wie ich schon gesagt habe, war er nicht der erste, mit dem sich deine Mutter hinter den Umkleidekabinen herumgetrieben hat.«

Ich konnte einfach nicht glauben, was ich hier über meine Mutter hörte. Meine arme, kranke Mutter. Ha! Was für eine kunstvolle Farce sie erfolgreich ausgedacht hatte. Wie hatte sie Randolph bloß so etwas antun können? Wie hatte sie bloß ihre Liebesschwüre und ihre ehelichen Gelübde brechen können, indem sie mit anderen Männern schlief? Es widerte mich an. *Sie* widerte mich an, denn sie hatte nicht anders gehandelt als eine egoistische Frau, die nur an sich selbst und an das dachte, was sie haben wollte.

»Ist Randolph nicht dahintergekommen?« fragte ich.

»Er ist dahintergekommen, daß deine Mutter schwanger war«, erwiderte sie, »und das war es, was sie vor einer Abtreibung bewahrt hat. Verstehst du, er dachte, das Baby sei von ihm, du seist sein Kind. Und daher hat Laura Sue deine Großmutter angefleht, das Kind behalten zu dürfen. Sie wollte dich austragen und verhindern, daß Randolph von ihrer Untreue erfuhr.

Deine Großmutter wollte es zu keinem Skandal kommen lassen, aber es machte sie nicht glücklich, das Kind eines anderen Mannes im Haus zu haben und diesem Kind den Namen Cutler geben zu müssen. Sie ist zu stolz auf ihre Abstammung, und gegen sie hat noch *niemals* jemand eine Chance gehabt.«

»Aber ich bin geboren worden. Sie hat es zugelassen«, sagte ich.

»Ja, du bist geboren worden, aber kurz vor der Geburt hat deine Großmutter beschlossen, daß sie doch nicht mit dieser Lüge unter einem Dach leben kann. Ich vermute, es hat ihr furchtbar zugesetzt, mit anzusehen, wie Laura Sues Bauch dicker und immer dicker geworden ist und wie sie verhätschelt wurde, wie sich alles um sie gedreht hat und wie die Leute von ihrem neuen Enkelkind geredet haben, obwohl sie wußte, daß das Kind in Wirklichkeit nicht ihr Enkel sein würde. Dazu kommt noch, daß deine Mutter jede sich bietende Gelegenheit beim Schopf ergriffen hat, sich vor deiner Großmutter mit ihrer Schwangerschaft zu brüsten. Das war ihr großer Fehler.«

»Was hat sie getan?« fragte ich, und mein Herz fing an, schneller zu schlagen. Ich hatte Angst davor, auch nur zu laut zu atmen, weil ich fürchtete, Mrs. Dalton würde ihre Erzählung abbrechen oder vom Thema abschweifen.

»Sie hat Laura Sue vor ein Ultimatum gestellt. Ich habe damals schon im Hotel gearbeitet. Ich habe mich um sie gekümmert, als sie im letzten Monat war, und ich habe dort gewohnt, im Vorzimmer des Kinderzimmers, wo ich auch nach deiner Geburt wohnen sollte. Daher war ich in der Nähe«, fügte sie hinzu. Sie richtete sich etwas in ihrem Rollstuhl auf und zog die Augenbrauen hoch.

»Soll das heißen, daß Sie mit angehört haben, was geredet wurde?« fragte ich. Ich wollte das Wort »lauschen« nicht benutzen. Mir war klar, daß sie empfindlich darauf reagiert hätte.

»Das meiste davon hätte ich ohnehin herausgefunden. Sie brauchten mich, und daher mußten sie mich einweihen.«

»Sie brauchten Sie?« Ich war verwirrt. »Wozu?«

»Deine Großmutter hatte den Plan ersonnen. Sie hat ihre ursprüngliche Abmachung mit deiner Mutter für ungültig erklärt und ihr gesagt, sie müsse sich von dem Baby trennen. Wenn sie sich dazu bereit erklärte, würde deine Großmutter das Geheimnis ihrer Untreue wahren, und sie konnte weiterhin die Prinzessin von Cutler's Cove sein.«

»Was hat meine Mutter dazu gesagt? Es muß zu einer fürchterlichen Auseinandersetzung gekommen sein.« Wenn meine Mutter auch Krankheiten vorspiegelte, hegte ich doch den Verdacht, daß sie einen recht starken Willen haben konnte, wenn sie wollte. Vorausgesetzt, es paßte ihr in den Kram, und sie konnte einen Vorteil daraus ziehen.

»Nicht die geringste Auseinandersetzung. Deine Mutter war zu egoistisch und verhätschelt. Sie fürchtete, es könnte sie ihr Leben voller Annehmlichkeiten kosten, und daher hat sie sofort in die List eingewilligt.«

»In die List? Welche List?«

»Der Plan deiner Großmutter, Kind. Sally Jean Longchamp hatte gerade ein totes Kind zur Welt gebracht, wie du weißt. Deine Großmutter ist an sie und Ormand herangetreten und hat ihnen ein Geschäft vorgeschlagen – sie sollten den neugeborenen Säugling entführen, und sie schenkte ihnen Schmuck und Geld, damit sie sich die Flucht leisten konnten.

Sally Jean war außer sich, weil sie ihr Kind verloren hatte, und dann kam Großmutter Cutler und bot ihr ein anderes Kind an, ein Kind, das ohnehin anscheinend niemand haben wollte. Laura Sue hat eingewilligt, und ich nehme an, man hat ihnen gesagt, auch Randolph sei damit einverstanden. Das kann ich allerdings nicht mit Sicherheit sagen.

Deine Großmutter hat alles bis in sämtliche Einzelheiten mit ihnen abgesprochen und ihnen zugesagt, ihre Flucht gut abzusichern, indem sie die Polizei auf falsche Fährten ansetzt und in die andere Richtung schickt.

Dann kam sie zu mir«, sagte Mrs. Dalton und schlug die Augen nieder. »Ich konnte ihr nicht widersprechen, als sie gesagt hat, Laura Sue gäbe eine entsetzlich schlechte Mutter ab. Ich konnte ja selbst sehen, wie sie mit Philip umgegangen ist. Sie hat nie auch nur einen Moment Zeit für ihn gehabt. Sie hatte viel zuviel damit zu tun, zu Einladungen zu gehen, Einkaufsbummel zu machen oder sich am Swimmingpool zu sonnen. Und deine Großmutter war entsetzlich verärgert, weil das Kind kein echter Cutler war.

Jedenfalls hat sie mir für meine Mithilfe ein volles Jahresgehalt angeboten. Es war eine Menge Geld dafür, daß ich nichts weiter zu tun hatte, als die Augen zuzudrücken, und da weder deine Großmutter noch deine Mutter das Baby haben wollten ... na ja, da habe ich eben getan, worum sie mich gebeten hat, und bin zu Mary Boston gegangen und habe in ihrem Zimmer gewartet, während Ormand ins Kinderzimmer geschlichen ist und dich entführt hat.

Mary wußte, was los war. Sie hatte da und dort etwas aufgeschnappt, und schließlich habe ich ihr den Rest noch erzählt. Sie konnte deine Mutter noch nie leiden. Die wenigsten Hotelangestellten mochten sie, weil sie so verzogen war und alle anderen so hochnäsig behandelt hat.

Jedenfalls hat uns beiden, Mary und mir, Sally Jean Longchamp leid getan, weil sie gerade ein Kind verloren hatte, das sie sich wirklich sehr gewünscht hatte. Wir hielten die Geschichte für eine gute Idee. Niemand würde darunter zu leiden haben.

Anscheinend hatte Randolph immer noch keine Ahnung, was vorging und was vorgegangen war, und daher hat deine Großmutter ihren listigen Plan damit gekrönt, daß sie eine Belohnung ausgesetzt hat. Es hat Zeiten gegeben, wo wir glaubten, die Polizei hätte Ormand und Sally ausfindig gemacht. Randolph ist jedesmal losgefahren, um die Verdächtigen zu identifizieren, doch es waren immer die Falschen. Ich vermute, alles übrige weißt du selbst.

Abgesehen davon«, sagte sie und sah auf ihre Hände herunter, die sie im Schoß liegen hatte, »daß ich später bereut habe, daß ich daran beteiligt war. Ganz gleich, was für eine schlechte Mutter Laura Sue gewesen wäre und wie sehr sich Ormand und Sally Jean noch ein Kind wünschten – es war trotzdem nicht richtig. Sie wurden gezwungen, ständig auf der Flucht zu sein, du bist in dem Glauben aufgewachsen, du seist ihre Tochter, und der arme Randolph litt furchtbar unter der Vorstellung, sein neugeborenes Baby sei ihm geraubt worden.

Ich war mehrfach in Versuchung, ihm die Wahrheit zu sagen, aber jedesmal, wenn ich den Entschluß gefaßt habe, hat mich mein Mut dann doch wieder verlassen. Mary hat immer wieder gesagt, so sei es ohnehin am besten. Und meine Tochter ... sie hatte Angst davor, was passieren könnte, wenn wir die alte Mrs. Cutler verraten hätten, und sie und mein Schwiegersohn hatten ohnehin schon die Last damit, für mich zu sorgen.

Nicht lange darauf hat deine Mutter dann Clara Sue bekommen, und sie haben diesen kleinen Grabstein auf dem Friedhof aufgestellt, um die Erinnerung an dich für alle Zeiten zu begraben.«

»Das weiß ich. Ich habe ihn selbst gesehen.«

»Ich hatte ein ganz furchtbares Gefühl dabei. Ich bin selbst hingegangen, um mir den Grabstein anzusehen, und ich wußte, daß Gott mich dabei beobachtet hat. Kurz danach bin ich dann krank geworden. Meine Krankheit hat sich immer mehr verschlimmert, und du siehst ja, wie es mir heute geht. Und jetzt bist du zurückgekommen, und ich bin froh darüber«, sagte sie und sprudelte plötzlich über vor Energie. »Du bist meine Erlösung. Jetzt kann ich meinen Frieden mit dem Herrn schließen, weil ich weiß, daß ich dir die Wahrheit gesagt habe. Es tut mir dennoch leid. Ich kann das Unrecht nicht wiedergutmachen, aber ich kann dir sagen, daß es mir leid tut, daran beteiligt gewesen zu sein.

Du bist noch zu jung, um zu wissen und wirklich beurteilen zu können, was Verzeihen bedeutet, mein Kind, aber ich hoffe wahrhaft, daß du es eines Tages über dich bringen wirst, der alten kranken Lila Dalton zu vergeben«, sagte sie und lächelte hoffnungsvoll.

»Sie sind nicht diejenige, die um Verzeihung bitten muß, Mrs. Dalton«, erwiderte ich. »Sie haben damals geglaubt, das Richtige zu tun, und Sie haben sogar geglaubt, für mich sei es besser so.«

Meine Augen brannten, als ich weitersprach. »Aber Ormand Longchamp sollte jetzt nicht in diesem Gefängnis sitzen und die alleinige Schuld an allem tragen.«

»Nein, das meine ich auch.«

»Würden Sie noch einmal die Wahrheit sagen, wenn Sie dazu aufgefordert werden würden?« erkundigte ich mich voller Hoffnung. »Oder fürchten Sie immer noch die Folgen, die das nach sich ziehen könnte?«

»Ich bin zu alt und zu krank, um mich noch vor irgend jemandem oder vor irgend etwas zu fürchten«, sagte sie. »Ich täte alles, was ich tun muß, um meinen Frieden mit Gott zu schließen.«

»Vielen Dank«, sagte ich und stand auf. »Dafür, daß Sie mir alles erzählt haben. Es tut mir leid, daß Sie so krank sind, und ich hoffe, daß Sie sich jetzt besser fühlen werden.«

»Das ist ganz reizend von dir, mein Kind. Komisch«, sagte sie. Sie nahm meine Hand und sah zu mir auf. »Du bist genau das Enkelkind, das Mrs. Cutler sich am meisten gewünscht hätte, und doch bist du das Enkelkind, das sie von sich aus hergegeben hat.«

16 *Gespräche unter vier Augen*

Ich machte mich langsam auf den Rückweg zum Hotel. Mir schwirrte der Kopf, und mein bisheriges Leben zog in meinen Gedanken an mir vorbei. Jetzt wurden Mamas letzte Worte im Krankenhaus verständlich, mit denen sie mich gebeten hatte, sie und Daddy nicht zu hassen, auch die Nervosität meiner Großmutter wegen meiner Rückkehr, die Feigheit und die nervliche Verfassung meiner richtigen Mutter – all das paßte plötzlich zusammen und ergab ein Bild, das mir zwar nicht gefiel, das aber wenigstens stimmte.

Im Hotel hatte man gerade zu Mittag gegessen. Die Gäste schlenderten über das Gelände, saßen auf der Terrasse vor dem Haus und freuten sich über den strahlend schönen Tag. Jüngere Hotelgäste hielten sich auf den Tennisplätzen auf, und viele waren auch zum Pool gegangen. Gegenüber, an den Bootsstegen, bestiegen einige Gäste die Schiffe, die landschaftlich reizvolle Ausflugsfahrten entlang der Küste unternahmen. Überall um mich herum wurde gelächelt und gelacht. Ich war sicher, daß ich auffallen mußte, denn über mir hingen Wolken, die verharrten und dunkle Schatten auf mein Gesicht warfen.

Aber ich konnte nichts dagegen tun. Der strahlende Sonnenschein, die warme Brise, die vom Meer her kam, das fröhlich schallende Gelächter der Kinder, die Aufregung und der Unternehmungsgeist der Touristen – all das verstärkte meine eigene Traurigkeit nur noch. Cutler's Cove war ein Ort, der sich nicht eignete, um traurig zu sein, dachte ich, und heute schon gar nicht.

Meine Großmutter saß im Foyer und lächelte und unterhielt sich mit den Gästen. Sie lachten über etwas, was sie gerade gesagt hatte, und dann hörten alle ihr gebannt zu, als sie weitersprach, und die Aufmerksamkeit aller war auf sie gerichtet, als sei sie irgendeine Berühmtheit. Ich sah, wie sich weitere Gäste zu ihr gesellten und ihr unbedingt zuhören wollten. Sie bemerkte nicht, daß ich eingetreten war, und daher war ich in der Lage, sie ohne ihr Wissen zu beobachten.

Aber plötzlich fiel ihr Blick auf mich, und ihr Ausdruck wurde eisig. Ich wandte mich nicht als erste ab. Sie war es, die sich abwandte. Ihr Lächeln kehrte zurück, als sie wieder mit ihren Gästen sprach. Ich machte mich auf den Weg durch das Foyer. Ich mußte noch etwas erledigen, ehe ich mit ihr reden würde. Es gab noch jemanden, mit dem ich vorher sprechen mußte.

Clara Sue stand hinter der Rezeption. Einige der Teenager, die im Hotel zu Gast waren, unterhielten sich mit ihr. Sie lachten alle, und dann drehte sich Clara Sue zu mir um. Auf ihrem Gesicht stand reine Neugier und keine Spur von Reue.

Sie interessierte mich jedoch im Moment überhaupt nicht. Im Moment war sie für mich vollkommen unwesentlich. Ich schenkte ihr keinerlei Beachtung und durchquerte das Foyer. Sie mußte eine bissige Bemerkung über mich gemacht haben, soviel stand für mich fest, denn im nächsten Moment lachten sie und ihre Freundinnen noch lauter als vorher. Ich wandte mich nicht um. Ich begab mich zum alten Trakt des Hotels und eilte durch die Korridore zum Treppenhaus.

Dort blieb ich stehen und stieg dann langsam die Stufen hinauf, wobei ich starr vor mich hin blickte und meine Entschlossenheit bei jedem Schritt, den ich machte, zunahm. Das einzige, was ich hören konnte, waren Mamas letzte Worte, die sie im Krankenhaus an mich gerichtet hatte; das einzige, was ich sehen konnte, war Daddy, der niedergeschlagen den Kopf hatte hängen lassen, als die Polizei zu uns gekommen war.

Das, was ich vorhatte, mußte ich für die beiden tun.

Vor der Tür zur Suite meiner Mutter blieb ich stehen, dann trat ich langsam ein und sah sie vor ihrer Frisierkommode sitzen. Sie bürstete sich das goldene Haar und betrachtete sich selbst voller Bewunderung in dem ovalen Spiegel. Lange bemerkte sie nicht, daß ich eingetreten war. Sie war zu sehr von ihrem eigenen Spiegelbild bezaubert. Schließlich bemerkte sie, daß ich dastand und sie anstarrte, und sie drehte sich abrupt auf dem Hocker um.

Sie war mit einem hellblauen Negligé bekleidet, wie üblich trug sie Ohrringe, eine Halskette und Armbänder. Sie hatte sich geschminkt, Lippenstift und Rouge aufgetragen und ihre Augen mit Eyeliner nachgezeichnet.

»O Dawn, hast du mich aber erschreckt. Dich einfach hier einzuschleichen. Warum hast du denn nicht angeklopft? Auch wenn ich deine Mutter bin, mußt du lernen, anzuklopfen«, sagte sie vorwurfsvoll. »Frauen in meinem Alter legen Wert darauf, daß man ihre Privatsphäre respektiert, Dawn, mein Schätzchen«, fügte sie hinzu und setzte ihr freundliches Lächeln auf, das mir jetzt eher wie eine Maske erschien.

»Hast du keine Angst, Großmutter könnte hören, daß du mich Dawn und nicht Eugenia nennst?« fragte ich. Sie schaute mich genauer an und bemerkte den wütenden Ausdruck in meinen Augen. Sie wurde unruhig, legte die Bürste hin und stand auf, um zu ihrem Bett zu gehen.

»Ich fühle mich heute morgen nicht besonders wohl«, murmelte sie, als sie sich auf ihr seidenes Bettzeug sinken ließ. »Ich hoffe, du hast nicht schon wieder neue Probleme.«

»Oh, nein, Mutter. All meine Probleme sind alte Probleme«, erklärte ich und trat näher. Sie sah neugierig zu mir auf, und dann zog sie sich die Decke bis an den Hals hinauf und ließ sich in ihre flauschigen Kissen zurückfallen.

»Ich bin ja so müde«, sagte sie. »Das muß an dieser neuen Arznei liegen, die mir der Arzt verschrieben hat. Ich werde Randolph sagen, daß er ihn rufen und ihm sagen muß, daß das Zeug mich zu müde macht. Ich will nichts anderes mehr als schlafen, schlafen und immerzu nur schlafen. Du wirst jetzt gehen müssen, damit ich die Augen zumachen kann.«

»Du warst nicht immer so, Mutter, oder?« fragte ich mit scharfer Stimme. Sie sagte kein Wort; ihre Augen blieben geschlossen, und ihr Kopf bewegte sich nicht. »Oder doch, Mutter? Warst du nicht früher eine ziemlich lebhafte junge Dame?« fragte ich und trat an ihr Bett. Sie öffnete die Augen und sah mich mit einem wutentbrannten Blick an.

»Was willst du? Du benimmst dich sehr seltsam. Dafür fehlt mir jetzt die Kraft. Wende dich an deinen Vater, wenn du ein Problem hast. Bitte.«

»Wo kann ich meinen Vater finden?«

»Was?«

»Wohin muß ich mich wenden, wenn ich meinen Vater finden will?« fragte ich mit einer einschmeichelnden, melodischen Stimme. »Meinen *richtigen* Vater.«

Sie schloß erneut die Augen und lehnte sich wieder zurück.

»Schau in seinem Büro nach. Ich bin sicher, daß er dort ist. Oder im Büro seiner Mutter. Es sollte dir nicht schwerfallen, ihn ausfindig zu machen.« Sie winkte mit einer Hand ab, um mich fortzuschicken.

»Ach, wirklich? Ich habe gedacht, es würde sehr schwierig werden, meinen Vater zu finden. Müßte ich da nicht von einem Hotel zum anderen und von einem Nachtclub zum anderen ziehen und mir die Klavierspieler und Sänger anschauen?«

»Was?« Sie schlug die Augen wieder auf. »Wovon sprichst du?«

»Ich rede von meinem richtigen Vater... von meinem wirklichen Vater, der es diesmal tatsächlich ist. Von dem hinter den Umkleidekabinen.«

Meine Bemerkung saß. Ich genoß das Unbehagen, das ihr Gesicht verriet. Dieses eine Mal war nicht ich diejenige, die sich für ihre Vergangenheit verantworten mußte. Ich war nicht diejenige, der man das Gefühl gab, sie müsse sich schämen. Diesmal war sie es.

Sie starrte mich verständnislos an und legte dann die Hände auf ihre Brust.

»Du meinst doch nicht etwa diesen Mr. Longchamp? Du bezeichnest ihn doch nicht etwa immer noch als deinen Vater, oder?« Ich schüttelte den Kopf. »Wovon redest du dann? Ich halte das nicht mehr aus.« Ihre Lider flatterten. »Ich fühle mich jetzt schon ganz schwach.«

»Werde bloß nicht ohnmächtig, ehe du mir die Wahrheit gesagt hast, Mutter«, verlangte ich zornig. »Ich weiche ohnehin nicht von deiner Seite, bis du es gesagt hast. Das verspreche ich dir.«

»Welche Wahrheit? Was quasselst du da? Was hat man dir denn jetzt schon wieder eingeredet? Mit wem hast du gesprochen? Wo ist Randolph?« Sie warf einen Blick auf die Tür, als stünde er gleich hinter mir.

»Du willst ihn doch gar nicht hier haben«, sagte ich. »Es sei denn, es wäre an der Zeit, daß er endlich alles erfährt. Wie konntest du mich einfach aufgeben?« fragte ich. »Wie konntest du zulassen, daß jemand dir dein Baby wegnimmt?«

»Mir... wegnimmt?«

Ich schüttelte angewidert den Kopf.

»Warst du schon immer so schwach und hast nur an dich selbst gedacht? Du hast dich von ihr dazu zwingen lassen, mich wegzugeben. Du hast einen Handel mit ihr geschlossen...«

»Wer hat dir diese Lügen erzählt?« fragte sie erstaunlich lebhaft.

»Niemand hat mir Lügen erzählt, Mutter. Ich komme gerade von einem Gespräch mit Mrs. Dalton zurück.« Ihr wütendes Gesicht fiel in sich zusammen. »Ja, Mrs. Dalton, die mein Kindermädchen war, von dem du behauptet hast, Großmutter hätte sie für schuldig befunden. Du wolltest die Schuld ganz einfach auf jemand anderen abschieben. Wenn Großmutter die Schuld bei ihr gesehen hat, warum hat sie ihr dann ein

Jahresgehalt bezahlt? Und warum ist sie wieder eingestellt worden, um sich um Clara Sue zu kümmern?

Jeder Versuch ist zwecklos, sich neue Lügen einfallen zu lassen, um diese Lüge zu vertuschen«, fügte ich schnell hinzu, als ich sah, daß sie den Mund aufmachen wollte. Es war das beste, sie auf Trab zu halten. Dann mußte sie sich verteidigen, ehe sie ihre Geistesgegenwart zurückgewann und mir noch mehr Lügen auftischen konnte. »Mrs. Dalton ist sehr krank und möchte ihren Frieden mit Gott schließen. Sie bereut, daß sie damals an diesen Machenschaften beteiligt war, und heute ist sie bereit, jedem gegenüber die Wahrheit zu sagen.

Warum hast du das getan, Mutter? Wie konntest du dein eigenes Kind anderen Menschen überlassen?«

»Was hat Mrs. Dalton dir erzählt? Sie ist krank. Sie scheint irre zu werden. Warum bist du überhaupt zu dieser Frau gegangen, um mit ihr zu reden? Wer hat dich hingeschickt?« erkundigte sich meine Mutter.

»Sie ist krank, aber sie redet nicht irre, und es gibt noch andere hier im Hotel, die ihre Geschichte bestätigen können. Wenn es hier jemandem reicht, dann bin ich das«, fauchte ich. »Ich habe diese Lügen satt. Ich habe es satt, ein Leben lang nur Lügen zu hören.

Du liegst hier im Bett und tust so, als seist du schwach und müde und nervös, aber das tust du alles nur, um vor der Wahrheit davonzulaufen«, sagte ich. »Aber mir ist das egal. Tu doch, was du willst, aber lüge mich nicht mehr an. Mach mir nicht vor, du hättest mich lieb und ich hätte dir gefehlt und du hättest Mitleid mit mir, weil ich entführt worden bin und ein schweres Leben hatte, ein Leben in Armut. Du hast mich in dieses Leben geschickt. Du selbst! Oder etwa nicht? *Oder etwa nicht?«* schrie ich. Sie zuckte zusammen und wirkte, als würde sie gleich in Tränen ausbrechen. *»Ich will die Wahrheit hören!«* schrie ich und schlug mir mit den Fäusten auf die Oberschenkel.

»O Gott!« rief sie und begrub ihr Gesicht in den Händen.

»Diesmal nutzt es dir nichts, wenn du weinst und so tust, als seist du krank, Mutter. Du hast etwas Furchtbares getan, und ich habe ein Recht darauf, die Wahrheit zu erfahren.«

Sie schüttelte den Kopf.

»Sag mir die Wahrheit«, beharrte ich. »Solange du das nicht tust, gehe ich nicht.«

Langsam nahm sie die Hände vom Gesicht. Es war ein verändertes Gesicht, und das lag nicht nur daran, daß die Tränen Streifen in ihrem

Make-up hinterlassen und ihren Eyeliner verschmiert hatten. Ein müder, niedergeschlagener Blick stand in ihren Augen, und ihre Lippen zitterten. Sie nickte langsam und wandte sich zu mir. Jetzt sah sie noch jünger aus, eher wie ein kleines Kind, das bei einer Ungezogenheit ertappt worden war.

»Du darfst nicht schlecht über mich denken«, sagte sie mit der Stimme eines Kleinkinds. »Ich hatte nicht vor, so etwas Schreckliches zu tun. Wirklich nicht.« Sie schürzte die Lippen und legte den Kopf zur Seite, wie es eine Fünfjährige getan hätte.

»Erzähle mir nur, was wirklich passiert ist, Mutter. Bitte.«

Sie warf einen Blick auf die Tür und beugte sich zu mir vor. Ihre Stimme war nicht mehr als ein Flüstern.

»Randolph weiß nichts davon«, sagte sie. »Es würde ihm das Herz brechen. Er liebt mich sehr, fast so sehr, wie er seine Mutter liebt, aber er kann nichts dafür, wirklich nicht«, sagte sie und schüttelte den Kopf.

»Dann hast du mich also weggegeben?« fragte ich und spürte, wie mir flau im Magen wurde. Bis zu diesem Moment... diesem Moment der Wahrheit... hatte irgend etwas, das tief in mir verborgen war, nicht glauben wollen, was ich gehört hatte. »Du hast mich Ormand und Sally Jean Longchamp also wirklich freiwillig überlassen?«

»Ich mußte es tun«, flüsterte sie. »Sie hat mich dazu gezwungen.« Sie warf aus den Augenwinkeln einen Blick auf die Tür. Sie war wie ein kleines Mädchen, das bemüht war, einem anderen kleinen Mädchen die Schuld in die Schuhe zu schieben. Mein Zorn legte sich. Sie war eine jämmerliche Gestalt, von der etwas Rührseliges und Klägliches ausging. »Du darfst es mir nicht vorwerfen, Dawn. *Bitte!*« flehte sie. »Das darfst du nicht. Ich wollte es nicht tun, ehrlich nicht, aber sie hat mir gesagt, wenn ich es nicht tue, erzählt sie Randolph alles über mich und läßt mich aus dem Haus werfen. Wohin hätte ich denn gehen sollen? Was hätte ich denn tun sollen? Die Leute hätten mich gehaßt. Alle respektieren und fürchten sie«, fügte sie wütend hinzu. »Sie würden ihr alles glauben, was sie behauptet.«

»Dann hast du also wirklich mit einem anderen Mann geschlafen und warst dann schwanger mit mir?« fragte ich, doch diesmal war mein Tonfall sanft.

»Randolph hat sich immer soviel mit dem Hotel beschäftigt, seine große Liebe hat dem Hotel gehört. Du machst dir keine Vorstellung davon, wie schwer es damals für mich war«, jammerte sie, und ihr Gesicht verzerrte sich. Tränen traten in ihre Augen. »Ich war jung und schön und voller Tatendrang und wollte etwas unternehmen, aber Randolph hatte immer soviel zu tun, oder seine Mutter hat ständig von ihm verlangt, daß er dies und jenes erledigen sollte, und wenn ich mit ihm ausgehen wollte, mußte er immer erst seine Mutter fragen. Sie hat wie eine Königin über unser beider Leben bestimmt.

Ich dachte gar nicht daran, die ganze Zeit nur rumzusitzen. *Er hatte nie Zeit für mich! Nie!* Das war nicht gerecht!« rief sie entrüstet. »Als er um mich geworben hat, hat er mir nicht gesagt, daß es so kommen würde. Ich bin reingelegt worden. Ja«, sagte sie. Sie nickte und fand Gefallen an ihrer eigenen Theorie. »Man hat mich überlistet und getäuscht. Außerhalb des Hotels war er ein anderer Mann als im Hotel. Im Hotel ist er genau das, was seine Mutter will, ganz so, wie sie ihn haben möchte, ganz gleich, was ich sage oder tue.

Daher kann man mir keinen Vorwurf machen«, schloß sie. »In Wirklichkeit ist alles seine Schuld ... ihre Schuld.« Die Tränen strömten über ihr Gesicht. »Siehst du das denn nicht ein? Ich bin nicht schuld daran.«

»Sie hat dir gesagt, du müßtest mich aufgeben, und du hast dich einverstanden erklärt«, schloß ich, als sei ich ein Anwalt, der eine Zeugin bei einer Verhandlung ins Kreuzverhör nimmt, aber mir kam es auch wirklich wie eine Art Verhandlung vor, ein Prozeß, bei dem ich als Anwalt für Ormand und Sally Jean Longchamp auftrat und die beiden, aber auch mich selbst, verteidigte.

»Ich mußte einwilligen. Was wäre mir denn anderes übriggeblieben?«

»Du hättest nein sagen können. Du hättest um mich kämpfen und ihr sagen können, ich sei dein Kind. Du hättest nein, nein und noch mal nein sagen können«, schrie ich wutentbrannt, aber es war, als würde ich versuchen, einer Vierjährigen klarzumachen, sie solle sich wie eine Erwachsene benehmen. Meine Mutter lächelte durch ihre Tränen und nickte.

»Du hast recht. Du hast ja so recht. Ich war böse. Ich war sehr schlimm! Aber jetzt ist ja alles wieder gut. Du bist wieder da. Alles ist wieder gut. Laß uns nicht mehr darüber reden. Laß uns nur noch über schöne Dinge reden, über erfreuliche Dinge. Bitte.«

Sie tätschelte meine Hand und holte tief Atem, und ihr Gesichtsausdruck änderte sich, als sei alles, worüber wir geredet hatten, augenblicklich in Vergessenheit geraten und ohnehin nicht allzu wesentlich gewesen.

»Ich hatte mir schon überlegt, daß mit deinem Haar etwas geschehen sollte, und vielleicht könnten wir auch einkaufen gehen und dir ein paar hübsche neue Kleider kaufen. Und neue Schuhe und ein wenig Schmuck. Du brauchst nicht immer nur die abgelegten Sachen von Clara Sue zu tragen. Du kannst jetzt deine eigenen Sachen haben. Wäre das nicht schön?« fragte sie.

Ich schüttelte den Kopf, sie war wirklich wie ein Kind. Vielleicht war sie schon immer so gewesen, und meine Großmutter hatte deshalb so leichtes Spiel mit ihr gehabt, wenn sie ihren Willen durchsetzen wollte.

»Aber im Moment bin ich einfach furchtbar müde«, sagte sie. »Ich bin sicher, daß es an dieser neuen Arznei liegt. Ich möchte nur eine Weile die Augen schließen.« Sie ließ den Kopf auf das Kissen zurückfallen. »Und nur noch meine Ruhe haben. Mich richtig schön ausruhen.« Sie schlug die Augen auf und sah mich an. »Falls du deinen Vater sehen solltest, sage ihm bitte, daß er den Arzt ruft. Ich muß dringend das Medikament wechseln.«

Ich starrte auf sie hinunter. Sie hatte das Gesicht eines kleinen Mädchens, wirklich ein Gesicht, das Mitleid heischte und den Wunsch ausdrückte, verhätschelt zu werden.

»Ich danke dir, Schätzchen«, sagte sie und schloß die Augen wieder.

Ich wandte mich ab. Es war vollkommen sinnlos, sie jetzt noch anzuschreien oder Forderungen an sie zu stellen. Auf gewisse Weise war sie invalide, nicht so krank wie Mrs. Dalton, aber ebensosehr von der Realität ausgeschlossen. Ich ging auf die Tür zu.

»Dawn!« rief sie mir nach.

»Ja, Mutter.«

»Es tut mir leid«, sagte sie und schloß dann wieder die Augen.

»Mir auch, Mutter«, erwiderte ich. »Mir auch.«

Mein ganzes Leben lang, dachte ich, als ich die Treppe hinunterging, war ich von Ereignissen mitgerissen worden, die sich meinem Einfluß entzogen hatten. Als Säugling, als Kind und als junges Mädchen war ich von Erwachsenen abhängig gewesen und hatte alles tun müssen, was sie wollten, oder ich hatte, wie ich soeben erfahren hatte, alles mitmachen müssen, was sie über mich verfügten. Ihre Entscheidungen, ihre Handlungen und ihre Sünden waren die Kräfte, die mich von einem Ort an den nächsten trieben. Selbst diejenigen, die mich wirklich liebten, hatten nur beschränkte Möglichkeiten gehabt, die Richtung zu bestimmen.

Dasselbe galt für Jimmy und erst recht für Fern. Ereignisse, die bereits vor unserer Geburt begonnen hatten, ihren Lauf zu nehmen, hatten vorbestimmt, was und wer wir werden würden.

Aber jetzt brach die gesamte Tragödie der letzten Monate über mich herein und schlug über mir zusammen: Mamas Tod, Daddys Verhaftung, der Zerfall der Familie, die ich für meine gehalten hatte, meine nächtliche Verschleppung in diese neue Familie, Claras ständige Versuche, mir zu schaden und mir weh zu tun, meine Vergewaltigung durch Philip, Jimmys Flucht und Gefangennahme und die Wahrheit, die ich endlich erfahren hatte.

Es war, als sei ich mitten in einen Tornado geraten, der mich herumwirbelte. Jetzt war ich wie eine Fahne, die ein heftiger Windstoß plötzlich losgerissen hatte. Ich machte auf dem Absatz kehrt und stürmte ins Hotelfoyer. Mein Kopf war hoch erhoben, mein Blick zielstrebig nach vorn gerichtet, und ich sah nicht nach rechts oder links, nahm keinen anderen Menschen zur Kenntnis und hörte keine Stimmen um mich herum.

Meine Großmutter saß immer noch auf einem kleinen Sofa im Foyer und war von ihrem Publikum umgeben, von Gästen, die sich um sie scharten und allem, was sie zu sagen hatte, gebannt lauschten. Auf ihren Gesichtern stand ein bewunderndes Lächeln. Jeder, den meine Großmutter mit einer persönlichen Bemerkung oder einer Berührung ehrte, strahlte, als sei er von einem Geistlichen gesegnet worden.

Etwas in meinem Gesicht ließ die Leute geschlossen zurückweichen, sie traten zur Seite und machten mir Platz, als ich näher kam. Langsam wandte sich meine Großmutter, auf deren Gesicht noch das engelsgleiche Lächeln stand, um, da sie wissen wollte, was die Aufmerksamkeit der Gäste von ihr abgelenkt hatte. In dem Moment, in dem sie mich sah, straffte sie ihre Schultern, ihr Lächeln verflog und dunkle Schatten traten auf ihr Gesicht.

Ich verschränkte die Arme unter der Brust und blieb vor ihr stehen. Mein Herz klopfte heftig, aber ich wollte ihr nicht zeigen, wie nervös und verängstigt ich war.

»Ich will mit dir reden«, kündigte ich an.

»Es ist unhöflich, andere in dieser Form zu unterbrechen«, erwiderte sie und wollte sich erneut ihren Gästen zuwenden.

»Mir ist egal, was höflich oder unhöflich ist. Ich will auf der Stelle mit dir sprechen«, beharrte ich und legte meine ganze Entschlossenheit in meine Stimme. Dabei ließ ich sie keinen Moment lang aus den Augen, damit sie sehen konnte, wie ernst es mir war.

Plötzlich lächelte sie.

»Gut«, sagte sie, zu der Gruppe ihrer Gäste gewandt, »wie ich sehe, haben wir eine kleine Familienangelegenheit zu regeln. Würden Sie mich alle für ein paar Minuten entschuldigen?«

Einer der Herren an ihrer Seite kam eilig näher, um ihr beim Aufstehen behilflich zu sein.

»Ich danke Ihnen, Thomas.« Sie sah mich ärgerlich an. »Geh in mein Büro«, ordnete sie an. Ich erwiderte ihren Blick und machte mich auf den Weg, während sie sich noch einmal für mein Benehmen entschuldigte.

Als ich ihr Büro betreten hatte, schaute ich das Porträt meines Großvaters an. Sein Lächeln war so warmherzig und gutmütig. Ich fragte mich, wie es wohl gewesen wäre, wenn ich ihn gekannt hätte. Wie hatte er sich mit Großmutter Cutler arrangiert?

Die Tür wurde hinter mir aufgerissen, als meine Großmutter hereingestürmt kam. Ihre Schuhe klapperten laut auf dem Holzboden, als sie an mir vorbeistapfte und sich dann abrupt umdrehte. Wut loderte in ihren Augen, und ihre Lippen waren so dünn wie ein Strich.

»Wie kannst du es wagen? Wie kannst du es wagen, dich so zu benehmen, wenn ich mich gerade mit meinen Gästen unterhalte? Nicht einmal meine ärmsten Arbeiter, Menschen niederster und armseligster Herkunft, verhalten sich so wie du. Besitzt du aufsässiges Geschöpf denn nicht einen Funken Anstand?« tobte sie. Ich schloß die Augen und wich einige Schritte zurück, doch dann machte ich die Augen wieder auf und schleuderte ihr meine Worte ins Gesicht.

»Mit Anstand kannst du mir nicht mehr kommen. Du bist eine Heuchlerin!«

»Wie kannst du es wagen? Ich werde dich in deinem Zimmer einschließen lassen. Ich werde...«

»Du wirst gar nichts tun, Großmutter. Das einzige, was du jetzt tun wirst, ist, mir die Wahrheit zu erzählen... endlich«, forderte ich mit fester Stimme. Ihre Augen wurden vor Bestürzung größer. Mit einem Anflug von Schadenfreude konfrontierte ich sie mit der Überraschung, die ich für sie bereithielt. »Ich bin heute morgen zu Mrs. Dalton gegangen. Sie ist sehr krank und war nur zu froh, endlich ihr Gewissen von einer Schuld entlasten zu können. Sie hat mir erzählt, was nach meiner Geburt und auch schon vorher wirklich passiert ist.«

»Das ist ja lachhaft. Ich denke gar nicht daran, mir von dir...«

»Dann bin ich zu meiner Mutter gegangen«, fügte ich hinzu, »und sie hat ebenfalls gestanden.«

Großmutter starrte mich einen Moment lang an, und ihre Wut erlosch langsam. Dann drehte sie sich um und ging zu ihrem Schreibtisch.

»Setz dich«, ordnete sie an und nahm ebenfalls Platz. Ich trat zu dem Stuhl vor ihrem Schreibtisch. Lange Zeit starrten wir einander nur an, sie und ich.

»Was hast du in Erfahrung gebracht?« fragte sie in einem wesentlich ruhigeren Tonfall.

»Was glaubst du wohl? Die Wahrheit. Ich habe herausgefunden, daß meine Mutter einen Liebhaber hatte und daß du sie gezwungen hast, mich herzugeben. Wie du es arrangiert hast, daß Ormand und Sally Jean Longchamp mich mitnahmen, und wie du dann geheuchelt hast, sie hätten mich entführt. Wie du Menschen dafür bezahlt hast, daß sie bei deinen Intrigen mitspielen. Und daß du nur deshalb eine Belohnung ausgesetzt hast, um dein eigenes Vorgehen zu decken«, sagte ich in einem Atemzug.

»Wer würde eine solche Geschichte glauben?« erwiderte sie so kalt und beherrscht, daß mir ein Schauer über den Rücken lief. Sie schüttelte den Kopf. »Ich weiß, wie krank Mrs. Dalton ist. Hast du gewußt, daß ihr Schwiegersohn in der Sanitärgesellschaft von Cutler's Cove arbeitet und daß diese Firma mir gehört? Ich könnte ihn ohne weiteres morgen feuern lassen«, sagte sie und schnippte mit den Fingern.

»Und wenn wir beide, du und ich, jetzt sofort nach oben gehen und Laura Sue mit dieser Geschichte konfrontieren, dann wird sie schlicht und einfach zusammenbrechen und heulen und derart zusammenhangloses Zeug stammeln, daß niemand ein Wort verstehen könnte. Höchstwahrscheinlich würde sie sich, wenn ich neben dir stehe, an kein einziges Wort mehr erinnern, das sie zu dir gesagt hat.« Sie warf mir einen triumphierenden Blick zu.

»Aber es ist doch alles wahr, oder nicht?« rief ich. Ich büßte meine Standhaftigkeit ein, dieses Selbstvertrauen, das mein Rückgrat gestählt hatte. Sie war so stark und so selbstsicher, daß sie keinen Meter zurückweichen würde, auch wenn ein Rudel wilder Pferde auf sie zugerast käme, dachte ich.

Sie wandte sich von mir ab und blieb lange stumm sitzen. Dann sah sie mich wieder an.

»Du scheinst ein Mensch zu sein, der Schwierigkeiten liebt ... diesen Jungen unterzubringen, obwohl die Polizei hinter ihm her ist.« Sie schüttelte den Kopf. »Also gut, ich werde es dir erzählen. Ja, es ist wahr. Mein Sohn ist nicht dein wirklicher Vater. Ich habe Randolph gebeten, diese kleine Schlampe nicht zu heiraten. Ich wußte, was sie war und was aus ihr werden würde, aber wie alle Männer war er von ihrer oberflächlichen Schönheit und ihrer honigsüßen Stimme, die so lieblich klingt, hypnotisiert. Sogar mein Mann war bezaubert von ihr. Ich habe beobachtet, wie sie ihre Schultern hochgezogen und alle mit ihrem albernen kleinen Lachen und ihrer mitleiderregenden Hilflosigkeit geblendet hat«, sagte sie und zog angeekelt einen Mundwinkel herunter. »Männer lieben nun mal hilflose Frauen, aber sie war nicht so hilflos, wie sie sich gegeben hat«, fügte sie mit einem kalten Lächeln auf den Lippen hinzu. »Und schon gar nicht, wenn es darum ging, ihr Verlangen zu stillen.

Sie hat immer genau gewußt, was sie wollte. Ich wollte keine Frau von dieser Sorte in meiner Familie haben, in diesem ... in diesem Hotel haben«, sagte sie und breitete die Arme aus. »Aber mit Männern zu diskutieren, die einer Frau verfallen sind, ist ganz so, als wolle man versuchen, einen Wasserfall aufzuhalten. Wenn man zu lange darunter stehen bleibt, ertrinkt man.

Also habe ich einen Rückzieher gemacht, sie gewarnt und dann niemandem mehr den Weg verstellt.« Sie nickte, und das kalte Lächeln kehrte wieder. »O ja, sie hat so getan, als wollte sie Verantwortung tragen und respektabel sein, doch immer, wenn ich ihr eine bedeutende Aufgabe gegeben habe, hat sie über die Arbeit und die Anstrengung geklagt, und dann hat Randolph mich angefleht, ihr dies oder jenes zu ersparen.

›Wir haben genug Zierat, um unsere Wände damit zu schmücken‹, habe ich zu ihm gesagt. ›Wir können nicht noch mehr davon gebrauchen.‹ Aber ich hätte ebensogut gegen die Wände dieses Büros anreden können.

Es hat nicht lange gedauert, bis sie angefangen hat, ihre wahre Natur zu zeigen – sie hat mit allem geflirtet, was Hosen getragen hat. Sie war einfach nicht davon abzuhalten! Es war ekelerregend! Ich habe versucht, es meinem Sohn zu sagen, aber er war blind, wie bei allem anderen auch. Wenn sich ein Mann von einer Frau so sehr blenden läßt, wie er sich von ihr, dann ist es dasselbe, als würde er direkt in die Sonne schauen. Anschließend sieht er überhaupt nichts mehr.

Also habe ich aufgegeben, und natürlich hat sie sich, wie du zweifellos bereits erfahren hast, auf eine Affäre eingelassen und sich in Schwierigkeiten gebracht. Ich hätte die kleine Schlampe damals rauswerfen können, und genau das hätte ich auch tun sollen«, fügte sie bitter hinzu, »aber... ich wollte Randolph und die Familie und den Ruf des Hotels schonen.

Was ich getan habe, habe ich zum Besten aller getan, und ich habe es für das Hotel und die Familie getan, denn beides ist ein und dasselbe.«

»Aber Daddy... Ormand Longchamp...«

»Er war mit den Abmachungen einverstanden«, sagte sie. »Er hat genau gewußt, was er getan hat.«

»Aber du hast ihm gesagt, alle wollten es so haben, oder etwa nicht? Er glaubte, das zu tun, was meine Mutter und Randolph wollten. Stimmt's? So ist es doch?« drang ich weiter in sie, als sie nicht antwortete.

»Randolph weiß nicht, was er will. Er hat es noch nie gewußt. Ich treffe immer die richtigen Entscheidungen für ihn. Als er sie geheiratet hat«, sagte sie und beugte sich über den Schreibtisch, »hat er das einzige Mal gegen meinen Willen gehandelt, und sieh dir nur selbst an, was dabei herausgekommen ist.«

»Aber Ormand hat geglaubt...«

»Ja, ja, genau das dachte er, aber ich habe ihn sehr gut bezahlt und ihm die Polizei vom Hals gehalten. Es war seine eigene Schuld, daß er entdeckt worden ist. Er hätte weiter oben im Norden bleiben müssen und niemals nach Richmond kommen dürfen.«

»Er gehört nicht ins Gefängnis«, beharrte ich. »Das ist nicht gerecht.«

Sie wandte sich wieder ab, als sei das, was ich zu sagen hatte, unbedeutend. Das war es aber nicht.

»Mich stört es nicht, wenn du Mrs. Dalton zwingen kannst, ihre Geschichte zu widerrufen, und wenn du meine Mutter so idiotisch hinstellen kannst, daß niemand ihr glauben wird; mir wird man glauben, zumindest wird es einen so großen Skandal geben, daß es für euch alle peinlich ist. Und ich werde es Randolph erzählen. Überleg dir nur, wie sehr es ihn verletzen wird, wenn er das erfährt. Du hast zugelassen, daß er der Hoffnung nachgejagt ist, er würde mich wiederfinden. Du hast diese Belohnung ausgesetzt.«

Sie musterte mich kurz. Ich sah sie an, so fest ich konnte, aber ich schaute in die Glut eines Feuers. Schließlich wurde sie nachgiebiger, da sie meine Entschlossenheit begriff.

»Was willst du? Du willst mich in eine peinliche Lage bringen und die Cutlers mit Schande überhäufen?«

»Ich will, daß du Daddy aus dem Gefängnis holst und aufhörst, mich wie ein Stück Dreck zu behandeln. Hör auf, Mutter als eine Schlampe zu beschimpfen, und hör auf zu verlangen, daß ich in Eugenia umbenannt werde«, sagte ich entschlossen.

Ich wollte noch viel mehr, aber ich hatte Angst, zu viele Forderungen zu stellen. Ich hoffte, mit der Zeit könnte ich sie dazu bringen, etwas für Jimmy und Fern zu tun.

Sie nickte bedächtig.

»Nun gut.« Sie seufzte. »Ich werde im Hinblick auf Ormand Longchamp etwas unternehmen. Ich werde ein paar Anrufe machen, Menschen in hohen Positionen verständigen, die ich kenne, und ich werde dafür sorgen, daß er vorzeitig begnadigt wird. Ich hatte ohnehin mit dem Gedanken gespielt, in dem Punkt etwas zu unternehmen. Und wenn du darauf bestehst, Dawn genannt zu werden, dann kannst du dich Dawn nennen.«

Als ich anfing zu lächeln, fügte sie eilig hinzu: »Aber du wirst auch etwas für mich tun müssen.«

»Was? Willst du, daß ich zu ihm zurückgehe und wieder bei ihm lebe?«

»Selbstverständlich nicht. Du bist jetzt hier, und du bist eine Cutler, ob es dir und mir paßt oder nicht, aber«, schnurrte sie selbstgefällig und schien äußerst zufrieden mit sich zu sein, als sie sich zurücklehnte und mich einen Moment lang musterte, »du brauchst nicht ständig hier zu sein. Ich glaube, es wäre weit besser für uns alle... Clara Sue, Philip, Randolph und sogar für deine... deine *Mutter*, wenn du fortgingest.«

»Fort? Wohin könnte ich denn gehen?«

Sie nickte, und ein seltsames Lächeln trat auf ihr Gesicht. Offensichtlich war ihr etwas sehr Kluges eingefallen, etwas, was ihr sehr gelegen kam.

»Du hast eine sehr schöne Singstimme. Ich finde, es sollte dir gestattet werden, deine Begabung weiterzuentwickeln.«

»Was soll das heißen?« Warum war sie plötzlich so versessen darauf, mir zu helfen?

»Zufällig bin ich Ehrenmitglied im Kuratorium einer sehr anerkannten Schule für darstellende Künste in New York City.«

»In New York City?«

»Ja. Ich möchte, daß du diese Schule besuchst, statt in die Emerson Peabody zurückzugehen. Ich werde noch heute alles in die Wege leiten, und du kannst in Kürze aufbrechen. Es gibt dort auch Sommerkurse.

Es versteht sich natürlich von selbst, daß all das, aber auch alles, was du erfahren hast, nicht aus diesen vier Wänden hinausdringt. Ich habe beschlossen, du bist zu begabt, um deine Zeit damit zu vergeuden, in einem Hotel die Zimmer zu putzen. Mehr braucht niemand zu erfahren.«

Ich konnte ihr ansehen, daß ihr die Vorstellung gut gefiel, alle würden sie für edelmütig halten. Sie würde als eine wunderbare Großmutter dastehen, die alles Erdenkliche für ihre neue Enkelin tat, und ich würde Dankbarkeit heucheln müssen.

Aber ich wollte auch nicht in die Emerson Peabody zurückgehen, und ich sollte Sängerin werden. Sie würde ihren Willen durchsetzen und mich loswerden, aber ich würde eine Chance bekommen, von der ich vorher nur träumen konnte. New York City! Eine Schule für darstellende Künste!

Und Daddy würde obendrein geholfen werden.

»Einverstanden«, willigte ich ein. »Vorausgesetzt, du tust alles, was du mir versprochen hast.«

»Ich halte immer mein Wort«, sagte sie erbost. »Dein Ruf, dein Name, die Ehre deiner Familie, all das sind entscheidende Dinge. Du kommst aus einer Welt, in der all das unbedeutend war, aber in meiner Welt...«

»Ehre und Aufrichtigkeit waren uns immer wichtig«, fauchte ich sie an. »Wir mögen zwar arm gewesen sein, aber wir waren anständige Leute. Und Ormand und Sally Jean Longchamp haben einander nicht betrogen und nicht belogen«, gab ich zurück. Tränen der Empörung brannten in meinen Augen.

Sie sah mich wieder einen Moment lang an, doch diesmal glaubte ich, einen anerkennenden Ausdruck in ihren Augen zu sehen.

»Es wird interessant werden«, sagte sie schließlich, und sie sprach sehr langsam, »äußerst interessant sogar, mit anzusehen, was für eine Sorte Frau aus Laura Sues Liaison hervorgegangen ist. Dein Benehmen behagt mir nicht, aber du hast eine gewisse Unabhängigkeit und Courage gezeigt, und das sind Eigenschaften, die ich bewundere.«

»Ich bin nicht sicher, Großmutter«, erwiderte ich, »ob es mir je wichtig sein wird, was du bewunderst.«

Sie wich zurück, als hätte ich ihr eiskaltes Wasser ins Gesicht gespritzt, und ihr Gesichtsausdruck wurde augenblicklich wieder distanziert und hart.

»Wenn das alles ist, glaube ich, du solltest jetzt besser gehen. Dir und deinen Einmischungen habe ich schließlich zu verdanken, daß ich jetzt eine Menge zu tun habe. Man wird dich unterrichten, wann du abreisen kannst«, fügte sie noch hinzu.

Ich stand langsam auf.

»Du glaubst, du kannst so einfach über das Leben aller anderen bestimmen, nicht wahr?« sagte ich bitter und schüttelte den Kopf.

»Ich tue, was ich tun muß. Die Verantwortung für entscheidende Dinge verlangt von mir manchmal harte Entscheidungen, aber ich tue das, was für die Familie und für das Hotel das beste ist. Eines Tages, wenn es bei dir um etwas Wichtiges geht und es erforderlich wird, daß du eine Entscheidung triffst, die entweder unerfreulich ist oder dich unbeliebt macht, wirst du an mich denken und mich nicht mehr so hart verurteilen«, sagte sie, als sei es ihr wichtig, daß ich meine Meinung über sie änderte.

Dann lächelte sie.

»Glaube mir, wenn du etwas brauchst oder aus dem einen oder anderen Grund in Schwierigkeiten gerätst, wirst du dich nicht an deine Mutter und auch nicht an meinen Sohn wenden. Du wirst dich an mich wenden, und du wirst froh sein, daß du das tun kannst«, sagte sie voraus.

Was für eine unglaubliche Arroganz, dachte ich, und doch war es wahr – selbst während meines kurzen Aufenthalts hier hatte ich begriffen, daß es ihr zuzuschreiben war, daß Cutler's Cove das war, was es war.

Ich drehte mich um und verließ ihr Büro, aber ich war mir nicht sicher, ob ich gewonnen oder verloren hatte.

Am späteren Nachmittag kam Randolph zu mir. Es fiel mir jetzt zunehmend schwerer, in ihm meinen Vater zu sehen, und das, als ich gerade begonnen hatte, mich an die Vorstellung zu gewöhnen. An seinem Gesichtsausdruck konnte ich erkennen, daß meine Großmutter ihn über ihre Entscheidung informiert hatte, mich in eine Schule für darstellende Künste zu schicken.

»Mutter hat mir gerade von deinem Entschluß berichtet, nach New York zu gehen. Das ist ja einfach wunderbar, obwohl ich sagen muß, daß es mich traurig macht, dich schon wieder fortgehen zu lassen, nachdem du gerade erst zu uns gekommen bist«, klagte er. Die Vorstellung schien ihn wirklich zu stören, und ich fand, es sei doch sehr schade, daß er die Wahrheit nicht kannte – daß nicht nur ich, sondern auch meine Mutter und Großmutter Cutler ihn zum Narren hielten. War das gerecht? Wie zerbrechlich das Glück und der Frieden in dieser Familie doch waren, dachte ich. Seine hingebungsvolle Liebe zu meiner Mutter wäre sicher geschrumpft, wenn er gewußt hätte, daß sie ihm derart untreu gewesen war. In gewissem Sinne war alles nur auf einer Lüge aufgebaut, und auch ich mußte diese Lüge am Leben erhalten.

»Ich wollte schon immer nach New York gehen und Sängerin werden«, sagte ich.

»Natürlich sollst du hingehen. Ich ziehe dich doch nur auf. Du wirst mir fehlen, aber ich werde dich oft besuchen, und in den Ferien wirst du immer zu uns zurückkommen. Wie aufregend all das für dich sein wird. Ich habe es deiner Mutter schon erzählt, und sie findet die Idee ganz wunderbar, daß du eine richtige, offizielle Ausbildung an einer Kunstschule bekommst.

Natürlich will sie mit dir einkaufen gehen und dir neue Kleider kaufen. Ich habe bereits Vorkehrungen getroffen, damit der Wagen des Hotels morgen früh zur Verfügung steht und ihr beide von einem Shopping Center zum nächsten fahren könnt.«

»Dem fühlt sie sich wirklich gewachsen?« fragte ich und machte kein großes Hehl aus meiner Herablassung.

»Oh, so munter wie im Moment habe ich sie selten erlebt. Sowie ich ihr von der Entscheidung erzählt habe, die du gemeinsam mit Mutter getroffen hast, hat sie sich aufgesetzt und gelächelt und angefangen, ganz aufgeregt über euren Einkaufsbummel zu reden. Es gibt wenige Dinge, die Laura Sue mehr Spaß machen, als einzukaufen«, sagte er lachend. »Und nach New York ist sie schon immer gern gefahren. Wahrscheinlich wird sie jedes zweite Wochenende dort sein und dich besuchen«, fügte er hinzu.

»Was wird morgen aus meiner Arbeit im Hotel? Ich will nicht, daß Sissy alles übernehmen muß.«

»Damit ist jetzt Schluß. Du wirst nicht mehr als Zimmermädchen arbeiten. Du sollst ganz einfach genießen, was das Hotel zu bieten hat und mit deiner Familie zusammensein, bis du in die Schule mußt«, sagte er. »Und mach dir wegen Sissy keinen Sorgen. Wir werden ihr jemand anderen zuteilen, der ihr hilft, und dann werden wir ganz schnell eine neue Kraft einstellen.«

Er legte den Kopf zur Seite und lächelte. »Du wirkst über all das nicht so erfreut, wie ich es erwartet habe. Stimmt etwas nicht? Ich weiß, daß die Situation mit dem jungen Longchamp nicht erfreulich war, und ich verstehe, daß du ganz außer dir warst, aber du hättest nicht zulassen dürfen, daß er sich hier versteckt.« Er schlug die Hände zusammen, als könne er die unerfreuliche Erinnerung mit seinem Klatschen wie einen Luftballon platzen lassen. »Aber das ist jetzt vorbei. Darüber wollen wir uns keine Sorgen mehr machen.«

»Ich mache mir aber Sorgen um Jimmy«, sagte ich schnell. »Er hat versucht, einer abscheulichen Pflegefamilie zu entkommen. Ich habe versucht, es dir zu erklären, aber mir wollte ja niemand zuhören.«

»Hm... nun, wenigstens wissen wir, daß mit dem kleinen Mädchen alles in Ordnung ist.«

»Du hast etwas über Fern in Erfahrung gebracht?« Ich setzte mich eilig auf.

»Nicht viel. Solche Informationen werden nicht gern weitergegeben, aber ein Freund deiner Großmutter kannte jemanden, der wiederum jemanden kannte. Jedenfalls ist Fern von einem jungen kinderlosen Ehepaar aufgenommen worden. Bis jetzt wissen wir noch nicht, wo die Familie sich aufhält, aber wir gehen der Sache weiterhin nach.«

»Aber was ist, wenn Daddy sie wieder zu sich nehmen will?« rief ich.

»Daddy? Ach so, Ormand Longchamp? Unter den gegebenen Umständen glaube ich nicht, daß es ihm möglich sein wird, sie wieder zurückzuholen, wenn er aus dem Gefängnis entlassen wird. Bis dahin wird ohnehin noch einige Zeit vergehen«, fügte er hinzu. Offensichtlich hatte Großmutter Cutler ihm nichts über ihren Anteil des Handels berichtet, den wir miteinander geschlossen hatten. Aber das hätte sie auch nicht tun können, ohne preiszugeben, warum sie sich darauf eingelassen hatte.

»Jedenfalls«, fuhr er fort, »wollte ich schnell bei dir vorbeikommen, um dir zu sagen, wie sehr ich mich für dich freue. Ich muß jetzt wieder in mein Büro gehen. Wir sehen uns dann beim Abendessen.« Er kniete sich hin, um mich auf die Stirn zu küssen. »Du wirst wahrscheinlich die berühmteste Cutler von allen werden«, sagte er und ging.

Ich ließ mich auf mein Kissen sinken. Wie schnell sich jetzt plötzlich alles verändert hatte. Fern war bei einer neuen Familie. Vielleicht hatte sie jetzt schon gelernt, den Mann Daddy und die Frau Mama zu nennen. Vielleicht verblaßten ihre Erinnerungen an Jimmy und mich bereits. Ein neues Zuhause, schöne Kleider, reichlich zu essen und liebevolle Behandlung würden ihre Erinnerungen gewiß auslöschen, und dann würde ihr alles nur noch wie ein verschwommener Traum erscheinen.

Ich war sicher, daß es nur noch eine Frage von Tagen war, bis Großmutter Cutler mich in ein neues Leben schicken würde, ein Leben fern von ihr und Cutler's Cove. Mein großer Trost bestand darin, daß ich in der Welt der Musik leben würde, und wenn ich in diese Welt eintrat, fielen die harten Zeiten und alles Elend, alles Unglück und alle Traurigkeit von mir ab. Ich entschied mich, meine gesamte Energie und Konzentration nur noch in eine Sache zu stecken – eine gute Sängerin zu werden.

An jenem Abend wurde es mir gestattet, beim Abendessen mit meiner Familie im Restaurant zu sitzen. Die Neuigkeit über meine Abreise, um eine Schule für darstellende Künste zu besuchen, breitete sich schnell im Hotel aus. Hotelangestellte, die mich vorher nicht leiden konnten, wünschten mir Glück. Sogar einige Gäste hatten die Neuigkeit vernommen und sagten mir nette Worte. Meine Mutter bewerkstelligte eine ihrer wundersamen Genesungen. Tatsächlich hatte ich sie noch nie so strahlend schön gesehen. Ihr Haar schimmerte und glänzte, ihre Augen waren leuchtend und jung, und sie lachte und redete mit einer Lebhaftigkeit, wie ich sie bisher noch nie bei ihr erlebt hatte. Sie fand einfach alles köstlich und die Menschen begeisternd; es war der wunderbarste Sommer seit Ewigkeiten. Sie plauderte unaufhörlich über unseren bevorstehenden Einkaufsbummel.

»Ich habe Freundinnen, die in Manhattan leben«, sagte sie, »und morgen früh werde ich sie als erstes anrufen, um mich zu informieren, was derzeit in Mode ist. Wir wollen doch nicht, daß du von hier fortgehst und aussiehst wie ein Bauernmädchen«, sagte sie und lachte. Randolph fand ihr Gelächter ansteckend, und auch er war lebhafter und charmanter denn je.

Nur Clara Sue saß mit einer finsteren, niedergeschlagenen Miene da. Sie sah mich neidisch und mit äußerst gemischten Gefühlen an. Sie wurde mich los, und ich wußte, daß sie das glücklich machte, weil sie dann wieder die kleine Prinzessin sein würde, die in keiner Weise mit mir um die Gunst der anderen konkurrieren mußte, aber ich ging, um etwas ausgesprochen Spannendes zu tun, und somit wurde ich verhätschelt und nicht sie.

»Ich kann auch ein paar neue Sachen gebrauchen«, beschwerte sie sich, als sie endlich Gelegenheit zu einer Bemerkung hatte.

»Aber du hast doch viel mehr Zeit, Clara Sue, Schätzchen«, sagte Mutter. »Die Sachen für dich kaufen wir gegen Ende des Sommers. Eugenia fährt doch in ein paar Tagen schon nach New York. Nach New York!«

»Dawn«, verbesserte ich sie. Meine Mutter sah erst mich an und dann Großmutter Cutler. Sie stellte fest, daß ihr keine Zurechtweisung bevorstand. »Ich heiße Dawn«, wiederholte ich leise.

Mutter lachte.

»Selbstverständlich, wenn du es so haben willst und wenn alle damit einverstanden sind«, sagte sie und sah wieder Großmutter Cutler an.

»Das ist der Name, an den sie gewohnt ist«, meinte Großmutter Cutler. »Wenn sie ihren Namen irgendwann in der Zukunft ändern will, steht ihr das frei.«

Clara Sue wirkte überrascht und entrüstet zugleich. Ich lächelte sie an, und sie wandte eilig den Blick ab.

Großmutter Cutler und ich tauschten einen vielsagenden Blick aus. Im Laufe des Abends sollte das nicht der einzige Blick bleiben, den wir miteinander wechselten. Da wir unsere entscheidende Auseinandersetzung jetzt hinter uns hatten, stellte ich fest, daß sie sich mir gegenüber ganz anders verhielt, so wie sie es versprochen hatte. Als ein paar Gäste an unserem Tisch stehenblieben und sich nach meinem Gesang erkundigten, behauptete sie, es hätte in unserer Familie einen Onkel gegeben, der gesungen und Geige gespielt hätte.

Als ich in die Runde sah, erkannte ich, daß alle am Tisch sich über meine Abreise freuten, wenn auch aus verschiedenen Gründen. Großmutter Cutler hatte mich nie haben wollen; meine Mutter empfand mich jetzt als eine Bedrohung und eine Peinlichkeit; Randolph freute sich aufrichtig für mich und die Gelegenheit, die sich mir bot; Clara Sue war froh, daß sie ihre Rivalin im Wettstreit um die Aufmerksamkeit der übrigen Familie los sein würde. Nur Philip, der seinen Aufgaben als Kellner nachkam, warf verwirrte Blicke in meine Richtung.

Nach dem Abendessen saß ich noch eine Weile mit meiner Mutter im Foyer und hörte zu, wie sie mit den Gästen plauderte, doch dann entschuldigte ich mich und zog mich unter dem Vorwand zurück, ich sei müde. Ich wollte noch einen Brief an Daddy schreiben und ihm alles berichten, was ich erfahren hatte. Mir war wichtig, ihm zu verstehen zu geben, daß die Schuld an allem, was geschehen war, nicht bei ihm lag, und daß ich verstand, warum er und Mama das getan hatten.

Als ich jedoch meine Zimmertür öffnete, fand ich Philip vor, der mich erwartete. Er lag auf meinem Bett, hatte die Hände hinter dem Kopf gefaltet und sah zur Decke auf. Er setzte sich eilig auf.

»Was hast du hier zu suchen?« fragte ich ruppig. »Verschwinde. Und zwar sofort!«

»Ich möchte mit dir reden. Mach dir keine Sorgen, ich will wirklich nur reden«, sagte er und hielt die Hände hoch.

»Was willst du von mir, Philip? Erwarte nicht, daß ich dir verzeihe, was du mir angetan hast«, fauchte ich. »Ich werde niemals vergessen, was du mir angetan hast.«

»Du hast Großmutter etwas erzählt, stimmt's? Deshalb hat sie arrangiert, daß du so schnell nach New York geschickt wirst. Ich habe doch recht, oder nicht?« Ich starrte ihn einfach nur an und trat keinen Schritt näher, weil es mir unmöglich erschien, nach allem, was er mir angetan hatte, mit ihm allein im selben Zimmer zu sein. »Was ist, hast du ihr etwas gesagt?« fragte er ängstlich.

»Nein, Philip, ich habe es nicht getan, aber ich glaube, es stimmt, wenn die Leute behaupten, Großmutter Cutler hätte Augen und Ohren im ganzen Hotel.« Das sollte genügen, um ihm einen Schrecken einzujagen. »Und jetzt geh«, befahl ich. Ich stand immer noch am Eingang und hielt ihm die Tür auf. »Mir wird schon von deinem Anblick übel.«

»Warum sollte sie dies tun? Warum sollte sie dich so schnell wegschicken?«

»Hast du es denn nicht gehört? Sie hält mich für begabt«, sagte ich trocken. »Ich dachte, du hättest mich auch für begabt gehalten.«

»Ja, sicher, aber... es kommt mir alles so seltsam vor... gleich zu Anfang der Sommersaison, nachdem du gerade erst in deine Familie zurückgekehrt bist, schickt sie dich in eine ganz spezielle Kunstschule?« Er schüttelte den Kopf und kniff argwöhnisch die Augen zusammen. »Da geht doch etwas vor, etwas, was du mir nicht erzählst. Hat es dann vielleicht etwas damit zu tun, daß Jimmy hier gefunden worden ist?«

»Ja«, sagte ich, doch das schien ihn nicht zufriedenzustellen.

»Das glaube ich dir nicht.«

»Was für ein Jammer. Mir ist ganz gleich, was du glaubst oder denkst. Ich bin müde, Philip, und ich habe morgen viel zu tun. Geh jetzt bitte.« Er bewegte sich nicht. »Hast du mir denn nicht schon genug angetan?« rief ich ungeduldig. »Laß mich doch endlich in Ruhe.«

»Dawn, du mußt verstehen, was damals über mich gekommen ist –

manchmal verliert ein Junge in meinem Alter die Selbstbeherrschung. Das passiert vor allem dann, wenn ein Mädchen ihm erst Hoffnungen und dann einen Rückzieher macht«, sagte er. Ich fand seinen Versuch einer Rechtfertigung einfach erbärmlich.

»Ich habe dir nie Hoffnungen gemacht, Philip, und ich habe von dir erwartet, daß du verstehst, warum ich mich dir verweigert habe.« Ich sah ihn haßerfüllt an. »Wage es nicht, mir die Schuld zuzuschieben. Du, und nur du, bist für deine Taten verantwortlich.«

»Du bist wirklich böse auf mich, stimmt's?« fragte er, und das Lächeln auf seinem Gesicht wurde zaghafter. »Du bist wirklich hübsch, wenn du wütend bist.«

Ich starrte ihn ungläubig an und erinnerte mich wieder an die Aufregung, die ich empfunden hatte, als wir uns in der Emerson Peabody zum ersten Mal gesehen hatten. Wie anders die Dinge doch damals gewesen waren. Es war, als seien wir zwei ganz andere Menschen geworden. Wir konnten niemals wieder an diesen Punkt kommen, an dem alles anders gewesen war... damals, als ich noch an Märchen geglaubt hatte – und daran, daß Dinge gut ausgehen konnten.

»Du darfst mich nicht hassen«, sagte er und tat so, als bitte er um Verständnis. »Du darfst es nicht!«

»Ich hasse dich nicht, Philip.« Er lächelte. »Aber du tust mir leid«, fügte ich schnell hinzu. »Du kannst nie mehr ändern, was zwischen uns passiert ist, und du wirst nie etwas daran ändern können, wie ich dir gegenüber empfinde. Jedes Gefühl, das ich für dich gehabt habe, ist in der Nacht gestorben, in der du mich vergewaltigt hast.«

»Ich habe dich nicht belogen«, protestierte er. »Dawn, ich liebe dich. Von ganzem Herzen und aus tiefer Seele. Ich kann nicht dagegen an, was ich für dich empfinde.«

»Du wirst aber etwas dagegen tun müssen! Du wirst dagegen angehen müssen, Philip. Ich bin deine Schwester. Hast du verstanden? Deine Schwester! Du mußt darüber hinwegkommen. Du kannst mich nicht lieben! Ich bin sicher, daß es dir keine Schwierigkeiten machen wird, eine neue Freundin zu finden.«

»Nein, wohl kaum«, sagte er arrogant, »aber das heißt nicht, daß ich nicht an dich denken werde. Ich will keine neue Freundin haben, Dawn. Ich will *dich*. Nur dich. Warum verbringen wir nicht eine allerletzte Nacht zusammen... laß uns einfach nur reden«, schlug er vor und ließ sich auf mein Kissen zurücksinken. »Um der alten Zeiten willen.«

Ich konnte es einfach nicht glauben! Wie kam er dazu, einen solchen Vorschlag zu machen? Nach allem, was ich gerade gesagt hatte, wollte Philip immer noch... Allein die Vorstellung erregte Übelkeit in mir. *Philip* erregte Übelkeit in mir. Ich konnte es einfach nicht mehr ertragen, ihn auch nur anzusehen. Ebenso wie Clara Sue und ich nie eine Geschwisterbindung zueinander haben würden, würde ich auch zu Philip keine Beziehung wie Schwester und Bruder haben können. Ich mußte dafür sorgen, daß er aus meinem Leben verschwand, ehe ich etwas sagen würde, was ich später bereuen könnte, ehe ich etwas tun würde, was ich später bereuen könnte. Ich tat so, als hätte ich jemanden im Gang gehört.

»Es kommt jemand, Philip. Das könnte Großmutter sein. Sie hat gesagt, sie wolle heute abend noch mit mir reden.«

»Was?« Er setzte sich schnell auf und lauschte. »Ich höre niemanden.«

»Philip«, drängte ich ihn und machte eine besorgte Miene. Er stand eilig auf und kam zur Tür.

»Ich höre niemanden«, sagte er. Ich drängte mich an ihm vorbei, stieß ihn hinaus, machte die Tür zu und schloß sie eilig ab.

»He!« rief er. »Das ist ja hinterlistig.«

»Hinterlist ist in dieser Familie verbreitet«, antwortete ich. »Geh jetzt.«

»Dawn, sei doch nicht so. Ich möchte doch nur alles wiedergutmachen und dir zeigen, daß ich nett und zärtlich sein kann, ohne über dich herzufallen. Dawn? Ich bleibe die ganze Nacht hier. Ich schlafe vor deiner Tür«, drohte er.

Ich schenkte ihm keine weitere Beachtung, und nach einer Weile war er so verärgert, daß er ging. Endlich war ich mit meinen Gedanken allein. Ich zog den Stuhl an den kleinen Tisch, holte einen Stift und Papier heraus und begann den Brief.

Lieber Daddy,

ganz gleich, was auch passiert ist, ist mir doch klar, daß ich Dich immer Daddy nennen werde. Mir ist auch klar, daß ich Dir schreibe, ehe Du auch nur Gelegenheit hattest, auf meinen ersten Brief zu reagieren, aber ich möchte, daß Du weißt, daß ich die Wahrheit erfahren habe. Ich habe mit der Frau gesprochen, die mein Kindermädchen war, Mrs. Dalton, und anschließend habe ich meine Mutter mit den Tatsachen konfrontiert, und sie hat gestanden.

Dann habe ich eine Unterredung mit Großmutter Cutler verlangt und alles aus erster Hand erfahren. Ich möchte, daß Du weißt, daß ich Dir oder Mama nichts vorwerfe, und ich weiß, daß Jimmy, sobald er erst einmal die Tatsachen kennt, genauso empfinden wird wie ich.

Sie schicken mich in eine Schule für darstellende Künste nach New York City. Großmutter Cutler tut es zwar in erster Linie, um mich loszuwerden, aber schließlich ist es das, was ich schon immer machen wollte, und ich glaube, es ist ohnehin das beste, wenn ich von hier verschwinde.

Wir wissen immer noch nicht, wo Fern ist, aber ich hoffe, daß sie eines Tages wieder bei Dir sein kann... bei ihrem richtigen Vater. Ich weiß auch nicht, was aus Jimmy geworden ist, aber er ist von einer bösen Familie fortgelaufen und hier gefunden worden, und man hat ihn wieder dorthin zurückgebracht. Vielleicht werdet Ihr beide bald wieder zusammensein, Du und er. Großmutter Cutler hat versprochen zu tun, was sie kann, damit Du möglichst schnell entlassen wirst.

Du hast immer gesagt, ich hätte Dir Sonnenschein und Glück gebracht. Ich hoffe, dieser Brief wird Dir in einer Zeit, die die finsterste für Dich sein muß, ein wenig von beidem sein. Du sollst wissen, daß ich immer, wenn ich singe, an Dich und an Dein Lächeln denken werde, aber auch an all die Liebe, die Ihr mir gegeben habt, Du und Mama.

Alles Liebe
Dawn

Ich drückte einen Kuß auf den Brief und steckte ihn in einen Umschlag. Am Morgen würde ich ihn abschicken.

Ich war wirklich sehr, sehr müde. Wenige Momente nachdem mein Kopf das Kissen berührt hatte und ich die Augen geschlossen hatte, überfiel mich bereits ein äußerst willkommener Schlaf. Die Laute aus dem Hotel verklangen schnell. Mein kurzes, aber dramatisches Leben hier in diesem Haus ging seinem Ende entgegen.

Ich werde immer noch verschleppt, dachte ich. Ich sitze nicht in Daddys Wagen, und ich breche nicht mitten in der Nacht auf, aber ich bin schon wieder unterwegs und auf der Suche, immer auf der Suche nach einem Ort, den ich mein Zuhause nennen kann.

Epilog

Ob es nun ihrem Schuldbewußtsein entsprang oder lediglich auf die Faszination zurückging, die es bei ihr auslöste, Kleider zu kaufen, aber meine Mutter fuhr mit mir in der Hotellimousine in die Stadt und zog mich von einem Geschäft zum nächsten. Preise waren überhaupt kein Thema. Sie kaufte mir mehr Kleider, als ich in meinem ganzen Leben zu sehen bekommen hatte: Röcke, Blusen, Jacken, einen Ledermantel und Lederhandschuhe, eine Pelzmütze, Schuhe, Wäsche und Samthausschuhe. Wir gingen in ein Kaufhaus, um Kosmetik zu kaufen, und dort erstand sie für mich ein Sortiment an Puder, Lippenstiften, Rouge und Eyeliner. Zwei Pagen mußten viermal laufen, um unsere Einkäufe ins Hotel zu tragen.

Clara Sue traten die Augen fast aus dem Kopf, als sie all das sah. Sie jammerte und klagte und verlangte von Mutter, sie müsse einen vergleichbaren Einkaufsbummel mit ihr unternehmen.

Am Tag vor meiner geplanten Abreise nach New York kam einer der Pagen in mein Zimmer, um mich zu holen.

»An der Rezeption ist ein Gespräch für Sie eingegangen«, sagte er. »Es heißt, Sie sollten sich beeilen, weil es ein Ferngespräch ist.«

Ich dankte ihm und rannte los. Ich hatte Glück, daß es noch früh am Morgen war und Clara Sue keinen Dienst hatte, dachte ich. Sie hätte niemals zugelassen, daß das Gespräch zustande gekommen wäre, denn Jimmy war am Apparat.

»Wo bist du?« rief ich glücklich.

»Ich bin in einer neuen Pflegefamilie untergebracht, bei den Allans, und ich bin wieder in Richmond, aber es ist in Ordnung. Ich werde in eine normale staatliche Schule gehen«, fügte Jimmy hinzu.

»O Jimmy, ich habe dir so viel zu erzählen, daß ich gar nicht weiß, wo ich anfangen soll.«

Er lachte.

»Fang doch einfach mal an«, sagte er, und ich erzählte ihm alles, was ich in Erfahrung gebracht hatte, berichtete ihm von meiner Unterredung mit Großmutter Cutler und erklärte ihm, was dabei herausgekommen war.

»Du siehst also, Jimmy, daß du Daddy keine Vorwürfe machen darfst. Er hat geglaubt, er täte das Richtige«, sagte ich.

»Ja«, sagte er, »das mag sein, aber blöd von ihm war es trotzdem«, fügte er hinzu, aber es klang nicht so grob, wie es hätte klingen können.

»Wirst du mit ihm reden, wenn er den Kontakt zu dir aufnimmt?« fragte ich mit hoffnungsvoller Stimme.

»Warten wir doch erst mal ab, ob er das je tun wird«, erwiderte er. »Und ich bin froh, daß Fern von einem jungen Ehepaar adoptiert worden ist, das ihr viel Liebe geben wird, aber ich kann es kaum erwarten, bis wir sie wiedersehen. Und mich freut auch, daß du in eine Schule für darstellende Künste gehen wirst, auch wenn das heißt, daß ich dich wahrscheinlich lange Zeit nicht sehen werde. Aber ich werde es versuchen.«

»Ich werde auch versuchen, dich zu sehen, Jimmy.«

»Du fehlst mir«, sagte er.

»Du fehlst mir auch«, sagte ich, und meine Stimme wurde zittrig.

»So, aber jetzt lege ich besser auf. Es war ohnehin schon sehr nett von ihnen, daß sie mich diesen Anruf haben machen lassen. Ich wünsche dir viel Glück, Dawn.«

»Jimmy!« rief ich aus, als ich erkannte, daß er auflegen wollte.

»Was ist?«

»Ich weiß, daß ich in dir etwas anderes sehen kann«, platzte ich heraus. Er verstand mich.

»Das freut mich sehr, Dawn. Mir geht es genauso.«

»Tschüß«, sagte ich. Ich merkte gar nicht, daß ich weinte, bis eine Träne von meiner Wange tropfte.

Am Morgen meiner Abreise machten mir die Zimmermädchen gemeinsam ein Abschiedsgeschenk. Sissy überreichte es mir im Foyer gleich neben dem Eingang, während die Pagen meine Koffer in die Hotellimousine luden.

»Manchen Leuten tut es leid, daß du so kühl aufgenommen worden bist«, sagte sie und drückte mir ein winziges Päckchen in die Hand. Ich wickelte es aus und fand einen Eimer mit Schrubber als massivgoldene Anstecknadel vor.

»Wir wollten, daß du uns nicht vergißt«, sagte Sissy. Ich lachte und umarmte sie.

Großmutter Cutler stand ein wenig abseits und beobachtete das Geschehen mit ihren Adleraugen. Ich merkte ihr an, daß sie von der Zuneigung beeindruckt war, die das Hotelpersonal zu mir gefaßt hatte.

Clara Sue stand verärgert in der Tür, und Philip stand mit einem etwas hämischen Grinsen im Gesicht neben ihr.

Ich eilte die Treppe hinunter, ohne einem von beiden zum Abschied auch nur einen Blick zuzuwerfen. Meine Mutter und Randolph warteten neben der Limousine. Mutter umarmte mich und küßte mich auf die Stirn. Mich überraschte, wie zärtlich sie war. Spielte sie diese Rolle nur für das Publikum, das die Gäste und das Personal bildeten, oder hatte sie während der Zeit wirklich Gefühle für mich entwickelt?

Ich sah in ihre sanften Augen, aber ich konnte nicht sicher sein. Es war alles sehr verwirrend.

»Gut, Dawn«, sagte Randolph. »Wir kommen dich besuchen, sowie wir uns im Hotel freimachen können.« Er küßte mich auf die Wange. »Wenn du irgend etwas brauchst, dann ruf einfach nur an.«

»Danke«, sagte ich. Der Fahrer der Limousine hielt mir die Tür auf, und ich stieg ein. Ich lehnte mich zurück und überlegte, wie sehr sich das alles von meiner Ankunft an jenem Abend in einem Streifenwagen der Polizei unterschied.

Wir entfernten uns von dem Hotel. Ich schaute zurück und winkte allen zu, und dabei bemerkte ich, wie Großmutter Cutler aus dem Haus trat, um mir nachzuschauen. Sie sah ganz anders aus, nachdenklich und versonnen. Was für eine seltsame Frau, dachte ich und fragte mich, ob ich sie je besser kennenlernen würde.

Als wir die Auffahrt hinunterfuhren, wandte ich mich um, um das Meer zu betrachten. Die Sonne hatte das Wasser in ein schillerndes Aquamarinblau verwandelt. Die kleinen Segelboote sahen aus, als seien sie an den blauen Horizont gemalt. Es war wunderschön hier, wie aus einem Bilderbuch, dachte ich. Ich war glücklich. Ich machte mich zu etwas auf, was ich schon immer hatte tun wollen, Jimmy hatte am Telefon glücklicher geklungen, und Daddy würde bald aus dem Gefängnis freigelassen werden.

Die Hotellimousine bog auf die Straße ein, und wir waren auf dem Weg zum Flughafen.

Unwillkürlich dachte ich wieder an die Spielchen, die Daddy und ich immer gespielt hatten, als ich noch ganz klein war, wenn wir im Wagen saßen und wieder einmal unterwegs zu einem neuen Zuhause waren.

»Komm schon, Dawn«, hatte er dann gesagt. »Laß uns so tun als ob. Wo möchtest du diesmal hin? Nach Alaska? In die Wüste? Auf ein Schiff? In ein Flugzeug?«

»Oh, laß sie doch schlafen, Ormand. Es ist spät«, hatte Mama dann gesagt.

»Bist du müde, Dawn?«

»Nein, Daddy«, hatte ich daraufhin erwidert, obwohl ich kaum die Augen offenhalten konnte.

Jimmy schlief meist neben mir auf seinem Platz im Wagen.

»Na, was ist? Wohin soll es diesmal gehen?« hatte Daddy dann wieder gefragt.

»Ich glaube ... in ein Flugzeug, das sich hoch über die Wolken aufschwingt.«

»So wird es auch kommen. Fühle, wie es abhebt«, hatte er gesagt und gelacht.

Kurze Zeit später war ich wirklich über den Wolken geschwebt.

Manchmal, dachte ich jetzt, werden Träume, an die wir uns fest genug klammern, wahr.

Ich schaute auf die Weite des blauen Himmels hinaus, der sich vor uns erstreckte, und träumte von Tausenden von Menschen, die im Publikum saßen und mich singen hörten.